Dear Korean Readers —

I'm so excited to bring you Addie LaRue. I hope once you've met her, you always remember her story.

기억되지 않는 여자, 애디 라뤼

The Invisible Life of Addie Larue

V. E. 슈와브 장편소설
황성연 옮김

두란

퍼트리샤에게—

단 한 번도 잊은 적이 없기에.

차 례

<일러두기>

- 외래어 표기는 국립국어원 외래어표기법에 따랐으며, 관례로 굳어진 것과 입말이 더 많이 쓰이는 경우는 예외로 두었다.
- 단행본은 『 』, 영화와 곡명, 작품명은 〈 〉로 표시했다.
- 옮긴이 주는 본문의 괄호 안에 나란히 두었다.
- 원문에서 불어로 표기한 부분은 한글로 번역하고 나란히 실었다.

오래된 신들은 위대할지는 몰라도 친절하거나 자비롭지는 않아. 물 위에 비친 달빛, 폭풍우 속 그림자처럼 변덕스럽고 불안정해. 그래도 꼭 그들을 불러내야 한다면 신중해야 해. 무엇을 부탁할지 조심스럽게 결정하고, 대가를 치를 각오도 해야 해. 그리고 아무리 절망스럽거나 암울하다 해도 어둠이 내린 뒤에 응답하는 신들에게는 *절대* 소원을 빌어선 *안 돼*.

에스텔 마그리트Estele Magritte

1642~1719

프랑스, 사르트의 비용
1714년 7월 29일

한 여자가 숨이 턱에 닿을 듯이 달리고 있다.

등에 와 닿는 여름 공기는 찌는 듯한데 뒤쫓는 횃불도 성난 군중도 없다. 결혼피로연을 위한 등불만 멀찍이 보일 뿐이다. 해가 지평선 위로 부서지며 내뿜는 불그스레한 햇살은 언덕을 넘으며 갈라지고 흩어진다. 여자는 달린다. 빛이 모두 사라지기 전에. 서둘러 숲속으로 뛰어드는 바람에 치마가 풀밭에 끌리며 헝클어진다.

그녀의 이름을 부르는 목소리가 바람에 실려 온다.

아들린? 아들린? 아들린!

그림자가 앞쪽으로 길게 늘어진다. 그림자는 아주 길고, 가장자리는 이미 흐릿하다. 작은 흰색 꽃들이 머리에서 떨어져 아래로 구르고, 별처럼 땅 위 여기저기로 흩어진다. 그녀가 지나가는 길 위로 그녀의 뺨 위에 있는 것과 같은 모양의 별자리가 그려졌다.

일곱 개의 점. 점 하나하나는 그녀가 하게 될 사랑이라고 했다. 여자가 아직 어렸을 때 에스텔이 들려준 이야기였다.

점 하나하나는 그녀가 살아나갈 삶.

점 하나하나는 그녀를 굽어보고 있는 신들.

하지만 그 일곱 개의 점이 지금 그녀를 조롱한다. 약속들. 거짓말들. 그녀는 사랑해본 적도 없고, 제대로 된 삶을 살지도 못했으며, 신이라고는 만나지도 못했고, 이제는 남은 시간도 별로 없다.

하지만 여자는 속도를 늦추지 않고 뒤도 돌아보지 않는다. 그녀는 그곳에서 묵묵히 선 채 기다리는 삶을 살고 싶지 않다. 그림처럼 움직이지 않는 삶. 무덤처럼 붙박인 삶.

그렇게 살지 않으려고 그녀는 달린다.

1부

어둠이 내린 뒤
응답하는 신들

작품 제목: 귀환Revenir

작가: 아를로 미레Arlo Miret

제작연도: 1721~1722년

재료: 물푸레나무, 대리석

소재지: 오르세 박물관으로부터 대여

설명: 좁다란 대리석 주추 위에, 나무로 조각된 새 다섯 마리로 구성된 일련의 조각품들. 날아오르기 전의 여러 자세를 형상화하고 있다.

배경: 성실한 자서전 작가였던 미레는 작가의 마음가짐과 작업 과정을 들여다볼 수 있는 기록을 남겼다. 미레는 1715년 겨울의 파리 거리에서 발견한 작은 조각상으로부터 〈귀환〉에 대한 아이디어를 얻었다고 밝혔다. 사람들의 말에 따르면 날개가 부러진 채 발견된(작품에서는 온전한 상태이긴 하지만) 나무로 된 새는 막 날아오르려 자세를 취하고 있는 다섯 번째 새 조각상으로 재탄생했다고 한다.

추정 가격: 17만5,000달러

뉴욕
2014년 3월 10일

– I –

* * * * * * *

여자는 다른 사람의 침대에서 깨어난다.

그녀는 꼼짝하지 않고 그곳에 누워, 자신의 가슴속 숨을 멈추듯 시간을 멈추게 하려고 애쓴다. 마치 똑딱이며 앞으로 흐르는 시계 초침을 멈출 수 있기라도 한 것처럼, 그녀 옆에 누워 있는 남자가 깨어나지 않게 할 수 있을 것처럼, 순전히 의지의 힘만으로 그들이 함께 보낸 밤의 기억을 생생하게 되살릴 수 있기나 한 것처럼.

물론 그녀는 그럴 수 없다는 것을 안다. 남자가 그녀와 보낸 밤을 잊어버릴 것이라는 사실을 알고 있다. 사람들은 언제나 그랬다.

그것은 그의 잘못이 아니다. 절대 그 사람들의 잘못이 아니다.

남자는 여전히 잠에 빠져 있고, 그녀는 그의 어깨가 천천히 오르락내리락하는 모습을 지켜보다 목 뒤편으로 가 있는 짙은 곱슬머리와 갈비뼈를 따라 난 흉터를 바라본다. 사소한 것들까지 시간을 들여 꼼꼼히 기억하려고 한다.

그의 이름은 토비다.

지난밤 그녀는 자신의 이름이 제스라고 그에게 말했다. 거짓말을 했지만 진짜 이름을 말할 수 없기 때문이었다. 말할 수 없는 것은 풀 속에 숨겨져 있는 쐐기풀처럼, 아주 사소하지만 사악한 디테일 가운데 하나였다. 찔리라고 숨겨둔 미늘이었다. 흔적을 남길 수 없다면 사람은 대체 어떤 존재일까? 그녀는 가시 돋친 풀 사이를 걷는 법을 배웠지만 피할 수 없는 상처들도 얼마간 있었다. 기억, 사진, 이름.

지난달 그녀는 클레어였다가, 조였고, 미셸이었다. 그러나 그녀의 이름이 엘르였던 이틀 전 밤, 토비가 하는 여러 공연 가운데 하나인 심야 카페 공연을 끝내고 같이 뒷풀이를 하고 있을 때였다. 그는 제스라는 여자와 사랑에 빠졌다고 말했다. 다만 아직 그녀를 만나지 못한 상태였을 뿐이라고 했다.

그래서 이번에 그녀의 이름은 제스가 된다.

토비가 뒤척이며 몸을 죽 펴자 그녀는 오래되고 익숙한 아픔을 가슴으로 느낀다. 그는 그녀를 향해 몸을 돌리지만 깨어나지는 않는다. 그의 얼굴은 이제 그녀와 아주 가까이 있다. 입술은 잠결에 살짝 벌어져 있고, 검정 곱슬머리가 눈 위로 그늘을 만들고, 짙은 속눈썹이 흰 뺨을 배경으로 도드라진다.

한번은 센 강을 따라 산책을 하고 있을 때 어둠이 여자를 놀려댔다. 어둠은 그녀가 선호하는 특정 '타입'을 발견했다고 말했다. 그녀가 고르는 남자 대부분이—심지어 몇몇 여자들까지—한결같이 *자신*을 닮았다는 뜻이었다.

똑같이 짙은 머리, 똑같이 예리한 눈초리, 똑같이 뚜렷한 이목구비.

하지만 그건 온당치 않은 말이었다.

결과적으로 보면 어둠은 *그녀*로 인해 그런 모습을 갖추게 되었을 뿐이다. 그에게 형체를 부여하고, 그를 어떻게 생각하고, 그를 무엇으로 볼지를 선택한 것은 *그녀*였다.

당신이 그림자와 연기에 불과했던 때가 기억나지 않아? 당시 그녀는 어둠에게 물었다.

아들린, 나는 어둠 그 자체야. 그는 부드럽고 짙은 음색으로 말했다.

지금은 다른 세기, 다른 도시에서 아침을 맞이한다. 환한 햇살이 커튼을 가르며 들이치고, 토비는 다시 몸을 뒤척이더니 잠에서 깨어나려 한다. 그리고 제스라 불리는—제스였던—여자는 한 번 더 숨을 참으며, 그가 깨어나 그녀를 보고 누구인지를 *기억하는* 지극히 자연스러운 일을 상상해 보려 애쓴다.

그가 미소 짓고 그녀의 뺨을 어루만지며, "안녕, 좋은 아침"이라고 말하는 그런 일을.

하지만 그런 일은 일어나지 않을 것이다. 이제는 익숙해진 그의 공허한 표정을 보고 싶지 않다. 그녀에 대한 기억이 *있어야 할* 곳의 빈틈을 메우기 위해 전전긍긍하는 남자의 모습을 지켜보고 싶지도 않다. 그가 침착함을 되찾으며 미리 연습한 듯 태연하게 구는 모습 역시 보고 싶지 않다. 여자는 그런 모습을 이미 충분히 자주 봐왔기에 그의 움직임들을 외울 지경이다. 그래서 그녀는 침대에서 미끄러지듯 빠져나와 맨발로 거실로 나간다.

그녀는 거실 거울에 비친 자신의 모습을 보고, 모든 사람이 보는 것을 본다. 한 무리 별자리처럼 코와 뺨 위로 흩어져 있는 일곱 개의 점.

그녀만의 내밀한 별자리.

그녀는 몸을 앞으로 기울인 다음 입김을 불어 거울에 김이 서리게 한다. 구름 사이로 손가락 끝을 끌며 자신의 이름을 써보려 한다. *아, 드…….*

하지만 글자가 사라지기 전까지 쓸 수 있는 건 고작 두 글자다. 거울은 매개체가 되지 못한다. 그녀가 제아무리 이름을 말하려고 해도, 자신의 이야기를 들려주려고 해도 그렇게 되지 않는다. 그녀는 이미 연필, 잉크, 물감, 피, 모든 것들로 *시도해보았다.*

아들린.

애디.

라뤼.*

부질없는 짓이다.

글자는 무너져 내리거나 흐릿해진다. 소리는 목구멍에서 사그라든다.

그녀는 손가락을 거울에서 떼고 뒤로 돌아 거실을 둘러본다.

토비는 뮤지션이고, 그의 예술을 보여주는 흔적이 사방에 널려있다.

벽에 기대어 있는 악기, 휘갈겨 쓴 선과 음표가 흩어져 있는 탁자 위. 거기엔 반쯤 쓰다 만 멜로디들이 사야 할 물건, 그 주에 할 일의 목록 등과 뒤섞여 널려 있다. 하지만 여기저기에 또 다른 누군가의 손길도 있다. 언제 그런 습관이 시작되었는지 기억할 수 없지만 그가 주방 문틀에 두기 시작한 꽃들. 산 기억이 없는 릴케에 관한 책. 기억은 지속되지 못하더라도 오래 남게 되는 물건들.

토비는 아침 늦게까지 잠을 자는 편이기에 애디는 혼자 차를 한 잔 만들어 마신다. 그는 차를 마시지 않지만 포장되지 않은 실론 찻잎 한 통과 비단 티백 한 박스가 찬장에 있다. 늦은 밤 슈퍼마켓에 다녀온 흔적이다. 잠을 잘 수 없었기 때문에 남자와 여자는 서로 손을 잡고 상점 안을 돌아다녔다. 그녀로서는 밤을 끝낼 생각이 없었고, 밤을 보내줄 준비도 되어 있지 않았기에.

머그잔을 들어 올려 향기를 들이마시자 기억들이 함께 떠오른다.

런던의 한 공원. 프라하의 테라스. 에든버러의 찻집.

비단 이불처럼 현재 위에 드리운 과거.

지금은 뉴욕에서 맞이하는 추운 아침이고, 창문에는 서리가 꼈다. 그

---

* '라뤼'의 영어 표기는 Larue이며, 이는 외래어표기법에 따르면 '러루'가 맞다. 그러나 Larue는 프랑스 이름이며, rue가 '길'의 의미를 담고 있다. 애디의 삶과 조응하는 이름이기도 하다. 이에 번역본은 프랑스어와 그 의미를 살려 Larue를 라뤼로 표기한다.

녀는 소파 뒤쪽에서 담요를 꺼내 어깨 위에 두른다. 소파의 한쪽 끝은 기타 케이스가 차지하고 있고, 다른 한쪽에는 토비의 고양이가 있다. 그래서 그녀는 피아노 의자에 걸터앉는다.

고양이—고양이의 이름 *역시* 토비다("그래야 이상한 기분을 느끼지 않으면서도 나 자신에게 말을 건넬 수 있으니까……"라고 토비는 설명했다)—는 차를 호호 불며 마시는 그녀를 쳐다본다.

고양이는 자신을 기억하는지 그녀는 궁금하다.

손은 이제 따뜻하다. 머그잔을 피아노 위에 내려놓고 건반 덮개를 스르륵 걷은 후 손가락을 죽 펴고는 가능한 한 조용히 연주를 시작한다. 침실에서 토비가 인기척을 내자 그녀는 뼈에서 살갗까지 조여 오는 두려움을 느낀다.

여기가 가장 힘겨운 부분이다.

애디는 그가 잠에 빠져 있을 때, 그들의 아침이 여전히 밤의 연장선에 있고 호박 속에 갇힌 어떤 한순간일 때, 살짝 빠져나와 떠날 수도 있었다—*떠났어야 했다*. 하지만 지금은 너무 늦었다. 그래서 눈을 감고, 연주를 계속한다. 음들 아래로 그의 발소리가 들려오자 고개를 숙이고, 방문 입구에 서 있는 그를 알아채고도 손가락을 계속 움직인다. 그는 그곳에 서서 눈앞에 펼쳐진 장면을 받아들이고, 간밤에 있었던 일들을 순차적으로 구성해보려 애쓸 것이다. 어떻게 해서 일이 잘못되었는지, 언제 이 여자를 만나 집으로 데려왔는지, 술을 얼마나 마신 것인지, 왜 아무것도 기억나지 않는지를 생각해보려 할 것이다.

하지만 그녀는 연주하는 동안에는 토비가 끼어들지 않으리라는 것을 안다. 그래서 조금 더 음미하듯 음악을 연주하다 점점 속도를 늦추고, 그다음엔 고개를 들고, 그의 얼굴에 어린 혼란을 눈치채지 못한 척한다.

"좋은 아침." 그녀가 명랑한 목소리로 말한다. 한때는 프랑스어 느낌이 묻어나던 억양이 이제 희미해져서 거의 알아차리기 힘들다.

"어, 좋은 아침." 그가 한 손으로 검정 곱슬머리를 훑으며 말한다. 토비는 항상 내보이는 표정을 짓는다. 약간은 멍해 있다가 그가 가장 좋아하는 밴드의 셔츠에 속옷만 걸친 예쁜 여자가 담요 하나만 덮은 채 자기 거실에 앉아 있는 모습을 보고 놀란 표정이다.

"제스예요." 그가 떠올리지 못한 이름을 그녀가 말해준다. 그가 이름을 떠올리지 못하는 건 기억 자체가 존재하지 않기 때문이다. "기억 못 해도 괜찮아요." 그녀가 말한다.

토비는 얼굴을 붉히고, 소파 쿠션이 있는 곳에 앉으면서 고양이 토비를 슬쩍 밀어낸다. "미안해요……. 이건 나답지 않은 일인데. 난 그런 남자가 아니에요."

그녀는 미소 짓는다. "나도 그런 여자가 아니고요."

그도 미소 짓는다. 그제서야 그의 얼굴에 어린 어두운 그림자를 없애주는 한 줄기 빛이 비친다. 그가 피아노를 보며 고개를 끄덕인다. 그녀는 "당신이 피아노를 연주하는 줄은 몰랐는데." 같은 말을 그가 해주길 원한다. 하지만 토비는 대신 "연주 실력이 아주 좋네요."라고 말한다. 그리고 그녀의 연주 실력은 실제로 뛰어나다. 시간이 많으면 놀라운 것들을 배울 수 있다.

"고마워요." 그녀는 손가락으로 건반을 주르륵 훑으며 말한다.

토비는 이제 가만히 있질 못하고 주방으로 사라진다. "커피 마실래요?" 그가 찬장을 뒤지며 묻는다.

"차를 찾았어요."

그녀는 다른 노래를 연주하기 시작한다. 복잡한 노래는 아니고 그저 몇 개의 음으로만 된, 어떤 노래의 도입 부분이다. 그녀가 멜로디를 찾아내서 건반으로 옮기고, 손가락 사이로 멜로디가 흘러나올 때쯤 토비는 다시 거실로 돌아온다. 그의 손에는 김이 나는 컵이 들려 있다.

"무슨 노래예요?" 작가와 화가, 뮤지션, 영감의 순간에 예민한 사람들, 이런 예술가들에게서만 볼 수 있는 독특한 방식으로 눈을 반짝이며 그가 묻는다. "뭔가 익숙한 느낌이었는데……."

그녀는 어깨를 으쓱한다. "당신이 지난밤에 날 위해 연주해줬잖아요."

정확히 말하자면 거짓말은 아니다. 그가 그녀를 위해 연주해주긴 했다. 그녀가 먼저 연주를 들려준 다음이긴 했지만.

"그랬나요?" 그가 이마를 찌푸리며 말한다. 그는 이미 커피를 옆에 내려두고 가까이 있는 탁자에서 연필과 메모지를 집어들었다. "세상에……, 나 많이 취했었나 봐요."

그는 그렇게 말하며 고개를 저었다. 토비는 술을 마시고 곡 만들기를 좋아하는 작곡가는 아니었다.

"좀 더 기억할 수 있어요?" 그가 메모지를 넘기며 말한다. 그녀가 다시 연주를 시작하고, 음표들 사이로 그를 안내한다. 그는 모르지만 사실 그는 이 노래 작업을 몇 주 동안 계속해왔다. 정확히 말하자면 *그들이* 계속 작업해왔다.

함께.

그녀는 연주를 이어가며 살짝 미소 짓는다. 이곳은 쐐기풀 사이에 있는 풀밭이다. 발걸음을 옮기기에 안전한 장소. 그녀는 자신의 흔적은 남길 수 없지만 조심만 한다면 그 흔적을 다른 사람에게 줄 수는 있다. 물론 구체적인 것은 아니다. 하지만 영감이 구체적인 경우는 거의 없다.

토비는 이제 기타를 집어 들어 한쪽 무릎 위에 놓고, 그녀가 먼저 연주하는 음들을 뒤따라 연주하며 혼잣말을 중얼거린다. 이거 좋은데. 뭔가 색달라. 이건 *대단해.* 그녀는 연주를 멈추고 자리에서 일어선다.

"가야 해요."

토비가 고개를 드는 순간 멜로디가 기타 줄 위에서 흐트러진다. "뭐라고요? 난 당신이 누군지도 모르는데."

"그러니까 가야죠." 그녀는 옷을 가지러 욕실 쪽으로 가면서 말한다.

"당신에 대해 알고 *싶어요.*" 토비는 기타를 내려놓고, 아파트 이곳저곳으로 그녀를 따라다닌다. 바로 이 순간 그녀는 모든 것이 불공평하다고 느낀다. 그녀가 걷잡을 수 없는, 한바탕 좌절감을 느끼는 유일한 순간이다. 그녀는 *몇 주*에 걸쳐 그에 대해 알려고 애써왔는데, 그는 단 몇 시간 만에 그녀를 잊었다. "너무 서두르지 마요."

그녀는 이 부분을 증오한다. 머무르지 말았어야 했다. 마음뿐만 아니라 시야에서도 사라졌어야 했지만 이번만큼은 다를 것이라는, 이번만큼은 사람들이 기억할 것이라는 성가신 희망이 항상 있었다.

내가 기억해. 어둠이 그녀의 귀에 대고 말한다.

그녀는 고개를 저어 목소리를 물리치려 한다.

"어디 급하게 갈 데라도 있어요?" 토비가 묻는다. "아무리 바빠도 당신에게 아침 만들어줄 기회는 줘요."

하지만 그녀는 그렇게나 빨리 다시 게임을 하기엔 너무 지쳐 있다. 그래서 할 일이 있다고 거짓말을 하며 움직임을 멈추지 않는다. 왜냐하면 움직임을 멈추면 다시 게임을 시작할 힘이 있어야 한다는 것을 알기 때문이다. 그러면 사이클이 반복될 것이고, 그와의 관계는 밤이 아니라 아침부터 시작될 것이기 때문이다. 그렇다고 사이클이 끝날 때 일이 쉬워지는 것도 아니다. 더욱이 다시 시작해야 한다면 기억되지도 못하는 하룻밤 이후의 모습이기보다는 바에서 이루어지는 낭만적인 첫 만남의 대상이 되는 것이 차라리 낫다.

어찌 됐든 순식간에 문제는 사라질 것이다.

"제스, 기다려요." 토비가 그녀의 손을 잡으며 말한다. "오늘 밤 알로웨이에서 공연이 있어요. 놀러 와요. 끝나는 시간은……."

물론 그녀는 그곳이 어디인지 알고 있다. 그곳은 그들이 처음 만난 곳이고, 다섯 번째와 아홉 번째에도 만난 곳이다. 그녀가 가겠다고 하자 그는 환하게 미소 짓는다. 언제나 그렇다.

"약속하는 거죠?" 그가 묻는다.

"약속해요."

"거기서 봐요." 그녀가 뒤돌아서서 문을 통과할 때 그가 희망에 찬 목소리로 말한다. 그녀는 뒤를 돌아보며 말한다. "그 사이에 나를 잊지나 말아요."

오래된 습관. 미신. 간청.

토비는 고개를 가로젓는다. "어떻게 그럴 수가 있겠어요?"

그녀는 마치 농담을 듣기라도 한 듯 미소 짓는다.

하지만 애디는 알고 있다. 그녀가 힘겹게 계단을 내려가는 지금 그 일이 이미 일어나고 있다는 것을. 그가 문을 닫을 때쯤이면 그녀는 그의 기억에서 사라지고 없으리라는 것을.

– II –

✳ ✳ ✳ ✳ ✳ ✳ ✳

3월은 매우 변덕스러운 달이다.

3월은 겨울과 봄 사이의 솔기—솔기라는 말이 반듯한 옷단을 떠올리게 하긴 하지만—다. 그리고 3월은 흔들리는 손으로 꿰맨 바늘땀들의 매끈하지 않은 선과 같고, 1월의 돌풍과 6월의 신록 사이에서 미친 듯 흔들린다. 문밖으로 나서기 전까지는 무엇과 맞닥뜨릴지 알 수 없다.

에스텔은 이런 날들을 들썩이는 날들이라 부르곤 했다. 따뜻한 피를 가진 신들이 움직이기 시작하고, 차가운 피를 가진 신들은 더욱 차분해지는 날들이었다. 몽상가들로서는 나쁜 생각에 빠지기 가장 좋은 시기였고, 방랑자들은 길을 잃기 쉬운 시기였다.

애디는 지금껏 항상 둘 다에 해당하는 기질을 보여왔다.

이것은 그녀가 고르지 못한 솔기를 따라가는 3월 10일에 태어났다는 점에서 이해가 가는 대목이다. 애디로서는 태어난 날을 축하하고 싶은 마음을 가졌던 것이 아주 오래전 일이지만 말이다.

23년 동안 그녀는 시간이 쌓여가는 것과 그것이 의미하는 바가 두려웠다. 자신이 자라고 있다는 것이, 나이를 먹는다는 것이 두려웠다. 그래서 이후 수백 년 동안 생일은 쓸모없는 날이었고, 자신의 영혼을 넘기기로 한 밤에 비하면 아무것도 아닌 날이었다.

죽음, 그리고 재탄생이 하나로 합쳐졌던 날.

그래도 오늘은 그녀의 생일이고, 생일에는 선물이 있어야 마땅하다.

그녀가 부티크 앞에서 잠시 걸음을 멈추자 그녀의 모습이 유리창에 유령처럼 비친다.

널따란 창 너머로 마네킹이 걷다 멈춘 포즈를 취하고 있는데 자신만의 음악을 듣고 있다는 듯 고개가 한쪽으로 살짝 기울어져 있다. 긴 몸통에는 넓은 줄무늬 스웨터를 걸치고 있고, 번지레한 레깅스가 무릎까지 오는 부츠 안으로 들어가 있다. 한쪽 손은 위로 향하고 있는데 손가락에는 어깨너머로 걸친 재킷의 칼라가 걸려 있다. 애디는 마네킹을 살펴보면서 자세를 바꾸고 고개를 기울이며 포즈를 흉내 내고 있는 자신을 발견한다. 그것은 어쩌면 그날이 그녀의 생일이기 때문이거나, 아니면 공기가 주는 봄에 대한 약속 때문이거나, 아니면 단순히 무언가 새로운 것을 원하는 그녀의 기분 때문인지도 모른다.

부티크 안으로 들어가자 불을 붙이지 않은 양초와 새 옷 냄새가 난다. 애디는 손가락으로 면과 비단으로 된 옷들을 스치듯 만지고 나서 줄무늬 니트 스웨터를 찾아낸다. 알고 보니 캐시미어다. 그녀는 전시된 것과 같은 레깅스와 스웨터를 한쪽 팔에 걸친다. 그녀는 자신의 사이즈를 안다.

사이즈는 바뀌지 않았다.

"안녕하세요!" 명랑한 목소리의 가게 직원은 애디와 같은 이십 대 초반 여자다. 한쪽은 실제고 나이가 들지만, 다른 하나는 호박에 갇힌 그림이다. "도와드릴까요?"

"아니에요, 괜찮아요." 그녀는 진열된 부츠 한 켤레를 집으며 말한다. "필요한 건 다 골랐거든요." 그녀는 직원을 따라 가게 뒤편에 있는 커튼이 쳐진 탈의실로 간다.

"도움이 필요하면 큰 소리로 부르세요." 직원은 돌아서서 커튼을 치기 전에 말한다. 애디는 쿠션이 놓여 있는 벤치, 전신거울과 함께 홀로 남겨진다.

그녀는 손을 대지 않고 발로만 부츠를 벗고, 재킷은 벗어서 의자에 던진다. 재킷이 바닥에 닿는 순간 잔돈이 주머니 안에서 짤랑거리는 소리를 낸다. 그리고 무언가가 굴러 떨어진다. 그것은 둔한 소리를 내며 바닥에 부딪치고, 좁은 탈의실을 가로지른다. 그리고 걸레받이에 부딪치고서야 멈춘다.

반지다.

물푸레나무를 깎아서 만든 작은 원형 반지. 한때는 사랑했지만 지금은 혐오하는 낯익은 반지.

애디는 잠깐 반지를 내려다본다. 손가락이 그녀의 뜻과는 반대로 꿈틀대지만 그녀는 반지를 향해 손을 뻗지도 줍지도 않고, 그저 나무로 된 작은 원형 물건에서 등을 돌린 채 계속해서 옷을 벗는다. 그녀는 스웨터를 껴입고, 몸을 흔들며 레깅스를 다리 위로 꿰고, 부츠 지퍼를 올린다. 마네킹이 더 날씬하고 키도 컸지만 애디는 옷과 부츠를 몸에 걸친 자신의 모습이 마음에 든다. 캐시미어의 따스함과 레깅스의 무게감이, 부츠 속 안감의 부드러운 폭신함이 마음에 든다.

그녀는 가격 뒷자리에 붙은 숫자 0들을 무시하면서 하나씩 가격표를 떼어낸다.

생일 축하해Joyeux anniversaire. 그녀는 거울에 비친 자신의 모습을 보며 속으로 생각한다. 그녀도 자신만의 노래를 듣는 양 고개를 살짝 기울여 본다. 거울 속 얼굴은 수백 년 동안 지녀온 얼굴과 똑같지만 전체적인 모습은 모던한 맨해튼 여자의 모습이다.

애디는 입고 온 옷들을 탈의실 바닥에 흩어진 그대로 허물처럼 남겨둔다. 반지는 벌을 받는 아이처럼 한구석에 있다. 그녀가 다시 챙기는 유일한 물건은 던져놓았던 재킷이다.

그 부드러운 재킷은 검정 가죽으로 만들어졌다. 그리고 입으면 비단처럼 부드럽게 감긴다. 요즘 사람들이 큰돈을 주고 사는, 소위 '빈티지'라고 불리는 것이다. 재킷은 애디가 남겨두고 싶었던, 뉴올리언스에서 불꽃에 던져 넣기를 거부한 유일한 물건이다. 연기처럼 그의 냄새가 배어 있고, 모든 곳에 영원히 존재하는 그의 흔적이 있긴 하지만 그녀는 개의치 않는다. 그녀는 그 재킷을 사랑한다.

재킷은 그 당시엔 새것이었지만 지금은 낡았고, 그녀에게 일어나지 않는 시간의 마모를 있는 그대로 보여준다: 재킷은 그녀에게 도리언 그레이를, 사람의 피부가 아니라 소가죽에 투영된 시간을 떠올리게 한다.

애디는 커튼이 쳐진 작은 탈의실 밖으로 나간다.

부티크 직원이 깜짝 놀라고, 그녀의 모습에 한 번 더 놀란다. "다 잘 맞나요?" 그녀가 묻는다. 누군가를 가게 뒤편으로 보냈다는 것을 기억하지 못한다고 생각하기 어려울 만큼 공손한 태도다. 고객 서비스에 축복을.

애디는 유감이라는 듯 고개를 가로젓는다. "어떤 날은 입고 있는 걸 그냥 어쩌지 못하는 게 사람이기도 하죠." 그녀는 문을 향해 걸으며 말한다.

직원은 탈의실에 내버려진, 여자의 유령 같은 옷가지들을 발견하고도 그것이 누구의 옷인지 기억하지 못한다. 애디는 이미 사라지고 없다. 여직원의 시야와 마음으로부터. 아울러 기억으로부터.

애디는 손가락 하나를 칼라에 걸고 재킷을 어깨에 걸친 채 햇빛 속으로 걸어 나간다.

프랑스, 사르트의 비용
1698년 여름

– III –

✳ ✳ ✳ ✳ ✳ ✳ ✳

아들린은 아버지가 앉아 있는, 말이 끄는 수레의 옆자리에 앉는다.

아들린에겐 미스터리 같은 아버지는 집에 있는 작업실에서 대부분 시간을 보내는 근엄하고 체구가 큰 사람이다.

그들의 발밑에는 작은 몸뚱이가 담요 아래에 숨어 있기라도 하듯 목기들이 형체를 이루고 있다. 튼튼한 암말 막심이 그들을 태우고 집을 떠나 도로를 따라 아래로 내려가자, 바퀴에서는 덜컹대는 소리가 들려온다.

집을 *떠나다니*. 떠난다라는 말은 그녀의 작은 심장을 쿵쿵거리며 내달리게 만든다.

아들린은 얼굴에 있는 점의 개수와 같은 일곱 살이다. 그녀는 영리하고 참새처럼 작고 빠르다. 그녀는 여러 달 동안 아버지에게 시장에 따라가고 싶다고 졸라댔다. 어머니가 이러다가는 애가 미쳐버릴 것이라 확신하고, 아버지가 결국 알겠다고 할 때까지 졸랐다. 그녀의 아버지는 목공이고, 한 해에 세 번 사르트 강을 따라 도시 르망까지 간다.

오늘은 그녀가 아버지와 동행한다.

오늘 난생처음으로 아들린은 비용을 떠난다.

그녀는 고개를 돌려 길 끝자락의 오래된 주목나무 옆에서 팔짱을 낀 채 서 있는 어머니를 바라본다. 수레가 모퉁이를 돌자 어머니는 시야에서 사라진다. 마을 풍경이 지나간다. 집들과 들판이 여기저기 펼쳐지고, 교회와 나무들도 보인다. 가까이에서는 베르제 씨가 땅을 갈고 있고, 멀리서는 테로 부인이 빨래를 널고 있다. 딸 이자벨은 근처 풀밭에 앉아 꽃들을 엮어 화관을 만들고 있다. 그녀는 집중하느라 입술을 깨물고 있다.

아들린이 르망에 가게 되었다고 말했을 때 이자벨은 어깨를 으쓱하며 이렇게 말했다. "난 여기가 좋아."

마치 한 장소를 좋아하면 다른 곳을 보고 싶어 해서는 안 된다는 듯이.

이자벨은 지금 아들린 쪽을 쳐다보고 수레가 지나가자 손을 흔든다. 그들은 마을 변두리에 도착한다. 그녀가 지금껏 가장 멀리 나온 지점이다. 수레는 도로 위 움푹 팬 곳에 빠지기도 하면서 마치 문지방을 넘는 것처럼 흔들린다. 아들린은 숨을 참으며 자신을 마을에 묶어두는, 내면에 있는 밧줄이 팽팽하게 당겨지는 것을 느낄 수 있으리라 기대한다.

하지만 그런 밧줄도, 떨림도 없다. 수레는 계속 앞으로 나아간다. 비용이 작아지는 모습을 보려고 뒤돌아보고 아들린은 흥분되면서도 조금은 무섭다고 느낀다. 그녀에게 비용은 지금까지 세상의 축소판이었지만 이제 암말이 발을 앞으로 내딛을 때마다 마을은 점점 더 작아지면서 세상의 일부분에 불과해지고, 아버지가 만든 조각상들 가운데 하나와 비슷해질 때까지 줄어들더니, 굳은살이 박인 아버지의 손바닥 안에 들어갈 정도로까지 작아진다.

르망까지는 하루가 꼬박 걸리지만 어머니가 건네준 바구니와 아버지와 함께라는 사실 덕분에 아들린은 여행이 힘들지만은 않다. 그녀의 배를 채워주는 어머니가 준비해준 빵과 치즈, 아버지의 순한 웃음과 여름 태양 아래 아들린에게 그늘을 만들어주는 넓은 어깨가 있으니까.

집에서 아버지는 일에 몰두하는 조용한 사람이다. 하지만 길 위에서는 마음을 열고 속내를 드러내며 말을 시작한다.

그가 말을 하는 것은 그녀에게 이야기를 들려주기 위해서다.

사람들이 땔감을 모으듯 아버지가 채집한 이야기들.

"*옛날 옛적에Il était une fois*……."라고 먼저 말을 꺼낸 다음 왕궁과 왕, 금과 화려함, 가장무도회와 휘황찬란한 도시에 관한 이야기를 풀어간다. 옛날 옛적에. 이야기는 이 말로 시작한다.

그녀는 이야기의 내용은 기억하지 못해도 아버지가 이야기를 들려주는 방식은 기억하게 될 것이다. 그의 말은 강의 돌처럼 매끄럽다. 그녀는 아버지가 혼자 있을 때에도 이런 이야기를 하는지, 막심에게도 이토록 편안하고 부드럽게 계속 이야기를 하는지 궁금하다. 작업을 할 때 나무에도 이야기를 들려주는지, 아니면 이야기는 오직 그녀만을 위한 것인지 궁금하다.

아들린은 그 이야기들을 받아 적을 수 있으면 좋겠다고 생각한다.

조금 더 자라면 아버지는 그녀에게 글자를 가르칠 것이다. 어머니는 그 사실을 알고 깜짝 놀랄 것이고, 또 쓸데없는 짓에 시간을 낭비하는 방법을 알려주었다며 아버지를 비난할 것이다. 하지만 아들린은 몰래 방에서 빠져나와 아버지의 작업실로 들어갈 것이고, 아버지는 그녀가 항상 작업실 바닥을 뒤덮고 있는 고운 먼지 위에 쪼그리고 앉아서 자기 이름 쓰기를 연습하도록 허락해줄 것이다.

하지만 오늘 그녀는 오직 듣기만 할 뿐이다.

시골 풍경이 옆으로 지나가고, 그녀가 이미 알고 있는 세상이 서로 겨루듯 모습을 드러낸다. 들판은 그녀가 사는 마을의 들판과 같은 들판일 뿐이고, 나무도 거의 똑같은 모습으로 서 있다. 마을과 마주쳐도 비용과 닮은 시시한 모습이다. 아들린은 바깥세상이 그녀의 마을만큼이나 지루한 것인지 궁금해진다.

그 순간 르망의 외곽 벽이 눈에 들어온다.

돌로 덮인 산등성이가 멀리 솟아 있고, 언덕을 따라 다양한 형태의 산마루가 보인다. 그곳은 넓이가 비용의 백 배—적어도 기억하기로는—는 될 만큼 거대하다. 아들린은 성문을 통과해서 성곽으로 둘러친 도시로 들어갈 때 숨을 죽인다.

성 안으로 들어서자 사람들이 가득한 미로 같은 거리가 나타난다. 그녀의 아버지는 좁은 길이 광장으로 이어질 때까지 돌처럼 단단하게 자리 잡은 집들 사이로 수레를 몬다.

물론 비용에도 광장이 있지만 이곳의 마당보다 조금 더 넓은 수준이다. 이곳의 광장은 거대한데도 사람과 수레들, 좌판들이 너무 많아서 바닥이 보이지 않을 지경이다. 아버지가 막심을 멈춰 세우자, 아들린은 자리에서 일어나 시장 풍경을 보며 감탄한다. 빵과 설탕 냄새가 어지럽게 공기 중에 떠다니고, 시선이 닿는 곳마다 사람들이 가득 차 있다. 그녀는 이렇게나 많은 사람들을, 모르는 얼굴들을 본 적이 없었다. 이곳에서는 낯선 사람들이 바다를 이루고 있고, 낯선 옷을 입은 낯선 얼굴들이 낯선 목소리로 낯선 말을 외친다. 그녀에게 세계의 문들이 활짝 열린 것처럼, 안다고 생각했던 집에 수많은 방이 추가된 것처럼 느껴진다.

아버지는 수레에 몸을 기댄 채 지나가는 모든 사람에게 말을 건넨다. 그러면서도 손은 나무 조각 위로 쉬지 않고 움직이는데 작은 칼이 손바닥 안에 쥐어져 있다. 그가 사과 껍질을 벗기는 듯한 안정적인 손놀림으로 나무 조각의 표면을 깎아내자, 리본 모양을 한 나무껍질이 손가락 사이로 떨어진다. 아들린은 아버지가 일하는 모습을 보는 것이, 작은 조각상들이 복숭아 한가운데에 있는 씨처럼 숨겨져 있지만 처음부터 그곳에 원래 있었던 것처럼 형상을 갖춰가는 모습을 보는 것이 언제나 좋았다.

아버지의 작품은 아름답다. 그의 손은 거칠지만 나무는 매끄럽고, 그의 체구는 크지만 작품은 섬세하다.

그릇들과 컵들 사이에 뒤섞인 채 아버지의 작업 도구들 틈에 놓여 있는 것은 판매용 장난감들이다. 빵 조각만큼 작은 나무 조각상들로 말, 소년, 집, 새 같은 것들이다.

아들린은 그런 작은 물건들에 둘러싸인 채 자랐지만 그녀가 가장 좋아하는 건 동물도 아니고 사람도 아니다.

바로 반지다.

그녀는 반지를 가죽끈에 끼워서 목에 걸고 있다. 그것은 섬세하게 세공한 반지로 물푸레나무 원래의 회색을 띠면서 윤을 낸 돌처럼 매끈하다. 아버지는 그녀가 태어났을 때 이 반지를 만들었다. 언젠가는 자라서 여자가 될 딸을 위해 만들었고, 아들린은 그것을 부적이나 열쇠인 양 차고 다닌다. 그녀는 가끔씩 어머니가 손으로 묵주를 매만지듯 엄지손가락으로 반지 표면을 매만진다.

그녀는 이제 수레 뒤편에 앉아서 *모든 것*을 바라보며 폭풍우 속의 닻이라도 되는 것처럼 반지를 움켜쥔다. 이쪽 각도에서는 건물들 너머를 볼 수 있을 정도로 그녀의 키가 충분히 크다. 그녀는 얼마나 멀리까지 건물들이 이어지는지 궁금해서 발가락 끝을 세워 발돋움을 한다. 그런데 그때 말 한 마리가 지나가면서 그들의 수레를 치고 간다. 그녀는 거의 추락할 뻔하지만 아버지의 손이 팔을 잡아 다시 안전한 위치로 그녀를 되돌려놓는다.

날이 저물 때쯤 목기들은 거의 다 팔렸다. 아들린의 아버지는 그녀에게 구리 동전을 주며 사고 싶은 것이 있으면 무엇이든 사라고 말한다. 그녀는 한 좌판에서 다른 좌판으로 옮겨가며 빵, 케이크, 모자, 드레스, 인형들을 눈여겨본다. 하지만 결국에는 왁스를 바르고 실로 묶은 양피지 공책을 고른다. 그녀를 흥분시키는 건 종이의 공백이다. 그녀가 좋아하는 무언가로 공백을 채울 수 있으리라는 생각이 그녀를 흥분시킨다.

그녀는 공책과 어울리는 연필을 살 수는 없었지만 그녀의 아버지는 두 번째 동전으로 작은 검정 나무토막 한 묶음을 사주며 목탄이라고 설명해준다. 그리고 검정 목탄을 종이에 대고 그리는 법과 그어진 선을 문질러서 선명한 경계선을 그림자처럼 만드는 법을 알려준다. 그는 쓱쓱 몇 번의 손놀림으로 종이 모퉁이에 새를 그리고, 그녀는 아버지가 그림 밑에 쓴 글자들보다 훨씬 더 흥미로운 선들을 따라 그리며 다음 한 시간을 보낸다.

해가 지고 어스름이 내려앉자 아버지는 수레를 정리한다.

그들은 근처 여인숙에서 하룻밤을 보낼 예정이다. 아들린은 난생처음으로 낯선 침대에서 잠을 잘 것이고, 낯선 소리와 냄새에 깨서 자기가 어디에 있는지 모르는, 하품처럼 짧은 순간이 있을 것이고, 심장이 처음에는 두려움으로, 그다음에는 다른 무언가 때문에 빠르게 뛸 것이다. 아직은 설명할 수 없는 무언가 때문에.

그리고 두 사람이 비용에 있는 집으로 돌아올 때쯤 그녀는 이미 다른 사람이 되어 있을 것이다. 모든 창문이 활짝 열려 있고, 신선한 공기와 햇볕, 봄을 안으로 들이고 싶어 하는 새로운 방이 되어 있을 것이다.

프랑스, 사르트의 비용
1703년 가을

– IV –

✳ ✳ ✳ ✳ ✳ ✳ ✳

비용은 가톨릭이 중심인 마을이다. 겉으로 보기에는 확실히 그렇다.

돌로 만들어진 엄숙한 장소인 교회가 마을 한가운데에 있고, 마을 사람들은 영혼을 구원받기 위해 이곳을 찾는다. 아들린의 어머니와 아버지도 일주일에 두 번 그곳에 가서 무릎을 꿇고, 손을 모으고, 그들이 받은 축복에 대해 말하고, 신을 이야기한다.

아들린은 이제 열두 살이다. 그래서 그녀도 똑같이 한다. 하지만 그녀는 아버지가 빵덩이들을 뒤집듯이, 어머니가 흩어진 소금 가루를 모으기 위해 엄지손가락을 핥듯이 기도한다.

신앙에서 나온 것이 아니라 습관이고 그저 기계적인 동작이다.

마을 교회는 새롭지 않고, 신도 새롭지 않다. 아들린이 신에 대해 그런 식으로 생각하게 된 것은 에스텔 덕분이다. 에스텔은 변화의 가장 커다란 위험은 새것이 낡은 것을 대체하도록 내버려두는 것이라고 말한다.

에스텔은 모두에게 속해 있지만 동시에 누구에게도, 심지어 그녀 자신에게도 속해 있지 않다.

강 옆에 자리 잡은 마을의 중심부에 있는 나무처럼 자랐고, 단 한 번도 젊었던 적이 없는 것처럼 옹이가 많은 손과 나무껍질 같은 피부, 자신만의 숨겨진 우물에까지 닿을 정도로 깊이 박힌 뿌리를 가지고서 땅 그 자체에서 솟아난 에스텔.

에스텔은 새로운 신은 섬세하게 값진 세공을 한 존재라고 믿는다. 새로운 신은 도시들과 왕들에게 속한다고, 황금빛 베개를 베고서 파리에서 느긋이 지낸다고, 농부들을 위한 시간을 낼 수 없다고, 숲과 돌과 강물 속에는 새로운 신을 위한 자리가 없다고 그녀는 생각한다.

아들린의 아버지는 에스텔이 미쳤다고 생각한다.

어머니는 그 여자가 지옥에 갈 것이라 말한다. 아들린이 그 말을 옮겼을 때 에스텔은 마른 나뭇잎 같은 웃음을 지으며 지옥은 없다고, 그저 서늘하고 어두운 땅과 잠에 대한 약속만이 있을 뿐이라고 말했다.

"그럼 천국은요?" 아들린이 물었다.

"천국은 그늘이 진 아주 좋은 장소지. 내 뼈 위로 드리운 큰 나무도 있고."

열두 살 먹은 아들린은 이제 아버지의 마음을 바꾸려면 어떤 신에게 기도해야 하는지 궁금하다. 그는 르망으로 가지고 갈 목기들을 수레에 싣고 막심에게 마구를 채웠다. 하지만 6년 만에 처음으로 그녀는 아버지와 동행하지 않는다.

그는 그녀에게 새 그림 도구로 양피지 공책을 사주겠다고 약속했다. 하지만 아들린이 선물보다는 동행을, 그림을 그리는 데 필요한 공책보다는 바깥세상 구경을 더 좋아한다는 사실을 아들린과 아버지 둘 다 알고 있다. 그녀는 그림의 대상을 다 소진했고, 지겨운 마을의 선들과 마을에 사는 얼굴들을 전부 외울 지경이다.

하지만 어머니는 올해 아들린이 시장에 가는 것이 옳지 않다고 결정했다. 아들린은 여전히 아버지 옆자리에 앉을 수 있다는 것을 알지만 수레에는 앉을 만한 공간이 없다는 것이 어머니의 생각이었다.

그녀의 어머니는 아들린이 좀 더 이자벨 테로처럼 되기를 바란다. 상냥하고 친절하며, 호기심이라고는 눈곱만큼도 없는, 모퉁이를 돌면 혹은 언덕 너머에 무엇이 있는지를 궁금해하거나 하늘을 쳐다보는 대신 뜨개

질을 하느라 시선을 아래로 고정하는 데서 만족감을 느끼는 테로가 되길 바란다.

하지만 아들린은 어떻게 해야 이자벨처럼 되는지 모른다.

이자벨처럼 되기를 원치도 않는다.

그녀는 그저 르망에 가고 싶고, 그곳에 가서 사람들과 사방에 널린 그림들을 구경하고, 음식을 맛보고, 지금껏 듣도 보도 못한 물건들을 찾아내고 싶을 뿐이다.

"제발요." 아버지가 수레에 오르자 그녀가 말한다. 목공예품들 사이에 몰래 숨어들어 방수포 아래에 안전하게 숨어 있어야 했다. 하지만 지금은 너무 늦었고 아들린이 수레바퀴에 손을 뻗자 어머니는 손목을 낚아채서 뒤로 당긴다.

"*이제 그만.*" 어머니가 말한다.

아버지는 그들을 쳐다보고는 그대로 길을 떠난다. 수레가 출발하고 아들린이 어머니의 손아귀에서 벗어나 수레를 뒤쫓아 가려고 하자 어머니의 손이 번쩍하고 나타나 이번에는 그녀의 뺨을 꼬집는다.

그녀의 눈에는 눈물이 솟는다. 상처가 생기기 전에 얼굴이 생생하게 붉어진다. 어머니의 목소리가 날아들면서 두 번째 타격을 입힌다.

"넌 더 이상 어린애가 아니야."

아들린은 한편으로 이해하면서도 한편으로는 전혀 이해하지 못한다. 그녀는 자신이 자란다는 단순한 사실로 인해 벌을 받고 있다고 느낀다. 그러자 너무나 화가 나서 달아나고만 싶다. 어머니의 바느질감을 난로에 던져버리고, 아버지의 작업실에 있는 미완성 조각품들을 부수고 싶다.

그러는 대신 그녀는 한쪽 손으로 아버지가 준 반지를 움켜쥔 채 수레가 모퉁이를 돌아 나무들 사이로 사라지는 모습을 지켜본다. 아들린은 어머니가 집안 허드렛일을 하도록 자신의 손을 놓아 풀어주길 기다린다.

그러고 나서 그녀는 에스텔을 찾아간다.

오래된 신들을 여전히 숭배하는 에스텔.

그 여자가 돌로 된 컵을 강에 떨어트리는 장면을 처음 본 것은 분명 아들린이 대여섯 살 때쯤이었다. 그 컵은 레이스처럼 옆에 문양이 새겨진 아름다운 물건이었다. 노파는 그것을 무심히 떨어트리고는 철벅하는 소리에 감탄했다. 그녀의 눈은 감겨 있었지만 입술은 움직이고 있었다. 아들린이 갑자기 나타나 집으로 향하던 그 노파—당시 그녀는 이미 나이가 많았고, 언제나 그랬다—를 깜짝 놀라게 했을 때 에스텔은 신들에게 기도하고 있었다고 말했다.

"뭘 위해서요?"

"마리의 아이가 예정대로 나오질 않고 있어." 그녀가 말했다. "강물의 신들에게 일이 물 흐르듯 잘 되게 해달라고 빌었어. 강물의 신들이 그런 일은 잘 처리하거든."

"근데 왜 컵을 그들에게 줬어요?"

"그건 말이다, 애디. 신들은 탐욕스럽기 때문이야."

애디. 애완동물 같은 이름. 어머니가 남자애 이름 같다고 놀리던 이름. 아버지가 단둘이 있을 때만 좋아했던 이름. 그녀의 뼛속에서 종처럼 울렸던 이름. *아들린*보다 훨씬 더 그녀에게 어울렸던 이름.

그녀는 자신의 텃밭에 있는 야생 호박 덩굴과 블랙베리 덤불의 가시 돋친 가지에 둘러싸인 채 뒤틀린 나뭇가지처럼 몸을 낮게 수그린 에스텔을 발견한다.

"애디." 노파는 고개를 들지도 않고 그녀의 이름을 말한다.

때는 가을이고 땅에는 제대로 익지 못한 과일들이 돌처럼 흩어져 있다. 애디는 신발 위로 튀어나온 발가락으로 그것들을 살짝 건드려본다. "어떻게 그들에게 말을 거세요?" 그녀가 묻는다. "오래된 신들 말이에요.

이름을 부르나요?"

에스텔이 몸을 곧추세우자 마른 나무토막처럼 관절이 소리를 낸다. 그 질문에 놀란 기색은 없다. "신들에겐 이름이 없어."

"주문은 있어요?"

에스텔은 그녀를 날카롭게 쏘아본다. "주문은 마녀들이나 쓰는 거고, 마녀들은 대부분 불태워져."

"그럼 어떻게 기도를 해요?"

"선물로. 그리고 칭찬으로 하지. 그렇다 해도 오래된 신들은 변덕이 심해. 또 반드시 답을 준다는 보장도 없어."

"그럴 땐 어떻게 하세요?"

"계속해야지."

그녀는 뺨 안쪽을 깨문다. "신은 얼마나 많아요, 에스텔?"

"네가 가진 질문만큼이나 많지." 노파는 대답한다. 하지만 그녀의 목소리에는 냉소가 담겨 있지 않다. 아들린은 에스텔의 기분이 누그러졌다는 분명한 신호를 볼 수 있을 때까지 기다리며 숨을 참는 법을 안다. 그것은 이웃집 사람들이 집에 있다는 것을 알고도 노크하고 나서 기다리는 것과 같다. 그녀는 이웃의 발걸음 소리와 자물쇠가 스르륵 움직이는 소리를 들을 수 있고, 문이 열릴 것이라는 것을 안다.

에스텔은 한숨을 쉬며 입을 연다.

"오래된 신들은 어디에나 있어." 그녀는 말한다. "그들은 강에서 수영하고, 들판에서 자라고, 숲속에서 노래해. 그들은 밀밭의 햇살에도 있고, 봄의 어린 나무 아래에도, 돌로 만들어진 교회 옆에서 자라는 포도나무에도 있어. 그들은 하루의 가장자리에 있는 여명과 황혼녘에 모이지."

아들린의 눈이 가늘어진다. "제게 가르쳐줄래요? 그들을 부르는 방법을요."

노파는 한숨을 쉰다. 아들린 라뤼는 영리할 뿐 아니라 고집이 세다는 걸 알기 때문이다. 그녀는 텃밭을 가로질러 터벅터벅 집으로 향하기 시작하고, 아들린이 뒤따른다. 아들린은 에스텔이 답을 하기도 전에 문 앞에 도달하지 않을까, 대화가 중단되지는 않을까 두렵다. 하지만 에스텔은 뒤돌아본다. 주름진 얼굴이지만 눈만큼은 날카롭다.

"규칙이 있어."

아들린은 규칙을 혐오하지만 때로는 필요하다는 것을 안다.

"어떤 규칙이요?"

"그들 앞에서는 겸손하게 굴어야 해. 그리고 반드시 선물도 바쳐야 해. 너에게 소중한 뭔가를 말이야. 그리고 원하는 것을 말할 때는 조심해야 해."

아들린은 생각한다. "그게 다예요?"

에스텔의 얼굴이 어두워진다. "오래된 신들은 위대할지는 몰라도 친절하거나 자비롭지는 않아. 물 위에 비친 달빛, 폭풍우 속 그림자처럼 변덕스럽고 불안정해. 그래도 꼭 그들을 불러내야 한다면 신중해야 해. 무엇을 부탁할지 조심스럽게 결정하고, 대가를 치를 각오도 해야 해." 그녀가 아들린 쪽으로 몸을 기울이자, 그녀의 머리 위로 그림자가 진다. "그리고 아무리 절망스럽거나 암울하다 해도 어둠이 내린 뒤에 응답하는 신들에게는 *절대* 소원을 빌어선 *안 돼*."

이틀 후 아들린의 아버지가 돌아왔고 그의 손에는 새로운 양피지 공책과 실로 묶은 검정 연필 한 묶음이 들려 있다. 그녀가 맨 먼저 한 일은 가장 좋아 보이는 연필을 골라서 뒤뜰에 묻는 것이다. 그러고는 다음에 아버지가 집을 떠날 때 자기도 함께 갈 수 있게 해달라고 기도한다.

신들이 그녀의 기도를 들었는지 몰라도 그들은 응답하지 않는다.

아들린은 그 후 다시는 르망에 가지 못한다.

프랑스, 사르트의 비용
1707년 봄

– V –

✶ ✶ ✶ ✶ ✶ ✶ ✶

눈 깜박할 사이에 몇 년의 시간이 낙엽처럼 흘렀다.

아들린은 이제 열여섯 살이고, 사람들은 모두 그녀가 여름철에 피어난 꽃인 것처럼 말한다. 꺾어다 화병에 꽂아두어야 할 꽃, 꽃을 피우고 난 다음에는 죽어갈 무언가로 생각한다. 자유 대신에 가족을 꿈꾸고, 잠깐 피어났다가 시드는 데 만족하는 듯 보이는 이자벨 같은 사람으로 생각한다.

그러나 아들린은 아니다. 아들린은 에스텔처럼 차라리 나무가 되기로 결심했다. 뿌리를 키워야 한다면 가지치기를 당하느니 차라리 왕성하게 자라도록 방치되는 편을 선택할 것이다. 열린 하늘 아래 홀로 서서 자라는 것이 차라리 낫다. 잘려서 다른 사람의 난로에서 불타는 장작보다는 훨씬 낫다.

그녀는 빨랫감을 엉덩이에 올려붙이고는 언덕을 넘고 잡초가 우거진 경사로를 따라 강쪽으로 내려간다. 강둑에 도착해서 바구니를 뒤집어 더러워진 옷을 풀밭에 쏟는다. 치마와 앞치마, 속옷들 사이에 비밀처럼 스케치북이 숨겨져 있다. 물론 생애 첫 스케치북은 아니다. 그녀는 해마다 스케치북을 모았고, 여백을 최대한 활용하기 위해 빈 틈 없이 구석구석까지 조심스레 채웠다.

하지만 달이 뜨지 않는 밤의 양초처럼 스케치북의 여백은 언제나 빠르게 줄어들었다.

계속 조금씩 선물로 줘버리는 탓도 없지 않다.

그녀는 발을 흔들어 신발을 벗고 비탈에 등을 기댄다. 치마가 발치에 가지런히 모인다. 손가락으로 풀을 훑으며 종이의 해진 가장자리를 찾는다. 그녀가 가장 좋아하는 그림 가운데 하나를 지난주 동이 트고 난 직후 사각형으로 접어서 강둑에 묻었다. 씨앗처럼 혹은 약속처럼 묻어둔 상징물이자 일종의 공물이었다.

아들린은 그래야만 할 때에는 여전히 새로운 신에게 기도한다. 그러나 부모님이 그녀를 보고 있지 않을 때는 오래된 신들에게도 기도한다. 그녀는 두 가지 일을 동시에 할 수 있다. 하나의 신은 체리씨처럼 뺨 속에 숨겨놓은 채 다른 신에게 낮게 속삭이는 일을 할 수 있다.

지금까지는 그 어떤 신도 응답하지 않았다.

하지만 아들린은 듣고 있다고 확신한다.

지난봄 조르주 카롱이 그녀를 야릇하게 쳐다보기 시작했을 때 그가 시선을 돌리길 기도했더니 그는 대신 이자벨을 눈여겨보기 시작했다. 이후 이자벨은 그의 아내가 되었고 지금은 첫째 아이를 임신 중이다. 지금은 임신과 함께 찾아오는 여러 고통으로 지친 상태다.

아르노 틸이 지난가을 자신의 뜻을 분명히 했을 때 아들린은 그가 다른 소녀를 찾기를 기도했다. 그는 다른 소녀를 찾지는 못했지만 그해 겨울 병에 걸려 죽었다. 아들린은 자신이 안도감을 느낀다는 것이 끔찍하다고 생각했다. 그러면서도 더 많은 자잘한 장신구들을 강에 던져 넣었다.

그녀는 계속 기도했고, 누군가는 그 기도를 들은 것이 틀림없다. 왜냐하면 그녀가 여전히 자유롭기 때문이다. 그녀는 구애로부터 자유롭고, 결혼으로부터 자유롭고, 비용을 제외하면 어디서든 자유로웠다. 혼자 마음껏 자랄 수 있었다.

그리고 꿈.

아들린은 스케치북을 무릎에 가지런히 올리고 비탈에 등을 기댄다. 그러고는 호주머니에서 끈이 달린 주머니를 꺼내고 그 안에서 장날의 동전처럼 짤랑대는 목탄 조각들과 소중한 몽당연필 몇 개를 꺼낸다.

아버지가 검은 연필심 주변으로 가느다란 나무 띠를 감아주고, 어떻게 그 작은 칼을 잡아야 하는지, 어떻게 끄트머리를 깎아내는지, 어떻게 연필 끝을 가느다랗게 다듬는지 보여주기 전까지, 그녀는 손가락에 검댕을 묻히지 않기 위해 손잡이 부분에 작은 천 조각을 두르곤 했다. 이제 그림은 더 선명하고, 가장자리에는 윤곽이 있고, 디테일은 더욱 세밀해졌다. 그림은 종이 위로 퍼지는 얼룩처럼 피어난다. 비용의 풍경과 그 안에 있는 모든 사람—어머니의 머리카락과 아버지의 눈, 그리고 에스텔의 손을 그린 선들—, 모든 페이지의 이음매와 가장자리에 숨겨져 있는 것.

아들린의 비밀이 거기 있었다.

그녀만의 낯선 남자.

그녀는 여백을 전부 그로 채운다. 너무나 자주 그린 얼굴이라 손놀림에 전혀 힘을 주지 않아도 선들이 저절로 펼쳐진다. 그녀는 그를 한 번도 만난 적이 없지만 기억을 통해 상상할 수 있다.

그는 그녀의 마음이 만든 허구다. 처음에는 지루함 때문에, 그다음에는 갈망 때문에 만들어낸 동행이다.

자신의 동행을 간직하리라는 꿈.

언제가 시작이었는지는 기억하지 못한다. 그저 어느 날 마을 사람들을 떠올려보다 그들 각자의 모습에 하나같이 무언가가 부족하다는 사실을 알아차렸을 뿐이다.

아르노의 눈은 마음에 들었지만 턱이라고 할 만한 것이 없었다.

자끄는 키가 컸지만 먼지만큼이나 따분했다.

조르주는 강했지만 손이 거칠었고 성미는 더했다.

그래서 그녀는 마음에 드는 부분들을 훔쳐 새로운 한 사람으로 조합

해냈다.

낯선 남자.

처음에는 일종의 게임처럼 시작되었다. 그러나 아들린이 그를 더 많이 그리면 그릴수록 선들은 탄탄해졌고, 목탄을 누르는 손은 더욱 자신만만해졌다.

검정 곱슬머리. 옅은 색 눈. 강한 턱. 경사진 어깨와 큐피드의 활을 닮은 입. 그녀가 한 번도 만나보지 못한 남자, 절대 알 수 없는 삶, 단지 꿈만 꿀 수 있는 세계.

가만히 있기가 어려울 때 그녀는 그림에 매달려 이제는 친숙한 선들을 베끼듯 따라 그린다. 그리고 잠을 잘 수 없을 때 그를 생각한다. 그의 뺨의 각도나 상상했던 그늘진 녹색 눈만이 아니라 목소리와 촉감도 생각한다. 잠에서 깨어났을 때 그가 옆에 있다고 생각한다. 그의 긴 손가락이 그녀의 살갗에 있지도 않은 무늬를 따라간다. 그러면서 그녀에게 이야기를 들려준다.

그녀의 아버지가 들려주던 기사들과 왕국들, 공주들과 도둑들에 관한 이야기가 아니다. 동화와 경계선을 넘는 모험에 대한 경고가 아니라 진짜처럼 느껴지는, 길과 반짝이는 도시들, 비용 너머의 세계를 보여주는 이야기다. 그녀가 그의 입을 빌려 흘러나오게 만든 말들은 틀림없이 오류와 거짓말투성이지만 낯선 남자의 것이라 생각해낸 목소리는 자신에게조차도 너무나 훌륭하고 진짜처럼 들린다.

네가 그걸 볼 수 있다면 좋을 텐데. 그가 말한다.

어떤 것이든 내어줄게. 그녀가 대답한다.

언젠가는. 그가 약속한다. 언젠가는 *네게 보여줄게. 넌 모든 것을 보게 될 거야*.

그 말들을 생각하는 것만으로도 그녀는 고통스럽다. 너무나 진심 어린, 너무나 위험한 욕구로 나아가는 게임이다. 그래서 그녀는 자신의 상상 속에서 벌어지는 일임에도 대화를 좀 더 안전한 길로 이끈다.

호랑이 얘기를 해줘. 아들린이 말한다. 에스텔에게서 거대한 고양이에 대해 들어본 적이 있기 때문이다. 에스텔은 어느 석공에게서 들은 이야기고, 석공은 호랑이를 본 적이 있다는 같은 캐러밴 여자에게서 그 이야기를 들었다.

그녀의 낯선 남자는 미소 짓고, 가느다란 손가락으로 그 모습을 흉내 내며 호랑이의 비단결 같은 털과 이빨, 성난 울음소리에 대해 들려준다.

비탈에서 아들린은 옆에 둔 빨랫감을 잊은 채 나무 반지를 한 손으로 멍하니 돌리며 다른 손으로는 그림을 그린다. 그의 눈과 입, 맨 어깨의 선을 스케치한다. 그녀는 선을 하나씩 그려가며 그에게 생명을 불어넣는다. 한번 획을 그을 때마다 또 다른 이야기가 만들어진다.

파리의 무도회 이야기를 해줘.

바다를 항해하는 일에 대해 말해줘.

모든 것을 내게 들려줘.

거기에는 위험도, 비난도 없고, 그녀의 나이 또한 어리지 않다. 모든 여자는 꿈을 꾼다. 크면 그런 생각에서 벗어날 거야,라고 부모는 말한다. 그러기는커녕 아들린은 한층 많은 것에 대해 고집스러운 희망을 더 꽉 붙잡으며 그런 생각 속에서 커가고 있음을 느낀다.

세상은 당연히 점점 더 커질 것이다. 그러나 그녀는 몸의 평편한 선들이 곡선을 그리며 바깥으로 부풀어 오르기 시작할수록 팔다리를 조이는 쇠사슬처럼, 세상이 쪼그라든다고 느낀다. 그리고 불현듯 아르노 혹은 조르주, 또는 그녀를 소유하게 될 다른 남자 중에서 자신의 동행을 선택하게 되리라는 생각이 낯선 만큼이나 그녀의 손가락에 쥔 목탄도 낯설게 느껴진다.

그녀는 모든 것과 불화한다. 그녀는 그 무엇과도 어울리지 않고, 여자라는 성을 거부하고 여자의 몸속에 들어 있는 고집스러운 아이다. 마치 세상을 향한 문이라도 되는 것처럼 두 팔로 스케치북을 꽉 붙잡은 채 머리를 숙이고 있다.

고개를 들어 위를 볼 때마다 그녀의 시선은 항상 마을의 가장자리로 향한다.

"몽상가." 그녀의 어머니는 조롱한다.

"몽상가." 그녀의 아버지는 한탄한다.

"몽상가." 에스텔은 경고한다.

하지만 그녀에게는 그리 나쁜 말 같지 않다.

아들린이 깨닫기 전까지는.

뉴욕
2014년 3월 10일

– VI –

✶ ✶ ✶ ✶ ✶ ✶ ✶

세상을 혼자서 살아가는 데에는 어떤 리듬이 있다.

혼자 살아가는 사람들은 없어도 살아갈 수 있는 것들과 없으면 살아갈 수 없는 것들을, 삶을 규정하는 단순한 필수품들과 작은 기쁨들을 발견한다. 그것은 음식도 집도 아니며, 몸이 원하는 기본적인 것도 아니다. 그녀에게 그런 것들은 사치다. 그것은 사람들이 온전한 정신을 가진 채 살아갈 수 있게 해주는 것들이다. 기쁨을 주는 것이다. 삶을 참아낼 수 있게 만들어주는 것이다.

애디는 아버지와 그의 조각품들을, 나무껍질을 벗겨내고 나무의 아랫부분을 깎아서 그 안에 숨어 있는 모양을 찾아내던 모습을 생각한다. 미켈란젤로는 그것을 대리석 안의 천사라고 불렀다. 물론 어렸을 때에는 이런 이야기를 몰랐다. 아버지는 그것을 나무 속의 비밀이라고 불렀다. 그는 한 물건의 정수를 찾아낼 때까지 한 겹씩, 조금씩 벗겨내는 법을 알았다. 그리고 언제 너무 많이 깎아냈는지도 알았다. 한 번의 손놀림만으로도 너무 지나치게 많이 깎아버리면, 나무는 그의 손에서 섬세한 것이 아니라 부서지기 쉬운 것으로 바뀌었다.

애디는 300년 동안 아버지의 손재주를 연마했고, 자기 자신을 깎아내고 또 깎아내서 몇 개의 핵심적 진실로 압축했으며, 없으면 살아갈 수 없는 것들을 익혔다.

그래서 그녀가 내린 결론은 다음과 같다. 음식 없이도 살 수 있고(그녀는 굶어 죽지는 않는다), 온기 없이 지낼 수 있다(추위가 그녀를 죽게 만들지는 못한다). 하지만 예술이 없는 삶, 경이로움이 없는 삶, 아름다운 것들이 없는 삶이라면 그녀는 미쳐버릴 것이다. 실제로 미치기도 했었다.

그녀가 *필요로 하는* 것은 이야기다. 이야기는 자기 자신을 보존하는 한 가지 방법이다. 기억되는 방법이다. 그리고 잊는 방법이다.

이야기는 아주 다양한 형태로 나타난다. 목탄으로, 노래로, 그림으로, 시로, 영화로 나타난다. 그리고 *책*으로도.

그녀가 알아낸 바에 따르면 책은 수없이 다양한 삶을 사는 방법이다. 혹은 아주 긴 삶에서 힘을 얻는 방법이다.

플랫부시에서 두 블록을 올라가자 보도에 놓인 친숙한 녹색 접이식 탁자가 눈에 들어온다. 그 위에는 페이퍼백 책들이 놓여 있다. 프레드가 탁자 뒤편에 있는 곧 무너질 것 같은 의자에 앉은 채 상체를 수그리고 있다. 그는 책 『엠은 악의의 엠이다M is for Malice』에 빨개진 코를 묻고 있다. 그 노인은 『케이는 킬러의 케이다K is for Killer』라는 책을 읽고 있었을 때 그래프턴Grafton의 알파벳 시리즈를 죽기 전에 다 읽겠노라 결심했다는 이야기를 그녀에게 들려준 적이 있다. 그녀는 그가 성공하기를 희망한다. 그는 성가신 기침을 달고 사는데 이렇게 추위 속에 밖에 나와 앉아 있는 것은 도움이 되지 않을 것이다. 하지만 애디는 올 때마다 이곳에 나와 있는 그를 발견한다.

프레드는 웃거나 잡담하지 않는다. 애디가 그에 대해 알게 된 것은 지난 2년 동안 겨우 몇 마디씩 나누며 조금씩 알아낸 것이다. 알아가는 속도는 느렸고 도중에 중단되기도 했다. 그녀는 그가 위층에 사는 홀아비라는 것을, 진열된 책들은 아내 캔디스의 소유물이었다는 것을, 아내가 죽자 그녀의 책을 팔기 위해 전부 아래로 가져왔다는 것을, 그 일이 그에게는 그녀를 조금씩 떠나보내는 것과 같다는 것을 안다. 자신의 슬픔을 팔고 있다는 것을 안다. 애디는 그가 자신의 아파트에서 홀로 죽고 발견되지 못하는 것—그리워하는 대상이 되지 못하는 것—을 두려워하기 때문에 이곳에 나와 앉아 있다는 것을 안다.

"내가 여기서 쓰러지면," 그가 말한다. "적어도 누군가는 발견하겠지."

그는 무뚝뚝한 노인이지만 애디는 그를 좋아한다. 그녀는 그의 분노에 담긴 슬픔을, 슬픔의 신중함을 본다.

애디는 그가 실제로는 책을 팔고 싶어 하지 않는다고 생각한다.

책에 가격을 매겨놓지도 않았고, 읽어본 책도 몇 권 안 된다. 가끔은 그의 기분이 너무 뚱해 보이고 말투가 냉담해서 고객들이 되돌아 가기도 한다. 그래도 그들은 여전히 이곳에 찾아와서 책을 산다. 책이 좀 줄었다 싶으면 새 박스가 나타나고, 그 내용물들이 빈 공간을 채운다. 애디는 지난 몇 주 동안 다시금 오래된 책들 사이에서 신간들을 발견하기 시작했고, 너덜너덜해진 페이퍼백 사이에서 새 책들과 온전한 책들을 발견한다. 그녀는 그가 새 책들을 구매하는 것인지, 아니면 다른 사람들이 이 이상한 컬렉션에 책을 기부하는 것인지 궁금하다.

이제 애디의 발걸음이 느려지고, 손가락들이 책등 위로 춤을 춘다.

이곳의 책 컬렉션은 불협화음으로 만들어진 메들리다. 스릴러와 전기, 로맨스, 너덜너덜해진 대량 판매용 서적들, 광택이 있는 양장본들이 몇몇 섞여 있다. 그녀는 지금껏 100번도 넘게 책들을 훑어보기 위해 이곳을 들렀지만, 오늘은 무심히 끝자락에 있는 책을 살짝 쳐서 손안으로 밀어 넣는다. 그녀의 움직임은 마술사의 손놀림처럼 가볍고 빠르다. 속임수의 일종이다. 오랜 연습은 완벽함으로 이어졌다. 애디는 책을 팔 아래에 끼우고 계속 걷는다.

노인은 고개를 드는 법이 없다.

뉴욕
2014년 3월 10일

– VII –

✶ ✶ ✶ ✶ ✶ ✶ ✶

시장은 한 무리의 나이든 부인들처럼 공원 변두리에 있다.

겨우내 오랫동안 드문드문했던 흰색 천을 씌운 판매대가 드디어 늘어나기 시작하고, 뿌리채소, 고기와 빵, 그리고 추위에 강한 주요 산물들 사이로 새로운 생산물들이 눈에 띄는 광장에는 여러 색깔 텐트들이 점점이 흩어져 있다.

애디는 사람들 사이를 누비듯 통과해 프로스펙트 공원의 정문 옆에 자리 잡은 작은 흰색 텐트로 향한다. 라이즈 앤드 샤인은 커피와 빵을 파는 판매대다. 에스텔을 떠올리게 하는 자매가 운영하는데, 그 노파가 한 명이 아니라 기질에 따라 둘로 나뉜다면 아마 이런 모습일 것 같다. 그 노파가 더 친절하고 온화했다면, 혹은 다른 삶을, 다른 시간을 살았다면 그런 모습일 것이다.

자매는 눈이 오건 해가 쨍하건 일년 내내 이곳 판매대에 있다. 끊임없이 바뀌는 도시에서 찾을 수 있는 작은 불변의 요소다.

"안녕, 아가씨." 멜이 말한다. 멜은 어깨가 넓고, 심한 곱슬머리에 낯선 사람도 가족처럼 느끼게 하는 다정함의 소유자다. 애디는 그런 편안함과 따스함을 사랑하고, 닳아서 해진 스웨터처럼 그 안에 몸을 파묻고 싶다.

"뭘 줄까요?" 매기가 묻는다. 그녀는 멜보다 나이가 많고 더 날씬한데, 눈가의 주름은 그녀가 거의 웃지 않는다는 생각이 잘못된 것임을 알려준다.

애디는 라지 사이즈 커피와 머핀 두 개를 주문한다. 하나는 블루베리 머핀이고 다른 하나는 초콜릿 칩 머핀이다. 커피와 머핀을 받고 토비의 커피 탁자에서 발견한 꾸깃꾸깃한 10달러짜리 지폐를 건넨다. 물론 시장에서 뭔가를 훔칠 수도 있지만 그녀는 이 작은 판매대의 운영자인 두 사람을 좋아한다.

"10센트짜리 동전 있어요?" 매기가 묻는다.

애디는 주머니에서 잔돈을 끄집어낸다. 25센트짜리 동전 몇 개와 5센트짜리 동전 하나가 나온다. 그리고 거기에는 그것이, 차가운 금속 동전들 사이에 따뜻한 그것이 있다. 그녀의 손가락이 나무 반지를 스치고, 그것이 주는 느낌 때문에 그녀는 이를 악문다. 마치 성가신 생각처럼 그것을 떨쳐내기가 어렵다. 동전을 고르면서 애디는 나무 반지를 다시 만지지 않으려 조심한다. 반지를 꺼내 수풀 사이로 던져버리고 싶은 욕구를 참는다. 그렇게 한다고 해서 달라지는 것이 없음을 그녀는 안다. 그것은 항상 되돌아올 것이다.

어둠이 두 팔을 스카프처럼 그녀의 목 주변에 두른 채 그녀의 귀에 대고 속삭인다.

난 항상 너와 함께 있어.

애디는 10센트짜리 동전을 집고 나머지는 주머니에 넣는다.

매기는 4달러를 돌려준다.

"이쁜 아가씨, 어디서 왔어요?" 애디의 목소리 끝자락에서 아직도 희미하게 남아 있는 억양을 눈치챈 멜이 묻는다. 요즘엔 끝부분의 에스s를 발음하지 않거나 티*t*를 약간 부드럽게 발음하는 정도로 억양이 줄었다. 아주 오랜 시간이 흘렀지만 지금까지도 억양을 완전히 버리지는 못한 것 같다.

"이곳저곳에서요." 그녀가 대답한다. "하지만 태어난 곳은 프랑스예요."

"울랄라." 멜이 브루클린식의 단조롭고 느린 말투로 말한다.

"여기 있어요, 명랑한 아가씨." 빵이 든 봉투와 큰 컵을 그녀에게 건네며 매기가 말한다. 애디는 손가락으로 종이컵을 감싼 뒤 차가운 손바닥에 전해지는 열기를 즐긴다. 커피 맛은 강하고 쓰다. 커피를 한 모금 마시자 따스함이 몸속으로 전해지고, 그녀는 다시 파리로, 이스탄불로, 나폴리로 돌아간다.

기억 한 모금.

그녀는 공원 정문 쪽을 향해 걷기 시작한다.

"*또 봐요Au revoir!*" 멜이 모든 음절을 또박또박 힘주어 발음하며 외치자 애디는 뿜어나오는 입김 사이로 미소 짓는다.

공원의 공기는 상쾌하다. 해가 나와서 온기를 필사적으로 전해주지만 그늘은 여전히 겨울이다. 그래서 애디는 햇빛을 따라간 뒤 구름 없는 하늘 아래에 있는 풀이 난 비탈에 주저앉는다.

그녀는 블루베리 머핀을 종이봉투 위에 놓고, 커피를 한 모금씩 마시며 프레드의 탁자에서 빌려온 책을 살펴본다. 아까는 무슨 책인지 알려고도 하지 않았지만, 이제 보니 표지는 마모되어 부드럽고 제목은 독일어로 쓰여 있는 페이퍼백이다. 이내 그녀의 가슴이 철렁 내려앉는다. 『그림동화』라는 제목이 적혀 있다. 그림 형제가 쓴 책이다.

그림 동화.

그녀의 독일어는 이제 예전 같지 않다. 그녀의 마음속 뒤편에 보관되어 있고, 전쟁 이후 별로 사용할 일이 없었던 한 모퉁이에 있다. 이제 그녀는 그곳에 쌓인 먼지를 털어낸다. 더께 아래에는 온전하고 누구의 방해도 받지 않는 공간이 있음을 그녀는 안다. 기억의 좋은 점이다. 그녀는 부서질 듯 오래된 페이지들을 넘기고, 눈은 단어들에 걸려 넘어진다.

한때 그녀도 이런 이야기를 좋아했었다.

그녀가 아직 어린아이였을 때, 세상이 작았고 그 열린 문들을 꿈꾸었을 때.

하지만 지금 애디는 너무나 잘 안다. 그런 이야기에는 바보 같은 일들을 벌이는 바보 같은 인간들이 가득 차 있다는 것을. 그리고 그런 이야기는 신들과 괴물들, 너무 많은 것을 원하고 그 결과로 모든 것을 잃게 되는 것을 이해하지 못하는, 탐욕스러운 인간들에 대한 경고라는 것을. 그들은 대가를 치르고나서야 이해하고, 다시 그것을 찾으려고 할 때는 이미 너무 늦었다.

하나의 목소리가 그녀의 가슴 안에서 연기처럼 솟는다.

날이 저문 뒤에 응답하는 신들에게는 절대 소원을 빌어선 안 돼.

애디는 책을 옆에 던지고 풀밭 위에 등을 대고 눕는다. 태양을 즐겨보려 애쓰며 눈을 감는다.

프랑스, 사르트의 비용
1714년 7월 29일

– VIII –

아들린은 나무가 되고 싶었다.

에스텔처럼 야생에 깊이 파묻혀 자라나고 싶었고, 발아래 땅과 머리 위 하늘 외에는 어디에도 속하고 싶지 않았다. 그것은 평범치 않은 삶일 것이고 아마 조금은 외로운 삶일 테지만 적어도 그녀 자신이 주인인 삶일 것이다. 그녀는 자신 외 다른 누구에게도 속하고 싶지 않았다.

하지만 여기 비용과 같은 곳에서는 늘 위험이 존재한다.

한 번 눈을 깜박였을 뿐인데 1년이 지나간다.

한 번 눈을 깜박였을 뿐인데 5년이 지나간다.

비용이라는 마을은 물건들이 사라질 정도로, 돌들 사이에 난 넓은 틈 같다. 시간이 빠져나가고 흐릿해지는 장소다. 한 달이, 1년이, 한 생애가 사라질 수 있는 곳이다. 모든 사람이 100미터 범위 내에서 태어나고 죽는 곳이다.

아들린은 나무가 될 생각이었다.

그러던 어느 날 로제가 그의 아내 폴린과 함께 나타났다. 그들은 함께 자라고 결혼했다. 하지만 폴린은 부츠 한 켤레의 끈을 매는 데 걸리는 시간 사이에 죽었다.

난산이었고, 죽음이 뒤따르는 출산이었다. 하나의 새로운 생명이 태어났어야 했는데 아기와 엄마, 둘이 죽어야 했다.

아이가 넷이 되었어야 할 로제의 집에는 어린 세 자녀들만 남겨졌다.

무덤을 덮은 흙이 채 마르기도 전에 로제는 또 다른 아내이자 아이들을 위한 또 다른 엄마를 찾아 나섰고, 아들린의 유일하고 한 번뿐인 삶을 희생양 삼아 자신의 두 번째 삶을 찾아 나섰다.

물론 그녀는 싫다고 말했다.

아들린은 스물세 살이었고, 결혼하기엔 이미 나이가 너무 많았다.

스물세 살은 생의 3분의 1이 이미 흘러가버린 나이였다.

23년이 흐른 후 그녀는 사랑하지도, 원하지도, 심지어 알지도 못하는 남자에게 상으로 주는 암퇘지처럼 건네졌다.

그녀는 싫다고 말했지만 그 말이 어떤 취급을 받을지 알고 있었다. 이윽고 에스텔처럼 그녀 자신도 마을에 자신을 내맡겨야 하는 처지가 되었음을 알게 되었다. 마을도 그녀를 필요로 했다.

그녀의 어머니는 그것이 의무라고 말했다.

그녀의 아버지는 그것이 자비라고 말했다. 아들린은 그게 누구를 위한 자비인지 몰랐다.

에스텔은 그것이 온당치 않은 일이라는 것을 알았기에 아무 말도 하지 않았다. 그것이 여인이 되는 일, 자신을 한 사람이 아니라 한 장소에 내어주는 위험이라는 것을 알았기 때문이었다.

아들린은 나무가 될 생각이었는데 마을 사람들은 도끼를 휘두르며 달려들었다.

그들은 그녀를 내주었다.

그녀는 결혼식 전날 밤 잠들지 못하고 깨어서 자유에 대해, 도망치는 것에 대해 생각한다. 미친 생각이라는 것을 알면서도 아버지의 말을 타고 몰래 도망치는 상상을 한다.

그런 일을 벌일 정도로 자신이 미쳤다고 느낀다.

하지만 그렇게 하지 못하고, 대신 기도한다.

물론 그녀는 줄곧 기도해왔다. 약혼날부터 가진 것의 절반을 강에 주었고, 나머지 절반은 들판이나 마을이 숲과 만나는 곳의 흙 비탈이나 덤불에 묻었다. 지금 그녀에겐 남은 시간이 거의 없고, 갖다 바칠 물건도 다 떨어진 상태다.

그녀는 어둠 속에 누워 가죽끈에 달린 오래된 나무 반지를 돌린다. 한밤중이지만 밖으로 나가 다시 기도해볼까 하다가 이내 아들린은 응답할지도 모를 신들에 대한 에스텔의 무시무시한 경고를 떠올린다. 그래서 대신 두 손을 맞잡고 어머니의 신에게 기도한다. 도움을 달라고, 기적을 행해달라고, 빠져나갈 방법을 알려달라고 기도한다. 그리고 밤이 가장 어두울 때 로제가 죽기를 기도한다. 자신의 탈출을 위한 것이라면 무엇이든지 빈다.

그녀는 동시에 죄책감도 느낀다. 내쉰 숨처럼 죄책감을 가슴 안으로 빨아들이고 가만히 기다린다.

날은 달걀노른자처럼 밝아오며, 노란 빛을 들판에 흩뿌린다.

밤새 한숨도 자지 못한 아들린은 여명이 밝기 전에 집에서 빠져나온다. 그녀는 텃밭 너머 풀밭을 헤치며 나아가고, 치맛자락에는 이슬이 뭉친다. 그녀는 가장 좋아하는 그림용 연필을 한 손에 꽉 쥐고 있다. 치마의 무게감이 온몸을 짓누른다. 아들린은 연필을 포기하고 싶지 않지만 시간이 별로 없고, 갖다 바칠 물건도 거의 다 떨어졌다.

그녀는 연필 끝부분을 들판의 축축한 흙에 내리누른다.

"절 도와주세요." 그녀는 풀에 대고 속삭인다. 풀들의 가장자리는 빛을 받아 반짝인다. "거기 있는 거 알아요. 듣고 있는 거 알아요. 제발요, 제발."

하지만 풀은 풀이고 바람은 바람일 뿐이다. 그녀가 이마를 땅에 대고 흐느끼지만 아무도 대답하지 않는다.

로제에게 뭔가 *문제*가 있는 것은 아니다.

하지만 한 가지도 *제대로 된* 것이 없다. 그의 피부는 왁스처럼 희멀겋고, 금발 머리카락은 가늘며, 목소리는 한 줄기 새된 바람 소리 같다. 그녀의 팔을 잡았을 때 그의 손아귀 힘은 허약했고, 머리를 그녀 쪽으로 기울일 때 그의 숨에서는 역한 냄새가 난다.

아들린은? 그녀는 텃밭에 너무 오래 내버려둔 채소다. 피부는 거칠고, 안은 나무처럼 퍽퍽하고, 자발적으로 땅에 숨어 있다가 결국 파내져서 저녁거리로 쓰일 채소다.

"그와 결혼하고 싶지 않아요." 손가락을 풀이 우거진 땅에 박은 채 그녀가 말한다.

"아들린!" 마치 길 잃은 가축을 찾듯 어머니가 그녀를 부른다.

그녀는 분노와 슬픔으로 멍한 채 힘겹게 일어선다. 그녀가 집 안으로 들어가자 어머니는 그녀의 손에 묻은 흙만 보고서 세면대로 가서 손을 씻으라고 지시한다. 아들린은 손톱 밑에 낀 흙을 긁어내고, 어머니가 꾸중하는 동안 손가락을 깨물며 초조해한다.

"네 남편이 뭐라고 생각하겠니?"

남편.

맷돌 같은 단어. 무게감만 있고 따스함은 없는 단어.

어머니는 쯧쯧 혀를 찬다. "돌봐야 할 아이가 생기면 그렇게까지 안절부절못하진 않겠지."

아들린은 한 번 더 이자벨에 대해 생각한다. 작은 남자애 두 명이 그녀의 치맛자락에 매달리고, 난로 옆 바구니에는 셋째 아이가 있다. 이자벨과 아들린은 함께 꿈을 꾸곤 했지만 이자벨은 2년 만에 10년은 더 나이가 들어 보인다. 그녀는 항상 지쳐 있고, 한때 웃음으로 홍조를 띠던 얼굴은 움푹 꺼졌다.

"누군가의 아내가 되는 건 너에게 도움이 될 거야." 어머니는 말한다.

날은 문장처럼 지나간다.

태양은 큰 낫처럼 진다.

어머니가 그녀의 머리카락을 왕관 모양으로 땋고, 보석이 있어야 할 곳에 꽃들을 엮는 동안 아들린에게는 낫의 날이 휙 하고 지나가는 소리가 들리는 듯했다. 그녀의 드레스는 소박하고 가볍지만, 그것이 그녀를 짓누르는 무게감에 비추어보면 쇠사슬로 만든 것과 같다.

그녀는 비명을 지르고 싶다.

대신 그녀는 균형을 잡으려는 듯 손을 위로 올려 목에 걸려 있는 나무 반지를 꽉 쥔다.

"예식 전에 그거 벗어." 어머니가 그녀에게 지시하듯 말하자 아들린은 고개를 끄덕인다. 하지만 그녀는 반지를 쥔 손가락에 더욱 힘을 준다.

그녀의 아버지가 헛간에서 집 안으로 들어온다. 그는 대팻밥을 뒤집어쓴 채 수액 냄새를 풍긴다. 그가 기침을 하자 가슴 안에서는 여물지 않은 씨앗처럼 희미하게 가르렁거리는 소리가 난다. 기침 증세를 보이기 시작한 지 1년 정도 되었지만 아버지는 일체 말도 못 꺼내게 한다.

"준비는 다 되었니?" 그가 묻는다.

얼마나 바보 같은 질문인지.

그녀의 어머니는 이미 끝난 일인 것처럼 결혼피로연에 관해 이야기한다. 아들린은 창밖으로 지는 해를 쳐다보며 어머니가 하는 말을 듣는 둥 마는 둥 한다. 하지만 그녀는 어머니의 목소리에서 빛을, 그 안에 담긴 확신을 엿볼 수 있다. 아버지의 눈에도 어느 정도 안도감이 담겨 있다. 그들의 딸은 자신만의 길을 만들어내려고 했지만 이제 모든 일이 바로잡혔고,

다루기 힘든 삶을 끌어다 제자리에 두고 올바른 길로 나아가도록 뒤에서 밀어줄 수 있게 되었다.

집은 너무 덥고 공기는 무겁고 고요하다. 아들린은 숨을 쉴 수가 없다.

드디어 교회 종소리가 울리는데 장례식을 위해 울리는 것과 같은 낮은 소리다. 그녀는 마지못해 일어선다.

아버지가 그녀의 팔을 붙잡는다.

그의 얼굴은 미안한 기색이지만 손에 들어간 힘은 단단하다.

"넌 네 남편을 사랑하게 될 거야." 그가 말한다. 하지만 그 말은 분명 약속이라기보다 바람에 가깝다.

"넌 좋은 아내가 될 거야." 그녀의 어머니가 말한다. 그녀의 말은 바람이라기보다 명령에 가깝다.

그때 애도하는 자리에나 어울릴 옷차림을 한 에스텔이 출입문 쪽에서 나타난다. 왜 애도하지 않겠는가? 이 여인은 그녀에게 무모한 꿈과 괴팍한 신들에 대해 가르쳐주고, 아들린의 머리를 자유에 관한 생각으로 채우고, 희망이라는 잉걸불에 바람을 불어넣고, 그녀가 자신만의 삶을 살 수 있다고 믿게 한 장본인이다.

에스텔의 회색 머리 뒤로 빛은 뿌예지고 옅어졌다. 아들린은 아직 시간이 있어,라고 자신에게 말하지만 시간은 빠르게 흐른다. 지금은 숨을 내쉴 때마다 더 빨리 흐른다.

시간이 유리병에 들어가 있는, 꾸준하고 변함없는 모래 같다는 말을 그녀는 얼마나 자주 들었던가. 하지만 그것은 거짓말이다. 시간이 그녀를 향해 달려들면서 점점 빨라지고 있다는 것을 느낄 수 있기 때문이다.

공포감이 그녀의 가슴 안팎을 두드려대는데 길은 단 하나의 어두운 선이고, 그 선은 마을 광장을 향해 직선으로 좁게 뻗어 있다. 반대편에서는 교회가 묘비처럼 창백하고 뻣뻣하게 기다리며 서 있다. 그리고 그 안으로 일단 걸어 들어가면 다시 밖으로 나오지 못하리라는 것을 그녀는 안다.

그녀의 미래는 과거와 마찬가지로 빠르게, 더 나쁘게 지나갈 것이다. 자유라고는 없을 것이며, 결혼 생활과 임종만 기다리고 있을 것이기 때문이다. 어쩌면 그 사이에 분만이 있을지도 모른다. 그리고 그녀가 죽을 때 그녀의 삶은 애초 살지 않은 것과 별반 다르지 않을 것이다.

파리Paris는 없을 것이다.

질투가 많은 연인도 없을 것이다.

배를 타고 먼 곳까지 여행하는 일도 없을 것이다.

타국의 하늘도 없을 것이다.

이 마을을 벗어난 삶도 없을 것이다.

삶이라고 할 만한 게 전혀 없을 것이다. 아니면…….

아들린은 아버지의 잡은 손을 떼어내고 길에 우뚝 선다.

마치 그녀가 달아나기라도 하는 것처럼 어머니가 고개를 돌려 그녀를 바라본다. 그것이 정확히 그녀가 원하는 것이지만 그럴 수 없음을 그녀는 안다.

"남편을 위해 선물을 하나 만들었어요." 아들린은 말한다. 마음속으로는 현기증이 인다. "집에 두고 왔어요."

어머니는 알겠다는 듯 표정이 부드러워진다.

아버지는 의심스러워하며 몸이 경직된다.

무슨 일인지 아는 에스텔의 눈은 가늘어진다.

"가서 가져올게요." 계속 말하면서도 그녀의 몸은 이미 뒤돌아서 있다.

"함께 가마." 아버지가 말한다. 그녀의 심장은 요동치고 손가락은 씰룩거린다. 하지만 에스텔이 손을 내밀어 그를 막는다.

"장." 그녀는 다 안다는 듯 말한다. "아들린은 당신 딸인 동시에 로제의 아내가 될 수는 없어요. 이제 성숙한 여인입니다. 돌봐야 하는 어린아이가 아니에요."

그는 딸의 눈을 쳐다보며 말한다. "빨리 갔다 와."

아들린은 이미 달아나는 중이다.

길을 되짚어가서 문을 지나고, 집 안으로 들어가고, 집을 통과한 후 반대편으로 가서 열린 창문으로, 들판으로, 그리고 나무들이 줄지어 서 있는 곳까지, 태양의 반대편에 있는 마을 동쪽 가장자리에서 보초를 서고 있는 숲까지 가야 한다. 이미 숲에는 그림자가 드리웠지만 그녀는 아직은 빛이, 시간이 있다는 것을 안다.

"아들린?" 아버지가 부르지만 그녀는 뒤돌아보지 않는다.

대신 그녀는 창문을 기어 올라 넘는다. 웨딩드레스에 풀이 감기며 넘어질 듯 비틀거리지만 그래도 달린다.

"*아들린? 아들린!*"

목소리들이 그녀의 이름을 부르지만 발걸음을 옮길 때마다 그 소리는 약해지고, 곧 그녀는 들판을 지나 숲으로 들어선다. 나무들이 줄지어 선 경계선을 넘자마자 그녀는 빽빽한 여름 흙바닥에 무릎을 처박는다.

나무 반지를 움켜쥐고서 가죽끈을 머리 위로 벗겨내기도 전에 그녀는 상실감을 느낀다. 아들린은 반지를 바치고 싶지 않지만 모든 가치 있는 것들을 이미 다 써버린 상태다. 그녀가 줄 수 있는 것이라면 뭐든 땅에 선물로 주었지만 어떤 신도 지금껏 대답하지 않았다. 이제 그녀에게 남은 것이라곤 반지밖에 없다. 빛은 희미하고, 마을 사람들이 그녀의 이름을 부르고 있다. 하지만 그녀는 간절히 탈출하고 싶다.

"제발." 그녀는 속삭인다. 반지를 이끼가 낀 땅에 박아넣으며 말하는 그녀의 목소리가 갈라진다. "뭐든지 할게요."

머리 위로 나무들이 웅성대다가 마치 그들도 기다리는 것이 있다는 듯 조용해진다. 아들린은 비용 숲에 있는 모든 신들에게, 자신의 기도를 들어줄 누군가에게, 무언가에게 기도한다. 이것이 그녀의 삶일 리가 없다. 이것이 그녀 삶의 전부일 리 없다.

"저에게 응답해주세요." 그녀는 간청한다. 축축한 습기가 웨딩드레스로 스며든다.

그녀는 눈을 질끈 감으며 소리를 들으려고 애쓰지만 유일한 소리는 바람에 실린 자신의 목소리와 심장 박동처럼 귀에 울리는 그녀의 이름이다.

"*아들린……*."

"*아들린……*."

"*아들린……!*"

그녀는 땅에 고개를 박고 어두운 흙을 움켜쥐며 비명을 지른다. "응답하라고!"

침묵이 조롱한다.

그녀는 이곳에서 평생 살아왔지만 숲이 이렇게나 조용했던 적은 없었다. 그녀는 몸으로 한기를 느낀다. 그것이 숲에서 오는 한기인지, 도주의 마지막 희망조차 포기하는 심정이 되어가니 뼈에서 생겨나는 한기인지 알 수 없다. 그녀의 눈은 여전히 질끈 감겨 있다. 아마도 그 때문에 태양이 그녀 등 쪽의 마을 뒤로 넘어가서 황혼이 어둠에 자리를 내주었다는 사실을 아직 알아차리지 못한다.

아들린은 계속 기도하느라 어둠이 짙어져가는 것을 전혀 알아차리지 못한다.

프랑스, 사르트의 비용
1714년 7월 29일

– IX –

✳ ✳ ✳ ✳ ✳ ✳ ✳

소리가 낮게 우르릉 울린다. 그것은 천둥처럼 깊고 멀다.

웃음소리라고 아들린은 생각한다. 그녀는 눈을 뜨고 그제서야 빛이 사라졌음을 알아차린다.

고개를 들어도 아무것도 보이지 않는다. "누구 있어요?"

웃음소리는 그녀의 등 뒤 어디쯤에선가 목소리로 변한다.

"무릎을 꿇을 필요는 없다." 목소리가 말한다. "네가 서 있는 모습을 보고 싶으니까."

그녀는 힘겹게 일어서 뒤돌아선다. 하지만 눈에 띄는 것이라고는 어둠뿐이고, 그녀는 어둠에 잠겨 있다. 여름 해가 사라지고 난 뒤 달이 뜨지 않은 밤이다. 그때 아들린은 자신이 실수했음을 깨닫는다. 그가 바로 에스텔이 조심하라고 경고한 신들 가운데 하나라는 사실을 알아차린다.

"아들린? 아들린?" 바람처럼 희미하고 멀긴 하지만 마을에서 들려오는 목소리들이 그녀의 이름을 부른다.

그녀는 나무들 사이의 그림자들을 곁눈질로 보지만 그곳에는 형체도 없고, 신을 찾을 수도 없다. 뺨에 대고 부는 숨결처럼 가까이 들리는 목소리만 있을 뿐이다.

"*아들린, 아들린.*" 목소리는 흉내 내듯 말한다. "……사람들이 널 부르고 있어."

그녀는 다시 뒤돌아서지만 짙은 그림자 외에는 아무것도 없다. "정체를 드러내." 그녀가 명령한다. 자신의 목소리가 나뭇가지처럼 날카롭고 귀에 거슬린다.

무언가가 그녀의 어깨를 스치듯 지나고 팔목을 긁듯이 스친다. 그리고 연인처럼 그녀를 푹 감싼다. 아들린은 마른 침을 삼킨다. "당신 정체가 뭐야?"

그림자는 감싸는 듯한 촉감을 거둔다. "내가 뭘까?" 그것이 묻는다. 벨벳처럼 부드러운 말투 속에 약간의 장난기가 묻어난다. "그건 네가 무엇을 믿느냐에 달렸어."

목소리는 갈라지면서 두 배로 증폭되고, 나뭇가지들 사이를 달가닥거리며 지나다니고, 이끼 위로 꿈틀댄다. 그리고 사방에 존재할 때까지 자꾸만 자신 위에 자신을 겹친다.

"그러니, 나한테 말해봐— 말해봐— 말해봐." 목소리가 메아리처럼 울린다. "나는 악마— 악마일까 아니면 어둠— 어둠— 어둠일까? 나는 괴물— 괴물일까 아니면 신— 신— 신— 아니면……."

숲속의 그림자들이 먹구름이 몰려들 듯 합쳐지기 시작한다. 하지만 차분해지자 그것들의 가장자리는 더 이상 한 줄기 연기가 아니라 선명한 선이다. 한 남자의 형상이 나타나는데, 등 뒤에 있는 마을 등불들 때문에 형체가 선명하다.

"아니면 이것일까?"

목소리는 완벽한 한 쌍의 입술에서 흘러나온다. 그림자가 검은 눈썹 아래로 춤을 추는 에메랄드빛 두 눈과 이마 위로 드리운 검정 곱슬머리를 드러내며, 아들린이 아주 잘 아는 얼굴을 그려낸다. 그녀가 연필로, 목탄으로, 꿈에서 천 번도 넘게 상상한 얼굴이다.

그는 바로 그 낯선 남자다.

그녀의 낯선 남자.

그녀는 그것이 속임수라는 것을, 남자의 모습으로 과시하는 것임을 알면서도 그의 모습에 숨이 멎는다. 어둠은 스스로를 처음 보는 것처럼 자신의 형체를 내려다보고 인정하는 듯한 모습을 보인다. “아, 어쨌든 너란 여자도 무언가를 믿기는 하는군.” 그림자가 녹색 눈을 들어 올린다. “자, 이제.” 그가 말한다. “네가 불렀어. 그래서 내가 왔고.”

날이 저문 뒤에 응답하는 신들에게는 절대 소원을 빌어선 안 돼.

아들린은 알고 있다. 알지만 그는 유일하게 응답한 신이다. 도움을 줄 수 있는 유일한 신이다.

“대가를 치를 준비는 되어 있어?”

대가.

가격.

반지.

아들린은 무릎을 꿇고 가죽끈을 찾을 때까지 흙을 판다. 그러고는 땅속에서 아버지의 반지를 꺼낸다.

그녀는 반지를 신에게 내민다. 빛바랜 나무는 흙으로 더럽혀져 있다. 신은 조금 더 가까이 다가온다. 육신이 있는 것처럼 보이기는 해도 그는 여전히 그림자처럼 움직인다. 한 걸음을 떼었을 뿐인데 그는 바로 앞에 있다. 그녀의 시야를 가득 채우고, 한 손으로는 반지를 감싸고 다른 손은 아들린의 뺨을 감싼다. 그의 엄지손가락이 그녀의 눈 밑에 있는 점을 스친다. 그것은 그녀가 지닌 별들의 끝부분에 해당하는 점이다.

“아들린. ” 반지를 가져가며 어둠이 말한다. “난 장신구 따위로는 거래하지 않아.”

나무 반지는 그의 손에서 바스러지고 연기처럼 서서히 사라진다. 억눌린 소리가 그녀의 입술 사이로 흘러나온다. 반지를 잃는 것도 충분히 고통스러운데 살갗에 묻은 얼룩 자국인 양 세상에서 완전히 소멸하는 모습을 보는 것은 더더욱 고통스럽다. 하지만 반지로 충분하지 않다면 무엇으로 가능하단 말인가?

"제발요." 그녀가 말한다. "뭐든지 드릴게요."

그림자의 다른 손은 여전히 그녀의 뺨 위에 있다. "넌 내가 뭐든지 원할 거라 생각하는구나." 그가 턱을 치켜들며 말한다. "하지만 난 한 가지 동전만 받아." 그가 아들린 쪽으로 더 가까이 몸을 기울인다. 녹색 눈은 믿을 수 없을 정도로 밝고, 목소리는 비단처럼 부드럽다. "내가 하는 거래는 말이지, 영혼을 두고 하는 거래야."

아들린의 심장이 그녀의 가슴속에서 휘청댄다.

그녀는 마음속으로 어머니가 교회에서 무릎을 꿇고 신과 천국에 관해 이야기하는 모습을 떠올린다. 아버지가 이야기하는 소리를, 그가 들려주는 희망과 수수께끼에 관한 이야기를 듣는다. 자신의 뼈 위로 드리운 나무 외에는 어떤 것도 믿지 않는 에스텔에 대해 생각한다. 영혼이란 땅으로 돌아가는 씨앗에 불과하다는 말을 누가 해주었던가. 그건 에스텔이었다. 어둠에 대해 경고한 사람 역시 그녀이긴 했지만.

"아들린." 어둠이 말한다. 그녀의 이름이 그의 이 사이로 비단처럼 미끄러진다. "내가 여기 있어. 이제 나에게 이유를 말해봐."

그녀는 너무나 오랜 시간 누군가가 자신을 만나주기를, 응답해주기를, 물어봐주기를 기다려왔기 때문에 처음에는 말문이 트이지 않았다.

"난 결혼하기 싫어요."

그녀는 그 말을 하는 자신이 너무나 초라하게 느껴진다. 자신의 모든 삶이 초라하게 느껴지고, 신의 시선에서 '*그게 다야?*'라고 묻는 듯한 비판적인 낌새를 느낀다.

물론 그것이 전부는 아니다. 당연히 그 이상의 무언가가 있다.

"난 다른 사람에게 속하고 싶지 않아요." 그녀가 갑자기 열정적으로 말한다. 이 말은 활짝 열린 문이 되어 이내 나머지 말도 쏟아져 나온다. "나 자신 외에는 어떤 누구에게도 속하고 싶지 않아요. 나는 자유로워지고 싶어요. 자유롭게 살고 싶고, 나만의 길을 찾고 싶고, 사랑하고 싶고, 그도 아니라면 혼자가 되고 싶어요. 적어도 이건 내 선택이길 바라요. 나는 선택권을 가질 수 없는 상황에 지쳤고, 내 발밑으로 빠르게 지나가는 시간이 너무 무서워요. 지금껏 살아온 대로 죽고 싶지 않아요. 그건 삶이라고 할 수 없어요. 나는—."

참을성 없는 그림자가 그녀의 말을 자른다. "네가 원하지 *않는* 것을 나에게 말하는 게 무슨 소용이지?" 그의 손이 그녀의 머리카락을 훑고 목 뒤로 내려와 머무르며 그녀를 더 가까이 끌어당긴다. "그보다 네가 가장 원하는 것을 말해봐."

그녀는 고개를 든다. "난 온전히 살아갈 기회를 원해요. 자유를 원해요." 그녀는 지나간 시간들을 떠올린다.

눈 한번 깜빡였을 뿐인데 삶의 절반이 지나가버렸다.

"더 많은 시간을 원해요."

그가 그녀의 말을 곰곰이 생각하는 동안 그의 녹색 눈은 색깔이 바뀐다. 잠깐 봄날의 풀색이었다가 다시 여름 나뭇잎 색이다. "얼마나 긴 시간을 원하지?"

그녀의 마음이 요동을 친다. 50년. 100년. 모든 숫자가 너무 작게 느껴진다.

"아," 어둠이 그녀의 침묵을 읽으며 말한다. "모르는군." 다시 한 번 더 녹색 눈의 음영이 짙게 바뀐다. "넌 제한이 없는 시간을 원하는군. 제약이 없는 자유를 원하고. 구속되고 싶지도 않고. 네가 원하는 대로만 살고 싶어 해."

"네, 맞아요." 욕구 때문에 숨이 가빠진 아들린이 대답한다. 하지만 그림자의 표정은 시무룩해진다. 그의 손이 그녀의 살갗에서 떨어져 나오는 순간 그는 더 이상 그곳에 없다. 대신 몇 걸음 떨어진 나무에 기대어 있다.

"거절하겠어." 그가 말한다.

아들린은 놀란 듯 뒤로 한 걸음 물러난다. "뭐라고요?" 그녀는 여기까지 와서 가진 것을 전부 내주었다. 그녀는 선택한 것이다. 다시는 원래 세상으로, 삶으로, 미래가 없는 현재와 과거로 돌아갈 수 없다. "당신은 거절하면 안 돼요."

짙은 눈썹 한쪽이 올라가지만 그의 얼굴에는 재밌어하는 듯한 기미가 없다.

"나는 너의 변덕에 장단을 맞추는 요정이 아니야." 그는 몸에 힘을 주며 나무를 밀어낸다. "그리고 불멸도 아닌 장신구 따위를 받고 호의를 베푸는 데 만족하는 하찮은 숲의 정령도 아니야. 난 너의 신보다 강하고 너의 악마보다도 나이가 많아. 나는 별들 사이의 어둠이고, 땅 밑의 뿌리야. 난 약속이고 잠재성이야. 게임에 관해서라면 내가 규칙을 정하고, 게임에 필요한 말들을 내가 배치해. 그리고 언제 게임을 할지도 내가 선택해. 오늘 밤은 거래를 사양하겠어."

아들린? 아들린? 아들린?

숲의 가장자리 너머 마을의 등불이 조금 더 가까이 와 있다. 들판에는 횃불도 있다. 사람들이 그녀를 찾고 있다.

그림자는 자신의 어깨너머를 힐끔 쳐다본다. "집으로 가라, 아들린. 너의 작디작은 삶으로."

"왜죠?" 그녀가 그의 팔을 잡으며 간청한다. "왜 날 거부하는 거죠?"

그녀의 뺨을 어루만지는 그의 손동작이 난로 연기처럼 부드럽고 따스하다. "나는 자선사업을 하는 사람이 아니야. 넌 너무 많은 것을 원하고 있어. 네가 만족하려면 몇 년이나 필요할까? 내가 받아야 할 것을 받기까지는 몇 년이 걸릴까? 난 결말에 대해 협상을 하는데 너에겐 아무런 결말이 없어."

그녀는 이 순간으로 천 번도 넘게 다시 돌아올 것이다.

좌절감에 휩싸인 채. 후회, 슬픔, 자기 연민, 그리고 걷잡을 수 없는 분노에 휩싸인 채.

그가 저주하기도 전에 그녀가 자신을 먼저 저주했다는 사실을 그녀는 직시하게 될 것이다.

하지만 지금 이곳, 여기서 그녀가 직시할 수 있는 것이라곤 비용의 명멸하는 횃불, 그녀가 한때 사랑하기를 꿈꾸었던 낯선 남자의 녹색 눈, 그리고 그의 감촉과 함께 사라져서 이곳을 탈출하는 기회뿐이었다.

"결말을 원한다니." 그녀가 말한다. "그렇다면 내가 다 살고 나면 내 삶을 가지세요. 내가 더 이상 원하지 않을 때 내 영혼을 가지세요."

그림자가 갑자기 흥미를 보이며 고개를 기울인다.

미소—그녀의 그림에 나오는 것과 같은 미심쩍어하면서도 비밀로 가득 차 있는 미소—가 그의 입가에 걸린다. 그는 그녀를 자신 쪽으로 당긴다. 연인의 포옹. 그는 연기고 살갗이고, 공기고 뼈다. 그의 입이 그녀의 입에 닿을 때 그녀가 가장 먼저 맛보는 건 계절의 변화이며, 황혼이 밤에 길을 터줄 때의 순간이다. 그의 키스가 깊어진다. 그의 이는 그녀의 아랫입술을 스치듯 지나간다. 쾌락 안에는 고통이 있고, 뒤이어 그녀의 혀에서 나는 피에서는 구리 맛이 난다.

"거래 완료." 신은 그녀의 입술에 대고 속삭인다.

그러고 나자 세상이 캄캄해지고 그녀는 쓰러진다.

프랑스, 사르트의 비용
1714년 7월 29일

– X –

✶ ✶ ✶ ✶ ✶ ✶ ✶

아들린은 몸을 떤다.

아래를 내려다보니 자신이 젖은 나뭇잎 더미 위에 앉아 있다.

1초 전만 해도 그녀는 쓰러지는 중이었다. 단 1초, 그것은 숨을 한 번 들이쉬는 시간에 불과하다. 하지만 그 사이에 시간이 앞으로 건너뛴 것처럼 보인다. 낯선 남자는 사라졌고 빛의 마지막 잔광도 사라졌다. 지붕처럼 우거진 나무들 사이로 보이는 여름 하늘은 벨벳 같은 검은색으로 부드러워졌고, 낮게 걸린 달만이 하늘을 확인시켜준다.

아들린은 자리에서 일어난다. 손을 살펴보며 흙 아래로 어떤 변화의 표시가 있나 확인한다.

하지만 그녀는 느낀다……. 변화가 없다는 것을. 너무 급하게 일어나거나 빈속에 와인을 너무 많이 마셨을 때처럼 약간 어지럽다가, 이내 그런 불안정한 상태가 지나간다. 그리고 세상이 전복—무너지거나 기울어진 것이 아닌—되었다가 다시 균형을 되찾았고, 예전 같은 자리로 되돌아갔다는 느낌만 남았다.

그녀는 피 맛을 예상하며 입술을 핥았는데 낯선 남자의 이가 남긴 흔적은 그의 다른 흔적과 함께 사라졌다.

주문이 통했는지 어떻게 알 수 있는가? 그녀는 시간을 요구했고, 삶을 요구했다. 나이가 어떤 흔적을 남기는지 알려면 1년을 기다려야 할까? 아니면 3년? 5년? 아니면 칼을 집어 살갗에 그어봐야 어떻게 치유가 되는지 알 수 있을까? 아니다. 그녀는 삶을 요구했지 *상처 입지 않는* 삶을 요구하진 않았다. 그리고 정직하게 말하자면 아들린은 그것을 시험해보기가 두렵고, 그녀의 살갗이 여전히 너무 연약하다는 사실을 알게 되는 것이 두렵고, 그림자의 약속이 꿈이었음을, 더 나쁘게는 거짓말이었음을 알게 될까 두렵다.

하지만 한 가지는 알고 있다. 거래가 현실이든 아니든, 그녀는 지금 울리고 있는 교회 종소리를 무시할 것이고, 로제와 결혼하지 않을 것이다. 그녀는 가족을 거부할 것이다. 필요하다면 비용을 떠날 것이다. 그녀는 지금 필요한 일이라면 자신이 뭐든지 하리라는 것을 안다. 왜냐하면 어둠 속에서 그녀는 기꺼이 그렇게 하려고 했고, 지금 이 순간부터 그녀의 삶은 어떤 식으로든 자신만의 삶이 *될 것*이기 때문이다.

이런 생각은 짜릿하다. 무섭지만 짜릿하다. 그녀는 숲을 떠난다.

들판을 반쯤 지났을 때 그녀는 마을이 얼마나 조용한지 깨닫는다.

얼마나 어두운지도.

축하연을 위해 내건 등불도 꺼졌고, 종소리도 멈췄으며, 그녀의 이름을 부르는 목소리도 없다.

아들린은 집으로 향한다. 무딘 두려움이 발걸음을 옮길 때마다 조금씩 예리해진다. 그녀가 집에 도착할 즈음 마음은 걱정으로 산란하다. 대문이 열려 있어서 길 위로 빛이 비친다. 그녀는 어머니가 부엌에서 콧노래를 부르고 아버지가 집 옆에서 나무를 자르는 소리를 듣는다. 평범한 밤이 아니어야만 하기에 잘못된 것이 분명한, 평범한 저녁이다.

"엄마Maman!" 그녀가 안으로 들어서며 소리친다.

접시가 바닥으로 떨어져 산산조각이 나고, 그녀의 어머니는 고통 때문이 아니라 놀라움에 비명을 내지른다. 어머니의 얼굴은 일그러진다.

"당신 여기서 뭐 하는 거야?" 어머니가 묻는다. 애디가 예상했던 분노,

그리고 실망.

"미안해요." 그녀가 말을 시작한다. "화가 많이 났죠. 알아요. 하지만 전 도저히—."

"누구세요?"

어머니의 말에는 경계하는 듯한 느낌이 담겨 있다. 그제야 그녀는 어머니 얼굴에 드러난 무서운 표정은 웃음거리가 되었다는 분노가 아니라 겁먹은 여인의 분노임을 깨닫는다.

"*엄마*—."

어머니는 이 말에 몸을 움츠리며 물러난다. "내 집에서 나가."

하지만 아들린은 방을 가로질러 가서 어머니의 어깨를 붙잡는다. "말도 안 되는 소리 하지 마세요. 저예요, 아—."

그녀는 *아들린*이라고 말하려고 한다.

실제로 그녀는 시도한다. 세 음절은 그렇게 토해내기 힘든 말이 아닌데도 첫 번째 음절이 끝난 후 숨이 가쁘고, 두 번째 음절은 발음조차 할 수가 없다. 공기가 그녀의 목구멍 안에서 돌로 변한다. 그녀는 숨이 막히고 말을 할 수가 없다. 다시 시도한다. 이번에는 *애디*라고 발음해보려 하고, 마지막으로 성인 *라뤼*를 발음해보려 하지만 소용이 없다. 말이 그녀의 마음과 혀 사이에서 교착 상태에 빠진다. 다른 말—*어떤 말이든*—을 하려고 숨을 들이쉬는 순간 폐에는 공기가 차고 목구멍은 헐거워지며 말이 나온다.

"제발 가줘." 그녀의 어머니가 애원한다.

"무슨 일이냐?" 낮고 깊은 목소리가 묻는다. 몸이 아팠던 밤에 아들린을 위로해준 목소리, 그녀가 작업실 바닥에 앉아 있으면 이야기를 들려주던 목소리.

그녀의 아버지가 팔에 나무를 잔뜩 안은 채 출입구에 서 있다.

"아빠Papa." 그녀가 말한다. 그러자 그는 마치 그녀가 위협적인 말이라도 한 것처럼 뒤로 한 걸음 물러난다.

"저 여자는 정신이 나갔어요." 그녀의 어머니가 흐느낀다. "아니면 저주를 받았거나."

"엄마, 아빠. 저예요. 딸." 그녀가 한 번 더 말한다.

그녀의 아버지가 얼굴을 찡그린다. "우리에겐 아이가 없어요."

아버지의 말은 무딘 칼이 되어 깊숙이 찌른다.

"그럴 리가요." 아들린이 말도 안 된다고 생각하며 머리를 흔든다. 그녀는 스물세 살이고, 이 집 지붕 아래에서 매일 낮과 밤을 살아왔다. "두 분은 절 알아요."

어떻게 모를 수가 있는가? 그들이 외모상으로 닮았다는 건 확연했고, 아버지의 눈, 어머니의 턱, 한 사람의 눈썹과 다른 사람의 입술 등 모든 부위가 명확히 원천으로부터 복사되었다.

그들도 그런 사실을 확인할 수 있다. 분명 그럴 수밖에 없다.

하지만 그들에게 그 사실은 그녀가 악마라는 증거일 뿐이다.

그녀의 어머니는 성호를 긋고, 아버지는 두 손으로 아들린을 잡는다. 아들린은 아버지의 힘센 포옹에 몸을 내맡기고 싶지만 그녀를 문 쪽으로 끌어내는 그에게 따스함이라고는 찾아볼 수가 없다.

"안 돼요." 그녀가 애원한다.

그녀의 어머니는 이제 한 손으로는 입을 막고 다른 손으로는 목에 두른 나무 십자가를 움켜쥔 채 울고 있다. 그러면서 자신의 딸을 악마, 괴물, 미친 사람이라고 부른다. 아버지는 아무 말도 하지 않으면서 그녀를 집 밖으로 끌어내려고 그녀의 팔을 더 세게 잡아끌 뿐이다.

"가세요." 그가 반쯤은 애원하는 말투로 말한다.

슬픔이 그의 얼굴 위로 번지지만 뭔가를 알고서 내보이는 슬픔은 아니다. 그것은 잃어버린 것들, 이를테면 폭풍우로 갈라진 나무, 불구가 된 말, 한 번의 손놀림만 더하면 완성되는 조각품이 깨진 것 들에 갖는 슬픔이다.

"제발요." 그녀가 간청한다. "아빠—."

그의 얼굴이 근엄해지고, 그녀를 어둠 속으로 내보낸 후 문을 쾅 하고 닫는다. 그리고 빗장이 걸린다. 아들린은 충격과 공포로 몸을 떨면서 뒤로 물러난다. 그녀는 몸을 돌려 내달린다.

"에스텔."

그 이름은 나지막하고 사적인 기도로 시작되다가 아들린이 여자의 집 근처에 다다르자 외침으로 변한다.

"에스텔!"

집 안에는 등불이 하나 켜져 있다. 그녀가 불빛 언저리에 도달할 즈음 노파는 자신의 이름을 부른 사람을 기다리며 열린 문 근처에 서 있다.

"넌 이방인이냐, 아니면 정령이냐?" 에스텔이 경계하듯 묻는다.

"둘 다 아니에요." 아들린은 자신이 어떤 모습일지 알면서도 그렇게 말한다. 그녀의 드레스는 너덜너덜하고 머리는 산발인데, 계단 위에 서서 마법처럼 말을 줄줄 내뱉는다. "나는 피와 살이 있는 사람이고 당신을 평생 알고 지내왔어요. 당신은 겨울철에 어린아이들을 보호하기 위해 어린아이들 모습으로 부적을 만들어요. 당신은 복숭아가 가장 단 과일이라 생각하고, 교회 벽이 너무 두꺼워서 기도가 전달되지 못한다고 생각하죠. 그리고 당신은 돌이 아니라 큰 나무 아래의 한 조각 그늘 밑에 묻히고 싶어해요."

번쩍하는 무언가가 노파의 얼굴 위로 스치듯 지나가고, 아들린은 그것이 그녀를 알아본다는 표시이기를 희망하며 숨을 참는다. 하지만 그 순간은 너무 짧다.

"넌 영리한 정령이구나." 에스텔이 말한다. "하지만 이 문지방을 넘지는 마."

"난 정령이 아니에요!" 노파의 문에서 흘러나오는 빛 속으로 달려들며 아들린이 소리친다. "당신은 나에게 오래된 신들에 대해 가르쳤고, 그들을 소환하는 방법을 모두 가르쳐주었어요. 하지만 난 실수를 했어요. 그들은 응답하지 않는데 태양은 너무 빨리 지고 있었어요." 그녀는 몸을 떠는 자신을 주체할 수 없어서 갈비뼈 주변을 양팔로 꼭 감싼다. "난 너무 늦은 시간에 기도했던 거예요. 무언가가 응답했어요. 지금은 모든 것이 잘못됐어요."

"어리석은 여자군." 에스텔이 원래의 그녀 같은 목소리로, 마치 아들린을 아는 듯이 꾸짖는다.

"뭘 해야 하죠? 어떻게 해야 바로잡을 수 있죠?"

하지만 노파는 고개를 저을 뿐이다. "어둠은 자신만의 게임을 하고 자신만의 규칙을 만들지." 그녀가 말한다. "넌 게임에서 졌어."

이 말을 끝으로 에스텔은 집으로 들어간다.

"잠깐만요!" 노파가 문을 닫을 때 아들린이 소리친다.

빗장이 걸린다.

아들린은 온몸으로 나무 문을 때리며 다리에 힘이 풀릴 때까지 흐느낀다. 그러고 나서 그녀는 한쪽 주먹으로는 여전히 나무를 치며, 차가운 돌계단 위로 무릎을 꿇는다.

그때 갑자기 빗장이 다시 풀린다.

문이 활짝 열리고 에스텔이 그녀를 내려다보며 서 있다.

"뭐 하는 거지?" 자신의 집 계단 위에 몸을 접고 있는 여자를 유심히 보며 그녀가 묻는다.

노파는 한 번도 만난 적이 없는 것처럼 그녀를 쳐다본다. 조금 전의 순간들은 닫힌 문과 함께 지워졌다.

그녀의 주름진 시선은 얼룩진 웨딩드레스와 산발한 머리, 손톱 밑의 흙을 힐끔거리지만, 그 얼굴에는 뭔가를 안다는 기색이 전혀 없고 신중한 호기심만이 있을 뿐이다.

"넌 정령이냐, 아니면 이방인이냐?"

아들린은 눈을 꼭 감는다. 무슨 일이 일어나고 있는 거지? 그녀의 이름은 여전히 깊이 박힌 바위 같지만 그녀가 정령이었을 때 그녀는 외면당했다. 그래서 그녀는 침을 꿀꺽 삼키고 대답한다. "이방인이에요." 아들린의 얼굴 위로 눈물이 흐르기 시작한다. "제발요." 그녀가 어렵사리 말을 잇는다. "전 갈 데가 없어요."

노파는 뜸을 들이며 그녀를 쳐다보더니 결국 고개를 끄덕인다.

"여기서 기다려." 집으로 들어가며 그녀가 말한다. 에스텔이 무엇을 하려는 것인지 아들린은 결코 알지 못한다. 문이 닫히고 다시 열리지 않았기 때문이다. 아들린은 땅에 무릎을 꿇은 채 홀로 남겨졌고, 추위보다는 충격 때문에 온몸을 떤다.

얼마나 오랫동안 그곳에 앉아 있었을까? 그녀는 두 다리에 체중을 싣는 순간 뻣뻣함을 느낀다. 그녀는 일어서서 노파의 집을 지나 나무들이 서 있는 경계선까지 걸어간다. 나무 보초병들이 지키고 있는 가장자리를 지나 농밀한 어둠으로 들어간다.

"정체를 드러내!" 그녀가 외친다.

하지만 그곳에는 깃털들의 일렁임, 나뭇잎들의 사각거림, 잠을 자다 방해를 받고 깬 숲의 잔물결만이 있다. 그녀는 그의 얼굴과 녹색 눈, 검정 곱슬머리를 떠올리고, 한 번 더 어둠이 모습을 내보이게 하려고 하지만 순간들은 지나간다. 그녀는 여전히 혼자다.

어느 누구에게도 속하고 싶지 않아.

아들린은 숲속으로 깊이 들어간다. 이곳은 더 우거졌고, 바닥은 블랙베리와 덤불이 엉킨 둥지 같다. 덤불들이 그녀의 맨다리에 엉겨 붙지만 나무들이 아주 가까이 다가와 그녀를 포위하고 나뭇가지들이 머리 위에 떠 있는 달을 가릴 때까지 그녀는 멈출 수 없다.

"내가 이렇게 당신을 부르고 있잖아!" 그녀가 비명을 지른다.

나는 너의 변덕에 장단을 맞추는 요정이 아니야.

숲의 바닥에 반쯤 묻힌 낮은 팔이 그녀의 발을 잡을 만큼만 솟아오르고, 그녀는 세게 무릎을 꿇는다. 무릎이 우둘투둘한 흙바닥에 부딪치고, 두 손은 잡초가 우거진 흙을 파고든다.

제발요, 뭐든지 다 줄게요.

눈물이 나오나 싶더니 갑작스레 쏟아져 내린다. 바보. 멍청이. 바보. 그녀는 주먹으로 땅을 친다.

이건 나쁜 속임수야. 그녀는 생각한다. 끔찍한 꿈이지만 지나갈 거야.

그게 꿈의 속성이야. 꿈은 지속되지 않아.

"깨어나." 그녀는 어둠에 대고 속삭인다.

깨어나, 제발.

아들린은 숲 바닥에 몸을 웅크리고 눈을 감는다. 그리고 어머니의 눈물로 얼룩진 뺨과 아버지의 공허한 슬픔을, 에스텔의 걱정 섞인 시선을 본다. 그녀는 미소 짓는 어둠을 본다. 그리고 단 한마디, 구속하는 단어를 속삭이는 그의 목소리를 듣는다.

거래 완료.

뉴욕
2014년 3월 10일

– XI –

* * * * * * *

프리스비가 가까운 풀밭에 떨어진다.

애디는 발들이 낮게 달려오는 소리를 듣고 때맞춰 눈을 뜬다. 그녀의 얼굴을 향해 달려드는 거대한 검은색 코가 보이고, 이어서 개가 축축한 키스를 퍼부으며 그녀를 덮친다. 그녀는 웃으며 일어나 앉는다. 손가락을 털 사이로 집어넣어 쓰다듬고, 개가 두 번째 머핀이 들어가 있는 종이봉투를 덮치기 전에 목걸이를 잡아서 제지한다.

"안녕." 그녀가 말을 꺼냄과 동시에 공원 건너편에서는 한 사람이 미안하다고 외친다.

그녀는 프리스비를 그 사람 쪽으로 던지고, 개는 다시 그것을 쫓아 출발한다. 애디는 갑자기 정신이 번쩍 들며 추위를 느끼고는 몸을 떤다.

이것이 3월이 지닌 문제다. 온기가 절대로 지속되지 않는다는 것. 봄에 걸맞은 건 짧은 시간뿐이다. 이때는 햇볕 아래 있으면 몸을 녹이기에 충분하지만 거기를 벗어나면 온기가 곧 사라진다. 해는 자리를 이동했다. 그림자들이 몰려들었다. 애디는 다시 몸을 떨고 손으로 레깅스를 툭툭 털며 잔디밭에서 일어선다.

좀 더 따뜻한 바지를 훔쳤어야 했다.

애디는 종이봉투를 주머니에 쑤셔 넣고 프레드의 책을 팔 아래에 끼운 다음 공원을 떠난다. 유니언 가를 따라 동쪽으로 가다 부둣가를 향해 위쪽으로 걸음을 옮긴다.

그녀는 중간쯤에서 바이올린 소리에 걸음을 멈춘다. 잘 익은 과일 같은 연주다.

보도에서 한 여인이 악기를 턱 밑에 받친 채 간이의자에 앉아 있다. 부드러우면서 느린 멜로디는 애디를 마르세유로, 부다페스트로, 더블린으로 데려간다.

몇몇 사람들이 연주를 듣기 위해 모여 있고, 노래가 끝나자 보도는 약한 박수 소리와 지나가는 사람들 소리로 가득 찬다. 애디는 주머니에서 마지막 잔돈을 끄집어내서 열린 통에 떨군다. 그러고는 더 가벼워져서 충만해진 마음으로 갈 길을 간다.

코블힐에 있는 극장에 도착해서 그녀는 게시되어 있는 시간표를 확인한다. 그런 다음 문을 밀어 열고 발걸음을 재촉해 사람들로 꽉 찬 로비를 가로지른다.

"저기요." 애디가 빗자루를 들고 있는 10대 소년을 불러 세워 말한다. "지갑을 3번 상영관에 두고 온 것 같아요."

적절한 말만 고른다면 거짓말은 쉽다.

그는 고개를 들지도 않은 채 들어가라며 손짓한다. 그녀는 입장권 검표소에 쳐진 벨벳 줄 아래로 몸을 숙여 통과한 후 어두운 상영관 안으로 들어간다. 한 걸음씩 옮길 때마다 급한 듯한 태도는 점점 누그러진다. 액션 영화를 상영하는 상영관 문들 아래로 우렛소리가 울린다. 로맨틱 코미디 상영관에서는 음악이 공간을 채운다. 높고 낮은 목소리들과 영화 음악들. 그녀는 복도를 따라 느긋하게 걷는다. 그러면서 '개봉 예정' 포스터와 각 출입구 위에 상영작을 알려주는 테이프형 알림판을 훑어본다. 그녀는 모든 영화를 열 번도 넘게 보았지만 그래도 개의치 않는다.

5번 극장에서는 틀림없이 엔딩 크레디트가 올라가고 있을 것이다. 문이 활짝 열리면서 사람들이 복도로 쏟아져 나오고 있기 때문이다. 애디는 몸을 낮춰 그들 옆으로 지나쳐 비어가는 극장 안으로 들어간다. 그러고는 두 번째 줄에서 뒤집힌 팝콘 통을 발견한다. 노란 알맹이들이 끈적끈적한 바닥에 흩어져 있다. 그녀는 팝콘 통을 집어 들고 로비 안 매점으로 다시 걸어간다. 계산대에는 아까 그 소년이 있고, 그 앞에는 10대 초반의 여자아이 셋이 기다리고 있다. 애디는 그 뒤에 선다.

그녀는 손으로 머리카락을 훑어서 약간 헝클어트리고 숨을 내쉰다.

"미안한데." 그녀가 말한다. "어떤 꼬마 녀석이 내 팝콘을 발로 차서 쏟았어요." 그녀는 고개를 가로젓고 그도 고개를 가로젓는다. 그녀의 분노에 공감하며 흉내를 내는 것이다. "혹시 리필 가격으로 다시 채워줄 수 있을까요……." 그녀는 지갑을 꺼내려는 것처럼 주머니에 손을 뻗지만 소년은 그 전에 통을 받아든다.

"됐어요." 그가 주변을 둘러보며 말한다. "제가 해결할게요."

애디가 활짝 웃는다. "정말 고마워요." 그녀가 그의 눈을 바라보며 말한다. 소년은 심하게 얼굴을 붉히고, 윗사람이 있는지 로비 쪽을 훑어보면서도 문제 될 게 없다며 말을 더듬는다. 그는 남아 있는 팝콘을 비워내고 새 팝콘을 채운 후 비밀이라도 되는 것처럼 계산대 너머로 넘겨준다.

"영화 재밌게 보세요."

애디가 세상에 소개된 모든 발명품—증기 기차와 전등, 사진술, 전화기, 비행기, 컴퓨터와 같은— 중에서 가장 좋아하는 건 영화일 것이다.

책은 놀랍고 휴대할 수 있고 오래간다. 하지만 어두워진 극장 안에 앉아서 넓은 스크린이 시야를 가득 채우면 세계는 점점 줄어들고, 로맨스와 음모, 코미디, 모험에 흠뻑 빠져든 채 보내는 짧은 몇 시간 동안 그녀는 다른 누군가가 된다. 모든 것이 4천 픽셀의 그림과 스테레오 사운드로 가득하다.

크레디트가 올라갈 때면 고요한 무거움이 그녀의 가슴을 채운다. 잠깐 무중력 상태에 있었지만 이제 자신으로 돌아오고, 발이 다시 땅 위에 내려앉을 때까지 가라앉는다.

애디가 극장에서 빠져나온 것은 여섯 시쯤이고 해가 지는 중이다.

그녀는 지나왔던 가로수가 늘어선 길을 되짚어 간다. 공원을 지나며 보니 시장은 문을 닫았고, 판매대들도 어디론가 사라졌다. 그녀는 반대편 끝자락에 있는 녹슨 녹색 탁자로 향한다. 프레드는 여전히 그곳에서 자신의 의자에 앉아 엠(M)을 읽고 있다.

탁자 위에 놓인 책등의 패턴이 조금 변했다. 책이 팔린 곳에 공백이 있고, 다른 책이 추가된 곳은 새로 솟아 있다. 햇빛이 점점 줄어들고 있으므로 그는 곧 집으로 들어가야 할 것이고, 그러자면 박스들을 꾸려서 하나씩 건물 안으로 날라야 한다. 자신의 방 한 칸짜리 집까지는 두 개 층을 올라가야 한다. 애디는 여러 번 도와주겠다고 제안했지만 프레드는 혼자 하겠다며 고집을 부린다. 에스텔을 닮은 또 다른 구석. 그는 딱딱한 빵만큼이나 고집스럽다.

애디는 탁자 옆에 쭈그리고 앉았다가 책이 귀퉁이에서 떨어진 것뿐이라는 듯 빌린 책을 잡으며 일어선다. 그녀는 모아둔 책들이 흐트러지지 않게 조심하면서 책을 원래 있던 자리에 놓는다. 프레드는 재밌는 부분을 읽고 있음이 틀림없다. 그녀나 책, 혹은 그녀가 탁자 위에 놓은 초콜릿 칩 머핀이 담긴 종이봉투를 단 한 번도 쳐다보지 않고 끙 하고 앓는 소리만 내기 때문이다.

초콜릿 칩 머핀은 그가 좋아하는 유일한 머핀이다.

어느 날 아침 그는 아내 캔디스가 단것을 좋아하는 그를 항상 몰아세웠고, 그 때문에 죽을 것이라 말했다는 이야기를 들려주었다. 삶은 괴팍한 유머가 담긴 독설이다. 그녀는 죽었고, 그는 여전히 개떡 같은 음식(그녀의 말이 아니라 그의 말이다)을 먹고 있으니 말이다.

기온이 떨어지고 있고, 애디는 손을 주머니에 밀어 넣는다. 그리고 길을 따라 걷기 전에 프레드가 좋은 밤을 보내길 기원한다. 그녀의 등은 낮아진 해를 향해 있고, 그녀의 그림자가 앞쪽으로 길게 늘어진다.

애디가 알로웨이에 도착할 때쯤엔 날이 어둡다. 알로웨이는 싸구려 바라는 평판을 즐기는 장소 가운데 하나지만, 브루클린 느낌을 원하는 인기 스타들이 자주 찾게 되자 그 명성에 흠집이 생겼다. 몇몇 사람들이 연석에 모여 앉아 담배를 피우고 잡담을 나누며 친구들을 기다리고 있다. 애디는 그들 사이에서 잠깐 머무른다. 그녀는 단지 뭔가를 하기 위해 담배 한 개비를 얻어 피우며 가능한 한 오랫동안 문의 끌어당김, 익숙한 것에 대한 예상 가능한 느낌, *데자뷔에* 저항한다.

그녀는 이 길을 안다.

이 길이 어디로 향하는지 안다.

알로웨이는 안으로 들어가면 위스키병과 비슷하다. 입구는 줄기처럼 좁지만, 짙은 색 나무로 꾸민 바는 탁자와 의자들이 놓인 방을 향해 넓어진다. 그녀는 카운터에 앉는다. 왼쪽에 있는 남자가 그녀에게 술을 한잔 사겠다고 해서 그러도록 내버려둔다.

"한번 맞혀보죠." 남자가 말한다. "로제 와인?"

그녀는 그의 놀라는 표정을 보기 위해 위스키를 주문할까도 싶다. 하지만 위스키는 마시지 않는다. 그녀는 항상 향기로운 술을 선택했다.

"샴페인으로 할게요."

그가 주문한다. 이내 그에게 전화가 걸려오고, 그가 곧 돌아오겠다고 약속하며 자리를 뜰 때까지 둘은 잡담을 나눈다. 그녀는 그가 돌아오지 않으리라는 것을 안다. 그것을 감사하게 생각하며 그녀는 술을 홀짝이고,

토비가 무대에 오르기를 기다린다.

토비가 자리에 앉아 한쪽 무릎을 위로 올려 기타를 고정한다. 그리고 거의 미안해하는 것처럼 보일 정도로 부끄러워하는 미소를 내비친다. 그는 아직 공간을 장악하는 법을 배우지 못했지만 앞으로 배우리라고 그녀는 확신한다. 그는 연주를 시작하기 전에 작은 규모의 관객들을 쳐다본다. 애디는 눈을 감고 음악 속에 자신을 내맡긴다. 그는 몇몇 커버곡을 연주한다. 그의 밴드가 만든 노래도 한 곡 연주한다. 그러고 나서 이 노래.

첫 화음들이 알로웨이 안을 흐르자 애디의 머릿속은 그의 집으로 돌아간다. 그녀는 피아노 앞에 앉아 있고, 선율을 만들어낸다. 그리고 그는 그녀 옆에 있고, 그의 손가락이 그녀의 손가락 위로 포개진다.

이제 연주는 한데 합쳐지고 가사가 멜로디에 겹쳐진다. 그것은 그의 멜로디가 된다. 그것은 뿌리를 내리는 나무와 같다. 그는 혼자 나름대로 기억할 것이다. 물론 그녀를 기억하지는 못한다. 그녀가 아니라 이 노래를 기억할 것이다. 그들의 노래를.

노래가 끝나고 박수가 이어진다. 토비는 옆 걸음질로 바까지 와서 바에서 공짜로 제공하는 술인 잭앤드코크를 주문한다. 첫 번째와 세 번째 모금 사이에 그는 그녀를 보고 미소 짓는다. 그가 마치 그녀를 안다는 듯 쳐다보자 한순간 애디는 그가 무언가를 기억한다고 생각한다. 아니, 희망한다. 심지어 지금 이 순간에도. 하지만 진실은 그저 그가 그녀를 알고 싶어 한다는 것뿐이다. 끌림은 조명으로 인한 오해와 아주 많이 닮아 있을 수 있다.

"미안해요." 당황할 때마다 항상 그러는 것처럼 고개를 떨구며 토비가 말한다. 그가 그녀를 거실에서 발견했던 오늘 아침에 그랬던 것처럼.

누군가가 애디의 어깨를 스치며 지나간다. 사람들이 그녀를 지나쳐 바의 문을 잡기 위해 손을 뻗으려고 하는 순간이다. 그녀가 눈을 깜박이자

꿈은 사라진다.

그녀는 아직 바 안으로 들어가지 않았다. 그녀는 여전히 거리에 서 있고, 손가락 사이의 담배는 다 타고 아무것도 남은 것이 없다.

한 남자가 문을 연 뒤 잡고 있다. "들어올 건가요?"

애디는 고개를 가로젓고 한 걸음 뒤로 물러난다. 문으로부터, 바로부터, 그리고 지금 막 무대에 오르려고 하는 남자에게서 멀어진다. "오늘 밤은 아니에요." 그녀가 말한다.

그 비상은 추락할 만한 값어치가 없다.

뉴욕
2014년 3월 10일

– XII –

✳ ✳ ✳ ✳ ✳ ✳ ✳

애디가 브루클린 다리를 건너는 동안 밤이 그녀 위로 내려온다.

봄에 대한 약속은 조류처럼 물러났고, 축축한 겨울 한기가 그 자리를 대신한다. 그녀는 재킷을 단단히 여민다. 맨해튼을 따라 올라가는 긴 구간을 걷기 시작할 때쯤에는 숨을 내쉴 때마다 하얀 입김이 나온다.

지하철을 타면 훨씬 쉽겠지만 갑갑한 공기에 퀴퀴한 냄새가 나는 지하로 들어가는 것을 좋아한 적이 없었다. 터널은 무덤을 아주 많이 닮았다. 갇혀 있는 것, 산 채로 묻혀 있는 상태, 이런 것들은 죽을 수 없는 사람조차 겁을 먹게 한다. 게다가 그녀는 걷기를 싫어하지 않고, 자신의 팔다리 힘을 알고 있으며, 한때는 무서워했던 피로를 즐긴다.

그녀가 56번가의 백스터 빌딩에 도착할 때쯤에는 시간이 늦었다. 뺨은 얼얼하고 다리는 지친 상태다.

그녀가 백스터 빌딩의 대리석 로비로 들어가자 단정한 회색 코트를 입은 한 남자가 문을 잡아준다. 중앙난방이 갑자기 쏠리면서 그녀의 살갗이 따끔거린다. 책상 뒤에 있는 남자가 자리에서 일어날 때 그녀는 이미 뜨끈한 샤워와 푹신한 침대를 상상하며 열려 있는 엘리베이터 쪽을 향해 움직이고 있다.

"안녕하세요." 그가 말한다. "뭘 도와드릴까요?"

"제임스를 만나러 왔어요." 속도를 늦추지 않으며 그녀가 말한다. "23층요."

남자가 얼굴을 찌푸린다. "아직 안 돌아왔습니다."

"더 잘됐네요." 엘리베이터 안으로 들어가며 그녀가 말한다.

"저기, 아가씨." 그가 그녀를 뒤쫓으며 외친다. "그냥 막 들어가시면—." 하지만 엘리베이터 문은 이미 닫히는 중이다. 그는 이미 늦었다는 것을 깨닫고 책상 쪽으로 급히 돌아가 보안요원을 부르기 위해 전화기를 집는다. 이것이 문이 닫히기 전에 그녀가 마지막으로 보는 장면이다. 아마 그는 전화기를 귀에 대고 생각이 머리에서 빠져나가기 전에 전화번호를 누르기는 할 것이다. 그러고 나면 손에 들린 수화기를 내려다보며 왜 전화기를 들었는지 의아해하고, 자리에 다시 앉기 전에 전화기 저편에서 들리는 목소리를 향해 정중하게 사과할 것이다.

아파트 주인은 제임스 세인트 클레어다.

두어 달 전 시내 한 카페에서 만났다. 그가 들어왔을 때 자리는 만석이었다. 겨울 모자의 테두리 밖으로 몇 가닥 금발 머리가 삐져나와 있었고, 추위 때문에 안경에는 김이 서려 있었다. 그날 애디는 레베카였고, 제임스는 자신을 소개도 하지 않고 그녀의 테이블에 앉아도 되겠냐고 물었다. 그리고 그녀가 콜레트(프랑스 작가 시도니 가브리엘 콜레트Sidonie-Gabrielle Colette를 말한다.—옮긴이)의 『셰리Chéri』를 읽고 있는 모습을 보고 얼굴을 붉히며 문법에 맞지도 않는 프랑스어를 몇 마디 했다. 그는 합석했고, 곧 편안한 미소는 편안한 대화로 이어졌다. 재밌는 일이다. 어떤 사람들은 마음을 여는 데 오랜 시간이 걸리지만 어떤 사람들은 원래 자기 집인 양 그저 아무 방에나 걸어 들어간다.

제임스가 그랬다. 만나자마자 그녀의 마음에 들었다.

그가 묻자 그녀는 자신을 시인이라 말했고(아무도 증거가 될 만한 것을 요구하는 법이 없으므로 가장 손쉬운 거짓말이다.), 그는 직장을 옮기는 중이라고 말했다. 그녀는 커피를 할 수 있는 한 오랫동안 마셨지만 결국 그녀의 컵은 바닥을 드러냈고, 그의 컵도 마찬가지였다. 마침 새로운 손님들이 자리를 찾아 독수리처럼 주변을 돌아다니고 있었다. 어쩔 수 없이 그가 자리에서 일어나려고 하자 그녀는 오래되고 익숙한 슬픔을 느꼈다. 그때 제임스가 아이스크림을 좋아하냐고 물었다. 1월이었기에 바깥의 땅이 얼음과 제설 소금으로 미끄러웠지만 애디는 그렇다고 말했다. 그리고 그들은 자리에서 동시에 일어났다.

그녀는 그의 아파트 문에 달린 키패드에 여섯 자리 비밀번호를 입력하고 안으로 들어간다.

불이 들어오면서 연한 나무 바닥과 깨끗한 대리석 카운터, 멋진 커튼과 사용하지 않은 새것처럼 보이는 가구가 드러난다. 등받이가 높은 의자. 크림색 소파. 책이 가지런히 쌓여 있는 탁자.

그녀는 문 옆에서 부츠의 지퍼를 내려 벗고 맨발로 아파트 안으로 들어가서 재킷을 의자의 팔걸이에 던져놓는다. 부엌에서는 메를로 와인 한 잔을 따르고, 냉장고 서랍에서 그뤼에르 치즈 한 조각, 찬장에서는 고메 크래커 한 박스를 찾아내고, 이어서 급조한 소풍 음식들을 거실로 옮긴다. 통유리 창 너머로는 도시가 펼쳐져 있다.

애디는 그의 레코드판들을 훑어보고 빌리 홀리데이를 올린다. 그러고 나서 크림색 소파로 돌아가 음식을 먹으며 무릎을 가지런히 모아 가슴에 안는다.

이런 곳이라면 그녀도 좋아할 수 있을 것이다. 자신만의 장소. 몸에 맞춘 침대. 옷이 가득한 옷장. 살아온 삶의 표시들, 기억의 물질적인 증거로 장식된 집. 하지만 그녀는 무언가를 오랫동안 지니는 일은 해낼 수 없는 것 같다.

시도해보지 않은 것은 아니다.

여러 해 동안 그녀는 책을 수집하고, 예술품들을 모으고, 서랍장 안에 고급 드레스를 숨겨두고 자물쇠를 채우기도 했다. 하지만 무슨 짓을 해도 물건들은 항상 사라진다. 물건들은 어떤 이상한 상황 또는 단순히 시간에 의해 도난을 당하면서 하나씩 차례차례 혹은 한꺼번에 사라진다. 뉴올리언스에서만 유일하게 집이 있었는데 그녀가 아니라 '그들'이 소유한 것이었고, 지금은 그마저도 사라졌다.

그녀가 떼어낼 수 없는 유일한 물건은 반지다.

그것과 다시 헤어지는 것이 견딜 수 없었던 때도, 상실을 슬퍼한 때도 있었다. 몇십 년 후 그것을 손에 쥐었을 때 그녀의 심장이 한껏 부풀어 오르기도 했다.

하지만 지금은 그것을 마주하기가 힘들다. 이제는 주머니 안의 환영받지 못하는 무게고, 또 다른 상실을 상기시키는 원치 않는 물건이다. 그녀의 손가락이 나무 반지를 스칠 때마다 어둠이 반지를 다시 끼면서 그녀의 손가락 관절에 키스하는 것을 느낀다.

봤지? 이제 우린 비긴 거야.

애디가 몸서리를 치자 유리잔이 흔들린다. 레드와인 방울들이 튀면서 유리잔의 가장자리 테를 넘어, 피처럼 크림색 소파에 떨어진다. 그녀는 욕을 하지도, 클럽 소다와 수건을 찾으러 벌떡 일어서지도 않는다. 그녀는 그저 얼룩이 안으로 스며들고, 통과하고, 사라지는 모습을 바라볼 뿐이다. 마치 그곳에 처음부터 얼룩이 없었던 것처럼.

마치 *그녀가* 그곳에 처음부터 없었던 것처럼.

애디는 일어나서 목욕을 하러 간다. 도시의 때를 향긋한 오일로 씻어내고, 100달러짜리 비누로 몸을 깨끗하게 문질러 씻는다.

모든 것이 손가락 사이로 빠져나갈 때 손바닥에 와 닿는 좋은 것들의 느낌을 음미하는 법을 배우게 된다.

그녀는 욕조에 등을 기대고 앉아 라벤더와 민트 향을 들이마시며 한 숨을 쉰다.

그날 그들은 아이스크림을 먹으러 갔다. 그녀와 제임스는 가게 안에서 머리를 맞대고 아이스크림을 먹었고, 서로의 컵에서 토핑을 훔쳐 먹었다. 그가 모자를 탁자 위에 벗어두어서 그의 금발 머리가 적나라하게 드러났다. 그랬다. 그는 눈부셨다. 하지만 그녀가 사람들의 시선을 알아차리기까지는 조금 시간이 걸렸다.

애디는 스치듯 지나가는 시선에 익숙해져 있었지만—그녀의 이목구비는 선명하면서도 여성적이고, 뺨에 있는 점이 그려내는 별자리 위 그녀의 눈은 환해서 세월이 흘러도 아름다움이 변치 않는다는 말을 듣곤 했다.—이번엔 달랐다. 사람들이 고개를 돌렸고, 시선들이 머물렀다. 이유가 뭘까 하고 궁금해하던 참에 그는 쾌활한 놀라움을 담은 표정으로 그녀를 쳐다보았다. 그는 사실 자신이 배우라고, 그것도 상당히 인기 있는 작품에 나오는 배우라고 고백했다. 그는 그 말을 하며 얼굴을 붉히고 다른 곳을 쳐다보았다. 다시 고개를 돌려 근원적인 변화를 받아들일 마음의 준비가 되었다는 듯 그녀를 유심히 쳐다보았다. 하지만 애디는 그의 작품을 한 번도 본 적이 없고, 본 적이 있다 하더라도 명성에 얼굴을 붉히는 사람은 아니다. 그녀는 너무 오래 살아왔고, 너무 많은 예술가를 알고 지내왔다. 그렇지만 어쩌면 그래서 더더욱, 애디는 아직 완성되지 않은 예술가들을, 아직 자신의 진면목을 찾고 있는 예술가들을 선호한다.

제임스와 애디는 계속 대화를 이어갔다.

그녀는 그의 로퍼 신발과 스웨터, 와이어 프레임 안경을 놀렸다.

그는 자신이 잘못된 시대에 태어났다고 그녀에게 말했다.

그녀는 자신이 잘못된 세기에 태어났다고 그에게 말했다.

그는 웃었지만 그녀는 웃지 않았다. 하지만 그의 태도에는 뭔가 오래된 것의 느낌이 있었다. 스물여섯 살밖에 되지 않았는데도 말을 할 때 자기 목소리의 무게를 아는 남자의 쉬운 억양, 느린 정확성이 있었다. 그는 나이가 빨리 들기를 갈망하여 아버지처럼 옷을 입는 위장술을 택하는 젊은 남자들 무리에 속하는 사람이었다.

할리우드도 그것을 보았다. 그는 시대물에 계속 캐스팅되었다.

"난 암갈색 필름용 얼굴을 가지고 있어요." 그가 농담했다.

애디가 미소를 지었다. "라디오용 얼굴보다는 낫죠."

그의 얼굴은 사랑스러웠지만 뭔가 잘못된 데가 있었다. 비밀을 가진 남자의 너무나 안정적인 미소. 그가 비밀을 털어놓기 전에 그들은 아이스크림을 다 먹었다. 그의 편안한 즐거움은 깜박이다 결국 꺼져버렸고, 그는 플라스틱 스푼을 컵 안에 떨어트렸다. 눈을 감고서 그는 말했다. "미안해요."

"뭐 때문에요?" 그녀가 물었다. 그는 몸을 좌석 뒤로 기댔고, 손가락을 머리카락 사이로 넣어 훑었다. 거리에 있는 낯선 사람들에게 그것은 한낱 무심한 몸짓, 고양이처럼 몸을 펴는 동작으로 보였겠지만, 그가 말을 하는 순간 그녀는 그의 얼굴에서 괴로움을 볼 수 있었다.

"당신은 정말 예쁘고 친절하고 재밌어요."

"그런데?" 그녀가 반전을 예감하며 말을 재촉했다.

"난 게이예요."

그 말이 마치 목구멍에 걸려 있다 풀려난 가시였던 것처럼, 그는 자신에게 너무 많은 압박이 있다고, 자신은 미디어의 시선과 요구를 증오한다고 설명했다. 그리고 사람들이 귀엣말을 속삭이고 의아해하기 시작했지만 그들이 사실을 알게 되는 상황에는 준비가 되어 있지 않다는 점도 이야기했다.

그때 애디는 그들이 무대 위에 있다는 것을, 모든 사람이 볼 수 있는 아이스크림 가게의 통유리 창 앞에 세워진 무대 위에 있다는 것을 깨달았다. 제임스는 그녀에게 작업을 걸지 말았어야 했고 그녀를 이런 식으로 이용하지 말았어야 했다며 사과하고 있었지만, 그녀는 그의 말을 듣고 있지 않았다. 그가 말을 하는 동안 그의 파란 눈은 유리처럼 투명해졌다. 그녀는 대본에서 눈물을 흘려야 하는 부분이 나오면 그가 의지하고 찾는 곳이 자신의 성 정체성 문제인지 궁금했다. 물론 애디 역시 비밀을 가지고 있지만 그녀로선 그것들을 지키는 수밖에 없다.

하지만 그녀는 지워진 진실을 갖는다는 것이 어떤 것인지는 안다.

"당신이 여기서 나가고 싶다고 해도," 그가 말하고 있었다. "난 이해해요."

하지만 애디는 일어서지 않았고 코트를 집지도 않았다. 그녀는 그저 몸을 기울여 그의 아이스크림 접시에서 블루베리 한 알을 집었다.

"난 당신에 대해 몰라요." 그녀가 가벼운 말투로 말했다. "하지만 *난 지금* 아주 즐거운 하루를 보내는 중이에요."

제임스는 눈을 깜빡거려서 눈물을 없애며 불안정한 숨을 내쉬고는 웃어 보였다.

"나도 그래요." 그가 말했다. 이후에는 상황이 나아졌다.

비밀은 지키는 것보다는 공유하기가 훨씬 더 쉽다. 그들이 다시 손을 잡고 밖으로 나왔을 때 두 사람은 자신들의 은밀한 앎으로 인해 들뜬 공모자였다. 그녀는 누군가가 그들을 알아보거나 사람들에게 어떻게 보일지 걱정하지 않았고, 사진이 찍힌다고 하더라도 그들의 모습이 절대 사진에 나타나지 않으리라는 것을 알았다.

(사진이 있기는 했지만 그녀의 얼굴은 손쉽게도 항상 움직이거나 흐릿했고, 뉴스 헤드라인들이 어쩔 수 없이 더 자극적인 기삿거리로 넘어가기 전까지 그녀는 다음 주 내내 타블로이드 신문에 정체 모를 여자로 남았다.)

그들은 술을 한잔하기 위해 이곳 백스터 빌딩에 있는 그의 아파트로 이동했다. 그의 탁자들은 책과 서류들로 뒤덮여 있었는데, 모두 제2차 세계대전에 관한 것들이었다. 그는 배역을 준비 중이라고, 자신이 찾을 수 있는 직접적인 경험담을 모두 읽고 있다고 말했다. 그는 인쇄된 복사물들을 그녀에게 보여주었다. 애디는 줄곧 그 전쟁에 흥미를 느껴왔고, 몇몇 이야기를 알고 있다고 했다. 그리고 그 이야기들을 자신의 경험이 아니라 다른 사람들의 이야기, 낯선 이들의 경험인 양 들려주었다. 그동안 제임스는 크림색 소파 한 구석에 몸을 누인 채 이야기에 귀를 기울였다. 그는 눈을 꼭 감은 채 위스키 한 잔을 가슴에 놓고 있었다.

둘은 서로의 따스함을 느낄 수 있을 만큼 거리를 두고 킹사이즈 침대에서 나란히 잤다. 다음 날 애디는 여명이 밝아오기 전에 깨어나 서로 작별 인사를 나누는 불편함을 없애기 위해 그 집에서 빠져나왔다.

그녀는 그와 친구가 될 수 있었을 것이라 생각한다. 그가 기억할 수만 있다면 말이다. 그러나 더 이상 생각하지 않으려 한다. 기억은 가끔씩 뒤로 돌아가기도 하지만 앞으로 내닫기도 한다는 사실을, 앞으로 달려가 결코 가지 않을 길들을 펼쳐 보이기도 한다는 사실을 그녀는 잘 알고 있다. 그 길에는 광기가 있고, 그녀는 그 길을 가지 않는 법을 배웠다.

이제 그녀는 이곳에 돌아왔지만 그는 여기 없다.

애디는 제임스의 고급 테리 직물 가운들 가운데 하나를 몸에 걸친 뒤 프랑스식 문을 열고서 침대 발코니로 나간다. 바람이 올라오고 냉기가 그녀의 맨발바닥을 찌른다. 도시는 인공 별들로 가득 찬 낮은 밤하늘처럼 그녀 주변으로 펼쳐져 있다. 그녀는 손을 가운 주머니에 쑤셔 넣는다. 그리고 빈 주머니의 밑바닥에 놓여 있는 그것을 느낀다.

매끄러운 나무로 된 작은 원형의 물건.

그녀는 한숨을 쉬고 손을 반지 주위로 가져간다. 그리고 그것을 꺼내며 팔꿈치를 발코니에 기댄다. 손바닥에 놓인 반지를 억지로 쳐다보고, 그것의 모든 휨과 소용돌이무늬를 아직 외우지 못한 것처럼 찬찬히 살핀다. 그녀는 다른 손으로는 반지의 곡면을 따라가고, 그것을 손가락에 끼워보고 싶은 욕구를 참는다. 물론 그녀는 더 암담한 순간, 더 지친 순간 반지를 손가락에 낄 생각도 해보았지만 먼저 움직이는 쪽이 되고 싶지는 않았다.

그녀는 손을 기울여서 반지를 발코니 가장자리 너머로 떨어트린다. 아래로, 아래로, 어둠 속으로.

다시 아파트 안으로 들어온 애디는 와인을 한 잔 더 따른다. 그리고 거대한 침대 위로 올라가 거위 깃털 이불 아래 이집트산 시트 사이로 몸을 집어넣는다. 그리고 알로웨이에 갔더라면, 바에 앉아서 헝클어진 곱슬머리에 수줍은 미소를 짓는 토비를 기다렸다면 좋았겠다고 생각한다. 벌꿀 내음이 나는, 몸을 악기처럼 연주하는, 그리고 침대에서 공간을 너무 많이 차지하는 토비를.

프랑스, 사르트의 비용
1714년 7월 30일

– XIII –

✶ ✶ ✶ ✶ ✶ ✶ ✶

손 하나가 아들린을 흔들어 깨운다.

잠시 그녀는 시간과 장소를 벗어나 있다. 잠이 그녀의 몸 가장자리에 들러붙고, 그것과 꿈—그것은 분명 꿈이었음이 틀림없다—도 나란히 놓여 있다. 침묵하는 신들에게 바쳐진 기도의 꿈, 어둠 속에서 이뤄진 거래의 꿈, 잊히는 존재의 꿈.

그녀의 상상은 항상 생생하다.

"일어나." 어떤 목소리가 말한다. 그녀가 평생 알고 지낸 목소리다.

손이 다시 그녀의 어깨를 단단히 누른다. 그녀가 눈을 깜빡여서 마지막 잠을 물리치고 나니 헛간 천장의 나무판자와 그녀의 살갗을 찌르는 밀짚, 그리고 금발 머리를 왕관 모양으로 땋은 채 옆에 무릎 꿇고 앉아 근심 가득한 눈썹을 잔뜩 찌푸리고 있는 이자벨이 눈에 들어온다. 그녀의 얼굴은 아이가 태어날 때마다 조금씩 시들었고, 그녀의 삶은 출산할 때마다 조금씩 도난당했다.

"일어나, 이 바보야."

이것은 이자벨이 *할 만한* 말이다. 꾸짖는 말인데도 목소리에 담긴 친절함 덕분에 말투는 부드럽다. 하지만 그녀의 입술은 걱정으로 오므려져 있고, 이마에는 염려하듯 주름이 파여 있다. 그녀는 항상 그런 식으로 얼굴 전체를 사용해서 표정을 찌푸렸다. 아들린이(예전에 천 번도 넘게 그랬던 것처럼 얼굴을 매끈하게 펴주기 위해) 엄지손가락으로 그녀의 미간을 누르려고 손을 뻗자 이자벨은 뒤로 물러나 이방인의 손길로부터 멀어진다.

그렇다면 꿈이 아니다.

"마티외." 이자벨이 어깨너머로 소리치고, 아들린은 그녀의 장남이 들통을 들고 헛간의 열린 출입구에 서 있는 모습을 본다. "가서 담요 좀 가져와라."

소년은 해가 있는 쪽으로 사라진다.

"당신은 누구예요?" 이자벨이 묻는다. 아들린은 목구멍에서 이름이 나오질 않는다는 것을 잊은 채 대답하려고 한다. 이름은 그녀의 목구멍에 박혀 있다.

"무슨 일이 있었어요?" 이자벨이 재촉하듯 묻는다. "길을 잃었나요?"

아들린은 고개를 끄덕인다.

"어디서 왔어요?"

"여기요."

이자벨의 미간에 있는 골이 깊어진다. "비용이요? 그럴 리가요. 그렇다면 우린 전에 만났을 거예요. 난 여기서 평생을 살았으니까요."

"나도 마찬가지예요." 그녀가 중얼거린다. 이자벨은 진실을 착각이라고 여기고 있음이 분명하다. 왜냐하면 그녀가 어떤 생각을 떨쳐내려는 듯 고개를 가로젓기 때문이다.

"얘가 어딜 간 거야?" 그녀가 투덜댄다.

그녀의 시선은 온전히 아들린에게로 향한다. "일어설 수 있겠어요?"

그들은 팔짱을 끼고서 마당으로 걸어간다. 아들린의 몸은 더럽지만 이자벨은 손을 놓지 않는다. 작은 친절에, 다른 여자의 손길이 주는 따스함에 아들린은 목이 멘다. 이자벨은 그녀를 무슨 야생 동물인 양 취급한다. 아들린을 집으로 이끄는 그녀의 목소리는 부드럽고 동작은 느리다.

"다쳤어요?"

응,이라고 그녀는 생각한다. 하지만 그녀는 이자벨의 말이 긁힌 상처나 베인 상처 혹은 간단한 부상을 의미하는 것임을 알고 있다. 그런 것들이라면 확실치가 않았다. 그녀는 자신을 내려다본다. 어둠 속에서 최악은 숨겨져 있었다. 아침 햇살에는 그것이 드러난다. 아들린의 못쓰게 된 드레스. 엉망진창인 신발. 숲의 바닥에서 더럽혀진 살갗. 그녀는 지난밤 숲속에서 블랙베리 나무에 살갗이 긁히고 찢기는 것을 느꼈지만 부풀어 오른 자국이나 베인 상처, 피의 흔적을 전혀 찾을 수가 없다.

"아니에요." 집 안으로 들어갈 때 그녀가 나지막이 말한다.

마티외나 앙리의 모습은 보이지 않고 사라—아직은 아기에 불과한 그들의 셋째 아이—만 난로 옆 바구니 안에서 자고 있다. 이자벨은 아들린을 아기 건너편에 있는 의자에 앉히고 불 위에 물 주전자를 올린다.

"참 친절하시네요." 아들린이 낮은 목소리로 말한다.

"나는 이방인이었고, 당신이 환영해 주었습니다." 이자벨이 말한다.

성경 구절이다.

그녀는 수건과 대야를 탁자로 가져온다. 그러고 나서 아들린의 발 옆에 무릎을 꿇고, 더러워진 신발을 벗겨 난로 옆에 둔 뒤 아들린의 손을 잡고서 손가락에 묻은 숲 바닥의 오물과 손톱 밑 흙을 씻어낸다.

손을 놀리면서 이자벨은 그녀에게 질문을 던지고, 아들린은 답을 하려고 애쓴다. 정말로 애를 쓰지만 이름은 여전히 말할 수 없는 상태다. 마을에서의 삶과 숲속에서 만난 그림자, 그녀가 한 거래에 대해 말하면 말들이 그녀의 입술을 벗어나지만 이자벨의 귀에 도달하기 전에 흩어진다. 이자벨의 얼굴은 모르겠다는 표정이고, 시선은 멍하니 고정된다. 아들린이 결국 말꼬리를 흐리자 그녀는 백일몽을 떨쳐내듯 고개를 재빨리 가로젓는다.

"미안해요." 그녀의 오랜 친구가 미안해하는 미소를 지으며 말한다.

"무슨 말을 하던 중이었죠?"

시간이 흐르면서 그녀는 거짓말을 하는 법을 배울 것이고, 그러면 말들은 와인처럼 줄줄 흐르며 쉽게 따라지고, 쉽게 삼켜질 것이다. 하지만 진실은 그녀의 혀끝에서 항상 멈출 것이다. 그녀의 이야기는 그녀 자신에게 말고는 침묵으로 변할 것이다.

아기가 칭얼대기 시작할 즈음 컵이 아들린의 손에 쥐어진다.

"가장 가까운 마을까지는 한 시간 정도 말을 타고 가야 해요." 포대기에 싼 아이를 들어 올리며 이자벨이 말한다. "여기까지 걸어왔어요? 그럼……." 그녀는 당연히 아들린에게 말하고 있지만 신경은 사라에게 가 있다. 그녀의 목소리는 부드러우면서 다정하고, 아이의 솜털같이 부드러운 머리카락에 숨을 불어넣는다. 아들린은 자신의 친구가 엄마가 되었음을 인정하지 않을 수 없다. 그녀는 엄마로서 너무나 만족한 나머지 다른 이의 시선을 의식하지도 못한다.

"당신을 어쩌면 좋을까요?" 그녀가 다정스레 속삭인다.

부츠를 신은 무거운 발걸음 소리가 바깥에서 들려온다. 이자벨은 아이의 등을 두드리며 몸을 약간 곧추세운다. "제 남편 조르주일 거예요."

아들린은 조르주를 잘 안다. 그들이 여섯 살이었을 때 키스가 게임에서 보상으로 교환되던 시절 그에게 한 번 키스한 적이 있다. 하지만 지금 그녀의 가슴은 공포로 콩닥거린다. 아들린은 벌써 일어서 있고, 컵을 탁 하고 탁자 위에 내려놓는다.

그녀가 두려운 것은 조르주가 아니다.

그것은 문이고, 이자벨이 바깥에 있게 되면 일어나는 일이다.

아들린은 이자벨의 팔을 붙잡는다. 그녀의 손아귀에는 갑작스럽고 단단한 힘이 들어간다. 처음으로 공포가 이자벨의 얼굴 위를 휙 스친다. 하지만 그녀는 이내 침착한 태도를 유지하고 아들린의 손을 토닥인다.

"걱정하지 말아요." 그녀가 말한다. "내가 잘 말할게요. 다 괜찮을 거예요." 그러고는 아들린이 거절하기도 전에 아기를 그녀의 팔에 안겨주고서 이자벨은 자리를 벗어난다.

"기다려요, 제발."

공포가 그녀의 가슴 안에서 요동치는데 이자벨은 밖으로 나간다. 문은 열려 있고, 그 너머 뜰에서는 목소리가 오르락내리락하고, 말하는 소리가 바람 소리처럼 들린다. 아기는 아들린의 팔에 안겨 칭얼댄다. 아기를, 그리고 자신을 달래기 위해 아기를 조금 흔든다. 아기가 조용해져서 바구니에 내려놓으려는 순간 헉하며 짧게 놀라는 소리가 들린다.

"아기한테서 당장 물러나!"

이자벨의 목소리다. 그녀의 목소리가 공포로 인해 날카롭고 팽팽하다. "누가 당신을 들어오라고 했어?"

기독교인으로서의 친절함은 어머니로서 갖는 공포로 순식간에 바뀌었다.

"*당신이* 들였잖아요." 아들린이 말한다. 그러면서 웃고 싶은 마음을 겨우 참는다. 하지만 이 순간 유머는 간 곳이 없고 오직 광기만이 있을 뿐이다.

이자벨은 공포에 질린 눈으로 쳐다본다. "거짓말." 그녀가 말하고 달려들려고 한다. 그때 그녀의 남편이 어깨를 잡아서 막는다. 그 역시 아들린을 보았고, 다른 종류의 야생 동물이라고, 그들의 집에 들어와 있는 늑대라고 간주한다.

"해를 끼치려고 한 건 아니에요." 그녀가 말한다.

"그렇다면 *떠나*." 조르주가 명령한다.

그녀가 할 수 있는 다른 일이 있겠는가? 그녀는 아이를 내려놓고 수프가 담긴 컵, 탁자 위의 대야, 그리고 그녀의 가장 오랜 친구를 남겨두고 떠난다. 그녀는 서둘러 마당으로 나가 뒤를 돌아본다. 조르주가 문을 닫기 전에 이자벨이 딸을 가슴에 꼭 안는다. 조르주는 마치 그녀를 넘어뜨려야 할 나무인 것처럼, 그들의 집 위로 드리워진 그림자인 것처럼 손에 도끼를 들고 있다.

그러고 나서 그도 사라지고, 문이 닫히고, 빗장이 걸린다.

아들린은 무엇을 해야 할지, 어디로 가야 할지 모르는 채 길에 서 있다. 그녀의 마음 안에는 닳아서 매끄러워진 깊은 홈들이 있다. 그녀의 발은 이곳을 너무나 자주 왔다갔다했다. 그녀의 몸은 이 길을 안다. 길을 따라 내려가서 왼쪽으로 돌면 집이 있다. 그녀의 발이 이미 그쪽으로 움직이고 있지만 이제 그곳은 더 이상 그녀의 집이 아니다.

두 발. 아들린은 자신의 발을 내려다보며 고개를 가로젓는다. 신발을 말린다고 이자벨의 난로 옆에 두고 나왔다.

조르주의 부츠 한 켤레가 문 옆의 벽에 기대어 있다. 그녀는 그것을 들고 걷기 시작한다. 그녀가 나고 자란 집 쪽이 아니라 기도가 시작된 강 쪽으로 간다.

날은 이미 따뜻하고 공기에는 열기가 느껴진다. 그녀는 부츠를 강둑에 내려놓고 얕은 개울가로 나간다.

강물이 종아리 부근까지 차오르고 무릎 뒤편에 닿자, 그녀는 냉기 때문에 숨을 멈춘다. 그녀는 물에 비치는, 뒤틀린 자신의 모습을 찾으며 아래를 내려다본다. 물에 비치는 자신의 모습이 없기를, 그녀의 머리 뒤에 있는 하늘만 볼 수 있기를 반쯤 희망한다. 하지만 그녀는 강의 흐름에 왜곡된 채 여전히 그곳에 있다.

한때 곱게 땋았지만 지금은 산발인 그녀의 머리카락, 날카로웠지만 지금은 무방비로 열린 눈, 그녀의 얼굴 살갗 위로 뿌려진 그림물감 얼룩 같은 일곱 개의 점. 공포와 분노로 핼쑥한 얼굴.

"왜 응답을 주시지 않았죠?" 그녀는 흐르는 강물에 비친 햇빛을 보며 항의하듯 말한다.

하지만 강은 저만의 부드럽고 매끄러운 방식으로 웃을 뿐이다. 물이 돌에 걸리며 보글보글 소리를 낸다.

그녀는 끈들과 씨름 끝에, 더러워진 웨딩드레스를 벗어 물속에 담근다. 물살이 드레스 천을 잡아당기고, 그녀의 손가락은 그것을 그냥 떠내려가게 두고 싶다. 삶의 마지막 흔적을 강이 가져가도록 내버려두고 싶다는 갈망이 일지만 그마저 포기하기엔 지금 가진 것이 너무 없다.

아들린은 몸을 물속에 담그고, 머리에 남아 있는 마지막 꽃들도 자유롭게 풀어주고, 살갗에 묻은 나뭇가지들도 씻어낸다. 그녀는 추위와 허약함, 그리고 동시에 새로움을 느끼며 밖으로 나온다.

태양은 높고, 날은 덥다. 그녀는 드레스가 마르도록 풀밭에 펼쳐놓고 그 옆 비탈에 주저앉는다. 그들은 침묵 속에서 나란히 앉아 있다. 하나는 다른 하나의 유령이다. 그녀는 아래를 내려다보며 드레스가 그녀가 가진 모든 것임을 깨닫는다.

드레스. 슬립. 훔친 부츠 한 켤레.

가만히 있지 못하는 그녀는 나무막대기를 집어서 강둑 근처에 있는 토사에 알 수 없는 그림을 그리기 시작한다. 하지만 그녀가 긋는 모든 획은 사라진다. 강이 하는 일이라고 하기엔 너무 빠르다. 그녀가 선을 그리면 선 긋기가 미처 끝나기도 전에 씻겨나가는 것을 바라본다. 이름을 써보려 하지만 그녀의 손은 혀가 억눌리는 것과 마찬가지로 바위 아래에 붙들린 채 가만히 있을 뿐이다. 더 깊이 선을 긋고 모래를 파내보아도 별다른 차이가 없다. 그녀가 파낸 홈은 곧 사라져버린다. 그녀가 나무막대기를 집어 던지는 순간, 분노에 찬 흐느낌이 그녀의 목구멍에서 흘러나온다.

눈물이 그녀의 눈을 채우는 순간, 작은 발자국 소리가 들린다. 그녀는 눈을 깜박여서 자신을 내려다보며 서 있는 동그란 얼굴을 한 소년을 본다. 이자벨의 네 살배기 아들이다. 애디는 그를 팔에 안아서 흔들기도 했었고, 둘 다 어지럼증을 느끼며 웃을 때까지 빙글빙글 돌기도 했었다.

"안녕." 소년이 말한다.

"안녕." 그녀는 약간 불안정한 목소리로 응답한다.

"앙리!" 소년의 엄마가 아이 이름을 부르고 잠시 후 이자벨이 나타난다. 빨래 바구니를 엉덩이 께에 얹은 채로 점점 더 위로 모습을 드러낸다. 그녀는 아들린이 풀밭에 앉아 있는 것을 보고도 자신의 친구가 아니라 아들을 향해 손을 내민다. "올라와." 그녀는 입으로는 앙리에게 말하지만 푸른 눈은 아들린을 주시한다.

"누구세요?" 이자벨이 묻는다. 아들린은 자신이 가파른 언덕의 가장자리에 있고, 발아래 땅이 아래로 꺼지고 있다고 느낀다. 무서운 추락이 다시 시작되면서 그녀의 몸 중심이 앞으로 쏠린다.

"길을 잃었어요?"

데자뷔Déjá vu, *데자쉬Déjá su*, *데자베퀴Déjá vécu*.

이미 보았음. 이미 알고 있음. 이미 살아보았음.

그들은 전에도 이곳에 왔었고, 이 길을 걸었고, 최소한 비슷한 일을 겪은 적이 있다. 그래서 아들린은 이제 어디에 발을 놓아야 하는지, 무슨 말을 해야 하는지, 어떤 말이 친절함을 이끌어내는지 알고 있다. 만약 그녀가 적절한 대답을 한다면 이자벨은 그녀를 집으로 데려갈 것이고, 어깨에 담요를 둘러주고, 수프 한 그릇을 내줄 것임을 알고 있다. 그것이 더 이상 통하지 않는 시점이 올 때까지 그럴 것이다.

"아뇨." 그녀가 말한다. "그냥 지나가는 중이에요."

그것은 거짓말이다. 이자벨의 표정이 굳는다.

"여자가 혼자 여행하는 건 적절치 않아요. 그런 상태라면 더더군다나."

"알아요." 그녀가 말한다. "더 많은 걸 가지고 있었는데 강도를 당했어요."

이자벨의 얼굴이 창백해진다. "누가 그런 짓을?"

"숲속에서 만난 낯선 사람요." 그녀가 말한다. 거짓말이 아니다.

"다쳤어요?"

응, 그래,라고 그녀는 생각한다. *슬프게도* 그래. 하지만 그녀는 겨우 힘을 짜내 고개를 내저으며 대답한다. "사는 데 지장은 없을 거예요."

그녀에겐 선택권이 없다.

이자벨은 빨랫감을 내려놓는다.

"여기서 기다려요." 이자벨은 말한다. 또다시 친절하고 다감한 이자벨이다. "바로 돌아올게요."

그녀는 어린 아들을 번쩍 들어 올려 안은 뒤 집으로 가기 위해 뒤돌아선다. 그녀가 시야에서 멀어지는 순간 아들린은 아랫단이 아직 눅눅한 드레스를 집어 입는다.

물론 이자벨은 다시 잊어버릴 것이다.

그녀는 집으로 향하는 길 중간쯤에서 발걸음을 늦추고, 빨랫감도 없이 왜 집으로 돌아가고 있는지 의아해할 것이다. 그녀는 세 아이들, 특히 갓난아기의 병으로 인해 혼란스럽고 지친 마음을 탓하며 강으로 돌아올 것이다. 이번에는 강둑에 앉아 있는 여인이 없을 것이고, 햇볕 아래 펼쳐진 드레스도 없을 것이고, 단지 풀 속에 버려진 나무막대기와 매끄러운 흙으로 된 캔버스만이 남아 있을 것이다.

* * *

아들린은 자신이 살던 집을 백 번 정도 그렸다.

지붕의 각도, 문의 질감, 아버지 작업실의 그림자, 마당 가장자리에서 보초병처럼 자리를 지키고 있는 오래된 주목나무의 가지들을 기억한다.

그녀가 지금 서 있는 곳이 바로 그곳이다. 나무 둥치 뒤에 숨어서 막심이 헛간 옆에서 풀을 먹는 모습을, 어머니가 빨래를 너는 모습을, 아버지가 나뭇조각을 깎는 모습을 지켜본다.

그러는 동안 아들린은 자신이 더 이상 이곳에 머무를 수 없음을 깨닫는다.

강을 가로지르는 물수제비 돌들처럼 한 집에서 다른 집으로 옮겨 다니는 방법을 찾아볼 수도 있겠지만 그렇게 하고 싶지 않다. 왜냐하면 그 방법을 생각하자 그녀는 강이나 돌처럼 느껴지지 않고, 돌을 던지며 지쳐가는 손처럼 느껴졌기 때문이다.

저기 저곳에 문을 걸어 닫고 있는 에스텔이 있다.

저기 저곳에 한순간 친절하다가도 이내 공포로 가득 찬 얼굴을 하는 이자벨도 있다.

나중에, 훨씬 더 나중에, 애디는 이러한 반복되는 사이클을 조롱하게 될 것이고, 추락하기 전까지 얼마나 오랫동안 자신이 한 횃대에서 다른 횃대로 옮겨갈 수 있는지 이해하게 될 것이다. 그러나 지금으로선 고통이 너무나 새롭고 날카롭다. 그녀는 그러한 반복을 어떻게 헤쳐 나가야 할지 가늠할 수가 없고, 아버지의 지친 표정과 에스텔의 눈에서 보이는 힐난을 견딜 수가 없다. 아들린 라뤼는 이곳에서 이방인이 될 수 없다. 그녀가 늘 알고 지내던 사람들에게는 이방인이 될 수 없다.

그들이 자신을 잊는 것을 지켜보는 건 너무나 아프다.

어머니는 집 안으로 들어가고, 아들린은 나무가 제공하는 은신처를 벗어나 마당을 가로지르기 시작한다. 앞문을 향해서가 아니라 아버지의 작업실을 향해서.

작업실 창문은 닫혀 있고 등은 불이 켜져 있지 않다. 열린 문을 통해 쏟아지는 햇빛 한 자락만이 빛이 되어주고 있다. 하지만 그것만으로도 뭔가를 보기에는 충분하다. 그녀는 이 장소의 윤곽을 머릿속으로 외고 있다. 공기에서는 흙 내음과 달콤한 수액 냄새가 나고, 바닥은 대팻밥과 먼지로 뒤덮여 있고, 사방에 아버지의 작품들이 놓여 있다. 물론 막심을 모델로 만든 나무 말도 있다. 하지만 크기는 고양이보다 작다. 나무 몸통에서 잘라낸 나이테로만 장식한 그릇 한 쌍. 손바닥 크기의 새 조각상들. 날개를 편 상태거나, 접고 있거나, 공중에서 날개를 죽 펴고 있는 새들.

아들린은 세상을 목탄과 연필로 스케치하는 법을 배웠지만 그녀의 아버지는 항상 칼로 뭔가를 만들었다. 아무것도 아닌 것을 깎아내서 형태를 만들고, 거기에 너비와 깊이, 삶을 부여했다.

그녀는 이제 손을 뻗고 이전에 백 번도 넘게 했던 것처럼 손가락으로 말의 코를 매만진다.

그녀는 여기서 무엇을 하는 것일까?

아들린은 모른다.

어쩌면 아버지에게 작별을 고하고 있는지도 모른다. 그녀가 이 세상에서 가장 좋아하는 사람.

그녀가 아버지를 기억하게 될 방식은 이럴 것이다. 그의 눈에 어린 알 수 없는 슬픔이 아니라, 그녀를 교회로 데리고 갈 때 보였던 근엄한 턱이 아니라, 그가 사랑한 물건들로 기억할 것이다. 그가 보여준 목탄 막대기를 잡는 방법으로, 손의 무게감으로 형태와 음영을 다루는 방법으로 그를 기억할 것이다. 아들린이 여행할 만큼은 나이가 들었지만 문제를 일으킬 정도로는 나이가 들지 않았을 때 아버지와 함께 시장에 갔던 일곱 번의 여름, 그동안 들었던 노래들과 이야기들, 풍경들로 기억할 것이다. 그의 첫째 딸이자 유일한 딸이 태어났을 때 그가 만들어준, 나무 반지라는 사려 깊은 선물—나중에 어둠에게 준 나무 반지—로 기억할 것이다.

지금도 그녀의 손은 엄지손가락으로 가죽끈을 만져보려고 목 근처를 배회한다. 하지만 그것이 영원히 사라졌다는 사실을 기억하자 내면 깊은 곳의 무언가가 움츠러든다.

양피지 조각들이 과거와 미래의 작업 흔적인 도면들과 치수 표시들에 파묻힌 채 탁자 위에 흩어져 있다. 연필 하나가 책상 가장자리에 있다. 두려움의 메아리가 아들린의 가슴 안에서 울리지만 그녀는 그것을 향해 손을 뻗는다.

그녀는 연필을 종이 위로 가져와서 글을 쓰기 시작한다.

사랑하는 아빠Cher Papa—.

연필은 종이 위를 긁으며 지나가지만 연필의 흔적 뒤에 남는 글자들은 희미해진다. 아들린이 두 단어를 끝낼 즈음 그 불안정한 단어들은 사라진다. 그녀가 손으로 탁자를 내리치자 작은 니스 통이 흔들리고, 값비싼 기름이 아버지의 메모지와 그 아래에 있는 나무에 쏟아진다. 그녀는 허둥지둥 종이들을 끌어 모으지만 그녀의 손에는 오일이 묻고 나무로 된 작은 새 조각상들 가운데 하나가 넘어진다.

하지만 당황할 필요는 없다.

니스는 강 속의 바위처럼 스며들고 안으로 가라앉으며 결국 사라진다. 이 순간을 이해한다는 것은, 무엇이 사라지고 무엇이 사라지지 않는지를 이해하는 것은 너무나도 이상한 일이다.

니스는 사라졌지만 옆에 텅 빈 채로 누워 있는 통으로 다시 돌아간 것은 아니다. 통의 내용물은 사라지고 없다. 양피지는 흔적 없이 그대로이고, 그 아래 탁자도 마찬가지다. 그녀의 손에 묻은 기름만 지문과 손금을 따라 흐른다. 그녀는 계속 그것들을 바라보며 뒷걸음질 치는데 그러다가 발뒤꿈치 아래로 나무가 딱 하고 부러지는 끔찍한 소리가 들린다.

그것은 나무로 된 작은 새인데, 단단하게 다져진 흙바닥과 발뒤꿈치 사이에 끼여 한쪽 날개가 쪼개졌다. 아들린은 마음이 아파 움찔한다. 새 컬렉션 중에서 그녀가 가장 좋아하는 조각품이다. 그것은 비상 단계에서 맨 처음 상승에 해당하는, 위로 날아오르는 움직임의 순간을 포착한 모습을 하고 있다.

그녀는 그것을 주으려고 쭈그려 앉지만, 몸을 일으킬 때쯤 바닥에 떨어진 파편은 없어진다. 그녀의 손에 들린 나무로 된 작은 새는 온전한 상태로 돌아와 있다. 그녀는 놀라서 그것을 거의 떨어트릴 뻔한다. 그리고 왜 이것이 불가능한 일처럼 보이는지 알지 못한다. 그녀는 이방인이 되었고, 그녀가 알고 사랑했던 사람들의 마음으로부터 구름 뒤의 태양처럼 멀어지는 자신을 보았고, 그녀가 남기려는 모든 흔적이 사라지고 지워지는 것을 보았다.

하지만 새는 다르다.

어쩌면 그것을 손으로 잡을 수 있기 때문일 것이다. 어쩌면 사건을 없던 일로 만들고 잘못된 일을 바로잡는 것은 순간적이나마 축복인 것처럼 보이기 때문이다. 이는 자신의 말소, 흔적을 남길 수 없음의 단순한 확장이 아니기 때문일 것이다. 하지만 아들린은 새에 대해 그런 식으로 생각하지 않는다. 아직은 아니다. 더군다나 그 저주를 손안에 놓고 이리저리 살펴보고, 그것의 형태를 기억하고, 갈라진 틈을 찾아 매끄러운 표면을 연구하며 여러 달을 보낸 것도 아니었다.

지금 이 순간 그녀는 그 작고 깨지지 않은 새가 안전하다는 점에 감사하며 손에 꼭 쥔다.

그녀가 그 조각상을 다른 새들이 있는 곳에 갖다 놓으려 하는데 무언가가 그녀를 가로막는다. 아마도 그 순간의 어떤 기묘함 때문이거나, 이곳에서의 삶은 그녀를 그리워하지 않겠지만 그녀는 이미 이곳에서의 삶을 그리워하고 있다는 사실 때문인지도 모른다. 그래서 그녀는 새를 치마 주머니에 넣고 작업실에서 빠져나와 집에서부터 멀어진다.

그녀는 길을 따라 내려가고, 비틀린 주목나무를 지나고, 모퉁이를 돌아 마을의 가장자리에 다다른다. 그녀는 뒤를 돌아보고 마지막으로 들판 건너편 나무들이 줄지어 서 있는 곳으로, 태양 아래 길게 늘어선 빽빽한 그림자로 시선을 향한다. 그러고 나서 숲과 비용 마을, 더는 그녀의 것이 아닌 이곳에서의 삶에 등을 돌리고, 걷기 시작한다.

프랑스, 사르트의 비용
1714년 7월 30일

– XIV –

비용은 수레가 모퉁이를 돌 때처럼 사라지고, 지붕은 시골 마을을 둘러싸고 있는 나무들과 언덕에 가려진다. 아들린이 용기를 내어 뒤돌아보았을 때 비용은 이미 사라지고 보이지 않는다.

그녀는 한숨을 내쉬고 돌아서서 걷는다. 그러면서 조르주의 부츠 모양이 이상한 것에 움찔한다.

부츠는 그녀의 발보다 거의 반 이상 크다. 아들린은 빨랫줄에서 발견한 양말들을 신발 속에 쑤셔 넣었지만, 네 시간 정도 걷고 나자 살갗에 난 생채기와 가죽 밑창에 고인 피를 느낄 수 있다. 그녀는 상처가 난 곳을 들여다보기가 무섭다. 그래서 앞으로 펼쳐져 있는 길에만 집중한다.

그녀는 벽으로 둘러싸인 도시 르망으로 가기로 했다. 그곳은 가본 곳 중 가장 먼 곳이지만 혼자서 가본 적은 없었다.

그녀는 세상이 사르트 강 주변의 마을보다 훨씬 더 크다는 걸 알고 있지만 지금은 그녀 앞에 놓인 길 외에는 어떤 것도 생각할 수가 없다. 발걸음을 뗄 때마다 비용으로부터, 더는 그녀의 것이 아닌 삶으로부터 조금씩 멀어진다.

넌 자유로워지길 원했잖아. 머릿속에 있는 목소리가 말한다. 하지만 그것은 그녀의 목소리가 아니다. 그것은 비단이나 나무 연기처럼 더 깊고, 더 부드럽다.

그녀는 마을들과 들판에 외따로 있는 농장들을 지난다. 주변이 아무것도 없이 비어 있을 때 세상은 드넓어 보인다. 화가가 풍경을 그리려고 희미한 선을 긋고 난 뒤 주위가 산만해져서 하던 작업을 잊어버린 것 같다.

한번은 수레가 길을 따라 내려오는 소리를 듣고서 근처 수풀의 그늘 속으로 몸을 피하고 수레가 지나가길 기다린다. 길이나 강에서 너무 멀리 벗어나고 싶지 않지만 어깨너머 잡목림 사이로 여름 과일이 노랗게 변한 모습을 발견한다. 그러자 그녀의 위는 갈망으로 아파온다.

과수원.

그늘은 아주 좋고 공기는 시원하다. 그녀는 낮은 가지에서 익은 복숭아를 따고, 과일 깊숙이 이를 박으며 게걸스럽게 먹는다. 비어 있던 위는 달콤한 것이 들어가자 경련을 일으킨다. 고통에도 아랑곳하지 않고 배도 먹고, 한 손 가득 미라벨 자두도 따서 먹는다. 그리고 억지로 몸을 움직여서 그늘을 벗어나고 다시 여름 열기 속으로 돌아가기 전에 과수원 가장자리에 있는 우물에서 손바닥으로 물을 퍼 올려 마신다.

그녀가 드디어 강기슭에 주저앉아 발에 난 상처를 보기 위해 부츠를 벗었을 때 그림자는 이미 길게 늘어나 있다.

발에는 아무 상처도 없다.

양말에는 피가 묻어 있지 않다. 발뒤꿈치에도 상처가 없다. 걸음을 옮길 때마다 고통을 느꼈는데도 수 킬로미터를 걸어온 흔적이 없고, 여러 시간 동안 단단히 다져진 흙길을 걸어온 고통의 흔적이 없다. 온종일 열기를 느꼈는데도 어깨는 태양에 그을리지 않았다. 그녀의 위는 훔쳐 먹은 과일 그 이상의 무언가로 인해 통증과 함께 뒤틀린다. 햇빛이 사그라들고 언덕에 어둠이 내려앉으면서 등불도 집도 보이지 않는다.

너무 지친 나머지 그냥 강기슭에 몸을 말고서 잠을 청하려는데 벌레들이 물 위에 떠 있다가 그녀의 살갗을 물어뜯는다. 그녀는 빈 들판으로 물러나 어린 시절에, 어딘가 다른 곳에 있기를 원했던 때 자주 그랬던 것처럼 키가 큰 수풀 속에 주저앉는다. 수풀은 비용의 집과 작업실, 지붕을 삼키고, 머리 위에 있는 열린 하늘, 어떤 곳에라도 속할 수 있는 하늘을 제외하고 모든 것을 삼키곤 했다.

이제 그녀는 얼룩덜룩한 황혼을 올려다보며 집을 그리워한다. 로제나 원하지 않았던 미래가 아니라, 산딸기 덤불을 칭칭 감는 방법을 알려주며 손을 잡아주던 에스텔의 나무 같은 손의 힘, 작업실에서 일하는 아버지의 낮은 흥얼거림, 수액과 공기 중에 떠돌던 나무 향기가 그립다.

그녀는 손을 치마 주머니에 집어넣어 작은 새 조각상을 찾는다. 지금까지는 그것을 만져보려 하지 않았고, 사라졌을 거라고, 다른 행동들과 마찬가지로 그것을 훔친 행위 역시 원래대로 되돌려졌으리라 반쯤은 확신했지만 조각은 여전히 주머니 안에 있다. 나무는 매끈하고 따뜻하다.

아들린은 새 조각상을 꺼내 하늘에 대고 보면서 의아해한다.

그녀는 그 조각상을 깨뜨릴 수가 없었다.

하지만 *가져올* 수는 있었다.

부정적인 것들의 목록이 자라나는 와중에 글을 쓸 수도, 자신의 이름을 말할 수도, 흔적을 남길 수도 없다. 이것은 그녀가 할 수 있었던 첫 번째 일이었다. 그녀는 *훔칠* 수 있다. 자신에게 내려진 저주의 윤곽을 알기까지는 오랜 시간이 필요할 것이고, 어둠의 유머 감각을 이해하기까지는, 그가 와인 잔 너머로 그녀를 바라보며 성공적인 도둑질은 익명의 행위임을 말해주기까지는 그보다 더 오랜 시간이 필요할 것이다. 그것이 흔적의 부재임을 알기까지는.

이 순간 그녀는 그저 그 부적에 감사할 따름이다.

내 이름은 아들린 라뤼다. 그녀는 나무로 된 작은 새를 움켜쥐며 자신에게 말한다. 나는 1691년 비용에서 오래된 주목나무 너머에 있는 돌로 만든 집에서 장과 마르뜨 사이에 태어났다…….

그녀는 자신의 마음이 이제는 나무랄 데 없는 새장이고 기억은 완벽한 함정이라는 사실을 깨닫지 못한 채, 다른 사람들처럼 자기도 자신을 잊지 않을까 두려워하듯 자신의 삶에 관한 이야기를 작은 조각품에 들려준다. 잊을 수 있기를 희망하게 되겠지만 그녀는 절대로 잊지 못할 것이다.

밤이 조금씩 다가오면서 자주색은 검은색에 길을 터주고, 아들린은 고개를 들어 어둠을 응시한다. 그리고 어둠이 자신을 되쏘아보고 있지는 않나 의심하기 시작한다. 비웃는 듯한 미소를 짓고 있는, 그녀가 한 번도 그려본 적 없는 방식으로 왜곡된 이목구비를 가진, 잔인한 시선의 신 또는 악마.

그녀가 머리를 죽 내밀고 쳐다보자, 별들이 광대뼈와 이마를 가진 한 얼굴을 선으로 그려내는 것처럼 보이고, 환상이 뭉쳐지는 것처럼 보인다. 그래서 그림자들이 숲속에서 그랬던 것처럼 밤의 이불이 잔물결을 일으키고 비틀릴 것이라고, 별들 사이의 공간이 갈라지며 에메랄드 눈이 나타날 것이라고 생각한다.

그녀는 그를 부르지 않기 위해, 다른 무언가가 응답하는 것을 막기 위해 혀를 깨문다.

어쨌든 그녀는 비용에 있지 않다. 어떤 신이 여기에 머무르고 있는지 그녀는 모른다.

머지않아 그녀의 의지력은 흔들리게 될 것이다.

머지않아 그녀의 욕구가 조심성을 질식시키는 밤이 있을 것이고, 그녀는 비명을 지를 것이고, 저주를 퍼붓고, 그에게 정체를 드러내고 자신과 직접 대면하라고 감히 요구할 것이다.

머지않아—. 하지만 오늘 밤은 지쳤고, 배가 고프고, 자신이 가진 에너지를 응답하지 않을 신들에게 조금이라도 낭비하기가 싫다.

옆으로 누워서 몸을 웅크리고 눈을 질끈 감으며 잠이 찾아오길 기다린다. 그리고 숲속 너머 들판에 있던 횃불과 그녀의 이름을 부르던 목소리들에 대해 생각한다.

아들린, 아들린, 아들린.

말들이 그녀에게로 와서 부딪히고, 비처럼 그녀의 살갗을 두드린다.

조금 뒤 그녀는 깜짝 놀라서 깨어난다. 세상은 칠흑처럼 어둡고, 세차게 내리는 비가 드레스를 흠뻑 적시는 중이다. 갑작스럽고 세찬 폭풍우다.

그녀는 치맛자락을 끌며 서둘러 들판을 건너 가장 가까이에 있는, 한 줄로 늘어선 나무들이 있는 곳으로 간다. 집에 있을 때 그녀는 집 벽에 부딪히는 빗소리를 사랑했다. 비 오는 밤에는 잠들지 않고 세상이 깨끗하게 씻겨나가는 소리를 듣곤 했다. 하지만 이곳에는 침대도, 몸을 피할 곳도 없다. 그녀는 드레스에 스며든 물을 최대한 짜내려고 하지만, 살갗에 닿는 천은 이미 차디차다. 나무뿌리들 근처에 몸을 숨긴 그녀는 갈라진 지붕 아래서 몸을 떤다.

내 이름은 아들린 라뤼다. 그녀는 자신에게 되뇐다. *내 아버지는 꿈꾸는 사람이 되는 법을 가르쳐주었고, 어머니는 아내가 되는 법을 가르쳐주었고, 에스텔은 신들에게 말하는 법을 가르쳐주었다.*

그녀의 생각은 에스텔에게서 머문다. 에스텔은 폭풍우를 잡으려는 듯 손바닥을 펼치고 빗속에 서 있곤 했다. 자기 자신만큼이나 다른 사람들도 전혀 신경쓰지 않았던 에스텔.

어쩌면 세상에 혼자 있는 것을 만족스럽게 생각했을 사람.

그녀는 지금 그 노파가 자신을 볼 수 있다면 무슨 말을 할지 상상해보려고 애쓴다. 하지만 그녀의 예리한 눈과 다 안다는 듯한 입매를 떠올리려고 할 때마다 에스텔이 마지막 순간에 어떻게 그녀를 바라보았는지, 어떻게 얼굴을 찌푸리고 있었는지만 보일 뿐이다. 그러고 나서 그 모습들은 깨끗이 지워지고, 평생 그녀를 알고 지내온 일이 마치 눈물처럼 쓸려나가버린다.

그녀는 에스텔에 대해 생각하지 말아야 한다.

아들린은 팔로 무릎을 감싸고 잠을 자려고 애쓴다. 그녀가 다시 깨어났을 때는 햇빛이 나무들 사이로 쏟아지고 있다. 핀치새 한 마리가 이끼 낀 땅에 서서 그녀의 드레스 아랫단을 쪼고 있다. 그녀는 새를 물리치고 주머니 안에 있는 나무로 된 새를 확인하며 일어선다. 그녀는 휘청댄다. 배고픔에 어지럽다. 하루 하고도 반나절이 지났는데 과일 외에 아무것도 먹지 않았다는 것을 깨닫는다.

내 이름은 아들린 라뤼다. 길로 돌아가면서 그녀는 자신에게 말한다. 그것은 주문이 되어가고 있다. 시간을 보내고 발걸음을 셀 수 있는 무언가가 되어가고 있다. 그녀는 그 말을 계속해서 반복한다.

그녀는 모퉁이를 돌고, 멈춘다. 마치 태양이 눈에라도 들어온 것처럼 눈을 격렬하게 깜빡인다. 그런 일은 일어나지 않았는데도 눈앞의 세상이 급작스럽고 생생한 노란색에 푹 잠겼다. 녹색 들판은 온통 달걀 노른자색으로 뒤덮였다.

어깨너머로 뒤를 돌아보지만 뒤쪽은 여전히 녹색과 갈색이고 보통의 여름 날씨 색깔이다. 이 순간 그녀는 깨닫지 못하지만 앞에 펼쳐진 들판에 있는 것은 겨자나무의 꽃이다. 그것은 아주 강렬하게 아름답다. 애디는 멍하니 바라보며 잠깐이나마 배고픔, 발가락 통증, 갑작스러운 상실을 잊고, 충격적인 밝음과 모든 것을 빨아들이는 색깔에 놀란다.

그녀는 들판 한가운데를 통과한다. 꽃망울이 그녀의 손바닥을 스친다. 그녀는 발밑 식물들을 뭉개는 것을 두려워하지 않는다. 그것들은 그녀가 지나가고 나면 이미 다시 일어서 있다. 발걸음은 지워진다. 그녀가 들판의 반대편 끝자락에 도착할 즈음 안정적인 녹색은 따분해 보이고, 그녀의 눈은 다른 놀라움의 근원을 찾는다.

잠시 후 조금 큰 마을이 눈에 들어온다. 위를 고통스럽게 하는 냄새가 공기를 떠돌자 그곳을 지나가기로 한다.

버터, 효모균, 달콤하고 푸근한 냄새.

그녀는 빨랫줄에서 떨어진 구겨지고 더러운 드레스처럼 보이고 머리카락은 헝클어진 새 둥지 같지만, 너무 배가 고파서 그런 것들을 신경 쓸 여력이 없다. 그녀는 집들 사이에서 나는 냄새를 따라간다. 좁은 골목을 따라가보니 마을 광장이 나온다. 목소리들이 빵 굽는 냄새와 함께 커지고, 모퉁이를 돌자 여자들 몇 명이 동네 공용 오븐 주변에 앉아 있는 모습이 눈에 들어온다. 그들이 나뭇가지에 앉은 새들처럼 오븐 주변의 돌로 만든 벤치에 앉아서 웃으며 한담을 나누고 있는 사이, 빵 덩어리가 오븐의 열린 입 안에서 부풀어 오른다. 그녀로서는 그들을 보는 것이 거북살스럽다. 그것은 고통스럽도록 평범한 일이었다. 아들린은 지저귀고 짹짹거리는 목소리를 들으며 그늘진 골목에 잠시 머무르다 결국 배고픔을 못 이기고 앞으로 나아간다.

그녀는 자신에게 동전이 없다는 것을 확인하기 위해 굳이 주머니를 뒤질 필요가 없다. 아마 물물거래를 통해 빵을 얻을 수 있겠지만 그녀가 가진 것이라고는 새 조각상밖에 없다. 그녀가 치마 속에서 그것을 찾았어도 손가락이 나무를 꽉 움켜쥔 채 펴지질 않는다. 구걸을 할 수도 있겠지만 조롱으로 가늘어진 눈을 한 어머니의 얼굴이 떠오른다.

결국 남는 건 도둑질뿐이다. 물론 도둑질은 나쁜 짓이다. 하지만 너무 배가 고파 죄에 대해 생각할 여력이 없다. 어떻게 도둑질을 할 것인가만이 문제다. 오븐을 지키는 사람이 없고, 얼마나 빨리 그녀가 사람들의 기억에서 사라지는가를 참작하더라도 그녀는 여전히 육신이 있는 사람이지 유령이 아니다. 소란을 피우지 않고 그저 걸어가서 빵을 가져올 수는 없다. 그들은 그녀를 빨리 잊겠지만 그 전에 그녀는 어떤 위험에 놓이게 될까?

만일 빵이 있는 곳까지 갔다가 그곳을 재빨리 벗어난다면 얼마나 멀리까지 달려야 할까? 얼마나 빨리 달려야 할까?

그때 어디선가 무슨 소리가 들린다. 잡담에 묻혀 거의 들리지 않는, 동물의 부드러운 소리.

그녀는 돌 오두막 주변을 돌아 골목길 건너편에서 기회를 찾아낸다.

노새 한 마리가 그늘에 서 있다. 노새는 불쏘시개 역할을 해줄 장작 한 자루 옆에서 게으르게 되새김질을 하고 있다.

단 한 번 세게 때리면 그만이다. 노새는—그녀가 바라기로는— 고통 때문이 아니라 놀라서 휘청거린다. 노새는 급하게 앞쪽으로 몸을 빼고 달려 나가면서 사과와 장작을 흐트러트린다. 그 짐승이 곡물 한 자루를 끌고 달아나 광장 사람들은 깜짝 놀라고, 짧은 시간 동안이지만 광장은 시끄러워진다. 여자들은 벌떡 일어서고, 웃음소리의 지저귐과 재잘거림은 당황해서 외치는 긴장된 소리로 변한다.

아들린은 구름처럼 오븐 곁을 쓱 지나치고, 돌 입구에서 가장 가까이 있는 빵을 훔친다. 잡는 순간 뜨거운 고통이 손을 통과하고 거의 빵을 떨어트릴 뻔하지만, 그녀는 너무 배가 고프고 고통은 오래 지속되지 않는다. 그녀는 고통이 지속되지 않는다는 사실을 배우는 중이다. 빵은 이제 그녀의 것이다. 노새가 안정을 찾을 즈음, 여자들이 곡식을 정리하고 사과를 끌어모으고 오븐 옆으로 돌아갈 즈음, 그녀는 이미 사라지고 없다.

그녀는 마을 변두리에 있는 마구간 그늘에 기댄 채, 이로 덜 구워진 빵을 뜯는다. 밀가루 반죽은 입 안에서 끈적하고 달콤하게 녹아내려 삼키기가 어렵다. 하지만 개의치 않는다. 그것은 충분히 배를 채워주고 배고픔을 달래준다. 정신이 맑아지기 시작한다. 가슴은 느슨하게 풀리고, 비용을 떠난 이후 처음으로 온전하게는 아니지만 자신이 인간 비슷한 것으로 느껴진다. 그녀는 마구간 벽을 밀치며 일어서서 태양을 따라, 그리고 강 옆길을 따라, 르망을 향해 다시 걷기 시작한다.

내 이름은 아들린 라뤼다……. 그녀는 다시 주문을 외기 시작하다 멈춘다.

그녀는 그 이름을 사랑한 적이 없었고, 심지어 지금은 말을 할 수도 없다. 자신을 뭐라고 부르든 그것은 머릿속에만 있을 것이다. *아들린*은 원치 않았던 결혼식 전날 밤에 비용에 버리고 온 여인이다. 하지만 *애디*. 애디는 에스텔이 준 선물이었다. 더 짧고, 더 날카로운 이름으로, 말을 타고 시장으로 갔던, 지붕 너머를 보려고 애를 썼던 여자를 위한 이름. 더 큰 이야기들, 더 큰 세상을 그리고 꿈꾸었던, 모험으로 가득 찬 삶을 꿈꾸었던 여자를 위해 살짝 변화를 준 이름이었다.

그래서 그녀는 계속 걸으면서 머릿속으로 이야기를 시작한다.

내 이름은 애디 라뤼다…….

뉴욕
2014년 3월 11일

– XV –

제임스가 없으니 너무 조용하다.

애디는 그가 시끄럽다고 생각해본 적이 없지만—그는 매력적이고 명랑하지만 전혀 시끄럽지 않다— 이제는 둘이 함께 이곳에 있었을 때 그가 얼마나 많은 공간을 채웠는지를 깨닫는다.

그날 밤 그는 레코드판을 올려 노래를 부르면서 6구 레인지에 그릴 치즈를 구웠다. 그들은 그것을 서서 먹었다. 새로 지은 아파트라 아직 주방용 의자를 사두지 못했기 때문이다. 지금도 주방용 의자가 없는 것은 마찬가지지만 제임스도 없다. 그는 어딘지 모를 촬영장에 있다. 아파트는 그녀 주위로 넓게 펼쳐져 있어 한 사람이 있기에는 너무 조용하고 크다. 고층과 이중유리는 도시의 소음을 막아주고, 맨해튼을 창 너머의 고요한 회색 그림으로 축소한다.

애디는 레코드를 하나씩 계속 틀지만 소리는 메아리칠 뿐이다. 이번에는 텔레비전을 보려고 애쓴다. 뉴스는 라디오에서 흘러나오는 깡통 소리를 내는 합창단처럼 시끄럽고 실제라기엔 너무 멀게 느껴진다.

바깥 하늘은 정적인 회색이고 엷은 비안개까지 내려 빌딩들이 흐릿하게 보인다. 이런 날은 장작불과 한 잔의 차, 좋아하는 책들이 어울린다.

제임스 집에도 벽난로가 있긴 하지만 가스용이다. 그녀는 제일 좋아하는 차를 찾기 위해 찬장을 확인하고, 뒤쪽에서 차 박스를 발견했지만 비어 있다. 그가 가진 책은 소설이 아니라 전부 역사에 관한 것들이다. 그리고 애디는 혼자 이곳에서 하루를 보낼 수 없다는 것을 알고 있다.

그녀는 자기 옷으로 갈아입는다. 제임스가 돌아오기 전에 청소부들이 들르기야 하겠지만 침대보를 정돈해서 펴둔다. 음울한 바깥 풍경을 마지막으로 한 번 쳐다본 후 그녀는 옷장 선반에서 스카프를 하나 훔친다. 가격표가 붙어 있는 부드러운 격자무늬 캐시미어 스카프다. 아파트를 나서자 자물쇠가 뒤에서 소리를 낸다.

처음에는 자신이 어디로 향하는지 모른다.

어떤 날에는 자신이 울타리 주변을 어슬렁대는 우리 안에 갇힌 사자처럼 느껴진다. 그녀의 발은 자신만의 생각이 있어서 곧 그녀를 시 외곽으로 데리고 간다.

내 이름은 애디 라뤼다. 그녀는 걸으면서 자신에게 되뇐다.

300년이 지났지만 그녀의 일부는 여전히 잊히는 것을 두려워한다. 물론 기억이 좀 더 변덕스럽기를 바란 적도, 광기를 환영하고 사라지기 위해 뭐든지 내주고자 했던 적도 여러 번 있었다. 자신을 잃어버리는 것, 그것이 좀 더 친절한 길이다.

제임스 매튜 배리의 『피터 팬』에 나오는 피터처럼.

마지막 부분에서 피터가 바위에 앉을 때 웬디 달링에 대한 기억이 그의 마음에서 사라져갈 때처럼. 물론 잊는다는 건 슬프다.

하지만 잊힌다는 것은 *외로운* 일이다.

아무도 기억하지 않을 때 기억한다는 것.

내가 기억해. 어둠이 속삭인다. 친절함이 느껴질 정도다. 마치 그녀에게 저주를 내린 이가 자신이 아니라는 듯.

애디가 센트럴파크 동쪽 가장자리를 따라 위로 올라간 뒤 82번가로 방향을 틀고, 메트로폴리탄 미술관의 화강암 입구로 들어간 것은 어쩌면 나쁜 날씨 때문이거나 아니면 감상적인 기분 때문일 것이다.

애디는 항상 미술관을 좋아했다.

장소를 벗어난 역사가 모여들고, 예술품이 정돈되어 있고, 공예품들이 받침대 위에 있거나 작은 백색 안내판 위 벽에 걸려 있는 공간들. 애디는 가끔 자신이 박물관처럼 여겨진다. 그녀만이 방문할 수 있는 박물관.

그녀는 돌로 된 아치형 장식과 기둥들이 있는 로비를 지나고, 100번도 넘게 머물렀던 그리스·로마관과 오세아니아관을 통과하고, 거대한 대리석 조각상들이 있는 유럽 조각관에 도달할 때까지 계속 걷는다.

방 하나를 지나자 언제나 그러하듯 자리를 지키고 있는 그것을 발견한다.

그것은 한쪽 벽에 닿아 있는 유리 케이스 안에 전시되어 있다. 측면에 철이나 은으로 만든 부품으로 테두리 작업이 되어 있다. 조각품은 그리 크지 않아서 그녀의 팔 길이—팔꿈치부터 손가락 끝까지—정도다. 그것은 나무로 된 주추 위에 대리석으로 빚은 다섯 마리의 새가 올라가 있는 조각상이다. 새들은 차례대로 날아가려는 자세를 취하고 있다. 그녀의 시선을 붙드는 건 다섯 번째 새 조각상이다. 위로 향하고 있는 부리, 날개의 각도, 한때는 나무로 되어 있었지만 지금은 돌로 조각된, 부드러운 솜털까지 드러나는 깃털.

르브니르Revenir. 작품 제목이다. *귀환*.

애디는 그 작품, 희고 깨끗한 블록 위에 앉아 있는 작은 기적을 처음 보았던 때를 기억한다. 작가는 아를로 미레라는 남자로 그녀는 알지도, 만나보지도 못했던 사람이었다. 하지만 그는 그녀의 이야기와 과거를 아로새긴 작품과 함께 이곳에 있다. 발견되어서 기억할 만한 무언가로, 가치 있는 무언가로, 아름다운 무언가로 만들어진 그녀의 이야기와 과거.

그 조각상은 그녀가 잃어버린 것과 다르고, 아버지의 강한 손이 아니라 모르는 사람의 손에 의해 조각된 것이라는 사실을 알고 있다. 하지만 그녀는 늘 그랬던 것처럼 그 작은 새를 만질 수 있기를, 날개를 따라 손가락을 움직여볼 수 있기를 희망한다. 그래도 그것은 여기에 있고 진짜다. 그것은 어떤 면에서는 그녀의 것이다.

지켜진 비밀. 작성된 기록. 생각은 기억보다 훨씬 생명력이 질기고, 뿌리 내리는 방법을 갈구하고 찾는다는 진실을 그녀가 알기 오래전에, 세계에 남긴 첫 번째 흔적.

프랑스, 르망
1714년 7월 31일

– XVI –

✳ ✳ ✳ ✳ ✳ ✳ ✳

르망은 들판에서 잠을 자는 거인처럼 사르트 강을 따라 놓여 있다.

애디가 아버지 옆자리에 앉아 수레를 타고서 벽으로 둘러싸인 이 도시까지 여행했던 것이 벌써 10년도 더 지난 일이다.

도시의 문들을 통과할 때마다 걸음은 빨라진다. 이번에는 말도 수레도 없지만 늦은 오후 햇살 아래의 도시는 그녀가 기억하는 그대로 분주하고 북적댄다. 애디는 애써 사람들 사이에 섞여들려고 하지 않는다. 때때로 누군가가 자신을 쳐다보고 더러워진 흰색 드레스를 입은 젊은 여자를 눈여겨보기는 해도 혼자 생각만 할 뿐이지 별다른 말은 하지 않는다. 많은 사람들 사이에서는 혼자 있기가 더 쉽다.

다만 그녀는 어디로 가야 할지 알 수가 없다. 그녀는 생각하기 위해 잠시 걸음을 멈추었다가 너무나도 갑작스럽게 아주 가까이서 달가닥거리는 말발굽 소리를 듣는다. 그리고 가까스로 수레에 의해 짓밟히는 일을 모면한다.

"비켜요!" 수레 몰이꾼이 소리치자 그녀는 뒤로 물러난다. 그러다 배를 한 바구니 나르던 한 여자와 충돌한다. 바구니가 기울어지고 자갈을 깐 길 위로 배 서너 개가 쏟아진다.

"앞 좀 보고 다녀." 여자가 으르렁거린다. 애디가 떨어진 과일을 주워 주려고 몸을 숙이자 그 여자는 악을 쓰며 그녀의 손가락을 발로 밟는다.

애디는 뒤로 물러나 손을 주머니에 쑤셔 넣고 나무로 된 작은 새를 움켜진다. 그리고 구불구불한 길을 계속 통과하면서 도심으로 향한다. 이곳에는 아주 많은 길이 있지만 다 똑같아 보인다.

이 장소가 친숙하게 느껴질 것이라 생각했는데 오히려 이상하게 느껴질 뿐이다. 오래전 꿈에 나온 허구처럼 느껴진다. 애디가 마지막으로 이곳을 방문했을 때 도시는 경이롭고 거대하고 활력이 넘치는 곳이었다. 햇볕이 쏟아지는 가운데 북적대는 시장. 돌에 부딪혀서 울려 퍼지는 목소리들. 도시의 어두운 면을 막아주던 아버지의 넓은 어깨.

하지만 지금은 혼자이고, 마음을 들뜨게 하는 도시의 매력을 지우면서, 위협적인 느낌이 조금씩 진군하며 옅은 안개를 뚫고 돌출하는 날카로운 모서리들만을 남긴다. 도시에 대해 가졌던 한 버전이 다른 버전으로 대체되었다.

팔림프세스트Palimpsest.

그녀는 이 단어를 아직 모르지만 앞으로 50년이 흐른 후 파리의 한 살롱에서 처음으로 이 단어를 듣게 될 것이다. 과거가 가려지고 현재가 그 위에 덧씌워지는 것을 가리키는 말. 이 말을 마주할 때마다 르망에서의 이 순간을 생각할 것이다.

그녀가 아는, 그러면서도 모르는 장소.

모든 것이 바뀌었는데 이 도시만은 그대로 있으리라 생각한 것은 얼마나 어리석은가. *그녀*가 바뀌었고, 소녀에서 여인으로 성장했고, 그러고 나서 이렇게 유령이자 귀신으로 변했는데 말이다.

그녀는 침을 꿀꺽 삼키고 진을 빼거나 무너지지 않으리라 결심하며 몸을 곧게 세운다.

애디는 아버지와 머물렀던 여인숙을 발견할 수가 없다. 설령 찾을 수 있다 한들 그곳에서 무엇을 할 생각이었을까? 돈을 낼 방법도 없고, 돈이 있다고 하더라도 누가 혼자 온 여자 손님에게 방을 내주겠는가? 르망은 도시지만 여인숙 주인의 묵인 아래 그런 일이 일어날 수 있을 만큼 큰 도시는 아니다.

거리를 계속 걷는 동안 치마 주머니 안에 있는 조각상을 쥔 애디의 손아귀에 힘이 들어간다. 읍사무소를 지나자마자 나오는 시장은 이제 막 폐장 중이다. 탁자들은 비어 있고 수레들은 자리를 떠난다. 땅에는 상추 쓰레기와 곰팡이 핀 감자가 몇 알 떨어져 있다. 그것들이라도 주워 먹어야겠다고 생각하기도 전에 더 작고 빠른 손들이 쓸어간다.

광장의 가장자리에는 주점 겸 여인숙이 하나 있다.

그녀는 한 남자가 얼룩빼기 암말에서 내리고 고삐를 마구간 일꾼에게 넘겨주는 모습을 지켜본다. 그는 곧바로 소란스럽고 번잡한 주점의 열린 문 쪽으로 발걸음을 옮긴다. 그녀는 마구간 일꾼이 암말을 길 건너편 넓은 나무 헛간으로 끌고 간 뒤 다소 어두운 곳으로 사라지는 것을 지켜본다. 하지만 그녀의 이목을 끄는 건 헛간이나 말이 아니다. 그것은 여전히 암말의 등에 걸쳐 있는 짐이다. 곡물 자루처럼 불룩하게 튀어나와 있는 무거워 보이는 가방 두 개.

애디는 광장을 가로질러 남자와 암말이 있는 곳, 뒤쪽 마구간으로 몰래 들어간다. 그녀의 발걸음은 빠르고 가볍다. 약한 햇살이 마구간 지붕의 들보를 통해 들어와서 헛간을 부드럽게 부각하고, 층을 이룬 그림자 속으로 아주 밝은 빛줄기들이 몇 개 들이친다. 그녀가 그림을 그린다면 아주 좋아했을 법한 장소다.

말 열 마리 정도가 각각의 칸에서 움직인다. 헛간을 가로지른 일꾼은 마구를 벗겨 안장을 나무 가림막 위로 던져놓고, 털을 빗질하며 암말에게 들려주기라도 하듯 콧노래를 흥얼거린다. 그 자신의 머리카락은 헝클어진 매듭과 마디들로 새 둥지 모양이다.

애디는 몸을 낮게 숙이고 헛간 뒤편을 향해 기어간다. 자루들과 가방들이 말들 사이에 있는 나무 가림막 위에 얹혀 있다. 그녀의 손은 탐욕스럽고도 빠르게 장식용 마구들을 지나 버클 밑과 덮개 아래를 더듬는다. 지갑은 없지만 무거운 라이딩 코트, 와인이 든 가죽 주머니, 손 크기만 한 고기 바르는 칼을 발견한다. 그녀는 코트를 자신의 어깨 위로 두른다. 칼은 한쪽 주머니 깊숙이 넣고 와인은 다른 주머니에 넣은 다음 유령처럼 조용히 살금살금 움직인다.

그러나 신발이 철커덩하는 날카로운 소리를 내며 부딪히기 전까지 빈 들통을 보지 못한다. 들통은 둔탁한 소리와 함께 건초 위로 넘어진다. 애디는 헉하고 숨을 참고 그 소리가 말발굽 소리에 묻히기를 바란다. 하지만 마구간 일꾼은 흥얼거림을 멈춘다. 그녀는 몸을 더욱 낮추고 가장 가까운 칸의 그림자 안으로 몸을 숨긴다. 5초가 지나고, 10초가 지나자 결국 흥얼거림이 다시 시작된다. 애디는 몸을 펴고 벨트로 묶인 자루 옆에서 곡식을 씹고 있는 튼튼한 짐수레 말이 있는 맨 마지막 칸으로 이동한다. 그녀의 손은 버클로 향한다.

"너 뭐 하는 거야?"

목소리는 바로 뒤에서 들려온다. 마구간 일꾼은 더 이상 흥얼거리지도 않고, 얼룩빼기 암말에 빗질을 하지도 않고, 손에 곡식 자루를 든 채로 마구간 통로에 서 있다.

"죄송합니다, 나리." 그녀가 약간 숨이 차서 말한다. "제 아버지 말을 찾으러 왔어요. 가방에서 뭘 좀 가져오라고 시켰거든요."

그는 눈을 깜빡이지도 않고 그녀를 본다. 그의 이목구비는 어두운 머리카락이 이리저리 흐트러지는 바람에 반쯤 가려져 있다. "어느 말이지?"

그녀는 짐 보따리뿐만 아니라 말들도 잘 살펴보았더라면 하고 생각하지만 주저할 시간이 없다. 주저한다면 거짓말이 들통날 것이다. 그래서 재빨리 옆에 있는 말을 향해 몸을 돌리며 말한다. "이 말이에요."

그것은 잘 먹히는 거짓말이다. 거짓말 가운데서도 쉽게 진실일 수 있는 거짓말이다. 비록 그녀가 그 말 말고 다른 말을 골랐어야 했다는 전제 조건이 붙긴 해도 말이다. 남자의 수염 아래로 엄정한 미소가 씰룩거린다.

"그렇군." 채찍을 손바닥으로 툭툭 치며 그가 말한다. "그런데 어쩌지. 그 말은 내 말인데."

애디는 웃고 싶은 이상하고 역겨운 욕구를 느낀다.

"다른 말을 고르면 안 될까요?" 그녀가 마구간 문으로 조금씩 움직이며 속삭이듯 말한다.

가까운 곳 어딘가에서 암말이 운다. 다른 말은 발굽을 내리찍는다. 남자는 더 이상 채찍을 손바닥으로 내리치지 않는다. 애디는 몸을 옆으로 해서 마구간 칸들 사이를 재빨리 움직이고 일꾼은 그녀의 뒤를 쫓는다.

그는 빠르다. 짐승을 다루면서 생겨난 속도다. 하지만 그녀는 더 가볍고 잃을 게 훨씬 더 많다. 그의 손이 그녀가 훔친 코트의 깃을 스치지만 그녀를 잡지는 못한다. 그의 무거운 발걸음은 불안정해지고 느려진다. 애디는 마구간 벽에 있는 종이 내는 명랑하고 밝은 소리를 듣기 직전에 자신이 벗어났다고 생각하지만 곧바로 바깥에서 부츠 소리가 들려온다.

그녀가 헛간 입구에 거의 다다랐을 때 두 번째 남자가 출입구를 가로지르는 넓은 그림자처럼 모습을 드러낸다.

"말이 풀려났어?" 훔친 코트를 걸친 그녀를 보기 전에 그가 소리친다. 그녀의 너무 큰 부츠가 건초 더미에 걸린다. 그녀는 뒷걸음질하다 마구간 일꾼의 두 팔에 안긴다. 족쇄처럼 무거운 그의 손가락은 그녀의 어깨를 꽉 붙들고, 그녀가 몸을 비틀며 벗어나려 하자 그의 손아귀가 상처를 입힐 만큼 억세고 깊게 파고든다.

"도둑질하는 걸 잡았어." 그가 말한다. 그의 턱에 난 뻣뻣한 털이 그녀의 뺨을 스친다.

"놓아주세요." 그녀가 애원하자 그는 그녀를 더 세게 잡아당긴다.

"여긴 시장 마구간이 아니야." 두 번째 남자가 경멸하듯 말하며 허리띠에서 칼을 꺼낸다. "우리가 도둑들을 어떻게 처리하는지 알아?"

"실수였어요. 제발요, 절 놓아주세요."

칼이 손가락처럼 흔들린다. "돈을 내기 전엔 안 되지."

"전 돈이 없어요."

"괜찮아." 두 번째 남자가 더 가까이 다가오며 말한다. "도둑들은 몸으로 때우거든."

그녀는 벗어나려고 애쓰지만 팔을 붙잡고 있는 힘이 쇠처럼 강하다. 칼이 드레스의 레이스에 닿고, 레이스는 현악기 줄이 뜯기듯 찢어진다. 다시금 몸을 비틀 때 그녀는 더 이상 남자의 손아귀에서 벗어나려 하지 않고, 다만 훔친 코트 안에 넣어둔 고기 발라내는 칼을 잡으려 애쓴다. 손가락 끝이 두 번이나 나무 칼자루를 스친 뒤 그녀는 겨우 칼을 잡는다.

그녀는 칼날을 첫 번째 남자의 허벅지에 박아 넣고, 칼이 그의 다리 살을 뚫고 안으로 들어가는 것을 느낀다. 그는 비명을 지르고 말벌이라도 되는 양 그녀를 밀쳐낸다. 그녀는 앞으로 내던져져 다른 남자가 든 칼날 쪽으로 향한다.

칼이 그녀의 몸 안으로 파고들고 타오를 듯한 열감의 흔적을 남기며 빗장뼈를 따라 지나가자 비명과 함께 고통이 그녀의 어깨를 관통한다. 그녀는 고통 때문에 정신이 혼미해지지만 다리만큼은 의지와 무관하게 움직이며 마구간 문을 통과하고 광장으로 그녀를 데리고 나간다. 그녀는 나무통 뒤에 몸을 숨긴다. 남자들은 욕을 하며 그녀를 뒤따라 헛간에서 뛰쳐나온다. 그들의 얼굴은 분노와 더 포악한 것, 원초적이면서도 굶주린 듯한 무언가로 뒤틀려 있다.

그러고 나서 한걸음과 그다음 걸음 사이에 그들은 속도를 늦춘다.

한걸음과 그다음 걸음 사이에 조급함이 잦아들고 희미해진다. 손으로 잡을 수 없는 생각처럼 목적성이 사라진다. 남자들은 주변을 둘러보고 그다음 서로를 쳐다본다. 그녀가 칼로 찌른 남자는 이제 똑바로 서 있다. 바지에는 찢긴 흔적도, 옷에 스며든 피도 없다. 그녀가 그에게 남긴 흔적은 지워지고 없다.

둘은 장난스럽게 서로를 밀치다 헛간으로 다시 들어간다. 애디는 앞으로 푹 쓰러져 고개를 나무통에 기댄다. 그녀의 가슴은 요동치고 고통이 빗장뼈를 따라 생생한 선을 그린다. 그녀가 손으로 상처를 누르자 손가락에는 붉은 피가 묻어난다.

나무통 뒤에서 몸을 만 채로 계속 있을 수 없는 그녀는 힘겹게 일어선다. 현기증을 느끼며 휘청대지만 몸이 아픈 것 같은 급격한 기운은 곧 지나가고 이내 안정적으로 두 발로 선다. 그녀는 걷는다. 한 손은 어깨를 누르고, 다른 손은 훔친 코트 아래로 칼을 단단히 움켜쥔다. 그녀가 언제 르망을 떠나기로 마음먹었는지는 모른다. 어쨌든 오래지 않아 뜰을 지나고, 마구간으로부터 멀어지고, 구불구불한 거리를 통과해서 싸구려 여인숙과 술집을 지나고, 붐비는 발소리와 떠들썩한 웃음소리를 지난다. 한 걸음을 옮길 때마다 르망이라는 도시를 포기한다.

어깨의 고통에 타는 듯한 열감은 둔감한 욱신거림으로 옅어지고, 이후 완전히 사라진다. 그녀는 손가락을 상처에 대고 만져보니 상처는 사라지고 없다. 그녀의 드레스에 묻은 피도 마찬가지다. 아버지의 양피지에 썼던 말들처럼, 강기슭의 토사에 그렸던 선들처럼 사라졌다. 흔적이라고는 빗장뼈를 따라 말라가는 피와 손바닥 위에서 갈색으로 변해가는 붉은 얼룩이 전부다. 애디는 자기도 모르게 잠깐 그 이상한 마법에 경탄한다. 그 마법은 어떤 면에서는 그림자가 약속을 지켰음을 증명한다. 물론 비틀린 약속이다. 그녀의 희망을 뭔가 잘못되고 끔찍한 것으로 뒤바꿔놓기도 했다.

그렇긴 해도 적어도 이것만큼은 부여했다.

살아갈 수 있다는 것.

조그맣고 정신 나간 듯한 소리가 그녀의 목구멍에서 흘러나온다. 그 안에 안도감도 있겠지만 공포감도 들어 있다. 그녀가 지금 막 깨닫는 굶주림이라는 진실에 대한 공포. 베이거나 상처를 입지는 않지만 지금 발에서 느끼는 고통에 대한 공포. 낫기 전 어깨에서 느꼈던 상처에 대한 공포. 어쩌면 어둠은 그녀에게 죽음으로부터의 자유를 주었지만 그런 자유는 주지 않은 것이다. 고통으로부터의 자유.

그녀가 이 말의 진정한 의미를 알기까지는 여러 해가 걸릴 것이다. 짙어가는 황혼 속으로 걸어가는 지금 이 순간 그녀는 그저 살아 있음에 안도한다.

도시의 변두리에 도착했을 때 깜박이듯 느껴지는 안도감.

여기는 아들린이 지금껏 가장 멀리 온 곳이다.

르망은 그녀의 등 뒤로 어렴풋이 보이고, 앞쪽으로 높은 돌벽들 대신 하나같이 머리 다발이 뭉쳐진 듯 마을들로 듬성듬성 바뀐다. 그리고 열린 들판이 이어지고, 그다음엔 그녀가 모르는 무언가가 펼쳐진다.

어렸을 때 애디는 비용 주변에 솟아 있는 언덕들에 오르곤 했다. 그곳에서 땅이 사라지는 곳인 언덕 끄트머리까지 자신을 끌고 갔다 그 자리에서 멈추곤 했다. 추락을 갈망하며 몸을 앞으로 기울이면 심장이 뜀박질을 했다.

약간 앞으로 미는 힘이나 무게가 더해지면 나머지 일은 저절로 해결될 터였다.

지금 그녀 아래로는 가파른 언덕도 비탈도 없지만 몸의 균형이 기우는 것을 느낀다.

그러고 나자 에스텔의 목소리가 어둠 속에서 그녀를 맞이하기 위해 떠오른다.

어떻게 하면 세상 끝까지 걸어갈 수 있어요? 과거에 그녀가 물었다. 애디가 답을 하지 못하자 노파는 그녀만의 주름진 미소를 지어 보이며 이렇게 대답했다.

한 번에 한 걸음씩.

애디는 세상 끝까지 가지는 않을 것이다. 하지만 어딘가에는 반드시 가야 한다. 그 순간 그녀는 결정한다.

파리로 가야겠다.

그곳은 르망을 제외하고 그녀가 이름을 아는 유일한 도시다. 그녀의 낯선 남자가 자주 언급했던 장소이고, 아버지가 말해준 모든 이야기마다 나왔던 장소, 신들과 왕들, 금과 장엄함, 약속의 장소다.

그렇게 시작하는 거야. 만일 아버지가 지금 그녀를 볼 수 있다면 그렇게 말했을 것이다.

애디가 첫걸음을 떼자 땅이 내려앉는 것 같고 몸이 앞으로 쏠리는 듯하다. 그러나 이번만큼은 쓰러지지 않는다.

뉴욕
2014년 3월 12일

– XVII –

✶ ✶ ✶ ✶ ✶ ✶ ✶

오늘은 날씨가 낫다.

해가 나오고 공기는 많이 차갑지 않다. 그리고 뉴욕과 같은 도시에는 사랑할 만한 것들이 아주 많다.

음식, 예술, 끊임없이 제공되는 문화. 하지만 애디가 가장 좋아하는 건 규모다. 도시와 마을은 쉬운 정복의 대상이다. 비용에서는 모든 길을 걷고, 모든 얼굴을 아는 데 일주일이면 충분하다. 하지만 파리, 런던, 시카고, 뉴욕 같은 도시라면 새로움을 오래가게 하려고 속도를 조절할 필요도, 조금씩 나눠가며 즐길 필요도 없다. 좋아하는 대로 게걸스럽게 소비할 수 있고, 매일 걸신들린 듯 먹어치울 수 있고, 그래도 먹을 것들은 절대 떨어지지 않는다.

구석구석 들여다보려면 여러 해가 걸린다. 여러 해가 지나도 여전히 또 다른 골목길, 또 다른 계단, 또 다른 문이 보인다.

어쩌면 그래서 그녀가 그것을 알아차리지 못했을 것이다.

연석으로부터 조금 떨어져서 계단을 몇 개 내려가면 인도에서도 조금 들어간, 반쯤 숨겨진 가게가 하나 있다. 차양은 한때 분명 자줏빛이었겠지만 오랫동안 옅어지면서 회색으로 변했다. 그래도 가게 이름은 여전히 읽을 수 있는데, 눈에 잘 띄게 흰색 글자로 되어 있다.

'래스트워드The Last Word'.

이름을 보니 중고 서점이다. 창문에는 쌓아놓은 책들이 가득 들어차 있다. 애디의 맥박이 미세하게 떨린다. 그녀는 이곳을 구석구석 알고 있다고 확신했었다. 하지만 이런 것이 뉴욕이 가진 훌륭한 점이다. 애디는 뉴욕시 다섯 개 자치구의 곳곳을 돌아다녔지만 여전히 뉴욕에는 그곳만의 비밀이 있다. 지하 바, 주류 밀매점, 회원제 클럽 같은 것들은 한쪽 귀퉁이에 숨어 있고, 또 어떤 곳들은 훤히 보이는 곳에 있다. 영화 속에 재미로 숨겨둔 이스터에그처럼 두세 번 보기 전까지는 알아차릴 수 없는 곳들이다. 동시에 아무리 여러 번 같은 블록을 걷는다고 해도, 아무리 몇 시간, 며칠, 혹은 여러 해에 걸쳐 뉴욕의 윤곽을 배운다고 해도 그녀가 등을 돌리는 순간 전혀 이스터에그 같지 않은 것이 다시 움직이고 다시 뭉치는 것처럼 보인다. 빌딩들은 올라가기도 허물어지기도 하고, 상점들은 열리기도 닫히기도 하고, 사람들은 도착하기도 떠나가기도 한다. 카드 한 벌처럼 계속해서 뒤섞이고 바뀐다.

당연히 그녀는 안으로 들어간다.

희미한 종소리가 그녀의 입장을 알리지만 그 소리는 다양한 모습으로 그득 쌓여 있는 책들에 재빨리 묻힌다. 어떤 서점은 정돈이 잘 되어 있어서 상점이라기보다 갤러리에 가깝다. 어떤 서점은 멸균 상태에 있기도 한데 새 책이나 손때가 묻지 않은 책들만을 위한 곳이다.

하지만 이 서점은 그렇지 않다.

이곳은 책 무더기들과 책장들로 이루어진 미로이고, 책들은 두 단 심지어 세 단으로 쌓여 있으며, 가죽 장정의 책과 페이퍼백, 양장본 책들이 나란히 있기도 하다. 그녀가 가장 좋아하는, 쉽게 길을 잃을 수 있는 가게다.

문 옆에 계산대가 있지만 사람은 아무도 없다. 그녀는 방해받지 않고 통로들 사이를 돌아다니고, 좋아하는 책장들을 따라 걷는다. 서점에는 스릴러 코너를 둘러보고 있는 나이 든 백인 남자 한 명과 한 책장 맨 끝에서 다리를 꼬고 가죽 의자에 앉아 있는 매력적인 흑인 여자를 제외하면 손님이 거의 없어 보인다. 흑인 여자의 손가락과 귀에는 은색 장신구가 반짝이고 아주 큰 미술책이 그녀의 무릎 위에 펼쳐져 있다.

애디는 '**시**'라고 표시된 안내판을 지나는데 어둠이 그녀의 살갗에 대고 속삭인다. 입술이 칼날처럼 맨 어깨를 따라 스친다.

나랑 함께 살면서 내 사랑이 되어줘.

애디가 반복해서 답하는 말. 하도 반복해서 매끈하게 닳아빠진 말.

당신은 사랑이 뭔지 몰라.

그녀는 걸음을 멈추지 않고 모퉁이를 돈다. 그녀의 손가락은 '**신학**' 관련 책들을 스치듯 따라간다. 그녀는 100년 전 일종의 영적인 방향 전환을 거친 후 성경과 우파니샤드, 코란을 읽었다. 그녀는 이미 또 하나의 종교가 된 셰익스피어 코너도 지나친다.

'**회고록**' 코너에서 잠시 멈추고 책등에 쓰인 제목들을 살펴본다. 너무 많은 '*나는*'과 '*나를*' 그리고 '*나의*'. 소유적 삶을 위한 소유적 단어들. 한 사람에 관한 이야기를 들려주고 읽히고 기억되는 건 얼마나 사치스러운 일인지.

그때 무언가가 애디의 팔꿈치에 와서 부딪힌다. 아래를 내려다보다 소매 너머 그녀를 응시하고 있는 오렌지색 털 뭉치에 둘러싸인 한 쌍의 호박색 눈과 마주친다. 고양이는 그녀의 손에 들린 책만큼이나 나이가 들어 보인다. 고양이는 입을 벌리고 하품 같기도 하고 야옹 하는 소리 같기도 한 공허한 휘파람 소리를 낸다.

"안녕." 그녀가 고양이의 두 귀 사이를 쓰다듬자 고양이는 쾌감으로 낮게 가르랑대는 소리를 낸다.

"와." 그녀 뒤에서 남자 목소리가 말한다. "북Book은 원래 사람들한테 관심이 없는데요."

애디가 뒤를 돌아보고 고양이의 이름에 대해 무슨 말을 하려고 한다.

하지만 그를 보자 생각의 흐름을 놓쳐버린다. 잠깐, 단지 잠깐, 얼굴이 뚜렷이 보이기 전에 그녀는 확신한다. 이 사람은—.

하지만 그가 아니다.

당연히 그가 아니다.

남자의 머리카락은 검은색인데 느슨한 곱슬머리가 얼굴 아래로 늘어지고, 두꺼운 테 안경 뒤에 있는 눈은 녹색이 아니라 회색에 가깝다. 그의 눈에는 돌이 아니라 유리처럼 뭔가 연약한 면이 있고, 목소리는 부드럽고, 따스하고, 틀림없이 인간적이다. "책 찾는 거 도와드릴까요?"

애디는 고개를 가로젓는다. "아뇨." 목을 가다듬으며 그녀가 말한다. "그냥 구경 중이에요."

미소를 지으며 그가 말한다. "그럼, 둘러보세요."

그가 멀어지는 모습을 지켜본다. 그의 검정 곱슬머리가 책들의 미로로 사라지고 그녀는 시선을 고양이에게로 돌린다.

하지만 고양이도 사라지고 없다.

애디는 회고록을 책장에 다시 꽂고 책 구경을 계속한다. 그녀는 관심을 '**예술**'과 '**세계 역사**' 코너에 두면서 그 남자가 다시 나타나기를, 사이클이 다시 시작되기를 기다린다. 그러면서 그가 나타나면 무슨 말을 할까 생각한다. 그녀는 그에게 도움을 청했어야 했다. 그가 책장들 사이를 지나다니며 그녀를 안내하도록 해야 했다. 하지만 그는 돌아오지 않는다.

애디가 '**클래식**' 코너에 다다를 즈음 서점의 종이 다시 울리고, 새 고객이 도착했음을 알린다. 『베어울프』, 『안티고네』, 『오디세이』. 『오디세이』는 판본이 열 가지도 넘는다. 그녀가 그 가운데 하나를 꺼내는데 높고 가벼운 웃음소리가 느닷없이 들려온다. 그녀는 책장 틈 사이로 금발 머리 여자가 계산대에 기대 있는 모습을 본다. 아까 그 남자는 반대편에 서 있고 셔츠 자락으로 안경을 닦고 있다.

고개를 숙인 그의 짙은 눈썹이 뺨에 그늘을 드리운다.

그는 자신에게 가까이 다가오려고 까치발을 하는 여자를 보지 않고 있다. 금발 여자는 손을 남자의 소맷자락에 스치게 내미는데 애디는 그저 책장만 훑고 있다. 남자는 미소를 내보이고 어둠과 닮았다는 느낌을 완전히 지우는, 조용하고 수줍은 듯 환한 웃음을 짓는다.

애디는 책을 팔 아래에 끼우고 문 쪽으로 향하고, 그가 정신을 딴 데 팔고 있는 순간을 이용해서 밖으로 나간다.

"이봐요!" 한 목소리—그의 목소리다—가 소리치는데도 그녀는 계속 계단을 올라가서 거리로 나선다. 조금만 지나면 그는 잊을 것이다. 잠시 뒤면 그의 마음은 점점 희미해질 것이고, 그러면 그는—.

손 하나가 그녀의 어깨에 와 닿는다.

"책값을 내셔야죠."

뒤를 돌자 그녀의 앞에 서점 남자가 있다. 그는 약간 숨이 가쁘고 몹시 화가 난 표정이다. 그녀의 눈은 그를 지나 계단으로, 열린 문으로 재빨리 이동한다. 문이 약간 열려 있었던 게 틀림없다. 그는 열린 문틈 사이로 그녀를 지켜보고 있었던 모양이다.

"자, 어쩔 거죠?" 그가 요구하듯 말한다. 그는 그녀의 어깨에서 손을 내리고 둘 사이에 손바닥을 펴 보인다. 물론 그녀는 도망칠 수도 있지만 그럴 만한 가치는 없다. 그녀는 책의 뒷면에 있는 가격을 확인한다. 아주 비싸진 않지만 그녀가 지닌 돈보다는 많은 금액이다.

"미안해요." 그녀가 책을 건네주며 말한다.

그는 얼굴을 찌푸려 얼굴에 비해 너무 깊은 주름을 만든다. 여러 해 동안 반복해야 만들어지는 주름이다. 하지만 그는 많아 봐야 서른 살쯤으로 보인다. 그는 책을 내려다보고 안경 너머로 짙은 눈썹을 치켜올린다.

"고서들이 차고 넘치는 서점에서 닳디닳은 『오디세이』 페이퍼백을 훔친 건가요? 어디 가서 팔아봐야 얼마 되지도 않는 거, 알아요?"

애디는 그의 시선을 견딘다. "누가 판다고 했어요?"

"더군다나 그리스어로 된 책이네요."

그건 그녀도 알아차리지 못했다. 물론 문제 될 건 없다. 그녀는 라틴어로 고전을 배웠지만 이후 수십 년 사이에 그리스어를 통달했다.

"이런, 바보 같은 일이." 그녀는 건조하게 말한다. "영어로 된 걸 훔쳤어야 했는데."

그는 *거의* 미소에 가까운 표정을 짓지만 곧 어정쩡하고 이상해진다. 결국 그는 고개를 가로젓는다. "그냥 가져가요." 그가 책을 내밀며 말한다. "서점에 이 책이 없다고 해서 무슨 일이 일어나겠어요."

그녀는 그것을 밀쳐내고 싶은 갑작스러운 충동과 싸워야 한다.

그의 행동이 너무나 자선을 베푸는 것처럼 느껴진다.

"헨리!" 예쁜 흑인 여자가 문에서 소리친다. "경찰 부를까?"

"아니야." 그는 계속 애디를 쳐다보며 소리친다. "괜찮아." 그는 그녀를 관찰하듯 눈을 가늘게 뜬다. "착오였어."

그녀는 그 남자—*헨리*—를 쳐다본다. 그러고 나서 손을 내밀어 책을 돌려받는다. 서점 직원이 서점으로 사라질 때 그녀는 책을 가슴에 끌어안는다.

2부

밤의 가장
어두운 부분

작품 제목: 잊힌 하룻밤One Forgotten Night

작가: 서맨사 베닝Samantha Benning

제작연도: 2014년

재료: 나무 위 캔버스에 아크릴 물감

소재지: 뉴욕 리세트 프라이스 갤러리에서 대여

설명: 전체적으로 단색의 작품으로 검은색과 암회색, 회색의 기본 바탕에 페인트 물감을 덧댔다. 일곱 개의 작은 흰색 점이 배경과 대조를 이루며 눈에 띈다.

배경: 조금씩 그림 자체의 힘으로 알려지게 된 이 그림은, 지금도 진행 중인 〈난 당신을 올려다봐요〉라는 제목의 시리즈를 위한 프롤로그이기도 하다. 이 시리즈에서 베닝은 가족과 친구들, 연인들을 각기 다르게 표현되는 하늘이라고 상상한다.

추정 가격: 1만1,500달러

뉴욕
2014년 3월 12일

– I –

✶ ✶ ✶ ✶ ✶ ✶ ✶

헨리 슈트라우스는 서점 안으로 돌아간다.

낡은 가죽 의자에 다시 자리를 잡은 비의 무릎 위로 광택이 있는 화집이 펼쳐져 있다. "어디 갔었어?"

그는 열린 문을 돌아보고 얼굴을 찌푸린다. "아무 데도 안 갔어."

그녀는 어깨를 으쓱하고, 살 마음이 없는 신고전주의 예술에 대한 책자의 페이지를 넘긴다.

여긴 도서관이 아닌데. 헨리는 한숨을 쉬고 계산대로 돌아간다.

"미안해요." 그가 계산대 옆에 있는 여자에게 말한다. "어디까지 이야기했었죠?"

그녀는 입술을 깨문다. 그녀의 이름은 에밀리다,라고 그는 생각한다. "같이 술 한잔하겠냐고 내가 물어보려던 참이었어요."

그는 약간 초조한 듯—이것은 그가 절대로 버릴 수 없는 습관이라고 생각하는 중이다—웃는다. 그녀는 예쁘다. 정말 그렇다. 하지만 그녀의 익숙한 우유빛 눈에는 뭔가 골치 아플 것 같은 반짝거림이 있다. 그는 오늘 밤 선약이 있다고 말할 수 있어서, 그리고 그 말이 거짓말이 아니어서 안도한다.

"그럼 다음에." 그녀가 미소를 지으며 말한다.

"그럼 다음에." 여자가 책을 가지고 나갈 때 그도 똑같이 말한다. 문이 다 닫히기도 전에 비가 헛기침을 한다.

"왜?" 그는 돌아서지도 않고서 묻는다.

"그 여자한테 전화번호를 받을 수도 있었잖아."

"우리 약속 있잖아." 계산대에 놓인 티켓을 두드리며 그가 말한다.

그는 그녀가 의자에서 일어날 때 가죽이 부드럽게 늘어나는 소리를 듣는다. "있잖아." 그녀가 팔을 그의 어깨에 두르며 말한다. "약속이란 게 왜 좋은가 하면 말이야. 다른 날에 지켜도 되는 거라서 좋은 거야."

그가 돌아서서 손을 그녀의 허리에 올린다. 둘은 한창 학교 무도회 춤에 빠진 아이들처럼 서로를 꽉 껴안고, 그들의 팔과 다리는 그물 혹은 사슬처럼 큰 원을 그린다.

"베아트리체 헬렌." 그가 꾸짖듯 이름을 부른다.

"헨리 사무엘."

그들은 가게 한가운데에 서 있다. 두 명의 이십 대가 십 대 아이들처럼 안고 있다. 옛날이었다면 아마도 비가 좀 더 몸을 기대고는 (새로운) 누군가를 찾을 때가 됐고, (다시) 행복해질 자격이 충분하다고 말했을 것이다. 하지만 그들은 한 가지 약속을 했다. 그녀는 타비사를 언급하지 않고, 헨리는 교수를 언급하지 않기로. 모든 사람에게는 적들과의 전투에서 남은 상처가 있다.

"미안합니다." 방해해서 정말로 미안하다는 투로 나이 든 남자가 말한다. 그는 책 한 권을 들어 보이고 헨리는 미소 짓는다. 그는 책값 계산을 위해, 비에게 걸어둔 사슬을 끊고 몸을 숙여 계산대 뒤로 간다. 비는 탁자에서 티켓 한 장을 집고 극장에서 만나자고 말한다. 헨리는 고개를 끄덕여 그녀에게 인사하고, 나이 든 남자는 제 갈 길을 간다. 그리고 나머지 오후에는 서점을 찾는 낯선 이들이 내는 조용한 소리가 이어진다.

그는 여섯 시 5분 전에 간판의 불을 끄고 가게 닫을 준비를 차례차례 한다. 래스트워드는 그의 소유가 아니지만 그의 가게라고 해도 무방하다.

진짜 주인인 메러디스를 본 것이 벌써 여러 주나 된다. 그녀는 죽은 남편의 생명보험금으로 세계를 여행하면서 노후를 보내는 중이다. 인생에서 두 번째 봄을 만끽하는 만추의 여자라고나 할까.

헨리는 고양이 북에게 줄 먹이를 한 주먹 정도 퍼서 계산대 뒤에 있는 작은 빨간색 접시에 붓는다. 잠시 후 지저분한 오렌지색 머리가 '시' 코너에 있는 싸구려 책들 위로 솟아오른다. 고양이는 책 무더기 위로 올라가기를 좋아하고 종일 잠을 잔다. 그의 존재감은 빈 접시, 손님들이 책장 뒤에서 깜박이지도 않는 노란색 눈 한 쌍을 마주칠 때 헉하고 놀라는 소리로 확인할 수 있다.

북은 유일하게 헨리보다 오래 래스트워드에 있었다.

그는 지난 5년 동안 이 서점에서 일했다. 그가 이 일을 시작한 것은 아직 신학대학원 학생이었을 때였다. 처음에는 대학원에서 주는 장학금을 벌충하는 개념으로 아르바이트 삼아 시작했지만 학교는 계획에서 사라졌고 가게는 남았다. 헨리는 다른 직업을 구해야 한다는 것을 알고 있다. 서점 월급이 변변찮은 데다 21년간 비싼 정규교육을 받았기 때문이다. 그리고 아버지의 목소리와 정확히 똑같이 침착하게, 서점 일이 어떤 미래로 *이어지는지,* 그것이 정말 삶을 위한 계획인지를 묻는 형 데이비드의 목소리도 있다. 하지만 헨리는 다른 어떤 일을 해야 할지 모르고 이곳을 떠날 수도 없다. 이 일은 지금까지 그가 실패하지 않은 유일한 일이다.

그리고 사실 헨리는 이 서점을 사랑한다. 책 냄새, 책들이 책장을 누르는 안정적인 무게감, 오래된 책들의 존재와 새로운 책들의 도착, 그리고 뉴욕 같은 도시에는 언제나 독자들이 존재한다는 사실을 사랑한다.

비는 서점에서 일하는 사람이라면 누구나 작가가 되고 싶은 것이라 주장하지만, 헨리는 한 번도 자신을 소설가로 상상해보지 않았다. 물론 글을 써보려 했지만 뜻대로 되질 않는다. 그는 단어를, 이야기를, 목소리를 찾아낼 수 없다. 많은 책이 꽂혀 있는 책장에 자신이 무엇을 더 추가할 수 있을지 감이 오지 않는다.

헨리는 이야기를 들려주는 사람보다는 이야기를 간직하는 사람이 되고 싶다.

그는 불을 끄고 티켓과 코트를 집어 들고 로비의 공연장으로 향한다.

헨리는 옷을 갈아입을 시간이 없었다.

공연은 일곱 시에 시작하고, 래스트워드는 여섯 시에 문을 닫는다. 게다가 오프오프브로드웨이off-off-broadway(브로드웨이의 상업적인 연극을 반대하는 오프브로드웨이off-broadway가 브로드웨이의 등용문처럼 되어버린 데 반발하며 생겨난 한층 더 전위적인 연극 경향—옮긴이)보다도 더 실험적인, 바워리(뉴욕에서도 싸구려 술집이 모여 있는 거리—옮긴이)에서 열릴 요정들에 대한 공연에 걸맞은 드레스코드가 무엇인지 짐작조차 가지 않는다. 그는 짙은 색 청바지와 허름한 스웨터를 입고 있다. 비가 '시크한 사서 스타일'이라 부르곤 하는 옷차림이다. 그가 도서관에서 일하는 것도 아닌데 그녀는 그 점을 이해하지 못하는 것 같다. 반대로 비는 언제나 그렇듯 고통스러울 정도로 패셔너블해 보인다. 팔꿈치까지 말아 올린 하얀색 블레이저에 손가락에는 가는 은색 반지를 끼고 양쪽 귀에 은색 귀고리를 하고 있다. 머리에는 두껍게 여러 가닥으로 꼰 레게머리가 왕관 형태로 올라가 있다. 헨리는 줄에서서 대기하는 동안 어떤 사람이 꾸미지 않은 자연스러운 스타일을 추구하는지, 또 어떤 사람이 그저 매일 자신을 큐레이션하듯 꾸며서 드러내기를 원칙으로 삼는지 흥미롭게 지켜본다.

그들은 입구에 다다라서 티켓을 보여준다.

공연은 뉴욕 같은 곳에서만 존재하는 연극과 모던댄스를 뒤섞어놓은 작품이다. 로비의 말에 의하면 엄밀하게는 아니더라도 『한여름 밤의 꿈』

에 기초한 작품이라고 한다. 누군가가 셰익스피어의 운율을 갈아서 부드럽게 만들고 침투성을 높인 것과 같다고 했다.

비는 그의 갈비뼈 부분을 친다.

"걔, 너 쳐다보는 눈빛 봤어?"

그는 눈을 깜박인다. "뭐? 누구 말이야?"

비는 눈을 굴린다. "너 완전히 구제 불능이구나."

로비는 사람들로 북적댄다. 사람들 사이를 헤집고 나아가는데 한 사람이 헨리의 팔을 붙잡는다. 누더기가 된 보헤미안 스타일 드레스를 입고 있는 여자다. 녹색 페인트가 추상적인 덩굴식물처럼 그녀의 관자놀이와 뺨에 피어올라 있다. 이는 그녀가 공연에 출연하는 배우 가운데 한 명이라는 표시다. 그는 지난 몇 주 동안 로비의 살갗에 남은 페인트 잔여물들을 열 번도 넘게 봤다.

그녀는 붓과 금가루가 담긴 접시를 들어 올린다. "치장을 안 했군요." 그녀는 매우 진지한 말투로 말하고, 그가 그녀를 막을 수 있다고 생각하기도 전에 그의 뺨에 금가루를 칠한다. 붓 터치가 깃털처럼 가볍다. 그는 아주 가까운 거리에서 여자의 눈에 담긴 일렁이는 듯한 희미한 빛을 볼 수 있다.

헨리가 턱을 젖힌다.

"나 어때 보여요?" 그가 모델처럼 입을 삐죽이며 묻는다. 그의 농담에도 여자는 진지한 미소를 보이며 말한다. "완벽해요."

그 말로 전율이 몸을 훑고 지나가고, 그는 공연장이 아닌 다른 곳에 있다. 한 손이 그의 손을 어둠 속에서 잡고, 엄지손가락이 그의 뺨을 스친다. 하지만 그는 생각을 떨쳐낸다.

비는 그 여자가 자신의 코를 따라 반짝이는 줄을 긋고 턱에는 황금색 점을 찍을 수 있도록 가만히 있다. 그러면서 로비에서 종이 울리기 전까지 알토란 같은 30초 동안 여자에게 작업을 건다. 그리고 그들이 극장 문 안으로 들어가자 예술적 소질을 갖춘 요정은 군중 사이로 사라진다.

헨리는 비의 팔짱을 낀다. "넌 내가 완벽하다고 생각하지 않지, 그렇지?"

그녀는 코웃음을 친다. "세상에. 아니지, 그럼."

그는 로즈골드 색을 뺨에 칠한 어두운 피부의 남자 배우가 그들에게 나뭇가지 하나와 진짜라기엔 지나치게 녹색인 나뭇잎들을 나눠줄 때 자기도 모르게 미소를 짓는다. 친절하면서도 슬퍼 보이는, 하지만 빛을 내는 그의 시선이 헨리에게 머무른다.

그들은 티켓을 안내원—나이가 많은 여자로, 머리가 하얗게 셌고 키가 150센티미터 정도밖에 안 돼 보인다—에게 보여준다. 그녀는 좌석이 있는 열로 안내하면서 균형을 잡기 위해 헨리의 팔에 기댄다. 그리고 떠나기 전 그의 팔꿈치를 쓰다듬으며 "참 멋진 청년이네."라고 중얼거리며 통로를 아이 같은 걸음으로 올라간다.

헨리가 티켓에 적힌 번호를 확인하고 둘은 게걸음으로 자신들의 자리로 이동한다. 열의 정중앙 부근에 있는 세 개의 좌석이다. 헨리가 가운데에 앉고 비가 한쪽 옆에 앉는다. 다른 한쪽은 빈자리다. 타비사를 위해 예약해둔 자리다. 이미 여러 달 전에 티켓을 사두었던 것이다. 당시 그들은 여전히 사귀고 있었고, 모든 게 단수가 아니라 복수였다.

둔감한 고통이 헨리의 가슴을 채운다. 그는 10달러를 내고 음료수를 살걸 그랬다고 생각한다.

조명이 꺼지고 네온등과 스프레이 페인트를 칠한 강철 왕국을 드러내며 커튼이 올라간다. 모든 배경의 한가운데에 로비가 있다. 그는 순수한 고블린 왕의 포즈로 왕좌에 늘어지듯 앉아 있다.

그의 머리카락은 물결처럼 길게 말려 있고, 자주색과 황금색 줄들은 그의 얼굴선을 놀랍고 이상한 무언가로 조각한다. 그가 미소를 짓자, 그들이 열아홉 살이었을 때 욕망과 외로움, 머나먼 꿈들이 서로 뒤엉켜 있던 시절에 어떻게 헨리가 그와 사랑에 빠졌는지를 기억나게 만든다. 로비의 목소리는 수정처럼 맑고, 극장 전체에 반향을 일으킨다.

"이 이야기는 신들에 관한 이야기입니다." 그가 말한다.

무대는 배우들로 채워지고 음악이 시작된다. 그리고 아주 잠깐 편안하다.

잠깐 세상은 멀어진다. 주변의 모든 것이 조용해지고, 헨리 자신도 사라진다.

연극이 끝을 향해 갈 때 헨리의 마음 어두운 부분에 각인될, 빛에 비친 필름처럼 드러나는 장면이 있다.

바워리 왕 역할을 하는 로비는 무대 전체에 종잇장처럼 비가 내리는 가운데 왕좌에서 일어선다. 조금 전만 해도 무대는 배우들로 붐볐는데 지금은 로비만 있다. 그는 손을 뻗고, 그의 손이 비의 커튼을 스치고, 비는 그의 손가락, 손목, 팔 주변으로 갈라진다. 이어서 몸 전체가 비의 물결 아래로 올 때까지 그는 조금씩 앞으로 움직인다.

그는 고개를 뒤로 젖힌다. 비가 그의 살갗에서 황금색과 광휘를 씻어내고, 그의 완벽한 곱슬머리의 물결을 두개골을 따라 평평하게 만든다. 모든 마법의 흔적을 지우고 그를 나른하고 거만한 왕자에서 남자로, 언젠가는 죽는 연약하고 외로운 남자로 변화시킨다.

불이 꺼진 뒤 극장 안에는 한동안 빗소리만 들린다. 단단한 벽을 두드리는 소리는 퍼붓는 비의 일정한 리듬으로 옅어지고, 그다음엔 무대 위로 조용히 떨어지는 빗방울 소리만 남는다.

그러고 나서, 결국 모든 것이 사라진다.

조명이 들어오고 출연진이 무대로 나온다. 사람들이 박수를 보낸다.

비는 환호를 보내며 헨리를 쳐다본다. 그녀의 얼굴에 기쁨이 흘러넘친다.

"뭐 잘못됐어?" 그녀가 묻는다. "너 기절할 것처럼 보여."

그는 침을 삼키고 고개를 가로젓는다.

손이 욱신거린다. 아래를 내려다보니 손톱이 손바닥을 파고들어 상처를 내서 손바닥에는 피가 기다란 줄을 이루고 있다.

"헨리?"

"괜찮아." 그가 손을 벨벳 좌석에 닦으며 말한다. "공연은 좋았어. 훌륭했어."

그는 일어서서 비를 따라 밖으로 나간다.

배우들이 다시 나타나기를 기다리는 친구들과 가족들만 남는다. 하지만 헨리는 기류처럼 표류하는, 주목하는 눈들을 느낀다. 그가 보는 곳마다 우호적인 얼굴과 따스한 미소, 때로는 더한 것도 발견한다.

드디어 로비가 통통 튀듯 걸어 나와 양팔을 두 사람에게 던진다.

"내 사랑하는 팬들이여!" 그가 연기자 특유의 울리는 듯한 알토 음색으로 말한다.

헨리는 콧방귀를 뀌지만 비는 초콜릿으로 만든 장미 한 송이를 내민다. 로비가 언젠가 초콜릿과 꽃다발 둘 중에 꼭 하나를 골라야 하느냐며 투덜거린 이후로 초콜릿 장미는 오래된 그들만의 농담이 되었다. 비가 초콜릿은 밸런타인데이에나 받는 것이고 공연 때는 꽃다발을 주는 것이 일반적이라고 지적하자, 로비는 자신은 일반적인 사람이 아닌데다가 배도 고프면 어떡하느냐고 말했다.

"너, 정말 대단했어." 헨리가 말한다. 그것은 사실이다. 로비는 대단하다. 그는 항상 대단했다. 춤과 음악, 연극이라는 세 가지 요소는 뉴욕에서 일을 구하는 데 필수적이다. 그는 여전히 브로드웨이에 진입하기엔 몇 걸음 정도 뒤떨어져 있지만 언젠가는 그곳에 도착하리라는 것을 헨리는 의

심치 않는다.

그는 손으로 로비의 머리카락을 흐트러트린다.

로비의 머리카락은 마른 상태에서는 탄 설탕 색깔이지만, 빛에 따라 갈색과 빨간색 사이 어디쯤에 있는 황갈색이다. 지금은 무대 마지막 장면 때문에 비에 젖어 있다. 짧은 순간 로비는 그의 손이 주는 감촉에 몸을 기대고 머리의 무게감을 헨리의 손으로 옮긴다. 헨리의 가슴이 조여든다. 그는 그것이 실제가 아님을, 더 이상은 실제가 아님을 자신의 심장에 상기시켜야 한다.

헨리가 친구의 등을 쓰다듬자 로비는 마치 부활한 듯이, 다시 새로워졌다는 듯이 몸을 곧추세운다. 그는 장미를 지휘봉처럼 높이 쳐들고 외친다. “가자, 파티를 위해!”

* * *

헨리는 한때 뒤풀이 파티는 마지막 공연만을 위한 것으로, 출연진들이 작별 인사를 나누는 방법이라고 생각했다. 하지만 이제 연극을 하는 사람들은 매 공연마다 축하 파티를 연다는 것을 안다. 한껏 고양된 상태에서 벗어나기 위해, 로비의 주변 사람들은 그런 고양된 상태를 계속 이어가기 위해 파티를 연다.

거의 자정이 된 시각, 그들은 소호에 있는 엘리베이터 없는 3층 건물로 모여들었다. 불빛은 흐릿하고 누군가의 플레이리스트가 두 대의 무선 스피커를 통해 흘러나온다. 출연진들은 잎맥처럼 중심을 따라 이동한다. 얼굴에는 여전히 페인트가 묻어 있지만 의상은 갈아입은 상태다. 마침내 그들은 무대 위 캐릭터와 무대 밖 본연의 모습 사이 어딘가쯤에 있는 것처럼 보인다.

헨리는 미지근한 맥주를 마시며 손바닥에 난 상처를 따라 엄지손가락으로 문지른다. 이런 행동은 단시간 내에 그의 습관이 되어버린다.

한동안은 비가 그의 말동무가 되어주었다.

연극 뒤풀이 파티보다는 저녁 파티를 선호하고 플라스틱 컵보다는 개인별 식기를, 스피커를 통해 외치는 대사보다는 대화를 선호하는 비는 그 자리를 괴로워하며 헨리와 함께 귀퉁이에 붙어 서서 다양한 배우들을 예술사 책에 나오는 사람들인 양 관찰했다. 하지만 곧 다른 바워리 요정이 그녀를 데리고 가버렸다. 헨리는 비가 다시 행복해하는 모습을 보는 것이 기쁘긴 했어도 그녀의 등에 대고 *배신자*라고 소리쳤다.

그동안 로비는 방 한가운데서 춤을 추고 있다. 그는 항상 파티의 중심을 차지한다.

그는 헨리에게 같이 춤을 추자고 손짓하지만 헨리는 당기는 힘을, 손쉬운 중력의 당김을, 추락의 끝에서 기다리고 있는 활짝 편 두 팔을 무시하면서 고개를 가로젓는다. 그가 최악의 상태에 있을 때도 그들은 완벽한 조합이었고, 그들 사이의 차이는 중력과 흡사했다. 로비는 항상 어떻게든 빛나고 활기찼지만 헨리는 무너져내렸다.

"안녕, 잘생긴 청년."

헨리가 맥주에서 고개를 돌리자 그의 눈앞에 주연 배우 가운데 한 명인 눈부시게 아름다운 여자가 보인다. 그녀는 새빨간 입술에 흰 백합 왕관을 쓰고 있고, 뺨에는 그라피티처럼 보이도록 스텐실을 대고 찍은 금빛 반짝이가 붙어 있다. 그녀가 너무나도 노골적인 욕망으로 그를 바라보고 있어서, 그 역시도 욕망의 대상이 되는 것을 느낄 수밖에 없고, 슬프고, 외롭고, 길을 잃은 것 같은 느낌 말고도 다른 무언가를 *느낄* 수밖에 없다.

"나랑 한잔해요."

작고 하얀 무언가가 밑바닥에서 녹고 있는 두 개의 잔이 놓인 쟁반을 내밀 때, 그녀의 파란 눈은 빛난다. 헨리는 요정에게서 음식과 음료수를 얻어먹는 이야기들을 떠올리면서도 유리잔을 향해 손을 뻗는다. 그는 술을 마신다. 처음에는 달콤함과 테킬라의 희미하면서도 화끈한 맛을 느끼지만 이내 세상이 가장자리 주변으로 약간 흐릿해지기 시작한다.

그는 더 가볍게 더 밝게 느끼고 싶지만 실내가 점점 어두워진다. 그리고 폭풍우가 몰래 다가오는 것을 느낀다.

첫 번째 폭풍우가 들이닥친 건 그가 열두 살 때였다. 그는 그것이 다가오는 것을 보지 못했다. 하루는 하늘이 파랬고, 다음 날에는 구름이 낮고 빽빽했고, 그다음 날엔 바람이 일고 비가 쏟아졌다.

몇 년이 지난 후에야 헨리는 그런 어두운 시간들을 폭풍우라고 생각하고, 충분히 견디기만 하면 지나가리라고 믿는 법을 배웠다.

그의 부모님은, 물론 좋은 의도에서 그랬겠지만 항상 "*힘내*" 혹은 "*나아질 거야*" 혹은 더 나쁘게는 "*그렇게 나쁜 건 아니야*" 같은 말들을 했다. 어려운 날들을 겪어보지 않았을 때 하기 쉬운 말들이다. 헨리의 큰형인 데이비드는 의사인데도 그를 이해하지 못한다. 여동생인 뮤리엘은 그를 이해한다면서 모든 예술가는 자신의 폭풍우를 경험한다고 말한다. 그러고 나서는 자신의 민트 지갑에서 알약을 하나 꺼내 준다. 그녀는 그가 사용하는 은유에 빗대어 그것을 자신만의 작은 분홍색 우산이라 부른다. 마치 그 은유가 그저 표현상의 영리한 변화일 뿐이라는 듯이. 그의 머릿속이 어떤지 사람들을 이해시키기 위해 헨리가 시도해볼 수 있는 유일한 방법은 아니라는 듯이.

자리를 벗어나면서까지, 바깥 공기를 쐬러 나간다는 변명을 하면서까지도 그는 이것이 그저 폭풍우일 뿐이라고 한 번 더 생각한다. 파티 장소는 너무 덥다. 그는 바깥으로 나가고 싶다. 옥상으로 올라가서 위를 올려다보고 싶고, 흐릿한 밤 구름 대신 별들만이 있는 모습을 보고 싶다. 하지만 소호에는 별이 없다.

그는 현관 쪽으로 걸어가다 중간쯤에서 멈추고 공연을, 로비가 빗속에 있던 장면을 기억해낸다. 그리고 올라가는 대신 내려가기로, 집으로 가기로 마음먹으며 몸을 떤다.

그가 문에 거의 다다랐을 즈음 그녀가 그의 손을 잡는다. 피부에 담쟁이덩굴이 그려져 있는 여자. 그에게 황금색 페인트를 칠해준 여자.

"당신이군요." 그녀가 말한다.

"당신이군요." 그가 말한다.

그녀는 손을 내밀어 헨리의 뺨에서 황금색 얼룩을 닦아낸다. 접촉은 살갗과 살갗이 만나는 지점에서의 정전기적 충격, 에너지 불꽃과 같다.

"가지 마요." 그녀가 이렇게 말하며 가까이 당기는데도 여전히 그는 무슨 말을 해야 할지 생각해내려고 노력 중이다. 그는 재빨리 탐색하듯 그녀에게 키스하고, 그녀의 헉하고 숨 막히는 듯한 소리를 듣고서 그녀에게서 떨어진다.

"*미안해요.*" 그가 말한다. 이 말은 "*제발*", "*고마워*", "*난 괜찮아*"처럼 자동으로 나오는 말이다.

하지만 그녀는 손을 위로 뻗어서 그의 곱슬머리를 한 주먹 잡는다.

"뭣 때문에요?" 그녀가 그의 입을 자기 입으로 다시 당기면서 묻는다.

"괜찮겠어요?" 그가 중얼거린다. 하지만 그는 그녀가 무슨 말을 할지 알고 있다. 왜냐하면 이미 그녀 눈에서 빛을, 그녀의 시야를 훑고 지나가는 흐릿한 구름을 보았기 때문이다. "이게 당신이 원하는 거예요?"

그는 진실을 원한다. 하지만 그를 위한 진실은 없다. 더 이상은. 여자는 미소만 짓고 가장 가까이에 있는 문으로 그를 다시 끌어당긴다.

"이게 *정확히* 내가 원하는 거예요." 그녀가 말한다.

그들은 침실들 가운데 하나에 있다. 문이 철컥 닫히면서 벽 너머로 들리는 파티의 소음을 차단한다. 그녀의 입이 그의 입에 닿고, 그는 이제 어둠 속에서 그녀의 눈을 볼 수가 없다. 그러므로 실제라고 믿기가 쉽다.

그리고 한동안, 헨리는 사라진다.

뉴욕
2014년 3월 12일
– II –

✳ ✳ ✳ ✳ ✳ ✳ ✳

애디는 가로등 불빛에 의지해서 『오디세이』를 읽으며 도심 외곽으로 향한다. 그리스어로 된 무언가를 읽어본 게 오래전이지만 서사시의 시적인 운율은 오래된 언어의 울림 속으로 그녀를 다시 끌어당긴다. 백스터 빌딩이 눈에 들어올 즈음 와인 한 잔과 뜨거운 목욕을 기대하던 그녀는 바다에 떠 있는 배의 모습에 반쯤 정신이 팔려 있다.

그리고 둘 다 누릴 수 없는 처지가 된다.

그녀의 타이밍은 어떻게 보느냐에 따라 매우 좋거나 혹은 몹시 나쁘다. 왜냐하면 애디가 모퉁이를 돌아 56번가로 들어설 때 검은색 승용차가 백스터 빌딩 앞에 멈춰서고, 제임스 세인트 클레어가 연석 위로 내렸기 때문이다. 그는 영화 촬영장에서 돌아온 참인데 햇볕에 그을렸고 표정은 행복해 보인다. 그는 날이 어두운데도 선글라스를 끼고 있다. 애디는 발걸음을 멈추고 길 건너편에서 맴돈다. 그동안 빌딩 문지기는 그가 짐 내리는 것과 가방을 안으로 나르는 것을 도와준다.

“젠장.” 그녀가 기대하던 밤이 눈 녹듯 사라지자 그녀는 낮게 투덜댄다. 거품 목욕도 할 수 없고 메를로 와인도 없다.

그녀는 한숨을 쉬고 앞으로 어떻게 할지 궁리하며 교차로로 물러난다.

왼쪽으로 센트럴파크 공원이 도심 한가운데에 있는 어두운 녹색 천처럼 펼쳐져 있다.

오른쪽으로는 미드타운에서 금융 지구까지 블록마다 솟아오른 빽빽한 빌딩들이 맨해튼의 들쭉날쭉한 선을 만든다.

그녀는 오른쪽을 선택해서 이스트빌리지 쪽으로 내려간다.

뱃속이 꼬르륵대기 시작하던 참에 그녀는 2번가에서 저녁의 흔한 풍경을 포착한다. 자전거를 탄 젊은 남자가 연석 위로 내리고, 안장 뒤에 있는 지퍼가 달린 상자에서 배달 음식을 꺼낸다. 그리고 비닐봉지를 가지고 빌딩으로 뛰어간다. 애디는 자전거로 슬그머니 다가가 상자에 손을 집어넣는다. 용기 크기와 모양, 얇은 금속 손잡이로 묶은 종이 끝부분을 보니 중국 음식 같다. 그녀는 상자 하나와 일회용 젓가락을 꺼내고 문 앞에 있는 남자가 돈을 꺼내기도 전에 슬그머니 사라진다.

그녀도 물건을 훔치는 것에 죄책감을 느끼던 때가 있었다.

하지만 죄책감은 다른 많은 것들과 마찬가지로 점점 무뎌졌고, 배고픔이 그녀를 죽일 수도 없는데 마치 그럴 것처럼 허기는 여전히 고통스럽다.

애디는 로메인 상추를 입에 넣으면서 C 애비뉴 쪽으로 향한다. 그녀의 다리는 그녀를 이스트빌리지를 지나 녹색 문이 달린 벽돌 빌딩으로 이끈다. 그녀는 빈 상자를 모퉁이에 있는 쓰레기통에 버리고 빌딩 입구에 선다. 그때 한 남자가 밖으로 나온다. 그녀는 그를 보고 미소 짓는다. 그도 그녀를 보고 미소 짓고 문을 잡아준다.

안으로 들어간 그녀는 좁은 계단을 따라 네 개 층을 오른 후 꼭대기에 있는 철문 앞에 도착한다. 그리고 손을 위로 뻗어서 먼지투성이 문틀을 더듬어 작은 은빛 열쇠를 찾는다. 그것은 지난가을 그녀와 상대편 여자가 휘청대며 집으로 온 다음, 계단에서 두 사람의 팔다리가 서로 뒤엉켰을 때 발견한 것이다. 샘의 입술은 그녀의 턱 아래에 밀착되어 있었고, 페인트가 묻은 손가락은 그녀의 청바지 허리 아래로 미끄러져 내려갔다.

샘에게는 흔치 않은 충동적인 순간이었다.

애디에게는 한 사람과의 연애가 두 달째 접어든 시점이었다.

확실히 열정적인 연애였지만 그것은 오로지 시간만이 그녀가 누릴 수 없는 사치였기 때문이다. 당연히 그녀는 커피를 앞에 둔 졸린 아침, 무릎 위에 올린 다리, 끼리끼리만 아는 농담과 편안한 웃음을 꿈꾸지만 이러한 안락함은 누군가를 안다는 것과 함께 온다. 그러나 꾸준한 관계의 형성, 조용한 욕망, 며칠 몇 주 몇 달에 걸쳐 만들어지는 친밀함이 그녀에겐 있을 수 없다. 바랄 수도 없는 일들이다. 그래서 그녀는 아침을 갈망하지만 밤으로 만족한다. 그것이 사랑일 리 없지만 적어도 외로움이 아닌 것만은 분명하다.

그녀의 손가락이 열쇠 가까이 닿고 숨겨진 곳에서 열쇠를 꺼낼 때 금속 끌리는 소리가 희미하게 들린다. 녹이 슨 오래된 자물쇠이기에 첫날밤과 마찬가지로 세 번 시도한 끝에 문을 여는 데 성공한다. 문이 활짝 열리고, 그녀는 빌딩의 옥상으로 나간다. 바람이 불자 그녀는 손을 가죽 재킷 주머니 안에 넣고 옥상을 가로지른다.

옥상은 접이식 의자 세 개를 빼면 비어 있다. 그것들은 모두 다 나름대로 불완전하다. 좌석이 뒤틀려 있거나, 각기 다른 자세로 뒤로 넘어가 있거나, 한쪽 팔이 부서진 채 걸려 있다. 얼룩이 묻은 아이스박스가 근처에 놓여 있고, 꼬마전구 한 줄이 빨랫줄 기둥들 사이에 걸려 있다. 옥상은 허름하고 비바람에 닳은 오아시스로 변했다.

이곳 옥상은 고요하다. 하지만 적막하진 않다. 적막은 그녀가 여태 도시에서 찾지 못한 것이다. 그것은 오래된 세계의 수풀 속으로 사라진 게 아닐까 하고 그녀는 생각하기 시작했다. 그래도 맨해튼 지역에서 고요할 수 있는 최대치만큼은 고요하다. 그러면서도 제임스의 아파트에서 그녀를 숨 막히게 했던 것 같은 고요함은 아니다. 한 사람에겐 너무 넓은 장소가 가지고 오는 허전함, 고요함이 아니다. 그보다는 배경 소음으로 축소된 먼 외침과 차 경적, 낮은 스테레오 음향으로 가득 찬, 살아 있는 고요함.

옥상을 둘러싼 낮은 벽돌 벽에 애디는 몸을 기댄다. 팔꿈치를 벽에 대고 빌딩이 사라질 때까지 멀리 내다본다. 그녀가 볼 수 있는 건 광활하고 별이 없는 하늘을 배경으로 문양을 그리는 맨해튼의 불빛이다.

애디는 별을 그리워한다.

그녀는 1965년에 한 남자를 만났다. 그녀가 그에게 별이 그립다고 하자 그는 단지 별을 보기 위해 그녀를 데리고 LA 밖으로 한 시간 동안 차를 몰았다. 어두운 곳에 차를 세우고 위를 가리키는 그의 얼굴은 자부심으로 빛났다. 애디는 목을 길게 빼고서 변변찮은, 하늘 위로 드문드문 흩어져 있는 별빛들을 쳐다보고 실망감을 느꼈다. 상실감 같은 무거운 슬픔. 100년 만에 처음으로 그녀는 비용이 그리웠다. *집*이 그리웠다. 밝은 별들이 강을 이루고 어둠을 배경으로 은색과 자주색 빛의 실개천을 이루는 곳이 그리웠다.

옥상 위를 쳐다보고 있는 지금, 시간이 많이 흐른 뒤인데도 여전히 어둠이 지켜보고 있는지 궁금하다. 아주 오래전 일이기는 하다. 한번은 그가 자신이 모든 삶을 추적하는 건 아니라고 말했다. 세계는 크고 영혼들로 가득 차 있어서 그녀 말고도 신경 써야 할 일들이 너무나도 많다고 짚어주었다.

옥상으로 들어오는 문이 그녀 뒤쪽에서 부서질 듯 열리고, 사람들 몇 명이 비틀거리며 들어온다.

남자 두 명. 여자 두 명.

그리고 샘.

흰색 스웨터와 옅은 회색 청바지에 싸인 그녀의 몸은 붓놀림처럼 길고, 가느다랗고, 어두워진 옥상을 배경으로 밝게 빛난다. 그녀의 머리카락은 예전보다 좀 더 자랐고, 이리저리 날리는 금발 곱슬머리가 엉망으로 헝클어진 쪽 찐 머리에서 삐져나와 있다. 빨간색 페인트 물감이 줄줄이 소매를 걷어 올린 팔뚝에 묻어 있다. 애디는 거의 무심코 그녀가 어떤 작품을 작업하고 있는지 궁금해한다. 그녀는 화가다. 대부분 추상화를 그린다. 전에도 이미 작았던 그녀의 집은 벽에 세워둔 캔버스 무더기들로 인해 더욱 작아졌다. 그녀의 이름은 산뜻하고 쉬운 데 완성한 작품에 서명하거나 깊은 밤 연인의 등을 따라 이름을 쓸 때는 서맨사다.

다른 네 명은 시끄럽게 소리를 내며 옥상을 왔다갔다하고, 남자들 가운데 한 명은 무언가를 이야기를 하는 중이다. 하지만 샘은 한 걸음 뒤처져 상쾌한 밤공기를 음미하기 위해 고개를 뒤로 젖히고 있다. 애디는 자신이 바라볼 다른 무언가가 있었으면 하고 바란다. 그녀가 다른 여자의 궤도가 갖는 손쉬운 중력 안으로 빠지는 것을 막아주는 닻이 있었으면 하고 바란다.

물론 있기는 하다.

『오디세이』.

샘의 파란 눈이 하늘로부터 내려와 애디의 눈과 마주칠 때 애디는 막 시선을 책에 묻으려는 참이다. 화가는 미소 짓고, 일순간 때는 다시 8월로 돌아간다. 그들은 어느 바의 테라스에서 맥주를 마시며 웃고 있다. 애디는 여름 열기로 인한 홍조를 가라앉히기 위해 목에 닿는 머리카락을 들어 올린다. 샘은 그녀의 살갗에 바람을 불어주기 위해 몸을 기울인다. 9월의 어느 날 둘은 샘의 정돈되지 않은 침대에 누워 있다. 애디의 입이 샘의 다리 사이 진한 온기를 따라가는 동안 그들의 손가락은 시트와 서로에게 얽혀 있다.

여자가 무리에서 떨어져서 아무렇지 않게 걸어올 때 애디의 심장은 가슴 안에서 쿵쾅댄다.

"평화로운 시간을 방해해서 미안해요."

"오, 괜찮아요." 도시를 훑어보듯 시선을 딴 데로 돌리며 애디가 말한다. 샘은 항상 애디 자신이 해바라기 같다고 느끼게 했다. 무의식적으로 다른 여자의 빛을 바라보는 해바라기.

"요즘 사람들은 아래를 보고 살죠." 샘이 생각에 잠기듯 말한다. "위를 보는 사람을 보니 좋네요."

시간은 지나간다. 그 말은 그들이 처음 만났을 때 샘이 했던 말과 똑같다. 여섯 번째 만났을 때 했던 말과도 같다. 열 번째 만났을 때 했던 말과도. 하지만 그것은 단순한 말이 아니다. 샘은 예술가의 눈을 가지고 있다. 현존하고 탐색하는 눈이고, 대상을 탐색하고 형태를 넘어서는 무언가를 보는 눈이다.

애디는 외면하면서 물러가는 발걸음 소리를 기다린다. 하지만 대신 라이터 켜는 소리가 들린다. 샘이 그녀 옆에 있다. 백금발 곱슬머리가 그녀의 시야 가장자리에서 춤을 춘다. 그녀는 포기하고 옆쪽을 쳐다본다.

"그거 하나 훔쳐도 될까요?" 담배를 향해 고개를 끄덕이며 애디가 묻는다.

샘은 웃는다. "그럼요. 근데 훔칠 필요도 없어요." 그녀는 다른 담배를 하나 꺼내서 네온 블루색 라이터와 함께 건네준다. 애디는 그것들을 받아 담배를 입술 사이에 문다. 그리고 엄지손가락을 라이터 부싯돌에 대고 문지른다. 운 좋게도 바람이 불어서 불꽃이 꺼지는 것을 바라보는 동안 그녀에겐 구실이 생긴다.

꺼진다. 꺼진다. 꺼진다.

"여기요."

샘이 바람을 막아주려고 다가서는 순간 샘의 어깨가 애디의 어깨를 스친다. 그녀에게서는 이웃이 스트레스를 받을 때마다 굽는 초콜릿 칩 쿠키 냄새가 나고, 손가락에 묻은 페인트 물감을 씻어낼 때 쓰는 라벤더 비누 냄새가 난다. 밤에 곱슬머리에 바르는 코코넛 컨디셔너 냄새도 난다.

애디는 담배 맛을 한 번도 좋아한 적이 없지만 연기가 그녀의 가슴을 따뜻하게 데워준다. 그리고 그녀에게 손으로 할 수 있는 무언가를, 샘이 아닌 무언가에 집중할 수 있게 해준다. 둘은 너무나 가까이 있어서 숨결이 같은 공기에 안개를 만든다. 샘이 손을 뻗어 애디의 오른쪽 뺨에 있는 점들 가운데 하나를 만진다. 그들이 처음 만났던 날 그랬던 것처럼, 너무나 단순하면서도 아주 친밀한 몸짓이다.

"별들을 갖고 있네요." 그녀가 말한다. 애디의 가슴이 다시 조여오고 요동친다.

데자뷔, 데자쉬. 데자베퀴.

애디는 두 사람 사이의 거리를 좁히고 싶은 욕구와, 손바닥으로 샘의 목에 있는 긴 굴곡을 쓰다듬고 싶은 욕구, 자신의 손바닥이 잘 들어맞는다는 것을 아는 목덜미에 손을 가만히 대고 싶은 욕구와 싸워야 한다. 남자들 가운데 한 명—에릭인가? 아론인가?—이 샘을 부를 때까지 그들은 침묵 속에 서 있다. 그녀는 멀어져가고, 옥상을 지나 물러난다. 애디는 그녀를 보내는 대신 손에 힘을 주어 붙잡고 싶은 욕구와 또다시 싸운다.

결국 애디는 보내준다.

낮은 벽돌 벽에 몸을 기대고, 그들이 삶과 나이 듦, 나쁜 결정에 대해 하는 이야기를 듣는다. 그러고 나서 여자들 가운데 한 명이 말한다. "이런 젠장, 우리 늦겠어." 그렇게 무리들은 맥주를 다 마시고, 담배를 끄고, 옥상 문 쪽으로 몰려간다. 다섯 명 모두 조류처럼 물러간다.

샘은 마지막으로 나간다.

그녀는 발걸음을 늦추고, 어깨너머로 시선을 던지고, 문 안으로 사라지기 전에 애디를 보며 마지막 미소를 잠깐 보인다. 애디는 달려간다면 그녀를 붙잡을 수 있다는 것을, 문이 닫히기 전에 닿을 수 있음을 안다.

애디는 움직이지 않는다.

철문이 쾅 하고 닫힌다.

애디는 벽돌 벽에 몸을 기댄 채 아래로 축 처진다.

잊히는 건 미치는 것과 비슷하다고 그녀는 생각한다. 잊히는 사람은 무엇이 진짜인지, *자신이* 진짜인지 궁금해하기 시작한다. 결국 기억될 수 없다면 어떻게 진짜일 수 있는가? 숲속에서 쓰러지는 나무에 관한 선문답 같다.

아무도 듣지 않았다면 그것은 일어난 일인가?

사람이 흔적을 남길 수 없다면 *존재한다고* 할 수 있는가?

애디는 튀어나온 벽돌에 담배를 비벼 끄고, 스카이라인을 향해 등을 돌린다. 그리고 부서진 의자와 그 사이에 놓여 있는 아이스박스 쪽으로 향한다. 물에 뜬 채 반쯤 얼어 있는 맥주 한 병을 발견하고 가장 온전한 간이 의자에 꺼지듯 주저앉으며 뚜껑을 딴다.

오늘 밤은 그리 춥지 않고, 다른 침대를 찾으러 가기엔 너무 피곤하다.

꼬마전구의 불빛은 뭔가를 비춰보기에 충분하다. 애디는 간이 의자에 몸을 죽 펴고 『오디세이』를 펼친다. 서늘함이 그녀를 달래서 잠으로 이끌 때까지 이상한 땅들과 괴물들, 절대 집으로 갈 수 없는 남자들에 관한 이야기를 읽는다.

프랑스, 파리
1714년 8월 9일

– III –

* * * * * * *

열기는 낮은 지붕처럼 파리 위를 덮고 있다.

8월의 공기는 무겁고, 무질서하게 퍼져나가는 석재 건물들, 썩어가는 음식과 인간이 쏟아내는 배설물의 악취, 서로 어깨를 맞대고 살아가는 육신들의 엄청난 숫자에 의해 더 무거워진다.

150년 안에 오스망Haussman(파리의 도시 계획을 수립한 건축가—옮긴이)은 자신의 흔적을 도시에 남기게 될 것이다. 통일된 파사드를 세우고, 건물들을 옅은 색깔로 칠하고, 예술과 균제성, 아름다움에 대한 증거를 창조할 것이다.

그것이 애디가 꿈꾼 파리의 모습이고, 확실히 그녀가 살아서 보게 될 파리의 모습이다.

하지만 지금은 가난한 사람들이 누더기를 겹겹이 두르고 있고, 비단옷을 입은 귀족들은 정원에서 산책한다. 거리는 말이 끄는 수레들로 가득 차 있고, 광장에는 사람들이 북적대고, 여기저기서 종탑들이 도시의 융단 같은 지붕들을 뚫고 위로 솟는다. 부富는 대로를 따라 행진하고, 궁전과 저택의 꼭대기와 함께 상승하는 반면, 가축우리 같은 집은 좁은 길에 모여 있고 길에 깔린 돌들은 때와 연기로 검게 얼룩져 있다.

애디는 너무나 압도되어 그 어떤 것도 알아차리지 못한다.

그녀는 광장 주변을 걷는다. 남자들이 시장 좌판대를 거둬들이는 중에 그 사이로 머리를 숙인 채 지나다니며 남은 음식을 찾는 누더기를 걸친 아이들을 발로 차는 모습을 지켜본다. 걷는 동안 그녀의 손은 치마 주머니 안으로 들어가 나무로 된 작은 새를 지나쳐서 훔친 코트 안에서 발견한 구리 동전 네 개를 찾는다. 살아가는 데 필요한 동전 네 개.

날은 저물고 있고 비가 올 것 같다. 그녀는 잠을 잘 곳을 구해야 한다. 어느 거리에든 여인숙이 있으니 그건 그리 어렵지 않아야 마땅하다. 거리라면 어디든 여인숙이 있어 보인다. 하지만 그녀는 첫 번째 여인숙 문턱조차 넘지 못하고 거절당한다.

"여긴 매춘하는 곳이 아니야." 여인숙 주인은 경멸하듯 꾸짖는다.

"난 창녀가 아니에요." 그녀가 대답한다. 하지만 주인은 코웃음을 치며 원치 않는 오물을 던져버리듯 잽싸게 손가락을 튕긴다.

두 번째 여인숙은 빈방이 없고, 세 번째 여인숙은 너무 비싸고, 네 번째 여인숙은 남자들만 받는다. 다섯 번째 여인숙의 문 사이로 발을 들여놓을 때쯤 해는 졌고, 그녀의 기운도 소진된 상태다. 그녀는 이미 거절당할 준비도, 왜 그녀가 묵을 수 없는지 변명을 들을 준비도 되어 있다.

하지만 그녀는 거절당하지 않는다.

한 나이 든 여자가 입구에서 그녀를 맞이한다. 그녀는 마르고 굳은 표정에 긴 코와 매처럼 작고 예리한 눈을 가지고 있다. 그녀는 애디를 한번 보고는 복도 쪽으로 그녀를 이끈다. 방들은 작고 우중충하지만 그래도 벽과 문, 창문과 침대가 있다.

"일주일치를 내야 해." 그 여자는 요구한다. "선불이고."

애디의 가슴이 철렁 내려앉는다. 기억이 한순간, 한 시간, 혹은 하루 정도만 지속되는 것처럼 보이니 일주일은 불가능한 시간처럼 느껴진다.

"어쩔 거야?" 여자가 날카롭게 묻는다.

애디의 손이 구리 동전들로 움직인다. 그녀가 조심스레 세 개만 꺼내자 여자는 까마귀가 빵 부스러기를 훔쳐 가듯 동전들을 낚아챈다. 동전은 주인의 허리춤에 있는 주머니 안으로 사라진다.

"영수증을 하나 주시면 안 될까요?" 애디가 묻는다. "제가 돈을 냈다는 걸 증명할 수 있도록요."

여자는 모욕감을 느낀 듯 되쏘아본다. "난 정직하게 장사하는 사람이야."

"그럼요, 분명 그러시겠죠." 애디가 말을 더듬거린다. "하지만 관리해야 할 방이 많으시잖아요. 누가 방값을 지불했는지를 기억하기가 쉽지—."

"이 여인숙을 운영한 지 34년이야." 그녀가 말을 자른다. "지금껏 얼굴을 못 알아본 적은 없었어."

그건 잔인한 농담이에요. 애디가 속으로 생각하는 사이에 주인은 그녀를 방에 남겨두고 멀어져간다.

그녀는 일주일치 세를 냈지만 하룻밤만이라도 보낼 수 있다면 행운이라고 생각한다. 아침이 오면 길거리로 쫓겨나고, 여주인은 동전 세 개만큼 더 부자가 되어 있을 것임을 안다.

작은 청동 열쇠가 자물쇠에 꽂혀 있다. 애디는 그것을 돌리며 실개천에 던져진 돌 같은 견고한 소리를 음미한다. 그녀에게는 풀 짐이 없고 갈아입을 옷도 없다. 그녀는 여행용 코트를 벗고 나무로 된 작은 새를 치마에서 꺼내 창턱에 둔다. 어둠과 싸워줄 부적.

그녀는 파리의 거대한 옥상과 휘황찬란한 건물들, 높은 첨탑들, 혹은 센 강을 볼 수 있을까 기대하며 밖을 내다본다. 하지만 그녀는 강에서 너무 멀리까지 걸어왔고, 작은 창으로는 좁은 골목길과 뭘 하는 곳인지 알 수 없는 다른 집의 돌벽이 보일 뿐이다.

애디의 아버지는 그녀에게 파리 이야기를 많이 들려주었다. 그녀가 파리를 화려함과 금, 발견되기를 기다리는 마법과 꿈으로 가득 찬 장소로 여기게 했다. 이제 그녀는 아버지가 파리를 한 번이라도 와보기는 했는지, 아니면 이 도시는 이름뿐인 곳인지, 왕자들과 기사들, 모험가들과 여왕들을 위한 손쉬운 배경에 불과한 것이었는지 알 수가 없다.

그 이야기들은 그녀의 마음속에서 함께 뒤섞였고, 하나의 그림이라기보다는 어떤 색깔, 분위기가 되었다. 어쩌면 도시는 그녀의 생각보다는 덜 눈부셨을 것이다. 어쩌면 빛에는 함께 섞여든 그림자들도 있었을 것이다.

오늘 밤은 흐리고 습하다. 상인들과 말이 끄는 수레 소리는 약하게 내리기 시작하는 빗소리에 묻히고, 애디는 좁은 침대 위에서 몸을 말고 잠을 자보려 애쓴다.

그녀는 적어도 밤은 보낼 수 있을 것이라 생각했다. 하지만 여인숙 주인이 문을 두드리고 열쇠를 자물쇠 통에 넣고 돌려 작은 방이 소란스러워진다. 비가 멈추지도 않고 어둠도 완전히 내려앉지 않은 때다. 거친 손들이 애디를 침대에서 끌어낸다. 한 남자가 그녀의 팔을 잡고 주인 여자는 비웃으며 말한다. "누가 널 들여보냈어?"

애디는 남은 잠을 물리치려 애쓴다.

"당신이 들여보냈잖아요." 그녀가 말한다. 애디는 주인 여자가 자존심을 억누르고 영수증을 주었더라면 좋았을 텐데 하고 생각한다. 하지만 애디가 가진 것이라곤 열쇠가 전부고, 그녀가 그것을 보여주기 전에 주인 여자의 앙상한 손이 그녀의 뺨을 때린다.

"거짓말 마, 이 여자야." 이를 갈며 그녀가 말한다. "여긴 자선단체가 아니야."

"전 돈을 냈어요." 손으로 뺨을 만지며 애디가 말한다. 하지만 소용이 없다. 그 여자의 허리춤에 달린 주머니 속 세 개의 동전은 증명이 되지 못한다. "당신과 저, 대화도 나눴잖아요. 이 여인숙을 운영한 지 34년이 됐다고 말씀하셨……."

순간 긴가민가하는 표정이 주인 여자의 얼굴 위로 번개처럼 지나간다. 하지만 그것은 너무나 짧은 순간이다. 애디는 앞으로 비밀을, 친구나 친밀한 사람만이 알 수 있는 상세 사항을 물어보는 법을 배울 것이다. 그렇다고 해도 그것들이 항상 호의를 사는 결과를 가져오진 못할 것이다. 그녀는 사기꾼, 마녀, 요정, 미친 여자라 불릴 것이다. 수많은 이유들로 내쳐질 것이다. 실은 한 가지 이유만이 있음에도.

그들은 기억하지 못한다.

"나가." 여자가 명령하자 애디는 방에서 쫓겨나기 전에 코트를 겨우 집어 든다. 복도를 따라 반쯤 걸어갔을 때 여전히 창턱에 놓여 있을 나무새가 떠오른다. 그녀는 몸을 비틀며 벗어나 가지러 가려고 애쓰지만 남자의 손아귀 힘은 억세다.

그녀는 거리로 내동댕이쳐지고, 모든 급작스러운 폭력으로부터 풀려난다. 문을 닫기 전에 나무로 된 작은 새도 함께 내던졌다는 것이 유일한 위안이다. 새는 그녀 옆에 있는 돌에 떨어졌는데 그 기세에 한쪽 날개가 쪼개진다.

하지만 이번에는 새가 저절로 제 모습으로 되돌아가지 않는다.

새는 그녀 옆에 있고, 나무 한 조각이 빠진 깃털처럼 떨어져 있다. 여인숙 여자는 집 안으로 사라진다. 애디는 웃고 싶은 끔찍한 충동을 억누른다. 우스워서가 아니라 미칠 것만 같은 상황, 그녀의 밤이 맞은, 말도 안 되지만 피할 수 없는 결말 때문에.

밤이 많이 늦은 시간이거나 아주 이른 시간이다. 도시는 조용해졌다. 하늘에는 구름이 끼어 있고 비가 온 이후의 매끈한 회색이다. 그녀는 새 조각품을 주워서 마지막 구리 동전이 든 주머니에 집어넣을 때 어둠이 바라보고 있음을 느낀다. 그녀는 일어서서 코트를 어깨 위로 단단히 두른다. 치맛단은 벌써 축축하다.

지친 애디는 좁은 거리를 따라 걷다 나무 차양 가장자리 아래로 몸을 피하고, 건물들 사이에 있는 돌덩어리 위에 맥없이 주저앉아 여명이 오기를 기다린다.

열병 같은 잠에 빠져든 그녀는 이마에 와 닿는 어머니의 손을 느낀다. 애디가 어깨에 두른 담요를 고르게 펴주며 콧노래를 부르는 어머니의 목소리가 희미하게 오르내린다. 그녀는 자신이 아프다는 것을 안다. 어머니가 친절해지는 유일한 시간이 그녀가 아플 때였기 때문이다. 애디는 희미해지기 시작하는 기억을 단단히 움켜잡으며 그곳에 머무른다. 거세게 덜거덕거리는 말발굽 소리와 나무 수레의 삐거덕거리는 소리가 어머니의 속삭이는 듯한 노래를 잠식하고, 그녀가 몽롱한 상태에서 화들짝 깨어날 때까지 음을 하나씩 차례로 소거한다.

그녀의 치마는 때가 껴서 뻣뻣하고, 짧고도 편치 않은 잠으로 인해 얼룩이 지고 주름이 가 있다.

비는 멈췄지만 도시는 그녀가 도착했을 때만큼이나 더러워 보인다.

고향에서는 적당한 폭풍우가 지나가면 세상이 깨끗하게 씻기고 상쾌하고 새로운 냄새를 풍겼을 것이다.

하지만 파리 거리의 때는 그 어떤 것도 씻어낼 수 없어 보인다.

간밤의 폭풍우로 세상은 축축하고 칙칙해졌고 물웅덩이는 진흙과 오물로 인해 갈색으로 변하면서 나빠지기만 했을 뿐이다.

그러다 배설물 사이로 그녀는 뭔가 달콤한 냄새를 맡는다.

그녀는 냄새를 따라가서 한창 왕성하게 거래가 이뤄지고 있는 시장을 발견한다. 상인들은 탁자와 가판대에서 가격을 외치고, 닭들은 수레에 실린 우리에서 끌려 나오며 꽥꽥 소리를 지른다.

애디는 언제 밥을 먹었는지조차 기억할 수 없을 정도로 굶주렸다. 그녀의 옷은 몸에 맞지 않는다. 처음부터 옷이 몸에 맞진 않았다. 그녀는 결혼식 날 입었던 드레스에 이골이 나서 이틀 전 파리 외곽의 빨랫줄에서 지금 입고 있는 옷을 훔쳤다. 그렇다고 옷이 헐렁해진 건 아니다. 며칠째 먹지도 마시지도 못했는데도 그렇다. 그녀는 자신에겐 음식 섭취가 *필수적*인 것은 아니고, 굶주림 때문에 죽는 것도 아닌 모양이라고 추측한다. 하지만 그녀의 경련이 이는 위와 휘청이는 다리에 대고 그런 말을 해봐야 무슨 소용이겠는가.

그녀는 부산한 광장을 훑어보며 주머니 안에 든 마지막 동전을 엄지손가락으로 굴린다. 하지만 동전을 사용하기는 싫다. 그녀로서는 그럴 필요가 없을 수도 있다. 시장에는 사람들이 아주 많으므로 필요한 것을 훔치는 건 쉬울 것이다. 일단 생각은 그렇다. 하지만 파리의 상인들은 도둑들만큼이나 교활하고, 두 배는 더 날카롭게 물건을 지켜본다. 애디는 이러한 점을 아주 고되게 학습한다. 몇 주가 지나야 그녀는 사과를 몰래 손안으로 감추는 법을 배우고, 더 오랜 시간이 지나야 희미한 기색조차 없이 훔치는 데 숙달될 것이다.

오늘 그녀는 어설프게 빵장수 수레에서 견과가 들어간 빵 한 덩어리를 슬쩍 훔치려고 한다. 하지만 그녀의 손목을 꽉 움켜잡는 두툼한 손이 보상으로 돌아온다.

"도둑이야!"

그녀는 병사들이 군중 사이를 비집고 다가오는 모습을 발견하고, 감옥에 갇히거나 차꼬에 꿰어질까 두려움에 휩싸인다. 그녀는 여전히 육신을 가진 사람이다. 자물쇠를 딴다거나 남자들을 꼬드겨서 혐의를 벗는다거나 자신의 얼굴이 사람들의 마음속에서 사라지듯 쉽게 족쇄에서 풀려나는 법을 아직 배우지 못했다.

그래서 그녀는 성급하게 마지막 동전을 건네주며 애원한다.

빵장수는 그녀에게서 동전을 낚아챈다. 동전이 그의 지갑 안으로 사라지는 순간, 그는 손짓으로 병사들을 물리친다. 빵 한 덩어리 값으로는 너무 비싸지만 그는 그녀에게 거스름돈을 주지 않는다. "훔치려고 했던 것에 대한 대가야."라고 그는 말한다.

"손가락을 부러트리지 않은 것을 다행으로 생각해." 그는 그녀를 밀쳐내며 으르렁댄다.

이것이 애디가 파리에서 처한 상황이다. 빵 쪼가리와 깨진 새, 그것말고는 아무것도 없다. 그녀는 서둘러 시장을 벗어나 센 강의 둑 근처에 도착해서야 발걸음을 늦춘다. 그러고 나서 숨이 가쁜 상황에서도 빵을 맹렬히 뜯기 시작한다. 오래 나눠서 먹으려고 했지만, 빵은 물이 말라버린 우물 안을 흐르는 한 방울의 물처럼 순식간에 사라진다. 그러나 허기는 조금도 가시지 않는다.

그녀는 에스텔을 떠올린다.

작년에 그 노파는 귀가 울리는 증상을 보였다.

"밤낮으로 이래." 그녀는 말했다. 애디가 끊임없는 소음을 어떻게 견디느냐고 묻자 그녀는 어깨를 으쓱해 보였다.

"시간이 흐르면," 그녀는 말했다. "어떤 것에도 적응할 수 있어."

하지만 애디는 지금 같은 상황에 적응할 수는 없을 것 같다.

그녀는 강 위에 떠 있는 배들과 엷은 안개의 장막 사이로 드러나는 성당을 바라본다. 건물들로 이루어진 우중충한 무대를 배경으로 보석처럼 빛나는 아름다움을 엿본다. 하지만 그것들은 너무 멀리 있고 진짜라고 하기엔 생기가 없다.

그녀는 자신이 기다리고 있음을 깨달을 때까지 그곳에 서 있다. 누군가가 자신을 도와주길 기다리고 있음을, 누군가 와서 그녀를 진창에서 꺼내주길 기다리고 있음을 깨달을 때까지. 그러나 아무도 오지 않는다. 아무도 기억하지 않는다. 기다림에 몸을 의탁한다면 그녀는 영원히 기다려야 할 것이다.

그래서 걷는다.

그리고 걸으면서 파리를 공부한다. 이 집과 저 길, 다리들, 마차 말들, 정원의 문들을 기억한다. 벽 너머 장미들을, 갈라진 틈 사이로 보이는 아름다움을 훔쳐본다.

그녀가 이 도시의 작동법에 대해 배우기까지는 여러 해가 걸릴 것이다. 구區들의 내부 작동법을 기억하고, 단계별로 모든 행상인의 이동 경로와 가게, 거리를 지도처럼 머리에 담기까지는 여러 해가 걸릴 것이다. 몇 해 동안 구역의 미묘한 차이를 연구하고, 중심지와 빈틈을 찾고, 다른 사람들의 삶 사이에 있는 공간에서 생존하고 번성하는 법을 배울 것이다. 그리고 그들 사이에서 자신만을 위한 자리를 만드는 법을 배울 것이다.

결국 애디는 파리를 환히 꿰게 될 것이다.

그녀는 재빨라서 잡을 수 없는 무결점 도둑이 될 것이다.

그녀는 선 세공으로 장식한 가면을 쓴 유령처럼 고급 주택들을 드나들고, 살롱들을 옮겨 다니고, 밤에는 옥상으로 몰래 올라가 열린 하늘 아래서 빼돌린 와인을 마실 것이다.

그녀는 미소 짓고, 성공적으로 훔쳐낸 것들을 바라보며 웃을 것이다.

결국엔 그렇게 될 것이다. 하지만 아직은, 오늘은 아니다.

오늘 그녀는 에는 듯한 허기와 질식할 것 같은 공포로부터 신경을 딴 데로 돌리려고 노력 중이다. 오늘은 이 이상한 도시에서 혼자고, 돈도, 과거도, 미래도 없다.

누군가 2층 창문에서 경고도 없이 들통을 비우는 바람에 짙은 갈색 오물이 그녀의 발이 있는 자갈에 철벅 떨어진다. 애디는 깜짝 놀라 뒤로 물러나면서 최악의 물세례를 겨우 모면한다. 그러다 고급 드레스를 입은 한 쌍의 여자들과 부딪히는데 그들은 그녀 역시 오물인 양 쳐다본다.

애디는 뒤로 물러난 후 근처 계단에 주저앉는다. 한 여자가 밖으로 나와 빗자루를 흔들어대며 고객을 가로채려고 한다고 그녀를 욕한다.

"뭘 팔고 싶으면 부둣가로 가." 그녀가 꾸짖듯 말한다.

처음에 애디는 여자가 의미하는 바를 이해하지 못한다. 그녀의 주머니는 비었다. 그녀에겐 팔 수 있는 것이 아무것도 없다. 애디가 그렇게 말하자 여자는 애디를 조롱하듯 쳐다보더니 말한다. "몸뚱이는 가지고 있잖아, 안 그래?"

무슨 말인지 이해하고는 애디의 얼굴이 붉어진다.

"난 창녀가 아니에요." 애디가 말하고, 여자는 냉소를 던지며 말한다.

"자존심을 지켰으니 자랑스럽겠네. 안 그래?" 애디는 자리에서 일어나 딴 데로 가기 위해 돌아선다. 여자는 까마귀 같은 목소리로 애디의 등 뒤에 대고 외친다. "그런데 말이야, 자존심이 배를 채워주진 않아."

애디는 어깨에 코트를 단단히 여미고 길을 따라 걷는다. 두 다리가 꺾일 것 같으면서도 힘겹게 앞으로 내미는데, 마침 문이 열린 교회를 발견한다. 노트르담 대성당의 크고 위압적인 첨탑들과 달리 좁은 거리의 건물들 사이에 끼어 있는, 돌로 만들어진 작은 교회다.

그녀는 부모님과 달리 신앙을 가진 적이 없었다. 그녀는 항상 오래된 신들과 새로운 신들 사이에 끼어 있는 것처럼 느꼈다. 그러나 숲에서 악마를 만난 일은 그녀가 종교에 대해 생각해보는 계기가 되었다. 그림자에는 반드시 빛이 있기 마련이다. 아마 어둠에게도 동등한 맞수가 있을 것이고, 그렇다면 애디는 자신의 바람에 균형을 찾을 수 있을 것이다. 에스텔은 비웃겠지만 한 신이 애디에게 저주 외엔 아무것도 주지 않았으니 그녀가 다른 신에게서 안식처를 구하는 것을 탓할 수는 없을 것이다.

무거운 문이 바닥을 긁으며 열린다. 그녀는 발을 끌며 안으로 들어가는데 갑작스러운 어둠 속에서 적응이 될 때까지 눈을 깜박인다. 그러고 나서 스테인드글라스 패널들을 본다.

애디는 숨을 들이쉬고 공간의 고요한 아름다움, 아치형 천장, 벽에 문양을 그리는 빨간색, 파란색 그리고 녹색 빛에 충격을 받는다. 이것은 예술이야. 그녀는 생각하면서 앞으로 나아간다. 그때 한 남자가 그녀 쪽으로 다가온다.

그는 팔을 벌리지만 몸짓에서는 환영하는 기색이 없다.

사제는 그녀를 돌려보내기 위해 온 것이다. 그는 막 도착한 그녀를 보며 고개를 가로젓는다.

"미안합니다." 그가 말한다. 마치 그녀가 길 잃은 새라도 되는 것처럼 통로를 따라 왔던 길로 되돌아가라고 달랜다. "더 이상 방이 없습니다. 다 찼습니다."

그녀는 다시 교회의 계단으로 돌아와 있다. 빗장이 걸리는 육중한 소리가 나고 애디의 마음속 어딘가에서는 에스텔이 낄낄대며 웃기 시작한다.

"알겠지?" 그녀는 걸걸한 목소리로 말한다. "새로운 신들만이 *자물쇠*를 가지고 있어."

애디는 부둣가로 갈 마음이 전혀 없다.

대신 발이 그녀를 위해 선택을 하고, 해가 강 위로 지고 있는 가운데 센 강을 따라 걷게 하려고 그녀를 계단 아래로 이끈다. 훔친 부츠가 나무 판자에 부딪치며 쿵 하는 소리를 낸다. 그곳은 배들의 그림자 안이라 더 어둡다. 풍경에는 상자들과 통들, 밧줄들, 흔들리는 배 들이 있다. 시선들이 그녀를 뒤쫓는다. 남자들은 일터에서 그녀를 훑어보고 여자들을 어둠 속의 고양이들처럼 빈둥대며 구경한다. 그들의 얼굴엔 병색이 완연하다. 피부색이 너무 진하고 입 주변으로는 검붉은 상처가 험악하게 나 있다. 그들의 옷은 낡을 대로 낡았고 더럽지만 그래도 애디의 옷보다는 낫다.

그녀는 어깨에 걸친 코트를 벗을 때까지도 스스로 무엇을 하려는 건지 결정을 내리지 못했다. 한 남자가 그녀에게 다가와서는 과일을 만져서 확인하듯 서둘러 한 손을 움직인다.

"얼마지?" 그가 걸걸한 목소리로 묻는다.

그녀는 몸의 가치가 얼마인지, 자신이 몸을 팔고 싶기는 한 건지 알 수가 없다. 그녀가 답을 하지 않자 그의 손은 거칠어지고 손아귀 힘은 단단해진다.

"구리 동전 열 개요." 그녀가 말하자 남자는 와락 웃음을 터트린다.

"네가 공주라도 되는 모양이지?"

"아뇨." 그녀가 대답한다. "처녀예요."

고향에 있을 때 쾌락을 꿈꾸던 밤들이 있었다. 어둠 속에서 그녀 옆에 있는 낯선 남자를 만들어내고, 가슴에 닿는 그의 입술을 느꼈던 밤, 다리 사이로 자신의 손이 미끄러져 들어갈 때 그것이 그의 손이라고 상상했던 밤들이 있었다.

"내 사랑." 그녀를 침대에 대고 누르며 낯선 남자가 말했다. 검은 곱슬머리가 보석처럼 녹색을 띠는 눈 위로 내려와 있었다.

"내 사랑." 그가 안으로 들어오자 그녀는 숨을 내쉬며 말했다. 그녀의 몸은 그가 단단히 힘을 주는 곳 주변으로 갈라졌다. 그가 더 깊이 들어오자 그녀는 숨이 막혀서 너무 크게 숨을 내쉬지 않기 위해 손을 깨물었다. 어머니는 여자의 쾌락은 대죄라고 말하곤 했지만 그 순간 애디는 개의치 않았다. 거기에는 갈망과 욕구만이 있었고, 긴장감이 깊어지자 그녀의 살갗에 대고 속삭이는 낯선 남자와 그녀의 엉덩이 부근에서 폭풍우처럼 부풀어 오르는 열기만이 있었다. 아들린은 마음속으로 폭풍우가 파열하고 천둥이 그녀의 몸을 관통할 때까지 그의 몸을 아래로 바싹 끌어당기고,

자신의 몸 안으로 그를 더욱더 깊숙이 이끌었다.

하지만 지금은 그와 완전히 다르다.

낯선 남자의 신음에는 어떤 시적인 것도 담겨 있지 않고, 멜로디나 조화도 없다. 그녀의 몸에 밀착할 때 내는 소리, 지속적으로 밀어붙이는 소리 외에는 아무것도 없고, 굽이치는 쾌락도 없다. 압박과 고통, 무언가를 다른 것 안으로 억지로 밀어 넣을 때의 뻑뻑함만 있을 뿐이다. 애디는 그의 몸이 움직이는 모습을 보지 않으려고 밤하늘을 올려다본다. 그리고 되돌아보는 어둠을 느낀다.

그러자 그들은 다시 숲속에 있다. 그의 입이 그녀의 입에 닿아 있고, 그가 속삭이는 동안 피가 그녀의 입술 위로 솟는다.

"거래 완료."

남자는 마지막 힘을 주고는 그녀에게로 푹 쓰러진다. 그는 납처럼 무겁다. 이것이 그것일 수 없다. 애디가 모든 것을 주고 얻은 삶일 수가 없고, 그녀의 과거를 지운 미래일 수 없다. 공포심이 그녀의 가슴을 옥죄지만, 이 낯선 남자는 개의치 않거나 알아차리지 못하는 것 같다. 그는 몸을 똑바로 세우고 동전 한 주먹을 그녀의 발 근처 자갈돌에 던져준다. 그는 느릿느릿 걸어서 멀어지고, 애디는 보상을 줍기 위해 무릎을 꿇는다. 그다음 센 강에 대고 구역질을 한다.

파리에 대한 첫 번째 기억, 끔찍했던 몇 달간에 관해 누군가가 묻는다면 그녀는 안개처럼 희미해진 슬픔의 계절이었다고 말할 것이다.

하지만 애디는 물론 기억한다.

그녀는 썩은 음식이 내는 악취와 쓰레기, 센 강의 소금기 있는 강물, 부둣가에 있던 사람들을 기억한다. 문이 닫히거나 혹은 하루가 지나 지워져버린 친절함의 순간들도 기억한다. 갓 구운 빵과 따스한 난로가 있던 고향 집을, 가족이 내는 조용한 멜로디를, 그리고 에스텔의 강한 리듬감을 그리워했던 걸 기억한다. 그녀가 가졌던 삶, 자신이 원한다고 생각했던 삶을 위해 포기한 삶, 그리고 지금의 삶에 의해 도둑맞고 대체된 삶을 기억한다.

하지만 자신이 얼마나 그 도시를 보고 황홀해했는지도 기억한다. 아침 저녁으로 빛이 도시를 훑고 지나가던 모습, 거친 건물들 사이로 조각된 장엄함을 기억하고, 온갖 더께와 슬픔, 실망감에도 불구하고 파리가 얼마나 큰 놀라움으로 가득 차 있었는지를 기억한다. 갈라진 틈들을 통해 들여다본 아름다움을 기억한다.

애디는 첫 번째 가을의 짧은 휴식 기간을 기억한다. 겨울로 향하는 짧고 급작스러운 추락이 있기 전에 보석 가게의 진열장처럼 녹색에서 황금색으로 변해가는, 보도 위에 널린 화려한 이파리들의 변화를 기억한다.

한꺼번에 집어삼키기 전에 그녀의 손가락과 발가락을 야금야금 물어뜯던 추위를 기억한다. 추위와 함께 배고픔도 기억한다. 물론 비용에서도 식량이 부족한 달이 있었다. 한파가 수확물의 마지막을 훔쳐 가고, 때늦은 결빙이 작물의 성장을 망칠 때였다. 하지만 이번에는 새로운 배고픔이다. 이것은 그녀를 내부에서 긁어대고, 갈비뼈를 따라 손톱으로 후벼판다. 이것은 그녀를 녹초로 만든다. 이것이 자신을 죽일 수 없다는 것을 알지만 그런 앎이 위급한 고통이나 공포감을 누그러뜨리는 데에는 전혀 도움이 되지 않는다. 그녀는 살이 조금도 빠지지 않았는데 위는 스스로를 갉아 먹으며 뒤틀린다. 발에는 굳은살이 박이지 않고, 그녀의 신경은 배움을 거부한다. 감각이 마비되는 일도 없고 습관과 함께 찾아오는 편안함도 전혀 없다. 고통은 항상 새롭고 불안정하며 선명하다. 그리고 그 느낌은 그녀의 기억만큼이나 날카롭다.

그녀는 가장 최악의 상태도 기억한다.

갑작스러운 혹한, 도시에 슬그머니 닥쳐온 잔인한 추위를 기억한다.

그 후 이미 죽은, 혹은 죽어가는 낙엽들 무더기를 흩트리는 늦가을 산들바람처럼 불어온 질병의 파도를 기억한다. 암울한 화물을 나르는 수레의 덜커덕거리는 소리와 모습을 기억한다. 애디는 수레 뒤쪽에 아무렇게나 쌓여 있는, 뼈가 앙상한 형체들을 보지 않으려 고개를 딴 데로 돌렸다. 그녀는 길을 따라 걸으며 훔친 코트를 바싹 여미고, 냉기가 뼈를 타고 내려가는 동안 여름 열기를 꿈꾼다.

그녀는 다시 따뜻해질 수 있을 것이라 생각하지 않는다. 두 번 더 부둣가로 갔었지만 추위 때문에 손님들은 사창가의 따뜻한 집 안에만 머물렀다. 한파가 파리를 잔인한 곳으로 만들었다. 부자들은 문을 꼭 닫고 집 안에 숨어서 난롯가 가까이에 머무는 반면 가난한 사람들은 겨울에 숫자가 줄어든다. 추위를 피해 숨을 만한 곳은 없다. 그럴 만한 장소들은 모두 누군가의 차지가 된 상태다.

파리에서 처음으로 맞이한 해에 애디는 자리를 차지하기 위한 싸움을 하기엔 너무 지쳐 있었다.

피신처를 찾기에도 너무 지쳤다.

또 다른 세찬 바람이 불어오고, 애디는 이에 맞서며 몸을 수그린다. 시야가 흐려진다. 그녀는 게걸음으로 걸으며 거센 바람을 피하고자 좁은 거리 쪽으로 이동한다. 골목길의 갑작스러운 조용함, 바람이 없는 평화는 깃털처럼 부드럽고 따스하다. 그녀의 무릎이 꺾인다. 그녀는 모퉁이에 있는 계단에 등을 기대고 털썩 주저앉는다. 그리고 손가락이 파랗게 변하는 것을 바라보고, 동상이 살갗 위로 퍼져나가는 것을 보게 될 것이라 생각한다. 그녀는 조용히, 잠에 취한 듯, 자신의 변화에 놀란다. 그녀의 숨은 앞의 공기에 안개를 만들고, 숨을 내쉴 때마다 잠깐씩 그 너머 세상을 가린다. 그러다 회색 도시는 점차 흰색으로 흐릿해지고, 다시 흰색으로, 더욱 더 흰색으로 변한다. 이상하게도 지금은 안개가 한 자리에 머무르고 있는 것처럼 보인다. 마치 그녀가 유리에 안개를 맺히게 하는 것처럼, 매번 숨을 내쉴 때마다 그것은 조금씩 더 오래 머문다. 세상이 다 가려지는 데엔, 그녀처럼 지워지는 데엔 얼마나 많은 숨이 필요할까.

어쩌면 그것은 흐려지고 있는 그녀의 시야일 것이다.

그녀는 개의치 않는다.

그녀는 지쳤다.

너무 지쳤다.

애디는 자지 않고 깨어 있을 수가 없고, 또 굳이 깨어 있어야 할 이유도 없다.

잠은 크나큰 자비다.

아마 그녀는 아버지의 이야기에 나오는 공주처럼 봄에 다시 깨어날 것이고, 사르트 강의 풀이 무성한 강둑에 누워 있는 자신을 발견할 것이다. 에스텔이 닳은 신발로 그녀를 쿡 찌르고, 또 꿈을 꾸었냐며 놀릴 것이다.

이것은 죽음이다.

적어도 순간적으로 애디는 이것이 죽음임에 틀림없다고 생각한다.

세상은 어둡고, 추위마저도 썩은 것들의 악취를 지울 수 없다. 그녀는 움직일 수가 없다. 하지만 이내 기억한다. 그녀는 죽을 수 없다. 고동치는 고집스러운 맥박이 있고, 열심히 숨을 들이쉬는 고집스러운 폐가 있다. 애디는 자신의 팔다리가 죽어 있는 것이 아니라 단지 사방으로 무겁게 짓눌린 상태라는 것을 깨닫는다. 위아래로는 무거운 자루가 있어 극심한 공포가 그녀를 관통한다. 하지만 여전히 잠에 취해 몽롱하다. 몸을 비틀자 자루들이 위에서 조금 움직인다. 어둠이 갈라지고 한 줄기 회색빛이 밝게 비쳐 든다.

애디는 먼저 한쪽 팔이, 그다음엔 다른 팔이 자유로워질 때까지 몸을 비틀고 꿈틀대면서 몸에 힘을 주고 양팔을 끌어 모은다. 그녀가 자루들 사이로 힘을 주며 위로 오르기 시작하자, 그제야 자루의 천 아래로 뼈들이 느껴지고, 그제야 손이 왁스 같은 살갗과 만나고, 그제야 손가락이 다른 사람의 머리카락과 뒤엉킨다. 이제 그녀는 깨어난다. 너무나 명료하게 깨어나 발버둥을 치고, 눈물을 흘리고, 벗어나기 위해 안간힘을 쓴다.

그녀는 안간힘을 써서 위로 올라 밖으로 나오는데 양손은 죽은 남자의 척추뼈 위에 있다. 근처에서는 유백색 눈들이 그녀를 쳐다본다. 어떤 이는 입을 다물지 못해 턱이 열려 있다. 애디는 수레에서 휘청대며 빠져나와 땅으로 쓰러지면서 헛구역질을 하고 흐느낀다. 그녀는 살아 있다.

끔찍한 소리가 가슴에서 터져 나온다. 흐느낌과 웃음 사이 중간쯤에 걸려 있는 듯한 심한 기침이다.

그러고 나서 비명이 들린다. 잠깐의 시간이 흐른 후 그 비명이 자신의 갈라진 입술에서 나오는 것이 아니라는 것을 깨닫는다. 누더기를 걸친 한 여인이 공포에 질려 손으로 입을 막은 채 길 건너편에 서 있다. 애디는 그녀를 탓할 수 없다.

시체가 스스로 수레에서 빠져나오는 모습을 지켜보는 건 큰 충격임이 틀림없다.

그 여인은 성호를 긋는다. 애디는 거칠고 갈라진 목소리로 외친다. "난 죽지 않았어요." 하지만 여인은 그저 멀어져가고, 애디는 분노를 수레에 푼다. "난 안 죽었다고!" 그녀는 나무로 된 수레바퀴를 발로 차며 재차 말한다.

"어이!" 한 남자가 소리친다. 그는 무르고 뒤틀린 시체의 다리를 잡고 있다.

"물러서!" 두 번째 남자가 소리친다. 그는 시체의 어깨를 잡고 있다.

당연히 그들은 그녀를 수레에 던져 넣었던 것을 기억하지 못한다. 그들이 새로운 시체를 앞뒤로 흔들어서 수레 위에 올려놓는 동안 애디는 뒤로 물러난다. 시체는 다른 시체들 위로 구역질 나는 둔탁한 소리를 내며 착지한다. 잠시나마 그들 사이에 있었다는 생각에 그녀의 위는 울렁거린다.

채찍질을 하자 말들은 앞으로 나아간다. 수레바퀴는 자갈돌 위로 굴러간다. 수레가 사라지고 애디가 떨리는 손을 훔친 코트 안으로 쑤셔 넣고 나서야 그녀는 주머니가 비었다는 것을 깨닫는다.

나무로 된 작은 새가 없다.

과거 삶의 마지막 물건이 죽은 자들과 함께 사라졌다.

여러 달 동안 그녀는 계속 새를 찾아 손을 뻗을 것이다. 오래된 습관에서 나온 동작으로 고집스러운 곱슬머리를 향해 손이 나가듯, 손은 자꾸만 주머니로 향할 것이다. 손가락에게 새가 사라졌다는 것을 가르칠 수는 없고, 주머니가 비어 있음을 발견할 때마다 약간 멈칫거리는 심장에 그 사실을 각인시킬 수도 없을 것 같다. 하지만 그런 슬픔 속에서 피어오르는 건 끔찍한 안도감이다. 그녀는 비용을 떠난 이후 매 순간 이 마지막 징표를 잃어버릴까 두려워했다.

이제 그것이 사라지고 나니 슬픔 속에 감춰진, 죄의식을 동반한 기쁨이 자리 잡는다.

그녀의 과거와 이어져 있던 마지막 연약한 실이 끊어졌다. 애디는 이제 제대로 준비가 되었다. 그리고 진정으로, 강제로 자유로워졌다.

프랑스, 파리
1715년 7월 29일

– IV –

*몽상가*는 너무 부드러운 단어다.

그것은 비단결 같은 잠과 키 큰 수풀이 있는 들판에서의 게으른 나날들, 부드러운 양피지에 묻은 목탄 얼룩들에 관한 생각을 자아낸다.

애디는 여전히 꿈에 매달리지만 좀 더 예리해지는 법을 배우는 중이다. 예술가의 손보다는 연필 끝을 가는 칼이 되고자 한다.

"한 잔만 따라주세요." 그녀가 와인 병을 내밀며 말한다. 남자는 코르크 마개를 따고 빌린 방의 낮은 선반에서 가져온 두 개의 유리잔을 채운다. 그는 그녀에게 잔 하나를 건네지만, 그녀는 그것을 만지지 않는다. 그가 단숨에 첫 번째 잔을 마시며 침대 위로 눕고, 두 번째 잔을 들이켜고 난 후에는 잔을 제쳐두고 그녀의 치마를 붙잡으려 손을 내민다.

"뭘 그리 급하게 구세요?" 그녀가 말하며 그를 뒤로 물리친다. "당신은 하루치 방값을 냈잖아요. 우린 오늘 밤 내내 같이 있을 수 있어요."

그녀는 그를 밀쳐내지 않고, 저항의 압력을 미약하게 유지하기 위해 조심한다. 그녀가 알아낸 바에 따르면 어떤 남자들은 여자의 바람을 무시하는 데서 즐거움을 느낀다. 그래서 애디는 자신의 유리잔을 그의 탐욕스러운 입에 갖다 대고 새빨간 내용물을 그의 입술 사이로 기울이며, 그가 이런 행위를 힘이 아니라 유혹의 몸짓으로 받아들이게 하려고 애쓴다.

그는 깊숙이 와인을 들이마시고 나서 유리잔을 쳐서 떨어트린다. 그의 투박한 양손이 그녀의 앞가슴을 덮치고 끈과 코르셋을 풀어내려 한다.

"난 기다릴 수가 없어……." 그가 불분명하게 말하지만 와인에 든 약은 벌써 약효가 나타나기 시작한다. 곧 그의 말은 천천히 느려지고, 혀는 입 안에서 무거워진다.

그는 다시 침대로 주저앉으면서도 그녀의 옷을 여전히 붙잡고 있다. 잠시 뒤 그의 눈동자는 뒤로 돌아가고 몸은 옆으로 쓰러진다. 그리고 머리가 얇은 베개와 부딪치기도 전에 잠에 빠진다.

애디는 몸을 남자 쪽으로 기대고 침대에서 떨어질 때까지 그를 민다. 그의 몸은 곡식 자루처럼 바닥에 부딪친다. 남자는 억눌린 신음을 내지만 깨어나진 않는다.

그녀는 다시 숨을 쉴 수 있을 때까지 옷의 끈을 풀어서 그가 하던 일을 끝낸다. 파리의 패션은 시골에서 입던 옷보다 두 배는 더 조이지만 실용성은 절반 정도다.

침대에 누워 몸을 펴고 오늘 하룻밤만이라도 혼자 침대를 차지할 수 있음에 감사한다. 그녀는 새로 시작해야만 하는 내일에 대해 생각하고 싶지 않다.

그것이 바로 사람을 미치게 만드는 지점이다. 하루하루가 호박이고 그녀는 그 안에 갇혀 있는 파리다. 순간순간을 살아가는 마당에 며칠이나 몇 주를 생각할 수는 없다. 시간은 그 의미를 잃기 시작한다. 하지만 그녀는 아직 시간의 흐름을 잊지 않았다. 그것을 잘못 알기가 불가능하므로(제아무리 노력해도) 애디는 오늘이 몇 월인지, 며칠인지, 무슨 밤인지 안다. 그래서 그녀는 1년이 되었음을 안다.

그녀가 결혼식에서 도망친 지 1년.

그녀가 숲으로 도망친 지 1년.

그녀가 자유를 위해, 시간을 위해 영혼을 판 지 1년.

그리고 이 새로운 삶의 경계를 배우는 데 1년을 사용했다.

우리에 갇힌 사자처럼 그녀가 받은 저주의 가장자리를 걸으며 보냈다. 그녀는 사자를 *본 적*이 있다. 사자들은 봄에 전시회의 일부로 파리로 왔다. 사자는 그녀의 상상 속 맹수들과는 전혀 닮지 않았다. 훨씬 더 컸지만, 그만큼 또 작았다. 그들의 위풍당당함은 갇혀 있는 우리의 크기에 의해 줄어들었다. 애디는 열 번 정도 그들을 보러 갔다. 방문객들을 지나쳐서 유일한 자유의 한 조각인 텐트 틈을 바라보는 그들의 애절한 시선을 관찰했다.

거래 조건 안에 묶인 채 보낸 1년. 고통을 느끼지만 죽지는 않고, 굶주리지만 쇠약해지진 않는다. 부족하지만 시들지는 않는다. 모든 순간이 자신만의 기억으로 각인된다. 정작 자신은 조그마한 떠밀림에도 다른 사람들의 마음에서 빠져나간다. 닫히는 문에 의해 지워지고, 한순간만 시야에서 벗어나거나 잠시라도 잠에 빠지면 지워진다. 누구에게도, 어디에도 흔적을 남길 수 없다.

심지어 지금 바닥에 떨어져 있는 남자에게도.

그녀는 치마에서 마개가 달린 아편 병을 꺼내 희미한 빛에 비추어 본다. 세 번의 시도. 그녀가 직접 음료에 약을 탈 수는 없음을, 해를 가하는 손이 될 수 없음을 깨닫기 전까지 귀중한 약물 두 병을 낭비해야 했다. 하지만 와인 병에 약을 섞고 코르크 마개를 닫은 다음 그들 스스로 술잔에 술을 따르도록 하면, 그것은 더 이상 그녀의 행동이 아니다.

보이는지?

그녀는 배우는 중이다.

그것은 외로운 교육이다.

그녀는 와인 병을 기울인다. 잔 안에 남은 우윳빛 물질이 움직인다. 그녀는 그것이 꿈을 꾸지 않는 하룻밤, 약에 취한 깊은 평화를 선사할지 궁금하다.

"이거 실망스럽군."

갑자기 들려오는 목소리에 애디는 거의 아편 병을 떨어뜨릴 뻔한다. 그녀는 작은 방 안에서 몸을 돌려 어둠을 찾지만 목소리의 근원을 찾을 수 없다.

"아들린, 솔직히 난 네가 이보다는 나을 줄 알았어."

목소리는 모든 그림자에서 나오는 것 같다. 그다음엔 하나에서 나오는 것 같다. 그것은 연기처럼 방의 가장 어두운 모퉁이에 모여든다. 그리고 양초 불빛이 만들어낸 동그라미 안으로 들어서며 그가 앞으로 나온다. 검은 곱슬머리가 그의 이마 위로 내려와 있다. 그림자들은 얼굴의 움푹한 곳으로 내려앉고, 녹색 두 눈은 특유의 빛으로 빛난다.

이 반역의 순간, 그것이 그일 뿐임을 떠올리기도 전에 그녀의 심장은 낯선 남자의 익숙한 모습에 휘청댄다.

숲속에서 온 어둠.

저주를 안고 산 1년. 그동안 그녀는 줄곧 그를 불러왔다. 밤에도 간청했고, 센 강의 강변에 내줄 여유가 없는 동전들을 빠트렸고, 그에게 응답해달라고 빌었다. 왜냐고 묻기 위해, 이유만이라도 듣기 위해.

지금 그녀는 아편 병을 그의 머리를 향해 홱 던진다.

그림자는 병을 잡기 위해 움직이지 않고, 그럴 필요도 없다. 그것은 곧장 그를 통과해 뒤에 있는 벽에 가서 산산조각이 난다. 그는 동정하는 듯한 미소를 보인다.

"안녕, *아들린*."

아들린. 그녀가 다시는 들을 일이 없을 것이라 생각했던 이름. 상처처럼 아픈 이름. 그럼에도 그녀의 심장은 그 이름을 듣자 널을 뛴다.

"당신," 그녀가 으르렁대듯 말한다.

그의 머리가 거의 보이지 않을 만큼 기운다. 미소 때문에 말려 올라가는 얼굴. "내가 보고 싶었나?"

그녀는 아까 던진 병처럼 그를 향해 돌진한다. 그를 통과해서 넘어지고 병이 그랬던 것처럼 산산조각이 날 것으로 예상하면서 자신을 정면으로 던진다. 하지만 그녀의 손은 살과 뼈를, 혹은 적어도 그것의 환영을 만난다. 그녀는 그의 가슴을 친다. 그것은 나무를 치는 것처럼 딱딱하고 아무런 의미가 없다.

그는 재미있어 하며 그녀를 내려다본다. "그런 것 같네."

그녀는 안간힘을 쓰며 뒤로 물러난다. 그녀는 비명을 지르고 싶고, 분노를 터트리고 싶고, 흐느끼고 싶다. "당신은 날 혼자 내버려뒀어. 나에게서 모든 걸 가져가고, 날 떠났어. 얼마나 많은 밤을 내가 애원하며 보냈는지 당신이 알기나—."

"네 말 들었어." 그가 말한다. 그가 그 말을 하는 방식에는 끔찍한 기쁨이 있다.

애디는 분노에 차서 조롱하듯 말한다. "하지만 당신은 한 번도 나타나지 않았지."

어둠은 *난 지금 여기에 있어,*라고 말하려는 것처럼 팔을 벌린다. 소용없는 일이겠지만 그녀는 그를 한 대 치고 싶고, 그를 쫓아버리고 싶고, 저주처럼 그를 방에서 내던져버리고 싶다. 하지만 그녀에겐 물어볼 것이 있다. 그녀는 반드시 알아야만 한다. "왜지? 왜 나에게 이런 짓을 하는 거지?"

그의 짙은 눈썹은 거짓된 걱정, 가짜 염려로 찌푸려진다. "네 바람을 이루어줬잖아."

"난 그저 더 많은 시간을 원했을 뿐이야. 자유가 있는 삶을—."

"난 너에게 둘 다 줬어." 그는 침대 기둥을 따라 손가락을 질질 끈다. "지난 한 해 동안 아무런 피해도 없었지—." 억눌린 소리가 그녀의 목구멍에서 새어 나오지만 그는 계속 말을 잇는다. "넌 온전해. 안 그래? 다치지도 않았지. 넌 늙지도 않아. 시들지도 않아. 그리고 자유라고 하니 말인데, 내가 너에게 준 것보다 더 강렬한 해방이 있을까? 응답할 사람이라곤 아무도 없는 삶이라는 선물 말이야."

"이건 내가 원하는 게 아니라는 걸 당신은 알잖아."

"넌 네가 원하는 *것이* 무엇인지 몰랐어." 그가 그녀를 향해 한 발짝 앞으로 나오며 날카롭게 말한다. "게다가 그랬다면 좀 더 신중했어야지."

"당신이 속였—."

"네가 *실수*한 거야." 그녀가 말을 마치기도 전에 어둠이 자르듯 말한다. "기억 안 나, 아들린?" 그의 목소리가 속삭임으로 낮아진다. "넌 너무나 자신만만하고 뻔뻔했어. 그래서 마치 나무뿌리에 걸려 넘어지듯 너 자신의 말에 걸려 넘어졌지. 네가 원하지 *않는* 것들에 대해서만 횡설수설했고."

그는 이제 그녀와 아주 가까이 서서 한쪽 손으로는 그녀의 팔을 떠받친다. 그녀는 그에게 물러서는 기쁨을 주지 않겠다고, 그가 늑대 역을 하고 그녀에게는 양 역할을 강제로 맡기게 두지는 않겠다고 결심한다. 하지만 힘들다. 그가 그녀의 낯선 남자로 그려졌긴 해도 그는 남자가 아니다. 심지어 사람도 아니다. 그것은 가면인 데다가 맞지도 않는 가면이다. 그녀는 숲속에서처럼 아래에 있는, 형체도 경계도 없고 괴물 같고, 그러면서도 위협적인 것을 볼 수 있다. 어둠은 녹색 두 눈 뒤에서 희미하게 일렁인다.

"넌 영원을 요구했고, 난 안 된다고 말했어. 넌 애원하고 간청했지. 그러고 나서 무슨 말을 했는지 기억해?" 이렇게 묻고 그가 다시 말한다. 이때 목소리는 여전히 그의 것이지만 그녀는 그의 목소리를 통해 울려 퍼지는 자신의 목소리를 들을 수 있다.

"*내가 다 살고 나면 내 삶을 가지세요. 내가 더 이상 원하지 않을 때 내*

영혼을 가지세요."

그녀는 그 말로부터, 그로부터 뒷걸음질 친다. 아니, 그러려고 애쓰지만 이번에는 그가 내버려두지 않는다. 그녀의 팔에 놓인 그의 한 손에는 힘이 들어가고, 다른 손은 연인의 감촉으로 그녀 목 뒤에 둔다.

"너의 삶을 유쾌하지 않게 만드는 것이, 피할 수 없는 굴복으로 너를 몰아가는 것이, 그 당시 나에겐 최선 아니었겠어?"

"그럴 필요는 없었어." 자신의 목소리에 깃든 망설임을 증오하며 그녀가 속삭인다.

"나의 사랑스러운 아들린," 그가 말한다. 손이 그녀의 목을 따라 머리카락 안으로 움직인다. "나는 영혼을 다루는 일을 하지 자비를 베풀지는 않아." 그의 손가락이 조여들며 그녀의 머리를 뒤로 젖힌다. 그녀의 시선이 위로 향하여 그의 시선을 만난다. 그의 얼굴에는 다정함이 없고, 일종의 야생적 아름다움만이 있을 뿐이다.

"자, 내가 원하는 것을 줘." 그가 말한다. "그러면 거래는 완성되고 이 비참함은 끝나는 거야."

슬픔과 광기의 1년을 보낸 한 영혼.

파리의 부둣가에서 구리 동전을 얻고자 한 한 영혼.

단지 이것에 불과한 것을 위한 한 영혼.

그녀가 동요하지 않았다면 거짓말일 것이다. 그녀의 어떤 부분도 잠시나마 포기하거나 항복하길 원하지 않았다면 그 또한 거짓말일 것이다. 아마 질문을 던지는 건 그 일부일 것이다.

"그럼 내겐 무슨 일이 일어나는 거야?"

이 어깨—그녀가 매우 자주 그렸던, 그녀가 존재하길 바라며 마음속으로 불러냈던—는 무시하듯 한번 으쓱해 보일 뿐이다.

"아들린, 넌 아무것도 아닌 존재가 될 거야." 그가 담담하게 말한다.

“하지만 지금보다는 좀 더 평온한 무의 존재가 되겠지. 항복해. 그러면 내가 널 자유롭게 해주지.”

그녀의 일부분이 흔들렸다 해도, 작은 부분이라도 항복하고 싶었다 해도, 그것은 한순간 이상 지속되진 않았다. 몽상가가 되는 것에는 반항이 포함되어 있다.

“거부하겠어.” 그녀가 으르렁대듯 말한다.

그림자가 그녀를 노려보고 녹색 눈이 물에 젖은 천처럼 어두워진다.

그의 두 손이 떨어진다.

“넌 항복하게 될 거야.” 그가 말한다. “머지않아.”

그는 뒤로 물러나지도, 돌아서지도 않는다. 그저 사라질 뿐이다. 어둠 속으로 삼켜질 뿐이다.

뉴욕
2014년 3월 13일

– V –

✳ ✳ ✳ ✳ ✳ ✳ ✳

헨리 슈트라우스는 아침형 인간이었던 적이 없다.

그는 아침형 인간이 *되고 싶고,* 해가 뜨면 일어나서 도시가 깨어나는 중에 첫 번째 커피를 홀짝이는, 온전하고 가능성으로 가득 찬 하루를 꿈꾸어왔다.

아침형 인간이 되려고 *시도*해봤고, 간혹 여명이 밝아오기 전에 일어나 보기도 했다. 하루가 시작되는 모습을 지켜보는 것, 비록 잠깐이기는 하지만 뒤처지는 것이 아니라 앞서가는 듯한 느낌이 든다는 것, 그것은 흥분되는 일이었다. 그러다 어느 날 밤이 아주 길어지고 그다음엔 하루가 늦게 시작된다. 지금 그는 전혀 시간이 없다고 느낀다. 그는 항상 무언가에 늦는 것 같은 느낌이 든다.

오늘은 여동생 뮤리엘과 함께 아침을 먹는 날이다.

헨리는 블록을 따라 서둘러 걸음을 옮긴다. 그의 머리는 전날 밤에 있었던 일로 여전히 희미하게 울리고 있다. 평소 같으면 약속을 취소했을 것이다. 아니, 취소해야 했다. 하지만 벌써 지난달에만 세 번 약속을 취소했고, 형편없는 오빠가 되고 싶지는 않다. 그녀는 그저 착한 여동생이 되고 싶어 한다. 그건 좋은 일이다. 새로운 일이다.

그는 지금 향하는 장소를 한 번도 가본 적이 없다. 그가 자주 가는 동네도 아니었다. 실은 헨리가 집 근처에서 갈 만한 카페가 점점 줄어들고 있다. 바네사가 첫 번째 카페를 망쳤다. 밀로는 두 번째 카페를 망쳤다.

세 번째 카페의 에스프레소는 목탄 같은 맛이 났다. 그래서 뮤리엘에게 장소를 고르게 했더니 그녀는 선플라워라는, 그야말로 '벽 속에 뚫린 작은 구멍'처럼 찾기 힘든 장소를 골랐다. 간판이나 주소도 없어서, 헨리에겐 당연히 없는 힙스터의 레이더망이 아니고서는 찾아낼 방법이 없는 곳이다.

그는 길 건너편 벽에 스텐실 기법으로 찍혀 있는 해바라기를 발견한다. 녹색 신호등을 놓치지 않기 위해 달리다가 모퉁이에서 한 남자와 부딪친다. 헨리는 계속 죄송하다고 중얼거린다. 상대편 남자가 괜찮아요, 괜찮아요, 진짜 괜찮아요,라고 말하는데도. 헨리가 드디어 입구를 찾았을 때 주인은 자리가 없다고 하다가 말을 다 끝내기 전에 길쭉한 안내용 데스크에 고정하고 있던 고개를 든다. 그녀는 그를 보며 미소 짓더니 자리를 한 번 만들어보겠다고 말한다.

헨리는 뮤리엘을 찾지만 그녀는 항상 시간을 유연한 개념으로 생각하는 사람이다. 그래서 그가 늦었지만 그녀는 더 늦을 것임이 틀림없다. 이번만큼은 내심 기쁘다. 덕분에 숨을 고르고, 머리를 매만지고, 목을 조르는 스카프를 풀고, 심지어 커피도 주문할 수 있는 여유가 생겼기 때문이다. 그는 자신의 모습이 남 보기에 흉하지 않도록 신경을 쓴다. 그가 어떻게 하든 그녀가 보는 모습을 바꾸진 못할 것이다. 하지만 그것은 여전히 중요하다. 그래야만 한다.

5분 뒤에 뮤리엘이 들이닥친다. 그녀는 여느 때처럼 짙은 곱슬머리에 흔들리지 않는 자신감으로 회오리바람처럼 등장한다.

뮤리엘 슈트라우스. 스물네 살인 그녀는 *개념적 진실성*과 *창의적 진실*이라는 면에서만 세상을 이야기한다. 티시예술대학 대학원에서 첫 번째 학기를 보낸 이후로 뉴욕 미술계의 총아가 되었다. 그곳에서 그녀는 자신이 창작보다는 비평에 능하다는 사실을 재빨리 깨달았다.

헨리는 여동생을 사랑한다. 정말이다. 하지만 뮤리엘은 항상 강한 향수 같았다.

조금씩 사용하는 것이 훨씬 낫다. 거리를 두고서.

"헨리!" 그녀가 소리치고, 코트를 벗고, 과장된 몸짓과 함께 자리에 앉는다.

"오빠, 아주 좋아 보이네." 그녀가 말한다. 그것은 사실이 아니다. 하지만 그는 그냥 말한다. "너도 좋아 보여, 뮤리엘."

그녀는 환하게 웃고 플랫화이트를 주문한다. 헨리는 어색한 침묵에 대비한다. 그는 그녀에게 어떻게 말을 걸어야 할지 모르기 때문이다. 반면 뮤리엘이 잘하는 것이 있다면 대화를 이어가는 것이다. 그래서 그는 블랙커피를 마시며 적응을 해나간다. 그녀는 최신 팝업 갤러리에서 일어나는 일들, 그다음엔 자신의 유월절 계획에 관해 이야기하고, 아직 개봉하진 않았지만 뉴욕 하이라인(뉴욕시에 있는 공원으로 고가 화물차 철로에 꽃과 나무를 심고 벤치를 설치해서 조성했다.—옮긴이)에서 열릴 실험적인 예술 축제에 대해 열변을 토한다. 뮤리엘은 분명 쓰레기가 아니었던, 사실은 자본주의적 쓰레기에 대한 비평이었던 거리 예술에 대한 불평불만을 쏟아낸다. 헨리가 "응, 그래." 하고 반응하자 고개를 끄덕이고 난 후에야 겨우 그의 형을 화젯거리로 올린다.

"큰오빠가 오빠에 관해서 물어봤어."

이것은 뮤리엘이 한 번도 말한 적이 없는 이야기다. 데이비드에 관해선 이야기한 적이 없다. 헨리에겐 절대로 하지 않는다.

그래서 그는 묻지 않을 수 없다. "왜?"

여동생은 눈을 굴린다. "오빠를 신경쓰니까 그런 거 아닐까 싶은데."

헨리는 마시던 커피가 목에 걸려 내뱉을 뻔한다.

데이비드 슈트라우스는 많은 일에 신경을 쓴다. 그는 시나이 병원의 가장 어린 외과 과장으로서 자기 지위에 신경을 쓴다. 그는 짐작건대 자신의 환자들에 대해서도 신경을 쓴다. 수요일 한밤중에 해야 하긴 하지만 미드라시(성서를 구체적인 상황에 적용할 목적으로 설교적 주석을 시도한 유대 문학—옮긴이)에 시간을 내는 것에도 신경을 쓴다. 그는 부모님도 신경쓰고, 부모님이 그가 한 일을 얼마나 자랑스러워하는지도 신경을 쓴다. 그러나 데이비드 슈트라우스는 남동생이 여러 가지로 가족의 명성을 망치고 있다는 점을 제외하면 남동생에 대해서는 신경을 쓰지 *않는다*.

헨리는 시계를 내려다본다. 하지만 그것은 시간을 알려주지 않는다. 시간에 관해서라면 그 어떤 것도.

"미안해, 동생아." 그가 의자를 뒤로 밀며 말한다. "가게 문을 열어야 해서."

그녀는 하던 말을 멈추고—이것은 그녀가 예전에는 절대 하지 않던 일이다— 의자에서 일어선다. 팔로 그의 허리를 감싸며 그를 꽉 안는다. 그것은 사과처럼, 애정처럼, *사랑*처럼 느껴진다. 뮤리엘은 키가 헨리보다 10센티미터 이상 작아서 그가 턱을 그녀의 머리에 얹어놓기에 알맞다. 만일 그들이 그 정도로 가까웠다면 말이다. 하지만 실은 그렇지 않다. 그렇지 않았다.

"낯선 사람이 되지 마." 그녀가 말하고, 헨리는 그러지 않겠다고 약속한다.

뉴욕
2014년 3월 13일

– VI –

애디는 누군가 자신의 뺨을 만지는 느낌에 깨어난다.

손길이 너무나 부드러워 처음에는 꿈을 꾸고 있다고 생각한다. 하지만 이내 그녀는 눈을 뜨고 옥상에 있는 꼬마전구를 보고, 접이식 의자 옆에 쭈그리고 있는 샘을 본다. 그녀의 이마는 걱정으로 주름이 져 있다. 그녀의 머리카락은 자유롭게 풀려나 있고, 얼굴 주변으로 산발이 된 금발 곱슬머리가 갈기를 이루고 있다.

"안녕하세요, 잠자는 숲속의 공주님." 그녀가 불을 붙이지 않은 담배를 담배갑에 다시 넣으며 말한다.

애디는 몸을 떨며 똑바로 앉아 재킷을 단단히 여민다. 춥고 구름이 낀 아침이고, 하늘에는 해가 없이 희끄무레한 색이 펼쳐져 있다. 이렇게까지 오래, 늦게까지 잘 생각은 아니었다. 딱히 가야 할 곳이 있는 것은 아니지만 손가락의 감각을 느낄 수 있던 어젯밤에는 이곳에서 자는 것이 나아 보였다.

『오디세이』는 그녀의 무릎에서 미끄러져 바닥에 있다. 책은 펼친 면이 아래로 향한 채 바닥에 팽개쳐져 있고, 표지는 아침 이슬로 미끈거린다. 그녀는 손을 뻗어 책을 주워 재킷에 이슬을 닦아내고 접히거나 얼룩진 페이지를 펴려고 갖은 애를 쓴다.

"여기 엄청 추워요." 애디를 자신의 발쪽으로 당기면서 샘이 말한다. "어서요."

샘은 항상 그런 식으로 말한다. 질문의 자리에 진술을 두고, 초대처럼 들리는 명령문을 쓴다. 그녀가 애디를 옥상 문 쪽으로 끄는데 애디는 너무 추워서 저항할 수가 없다. 길을 모르는 것처럼 행동하며 샘을 따라 계단을 내려가서 그녀의 아파트로 간다.

문이 활짝 열리면서 광기가 모습을 드러낸다.

입구와 침실, 주방은 미술품과 공예품들로 가득 차 있다. 거실—뒤편에 있다—만이 널찍하니 비어 있다. 소파도 탁자도 없고, 두 개의 큰 창문과 이젤, 의자뿐이다.

"여긴 내가 먹고살기 위해 일하는 곳이에요." 애디를 처음 집으로 데려왔을 때도 했던 말이다.

애디는 대답했다. "그래 보이네요."

그녀는 공간의 4분의 3에 그녀가 가진 모든 것을 쑤셔 넣었고, 나머지 4분의 1에서는 평화와 고요함을 유지했다. 친구가 그녀에게 스튜디오 공간을 믿을 수 없는 가격에 제안했지만 그곳은 춥게 느껴진다고, 그림을 그리려면 따스함이 필요하다며 거절했다.

"미안해요." 샘이 캔버스 옆으로 비켜서고 박스를 넘으며 말한다. "지금은 정돈이 좀 안 돼 있네요."

애디는 그곳이 정돈된 모습을 본 적이 없다. 그녀는 샘이 작업하고 있는 작품을 보고 싶고, 무엇 때문에 그녀의 손톱 밑에 하얀 페인트가 묻었는지, 턱 밑에 있는 분홍색 얼룩은 어떻게 생겼는지 알고 싶다. 하지만 애디는 샘을 이리저리 따라다니며 엉망진창인 곳들을 지나 주방으로 간다. 샘은 커피메이커를 켠다. 애디의 눈은 아파트 공간을 훑고 변화를 감지한다. 새로 들인 자줏빛 화병. 읽다 만 책들 한 무더기. 이탈리아에서 온 엽서. 수집한 머그잔들. 위를 보고 있는, 항상 수가 많아지는 깨끗한 붓들.

"그림을 그리는군요." 애디는 난로에 기대어 있는 한 무더기의 캔버스를 향해 고개를 끄덕이며 말한다.

"네, 맞아요." 대답하는 샘의 얼굴 위로 미소가 나타난다. "대부분 추상화예요. 제 친구 제이크가 말하는 것처럼 난센스 예술이죠. 하지만 진짜로 난센스는 아녜요. 다른 사람들은 보이는 것을 그리는데 난 그냥 내가 느끼는 것을 그려요. 하나의 감각을 다른 감각과 맞바꾸는 게 혼란스러울 수도 있겠지만 그런 변화에는 아름다움이 있어요."

샘은 커피 두 잔을 따른다. 한 잔은 그릇처럼 얇고 넓은 녹색 머그잔에, 다른 한 잔은 키가 큰 파란색 머그잔에 따른다. 그녀는 "녹색 아니면 파란색?"이라고 묻지 않고, 어떤 머그잔에도 개나 고양이 그림이 없는데도 "고양이 아니면 강아지?"라고 묻는다. 애디는 "고양이"라고 말한다. 샘은 그녀에게 아무런 설명 없이 키가 크고 파란 머그잔을 넘겨준다.

그들의 손가락이 서로 스치고, 샘이 생각한 것보다 더 가까이, 애디가 샘의 파란 눈에서 은색 줄무늬를 볼 수 있을 만큼, 그리고 샘이 그녀의 얼굴에 있는 점의 갯수를 셀 수 있을 만큼 가까워진다.

"별들을 가지고 있군요." 그녀가 말한다.

또 데자뷔군, 하고 애디가 생각한다. 그녀는 뒤로 물러나서, 이곳을 떠나 투영되는 이 광기어린 상황으로부터 자신을 구해내기로 마음먹는다. 그러나 생각과는 달리 애디는 손으로 머그잔을 감싸고 길게 한 모금 마신다. 첫맛은 강하고 쓰지만 두 번째 맛은 풍부하고 향긋하다.

그녀는 만족감에 한숨을 내쉬고 샘은 환한 미소를 내비친다. "좋죠, 그렇죠?" 그녀가 말한다. "비결은요—."

카카오닙스겠지. 애디는 생각한다.

"카카오닙스예요." 샘이 말한다. 그녀는 자신의 머그잔에 담긴 커피를 길게 한 모금 마신다. 애디는 이제 그녀가 들고 있는 것이 실제로는 그릇이라고 확신한다. 그녀는 공물이라도 되는 양 커피를 향해 고개를 숙인 채 카운터 위로 몸을 기울인다.

"그쪽, 시든 꽃 같아 보여요." 애디가 놀린다.

샘은 윙크를 하며 자신의 머그잔을 들어올린다. "그럼 나에게 물을 줘요. 그리고 내가 피어나는 모습을 지켜봐요."

애디는 샘을 이런 식으로, 그것도 아침에 본 적이 없다. 물론 그녀는 샘 옆에서 깨어났지만 그런 날들은 사과와 불편함으로 물들어 있었다. 기억의 부재로 인한 여파. 그런 순간에 머무르는 건 절대 재밌는 일이 아니다. 하지만 지금은 다르다. 이것은 새롭다. 처음으로 만들어지는 기억이다.

샘은 고개를 가로젓는다. "미안해요. 이름을 안 물어봤네요."

이것은 애디가 사랑하는 샘의 한 면이자 지금껏 첫눈에 알아차린 면이다. 샘은 대단히 열린 마음으로 살고, 사랑하고, 보통 사람들이 가장 가까운 사람들에게만 보여주는 따스함을 나누어준다. 이유는 필요에 자리를 내준다. 그녀는 애디의 이름을 물어봐야겠다고 생각하기도 전에 그녀를 집 안으로 들였고, 그녀가 몸을 데울 수 있게 해주었다.

"매들린이에요." 애디가 말한다. 애디의 진짜 이름과 가장 비슷한 이름이다.

"음," 샘은 말한다. "내가 가장 좋아하는 쿠키 이름이네요. 난 샘이에요."

"안녕하세요, 샘." 그 이름을 처음으로 음미하듯 애디가 말한다.

"그건 그렇고," 질문이 이제야 생각났다는 듯 샘이 말한다. "옥상에서 뭘 하고 있었어요?"

"오," 애디가 소심하고 자조하는 듯한 웃음과 함께 말한다. "잠까지 잘 생각은 없었어요. 의자에 앉은 것도 기억이 안 나요. 생각보다 더 피곤했었나 봐요. 2층으로 이사를 온 지 얼마 되지 않았는데 소음에 아직 익숙하질 않아서 잠을 잘 수가 없었어요. 그래서 결국 잠자기를 포기하고, 시원한 공기나 마시고 태양이 도시 위로 떠오르는 모습을 볼까 하고 거기로 올라갔었어요."

거짓말은 매끈하게 포장된 길 위로 너무나 쉽게 굴러간다.

"이웃사촌이네요, 우리." 샘이 말한다. "있잖아요," 빈 머그잔을 옆으로 치우며 그녀가 덧붙인다. "언제 한번 당신을 그려보고 싶어요."

애디는 *이미 그렸잖아요,*라고 말하고 싶은 욕구를 억누른다.

"그게 당신과 똑같아 *보이진* 않을 거예요." 샘은 복도 쪽으로 향하면서 횡설수설한다. 애디는 그녀를 뒤따르고, 그녀가 멈추어 서서 손가락으로 캔버스 무더기를 훑는 모습을 지켜본다. 샘은 그것들이 레코드 가게에 있는 레코드인 양 넘기면서 들춰본다.

"내가 작업하고 있는 시리즈 전부를 갖고 있어요." 그녀가 말한다. "〈하늘 같은 사람들〉, 연작이에요."

둔중한 격통이 애디의 가슴을 통과하며 울린다. 6개월 전이었다. 그들은 침대에 누워 있었고, 샘의 손가락이 그녀의 뺨에 있는 점을 따라가고 있었다. 그녀의 터치는 붓처럼 가볍고 안정적이었다.

"있잖아요," 그녀가 말했다. "사람은 눈송이와 같다고들 해요. 하나하나가 모두 특별하다고. 하지만 난 사람은 하늘 같다고 생각해요. 어떤 건 구름이 끼어 있고, 어떤 건 폭풍우가 치고, 어떤 건 맑죠. 하지만 두 개의 하늘이 같은 법은 절대 없어요."

"그럼 나는 어떤 하늘이에요?" 애디가 묻자 샘은 눈을 깜빡이지도 않고서 그녀를 쳐다보았다. 곧 샘의 얼굴이 환해졌다. 그것은 애디가 백여 명의 예술가들에게서 수백 번도 더 본 빛이었다. 마치 누가 그들의 살갗 아래에 있는 전구를 켠 것 같은 영감의 빛이었다. 샘은 갑작스레 생기를 띠고 활기찬 생명으로 돌아가더니 침대에서 벌떡 일어나 애디를 거실로 데리고 나갔다.

애디는 페인트를 휘젓는 샘의 중얼거림과 뭔가가 긁히는 소리, 캔버스에 닿는 붓의 쉭 하는 소리를 들으며 담요만 두른 채 나무 마루에 한 시간 동안 앉아 있었다. 그림이 완성되어 그림 가까이 다가갔을 때 그녀가 본 것은 밤하늘이었다. 샘이 아닌 다른 사람도 그릴 수 있는 밤하늘이 아니었다. 암회색과 검은색의 대담한 획들과 중간 정도의 회색으로 그어진 얇은 사선들. 너무 두꺼운 나머지 캔버스 위로 솟아올라 있는 페인트 물감. 그리고 그림 위로 한 줌의 은색 점들이 흩어져 있다. 붓에서 물감이 튄 듯, 거의 우연의 결과인 것처럼 보였다. 하지만 점은 정확히 일곱 개였고, 별들처럼 작고, 멀고, 넓게 퍼져 있었다.

샘의 목소리는 그녀를 주방으로 다시 이끈다.

"내가 제일 좋아하는 작품을 보여줄 수 있다면 좋을 텐데요." 현재의 그녀가 말한다. "시리즈 첫 번째 작품이었어요. <잊힌 하룻밤>이라는 작품이에요. 이스트사이트 아래에 있는 수집상에게 팔았죠. 내겐 첫 번째 큰 판매였어요. 3개월 치 임대료를 낼 수 있었고, 갤러리에 그림이 들어갈 수 있게 됐죠. 하지만 작품을 떠나보내는 건 어려운 일이에요. 그럴 수밖에 없었지만—굶주리는 예술가에 관한 이야기는 과대평가되어 있어요—난 매일 그 작품이 그리워요."

그녀의 목소리가 낮고 부드러워진다.

"정말 놀라운 것은 그 시리즈의 모든 작품이 한 사람을 모델로 했다는 거예요. 친구들, 이 빌딩에 사는 사람들, 거리에서 만나는 이방인들. 난 그 사람들 모두를 기억해요. 하지만 아무리 애를 써도 그림 속 그녀가 누구인지 기억을 못 하겠어요."

애디는 침을 삼킨다. "그 사람이 여자였어요?"

"네, 그렇게 생각해요. 어떤 *에너지*를 가지고 있는 사람이었어요."

"어쩌면 꿈에 나왔던 사람일 수도 있겠죠."

"아마도요." 샘이 말한다. "난 원래 꿈을 잘 기억하지 못해요. 하지만 있잖아요……." 그녀는 그날 밤 침대에서 그랬듯이 애디를 쳐다보며 말꼬리를 흐리고, 그러다 얼굴에 홍조를 띠기 시작한다. "당신은 그 작품을 떠올리게 만드네요." 그녀는 한 손을 그녀의 얼굴에 댄다. "세상에, 방금 한 말은 최악의 작업 멘트처럼 들리네요. 미안해요. 난 샤워를 좀 해야겠어요."

"난 가봐야 해요." 애디가 말한다. "커피 잘 마셨어요."

샘은 입술을 깨문다. "꼭 가야 해요?"

아니, 그렇지 않다. 애디는 샘을 따라 바로 샤워실 안으로 들어갈 수도 있고, 타월로 몸을 감싸고 거실 바닥에 앉아서 오늘은 샘이 그녀를 모델로 어떤 그림을 그리는지 알아볼 수도 있다. 그럴 수 있다. 그럴 수 있다. 그녀는 이 순간에 영원히 빠질 수 있다. 하지만 거기에 미래가 없다는 사실을, 무한한 숫자의 현재만 있을 뿐이라는 사실을 안다. 그녀는 자신이 참아낼 수 있는 만큼 많은 현재의 순간들을 샘과 함께 살아왔다.

"미안해요." 아파오는 가슴을 느끼며 그녀가 말하지만 샘은 어깨만 으쓱해 보일 뿐이다.

"우린 다시 만나게 될 거예요." 샘은 강한 신념을 갖고 말한다. "어쨌든 이제 이웃이니까요."

애디는 희미한 미소를 겨우 지어 보인다. "맞아요."

샘은 문으로 걸어가고, 발걸음을 옮길 때마다 애디는 뒤돌아보고 싶은 충동에 저항한다.

"낯선 사람이 되지 말아요." 샘이 말한다.

"안 그럴게요." 문이 닫힐 때 애디는 약속한다. 그녀는 문에 몸을 기대며 한숨을 내쉰다. 어질러진 복도를 따라 물러가는 샘의 발걸음 소리를 듣는다. 그러고 나서 애디는 힘겹게 몸을 곧추 세우고 앞으로 걸어 멀어져

간다.

바깥에서는 하얀 대리석 하늘이 갈라지면서 얇은 파란색 띠가 드러나 있다.

추위는 누그러졌다. 애디는 노천카페를 발견한다. 사람들이 적당히 많아서 웨이터가 바깥 테이블들을 대략 10분 간격으로 둘러보는 곳이다. 그녀는 경비원의 발걸음 속도를 재는 죄수처럼 웨이터가 바깥 좌석을 둘러보는 시간을 보고 커피를 주문한다. 이곳 커피는 샘의 커피만큼 맛있지는 않고 쓰기만 할 뿐 향이 옅다. 하지만 한기를 막아줄 수 있을 만큼은 따뜻하다. 그녀는 가죽 재킷의 깃을 세우고 『오디세이』를 다시 펼친다. 그리고 책을 읽으려고 노력한다.

펼친 페이지에서 오디세우스는 자신이 집으로 가고 있다고, 전쟁의 공포 이후에 페넬로페와 다시 재회할 수 있을 것이라 생각한다. 하지만 그녀는 이 이야기를 여러 번 읽었기 때문에 그 여행이 완성되기까지 얼마나 먼 길이 남았는지 안다.

그녀는 그리스어를 영어로 번역하면서 책 내용을 대충 훑어본다.

나는 날카로운 서리와 스며드는 이슬이 합심해서
나를 죽이지 않을까 두렵다.
나는 완전히 지쳤고,
마지막 숨을 내쉬려는 참인데,
차가운 바람이 아침부터 강에서 불어오는구나.

웨이터가 바깥으로 다시 나온다. 애디는 책에서 시선을 떼며 그가 이미 서빙이 된 음료를 보고, 고객이 있어야 할 곳에 대한 기억상의 격차 때문에 얼굴을 조금 찌푸리는 것을 본다. 하지만 그녀는 있어야 할 곳에 있는 듯 보이니 실제로 이긴 거나 다름없는 전투다. 잠시 후 그는 문 앞에서 자리를 기다리고 있는 커플에게로 시선을 돌린다.

그녀는 다시 책으로 돌아가지만 소용없다. 바다에서 길을 잃은 늙은 남자 이야기, 외로운 삶에 관한 우화를 읽을 기분이 아니다. 그녀는 누군가가 자신을 훔쳐 가길 원하고, 잊기를 원한다. 환상, 어쩌면 로맨스.

어쨌든 이제 커피는 차갑다. 애디는 책을 들고 자리에서 일어선다. 그리고 새로운 무언가를 찾기 위해 래스트워드로 향한다.

프랑스, 파리
1716년 7월 29일

– VII –

* * * * * * *

그녀는 비단 상점의 그늘에 서 있다.

길 건너편에 있는 양복점에는 사람들이 북적댄다. 날이 저물고 있는데도 거래는 빠른 속도로 이루어진다. 돌풍으로부터 구해낸 보닛을 풀었다 다시 묶는 그녀의 목에서 땀방울이 흘러내린다. 그녀는 천으로 만든 모자가 자신을 귀부인의 몸종으로 보이도록 하는 데 충분하길, 몸종으로서 눈에 띄지 않는 존재가 되도록 해주길 바란다. 그녀를 몸종으로 생각한다면 베르탱 씨는 아주 유심히 쳐다보지 않을 것이다. 그녀를 몸종으로 생각한다면 베르탱 씨는 일주일 전 센 강 건너편에 있는 비슷한 상점의 재단사 모형에서 슬쩍한, 소박하지만 나름대로 괜찮은 애디의 옷을 알아차리지 못할 것이다. 그 옷은 처음에는 예뻤다. 하지만 잘못 박힌 못에 치마가 걸리고, 누군가가 검댕 한 통을 그녀의 발 언저리에 던지고, 어디서 묻었는지 모르지만 레드와인이 한쪽 소매에 묻고 나자 더 이상 예쁘지 않다.

그녀는 겉으로는 변화하지 않는 것처럼 보이는 자신처럼 옷도 변화에 내성을 가졌으면 싶다. 그녀가 가진 옷이라고는 드레스 한 벌이 유일하기 때문이다. 둘 곳이 없으니 옷장이나 다른 무언가를 수집하는 것은 의미가 없다. (그녀는 나중에 그런 일을 시도할 것이다. 까치가 둥지에 숨겨두듯 장신구들을 모을 것이다. 하지만 항상 뭔가가 작동해서 그것들을 다시 가져가버린다. 수레에 실린 시체들 사이에 있다가 잃어버린 나무로 된 새처럼. 그녀는 무언가의 많은 부분을 오랫동안 간직할 수 없는 것처럼 보인다.) 드디어 마지막 손님—귀족의 종자로, 양쪽 팔 아래 리본으로 장식한 박스가 끼워져 있다—이 밖으로 나온다. 누가 먼저 가게 문으로 가기 전에 애디는 재빨리 길을 건너서 양복점으로 들어간다.

공간은 협소하다. 탁자 위에는 직물 두루마리들이 높게 쌓여 있고, 두 개의 드레스 인체모형이 최신 패션을 선보이고 있다. 입거나 벗으려면 최소한 두 사람이 필요한 드레스들로, 보강된 엉덩이 부분과 주름이 달린 소매, 그리고 숨쉬기 어려울 정도로 가슴을 조이는 것이 특징이다. 요즘 파리의 사교계에서는 소포처럼 포장되어 있지만 누군가가 열어보는 것은 허락하지 않는 드레스가 유행이다.

그녀가 들어서자 문에 달린 작은 종이 울린다. 재단사 베르탱 씨가 블랙베리처럼 두꺼운 눈썹 사이로 그녀를 올려다보고 뚱한 표정을 짓는다.

“마감 중입니다.” 그는 퉁명스럽게 말한다.

애디는 고개를 숙이며 신중한 모습을 내보인다. “로트렉 부인을 대신해서 왔습니다.”

산책을 하다 어디선가 몇 번 주워들은 이름이다. 하지만 그것은 올바른 대답이다. 재단사는 몸을 펴더니 갑자기 관심을 보인다. “로트렉 씨 댁을 위한 것이라면 뭐든지 말씀하세요.” 그가 작은 공책과 목탄 연필을 집어 들자 애디의 손가락이 꿈틀댄다. 슬픔의 순간이자 과거에 자주 그랬던 것처럼 그림을 그리고 싶은 갈망의 순간이다.

“그런데 이상하네요.” 그가 딱딱하게 굳은 손을 털며 말한다. “종자 대신에 몸종을 보내다니요.”

“그 사람이 아파서요.” 애디가 재빨리 대답한다. 그녀는 거짓말하는 법을, 대화의 흐름에 적응하고 순응하는 법을 배우고 있다. “그래서 부인께서 대신 몸종을 보냈습니다. 부인은 무도회를 열고 싶어서 새 드레스가 필요합니다.”

"부인의 치수는 알고 있겠죠?" 그가 말한다.

"알고 있습니다."

그는 그녀를 쳐다보며 그녀가 종이쪽지를 꺼내길 기다린다.

"아뇨." 그녀가 설명한다. "제 몸에 치수를 *지니고* 있습니다. 저랑 치수가 똑같거든요. 그래서 절 보내신 겁니다."

그녀는 나름 영리한 거짓말이라고 생각하지만 재단사는 얼굴을 찌푸리기만 할 뿐이다. 그는 가게 뒤편에 있는 커튼을 향해 돌아선다. "줄자를 가져오겠소."

그녀는 다시 커튼이 내려오기 전에 방 너머를, 십여 개의 인체 모형들과 산처럼 쌓여 있는 비단을 잠깐 훔쳐본다. 그러고는 베르탱 씨가 눈에서 사라질 때 그녀도 벽에 기대어져 있는 인체 모형들, 모슬린과 면직물 두루마리들 사이로 사라진다. 그녀가 이 가게를 방문한 것은 처음이 아니다. 그녀는 가게의 틈들과 굴곡, 숨어들 만큼 충분히 큰 구석구석을 잘 알아두었다. 애디는 그런 공간들 가운데 한 곳에 숨었다. 베르탱 씨는 줄자를 한 손에 들고서 가게 앞으로 돌아올 때쯤 로트렉 부인과 그녀의 이상한 몸종에 대해 이미 잊어버린 상태다.

천 두루마리들 사이에 있자니 갑갑하다. 그래서 종이 울리고 베르탱 씨가 발을 끌며 가게 문을 잠그는 소리를 듣고서 감사하는 마음을 갖는다. 그는 위층에 있는 자기 방으로 가서 수프를 먹고, 아픈 손을 물에 담그고, 한밤이 되기 전에 자러 갈 것이다. 그녀는 사방에 고요함이 찾아들 때까지, 머리 위로 그의 발걸음 소리가 들릴 때까지 기다린다.

그러고 나면 그녀는 자유롭게 돌아다니며 자세히 둘러볼 수 있다.

약한 회색 불빛이 정면 창을 통과해서 들어오는 가운데 그녀는 가게 안을 가로질러 무거운 커튼을 젖히고 안으로 들어간다.

희미해져가는 빛이 창 하나를 통해 들어오는데 그것만으로도 사물을 분간하기에 충분하다. 뒤편 벽을 따라 반쯤 완성된 망토들이 보인다. 그녀는 여름이 가을에 자리를 넘겨주고 추위가 몰려들 때 다시 와야겠다고 속으로 다짐한다. 그러나 지금은 방의 한가운데에 집중할 때다. 십여 개의 인체모형이 나름의 자세를 취하는 무희들처럼 서 있는데 그들의 가는 허리는 녹색과 회색, 흰색 줄이 들어간 남색, 노란색 장식이 들어간 연한 파란색이다.

애디는 미소 지으며 보닛을 벗어서 탁자 위에 던진다. 그리고 머리카락을 흔들어서 느슨하게 푼다.

그녀는 문양이 들어간 비단과 풍부하게 염색된 면직물 타래들을 손으로 만져보며 리넨 천과 능직의 질감을 음미한다. 코르셋의 뼈대와 엉덩이 부분의 치마받이 틀을 만져보고, 그것을 입은 자신을 상상한다. 그녀는 소박하고 견고한 모슬린 면직물과 양모를 지나치고, 대신 고향에서 본 어떤 것보다 세련된 소모사 주름 치마와 새틴 드레스 앞에 머무른다.

고향, 그것은 잊기 어려운 말이다. 그녀를 고향과 이어줄 무언가가 하나도 남아 있지 않은 지금도.

그녀는 여름 느낌이 물씬 나는 파란색 보디스(드레스의 상체 부분—옮긴이)의 지지대 부분을 잡아당긴다. 그러다 눈이 어떤 움직임을 감지한다. 그녀는 동작을 멈추고 숨을 참는다. 하지만 그것은 벽에 기대어 서 있는 거울일 뿐이다. 그녀는 거울 앞에 서서, 마치 누군가의 초상화인 것처럼 거울에 비친 자신을 탐색한다. 그녀는 전적으로 자기 자신처럼 보일 뿐이다.

지난 2년은 마치 10년처럼 느껴지지만 그 시간이 겉으로는 드러나지 않는다. 그녀는 오래전에 뼈와 거죽만 남은 상태가 되고, 딱딱해지고, 깎여나가 다듬어졌어야 마땅하다. 하지만 그녀의 얼굴은 고향 집을 떠난 여름과 마찬가지로 통통하다. 시간과 시련에도 주름이 지지 않는 그녀의 살갗은 뺨의 매끈한 색조 위로 드러난 친숙한 점을 제외하면 본래 그대로 남아 있다. 그녀의 눈만이 변화를 드러낸다. 갈색과 황금색 사이로 그림자가 섞여 있다.

애디는 눈을 깜박거리고 자신에게서 드레스로 시선을 돌린다.

방 건너편에는 어두운 형체의 물건 세 개가 있다. 바지와 조끼, 재킷을 입은 남자 모형이다. 어두운 조명 속에서 그들의 머리 없는 형체는 살아 있는 것처럼 보이고, 서로에게 기대어 그녀를 탐색하는 것만 같다. 그녀는 모형이 입고 있는 옷의 마름질에 대해, 뼈 지지대 혹은 허리받이를 댄 치마가 없다는 생각을 한다. 처음 하는 생각도 아니지만 그렇다고 마지막으로 하는 생각도 아니다. 남자가 된다면 얼마나 간편할까, 아주 적은 비용으로 얼마나 쉽게 세상을 돌아다닐 수 있을까.

그녀는 가장 가까이에 있는 모형으로 손을 뻗어 코트를 벗긴다. 앞단추들을 아래로 내려가며 풀어낸다. 옷을 벗는 행위에는 이상한 친밀감이 있다. 그녀의 손가락 아래에 있는 남자가 실제 남자가 아니라는 사실로부터, 그래서 더듬을 수 없고 거칠게 다룰 수도, 밀칠 수도 없다는 점에서 그 행위를 더욱더 즐긴다.

그녀는 입고 있는 드레스의 끈을 풀고 바지를 몸에 꿴다. 그러고는 바지를 무릎 부근에 고정한다. 튜닉을 입고 조끼의 단추를 잠그고 줄무늬 코트를 어깨에 걸치고 레이스 크라바트(넥타이처럼 매는 남성용 스카프—옮긴이)를 목 부분에 고정한다.

그녀는 남자들의 패션이라는 갑옷 속에서 안전함을 느끼다가 거울을 다시 바라보고는 기운이 빠진다. 가슴은 너무 꽉 끼고 허리는 너무 헐렁하다. 엉덩이는 잘못된 위치에 바지를 끼우느라 불쑥 튀어나와 있다. 재킷은 약간 도움이 되지만 어떤 것도 그녀의 얼굴을 숨기지는 못한다. 입술의 곡선, 뺨의 선, 매끈한 이마. 모두가 너무 부드럽고 동글동글해서 여자 말고는 다른 무엇으로 통하기가 어렵다.

그녀는 큰 가위를 집어 들고 느슨하게 말려 있는 머리카락을 어깨까지 잘라내려 한다. 하지만 몇 초 뒤에 그것은 원래대로 돌아와 있다. 바닥에 떨어진 머리카락 뭉치는 보이지 않는 손에 의해 쓸려가고 없다. 흔적은 만들어지지 않는다. 심지어 그녀 자신에게도. 그녀는 핀을 찾아내서 물결처럼 굽은 연한 갈색 머리를 남자 스타일로 뒤로 고정하고, 인체모형들 가운데 하나에서 삼각 모자를 빼 이마 위에 놓는다.

멀리서 본다면 어쩌면. 지나가다 슬쩍 쳐다본다면 어쩌면. 어둠이 아주 짙어서 세부적인 것들을 얼룩지게 하는 밤이라면 어쩌면. 하지만 등불에만 비춰 봐도 환상은 유지되지 않는다.

파리의 남자들은 부드럽고 심지어 예쁘기도 하지만 그래도 여전히 남자다.

그녀는 한숨을 내쉬고 변장 도구들을 벗어던진다. 그리고 드레스를 하나씩 입어보면서 한 시간을 보낸다. 그러면서 바지의 자유와 튜닉의 지지대 없는 편안함을 벌써 갈구한다. 하지만 드레스들도 고급스럽고 멋지다. 그중 그녀의 마음에 드는 것은 아직 완성되지 않은 아름다운 녹색과 흰색 드레스다. 깃과 치맛단은 마감이 안 되어 있고 레이스도 준비 중이다. 일주일이나 이주일 뒤에 한 번 더 와서 확인해야 할 것이다. 종이에 포장되어 어떤 남작 부인의 집에 보내지기 전에 그 드레스를 손에 넣을 수 있기를 그녀는 기대한다.

결국 애디는 가장자리에 회색 장식이 들어가 있는 짙은 사파이어 색깔의 드레스를 고른다. 그것은 그녀에게 밤의 폭풍우를, 하늘을 가리고 있는 구름을 떠올리게 한다. 비단은 그녀의 살갗에 입을 맞춘다. 직물은 빳빳하고 새롭고 얼룩이 전혀 없다. 그녀의 필요에 비하면 너무 고급스럽다. 연회나 무도회를 위한 드레스지만 그녀는 개의치 않는다. 이상하게 쳐다보는 시선을 끈다고 해도 뭐 어떤가? 사람들은 험담할 기회를 얻기도 전에 까맣게 잊어버릴 것이다.

애디는 벌거벗은 인체모형에 자신의 드레스를 걸어두고, 오늘 아침 어느 집 빨랫줄에서 집어온 보닛도 신경쓰지 않는다. 그녀는 커튼 사이로 다시 빠져나가서 치맛자락이 바스락거리는 소리를 내며 가게를 가로지른다. 베르탱 씨가 탁자의 맨 위 서랍장에 보관하는 여분의 열쇠를 찾아내 손가락으로 종을 잡아서 소리가 나지 않도록 주의하면서 문을 연다. 밖으로 나온 뒤 문을 당겨서 닫고, 쭈그리고 앉아 문 밑에 있는 틈으로 열쇠를 밀어 넣는다. 그러고 나서 몸을 일으키고 돌아선 순간 거리에 서 있는 남자와 부딪힌다.

그녀가 그를 보지 못한 건 놀랄 일이 아니다. 신발부터 웃옷 깃까지 검은색으로 차려입은 그는 어둠 속에 스며들어 있다. 그녀는 서둘러 미안하다고 중얼거리고 시선을 위로 향하면서 뒤로 물러난다. 그리고 그의 턱선과 검고 윤기 나는 곱슬머리, 빛이 없음에도 진한 녹색을 띠는 눈을 바라본다.

그는 그녀를 내려다보며 미소를 짓는다.

"아들린."

그 이름은 그의 혀에서 부싯돌처럼 불을 일으키고 갈비뼈 뒤편으로 호응하는 빛을 촉발한다. 그의 시선이 그녀의 새 드레스로 움직인다. "잘 어울리는군."

"난 늘 똑같아."

"불멸이 주는 상이지. 네가 원했던 대로."

이번만큼은 그녀도 미끼를 덥석 물지 않는다. 비명을 지르거나 욕을 하거나, 그가 그녀를 저주한 모든 방식을 조목조목 지적하지 않는다. 하지만 그는 그녀의 얼굴에 드러나는 힘겨운 싸움을 보고 있음이 분명하다. 왜냐하면 그가 산들바람처럼 부드럽고 가볍게 웃고 있기 때문이다.

"자," 팔을 내밀며 그림자가 말한다. "내가 데려다줄게."

그는 걸어서 *집까지* 바래다주겠다는 말은 하지 않는다. 그때가 한낮이었다면 그녀는 단지 그를 짜증나게 만들기 위해 그 제안을 조롱했을 것이다. 물론 한낮이었다면, 어둠은 그곳에 있지도 않았을 테지만. 어쨌든 시간이 늦었고, 밤에 혼자 걷는 여자는 딱 한 부류다.

여자들—적어도 특정 계급의 여자들—은 절대로 혼자서 밖으로 나가지 않으며, 심지어 대낮에도 혼자 외출하지 않는다는 것을 애디는 배웠다. 그들은 커튼 뒤에 숨겨진, 화분에 심은 식물들처럼 실내에만 머무른다. 외출할 때는 무리를 지어서 움직이고, 동행이라는 새장 안에서 안전하게, 언제나 대낮에만 움직인다.

아침에 혼자 걷는다는 건 터무니없는 일이지만 밤에 혼자 걷는 건 뭔가 다른 것이다. 애디는 안다. 사방에서 날아드는 사람들의 시선과 비난하는 듯한 눈길. 여자들은 창가에 서서 그녀를 비난하고, 남자들은 길거리에서 그녀를 돈으로 사려고 한다. 그리고 신자들은 그녀가 이미 영혼을 판 줄도 모르고 그녀의 영혼을 구제하려고 한다. 그녀는 한 번이 아니라 여러 번 신자라고 밝혔지만 그저 쉼터를 구하기 위해서였지 구원을 바란 것은 절대 아니었다.

"자, 어때?" 그림자가 팔을 내밀며 묻는다.

어쩌면 그녀는 자신이 말하는 것보다 더 외로운지 모른다.

어쩌면 적과의 동행은 아무 동행이 없는 것보다 나을지도 모른다.

애디는 그의 팔을 잡지 않고 걷기 시작한다. 고개를 돌려 쳐다보지 않아도 그가 옆에서 보조를 맞추고 있다는 것을 안다. 그의 신발이 자갈돌에 닿으며 낮게 소리가 울리고 희미한 산들바람이 그녀의 등에 손바닥처럼 와 닿는다.

그들은 침묵 속에서 걷는다. 그녀가 침묵을 참을 수 없을 때까지, 그리고 그녀의 결의가 약해질 때까지, 그리고 그녀가 힐끗 고개를 돌리고 그를 볼 때까지. 악취가 나는데도 밤의 공기를 들이마시는 그의 고개는 살짝 뒤로 젖혀져 있고, 짙은 속눈썹이 환한 뺨을 스친다. 완벽하게 편안하다는 듯 그의 입술에는 옅은 미소가 묻어난다. 그의 모습 자체가 그녀를 조롱한다. 비록 가장자리는 흐릿하지만 어둠 속에 어둠이 있는, 그림자 위로 생겨난 연기 같은 그의 모습이, 그가 무엇인지, 그리고 무엇이 아닌지를 상기시키는 그의 모습이 그녀를 조롱한다.

그녀의 침묵이 깨지고 말들이 터져 나온다.

"당신은 원한다면 어떤 모습이든 될 수 있지? 안 그래?"

그의 고개가 아래로 기운다. "맞아."

"그러면 모습을 바꿔." 그녀가 말한다. "당신을 쳐다보기가 싫어."

유감스러워하는 듯한 미소가 드러난다. "난 이대로가 좋아. 너도 그럴 거 같은데."

"한때는 그랬지." 그녀가 말한다. "하지만 당신이 나를 위한답시고 망쳐놓았잖아."

그것은 틈이다. 그녀는 너무 늦게 이해한다. 그것은 자신의 갑옷에 생긴 구멍이다.

이제 그는 절대로 모습을 바꾸지 않을 것이다.

애디는 좁고 구불구불한 거리에서 걸음을 멈춘다. 집이라고 부를 수 있을지는 모르지만, 어떤 집 앞에 있다. 그곳은 한 무더기 불쏘시개처럼 내려앉고 있는 목조 건물로, 버려지고 유기된 곳이지만 비어 있지 않다.

그가 사라지고 나면 그녀는 새 치마의 단을 망치지 않으려고 애쓰며 판자들 사이를 통과할 것이고, 평편하지 않은 바닥을 걸을 것이고, 부서진 계단을 딛고 다락으로 올라갈 것이다. 그리고 다른 누가 그곳을 먼저 발견하지 않았기를 바랄 것이다.

그녀는 먹구름색 드레스를 벗을 것이고, 조심스럽게 포장용 종이 안에 포개서 넣어둘 것이다. 그러고 나서 올이 굵은 삼베와 널빤지로 된 깔판 위에 몸을 누일 것이며, 머리 위 60센티미터 정도에 있는 천장의 갈라진 널빤지들 사이를 쳐다볼 것이며 비가 오지 않기를 바랄 것이다. 그동안 아래에 있는 집 본채에서는 길 잃은 영혼들이 살금살금 움직일 것이다.

내일 이 작은 방은 누군가가 차지할 것이고 한 달 안에 건물은 불에 타 사라지겠지만 지금 미래를 걱정하는 건 의미가 없다.

어둠이 그녀의 등에서 커튼처럼 움직인다.

"얼마나 더 계속할 거야?" 그가 생각에 잠기며 묻는다. "집행이 취소될 리도 없는데, 또 다른 하루 동안 너 자신을 끌고 다닐 이유가 뭐가 있어?"

한밤중에 그녀가 자신에게 물었던 질문들. 겨울이 그녀의 살갗에 이를 박아 넣거나 허기가 뼈를 할퀴던 때의 나약한 순간에, 마지막 한 자리를 다른 누군가가 차지했을 때, 하루의 일이 실패로 돌아갔을 때, 밤의 평화가 사라졌을 때, 모든 것을 되풀이하기 위해 일어나야 한다는 사실이 참을 수 없을 때 물었던 질문들. 하지만 이런 말들을 자신의 목소리가 아니라 그의 목소리로 앵무새 소리처럼 들으면 어느 정도 독성이 줄어든다.

"이해 못 하겠어?" 그가 말한다. 녹색 눈이 깨진 유리처럼 날카롭다. "내가 제안하는 것 외에 끝은 없어. 네가 할 일은 단지 항복—."

"난 코끼리를 봤어." 애디가 말한다. 그 말은 석탄에 붓는 차가운 물과 같다. 어둠은 그녀 옆에 가만히 있고 그녀는 계속 말한다. 시선은 금방이라도 무너질 듯한 집과 깨진 지붕, 그 위의 확 트인 하늘에 고정되어 있다. "실은 두 마리였어. 어떤 전시물로 궁전 뜰에 있었어. 난 그렇게 큰 동물이 있다는 것을 몰랐어. 그리고 전에는 바이올린 연주자가 광장에 있었어." 계속 말을 이어가는 그녀의 목소리는 안정적이다. "그의 음악은 나를 울게 했어. 그것은 내가 지금껏 들어본 노래 가운데 가장 아름다운 노래였어. 마침 샴페인이 있어서 병째로 마셨어. 노트르담 대성당에서 종소리가 울리는 가운데 센 강 너머로 해가 지는 모습을 지켜보았어. 이런 일들 중 어떤 것도 비용에 있었다면 경험하지 못했을 거야." 그녀는 몸을 돌려 그를 쳐다본다. "고작 2년이야." 그녀가 말한다. "내가 가진 모든 시간을, 내가 보게 될 모든 것들을 생각해봐."

그러고 나서 애디는 그림자를 향해 이를 드러내며, 잠깐이지만 싱그러운 야생의 미소를 짓는다. 그리고 익살맞은 표정이 그의 얼굴에서 사라지는 모습을 실컷 즐긴다.

아주 잠깐일지라도 그가 휘청대는 모습을 보는 건 작으나마 승리고 그것은 매우 달콤하다.

그는 갑자기 너무 가까이 있고, 그들 사이의 공기는 촛불이 꺼지듯 훅 사라져버렸다. 그에게서는 여름밤과 흙, 이끼, 그리고 별들 아래서 너울거리는 키 높은 수풀 냄새가 난다. 그리고 뭔가 더 어두운 것의 냄새가 난다. 바윗돌 위의 피와 숲속을 돌아다니는 늑대들 냄새가 난다.

그는 자신의 뺨이 그녀의 뺨을 스칠 때까지 몸을 기울인다. 그가 다시 말을 하는데 그것은 살갗에 대고 하는 속삭임이다.

"넌 앞으로 쉬워질 것이라 생각하나보군." 그가 말한다. "그렇지 않을 거야. 넌 사라진 거나 다름없고, 네가 살아가는 모든 해는 평생처럼 느껴질 거야. 그리고 모든 이의 평생에서 넌 잊힐 거야. 너의 고통은 의미가 없어. 한 해 한 해는 너의 발목에 채워진 무게추 같을 거야. 그것들은 널 조금씩 으스러뜨릴 거고, 네가 견딜 수 없을 때 넌 나에게 비참함으로부터 꺼내달라고 애원하게 될 거야."

애디는 어둠을 똑바로 보기 위해 뒤로 물러나지만 그는 이미 사라지고 없다.

그녀는 좁은 길에 홀로 서 있다. 낮고 불안정한 숨을 들이쉬었다가 다시 억지로 내쉰다. 그러고 나서 몸을 곧바로 펴고, 치마를 반듯하게 펴고, 적어도 오늘 밤만큼은 그녀의 집인, 무너져내린 건물 안으로 들어간다.

뉴욕
2014년 3월 13일

– VIII –

✳ ✳ ✳ ✳ ✳ ✳ ✳

오늘은 서점이 다른 날보다 바쁘다.

한 아이가 상상의 친구와 함께 숨바꼭질 놀이를 하고 있고, 그의 아버지는 군대 역사 코너의 책들을 훑어보고 있다. 한 대학생은 쭈그리고 앉아서 블레이크Blake에 관한 여러 버전의 책들을 훑어보고 있고, 그녀가 어제 만난 남자는 계산대 뒤에 서 있다.

그녀는 책을 훑어보듯 그를 관찰한다.

제멋대로에 길들일 수 없는 그의 검정 머리카락은 아래로 굴러 떨어지면서 그의 눈을 덮는다. 그는 머리를 뒤로 넘겨보지만 곧 다시 앞으로 쏟아지는데 이것이 그를 실제보다 더 어려보이게 한다.

그는 비밀을 잘 지키지 못하는 얼굴을 가졌다고 그녀는 생각한다.

계산대 앞에 짧은 줄이 있는 관계로 애디는 '시'와 '회고록' 코너 사이에서 어슬렁댄다. 그녀가 손톱으로 톡톡 치며 책장을 따라가니 잠시 후 오렌지색 머리가 책머리 위 어둠에서 쑥 나온다. 그녀는 북을 무심코 쓰다듬으며 줄이 세 명에서 두 명으로, 다시 한 명으로 줄어들기를 기다린다.

남자—*헨리*—는 근처에 있는 그녀를 발견한다. 그러자 그의 얼굴 위로 무언가가 지나간다. 그것은 너무나 빨라서 심지어 그녀도 읽어내기가 어렵다. 이후 그는 계산대에 있는 여자에게로 다시 시선을 돌린다.

"네, 클라인 양." 그가 말한다. "아니에요, 괜찮습니다. 그분이 원하는 책이 아니라면 다시 가지고 오세요."

여자가 봉투를 쥐고서 걸어 나가고 애디 차례가 된다. "안녕하세요." 그녀가 밝은 목소리로 말한다.

"안녕하세요." 헨리가 응답한다. 그의 목소리에는 조심스러워하는 듯한 기색이 어려 있다. "뭘 도와드릴까요?"

"네, 그랬으면 좋겠네요." 그녀가 연습한 매력을 발산하며 말한다. 그녀는 『오디세이』를 그들 사이에 있는 계산대에 올려놓는다. "친구가 이 책을 사줬어요. 근데 나한텐 이미 있는 책이거든요. 다른 책으로 바꿀 수 있을까 해서요."

그는 그녀를 탐색한다. 짙은 눈썹이 안경 너머로 올라간다. "진심이에요?"

"그러게요." 그녀는 웃으며 말한다. "그리스어로 된 책을 가지고 있다는 게 믿기지 않겠죠. 하지만—."

그는 발꿈치로 체중을 실으며 몸을 뺀다. "당신, 진심이군요."

애디는 그의 날 선 목소리에 당황해서 주춤한다. "그저 물어보는 건 나쁘지 않겠지 싶어서……."

"여긴 도서관이 아니에요." 그가 꾸짖듯이 말한다. "책을 다른 책하고 맞교환할 수는 없어요."

애디는 몸을 곧게 편다. "분명 그렇죠." 그녀가 약간 화가 나서 말한다. "하지만 이미 말했듯이 내가 산 책이 아니에요. 내 친구가 샀죠. 그리고 당신이 클라인 양에게 말하는 걸 들어보니—."

그의 얼굴이 굳어진다. 쾅 하고 닫히는 문 같은 냉정한 시선이다. "충고 하나 하죠. 다음에는 훔치는 걸 본 사람에게는 책을 바꿔달라고 하지 말아요."

그녀의 가슴 안에서 돌이 쿵 하고 떨어진다. "뭐라고요?"

그는 고개를 가로젓는다. "당신 어제 여기 왔었잖아요."

"아니에요, 난—."

"*난 당신을 기억해요.*"

세 마디 말이지만 세상을 뒤집기에 충분하다.

난 당신을 기억해요.

애디는 한 대 맞은 것처럼 휘청대고 곧 쓰러질 것만 같다. 그녀는 똑바로 서 있으려고 애쓴다. "아뇨, 당신은 기억 못 해요." 그녀가 단호하게 말한다.

그의 녹색 눈이 가늘어진다. "아뇨, 난 기억해요. 당신은 어제 여기 왔었어요. 녹색 스웨터에 검정 청바지를 입고 있었죠. 당신이 이『오디세이』를 훔쳤는데 내가 그냥 줬어요. 왜냐하면 그리스어로 된『오디세이』헌 책을 훔치는 사람이 세상에 또 어디 있을까 싶어서였죠. 그런데 당신은 뻔뻔하게도 다시 여기로 와서 그걸 다른 책으로 바꾸려고 하네요. 애초에 책을 사지도 않았으면서……."

애디는 눈앞이 어질어질해져서 눈을 감는다.

그녀는 이해하지 못한다.

이해할 수가 없다.

"이봐요." 그가 말한다. "그냥 가세요."

그녀는 눈을 뜨고 문을 가리키는 그를 쳐다본다. 그녀의 발이 움직이려 하지 않는다. 그녀의 발은 그녀를 데리고 세 마디 말로부터 떠나길 거부한다.

난 당신을 기억해요.

300년.

300년 동안 누구도 그 말을 한 적이 없고, 단 한 번이라도 기억하는 사람이 없었다. 그녀는 그의 소매를 붙잡고 싶고, 그를 앞으로 잡아당기고 싶고, 서점에서 일하는 한 남자가 왜, 어떤 식으로, 무엇이 그렇게 특별한

지 알고 싶다. 하지만 군대 역사 코너에 있던 남자가 책값을 내기 위해 기다리고 아이가 그의 다리에 매달리고 있는 가운데, 안경을 쓴 그 남자는 그녀를 노려보고 있다. 뭔가 잘못되었다. 그녀는 기절할 것만 같은 느낌에 계산대를 손으로 잡는다. 그의 눈이 아주 조금 부드러워진다.

"부탁인데요," 그가 작은 소리로 말한다. "그냥 가세요."

그녀도 그러고 싶다.

하지만 그럴 수가 없다.

애디는 열려 있는 문까지 간다. 서점에서 거리까지 네 개의 낮은 계단이 있지만, 그녀 안의 무언가가 무너져 내린다.

그녀는 계단 꼭대기의 평편한 곳에 주저앉는다. 두 손으로 머리를 감싸고 울든지 웃든지 하고 싶다. 그러나 그러지는 못하고 반투명 유리문을 통해 서점 안을 응시한다. 그녀는 남자가 창틀 안으로 들어올 때마다 그를 지켜본다. 그녀는 눈을 돌릴 수가 없다.

난 당신을 기억해. 난 당신을 기억해. 난 당신을 기억해. 난 당신을 기억해. 난 당신을 기억해. 난 당신을 기억해. 난 당신을 기억해. 난 당신을 기억해. 난 당신을 기억해. 난 당신을 기억해. 난 당신을 기억해. 난 당신을 기억해. 난 당신을 기억해. 난 당신을 기억해. 난 기억해.

"뭐 하는 거죠?"

그녀는 눈을 깜박이며 팔짱을 낀 채 열린 문간에 서 있는 그를 본다. 하늘에 떠 있는 해는 조금 낮은 곳으로 이동했고 빛은 옅어지는 중이다.

"당신을 기다리고 있었어요." 그녀는 이렇게 말하고 몸을 움츠린다. "사과하고 싶어서요." 그녀가 말을 계속한다. "책과 관련된 모든 일을요."

"괜찮아요." 그가 무뚝뚝하게 말한다.

"아뇨, 그렇지 않아요." 그녀가 일어서며 말한다. "커피라도 한잔 살 수 있게 해줘요."

"그럴 필요 없어요."

"그러고 싶어요. 사과의 표시로."

"난 지금 일하는 중이에요."

"*제발요.*"

그녀가 이 말을 하는 방식에는 뭔가 다른 점이 있는 게 틀림없다. 그것은 희망과 필요의 완전한 혼합물로서 책 한 권보다, 미안함보다 더 많은 것을 내포한다. 그것은 남자가 그녀의 눈을 들여다보게 하고, 지금까지는 그가 그녀의 눈을 제대로 들여다본 적이 없다는 사실을 그녀가 깨닫도록 만든다. 그의 시선에는 이상하고 탐색하는 듯한 무언가가 있다. 그가 그녀에게서 무엇을 보았든 그것이 그의 마음을 바꾼다.

"커피 한잔만이에요." 그가 말한다. "그리고 서점은 출입 금지예요."

애디는 공기가 다시 폐로 몰려드는 걸 느낀다. "알겠어요."

뉴욕
2014년 3월 13일

– IX –

✳ ✳ ✳ ✳ ✳ ✳ ✳

애디는 서점이 문을 닫을 때까지 계단에서 한 시간 동안 기다린다.

헨리는 가게 문을 잠그고 돌아서면서 그녀가 앉아 있는 모습을 본다. 애디는 그의 시선에서 공허함을 마주할 준비를 한다. 앞선 만남이 단지 이상한 오류였고, 수백 년 동안 계속되어 온 그녀의 저주에서 삐끗한 바늘땀이었을 뿐이라는 사실을 확인할 준비를 한다.

하지만 그의 시선에는 그녀를 안다는 사실이 담겨 있다. 그는 그녀를 안다. 그녀는 그가 자신을 알고 있음을 확신한다.

그녀가 아직도 그곳에 있다는 사실에 놀랐는지 그의 눈썹은 헝클어진 곱슬머리 아래에서 올라간다. 하지만 그의 짜증은 뭔가 다른 것으로 바뀐다. 심지어 그녀를 더 혼란스럽게 만든다. 의심보다는 덜 적대적이고, 안심보다는 신중함에 가깝다. 표정 안에 기억한다는 뜻이 담겨 있어 여전히 놀랍다. 첫 번째 만남이 아니라 두 번째—혹은 세 번째—만남일 수도 있고, 이번만큼은 그녀만이 일방적으로 알고 있는 사람이 아니다.

"자, 가요." 그가 손을 내밀며 말한다. 자기 손을 잡으란 뜻이 아니라 앞장서라는 뜻이다. 그녀는 그렇게 한다. 그들은 어색한 침묵 속에서 몇 블록을 걷고 애디는 그를 훔쳐본다. 하지만 그의 코의 선과 턱의 각도 외엔 아무것도 알 수가 없다.

늑대처럼 호리호리한 그는 허기진 듯한 표정을 하고 있다. 부자연스러울 정도로 키가 큰 것도 아닌데 마치 자신을 키와 체구가 더 작고 조금 덜 눈에 띄는 사람으로 만들려는 것처럼 어깨를 구부정하게 말고 있다. 혹시 제대로 된 옷을 입는다면, 혹시 적당한 분위기에서 본다면, 혹시라도, 어쩌면. 하지만 그를 오래 지켜볼수록 또 다른 낯선 사람과의 유사성은 약해진다.

그렇다 해도.

손톱이 스웨터에 걸리는 것처럼 그에겐 그녀의 시선을 계속 낚아채는 무언가가 있다.

그는 그녀가 자신을 훔쳐보는 모습을 눈치채고 얼굴을 찌푸린다.

한번은 그가 몰래 훔쳐보는 모습을 그녀가 알아차리고는 미소를 지어 보인다.

카페에서 그녀는 자기가 음료를 살 테니 테이블을 잡으라고 말한다. 그는 돈을 내고 싶은 욕구와 독살당할지도 모른다는 두려움 사이에서 고뇌하는 것처럼 주저하다 결국 한쪽 구석의 작은 공간으로 물러난다. 그녀는 그를 위해 카페라테를 주문한다.

"3달러 80센트입니다." 계산대 뒤의 여자가 말한다.

애디는 가격에 움찔한다. 그녀는 주머니에서 지폐 몇 장을 꺼낸다. 제임스 클레어 집에서 가지고 나온 돈 가운데 마지막으로 남은 것이다. 그 돈으로는 두 잔을 주문할 수가 없다. 남자가 기다리고 있어서 음료를 들고 그냥 밖으로 나가버릴 수도 없다. 그는 기억한다.

애디는 그가 팔짱을 낀 채 창 밖을 보며 앉아 있는 테이블 쪽을 슬쩍 훔쳐본다.

"이브!" 바리스타가 주문한 사람의 이름을 외친다.

"이브!"

애디는 그 이름이 자신을 의미한다는 걸 뒤늦게 깨닫고 깜짝 놀란다.

"이름이 이브라고요?" 그녀가 자리에 앉을 때 남자가 말한다.

아니요, 그녀는 속으로 생각한다. "네, 그래요." 그녀가 말한다. "당신은……."

헨리, 그가 말하기 직전에 그녀는 생각한다.

"헨리예요." 그 이름은 그와 잘 어울린다. 사근사근하고 시적인 헨리. 조용하면서도 강한 헨리. 검정 곱슬머리에 두꺼운 안경테 너머 옅은 눈의 헨리. 그녀는 런던, 파리, 보스턴, 로스앤젤레스 등지에서 십여 명의 헨리를 알고 지냈지만, 그는 그들 가운데 누구와도 같지 않다.

그의 시선은 테이블로 내려가고 그다음엔 잔, 그다음엔 그녀의 빈손으로 이동한다. "그쪽이 마실 걸 안 샀네요."

그녀는 손을 내저으며 거절한다. "딱히 목이 마르지 않아서요." 그녀는 거짓말한다.

"이상하네요."

"왜요?" 그녀가 어깨를 으쓱한다. "당신에게 커피를 사주겠다고만 했잖아요. 그리고," 그녀는 잠시 망설인다. "지갑을 잃어버려서 두 잔을 살 돈이 없었어요."

헨리는 얼굴을 찌푸린다. "그래서 책을 훔친 거예요?"

"훔치지 않았어요. 맞교환하고 싶었을 뿐이에요. 그리고 미안하다고 했잖아요."

"그랬나요?"

"커피를 사는 걸로요."

"말이 나왔으니 말인데요." 그가 일어서며 말한다. "어떻게 마셔요?"

"뭐라고요?"

"커피요. 여기 앉아서 나 혼자 마실 수는 없죠. 내가 나쁜 놈 같잖아요."

그녀가 미소를 짓는다. "그럼 따뜻한 초콜릿요. 진하게요."

그의 눈썹이 다시 위로 올라간다. 그는 주문을 하러 일어나 바리스타에게 뭔가 말한다. 그의 말에 바리스타는 웃고 해를 쫓는 꽃처럼 몸을 앞으로 기울인다. 그는 두 번째 잔과 크루아상 하나를 들고 돌아와서 자리에 앉기 전에 그녀 앞에 놓는다. 그들 사이가 다시 불균형 상태로 변했다. 균형이 기울어졌다가 복원되었다가 다시 기울었다. 이는 그녀가 한 100번 정도 해본 게임이다. 작은 몸짓들로 이루어진 스파링 경기고, 테이블 건너편에서 낯선 남자가 웃고 있는 게임이다.

하지만 지금 앞에 있는 사람은 그녀의 낯선 남자가 아니고, 그는 웃고 있지 않다.

"근데," 헨리가 말한다. "오늘 책으로 뭘 하려고 *했어요?*"

"솔직히요?" 애디는 손으로 커피잔을 감싼다. "당신이 날 기억할 줄 몰랐어요."

질문은 그녀의 가슴속에서 동전처럼, 도자기 안에 든 자갈처럼 달가닥거린다. 그것은 그녀 안에서 넘쳐흐르려는 듯 요동친다.

어떻게 당신은 날 기억하지? 어떻게? 어떻게?

"래스트워드는 그렇게 많은 고객이 찾는 곳이 아니에요." 헨리가 말한다. "그리고 그보다 적은 손님들이 책값을 안 내고 가려고 하죠. 그러니 당신이 깊은 인상을 남겼겠죠."

인상.

인상은 흔적과 같다.

애디는 손가락을 핫초콜릿 거품 사이로 통과시키고, 그녀의 손가락이 지나간 자리 위로 다시 우유 거품이 반듯하게 펴지는 모습을 지켜본다. 헨리는 그 모습을 주목하진 않지만 그는 그녀를 알아차렸고 기억했다.

무슨 일이 벌어지고 있는 거지?

"그럼," 그가 말을 시작하지만 끝맺지는 못한다.

"그럼," 그녀는 그의 말을 따라 한다. 그녀가 원하는 것은 말할 수 없기 때문이다. "당신에 대해 말해 봐요."

당신은 누구야? 왜 당신이야? 무슨 일이 벌어지고 있는 거지?

헨리는 입술을 깨물며 말한다. "말할 게 별로 없네요."

"원래부터 서점에서 일하고 싶었나요?"

헨리의 얼굴이 아련해진다. "사람들이 꿈꾸는 직업은 아닐 수 있겠지만 난 좋아해요." 그가 카페라테 잔을 들어서 입으로 가져갈 때 누군가가 옆으로 지나가면서 그의 의자를 세게 친다. 헨리는 제때 잔을 움켜잡았지만 남자는 사과하기 시작한다. 그리고 멈추지 않는다.

"미안해요." 그의 얼굴은 죄책감으로 비틀린다.

"괜찮아요."

"쏟았나요?" 남자는 진심으로 염려하며 묻는다.

"아뇨." 헨리가 말한다. "그렇진 않아요."

남자의 진지함을 알아차렸는지 모르지만 그는 어떤 신호도 보내지 않는다. 의지력만으로도 남자를 떨쳐낼 수 있다는 것처럼. 그의 관심은 단단히 애디에게 고정되어 있다.

"이상하네요." 드디어 남자가 사라졌을 때 그녀가 말한다.

헨리는 어깨만 으쓱한다. "사고는 늘 일어나요."

그건 그녀가 의미한 바가 아니다. 하지만 생각은 지나가는 기차다. 그녀는 탈선을 즐길 처지가 아니다.

"그건 그렇고," 그녀가 말한다. "당신이 서점 주인인가요?"

헨리가 고개를 가로젓는다. "아니요. 내 것은 아니지만 내 거라고 해도 무리가 없을 정도예요. 내가 유일한 직원이고 서점은 메러디스라는 여자 소유예요. 그녀는 크루즈에서 시간을 보내는 중이고, 난 거기서 일하고 있을 뿐이에요. 당신은요? 책을 훔치지 않을 땐 뭘 해요?"

애디는 질문을 곰곰이 생각한다. 가능한 대답들이 여럿 있지만 모두 거짓말이고, 잘해봐야 진실에 가까운 무엇에 불과하다.

“난 재능 있는 사람들을 발굴하는 스카우터예요.” 그녀가 말한다. “대부분 음악 관련이지만 미술 분야도 해요.”

헨리의 얼굴이 굳어진다. “내 여동생을 만나봐야겠네요.”

“네?” 거짓말을 할걸, 하고 생각하며 애디가 묻는다. “여동생이 예술가인가요?”

“내 생각엔 아마 자기가 예술을 *육성하는* 사람이라고, 그것도 예술가의 한 유형이라고 말할 것 같네요.” 그가 거창한 단어들을 동원한다. “그녀는 원초적인 잠재력을 육성하고, 창의적 미래에 대한 내러티브를 만들어내길 좋아해요.”

애디는 그의 여동생을 만나보고 *싶다고* 생각하지만 말로 표현하지는 않는다.

“형제가 있어요?” 그가 묻는다.

그녀는 크루아상의 한 귀퉁이를 뜯으며 고개를 가로젓는다. 그는 크루아상에 손을 대지도 않았고, 그녀의 위가 꼬르륵 소리를 내고 있기 때문이다.

“운이 좋군요.” 그가 말한다.

“외롭죠.” 그녀가 대꾸한다.

“그렇다면 내 형제를 소개할게요. 의사이자 학자이면서 가식적인 재수 덩어리 데이비드가 있고, 뮤리엘도 있어요. 뮤리엘은 뭐, 그냥 뮤리엘이에요.”

그는 그녀를 쳐다본다. 애디는 거기에 이상한 강렬함이 있다고 다시 느낀다. 도시에서는 눈을 마주치는 사람들이 거의 없어서 그럴 수도 있지만 그가 자신의 얼굴에서 무언가를 찾고 있다는 느낌을 떨쳐낼 수 없다.

"왜 그렇게 봐요?" 그녀가 묻는다. 그는 한 가지 말하고 싶은 것이 있지만 화제를 돌린다.

"당신 점들이 별무리처럼 보이네요."

애디는 미소 짓는다. "그런 얘기 들어봤어요. 나만의 작은 별자리죠. 사람들이 내 얼굴에서 맨 처음 보는 거예요."

헨리는 자리에서 몸을 움직인다. "내게서는 뭐가 보이나요?" 그가 말한다.

그의 목소리는 충분히 가볍지만 그 질문에는 눈 뭉치에 파묻혀 있는 돌처럼 뭔가 무거운 것이 있다. 그는 질문을 하기 위해 줄곧 기다려왔다. 질문에 대한 답은 중요하다.

"검은 머리카락과 친절한 눈, 그리고 정직한 얼굴을 가진 남자가 보여요."

그는 약간 얼굴을 찌푸린다. "그게 다예요?"

"물론 아니죠." 그녀가 말한다. "하지만 당신을 아직 잘 모르잖아요."

"아직이라." 그가 그녀의 말을 반복한다. 그의 목소리에는 미소 같은 것이 담겨 있다.

그녀는 입술을 오므리고 그에 대해 한 번 더 생각한다.

한순간 그들이 있는 곳은 부산한 카페에서 유일하게 조용한 장소가 된다.

충분히 오랫동안 살면 사람을 읽는 법을, 조심히 천천히 다루어서 책처럼 여는 법을 배우게 된다. 어떤 구절에는 밑줄이 쳐져 있고 어떤 것들은 행간에 숨어 있다.

애디는 그의 얼굴을 훑어본다. 그의 눈썹이 오르락내리락하는 곳에 생긴 미세한 주름과 위아래 입술. 그리고 통증을 없애려는 듯 한쪽 손바닥을 문지르는 행동. 몸을 앞으로 당기거나 기울일 때조차도 온전히 그녀에게만 머무르는 그의 온 신경.

"배려하는 사람이 보여요." 그녀가 천천히 말한다. "아마 배려가 심한 것 같네요. 너무 많은 것을 느끼는 사람이기도 하고요. 길을 잃은, 그리고 허기진 사람이 보여요. 원하는 것을 결정할 수 없어서 음식으로 가득 찬 세상에서 쇠약해지고 있다고 느끼는 사람이죠."

헨리가 그녀를 물끄러미 쳐다보는데 그의 얼굴에서는 장난기가 싹 사라졌다. 그녀는 자신이 진실에 너무 가까이 다가갔음을 안다.

애디는 초조하게 웃는다. 그들 주변으로 소리가 다시 몰려온다. "미안해요." 그녀가 고개를 가로저으며 말한다. "너무 깊이 갔네요. 그냥 그쪽이 잘생겼다고 말할걸 그랬어요."

헨리의 입꼬리가 위로 올라가지만 미소는 눈까지 도달하지 못한다. "적어도 당신은 내가 잘생겼다고 생각하는군요."

"난 어떤가요?" 그녀가 갑작스러운 긴장감을 깨려고 묻는다.

하지만 처음으로 헨리는 그녀의 눈을 쳐다보지 않으려 한다. "난 사람을 읽는 덴 젬병이에요." 그는 잔을 옆으로 슬쩍 밀더니 자리에서 일어선다. 애디는 자신이 분위기를 망쳤다고 생각한다. 그는 떠나려 한다.

그런데 그때 그가 그녀를 내려다보며 말한다. "난 배고픈데, 그쪽은 배 안 고파요?"

공기가 다시 그녀의 폐로 몰려든다.

"배는 항상 고프죠." 그녀가 말한다.

그가 손을 내미는데 이번에는 그것이 자기 손을 잡으라는 뜻임을 그녀는 안다.

프랑스, 파리
1719년 7월 29일

– X –

애디는 *초콜릿*을 찾아냈다.

소금이나 샴페인, 은보다 구하기 힘들지만 후작 부인은 진하고 달콤한 조각들이 담긴 상자를 침대 옆에 둔다. 애디는 살살 녹는 초콜릿 한 조각을 혀 위에 올려놓으며 후작 부인이 매일 밤 개수를 세는지, 혹은 그녀의 상자가 바닥을 드러낼 때만 남은 양을 알아차리는지 궁금해진다. 하지만 물어보고 싶어도 그녀는 집에 없다. 그녀가 집에 있었다면 애디는 결코 깃털 이불 위에 대자로 누워 있지 못했을 것이다.

애디와 이 집의 귀부인은 만난 적이 없다.

그들은 절대 만나는 일이 없어야 한다.

후작과 그의 아내는 꽤 빡빡한 사교 일정을 지키는 사람들이어서 지난 몇 년 동안 그들의 집은 애디가 가장 좋아하는 단골집이 되었다.

단골집. 이 말은 유령처럼 사는 사람에게는 적절한 단어다.

부부는 일주일에 두 번 시내 집에서 여는 저녁 식사에 친구들을 초대하고, 2주일마다 더 화려한 파티를 연다. 그리고 한 달에 한 번—마침 그게 오늘 밤인데—다른 귀족 가족들과 카드 게임을 하기 위해 마차를 타고 파리를 벗어나서 이른 아침까지 돌아오지 않는다.

지금쯤이면 하인들은 숙소로 돌아가서 틀림없이 자신에게 주어진 소량의 자유를 마시고 음미하고 있을 것이다. 그들은 교대 근무를 하는데 항상 한 명이 계단 아래에서 보초를 서고, 나머지는 그들에게 주어진 평화를 즐긴다. 어쩌면 그들도 카드 게임을 하는지도 모른다. 혹은 그저 빈 집의 고요함을 즐기고 있을 수도 있다.

애디는 또 다른 초콜릿 조각을 혀에 올려놓고 후작 부인의 침대에 등을 대고 드러누워 포근한 깃털 이불의 구름 속으로 빠져든다. 이곳에는 비용에 있는 것을 다 합친 것보다 쿠션이 많다. 그리고 전부 다 깃털이 두 배는 더 들어가 있다. 귀족들은 너무 거친 표면에 놓이면 깨지는 유리로 만들어진 것 같다. 애디는 눈 위에 누워 천사 모양을 만드는 아이처럼 팔을 펴고 쾌감에 한숨을 내쉰다.

그녀는 후작 부인의 많은 드레스를 꼼꼼히 훑어보느라 한 시간 정도를 보낸다. 입어보려면 손이 더 필요한데 혼자라 입어볼 수가 없다. 그래서 파란색 실크 가운을 입었다. 입고 온 크림색 레이스 장식이 달린 녹색 드레스는 의자에 놓여 있다. 그 드레스를 쳐다보면 사르트 강가 수풀 속에 버려진 자신의 결혼식 드레스, 그녀 옆에 허물처럼 벗겨져 있던 옅은 흰색 리넨 드레스가 떠오른다.

기억은 거미줄처럼 들러붙는다.

애디는 가운을 몸에 꼭 맞게 여미고 옷단에서 나는 장미향을 들이마신다. 눈을 감고 여기가 자신의 침대라고, 삶이라고 상상한다. 몇 분 동안은 충분히 즐겁다. 하지만 방이 너무 따뜻하면서 지나치게 조용하고, 침대에 계속 있으면 그것이 자신을 집어삼키지 않을까 하는 두려운 마음이 든다. 더 나쁘게는 그녀가 잠에 빠지고 이 집의 안주인이 그녀를 흔들어 깨우는 상황이 벌어지는 것이 두렵고, 침실이 2층에 있으니 얼마나 고통스러운 일을 겪어야 할까 싶어진다.

침대에서 벗어나는 데에는 1분이 꼬박 걸린다. 가장자리로 기어가는 동안 손과 무릎이 깃털 이불 속에 엉켜 결국 꼴사납게 바닥 깔개 위로 떨어진다. 그녀는 참나무에 섬세한 나뭇가지를 조각해 넣은 나무 기둥에 기대며 몸을 가눈다. 뭘 하며 시간을 보낼까 생각하며 방을 둘러보는 동안 그녀는 나무들을 생각한다. 유리문은 발코니로 이어지고 나무 문은 복도로 이어진다. 옷장 하나. 의자 하나. 윤을 낸 거울이 올려져 있는 화장대 하나.

애디는 화장대 앞의 쿠션 의자에 주저앉는다. 손가락은 향수병들과 크림 통들, 분첩의 부드러운 깃털, 은색 머리핀을 담는 그릇 위에서 춤을 춘다.

그녀는 머리핀들 가운데 몇 개를 집어서 자신이 뭘 하는지 조금도 알 수 없는 양 머리카락 뭉치들을 비틀어 올리고, 타래들을 머리 뒤쪽과 위쪽으로 고정한다. 지금 유행하는 스타일은 참새 둥지를 닮은 곱슬머리 한 다발을 연상시킨다. 적어도 지금으로부터 50년 후에 유행하기 시작할, 머랭을 쌓은 탑처럼 흉측하고 파우더를 바른 가발을 그녀가 써야 할 이유는 없다.

곱슬머리 둥지가 완성되었지만 마무리가 필요하다. 애디는 깃털 모양 진주 빗을 집어 들고 한쪽 귀 뒤에 빗살을 밀어 넣는다.

이상한 것은 작은 차이들이 합쳐지며 만들어내는 것이다.

사치스러움에 둘러싸인 채 쿠션이 들어간 좌석에 앉아 있고, 머리를 말아서 머리핀으로 고정한 채로 빌린 파란색 실크 가운을 입고 있는 애디는 거의 자신을 잊을 수 있을 것 같고, 다른 사람이 될 수도 있을 것 같다. 명성이라는 보호 장치를 지니고서 자유롭게 나다닐 수 있는 젊은 여주인이자 귀부인이 될 수 있을 것 같다.

뺨의 점들만이 유난히 눈에 띄는데, 그것은 애디가 어떤 사람이었고 어떤 사람인지, 그리고 앞으로 변함없이 어떤 사람일지를 상기시킨다.

하지만 점은 쉽게 숨길 수 있다.

그녀는 분첩을 집어 든다. 뺨에 혈색이 절반쯤 피어올랐을 때 미세한 바람이 공기를 살짝 흔든다. 파리가 아니라 들판의 냄새를 실어나르는 낮은 목소리가 말한다. "차라리 구름이 별들을 완전히 가리는 모습을 보는 게 낫겠어."

애디는 거울에 반사된 실내를 응시한다. 발코니 문은 굳게 닫혀 있지만 방은 더 이상 비어 있지 않는다. 그림자는 아까부터 그곳에 있었던 사람처럼 편안하게 벽에 기대어 있다. 그를 보는 게 놀랍지 않지만—그는 매년 찾아왔다—그녀는 불안해한다. 항상 불안해할 것이다.

"안녕, 아들린." 어둠이 말한다. 그는 방 반대편에 있지만 그의 말은 나뭇잎처럼 그녀의 살갗을 스친다.

그녀는 앉은 자리에서 몸을 돌리고 아무것도 들고 있지 않은 손을 가운의 열린 깃으로 올린다. "꺼져."

그는 혀를 찬다. "1년 만에 만났는데 그게 할 소리야?"

"아니."

"그럼 더 할 말이 있어?"

"내 말은 '아니'라는 의미야." 그녀가 다시 말한다. "그게 내 답이야. 당신의 질문에 대한 내 답이야. 그게 당신이 여기에 있는 유일한 이유잖아. 항복할 건지 물어보러 온 거잖아. 내 답은 아니오야."

잔물결이 일며 그의 미소가 바뀐다. 신사는 사라지고 늑대가 다시 등장한다.

"나의 아들린, 이가 좀 자랐군."

"난 당신 소유가 아니야." 그녀가 말한다.

경고하듯 하얀 번쩍임이 일고 늑대가 물러간다. 빛으로 들어설 때 그는 다시 사람인 것처럼 행동한다. 그림자들이 그에게 매달리고 가장자리를 어둠으로 얼룩지게 만든다. "난 너에게 불멸을 부여했어. 그리고 넌 다른 사람의 침대에서 달콤한 걸 먹으면서 저녁을 보내고 있지. 이보다는 더 나은 걸 기대했는데."

"당신은 내게 저주를 내렸지. 이제 고소해?"

그는 한 손으로 나뭇가지들을 따라가며 나무로 된 침대 기둥을 더듬는다. "우리 기념일에 그런 독한 말을 하다니. 오늘은 너와 저녁을 함께 먹으려고 왔을 뿐이야."

"음식이 보이질 않는데. 그리고 난 당신이 옆에 있는 걸 원치 않아."

그는 연기처럼 움직인다. 한순간 방 건너편에 있다가 다음 순간 그녀 옆에 있다. "나라면 경멸의 말을 그렇게 빨리 쏟아내진 않겠어." 그가 말하며 긴 손가락 하나로 그녀의 머리에 꽂혀 있는 진주 빗을 긁듯이 스친다. "네 옆에 있어 줄 존재는 오직 나뿐이야."

그녀가 움직이기도 전에 공기가 텅 빈다. 그는 다시 방 건너편에 있고, 손은 문 옆에 있는 호출 줄에 놓여 있다.

"멈춰." 그녀가 벌떡 일어서면서 말한다. 하지만 너무 늦었다. 그가 줄을 당기자 잠시 후 종이 울린다. 그리고 집의 침묵은 깨진다.

"당신, 정말 못됐어." 발걸음 소리가 계단에서 들려오자 그녀가 화가 난 듯 내뱉는다.

애디는 도망치기 전에 자신의 드레스와 가져갈 수 있는 사소한 것들을 챙기기 위해 서둘러 돌아선다. 하지만 어둠이 그녀의 팔을 잡는다. 후작 부인의 하녀들 가운데 한 명이 문을 열 때 그는 못된 짓을 하는 아이처럼 그녀가 자기 옆에 있도록 억지로 붙든다.

두 낯선 사람이 주인의 집에 있으니 당연히 놀라야겠지만 여자의 얼굴에는 충격을 받은 듯한 기미가 없다. 놀람도, 분노도, 두려움도 없다. 아무것도 없다. 멍한 표정만이, 꿈을 꿀 때나 멍한 상태일 때 드러나는 차분함만이 있을 뿐이다. 하녀는 지시를 기다리며 고개를 숙이고 손은 맞잡은 채 서 있다. 애디는 공포감과 안도감을 동시에 느끼며 여자가 마법에 걸렸음을 선명하게 깨닫는다.

"오늘 밤 응접실에서 저녁을 먹을 거야." 마치 자기 집인 양 어둠이 말한다. 그의 목소리에는 새로운 음색이, 돌 위로 드리워진 얇은 천과 같은 막이 배어 있다. 그것은 공기 중에 물결을 만들며 퍼지고 하녀 주변을 감싼다. 애디는 그것이 자신의 살갗을 따라 미끄러지고 있음을 느낄 수 있고, 심지어 그의 목소리가 계속 유지되지 않을 때조차도 느낀다.

"알겠습니다, 주인님." 하녀는 고개를 살짝 숙이며 말한다.

하녀는 앞장서서 계단을 내려가고 어둠은 애디를 쳐다보며 가볍게 미소 짓는다.

"가자고." 그가 말한다. 거만한 기쁨에 두 눈은 에메랄드빛으로 변한다. "내가 듣기론 후작의 요리사가 파리에서 실력이 가장 좋은 요리사 가운데 한 명이라던데."

그가 그녀에게 팔을 내밀지만 그녀는 잡지 않는다.

"당신은 정말 나와 함께 저녁 먹는 걸 바라지 않는군."

그는 턱을 들어올린다. "내가 식탁에 같이 있다는 이유만으로 식사를 망치려는 거야? 네 위는 네 자존심보다 훨씬 소리가 큰 거 같은데. 하지만 좋을 대로 해, 아들린. 네가 빌린 방에 그대로 남아서 훔쳐낸 초콜릿이나 실컷 먹어. 난 너 없이 저녁을 먹을 테니까."

이 말과 함께 그는 성큼성큼 걸어가버린다. 그녀는 그의 등 뒤로 문을 쾅 하고 닫고 싶은 충동을 느끼면서도 그와 함께 저녁을 먹든 안 먹든 그가 자신의 밤을 망쳤고, 방에 남는다고 해도 마음은 그를 따라 계단을 내려가서 저녁 식사 자리에 있으리라는 것을 알고 있다.

그녀도 그의 뒤를 따른다.

지금으로부터 7년 후 애디는 파리 광장에서 상연하는 인형극을 보게 될 것이다. 커튼이 쳐진 수레가 있고, 그 뒤에서 한 남자가 양손으로 작은 나무 인형들을 높이 쳐들고 있다. 인형의 팔다리는 노끈에 매달려 아래위로 춤을 출 것이다.

그녀는 오늘 밤을 생각할 것이다.

오늘 밤의 저녁 식사를.

하인들은 마치 줄에 매달린 것처럼 유연하게, 조용히 그들 주변을 움직인다. 모든 몸짓이 똑같이 잠에 취한 듯 편안하다. 의자들은 뒤로 나와 있고, 리넨은 팽팽하게 펴져 있고, 샴페인 병들의 코르크 마개는 개봉되어 있고, 샴페인은 긴 크리스털 잔에 따라져 있다.

하지만 음식이 너무 빨리 나온다. 첫 번째 요리는 잔이 채워지자마자 나온다. 어둠이 이 집의 하인들에게 쓰고 있는 통제력이 무엇이든지 그것은 그녀가 몰래 남의 방에 들어가기 전부터 시작되었다. 그가 종을 울리고 하녀를 부르고 그녀를 저녁 식사에 초대하기 전부터 시작된 것이다.

선 세공 장식이 된 방에 있는 그는 전혀 어울리지 않는다. 그는 결국 야생의 존재고, 숲속에서의 밤들의 신이자 어둠에 묶여 있는 악마다. 하지만 침착함과 저녁 식사를 즐기는 귀족의 우아함 또한 갖추고 있다.

애디는 은색 나이프, 도금된 접시의 테두리를 손가락으로 조심스럽게 만지작거린다.

"내가 감동이라도 받아야 하나?"

어둠은 식탁 건너편에 있는 그녀를 쳐다본다. "감동 안 받았어?" 하인들이 고개를 숙이고 벽 쪽으로 물러날 때 그가 묻는다.

사실 그녀는 겁을 먹었다. 보이는 것들 때문에 불안하다. 그녀는 그의 힘을 알지만—적어도 안다고 생각했다—거래를 하는 것과 통제력을 보는 것은 별개다. 어떻게 그들에게 일을 하게 만드는 거지? 얼마나 멀리 그들을 보낼 수 있는 거지? 그에겐 그게 노끈을 당기는 것처럼 쉬운 일일까?

첫 번째 요리로 여명과 같은 옅은 오렌지색 크림수프가 앞에 놓인다.

냄새가 아주 좋다. 샴페인은 유리잔 안에서 반짝인다. 하지만 그녀는 어떤 것에도 손을 대지 않는다.

어둠은 그녀의 얼굴에서 조심성을 읽어낸다.

"아들린." 그가 말한다. "난 음식과 술로 널 함정에 빠트리기 위해 온 요정이 아니야."

"그렇긴 해도 모든 것에는 치러야 할 값이 있는 것 같던데."

그는 숨을 내쉬고, 두 눈에서는 연한 녹색이 번쩍인다.

"마음대로 해." 그가 말한다. 자신의 잔을 집어 들고 깊이 한 모금 들이마신다.

한참 후 애디는 항복하고 유리잔을 입술로 가져간다. 그리고 샴페인을 처음으로 맛본다. 그것은 지금껏 그녀가 맛본 것과는 매우 다르다. 달콤하면서도 날카로운, 수많은 연약한 거품이 그녀의 혀를 가로지르며 내달린다. 다른 식탁이었다면, 다른 남자였다면, 다른 밤이었다면 아마도 쾌감에 녹아내렸을 것이다.

한 모금씩 음미하는 대신 그녀는 곧바로 잔을 비우고, 잔을 식탁 위에 내려놓을 즈음 머리가 조금 저릿해짐을 느낀다. 하인은 이미 그녀의 팔꿈치 옆으로 와서 두 번째 잔을 따른다.

어둠은 자신의 샴페인을 홀짝이며 그녀가 먹는 동안 아무런 말도 하지 않고 바라본다. 방의 침묵이 점점 무거워지지만 그녀는 침묵을 깨지 않는다.

대신 그녀는 맨 먼저 수프에, 그러고 나서는 생선에, 그다음엔 빵으로 감싼 쇠고기 한 접시에 집중한다. 이것은 그녀가 몇 달, 몇 년 동안 먹은 것보다 많은 양이어서 위를 채우고 넘칠 정도로 포만감을 느낀다. 그녀는 식사 속도를 늦추며 식탁 건너편에 있는 사람이 아닌 남자를, 그의 등 뒤에 있는 그림자들이 방 안에서 움직이는 방식을 관찰한다.

지금은 그들이 함께 보낸 중에 가장 긴 시간을 보내고 있다.

이전에는 숲속에 함께 했던 순간들이 있고, 허름한 방에서 몇 분, 센 강을 따라 걸으며 30분을 보낸 적이 있다. 하지만 지금 처음으로 그는 그림자처럼 뒤에 흐릿하게 나타나거나 그녀의 시야 가장자리에 유령처럼 머무르지 않는다. 지금 그는 완전히 모습을 드러낸 채 건너편에 앉아 있다. 그녀는 그의 얼굴을 100번도 더 그려봤으므로 그 얼굴의 정적인 이목구비들을 알고 있지만 그래도 움직이는 그를 유심히 관찰할 수밖에 없다.

그는 그녀를 내버려 둔다.

그의 태도에는 수줍어하는 기색이 전혀 없다.

그는 그녀의 관심을 즐기는 것처럼 보인다.

그의 칼이 접시의 고깃덩이를 자르고 그 조각을 입술로 가져가는 동안 그의 검은 눈썹은 올라가고 입가는 당겨진다. 사람이라기보다는 세심한 손이 모아놓은 이목구비의 집합이다.

시간이 흐르면 변할 것이다. 그것이 과연 그녀 자신의 그림이기는 했었는지 알아볼 수 없을 때까지 그녀가 그린 선들 틈을 메꾸기 위해 그는 팽창하고 확장할 것이고, 그녀가 꼭 쥐고 있는 그림을 빼앗을 것이다.

지금 그의 것—전적으로 그의 것—이라 할 수 있는 유일한 요소는 두 눈이다.

그녀는 수백 번 상상했다. 그렇다. 그 눈은 항상 녹색이었다. 하지만 그녀의 꿈속에서는 단색, 여름 이파리들의 안정적인 녹색이었다.

그의 두 눈은 다르다.

보는 사람을 깜짝 놀라게 하고 변덕스럽게 변하기도 한다. 약간의 유머나 기질상의 변화가 반영되는 곳은 오로지 그 두 눈이다.

애디가 그의 눈에 담긴 언어를 배우는 데에는 여러 해가 걸릴 것이다. 즐거움은 그의 두 눈을 여름 담쟁이덩굴 색으로 만들고, 짜증은 옅게 해서 풋사과 색으로 만든다. 쾌락은 두 눈을 어둡게 만들어서 밤의 숲에서 보이는 거의 새까만 색이 되는데 다만 가장자리만큼은 녹색이라고 분간할 수 있을 정도다.

오늘 밤 그의 눈은 흐르는 개울 물에 잠긴 수풀의 미끈거리는 색이다.

저녁 식사가 끝날 무렵 그것들은 완전히 다른 색이 될 것이다.

그의 자세에는 나른한 무언가가 있다. 그는 한쪽 팔꿈치를 식탁보에 올리고 있다. 시선은 표류하고 고개는 멀리서 들려오는 소리를 듣는 것처럼 아주 살짝 기울어져 있다. 자신의 모습에 흡족한 듯 우아한 손가락은 턱선을 따라간다. 그녀는 자신이 알아차리기도 전에 침묵을 깬다.

"당신 이름이 뭐야?"

그의 두 눈이 방의 한쪽 구석에서 그녀에게로 내려온다. "왜 이름이란 게 있어야 하지?"

"모든 것에는 이름이 있어." 그녀가 말한다. "이름은 목적을 가져. 이름은 힘이 있지." 그녀는 자신의 잔을 그가 있는 쪽으로 기울인다. "당신도 알잖아. 그러지 않고서야 내 이름을 훔쳤을 리 없으니까."

그의 입가에 늑대 같고 재밌어하는 웃음이 걸린다. "그게 사실이라면," 그가 말한다. "이름이 힘을 갖는다면 내가 왜 너에게 내 이름을 넘겨주겠어?"

"왜냐하면 내가 당신 얼굴을 보면서, 그리고 내 머릿속에서, 당신을 무언가로 불러야 하니까. 지금 나에겐 저주만이 있을 뿐이야."

어둠은 개의치 않는 것처럼 보인다. "네 맘대로 불러. 별 차이는 없으니까. 네 일기장에서는 낯선 남자를 뭐라고 불렀지? 나를 만들 때 모델로 삼은 남자 말이야."

"날 조롱하려고 당신이 지금 모습을 만들었지. 난 당신이 다른 모습이었으면 좋겠어."

"넌 모든 행동에서 폭력을 보는군." 그가 생각에 잠기며 말하면서 엄지손가락으로 잔을 쓰다듬는다. "너에게 맞추려고 나 자신을 만든 거야. 널 편하게 해주려고."

분노가 그녀의 가슴 안에서 치솟는다. "당신은 내가 가질 수 있던 한 가지를 망쳤어."

"참 슬픈 일이야, 그렇지? 네가 가진 거라곤 꿈밖에 없었는데 말이지."

그녀는 어떤 도움도 되지 않으리란 것을 알기에 잔을 그에게 던지고 싶은 충동을 참는다. 대신 벽 옆에 있는 하인을 쳐다보고 채우라는 뜻으로 잔을 내민다. 하지만 하인은 움직이지 않는다. 어떤 하인도 움직이지 않는다. 그들은 그녀가 아니라 그의 의지에 묶여 있다. 그래서 그녀는 자리에서 일어나 직접 병을 집는다.

"너의 낯선 남자, 그의 이름은 뭐였지?"

그녀는 자리로 돌아와 잔을 채우고 한가운데에서 솟아나는 수많은 반짝이는 거품에 집중한다. "그에겐 이름이 없었어." 그녀가 말한다.

하지만 그건 물론 거짓말이다. 어둠은 그 사실을 아는 것처럼 그녀를 쳐다본다.

사실 그녀는 여러 해에 걸쳐 열 개 정도의 이름—미셸, 장, 니꼴라, 앙리, 뱅상—짓기를 시도해보았지만 어떤 것도 어울리지 않았다. 그러다 어느 밤, 옆에 그가 있다고 생각하면서 그의 긴 손가락이 그녀의 머리카락 사이로 기어오르고 있는 장면에 휩싸여 침대에 몸을 말고 누워 있을 때, 그 이름이 혀에서 무심히 굴러 나왔다. 그 이름은 숨처럼 간단하게, 공기처럼 자연스럽게 그녀의 입술을 통과했다.

뤽.

그것은 뤼시앵을 의미한다. 하지만 그 그림자와 마주 앉아 있는, 이런 가식, 아이러니는 너무 뜨거운 음료 같고, 그녀 가슴속에서 타는 잉걸불 같다.

뤽.

루시퍼의 뤽.

산들바람처럼 불어온 말들이 그녀를 통과하며 울린다.

난 악마일까, 아니면 어둠일까?

그녀는 모른다. 앞으로도 절대 알 수 없을 것이다. 하지만 이름은 이미 더럽혀졌다. 그가 그 이름을 가지도록 내버려두자.

"뤽." 그녀가 중얼거린다.

그림자는 눈부시게, 기쁨을 잔인하게 흉내 내는 미소를 짓는다. 그리고 건배를 청하듯 잔을 든다.

"그럼 뤽으로 하지."

애디는 술이 가져다주는 약간의 어지러움에 매달리며 다시 잔을 비운다. 물론 효과는 오래 지속되지 않을 것이다. 그녀는 잔을 비울 때마다 자신의 감각들이 저항하는 것을 느낀다. 하지만 적어도 한동안은 그것들을 이겨보리라 결심하고서 계속 술을 마신다.

"난 당신을 증오해." 그녀가 말한다.

"오, 아들린." 그가 잔을 내려놓으며 말한다. "내가 없었다면 네가 어디에 있었을 것 같아?" 그는 말을 하면서 잔의 긴 손잡이 부분을 손가락으로 돌린다. 그녀는 잔의 반사면에서 또 다른 삶을 본다. 자신의 삶을, 그리고 자신의 것이 아닌 삶을. 해가 지고 결혼피로연에 사람들이 모였을 때 아들린이 숲으로 도망치지 않고 그녀를 자유롭게 해줄 어둠을 소환하지 않았다면 살았을 삶을.

잔에서 그녀는 자신을 본다. 그녀의 오래된 자신, 그녀가 될 수도 있었던 자신. 로제의 아이들이 옆에 있고, 새로 태어난 아이는 허리께에 안고 있다. 그녀의 친숙한 얼굴은 피로 때문에 누렇다. 애디는 로제 옆에 누워 있는 자신을 보지만 그들 몸 사이의 공간은 차갑게 식어 있다. 어머니가 항상 그랬던 것처럼 난로 위로 몸을 구부리고 있는 자신을 보고, 똑같은 안면 주름도 본다. 옷에 난 구멍에 바느질하느라 손가락이 너무 아프고, 오래된 그림 연필을 잡기에는 할 일이 너무 많다. 삶의 덩굴에서 시들어가는 자신을 본다. 비용에 있는 모든 사람에게 너무나 친숙한, 종종거리며 걷는 자신을, 요람에서 무덤까지의 좁은 길을 본다. 묘비처럼 고요하고 작은 회색 교회가 기다리고 있다.

애디는 그것을 보고 나자 그가 다시 돌아가겠냐고, 지금을 저것과 바꾸겠느냐고 물어보지 않는 것에 감사해한다. 모든 슬픔과 광기, 상실감, 허기, 고통에도 그녀는 여전히 유리에 비친 모습을 보면 움츠러들기 때문이다.

식사가 끝나고 하인들은 주인의 다음 지시를 기다리며 어둠 속에 서 있다. 그들은 고개를 숙이고 있고 텅 빈 듯한 얼굴이지만, 그녀는 그들을 인질이라고 생각하지 않을 수 없다.

"저 사람들은 보내줬으면 좋겠는데."

"소원으로 빌 만한 게 다 떨어졌나 보군." 그가 말한다. 하지만 애디는 그의 눈을 정면으로 바라보고 시선을 유지한다. 이제 그에게 이름이 있으니, 그를 한 남자라고 생각하는 것은 더 쉬운 일이 되었고, 아울러 남자들은 도전 대상이다. 잠시 후 어둠은 한숨을 내쉰다. 그러고는 가장 가까이에 있는 하인을 돌아보고 그에게 샴페인 한 병을 따 두고 물러가라고 말한다.

이제 남은 건 두 사람뿐이고, 방은 이전보다 더 작아 보인다.

"자, 됐지?" 뤽이 말한다.

"후작과 그의 아내가 집으로 돌아와서 하인들이 술에 취해 있는 모습을 발견하면 그들은 대가를 치러야 할 거야."

"그렇다면 나도 궁금한 게 있는데, 후작 부인의 방에 있는 초콜릿이 사라진 것은 누가 책임을 지게 될까? 파란색 실크 가운은? 네가 도둑질을 할 때 아무도 고통받지 않을 거라 생각했어?"

애디는 발끈하고 열이 뺨까지 뻗친다.

"당신은 내게 다른 *선택권을* 주지 않았어."

"난 네가 원하는 것을 줬어, 아들린. 제약 없는 시간과 제약 없는 삶을 줬어."

"당신은 내게 잊히는 저주를 내렸어."

"넌 자유를 원했어. 그보다 더한 자유는 없어. 넌 방해받지 않고 세상을 돌아다닐 수 있어. 묶여 있지도 않고 구속되지도 않아."

"잔인한 짓을 해놓고 친절을 베푼 척하는 거, 그만해."

"난 너와 *거래를* 했어."

그 말을 하는 순간 그의 손이 식탁을 세게 내리치고, 짜증으로 인해 두 눈은 번개처럼 짧은 순간 노란빛을 낸다. "네가 나를 찾아왔어. 간청했지. 애원했고. 네가 말들을 선택했어. 난 조건을 골랐고. 돌아간다는 것은 있을 수 없어. 앞으로 나아가는 일에 지쳤다면, 그렇다고 말만 하면 돼."

의지하기가 훨씬 더 쉬운 증오심이 한 번 더 차오른다.

"날 저주한 건 실수였어." 그녀의 혀가 자유롭게 풀려난다. 샴페인 때문인지 아니면 그와 함께한 시간 때문인지, 너무 뜨거운 목욕물에 적응하는 몸처럼 시간과 함께 찾아오는 환경에 대한 순응 때문인지 알 수 없다. "당신이 내가 원한 것만 줬다면 시간이 흐르면서 나는 소진되었을 거야. 난 주어진 만큼 살았을 것이고, 우리는 둘 다 승리했을 거야. 하지만 지금은 내가 아무리 지쳤다 해도 절대 내 영혼을 당신에게 주지 않을 거야."

그가 미소를 짓는다. "넌 참 고집 센 여자야. 하지만 바위도 차츰 닳아서 아무것도 아닌 걸로 변하지."

애디는 앞으로 나와 앉는다. "당신은 스스로를 잡은 먹잇감을 가지고 노는 고양이라고 생각하지. 하지만 난 쥐가 아니야. 난 식사거리가 되지 않을 거야."

"그러지 않길 바라." 그가 두 손을 활짝 편다. "나에게 도전 과제가 있었던 적이 언제인지 기억도 안 나네."

게임. 그에게는 *모든 게* 게임이다.

"당신은 날 과소평가하는군."

"내가?" 그가 술을 홀짝이는 가운데 한쪽 검정 눈썹이 올라간다. "우린 또 만나겠군."

"그럼." 애디가 잔을 들며 말한다. "만나게 될 거야."

오늘 밤 그는 그녀에게 선물을 주었지만, 그가 그 사실을 아는지는 그녀도 확신하지 못한다. 시간에는 얼굴과 형체가 없고 싸워 이길 대상이 없다. 하지만 그의 조롱하는 미소와 장난치는 말들 속에서 어둠은 그녀에게 그녀가 진정으로 필요로 하는 것을 주었다. 그것은 바로 적이다.

바로 이곳에서 전선이 그어졌다.

첫 번째 총성은 비용에서 그가 그녀의 영혼과 함께 그녀의 삶을 훔쳤을 때 울렸겠지만 전쟁이 시작된 곳은 여기, 바로 지금 여기다.

뉴욕
2014년 3월 13일

– XI –

그녀는 헨리를 따라 사람이 너무 많고 너무 시끄러운 바로 들어간다.

브루클린에 있는 바가 모두 그렇듯 사람은 많은데 공간이 너무 좁다. 목요일이지만 머천트라고 예외는 아니다. 애디와 헨리는 뒤편에 있는 좁은 테라스로 내몰려 차양 아래에 꼭 붙어 있다. 소음 속에서 그의 목소리를 들으려면 그녀는 몸을 앞으로 기울여야만 한다.

"어디 출신이에요?" 그녀가 먼저 묻는다.

"뉴욕 북부요. 뉴버그 시. 당신은요?"

"사르트의 비용 출신이에요." 그녀가 말한다. 그 단어는 그녀의 목구멍에서 통증을 일으킨다.

"프랑스요? 억양이 전혀 없는데요."

"여기저기 떠돌아다녔어요."

그들은 감자튀김과 해피아워 맥주 두 병을 나눠 먹는 중이다. 그가 서점 일은 월급이 많은 직업은 아니라고 설명했기 때문이다. 애디는 다시 안으로 들어가서 제대로 된 술을 가져오고 싶지만 이미 지갑을 잃어버렸다고 거짓말을 했고, 『오디세이』 사건이 있고 난 뒤이기도 해서 속임수를 더 이상 쓰고 싶지 않다.

게다가 그녀는 두렵다.

그가 그냥 떠나버릴까 봐 두렵다.

그가 자신의 시야에서 벗어나는 것이 두렵다.

이것이 무엇이든 간에, 일시적이든, 실수든, 아름다운 꿈이든, 운이든, 그냥 사라지도록 내버려두는 것이 두렵다. 그가 떠나도록 내버려 두는 것이 두렵다.

한 걸음이라도 잘못 옮기면 그녀는 깨어날 것이다. 한 걸음이라도 잘못 옮기면 실이 끊어질 것이고, 저주가 마구 흔들리며 다시 제자리로 돌아갈 것이고, 그러면 끝날 것이다. 헨리는 사라지고, 그녀는 다시 혼자가 될 것이다.

그녀는 다시 억지로 자신을 현재로 돌아오게 만든다. 지속되는 동안 즐기자. 지속되지 않으면, 할 수 없다. 하지만 여기, 지금은…….

"무슨 생각을 그렇게 하고 있어요?" 그가 다른 손님들보다 큰 목소리로 소리친다.

그녀는 미소를 짓는다. "여름이 빨리 왔으면 좋겠어요." 그건 거짓말이 아니다. 지금껏 길고 눅눅한 봄이 이어져서 추위라면 넌덜머리가 난다. 여름은 뜨거운 나날과 빛이 머무는 밤을 의미한다. 여름은 생기 넘치는 또 다른 한 해를 의미한다. 그것이 없는 또 다른 한 해를—.

"한 가지만 가질 수 있다고 쳐요," 헨리가 끼어든다. "뭘 갖고 싶어요?"

그는 그녀를 유심히 관찰하며 그녀가 사람이 아니라 책이라는 듯, 읽어야 할 무언가인 것처럼 실눈을 뜨고 그녀를 바라본다. 그녀는 유령을 보듯 그를 쳐다본다. 기적. 있을 수 없는 일.

이건 기적, 있을 수 없는 일이야. 그녀는 생각한다. 그녀는 빈 병을 들어 올리고 말한다. "맥주 한 병 더."

– XII –

✳ ✳ ✳ ✳ ✳ ✳ ✳

애디는 자기 삶의 모든 순간을 설명할 수 있다. 하지만 헨리와 보낸 그 날 밤, 그 순간들만큼은 분명치가 않은 것 같다. 그들이 바를 전전하고, 해피아워가 저녁 식사로, 그다음엔 늦은 술자리로 이어지는 동안 시간은 지나간다. 저녁 시간이 나뉘는 지점에 한쪽 길은 각자 갈 길을 가는 방향이고 다른 길은 하던 일을 계속 이어가는 길일 때, 그들은 두 번째 길을 선택한다.

그들은 상대가 "밤이 늦었네요." "이제 가야겠어요." 혹은 "또 봐요." 라고 말하길 기다리며 함께 시간을 보낸다. 둘 사이에는 일종의 말로 하지 않은 약속, 그리고 그것이 무엇이든지 간에 끝내고 싶지 않다는 의지가 있다. 그녀는 자신이 왜 연결된 실이 끊기는 것을 두려워하는지 알지만 헨리는 왜 실을 끊지 못하는지 의아하다. 그녀는 그의 두 눈 뒤에서 발견하는 외로움이 궁금하다. 웨이터와 바텐더, 다른 고객들이 그를 바라보는 시선, 그가 알아차리지 못하는 따스함을 의아해한다.

자정 무렵 그들은 봄 이후로 처음 맞이하는 따뜻한 밤 속을 나란히 걸으며 싸구려 피자를 먹고 있다. 머리 위로는 구름이 낮게 펼쳐져 있고 달빛을 받아 빛난다.

그녀가 위를 쳐다보고 헨리도 그렇게 한다. 한순간, 오로지 한순간, 그는 압도적으로, 그리고 참을 수 없을 정도로 슬퍼 보인다.

"난 별이 그리워요." 그가 말한다.

"나도 그래요." 그녀가 말한다. 그는 시선을 그녀에게로 떨구고 미소 짓는다.

"당신은 누구죠?"

그의 두 눈이 유리알처럼 투명해진다. 그가 '누구'냐고 묻는 말이 거의 '어떻게'처럼 들린다. 어떻게 지내느냐는 질문보다는 어떻게 여기에 있는지를 묻는 것처럼 들린다. 그녀도 그에게 같은 질문을 던지고 싶지만 그러지 말아야 할 나름의 이유가 있다. 게다가 그는 그냥 조금 취한 것뿐이다.

그것은 단순히, 그리고 완벽히 정상이다.

하지만 그는 정상일 수가 *없다*.

정상인 사람들은 그녀를 기억하지 못하기 때문이다.

그들은 지하철역에 도착한다. 헨리가 걸음을 멈춘다.

"여기서 헤어져야겠네요."

그녀의 손을 잡고 있던 그의 손이 풀리자 오래되고 친숙한 두려움이, 끝에 대한 두려움이, 아무것도 아닌 것으로 변하는 무언가에 대한 두려움이, 쓰이지 않는 순간들과 지워진 기억들에 대한 두려움이 일어난다. 그녀는 밤이 끝나지 않기를 바란다.

마법이 풀리지 않았으면 한다. 그러지 않기를—.

"당신을 다시 만나고 싶어요." 헨리가 말한다.

희망이 그녀의 가슴을 채우다 아픔으로 변한다. 그녀는 그런 말을 백 번도 넘게 들었지만 현실감 있게 다가온 건 처음이다. 가능성이 있다. "나도 당신이 나를 다시 만나길 원해요."

헨리는 미소 짓는다. 얼굴 전체로 퍼지는 미소다.

그가 휴대폰을 꺼내자 애디의 가슴이 내려앉는다. 그녀는 휴대폰이 없다. 사실은 지금까지 한 번도 휴대폰이 필요했던 적이 없었다. 전화할 사람이 있다고 해도 할 수 없었을 것이다. 그녀의 손가락은 휴대폰 화면 위로 헛되이 미끄러졌을 것이다. 그녀에겐 이메일도 없고, 그녀의 저주에 존재하는 '쓰지 못한다'라는 부분 덕분에 메시지를 보낼 방법도 없다.

"휴대폰 없이도 살 수 있다는 걸 몰랐네요."

"내가 좀 구식이에요." 그녀가 말한다.

그는 다음 날 그녀가 사는 곳에 들르겠다고 제안한다. 그녀는 어디에 사는가? 이제는 우주가 그녀를 조롱하고 있다는 느낌이 든다.

"친구가 잠시 집을 비워서 친구 집에 있어요." 그녀가 말한다. "서점으로 내가 찾아가면 어떨까요?"

헨리가 고개를 끄덕인다. "그럼 서점에서." 그는 뒤로 걸으며 말한다.

"토요일에?"

"토요일에."

"사라지지 마요."

애디가 웃는다. 작고 불안정한 웃음이다. 그는 돌아서서 첫 번째 발걸음을 내딛는다. 그러자 공포감이 그녀를 사로잡는다.

"잠깐만요." 그녀가 말하며 그를 불러 세운다. "말할 게 있어요."

"세상에." 헨리가 신음을 내뱉는다. "만나는 사람이 있군요."

그녀의 주머니 안에 있는 반지가 뜨겁게 타오른다. "아니에요."

"당신은 CIA 요원이고 일급 비밀 임무를 위해 내일 떠나야 하는 거죠."

애디가 웃는다. "아니에요."

"당신은—."

"내 진짜 이름은 이브가 아니에요."

그가 계단에 대고 있던 발을 다시 돌리고 혼란스럽다는 표정을 짓는다. "……그렇군요."

그녀는 자신이 그것을 말할 수 있는지, 저주가 그걸 말할 수 있게 해줄지 알지 못한다. 하지만 시도해야 한다. "당신에게 내 진짜 이름을 말하지 않았어요. 왜냐하면 좀 복잡한 사정이 있어요. 하지만 난 당신이 좋아요. 그래서 난 당신이 알았으면 좋겠어요. 당신이 내게서 내 이름을 들었으면 해요."

헨리는 정신이 번쩍 들어 몸을 곧추세운다. "아, 그럼 뭐예요? 이름이?"

"그건 애—." 소리가 1초 동안 머무른다. 사용하지 않은 지 오래된 근육의 딱딱함. 녹이 슨 톱니. 소리는 긁히면서 자유로이 풀려난다.

"애디예요." 그녀는 세게 침을 삼킨다. "내 이름은 애디예요."

이름은 그들 사이의 공기에 걸려 있다.

헨리는 미소를 짓는다. "네, 알겠어요." 그가 말한다. "굿나잇, 애디."

너무나 간단하다.

혀에서 굴러나오는 두 음절의 단어.

이것은 그녀가 지금껏 들어본 소리 가운데 가장 근사한 소리다. 그녀는 두 팔로 그를 끌어안고 싶고, 그의 발음을 듣고 또 듣고 싶다. 그녀를 공기처럼 채우는, 그녀가 단단하다고 느끼도록 해주는 불가능한 단어.

이것은 실제다.

"굿나잇, 헨리." 애디가 말한다. 차마 자신은 그를 두고 돌아설 수 없을 것 같기에 차라리 그가 뒤로 돌아 멀어지길 바란다.

그녀는 그가 시야에서 벗어날 때까지 지하철 계단 맨 꼭대기 근처에 뿌리를 내린 것처럼 서 있다. 숨을 참으며 실이 끊어지길 기다리고, 세상이 요란하게 흔들리며 다시 원래대로 복귀하기를 기다리고, 두려움과 상실감을 기다리고, 그리고 그것이 요행수, 우주적 오류, 실수였으며 이제 끝났고 다시 일어나지 않으리라는 깨달음을 기다린다.

하지만 그녀는 이 가운데 어떤 것도 느끼지 않는다.

그녀가 느끼는 것은 기쁨, 그리고 희망뿐이다.

그녀의 부츠 뒤꿈치는 거리에서 리듬처럼 울린다. 여러 해가 지나긴 했어도 또 다른 한 켤레의 신발이 자신의 신발 옆에서 보조를 맞추길 기대한다. 구르는 안개처럼 부드럽고, 감미롭고, 조롱하는 듯한 그의 목소리를 듣기를 기대한다. 하지만 그녀 옆에 그림자가 없다. 오늘 밤만큼은 없다.

저녁은 조용하다. 그녀는 혼자지만 이번만큼은 외로움과 다르다.

굿나잇, 애디, 라고 헨리는 말했다. 애디는 그가 어떤 식으로든 마법을 깨트린 건지 궁금하다.

그녀는 미소 짓고 자신에게 속삭인다. "굿나잇, 애—."

하지만 저주가 그녀의 목구멍 주변으로 조여들고, 항상 그랬던 것처럼 이름은 그곳에 머무른다.

그렇다 해도.

그렇다 해도.

굿나잇, 애디.

300년 동안 그녀는 자신이 한 거래의 한계를 시험해왔다. 그것이 먹히지 않는 장소들과 쇠창살들 주변의 미묘한 휨과 굽힘을 찾아냈지만 탈출하는 길을 찾지는 못했다.

그렇다 해도.

왜 그런지 모르지만 있을 것 같지도 않은데, 헨리는 *안으로* 들어오는 길을 찾아냈다.

왜 그런지 모르지만, 그는 그녀를 기억한다.

어떻게? 어떻게? 질문이 그녀의 심장 박동과 함께 쿵 하고 크게 울리지만 지금 이 순간 애디는 신경쓰지 않는다.

이 순간, 그녀는 다른 사람의 입술에서 흘러나온 자기 이름이 가진 소리에, 진짜 자기 이름의 소리에 집중하고, 그것만으로 충분하다. 그것만으

로 충분하다. 그것만으로 충분하다.

프랑스, 파리
1720년 7월 29일

– XIII –

무대가 만들어졌고 장소도 준비되었다.

애디는 탁자 위의 리넨을 곧게 펴고, 도자기 접시와 와인 잔—크리스털은 아니지만 그래도 유리로 된—들을 배치하고, 바구니에서 저녁 식사거리를 꺼낸다. 우아한 손들이 시중을 드는 다섯 가지 코스 요리는 아니지만 식사는 신선하고 양도 많다. 여전히 따뜻한 빵 한 덩어리, 치즈 한 조각, 돼지고기 테린, 레드와인 한 병. 그녀는 자신이 모은 이 모든 것들이 자랑스럽다. 이것들을 가져오기 위해 마법을 부리지도 않았고, 저주를 내뱉지도 않았으며, 단순히 시선을 마주치고 말을 하고 그리하여 말한 대로 이루어진 것도 아니라는, 그 변함없는 사실 또한 자랑스럽다.

식탁에만 해당하는 이야기가 아니다.

방도 마찬가지다. 이곳은 몰래 숨어든 방이 아니다. 거지가 사는 가축우리 같은 방도 아니다. 적어도 지금으로서는 자기 것이라고 부를 만한 장소다. 찾는 데만 2개월이 걸렸고 고치는 데 2주일이 걸렸지만 그럴 만한 가치가 있었다. 밖에서 보면 아무것도 아니다. 깨진 유리창과 뒤틀린 나무들만 보인다. 아래층은 수리가 어려울 정도로 황폐해져서 설치류들과 길 잃은 고양이들에게만 가끔씩 집 구실을 하는 것도 사실이다. 겨울에는 모양새와 관계없이 쉼터를 찾는 사람들로 북적인다. 하지만 지금은 한여름이고, 도시의 가난한 사람들은 거리로 몰려나갔다. 애디는 꼭대기 층을 자기 소유로 만들었다. 계단을 판자로 막고 나무 요새에 있는 아이처럼 위쪽 창문을 통해 드나드는 길을 만들었다. 일반적인 출입구는 아니지만 그 너머에 있는 방을 생각하면 가치가 있다. 그녀는 그곳에 집을 꾸몄다.

담요가 높이 쌓여 있는 침대 하나. 훔친 옷들로 차 있는 상자 하나. 집 지을 재료를 끌어모으는 새들처럼 마구잡이로 그러모은 장신구와 유리, 도자기, 뼈가 창턱에 가득 차 있다.

좁은 방 한가운데에는 옅은 색 리넨으로 덮여 있는 탁자 앞에 한 쌍의 의자가 있다. 탁자 가운데에는 밤에 왕궁 정원에서 꺾어 치마에 숨겨 가지고 나온 꽃 한 다발이 있다. 애디는 그것들이 오래가지 못하리라는 것을 알고 있다. 물건은 절대 오래가지 못한다. 산들바람이 불어와 어떻게 해서든 그녀의 선반에 있는 소중한 것들을 죄다 가져가버린다. 화재나 홍수가 발생하거나, 아니면 바닥이 무너져 내리거나, 그녀만의 비밀의 집을 다른 사람이 찾아내거나 소유권을 주장할 것이다.

하지만 그녀는 지난 한 달 동안 물건들을 지켜냈고, 삶과 비슷한 모습을 연출하기 위해 그것들을 그러모은 뒤 하나씩 배열했다. 솔직히 그건 자신만을 위한 것이 아니다.

어둠을 위한 것이다.

뤽을 위한 것이다.

그를 화나게 만들기 위한 것이고, 그녀 자신이 생을 살아가고 있고 자유롭다는 점을 증명하는 것이다. 애디는 그에게 어떤 지배력도 주지 않을 것이고, 그가 자선 행위로 그녀를 조롱하는 짓을 허용하지 않겠다는 것을 증명하는 것이다.

첫 번째 라운드는 그가 이겼지만 두 번째 라운드에서는 그녀가 이길 것이다.

그래서 그녀는 집을 꾸몄고 손님을 맞이할 준비를 마쳤다. 머리를 말아서 올리고 가을 낙엽 같은 적갈색 실크 드레스를 입었고, 심지어 혐오하는 코르셋에 몸을 끼워 넣기까지 했다.

그녀는 1년 동안 공들여 계획을 준비해왔다. 어떤 포즈를 취할지 고민하고, 방을 정돈하면서 대화를 위한 무기들을 날카롭게 벼리면서 마음속으로 미늘들을 곱씹는다. 그의 찌르기와 그녀의 슬쩍 피하기를 상상하고, 대화의 흐름이 바뀌는 동안 그의 눈이 밝아지거나 어두워지는 모습을 상상한다.

이가 좀 자랐군. 그는 말했다. 애디는 그녀의 이가 얼마나 날카로워졌는지를 그에게 보여줄 생각이다.

이제 해가 졌고 남은 일은 기다리는 것뿐이다. 한 시간이 지나고 빵이 보자기 속에서 차가워지는 동안 그녀의 위는 뭔가를 먹고 싶은 생각에 요란한 소리를 낸다. 하지만 그녀는 음식을 먹지 않는다. 대신 창밖으로 몸을 내밀고 등불의 불빛들이 어른거리는 도시를 바라본다.

그는 오지 않는다.

그녀는 자기가 마실 와인 한 잔을 따르고 서성댄다. 훔쳐 온 양초들에서 눈물이 방울방울 흐르고 왁스가 식탁 리넨에 웅덩이를 만든다. 밤은 점점 더 짙어져서 처음엔 늦은 시간이었다 그다음엔 아주 이른 시간으로 바뀐다.

아직도 그는 오지 않는다.

양초들은 펄럭거리며 타다가 완전히 꺼지고, 애디는 깨달음이 찾아드는 동안 어둠 속에 앉아 있다.

밤은 지나고 햇살의 첫 번째 가닥들이 슬며시 하늘로 찾아든다. 지금은 내일이다. 기념일은 끝났다. 그가 나타나지도 않은 상태에서 그의 얼굴도 없이, 그녀에게 이제 할 만큼 했는지 물어보는 그도 없이, 5년은 6년째로 접어들었다. 세상이 미끄러진다. 세상은 불공평하고 사기가 판을 치고 잘못되어 있기 때문이다.

그는 왔어야만 했다. 그것이 그들이 함께 추는 춤의 본질이었다. 그녀는 그가 오기를 *원하지* 않고, 한 번도 원한 적이 없다. 하지만 오리라고 *기대했다*. 그가 그녀를 기대하도록 *만들었다*. 그녀에게 위에 올라서서 균형을 잡을 수 있는 단 하나의 문턱을, 희망이라는 좁은 절벽을 제공했다. 왜냐하면 그는 증오의 대상이지만 증오의 대상도 여전히 *무언가*이기 때문이다. 그녀가 가진 유일한 것.

그것이 중요한 점이다.

그것이 유리잔이 비고, 접시에는 아무것도 놓이지 않고, 의자는 사용되지 않은 이유다.

그녀는 창밖을 쳐다보고, 그들이 건배했을 때 그의 눈에 어린 표정을, 전쟁을 선포했을 때 그의 입술이 그리던 곡선을 떠올린다. 자신이 얼마나 바보인지, 얼마나 쉽게 미끼를 물었는지 깨닫는다.

갑자기 모든 광경이 섬뜩하고 애처롭게 보인다. 애디는 그런 광경을 쳐다볼 수가 없고, 적갈색 실크 드레스를 입은 채로 숨을 쉴 수가 없다. 그녀는 코르셋 끈을 잡아 뜯고, 머리카락에서 핀을 뽑아내고, 드레스의 제약에서 벗어나 탁자 위에 놓인 물건들을 쓸어버린다. 그러고는 비어 있는 병을 벽에 확 던진다.

유리 조각이 손으로 날아든다. 고통은 날카롭고, 실제다. 지속하는 상처는 없지만 갑작스럽게 불에 덴 듯한 아픔을 느낀다. 하지만 그녀는 개의치 않는다. 잠시 후 상처는 벌써 아문다. 유리잔과 와인 병은 멀쩡한 상태로 누워 있다. 한때 그녀는 뭔가를 깨트릴 수 없는 능력을 축복이라고 생각했다. 하지만 지금은 그런 무능력이 그녀를 미치게 한다.

그녀는 사방에 있는 모든 것을 망가트리지만 결국 그것들이 조롱하듯 크게 흔들리다 원래대로 합쳐지고, 쇼가 시작되기 전 원래 모습으로 되돌아가는 모습을 지켜본다.

애디는 비명을 지른다.

뜨겁고 환한, 뤽을 향한, 그리고 자신을 향한 화가 그녀 안에서 솟구쳐 오른다. 또 1년을 혼자 견뎌내야 한다는 사실에 감정이 두려움과 슬픔, 공포로 바뀐다. 자신의 이름을 들을 수 없는 1년, 한 사람의 두 눈에 비친 자신을 보지 못하는 1년. 저주에서 풀려나는 하룻밤의 휴식도 없는 1년 혹은 5년, 혹은 10년. 그녀는 자신이 얼마나 그가 나타나리라는 약속에 의존했는지 깨닫는다. 그것이 이루어지지 않아 자신이 나락으로 떨어지고 있기에.

밤이 폐허로 변한 가운데 그녀는 바닥에 주저앉는다.

그녀는 몇 년 후에나 바다와 들쭉날쭉한 하얀 절벽들에 와서 부딪히는 파도를 보게 될 것이다. 그제야 그녀는 뤽이 그녀의 화를 돋우기 위해 한 말을 기억할 것이다.

"*심지어 바위도 차츰 닳아서 아무것도 아닌 걸로 변하지.*"

애디는 여명이 밝아온 직후에 잠에 빠지지만 토막잠이어서 짧고, 악몽으로 가득 차 있다. 잠에서 깨어나 해가 파리 위로 높이 떠 있는 모습을 보고도 그녀는 일어날 수가 없다. 그녀는 온종일, 그리고 밤이 반쯤 지날 때까지 잔다. 다시 깨어났을 때 그녀 안에서 부서져내린 것이 원래대로 돌아와 있고, 심하게 부러진 뼈처럼 부드러운 것들은 딱딱해졌다.

"이제 그만." 그녀는 자신에게 말하고 일어선다.

"이제 그만." 그녀는 반복한다. 굳어버린 빵과 열 때문에 녹아내린 치즈를 먹는다.

이제 그만.

물론 어두운 밤들이 또 있을 것이고 끔찍한 여명도 있을 것이다. 하루하루가 길어지면서 결심도 조금씩 약해질 것이다. 그리고 기념일이 다가오면 기만적인 희망이 한 줄기 바람처럼 슬쩍 찾아들기도 할 것이다. 하지만 슬픔은 고집스러운 분노로 바뀌면서 약해졌고, 그녀는 분노에 불을 붙일 결심을 한다. 끄려면 한 번의 날숨으로는 충분치 않을 때까지 그 불꽃을 보호하고 키울 생각이다.

뉴욕
2014년 3월 13일

– XIV –

헨리 슈트라우스는 어둠 속에서 혼자 걸어 집으로 간다.

애디. 그는 그녀를 생각하며 입 안에서 그 이름을 굴려본다.

그를 쳐다보고 그에게서 짙은 머리카락과 친절한 눈, 정직한 얼굴을 가진 남자를 본 애디.

그 이상 어떤 것도, 다른 무엇도 보지 않은 애디.

한바탕 차가운 바람이 불어오자 그는 코트 자락을 꼭 여민다. 그리고 별이 없는 하늘을 올려다본다.

그리고 미소 짓는다.

3부

300년
– 그리고 세 마디 말

작품 제목: 무제의 살롱 스케치화Untitled Salon Sketch

작가: 베르나르 로델Bernard Rodel

제작연도: 서기 1751-1753년

재료: 양피지 위에 잉크 펜

소재지: 영국도서관의 파리 살롱 전시전으로부터 대여

설명: 마담 조프랭Madame Geoffrin의 유명한 살롱을 표현한 작품으로, 대화하거나 휴식을 취하고 있는 다양한 사람들로 가득 차 있다. 몇몇 유명인사들-루소, 볼테르, 디드로-도 무리들 속에 있는데 가장 흥미로운 요소는 방을 빙 둘러싸고 있는 세 여인이다. 한 명은 분명 마담 조프랭이고, 다른 한 명은 수잔느 네커Suzanne Necker일 것이라 여겨진다. 그런데 세 번째 인물, 얼굴에 점이 있는 우아한 여인은 그 정체가 미스터리로 남아있다.

배경: 로델은 디드로의 『백과사전』에 기여했을 뿐만 아니라 열정적인 제도사였다. 마담 조프랭의 살롱에 여러 번 방문하는 동안 자신의 그림 실력을 발휘한 것으로 보인다. 얼굴에 점이 있는 여인은 그의 스케치에 여러 번 나타나지만 이름은 알려지지 않았다.

추정 가격: 미상

프랑스, 파리
1724년 7월 29일

– I –

✶ ✶ ✶ ✶ ✶ ✶ ✶

자유는 바지 한 벌과 단추가 달린 코트다.

남자용 튜닉과 삼각 모자.

그녀가 그 사실을 진즉에 알았더라면 좋았으련만.

어둠은 그녀에게 자유를 줬다고 *주장했지만* 실제로 여자들에게는 자유라는 것이 존재하지 않는다. 여자들이 입고 있는 옷 안에 갇혀 있고, 집 안에 갇혀 있는 세상에서는, 오직 남자들만이 나돌아다닐 수 있도록 허용되는 세상에서는 그렇다.

애디는 거리를 한가로이 걷는다. 훔친 바구니는 코트의 팔꿈치에 걸려 있다. 나이 든 여자가 문간에 서서 깔개를 두드려 털고 있다. 노동자들은 카페 계단에서 노닥거리는데 혼자 걷고 있는 여자를 보지 못하기 때문에 아무런 반응을 하지 않는다. 그들은 약해지는 햇볕 속에서 한가로이 시간을 보내고 있는, 이제 겨우 청년티를 벗은 젊은 남자를 본다. 그들은 그녀가 산책하는 것이 이상하거나 터무니없다고 생각하지 않는다. 그들은 아무것도 생각하지 않는다.

생각해보면 자신의 영혼을 아껴두는 대신 이런 옷들을 요구했어도 될 뻔했다.

어둠이 그녀를 찾지 않은 지도 이제 4년이다.

4년 동안 새로운 해가 밝아올 때마다 그녀는 기다림으로 자신이 가진 시간을 낭비하지 않으리라 맹세한다. 하지만 그것은 그녀가 온전히 지킬 수 없는 약속이다. 아무리 노력해도 애디는 날이 가까워질수록 더 팽팽하게 조여지는 시계 같아지고, 여명이 찾아올 때까지 느슨하게 풀어질 수 없는 코일 스프링처럼 된다. 그러고 나서도 암울한 해방감, 안심이라기보다는 체념, 그것이 다시 시작되리라는 깨달음을 얻는다.

4년.

네 번의 겨울, 네 번의 여름, 네 번의 방문 없는 밤.

다른 밤들은 적어도 그녀의 밤이고, 그녀가 원하는 대로 사용할 수 있다. 하지만 그녀가 시간을 보내기 위해 어떤 노력을 해도, 심지어 그가 이곳에 없다 해도 오늘 밤은 뤽에게 속한다.

그러나 그녀는 이 밤을 몰수품이라고 단정 짓지 않을 것이며, 이미 잃어버린 시간, 이미 뤽의 시간인 것처럼 희생하지 않을 것이다.

애디는 한 무리의 남자들을 지나면서 삼각 모자를 살짝 기울여 인사를 건넨다. 그녀는 삼각 모자를 눈썹 쪽으로 당겨서 내린다. 낮은 아직 밤에 길을 터주지 않았다. 자세히 살펴보면 환상이 깨지리라는 것을 알기에 그녀는 긴 여름빛 속에서 사람들과 거리를 유지하기 위해 조심한다. 한 시간을 더 기다린 다음 밤의 장막 안에서는 안전해질 수도 있겠지만 그녀는 적막을, 시계가 기어가는 듯 흐르는 일분일초를 견딜 수가 없다.

오늘 밤은 그렇지 않을 것이다.

오늘 밤 그녀는 자신의 자유를 축하하기로 마음먹었다.

사크레쾨르 대성당 계단을 올라 옅은 색 돌계단의 맨 꼭대기에 앉아 도시를 발아래에 두고서 소풍 시간을 갖기로 한다.

팔꿈치에서 흔들리고 있는 바구니에는 음식이 가득 차 있다. 그녀의 손놀림은 연습 덕분에 가벼우면서 빨라졌다. 그녀는 진수성찬을 마련하느라 지난 며칠을 보냈다. 빵 한 덩어리, 절인 옆구리살 고기, 치즈 한 조각, 그리고 손바닥만 한 벌꿀 단지도 있다.

벌꿀은 애디가 비용을 떠난 후로 여태껏 맛보지 못한 사치품이다. 비용에서는 이자벨의 아버지가 벌집 한 줄을 관리했는데 시장에 내다 팔 때 호박색 당밀을 걸러냈다. 그녀와 이자벨에게는 손가락이 달콤한 것으로 얼룩질 때까지 벌집 껍데기를 빨 기회가 주어졌다. 이제 그녀는 그 은혜로운 것을 들어 올려서 사위어가는 빛에 비추어보고, 지는 해가 내용물을 황금색으로 바꾸어놓도록 만든다.

그때 한 남자가 난데없이 나타난다.

어깨가 그녀의 팔에 부딪히고 소중한 단지가 그녀의 손에서 빠져나가 자갈길에 부딪치며 산산조각이 난다. 한순간 애디는 공격을 당하거나 도둑질을 당하고 있다고 생각한다. 하지만 낯선 남자는 이미 미안하다고 중얼거리고 있다.

"이런 바보 같으니라고!" 그녀가 화가 나서 소리친다. 그러고는 유리와 함께 반짝이는 황금색 당밀에서 그녀에게 손해를 입힌 남자에게로 시선을 옮긴다. 그는 젊고 아름답고 사랑스럽다. 도드라진 뺨에 못 먹게 된 벌꿀 색 같은 머리를 지니고 있다.

그리고 그는 혼자가 아니다.

뒤에 있는 일행들은 그의 실수에 함성을 지르고 환호를 보내고 있다. 그들은 저녁 연회를 정오에 이미 시작하는 사람들의 행복한 기운을 갖고 있다. 하지만 실수한 젊은 남자는 당황해서 얼굴을 심하게 붉힌다.

"정말 미안합니다." 그가 말을 하다 곧 그의 얼굴 위로 변화가 일어난다. 처음엔 놀랍다는 표정, 그다음엔 흥미롭다는 표정이다. 그녀는 둘이 얼마나 가까이 있는지, 햇살이 그녀의 얼굴을 얼마나 선명하게 비추는지를 너무 늦게 깨닫는다. 그가 그녀의 허상을 꿰뚫어 보았고, 그의 손이 여전히 그녀의 소매를 잡고 있다는 것을 너무 늦게 깨닫는다. 한순간 그녀는 그가 자신의 정체를 폭로하지 않을까 두렵다.

하지만 일행들이 그에게 서두르라고 소리치자 그는 먼저 가라고 말한다. 이제 자갈이 깔린 길 위에는 두 사람만 있다. 애디는 그에게서 벗어나 달아날 준비를 한다. 하지만 젊은 남자의 얼굴에는 어둠도 위협도 보이지 않는다. 단지 이상한 즐거움만이 보인다.

"보내줘요." 그녀가 말한다. 그녀는 약간 목소리를 낮추며 말했는데— 이것은 오히려 그를 더 즐겁게 해주는 것처럼 보인다— 그 순간 그는 불을 피우려는 사람처럼 빠르게 그녀의 팔을 놓아준다.

"미안해요." 그가 다시 말한다. "제가 잠시 제정신이 아니었네요." 그러고 나서 그는 익살스러운 미소를 내보인다. "당신도 그런 것처럼 보이는군요."

"아뇨, 전혀요." 그녀는 이렇게 말하며 손은 바구니 안에 숨겨둔 짧은 단도 쪽으로 향한다. "일부러 이렇게 한 거예요."

그러자 그의 미소는 더욱 환해진다. 그는 시선을 아래로 떨어트리고 땅 위의 못쓰게 된 꿀을 쳐다본다. 그러고는 고개를 가로젓는다.

"제가 꿀에 대한 보상을 해드려야겠군요." 그가 말한다. 그녀가 신경 쓰지 말라고, 괜찮다고 말하려는데 그가 길 아래쪽으로 고개를 내밀더니 "아, 그렇지." 하고 말한다. 그리고 마치 두 사람이 이미 친구인 것처럼 자신의 팔을 그녀의 팔에 건다.

"가요." 그는 그녀를 모퉁이에 있는 카페로 이끈다. 그녀는 카페 안에 들어가본 적이 없고, 혼자서는, 더군다나 지금과 같은 보잘것없는 변장으로는 그럴 만한 용기를 내보지 못했다. 하지만 그는 아무것도 아니라는 듯 그녀를 이끌고 마침내 팔을 그녀의 어깨에 두른다. 그 무게가 너무나 갑작스럽고 친밀해서 그녀는 몸을 빼내려고 한다. 하지만 그러기 전에 그녀는 그의 미소의 발랄함을 알아차린다. 그는 게임으로 생각하고 그녀의 비밀에 동참하려는 것이다.

안으로 들어가니 카페는 에너지와 삶, 중첩된 목소리들, 풍성하고 연기 자욱한 무언가의 향이 나는 장소다.

"조심해요." 이렇게 말하는 그의 두 눈은 장난기로 춤을 춘다. "가까이에 있어요. 고개를 숙이고요. 안 그러면 발각될 거예요."

그녀는 그를 따라 계산대까지 간다. 그는 작은 잔 두 개를 주문한다. 내용물은 양이 적고 잉크처럼 새까맣다. "저쪽 벽 가까운 곳에 앉아요." 그가 말한다. "저기가 햇볕이 너무 세지 않으니까요."

그들은 귀퉁이 좌석에 몸을 접어 넣는다. 그는 과장된 몸짓과 함께 잔 두 개를 그들 사이에 놓고, 손잡이 부분을 세심하게 돌려준다. 그러면서 그게 커피라고 말해준다. 그녀도 지금 파리에서 큰 인기를 끌고 있는 커피에 대해 들어본 적이 있다. 그러나 도자기 잔을 입술로 가져가서 한 모금 마시고는 약간 실망한다.

그것은 몇 년 전 처음으로 맛보았던 초콜릿 조각 같은 달콤한 맛은 전혀 없이 그냥 짙고, 강하고, 쓰다. 남자는 강아지처럼 열렬하게 그녀를 쳐다보고 있다. 그래서 그녀는 커피를 삼키고 미소 지으며 컵을 손으로 감싼다. 그리고 모자 챙 아래로 남자들이 앉아 있는 테이블을 관찰한다. 몇몇 남자들은 고개를 깊이 숙이고 있고, 다른 몇몇은 웃거나 카드놀이를 하거나 종이 뭉치들을 앞뒤로 넘겨보고 있다. 그녀는 남자들을 바라보면서 세상이 그들에게는 얼마나 개방되어 있는지, 그들에게는 문턱을 넘기가 얼마나 쉬운지를 확인하며 한 번 더 놀란다.

그녀의 시선은 똑같이 억제할 수 없는 황홀감으로, 그녀를 바라보고 있는 동행에게로 다시 돌아온다.

"무슨 생각을 하던 중이었어요?" 그가 묻는다. "방금요."

자기소개도 없고 형식적인 인사도 나누지 않는다. 그는 몇 분이 아니라 여러 해 동안 서로 알던 것처럼 곧장 대화로 들어간다.

"남자가 되면 모든 게 참 쉽겠구나 하는 생각을 했어요."

"그래서 그렇게 변장한 거예요?"

"그런 것도 있고, 또 코르셋을 혐오하기도 해요." 그녀가 말한다.

그는 웃는다. 웃음소리가 크고 편안해서 애디는 입 주변으로 미소를 짓는다.

"이름이 뭐예요?" 그가 묻는다. 그녀는 그가 그녀의 이름을 묻는 것인지, 아니면 변장을 한 사람의 이름을 묻는 것인지 모른다. 그녀는 이름을 '토마'로 결정하고, 그가 그 말을 과일 한 조각처럼 입에서 굴리는 모습을 바라본다.

"토마란 말이죠." 그가 생각에 잠긴 듯 말한다. "만나서 반갑습니다. 내 이름은 레미 로랑입니다."

"레미." 그녀가 부드러움과 상승하는 모음을 음미하며 그의 말을 따라 한다. 그 이름은 그에게 어울린다. *아들린*이라는 이름이 그녀에게 지금껏 어울렸던 것보다 더 잘 어울린다. 그 이름은 젊고 사랑스럽다. 그리고 모든 이름이 그렇듯 그의 이름은 냇물에 떠서 오르락내리락하는 사과처럼 그녀를 늘 따라다닐 것이다. 그녀가 얼마나 많은 남자를 만나건 *레미*라는 이름은 항상 *그를*, 이 맑고 명랑한 남자—기회가 주어졌다면 그녀가 사랑할 수도 있었던 그—를 상기시킬 것이다.

그녀는 잔을 너무 세게 잡지 않고 몸무게를 팔꿈치에 싣지 않으려고 조심하면서 커피를 한 모금 더 마신다. 그리고 아무도 쳐다보고 있지 않다고 생각될 때 남자들이 하듯 남의 눈을 의식하지 않는 방식으로 자세를 취한다.

"놀랍네요." 그가 감탄한다. "당신은 남자를 열심히 연구했네요."

"그런가요?"

"당신은 놀라운 흉내쟁이예요."

애디는 연습할 시간이 많았다고, 몇 년 동안 그것이 일종의 게임이었다고, 자신을 즐겁게 해주는 한 가지 방법이었다고 말할 수도 있었다. 지금까지 열 명 정도 다른 캐릭터를 추가했고, 공작 부인과 후작 부인, 부두 인부와 상인 사이의 정확한 차이를 알게 되었다고 말할 수도 있었다.

하지만 그녀는 그냥 이렇게 말한다. "우리는 모두 시간을 보낼 저마다의 방법이 필요하니까요."

그는 그녀의 말에 다시 웃고 잔을 들어올린다. 하지만 한 모금과 그다음 모금 사이에 레미의 시선은 카페를 가로지르다 그는 깜짝 놀랄 만한 무언가를 발견한다. 커피가 목에 메이고 뺨이 발갛게 달아오른다.

"왜 그래요?" 그녀가 묻는다. "어디 아파요?"

레미는 기침하고 몸짓으로 문을 가리키다 컵을 거의 떨어뜨릴 뻔한다. 입구에서 한 남자가 막 걸어 들어온다.

"아는 사람이에요?" 그녀가 묻자 레미는 말을 더듬는다. "당신은 몰라요? 저 남자는 볼테르 씨예요."

그녀는 고개를 조금 가로젓는다. 그 이름은 그녀에게는 아무런 의미도 없다.

레미는 자신의 코트에서 꾸러미를 꺼낸다. 표지에 뭔가가 인쇄된 얇은 책자다. 그녀는 필기체 제목에 얼굴을 찌푸린다. 레미가 책자를 열어서 우아한 검정 잉크로 인쇄된 글자들의 벽을 보여주었지만 제목의 절반 정도밖에 읽지 못한다. 아버지가 그녀에게 글자를 가르쳐주려고 한 것이 너무 오래전 일이고, 배운 것마저 헐렁하게 손으로 쓴 간단한 글자들뿐이었다.

레미는 그녀가 펼쳐진 페이지를 탐색하는 모습을 본다. "읽을 줄 알아요?"

"글자는 알아요." 그녀가 인정한다. "하지만 의미를 파악하는 법은 배우지 못했어요. 한 줄을 다 읽을 즈음이면 그 의미를 잊어버릴 것 같아 두려워요."

레미는 고개를 가로젓는다. "여자도 남자처럼 교육을 받지 않는 것은 죄예요." 그가 말한다. "책 읽기가 없는 세상을 난 상상할 수 없거든요. 평생 시나 연극, 철학자들을 모르고 살아가는 긴 삶도요. 셰익스피어나 소크라테스 같은 철학자들이 없는 삶도 상상할 수 없어요. 데카르트는 말할 것도 없고요!"

"그게 다인가요?" 그녀의 장난기가 발동한다.

"아, 그리고 볼테르도요." 그가 말을 잇는다. "당연히 볼테르도 포함해야죠. 에세이랑 *소설*도요."

그녀는 마지막 말을 이해하지 못한다.

"하나로 된 긴 이야기예요." 그가 설명한다. "순수한 창작물이죠. 로맨스나 희극, 모험으로 가득 차 있고요."

그녀는 아버지가 들려준 동화와 자라면서 에스텔에게 들었던, 오래된 신들의 이야기들을 떠올린다. 하지만 레미가 말하는 이 *소설*이란 것은 훨씬 더 많은 것을 포함하는 것처럼 들린다. 그녀는 레미가 내민 책자의 페이지를 손가락으로 매만지지만 그녀의 시선은 레미에게 있고, 그의 시선은 볼테르에게 가 있다. "가서 인사할 건가요?"

레미의 시선이 공포에 질린 듯 홱 하고 그녀에게로 돌아온다. "아뇨, 아니에요. 오늘 밤은 아니에요. 그냥 지금 이대로가 더 좋아요. 이야기에 대해 생각하는 거요." 그는 편안한 자세로 의자에 앉는데 얼굴은 기쁨으로 상기된다. "봤죠? 이게 내가 파리를 사랑하는 이유 가운데 하나에요."

"이곳 출신이 아니란 말이군요."

"누군 그런가요?" 그는 이제 그녀에게로 돌아왔다. "네, 이곳 출신이 아니에요. 난 렌에서 왔어요. 인쇄업자 집안이죠. 나는 막내아들인데 아버지가 나를 멀리 있는 학교로 보내는 중대한 실수를 했어요. 더 많은 책을 읽을수록 더 많이 생각하게 되었고, 더 많이 생각할수록 내가 파리에 있어야 한다는 생각이 굳어졌어요."

"가족들이 반대하지 않았나요?"

"물론 반대했죠. 하지만 난 이곳으로 와야만 했어요. 여기는 사상가들이 있는 곳이에요. 몽상가들이 사는 곳이고요. 이곳이 세상의 심장이고, 두뇌예요. 그리고 이곳은 변하고 있어요." 그의 두 눈은 빛과 함께 춤을 춘다. "삶은 너무 짧아요. 내가 렌에 있었을 때 매일 밤 자려고 침대에 누워 있을 때마다 잠들지 못하고 생각하곤 했어요. 또 하루가 지나갔구나. 며칠이나 내 앞에 더 있는지 누가 알겠어."

그것은 그날 밤 숲속으로 그녀를 억지로 몰고 간 것과 비슷한 두려움이다.

"그래서 지금 여기 있는 거죠." 그는 밝게 말한다. "다른 어떤 곳에도 있고 싶지 않아요. 놀랍지 않아요?"

애디는 스테인드글라스와 잠겨 있는 문, 정원들과 그 주변의 문들을 생각한다.

"그럴 수 있죠." 그녀가 말한다.

"아, 당신은 나를 이상주의자라고 생각하는군요."

애디는 잔을 들어서 입으로 가져간다. "남자들은 그러기가 좀 더 쉬운 것 같아요."

"그렇죠." 그는 수긍하고 나서 그녀의 복장을 보며 고개를 끄덕인다. "그렇긴 해도," 그가 장난스러운 미소를 지으며 말한다. "나를 쉽게 길들일 수 없는 사람으로 생각해도 돼요. *아우트 비암 인베니암 아우트 파시암Aut viam inveniam aut faciam*."

그녀는 아직 라틴어를 모르고, 그는 자신이 한 말을 해석해주지 않았다. 하지만 앞으로 10년이 흐른 후 그녀는 이 문구를 찾아볼 것이고 그 의미를 배울 것이다.

길을 찾거나 새로 만들다.

그녀는 오늘 밤 그가 보여준 것과 같은 미소를 그때 지을 것이다.

그는 얼굴을 붉힌다. “내가 당신을 지루하게 했네요.”

“아니에요, 전혀.” 그녀가 말한다. “말해주세요. 사상가가 되는 건 돈이 되는 일인가요?”

웃음이 그의 얼굴에서 피어난다. “아니요, 그렇게 많은 돈이 되진 않아요. 하지만 난 여전히 내 아버지의 아들이죠.” 그는 두 손을 내밀고 손바닥을 위쪽으로 한다. 그녀는 그의 손금을 따라 잉크의 흔적을 발견한다. 목탄이 자신의 손가락에 얼룩을 남겼던 것처럼 그의 손가락 지문에는 얼룩이 있다. “괜찮은 일이죠.” 그가 말한다.

하지만 그의 말 아래로 좀 더 낮은 소리가, 위에서 꼬르륵하는 소리를 낸다.

애디는 깨진 단지와 못쓰게 된 벌꿀은 거의 잊고 있었다. 하지만 그녀의 발치에는 나머지 음식이 놓여 있다.

“사크레쾨르 대성당 계단에 올라가본 적 있나요?”

뉴욕
2014년 3월 15일

– II –

여러 해가 지난 후 애디는 시간과 타협했다고 생각했다.

그녀는 시간과 관련해서 마음의 평화 혹은 둘이 공존하는 법을 찾아냈다고 생각했다. 어떤 기준을 따라도 친구는 아니지만 그렇다고 적도 아니다.

그렇긴 해도 목요일 밤과 토요일 오후, 그 사이는 무자비하다. 모든 분초가 빵을 사기 위해 푼돈을 세는 나이 든 여자의 조심성처럼 촘촘하게 배당된다. 시간은 단 한 번도 빨라지지 않은 것처럼 보이고, 그녀는 단 한 번도 시간의 흐름을 놓치지 않는다. 그녀는 시간을 사용하거나 낭비하거나 혹은 심지어 잘못 알 수가 없다. 시각은 매 순간 그녀 주변에서 팽창하고, 지금과 그때 사이, 여기와 서점 사이 그리고 그녀와 헨리 사이에는 마셔버릴 수가 없는 시간의 바다가 존재한다.

그녀는 지난 두 밤을 프로스펙트 공원 근처에 있는 장소에서 보냈다. 그곳은 어느 겨울에 만난 어린이책 그림작가 제럴드가 소유한 아파트로, 퇴창에 안락한 침실이 두 개 있다. 킹사이즈 침대에 담요가 가득 쌓여 있고, 라디에이터가 최면을 거는 듯한 딱딱거리는 낮은 소리가 있다. 하지만 그녀는 잠을 잘 수가 없었다. 시간을 헤아리거나 기다리는 것 외에는 아무것도 할 수가 없었다. 이틀이 아니라 하루만 견디면 되도록 *내일* 봐요,라고 할걸 하고 생각했다.

300년 동안 그녀는 시간을 고통스럽게 견뎠지만 지금은, 지금으로서는 현재와 미래가 있다는 이유로, 앞에 기다리고 있는 뭔가가 있다는 이유로, 헨리의 표정을 보고 싶어 견딜 수 없고 그의 입술에서 나오는 그녀의 이름을 듣고 싶어서 기다리기가 힘들다.

애디는 물이 차가워질 때까지 샤워를 하고 머리를 말리고 세 가지 스타일로 꾸며본다. 그러고는 주방 아일랜드 식탁에 앉아서 시리얼 알갱이들을 입속에 던져 넣으려고 애쓴다. 그러는 동안 벽시계가 오전 10시 13분에서 오전 10시 14분으로 바뀐다. 그녀는 헨리를 오후 5시까지 만나지 않을 예정이지만 시간은 매분마다 조금씩 더 느려지고 있고, 그녀는 미쳐버릴 것 같다.

이런 따분함, 집중을 못하는 정신 이상 수준의 무능력을 느껴본 지 너무 오래되었다. 자신이 전혀 지루해하지 않고 있다는 것을 깨닫는 데에는 아침 한나절이 걸렸다.

그녀는 *초조하다*.

아직 일어나지 않은 것들을 위한 단어인 *내일*처럼 초조하다. 아주 오랫동안 그녀가 가진 모든 것은 현재의 것들이었는데 내일은 미래를 위한 단어다.

애디는 초조해하는 것에 익숙지 않다.

언제나 혼자라면, 어떤 어색한 순간도 문이 닫히면 지워지고, 지나면 모든 만남이 새로 시작된다면 초조해할 이유가 없는 법이다. 백지 상태인 것이다.

시계가 오전 11시를 가리키자 그녀는 더는 실내에 머무를 수 없다고 생각한다.

그녀는 먹다 바닥에 떨어진 시리얼 부스러기들을 빗자루로 쓸어서 치우고, 아파트를 들어왔을 때의 모습 그대로 돌려놓은 후 브루클린의 늦은 아침 속으로 출발한다. 정신이 팔릴 만한 일이 절실하게 필요한 그녀는 부티크들 사이를 지나치며 새 옷들을 모은다. 이번만큼은 그녀가 입고 있는 옷이 적절치 않기 때문이다. 새로 모은 옷은 예전에 입었던 것과 같은 옷이다.

예전에. 형태를 잃어버린 또 다른 단어.

애디는 옅은 색 청바지와 검은색 실크 플랫슈즈 한 켤레, 목선이 깊이 파인 웃옷을 고른다. 어울리진 않지만 가죽 재킷을 웃옷 위로 걸친다. 그것은 여전히 그녀가 버려둘 수 없는 물건이다.

반지와 달리 재킷은 돌아오지 않을 것이다.

애디는 화장품 가게에서 일하는 열성적인 여자가 자신을 스툴에 앉히고 한 시간 동안 다양한 하이라이터와 라이너, 셰이드를 얼굴에 발라보게 한다. 화장이 끝나고 보니 거울 속 얼굴은 예쁘지만 뭔가 잘못되었다. 그녀의 눈이 가진 따뜻한 갈색은 주변에 만들어진 스모키한 그늘 때문에 차가워졌다. 피부는 너무 매끈하고 일곱 개의 점은 무광 파운데이션으로 가려졌다.

뤽의 목소리가 거울에 반사된 모습을 배경으로 안개처럼 솟아오른다.

차라리 구름이 별들을 완전히 가리는 모습을 보는 게 낫겠어.

애디는 산호색 립스틱을 찾아달라며 여직원을 내보내고 혼자가 되자 화장을 지운다.

오후 4시가 될 때까지 어떻게든 간신히 시간을 보내지만 지금 애디는 서점 밖에 있다. 희망과 두려움으로 마음은 부산스럽다. 그녀는 오후 4시 45분이 될 때까지 억지로 블록을 한 바퀴 돌고, 포장도로의 돌을 세고, 모든 가게의 모습을 머리에 새긴다. 마침내 그녀는 더 이상 참을 수 없을 지경이 된다.

네 개의 낮은 계단. 하나의 열린 문.

그리고 단 하나의, 납처럼 무거운 두려움.

만약?

만약 그들이 너무 오랫동안 떨어져 있었다면?

만약 틈이 다시 메워졌고, 저주가 한 번 더 그녀의 주변을 봉인했다면?

만약 그것이 그저 요행수에 불과했다면? 잔인한 농담이었다면?

만약, 만약, 만약—.

애디는 숨을 참고 문을 열어 안으로 들어간다.

하지만 헨리는 그곳에 없다. 계산대 뒤에는 다른 사람이 있다.

그곳에 있는 사람은 여자다. 전날 다리를 꼬고 가죽 의자에 앉아 있던, 헨리가 연석에 있는 애디를 붙잡기 위해 달려 나왔을 때 그의 이름을 불렀던 여자다. 지금 그녀는 현금출납기에 기대어 화려한 사진들로 가득 찬 큰 책을 훑어보는 중이다.

그 여자는 예술 작품이다. 놀랍도록 예쁘고 짙은 피부를 은색 옷으로 감싸고 있는데 스웨터가 한쪽 어깨 아래로 내려가 있다. 종이 울리자 그녀가 고개를 든다.

"도와드릴까요?"

애디는 욕구과 두려움이라는 현기증에 얻어맞고서 균형을 잃고 휘청댄다. "네, 그래 주시면 좋겠네요." 그녀가 말한다. "헨리를 보러 왔어요."

여자는 그녀를 쳐다보고 탐색한다.

"비, 이거 어때……?" 헨리가 셔츠의 주름을 펴면서 모퉁이를 돌아 나오다 애디를 보고서는 말꼬리를 흐린다. 한순간, 아주 짧은 순간, 그녀는 모든 게 끝났다고 생각한다. 그는 잊어버렸고, 그녀는 다시 혼자고, 전날의 허약한 마법은 삐져나온 실밥처럼 잘려나갔다고 생각한다.

하지만 그때 헨리가 미소 지으며 말한다. "일찍 왔네요."

그러자 애디는 공기와 희망, 빛으로 어지럽다.

"미안해요." 그녀가 약간 숨이 차서 말한다.

"아뇨, 괜찮아요. 베아트리체는 이미 만났네요. 비, 여긴 애디야."

그녀는 헨리가 자신의 이름을 말하는 방식을 사랑한다.

뤽은 그것을 무기처럼, 그녀의 살갗을 긁는 칼처럼 휘두르곤 했지만 헨리의 혀에서 나오는 이름은 종소리 같다. 가볍고 밝고 사랑스러운 무언가다. 그것은 그들 사이에서 울려 퍼진다.

애디. 애디. *애디.*

"*데자뷔네요.*" 비가 고개를 저으며 말한다. "누군가를 처음 만났는데 *분명히* 전에 만난 것 같을 때가 있죠?"

애디는 거의 웃는다. "그럼요."

"북은 내가 벌써 밥 줬어." 어깨를 움츠리듯 해서 코트를 입으며 헨리가 비에게 말한다. "개박하는 이제 호러 코너에 *뿌리지 마.*" 그녀가 두 손을 위로 들자 팔찌가 짤랑하는 소리를 낸다. 헨리가 멋쩍은 미소와 함께 애디를 향해 돌아선다. "갈 준비 됐어요?"

그들이 문까지 절반 정도 갔을 때 비가 손가락을 딱 하고 꺾는다. "바로크." 그녀가 말한다. "아니면 신고전주의."

애디는 혼란스러운 표정으로 뒤돌아본다. "미술 사조?"

비가 고개를 끄덕인다. "모든 인물은 한 가지에 속한다는 이론이 있어요. 한 시기나 한 학파요."

"비는 대학원생이에요." 헨리가 끼어든다. "미술사 전공이죠. 혹시 모를까 봐."

"헨리는 분명 순수 낭만주의에 속하죠. 우리 친구 로비는 포스트모더니즘이고요. 물론 미니멀리즘이 아니라 아방가르드에 속해요. 하지만 당신은……." 그녀는 한 손가락을 입술에 대고 톡톡 친다. "당신에겐 시간을 초월하는 무언가가 있어요."

"내 데이트 상대한테 작업 걸지 마." 헨리가 말한다.

데이트. 그 말이 그녀를 전율케 한다. 데이트는 만들어지고 계획된 무엇이다. 우연한 기회가 아니라 한때의 다른 때, 즉 미래의 한순간을 위해 시간을 따로 떼어두는 것이다.

"재밌는 시간 보내!" 비가 명랑하게 소리친다. "너무 늦게까지 놀진 말고."

헨리가 눈을 부라린다. "안녕, 비." 그가 문을 잡으며 말한다.

"나한테 신세진 거야." 그녀가 덧붙인다.

"책을 공짜로 볼 수 있는 쿠폰을 줄게."

"거의 도서관처럼!"

"도서관은 아니야!" 그가 소리친다. 애디는 미소를 지으며 그를 따라 거리로 나간다. 그것은 분명 둘만 아는 농담이다. 공유되고 익숙한 무엇이다. 그녀는 갈망으로 가슴이 아프다. 누군가를 그 정도로 잘 아는 것은 어떤 느낌일까. 그런 농담을 자신도 헨리와 나눌 수 있을지 궁금하다. 충분히 오랫동안 서로를 알 수 있을지 궁금하다.

추운 저녁, 그들은 나란히 걷는다. 팔짱을 끼고 있지는 않지만 팔꿈치끼리 스치고, 서로가 상대방의 따스함에 조금 기대고 있다. 애디는 감탄한다. 옆에 있는 남자, 목에 두른 스카프에 코를 박고 있는 그에게 감탄한다. 그의 태도가 조금 달라진 것에, 편안함으로 생겨난 약간의 변화에 감탄한다. 며칠 전 그녀는 그에게 낯선 사람이었는데 지금은 아니다. 그리고 그는 그녀가 그에 대해 배우는 것과 같은 속도로 그녀에 대해 배우고 있다. 이는 시작일 뿐이고 아직은 새롭다. 그들은 낯섦과 친숙함 사이에 있는 길에서 한 걸음을 옮겼을 뿐이다. 그녀가 뤽 외에는 그 누구와도 옮길 수 없었던 한 걸음이다.

그런데 지금은.

그녀는 여기 이 남자와 함께 있다.

당신은 누구지? 헨리의 안경에 김이 서리는 모습을 보며 그녀는 생각한다. 그는 그녀의 시선을 알아차리고 윙크한다.

“우리 어디로 가는 거예요?” 지하철역에 도착했을 때 그녀가 묻는다. 헨리는 그녀를 보고 미소 짓는다. 수줍어하는, 한쪽으로 치우친 싱긋 웃음이다.

“비밀이에요.” 계단을 내려가며 그가 대답한다.

그들은 G선 열차를 타고 그린포인트까지 가서 반 블록 정도 되짚어 별 특징 없는 가게 앞에 도착한다. 워시앤폴드라는 간판이 창문에 걸려 있다. 헨리가 문을 잡고 애디는 안으로 들어간다. 그녀는 세탁기 주변을 둘러보며 헹굼 단계의 백색소음 같은 흥얼거림과 회전이 불러일으키는 진동을 느낀다.

“여긴 세탁소잖아요.” 그녀가 말한다.

헨리의 두 눈은 장난기로 환해진다. “무허가 술집이에요.”

그 말에 한 가지 기억이 앞으로 달려와 그녀를 통과하고, 그녀는 시카고에 있다. 거의 100년 전이다. 지하 바에서는 연기처럼 재즈 연주가 흐르고, 공기는 진과 시가 냄새로 무겁다. 잔 부딪치는 소리가 들려온다. 이 모든 것은 공공연한 비밀이다. 그들은 컵을 들고 있는 천사가 새겨진 스테인드글라스 창문 아래에 앉아 있고, 샴페인이 그녀의 혀 위로 부서진다. 어둠이 그녀의 살갗에 대고 웃고, 춤을 추자며 바 가운데로 그녀를 이끈다. 그것은 모든 것의 시작이자 끝이다.

애디는 몸을 떨고 뒤로 물러난다. 헨리가 세탁소 뒤편에 있는 문을 열어 잡고 있다. 그녀는 어두운 실내를, 과거로의 강제 퇴거를 마주할 만반의 준비를 한다. 하지만 그녀가 마주한 것은 네온 불빛과 아케이드 게임의 전자 알람이다. 정확히 말하자면 핀볼이다. 탁자와 간이의자, 나무 바가 놓인 공간을 피해 핀볼 기계들이 벽을 따라 다닥다닥 붙어 있다.

애디가 흥미로워하며 주변을 둘러본다. 그곳은 가장 엄격한 잣대로 봐도 무허가 술집이 전혀 아니다. 그것은 단순히 다른 어떤 것 뒤에 숨겨진 어떤 것이다. 반대로 된 팔림프세스트.

"어때요?" 그가 수줍어하는 듯한 미소를 지으며 묻는다.

애디는 그를 보며 미소를 보인다. 안도감에 머리가 어질어질하다. "맘에 들어요."

"좋아요." 그가 말한다. 그러고는 한쪽 주머니에서 25센트짜리 동전이 든 주머니를 꺼낸다. "돈 잃을 준비 됐어요?"

이른 시간이지만 빈 자리가 없다.

헨리가 그녀를 한쪽 구석으로 이끌어 한 쌍의 빈티지 기계를 선점한다. 그는 양쪽 기계 모두에 25센트짜리 동전을 탑처럼 쌓아놓는다. 그녀는 첫 번째 동전을 기계에 넣으며, 이제 곧 아래에 있는 접시로 동전이 다시 떨어지면서 짤랑하는 소리를 낼 수밖에 없겠지 싶어 숨을 죽인다. 하지만 동전이 들어가자 색상과 소리의 쾌활한 불협화음을 방출하며 게임이 시작된다.

애디는 기쁨과 안도감이 섞인 숨을 내쉰다.

어쩌면 그녀는 익명이고, 그 행위는 도둑질처럼 얼굴이 없는지도 모른다. 어쩌면. 하지만 이 순간만큼은 신경쓰지 않는다.

그녀는 레버를 당기고 게임을 한다.

– III –

✳ ✳ ✳ ✳ ✳ ✳ ✳

"어떻게 그렇게 핀볼을 잘해요?" 그녀가 점수를 차곡차곡 쌓는 모습을 보고 헨리가 묻는다.

애디는 확실치가 않다. 사실 그 전에 한 번도 핀볼을 해본 적이 없지만 몇 번 해보고 나서 게임을 이해하게 되었다. 그리고 이내 자신만의 게임 방법을 찾아냈다.

"난 뭐든 빨리 배우는 편이에요." 볼이 그녀의 두 손잡이 사이로 빠져나가기 직전에 그녀가 말한다.

"최고 득점!" 기계 소리로 게임이 알린다.

"잘했어요." 헨리가 소음보다 더 크게 외친다. "당신의 승리를 기록하는 게 좋겠어요."

스크린이 깜빡이며 그녀가 이름을 입력하기를 기다린다. 애디는 주저한다.

"이렇게 하면 돼요." 그가 어떻게 하면 글자들 사이로 빨간 박스를 움직일 수 있는지를 보여주며 말한다. 그는 옆으로 비켜나고 그녀가 시도하지만 커서는 움직이지 않는다. 불빛은 조롱하듯 글자 A에서 깜빡이기만 한다.

"안 해도 괜찮아요." 그녀가 뒤로 물러나며 말하지만 헨리가 앞으로 나선다.

"새로운 기계에 오래된 문제네요" 그가 엉덩이로 기계를 툭 치자 사각형 칸이 A자 주변으로 진하게 변한다. “됐네요.”

그가 옆으로 비키려고 하자 애디가 그의 팔을 잡는다. “내 이름 좀 입력해줘요. 난 맥주를 더 사 올게요.”

이제 게임장에는 사람들이 꽉 들어차서 일이 더 쉽다. 그녀는 계산대 가장자리에서 맥주 두 병을 빼내고 바텐더가 돌아서기 전에 사람들 사이를 비집고 되돌아간다. 그녀가 맥주를 들고 자리로 돌아왔을 때 맨 처음 보는 것은 스크린에서 밝은 빨간색으로 빛나고 있는 글자들이다.

애디ADI.

“당신 이름의 철자를 몰라요.” 그가 말한다.

이름이 틀렸다. 하지만 그건 문제가 되지 않는다. 그녀를 향해, 거의 인장처럼 혹은 서명처럼 반짝이고 있는 세 글자 외에는 아무것도 중요하지 않다.

“자리 바꿔요.” 헨리가 말하고 손을 그녀의 엉덩이 부근에 놓으며 기계 쪽으로 그녀를 이끈다. “내가 당신 점수를 넘어설 수 있을지 한번 봐요.”

그녀는 숨을 참는다. 그 누구도 자신의 점수를 넘어서지 않기를 희망한다.

그들은 25센트짜리 동전과 맥주가 다 떨어질 때까지, 게임장이 사람으로 넘쳐나서 불편해질 때까지, 게임에서 나는 종소리와 부딪히는 소리, 다른 사람들이 외치는 소리 때문에 서로 하는 말을 들을 수 없을 때까지 게임을 한다. 그러고 나서 그들은 어두운 게임장에서 빠져나온다. 과도하게 밝은 세탁소를 다시 되짚어 지나온 후 거리로 나간다. 그들은 여전히 기운이 넘친다.

밖은 어둡고 하늘에는 빽빽한 회색 구름이 낮은 지붕처럼 드리워져 있어서 비가 올 것 같다. 헨리는 손을 주머니에 넣고 고개를 들어 길거리를 바라본다. "이제 어쩌죠?"

"내가 고를까요?"

"이건 양성평등 데이트예요." 그가 몸을 앞뒤로 흔들며 말한다. "내가 첫 번째 장을 제공했으니 이제 당신 차례예요."

애디는 주변을 둘러보고 이 동네 지도를 머릿속으로 떠올리며 콧노래를 흥얼거린다.

"다행히 지갑을 찾았어요." 그녀가 주머니를 두드리며 말한다. 물론 실제로 그런 것은 아니다. 그날 아침 아파트에서 나오기 전에 20달러짜리 지폐 몇 장을 그림작가의 주방 서랍장에서 빼내 왔다. 《더 타임스》에 실린 그의 최근 행보와 알려진 계약금 액수를 생각해보건대 제럴드는 그 돈이 아쉽진 않을 것이다.

"이쪽으로." 애디가 보도를 따라 걷기 시작한다.

"얼마나 멀리 가야 해요?" 그가 15분 뒤에 묻는다. 그들은 여전히 걷고 있다. "난 당신이 뉴요커인줄 알았는데요." 그녀가 그를 놀린다.

하지만 그의 보폭은 충분히 길어서 그녀가 걷는 속도를 따라잡는 것은 그리 어렵지 않다. 5분 뒤 그들은 모퉁이를 돌아 목적지 앞에 도착한다. 나이트호크 극장이 어두워지고 있는 거리에 불을 밝히고, 하얀 전구들이 벽돌로 된 전면에 문양을 그리고 있다. 벽에는 빨간색 네온 불빛으로 '시네마'라는 단어가 내걸려 있다.

애디는 대규모 관람석을 갖춘 거대한 멀티플렉스들부터 허름한 소파가 있는 인디 영화관들까지, 브루클린에 있는 영화관이라면 전부 가보았다. 신작들과 옛 추억을 돋게 하는 작품들까지 전부 보았다.

나이트호크는 그녀가 가장 좋아하는 영화관 가운데 한 곳이다.

그녀는 상영 안내문을 쓱 검색하다 헨리가 본 적이 없다는 <북북서로

진로를 돌려라> 티켓 두 장을 구매한다. 그러고 나서 그의 손을 잡고 복도를 따라 어둠 속으로 들어간다.

모든 좌석 사이에는 작은 탁자가 있는데 플라스틱 메뉴판과 주문을 적을 수 있는 종이 한 장이 놓여 있다. 물론 그녀는 지금까지 아무것도 주문할 수 없었다. 연필 흔적은 사라지고, 웨이터는 그녀가 시야에서 사라지자마자 그녀에 대해 잊어버린다. 그래서 그녀는 헨리가 카드를 작성하는 모습을 바라보기 위해 몸을 기울이고, 그 행위의 단순한 잠재력에 황홀해한다.

예고편이 흐르면서 주변의 좌석들도 채워진다. 헨리는 그녀의 손을 잡고 그들의 손가락은 사슬고리처럼 연결된다. 그녀는 흐린 극장 불빛에 비치는 그의 얼굴을 슬쩍 훔쳐본다. 검정 곱슬머리. 높은 광대뼈. 큐피드의 활을 닮은 입. 언뜻 드러나는 닮은 모습.

그녀가 그의 얼굴에서 뤽을 본 것은 이번이 처음은 아니다.

“날 빤히 쳐다보고 있군요.” 헨리가 예고편 소리보다 낮게 속삭인다.

애디는 눈을 깜박인다. “미안해요.” 그녀가 고개를 가로젓는다. “예전에 알던 사람과 닮아서요.”

“당신이 좋아했던 사람이길.”

“그렇진 않아요.” 그는 모욕당했다는 듯한 표정을 꾸며낸다. 애디는 거의 소리를 내서 웃는다. “좀 복잡했어요.”

“그럼 사랑?”

그녀는 고개를 가로젓는다. “아뇨…….” 그녀의 말은 느려지고 조금 부드러워진다. “하지만 아주 잘생겼어요.”

헨리는 웃고 마침 조명이 흐려진다. 영화가 시작된다.

웨이터가 나타나서 쭈그리고 앉아 그들이 주문한 음식을 배달한다. 애디는 접시에서 감자튀김을 하나씩 빼 먹으며 영화의 편안함에 빠져든다. 그녀는 헨리가 영화를 즐기고 있는지 확인하려고 고개를 돌리는데 그는 스크린을 보고 있지도 않다. 한 시간 전에는 기운과 빛으로 넘치던 그의 얼굴은 긴장으로 일그러져있다. 한쪽 무릎은 불안하게 아래위로 움직인다.

그녀는 몸을 기울이고 속삭인다. "별로예요?"

헨리는 공허한 미소를 내보인다. "괜찮아요." 그가 자리에서 몸을 들썩이며 말한다. "그냥 조금 느리군요."

히치콕 영화라고요. 그녀는 말하고 싶지만 대신 이렇게 속삭인다. "볼 만한 가치가 있을 거예요. 장담해요."

헨리는 그녀를 향해 몸을 꼬며 이마를 찌푸린다. "본 적이 있는 영화예요?"

물론 애디는 이미 보았다.

1959년에 로스앤젤레스에 있는 극장에서 처음으로 보았고, 이후 1970년대에 히치콕의 마지막 영화인 <가족 음모>와 함께 두 편 동시 상영관에서 보았고, 그러고 나서 몇 년 후 그리니치빌리지에서 열린 회고전에서 또 보았다. 히치콕의 영화는 자신만의 부활하는 방법을 가지고 있는지 일정한 간격으로 영화관으로 다시 돌아온다.

"네, 봤어요." 그녀가 속삭인다. "하지만 난 괜찮아요."

헨리는 아무 말도 하지 않지만 분명 신경쓰고 있다. 그의 무릎은 다시 아래위로 움직인다. 몇 분 후에 그는 좌석에서 일어나 로비로 걸어간다.

"헨리." 어리둥절한 그녀가 그를 부른다. "왜 그래요? 뭐가 잘못된 거죠?"

그가 극장 정문을 열고 거리로 나갈 때쯤 그녀는 그를 따라잡는다. "미안해요." 그가 중얼거린다. "바람 좀 쐬고 싶어서요."

하지만 분명 문제는 그것이 아니다. 그는 걷는다.

"말해봐요."

그의 발걸음이 느려진다. "그냥 말해줬으면 좋았을 텐데요."

"뭘 말해줘요?"

"이미 영화를 봤다는 사실 말이에요."

"하지만 당신은 못 봤잖아요." 그녀가 말한다. "그리고 다시 보는 거 난 괜찮아요. 뭐든지 다시 보는 거 난 좋아해요."

"난 안 좋아해요." 그가 말을 자르듯 내뱉는다. 그러고 나서 금세 풀이 죽는다. "미안해요." 그가 고개를 가로젓는다. "미안해요. 이건 당신 문제가 아니에요." 그는 손으로 머리카락을 훑는다. "난 그냥." 그는 고개를 가로젓고 그녀를 향해 몸을 돌린다. 녹색 두 눈이 어둠 속에서 유리처럼 투명해져 있다. "당신은 시간이 계속 달아나고 있다는 느낌을 가져본 적 있어요?"

애디는 눈을 깜박이고 300년 전을 떠올린다. 숲에 무릎을 꿇고 있는 그녀의 손은 이끼가 낀 흙에 박혀 있고, 등 뒤로 교회 종이 울린다.

"사람들이 흔히 말하는 것 같은, *시간이 쏜살같다*는 의미가 아니에요" 헨리가 말한다. "시간이 너무나 빨리 몰려드는 것처럼 느껴지고, 손을 내밀어서 잡아 붙들려고 하지만 계속 쏜살같이 달아나버려요. 매초 시간이 흐를 때마다 시간이 조금씩 줄어들고 공기도 조금씩 줄어들죠. 가끔 가만히 앉아 있을 때 난 그것에 대해 생각하기 시작해요. 그럴 때면 숨을 쉴 수가 없어요. 난 일어서야 해요. 움직여야 해요."

그는 두 팔로 자신을 감싸고, 그의 손가락은 갈비뼈 사이를 파고든다.

애디가 그런 급박함을 느껴본 것은 아주 오래전 일이지만 그 느낌을, 두려움을 잘 기억하고 있다. 너무나 무거워서 그것이 자신을 으스러뜨릴 것만 같았다.

눈 한번 깜박였을 뿐인데 삶의 절반이 지나갔어.

난 지금껏 살아온 대로 죽고 싶지는 않아.

10미터 안팎의 땅에서 태어나고 묻히는 일.

애디는 손을 뻗어서 그의 팔을 잡는다. "자," 그녀가 그를 거리로 이끌며 말한다. "가요."

"어디로요?" 그가 묻자 그녀의 손이 내려가 그의 손을 꼭 쥔다.

"뭔가 새로운 걸 찾으려요."

프랑스, 파리
1724년 7월 29일

– IV –

✶ ✶ ✶ ✶ ✶ ✶ ✶

레미 로랑은 자루에 든 웃음 같은 사람이다. 매번 그에게서는 웃음이 쏟아져나온다.

그들이 몽마르트르를 함께 걷는 동안 그는 애디의 모자 끝을 잡아 내리기도 하고, 깃을 당기거나, 팔을 그녀의 어깨에 두르고, 음란한 비밀을 속삭이는 것처럼 고개를 숙인다. 레미는 그녀의 변장 놀이의 일부가 되는 것을 기뻐하고, 그녀는 그것을 나눌 누군가가 있다는 것이 기쁘다.

"토마, 이 바보." 한 무리의 남자들을 지나칠 때 레미가 큰 소리로 야유한다.

"토마, 이 나쁜 놈." 골목길 어귀에서 두 명의 여자들—실제로는 소녀인데 루주를 바르고 낡은 레이스를 걸치고 있다—을 지나칠 때 그가 소리친다. 그들도 대꾸한다.

"토마." 여자들이 놀리듯 상냥한 목소리로 흉내를 낸다. "우리의 나쁜 놈이 되어줘, 토마. 토마, 와서 즐거운 시간을 같이 보내."

그들은 사크레쾨르 대성당의 아치형 계단을 오른다. 맨 꼭대기에 거의 도달하자 레미가 멈추어 서서 코트를 계단에 펴고 그녀에게 앉으라고 손짓한다.

그들이 음식을 나누어 먹는 동안 그녀는 자신의 이상한 동행인을 탐색한다.

레미는 모든 면에서 뤽과 정반대다. 그의 머리카락은 광택이 나는 금색이고, 눈은 여름의 파란색이다. 그런데 외모보다 태도에 더 차이가 있다. 레미는 편안한 미소와 호탕한 웃음, 젊은이 특유의 왕성한 활력을 갖고 있다. 한쪽이 가슴을 조마조마하게 만드는 어둠이라면 다른 한쪽은 한낮의 찬란함이다. 레미는 뤽보다 썩 잘생긴 미남은 아니지만 그건 레미가 사람이기 때문이다.

그는 *실제 사람이다*.

레미는 그녀가 쳐다보는 것을 보고 웃는다. "당신의 예술을 위해서 나를 관찰하는 거예요? 내 생각에 당신은 파리 청년의 자세와 매너를 완전히 익혔을 것 같아요."

그녀는 아래를 내려다보고서 자신이 한쪽 무릎을 당긴 채 앉아 있고, 한쪽 팔은 다리 주위에 걸쳐놓았음을 깨닫는다.

"그렇지만," 레미가 덧붙인다. "당신은 너무 예뻐요. 심지어 어둠 속에서도."

그가 가까이 다가와 그녀의 손을 잡는다.

"진짜 이름이 뭐예요?" 그가 묻는다. 그녀는 그에게 자신의 이름을 말해줄 수 있으면 얼마나 좋을까 생각한다. 그녀는 시도해본다. 이번 한 번만큼은 혀 위로 소리가 나오지 않을까 생각하면서. 하지만 그녀의 목소리는 A 다음에서 걸린다. 그녀는 방향을 바꿔 이렇게 말한다.

"애나예요."

"애나." 그녀의 귀 뒤로 흘러나온 머리카락을 넘겨주면서 레미가 따라한다. "잘 어울리는 이름이네요."

애디는 이름이 도대체 중요하기나 한지 의심하기 시작할 때까지 숱한 세월 동안 수 백 번도 넘게 수백 개의 이름을 사용하고 또 그 이름들을 듣게 될 것이다. 쓸 수 없는 소리와 음절에 막힘으로써, 너무 여러 번 말하게 될 때 말이 작동하는 방식과 그 의미가 중요하지 않다는 생각조차 잃어버리기 시작할 것이다. 비록 그녀가 자신의 이름을 말하고 싶고, 듣고 싶다고 하더라도.

"말해줘요, 애나." 레미가 말한다. "당신은 *어떤* 사람인가요?"

그래서 그녀는 그에게 말해준다. 혹은 최소한 말해주려고 시도한다. 이상하고 곡절 많은 여행 전부를 말해준다. 그의 귀에 이야기가 가 닿지 못할 때 그녀는 다른 버전의 진실을 말해준다. 이야기의 전반적인 틀만 유지한 채 좀 더 인간적인 것으로 거친 부분을 부드럽게 만들어 들려준다.

애나의 이야기는 아들린 이야기의 희미한 그림자다.

여자의 삶으로부터 도망치는 한 소녀. 그녀는 지금껏 알아온 모든 것을 뒤로하고 도시로 달아나고, 모두와의 관계를 끊고 혼자가 되지만 자유롭다.

"믿을 수가 없네요." 그가 말한다. "그냥 떠났다고요?"

"그럴 수밖에 없었어요." 그녀가 말한다. 그건 거짓말이 아니다. "내가 미쳤다고 생각하는 거죠? 그렇죠?"

"정말 그렇네요." 레미가 장난기 섞인 미소를 지으며 말한다. "그보다 더 미칠 수는 없을 정도로요. 믿기지 않네요. 용기가 대단해요!"

"그건 용기가 아니었어요." 애디가 빵 껍질을 뜯으며 말한다. "내겐 선택권이 없었으니까요. 마치……." 말이 그녀의 목구멍에 걸리는데 저주 때문인지 아니면 단순히 기억 때문인지 확실치가 않다. "그곳에선 죽을 것만 같았어요."

레미가 생각에 잠겨 고개를 끄덕인다. "좁은 곳은 작은 삶을 만들어내죠. 어떤 사람들은 거기에 만족하고요. 그들은 자신의 다리를 어디에 놓아야 하는지 아는 것을 좋아하죠. 하지만 다른 사람들의 발자취만 따른다면 자신만의 길을 만들 수 없어요. 흔적을 남길 수가 없죠."

애디는 목구멍이 조여든다.

"한 사람이 세상에 흔적을 남길 수 없다면 그 삶에 어떤 가치가 있을까요?"

레미의 표정이 진지해진다. 그는 그녀의 목소리에서 슬픔을 읽어냈음이 틀림없다. 그가 이처럼 말하기 때문이다. "나는 중요해지는 것에는 여러 방법이 있다고 생각해요." 그는 주머니에서 책을 꺼낸다. "그건 한 남자—볼테르—의 말이에요. 하지만 활자를 결정하는 것은 결국 손이에요. 읽을 수 있도록 만든 잉크. 종이를 만든 나무. 이 모든 것들이 중요하죠. 비록 표지에 있는 이름에만 공이 돌아가긴 하지만요."

물론 그는 오해했다. 그녀의 질문이 더 보편적인 두려움에서 나온 것이라 추측했다. 그렇지만 그의 말에는 무게가 있다. 애디가 그 말이 얼마나 많은 무게를 지니는지 알게 되기까지는 몇 년이라는 시간이 더 필요하긴 하지만.

그들은 침묵으로 빠져들고, 생각과 함께 고요함에 무게가 더해진다. 여름 열기는 식어서 밤이 가장 짙어질 무렵 산들바람이 부는 듯 편안해졌다. 시간은 시트처럼 그들 위로 내려앉는다.

"늦었네요." 그가 말한다. "집까지 데려다줄게요."

그녀가 고개를 가로젓는다. "그럴 필요 없어요."

"그러고 싶어요." 그가 고집을 부린다. "당신이 남자로 변장했지만 난 진실을 알아요. 그러니 당신을 혼자 보내는 건 나에겐 불명예스러운 일입니다. 어둠은 혼자 있을 만한 곳이 아니에요."

그는 자신이 얼마나 옳은 말을 했는지 모른다. 그녀의 마음은 이 밤을 잇는 끈을, 그들 사이에서 모양을 갖추기 시작하는 편안함을, 며칠이나 몇 달도 아니고 몇 시간 만에 생긴 편안함을 잃어버리게 될 것이라는 생각에 마음이 쓰라리다. 그의 말은 연약하고 사랑스러운 그 무엇이다.

"좋아요." 그녀가 말하자 대답으로 내보이는 그의 미소는 순수한 즐거움 그 자체다.

"앞장서요."

그녀는 그를 데려갈 곳이 없지만 여러 달 전에 머문 적이 있는 한 장소로 가기로 하고 가물가물한 길을 나선다. 그녀의 가슴은 걸음을 뗄 때마다 조금씩 조여온다. 왜냐하면 걸음을 뗄 때마다 오늘 저녁 일어난 일의 끝, 그들의 끝으로 더 가까이 다가가기 때문이다. 그들이 그녀가 가짜로 지어낸 집이 있는 거리로 들어섰을 때, 상상의 문 앞에 멈춰 섰을 때, 레미는 몸을 기울이고 그녀의 뺨에 한 번 입맞춤한다. 날이 어두운데도 그녀는 그가 얼굴을 붉히는 것을 볼 수 있다.

"다시 만나고 싶어요." 그가 말한다. "낮이든 혹은 밤이든. 여자로서든 남자로서든. 제발 다시 만나줘요."

그녀의 가슴은 무너진다. 내일은 없고 오늘 밤만 있기 때문이다. 애디는 실이 끊어지는 것, 밤이 끝나는 것에 전혀 대비되어 있지 않다. 그래서 그녀는 대답한다. "이번엔 내가 집까지 같이 가줄게요." 그가 거절하려고 입을 열 때 그녀는 서둘러 말한다. "어둠은 혼자 있을 만한 곳이 아니에요."

그는 그녀의 시선을 응시한다. 아마 그녀가 한 말의 의미를 알고 있는 듯하다. 어쩌면 그 역시 그녀만큼이나 이 밤을 끝내기가 싫은 것이다. 그가 재빨리 팔을 내밀고 말한다. "예의가 참 바르시군요." 다시 걷기 시작한 그들은 온 길을 되짚어서 돌아가고 있음을 깨달으며 웃는다. 그녀의 상상 속의 집으로 가는 발걸음이 천천히 진행되었다면 그의 집으로 가는 발걸음은 급하고 기대감으로 차 있다.

그가 묵고 있는 집에 도착했을 때 그들은 작별 인사를 나누는 척하지 않는다. 두 사람은 손을 맞잡고 그는 그녀를 위층으로 이끈다. 그들은 발을 헛디디고 숨이 가빠진다. 그의 셋방에 도달했을 때 그들은 문 앞에서 머뭇거리지 않는다.

다음 단계에는 무엇이 있을까 하는 생각 때문에 그녀의 가슴속에는 희미한 머뭇거림이 있다.

섹스는 지금까지 부담일 뿐이었다. 상황에 필요한 일이었고, 필요한 화폐였다. 그녀는 흔쾌히 대가를 치를 생각이었다. 지금도 곧장 그가 그녀를 내리누르고 치마를 걷어내는 행동을 할지도 모른다고 마음의 준비를 한다. 섬세하지 못한 행위로 욕구가 깨지고, 도망쳐야 할지도 모른다고 각오한다.

하지만 그는 그녀 위로 몸을 던지지 않는다. 다급함은 물론 있지만 레미는 그것을 밧줄처럼 팽팽하게 유지한다. 그는 안정적인 한쪽 손을 내밀어 그녀의 머리에서 모자를 들어 올리고 부드럽게 책상 위에 올려놓는다. 그의 손가락이 그녀의 목 뒤쪽으로 미끄러지듯 올라오고, 머리카락 사이를 지나는 동안 그의 입이 그녀의 입을 찾는다. 입맞춤은 수줍고 탐색하는 듯하다.

처음으로 그녀는 거리낌이나 두려움을 느끼지 않고 초조한 흥분감만 느낀다. 그들 사이에 감도는 긴장감은 숨 가쁜 허기로 가득 차 있다.

그녀의 손가락은 그의 바지 끈을 찾아 더듬거리지만 그의 손은 천천히 움직이며 그녀의 튜닉 끈을 풀고, 옷을 그녀 머리 위로 빼내고, 그녀의 가슴을 감싸고 있는 모슬린 천을 벗겨낸다.

“코르셋보다는 훨씬 쉽군.” 그는 중얼거리며 목깃 근처 그녀의 살갗에 입을 맞춘다. 애디는 어린 시절 비용의 침대에 누워 있던 밤들 이후 처음으로 자신의 뺨에, 온 살갗 위로, 다리 사이로 열이 오르는 것을 느낀다.

그는 그녀를 돗짚자리로 이끌어, 목과 가슴의 곡선을 따라 아래로 내려가며 입맞춤한다. 그러고 나서 그는 옷을 벗고, 침대로 올라오고, 그녀 위로 올라간다. 그녀의 몸은 그를 사이에 두고 벌어지고, 처음 삽입에 그녀의 숨이 헉하고 멈춘다. 레미는 그녀의 눈을 볼 수 있을 정도로만 몸을 뒤로 빼고 그녀가 괜찮은지 확인한다. 그녀가 고개를 끄덕이자 그는 고개를 아래로 떨어트리며 그녀에게 입맞춤한다. 그러고 나서 안으로 밀고 들어가 깊숙이 누른다.

압박이 쾌감과 굽이치는 깊은 열기로 변할 때 그녀의 등이 휜다. 그들의 몸은 서로에게 눌리고 함께 움직인다. 그녀는 다른 남자들을, 다른 밤들을, 고약한 숨과 어색하고 육중한 몸을, 몸을 빼내고 멀어지기 전에 갑작스럽고 돌발적인 경련으로 끝나버리는, 단조롭게 밀쳐대는 행위를 지우고 싶다. 그들에게 축축한 것은 축축한 것이고, 따뜻한 것은 따뜻한 것이고, 그녀는 그들의 쾌락을 위한 용기에 불과했다.

그녀는 다른 밤들에 대한 기억을 지울 수가 없다. 그래서 팔림프세스트가 되기로 한다. 다른 사람들이 남긴 선 위에 레미가 겹쳐 쓰는 것을 허용하기로 한다.

섹스는 마땅히 이래야만 했다.

레미가 그녀의 머리에 속삭이는 이름은 그녀의 이름이 아니지만 그건 중요하지 않다. 지금 이 순간 그녀는 애나가 될 수 있다. 그녀는 누구라도 될 수 있다.

몸을 움직이는 속도가 빨라지고 더 깊이 내리누르면서 레미의 숨이 가빠진다. 애디는 자신도 빨라짐을 느낀다. 그녀의 몸이 그를 조이는 가운데 그의 엉덩이의 움직임과 그녀의 얼굴 위로 늘어지는 그의 금발 머리로 인해 그녀는 벼랑 끝으로 내몰린다. 그녀는 점점 더 세게 몸을 조이다가 이윽고 풀려난다. 조금 뒤 그 역시 풀려난다.

레미는 그녀 옆으로 무너진다. 하지만 몸을 굴려서 침대에서 벗어나지는 않는다. 그는 손을 뻗어 그녀의 뺨에서 한 타래의 머리카락을 쓸어내고 그녀의 관자놀이에 입맞춤한다. 그리고 소리가 있는 미소와 다를 바

없는 웃음을 짓는다. 그것이 그녀를 내내 따뜻하게 해준다.

그는 베개에 다시 머리를 댄다. 잠이 그들을 덮친다. 그의 잠은 쾌락 이후에 오는 납처럼 무거운 잠이고, 그녀의 잠은 가볍고 잠깐씩 빠져드는 잠이다. 그녀는 꿈을 꾸지는 않는다.

애디는 더 이상 꿈을 꾸지 않는다.

사실 숲속에서의 밤 이후로 꿈을 꾼 적이 없다. 혹여 꾼다고 해도 전혀 기억하지 못한다. 어쩌면 기억으로 가득 차 있어서 머리 안에 꿈을 위한 공간이 없는지도 모른다. 이렇게 살아갈 수밖에 없는 것은 그녀가 받은 저주의 또 다른 면이다. 그녀가 지금 겪고 있는 대로만 살아가야 한다는 의미다. 그것은 이상한 의미에서의 자비다. 꿈을 꾼다면 대부분이 악몽일 테니까.

어쨌든 지금 그녀는 행복하고 따뜻한 상태로 그의 옆에 머무르며 몇 시간 정도 모든 것을 잊어버린다.

자는 도중에 그녀에게서 떨어져 있는 레미의 길쭉한 등이 드러난다. 그녀는 한쪽 손을 그의 어깨뼈 사이에 놓고 그가 숨 쉬는 것을 느낀다. 그녀의 손가락이 그의 척추 굴곡을 따라 내려가며 그가 열정의 한가운데에서 그녀의 몸 구석구석을 탐색했던 것처럼 그의 몸 구석구석을 탐색한다. 그녀의 손길은 깃털처럼 가벼운데도 잠시 후 그는 깨어나 꿈틀대고 몸을 굴려서 그녀를 마주한다.

아주 짧은 순간 그의 얼굴은 나른하고 숨김없고 따뜻하다. 거리에서 그녀를 들여다보던 얼굴, 카페에서 둘만 공유하는 비밀 이야기를 하며 미소 짓던 얼굴, 그녀를 먼저 집으로 데려다주고 그다음에는 그의 집으로 걸어오면서 웃어 보이던 얼굴.

하지만 그가 완전히 깨어나는 동안 그 얼굴은 사라지고, 모든 앎도 함께 사라진다. 그림자가 그의 따뜻한 파란색 눈과 상냥한 입을 스쳐간다.

그는 몸을 조금 홱 하고 움직이고 한쪽 팔꿈치로 일어나서 침대에 있는 낯선 이의 모습을 보고 놀란다.

왜냐하면 당연히 그녀는 이제 낯선 사람이기 때문이다.

전날 밤 만난 이후 처음으로 그는 얼굴을 찌푸리고 어색하게 인사한다. 당황스러워서일 테지만 말이 너무 형식적이고 말투가 딱딱하다. 애디는 약간 상심한다. 그는 친절하게 굴려고 애쓰는데 그녀는 그조차 참을 수가 없다. 그래서 그녀는 일어서서 가능한 한 빨리 옷을 입는다. 그가 그녀의 옷을 벗기기 위해 들였던 시간이 역순으로 진행한다. 그녀는 끈이나 버클 따위는 신경쓰지 않는다. 그녀는 그의 따뜻한 손이 부드러운 손길로 가까스레 자신의 어깨에 닿기 전까지는 그를 바라보지 않는다. 그리고 어쩌면, 정말이지 어쩌면 이 상황에서 벗어날 길이 있지 않을까 하고 간절하고도 미친 듯이 생각한다. 그녀가 그의 눈을 보려고 몸을 돌렸지만 그는 시선을 내리깔고 그녀를 등진 채 동전 세 개를 그녀의 손에 쥐어준다.

모든 것은 차가워진다.

대가의 지불.

그녀가 그리스어를 읽기까지는 여러 해가 더 필요할 것이고, 시시포스의 신화에 대해 듣는 것은 더 오랜 세월이 지난 후다. 하지만 그 이야기를 듣자마자 그녀는 금세 이해하며 고개를 끄덕일 것이다. 손바닥은 언덕 위로 밀고 올라가는 바위의 무게로 인해 아프고, 마음은 다시 굴러 내려가는 바위를 바라보는 중압감으로 무겁다.

그러나 지금, 이 순간 함께할 신화는 없다.

그녀에게 등을 보이는 아름다운 남자가 있을 뿐이다.

그녀가 급하게 문을 나서려 해도 꼼짝도 않는 레미만 있을 뿐이다.

그때 무언가가 그녀의 시선을 낚아챈다. 바닥에 삐뚜름하게 놓인 종이 한 뭉치다. 카페에서 본 책자, 볼테르의 책 최신판이다. 무엇이 그녀에게 그것을 집어 오게 했는지도 모른다. 아마도 그녀는 그저 그들이 보낸 밤에 대한 징표를 원했는지도 모른다. 그녀의 손바닥에 있는, 소름 끼치는 구리 동전 이상의 무엇을 원했는지도 모른다. 옷들 사이에 던져진 채 바닥에 있던 책은 순식간에 그녀의 소지품들과 함께 그녀의 가슴팍에 있다.

그녀의 손놀림은 지금껏 날렵해지기도 했지만, 도둑질이 엉성했다 하더라도 레미는 눈치채지 못했을 것이다. 그는 지금 침대에 앉아 있고 시선은 그녀 아닌 다른 곳에 고정되어 있기 때문이다.

뉴욕
2014년 3월 15일

– V –

✳ ✳ ✳ ✳ ✳ ✳ ✳

애디는 헨리를 끌고 거리를 걷다 모퉁이를 돌아 오래된 포스터들이 덕지덕지 붙어 있는 것 외에는 별다른 특징이 없는 철문 앞에 도착한다. 한 남자가 줄담배를 피우며 핸드폰 속의 사진들을 넘겨보면서 문 옆에서 빈둥대고 있다.

"주피터." 누가 묻지도 않는데 그녀가 먼저 말한다. 남자는 몸을 바로 세우더니 문을 밀어서 열어준다. 좁은 입구 아래로 내려가면 눈에 잘 보이지 않는 어두운 계단이 드러난다.

"포스레일fourth rail에 오신 것을 환영합니다."

헨리는 그녀에게 걱정스러워하는 눈빛을 내비치지만 애디는 그의 손을 안으로 잡아끈다. 문이 쾅하고 닫히자 그는 고개를 돌려서 뒤를 본다. "네 번째 철로는 없어요." 그가 말하자 애디는 싱긋 웃는다.

"그러니까요."

그녀가 뉴욕 같은 도시를 사랑하는 이유 가운데 하나가 이런 것이다. 이런 도시에는 숨겨진 곳들이 아주 많고 무궁무진한 문들이 무궁무진한 방들로 이어진다. 시간이 있다면 누구든 아주 많이 찾을 수 있다. 몇몇은 그녀가 우연히 찾아냈고, 다른 방들은 이런저런 모험의 과정에서 찾아냈다. 그녀는 그것들을 책 사이에 끼워두는 종이쪽지처럼 숨겨놓는다.

하나의 계단통은 다른 계단통으로 이어진다. 두 번째 계단통은 첫 번째보다 더 넓고 돌로 만들어졌다. 천장은 머리 위로 아치 모양을 그리고,

회반죽은 바위로, 그다음에는 타일로 바뀐다. 터널은 전기 랜턴에 의지해서 불을 밝히지만 멀찍이 떨어져 있어서 어둠을 물리치기에는 역부족이다. 희미한 빛에 의지해서 겨우 볼 수 있는 빵 부스러기 흔적을 따라가다 그들이 어디에 있는지 깨달을 때 헨리가 어떤 표정을 지을지 애디는 벌써 즐거워진다.

뉴욕 지하철은 실제로 사용하는 역이 500개가량 있지만 버려진 터널의 수는 논쟁거리다. 그런 것들 가운데 몇몇은 공개되어 있는데 과거에 대한 기념비이자 완성되지 않은 미래에 대한 승인을 상징한다. 몇몇은 운영되고 있는 노선들 사이에 있는 폐쇄된 선로다.

그리고 몇몇은 비밀이다.

"애디……." 헨리가 중얼거리자 그녀는 손가락 하나를 들어 올리고 고개를 조금 기울인다. 그러고는 무언가를 듣는다.

음악은 메아리처럼 먼 곳에서 들려오는 현악기 뜯는 소리로 시작된다. 그것은 소리인 동시에 느낌이다. 한 계단씩 내려갈 때마다 소리는 커지고 그들 주변의 공기를 채운다. 처음에는 콧노래였다가 그다음엔 진동이고 결국 울림으로 바뀐다.

터널 앞쪽은 벽돌로 막혀 있고 왼쪽을 가리키는 하얀색 화살표만 있다. 모퉁이 근방에서 음악은 더 커진다. 막다른 골목을 한 번 더 지나고, 한 번 더 모퉁이를 돌자—.

소리가 그들 위로 쏟아져 내린다.

터널 전체가 베이스 기타의 힘으로, 돌에 가서 부딪치는 화음들의 반향으로 진동한다. 환한 조명이 푸르고 하얗게 고동치고, 섬광등은 숨어 있는 클럽을 정지된 화면으로 축약한다. 사람들은 꿈틀대며 비트에 맞춰 아래위로 움직인다. 한 쌍의 뮤지션이 콘크리트 무대 위에서 이에 필적할 만한 전자기타를 휘두른다. 일렬로 줄을 맞춰 선 바텐더들이 술을 따르는 모습이 순간순간 잡힌다.

터널 벽은 회색과 흰색 타일로 장식했는데 아치 모양으로 머리 위쪽을 감싸는 넓은 띠가 갈비뼈처럼 다시 아래로 내려와 있다. 마치 그들이 멸종된 커다란 야수의 배 안에 있고 리듬이 야수의 심장을 고동쳐 흐르는 것 같다.

포스레일은 원초적이고 자극적이다. 뤽이 좋아했을 법한 장소다.

하지만 이곳은? 이곳은 *그녀의 것*이다. 애디는 이 터널을 혼자 힘으로 발견했다. 그녀는 뮤지션이었다가 매니저로 변신한 사람이 공연장을 찾고 있다기에 이곳을 보여주었다. 그날 밤 그들은 칵테일 냅킨 위에 머리를 맞댔고, 그녀는 이름도 제안했다. 그의 펜이 그녀의 생각을 표시로 남긴다. 그가 다음 날 숙취와 함께 일어나 처음으로 한 생각은 포스레일에 대한 것이었으리라 그녀는 확신한다. 6개월 후 그녀는 그 남자가 철문 밖에 서 있는 것을 보았다. 뜯어져 나오는 중인 포스터들 아래로 그들이 디자인한 로고를, 좀 더 세련된 버전으로 만든 로고를 보았다. 무언가를 세상에 속삭이고 그것이 현실이 되는 것에 애디는 어느새 익숙해진 전율을 느꼈다.

애디는 헨리를 임시로 만든 바로 이끈다.

바는 단순하다. 술을 따르는 테이블로 엷은 색에 널찍한 돌 한 장을 올렸고, 그 뒤로 벽을 세 부분으로 나누었다. 선택할 수 있는 음료는 보드카와 버번, 테킬라 등 세 가지이며, 바텐더들은 각각 술 앞에서 대기하고 있다.

애디가 음료를 주문한다. 보드카 두 잔.

거래는 침묵 속에서 일어난다. 소리의 벽 너머로 소리쳐봐야 소용없다. 손가락이 순서대로 올라가고, 10달러짜리 지폐가 바에 놓인다. 바텐더—은색 가루가 눈두덩을 덮고 있는 날씬한 흑인 남자—는 술을 두 잔 따르고, 카드를 내려놓는 카지노 딜러처럼 손을 활짝 펴 보인다.

헨리가 자신의 잔을 들고, 애디도 잔을 든다. 그리고 그들의 입이 동시에 움직인다. 그녀는 그가 '*건배cheers*'라고 말하고 있다고 생각하며, '*건강을 위하여salut*'라고 대답한다. 하지만 소리는 묻혀버린다. 술잔의 부딪힘은 손가락들 사이로 느껴지는 미미한 진동에 불과하다.

보드카가 그녀의 위를 성냥불처럼 가격하고 열기가 갈비뼈 안에서 폭발한다.

그들은 빈 잔을 바에 내려놓는다. 애디가 헨리를 사람들이 부대끼고 있는 무대 옆으로 이끌려고 할 때 바 뒤에 있는 남자가 손을 뻗어 헨리의 손목을 잡는다.

바텐더는 미소 지으며 세 번째 잔을 내놓고 술을 따른다. 그는 '*내가 사는 겁니다.*'라는 뜻의 세계 공통 제스처로 손을 가슴에 대고 누른다.

그들은 술을 마신다. 가슴에서 사지로 뻗어가는 열기가 그녀 안에서 다시 솟는다. 그녀는 헨리의 손을 잡고 군중 사이로 들어간다. 뒤를 돌아본 애디는 바텐더의 시선이 그들을 뒤쫓고 있음을 알아챈다. 꿈의 마지막 부분인 것처럼 떠오르는 이상한 느낌이 든다. 그녀는 무언가를 말하고 싶지만 음악이라는 벽에 가로막힌다. 게다가 보드카가 그녀 생각의 모서리를 매끈하게 만들어서 사라지게 한다. 그들은 사람들 사이로 들어간다.

지상에서는 이른 봄이겠지만 아래쪽은 늦은 여름이다. 공기가 습하고 무겁다. 음악은 액체고, 공기는 시럽처럼 걸쭉한 가운데 그들은 뒤엉킨 팔들 사이로 뛰어든다. 무대 뒤쪽 터널에는 벽돌을 높게 쌓아놓았고, 이로 인해 반향의 세상이 만들어진다. 이곳에서는 소리가 휘고, 두 배로 커지고, 모든 음이 옮겨지고, 완전히 사라지지는 않지만 옅어진다. 기타 연주자들은 반향실 효과를 더욱 증폭하면서 복잡한 반복 구간을 완벽한 하모니로 연주하고 군중의 물결을 휘젓는다.

이윽고 한 소녀가 환한 조명 안으로 들어선다.

검정 인형 옷과 전투화를 신은 십 대 소녀—뤽은 *일종의 요정*이라고 말할 것이다—다. 그녀는 백금발 머리를 양쪽으로 틀어서 머리 위에 올렸고, 끝부분은 왕관처럼 위로 치솟게 고정했다. 유일한 색깔은 그녀의 빨간 입술에 그어진 선이고 무지개가 그녀의 두 눈을 가로질러 가면처럼 그려져 있다. 기타 연주자들은 속도를 높이고 손가락들이 줄 위를 나른다. 공기가 뒤섞이고 비트가 피부와 근육, 뼈를 쾅쾅 친다.

소녀는 노래를 부르기 시작한다.

그녀의 목소리는 울부짖음에 가깝다. 밴시(아일랜드 민화에 나오는 여자 유령으로 구슬픈 울음소리를 내서 가족 중 누군가의 죽음을 알려준다.—옮긴이)가 노래를 부르며 비명을 지른다면 이런 외침일 것이다. 음절은 함께 섞여들고, 자음들은 흐릿해진다. 애디는 가사를 듣고 싶어서 몸을 기울이는 자신을 발견한다. 하지만 가사는 뒤로 물러나 비트 아래로 빠져나가고 포스레일의 야생적 에너지 안으로 포위된다.

기타는 최면을 거는 듯한 후렴구를 연주한다.

소녀 가수는 거의 줄에 의해 조종되는 꼭두각시처럼 보인다.

애디는 만일 뤽이 그녀를 본다면 사랑하게 됐으리라 생각한다. 그녀가 이곳을 발견한 이후로 그가 이곳을 방문한 적이 있는지 그녀는 잠깐 생각해본다. 그녀는 연기처럼 공기 중에서 어둠의 냄새를 맡을 수 있기라도 한 것처럼 숨을 들이쉰다. 하지만 애디는 여기서 멈추기로 하고 그를 머릿속에서 지운다. 대신 비트에 몸을 움직이며 곁에 있는 남자를 위한 공간을 만든다.

헨리는 고개를 뒤로 젖히고 있고 그의 안경은 김이 서려 회색이다. 땀이 눈물처럼 그의 뺨을 타고 흐르고 한순간 그는 불가능할 정도로, 그리고 가늠할 수 없을 정도로 슬퍼 보인다. 시간을 잃는 일에 대해 말할 때 그의 목소리에서 느껴지던 고통을 그녀는 기억한다.

하지만 그때 그가 그녀를 쳐다보며 미소 짓자 슬픔은 사라진다. 불빛이 부리는 속임수. 그녀는 그가 누구이고 어떻게, 어디서 왔는지 궁금하다. 지금 일어나는 모든 일이 사실이라기엔 너무 좋아 비현실적이다. 하지만 이 순간 그녀는 그가 여기에 있다는 사실만으로도 기쁘다.

그녀는 눈을 감고 비트의 리듬 속으로 자신을 내맡긴다. 그러자 그녀는 베를린, 멕시코 시티, 마드리드에 있다가 바로 이곳에, 바로 지금 그와 함께 있다.

그들은 팔다리가 아플 때까지 춤춘다.

땀이 살갗을 뒤덮고 공기가 너무나 탁해서 숨을 쉴 수 없을 때까지.

비트가 소강상태로 접어들고 또 다른 침묵의 대화가 불꽃처럼 그들 사이를 지나갈 때까지.

그가 그녀를 바와 터널 쪽으로 끌어당기고 온 길을 되짚어갈 때까지. 하지만 인파는 한 방향으로 흐를 뿐이고 계단과 철문은 들어오는 곳일 뿐이다.

그녀가 고개를 돌려서 무대 가까이 있는 터널 벽에 있는 어두운 아치형 구조물을 발견하고 그를 이끌어 좁은 계단을 올라간다. 계단을 하나씩 오를 때마다 음악은 조금씩 희미해지고, 뒤에 남겨진 백색소음으로 귀가 윙윙거린다.

그들은 시원한 3월의 밤으로 쏟아져 나와 폐를 신선한 공기로 채운다.

애디가 분명하게 듣는 소리는 그의 웃음소리다.

헨리가 그녀를 향해 돌아선다. 두 눈은 밝게 빛나고 뺨은 상기되어 있다. 그는 보드카보다는 포스레일의 힘에 더 많은 영향을 받아 도취된 상태다.

폭풍우가 시작될 때도 그는 여전히 웃고 있다.

천둥이 갈라지고 몇 초 뒤에 비가 내린다. *보슬보슬* 내리는 것이 아니라—일정하게 내리는 비로 변하는, 드문드문한 경고성 빗방울도 아니다—갑작스럽게 퍼붓는 장대비다. 사람을 벽처럼 때리는 비이자 몇 초 사이에 흠뻑 젖게 만드는 비다.

애디는 갑작스러운 추위로 숨이 턱 막힌다.

3미터 정도 거리에 차양이 있지만 둘 다 비를 피하려 달리지 않는다.

그녀는 비를 올려다보며 미소 짓고, 빗물이 그녀의 살갗에 입맞춤하게 내버려 둔다.

헨리는 그녀를 쳐다보고 애디 역시 그를 쳐다본다. 그러고 나서 그는 마치 폭풍우를 환영이라도 하듯 팔을 펼치고 가슴을 들썩인다. 빗물이 검은 눈썹에 매달리고 얼굴을 타고 흐르며 그의 옷에서 클럽 냄새를 씻어낸다. 애디는 그가 뤽과 닮았다고 느낀 순간들이 있었지만 뤽은 한 번도 그와 같아 보인 적이 없다는 것을 불현듯 깨닫는다.

젊다.

인간이다.

살아 있다.

그녀는 헨리를 자신 쪽으로 끌어당기고 그의 몸이 주는 압박감을 즐긴다. 차가움 속에서 따스함을 느낀다. 그녀는 손을 그의 머리카락 사이로 넣어서 훑고, 그의 머리카락은 처음으로 뒤로 넘어간 채 가만히 있다. 그로 인해 그의 날카로운 얼굴선과 턱의 굶주린 듯 움푹 꺼진 곳, 지금껏 보아온 것보다 더 밝은 녹색 눈이 드러난다.

"애디." 그가 숨을 내쉬며 말하자 그 소리가 그녀의 살갗 위로 불꽃을 일으킨다. 그가 그녀에게 키스할 때 그에게서는 소금과 여름의 맛이 난다. 하지만 키스는 마침표처럼 느껴지고, 그녀는 밤을 끝낼 준비가 되어 있지 않다. 그래서 그녀는 그에게 더 진하게 키스하고 마침표를 물음표로, 새로운 답으로 바꾼다.

그러고 나서 그들은 달린다. 비를 피할 수 있는 곳이 아니라 전철역을 향해.

그들은 그의 아파트로 허둥대며 들어간다. 젖은 옷이 몸에 달라붙는다.

더 가깝게 밀착하고 싶어 현관에서 팔다리로 서로를 붙든다. 그녀는 그의 얼굴에서 안경을 벗겨낸 다음 의자에 던지고 코트에서 몸을 빼낸다. 코트 가죽이 살갗에 들러붙는다. 그들은 다시 필사적으로, 굶주린 듯, 미친 듯이 키스한다. 그녀의 손가락이 그의 갈비뼈 위를 지나 그의 청바지 후크로 옮겨간다.

"괜찮겠어요?" 그가 묻자 대답 대신 그녀는 그의 입을 자신의 입 쪽으로 당긴다. 그리고 그의 손을 자신의 셔츠 단추로 안내하면서 자신의 손은 그의 허리띠로 가져간다. 그가 그녀를 벽에 대고 누르며 그녀의 이름을 말한다. 그것은 그녀의 팔다리를 통과하는 번개고, 그녀의 몸 한가운데를 통과하는 불이고, 그녀의 다리 사이에 지펴지는 욕망이다.

그러고 나서 그들은 침대에 있다. 한순간, 단 한순간, 그녀는 다른 어떤 곳에, 어둠이 그녀를 감싸는 다른 어떤 *때*에 있다. 맨살에 속삭이는 한 이름.

하지만 그에게 그녀는 아들린이다. 단지 아들린일 뿐이다. *그의* 아들린. *나의 아들린*.

이곳에서, 지금, 그녀는 드디어 애디이다.

"다시 말해줘요." 그녀가 애원한다.

"뭘요?" 그가 중얼거린다.

"내 이름이요."

헨리가 미소 짓는다.

"애디." 그가 그녀의 목에 대고 속삭인다.

"애디." 키스가 그녀의 목덜미로 이어진다.

"애디." 그녀의 배로 내려간다.

"애디." 그녀의 엉덩이로 내려간다.

그의 입은 그녀의 다리 사이의 열기를 찾고, 그녀의 손가락은 그의 검정 곱슬머리 사이에서 뒤엉키고, 그녀의 등은 쾌감으로 휜다. 시간이 마구 흔들리고 초점에서 미끄러져 벗어난다. 그는 왔던 길을 되짚어 올라가 그녀에게 다시 키스한다. 그러다 그녀가 그의 위로 올라가서 그를 침대에 대고 누른다.

그들이 서로에게 완벽하게 들어맞는 것은 아니다. 그는 뭐처럼 그녀를 위해 만들어지지 않았다. 하지만 이쪽이 낫다. 왜냐하면 그는 실제이고, 친절하고, 인간이고, 그리고 무엇보다 그는 *기억한다*.

사랑이 끝났을 때 그녀는 숨을 가쁘게 쉬며 그의 옆자리로 쓰러진다. 땀과 빗방울이 그녀의 살갗 위에서 식어간다. 헨리는 자신의 몸을 그녀의 몸 위로 포개고 그녀를 다시 따스한 품 안으로 끌어당긴다. 그녀는 그의 심장이 갈비뼈 사이에서 느려지고 메트로놈이 원래 속도로 돌아가는 것을 느낄 수 있다.

방은 고요해지고 창문 너머로 들리는 일정한 빗소리와 열정의 나른한 여파만이 확연하다. 곧 그녀는 그가 꿈속으로 빠져드는 것을 느낀다.

애디는 천장을 올려다본다.

"잊지 말아요." 그녀가 나지막이 말한다. 그 말은 반쯤은 기도고, 반쯤은 간청이다.

헨리의 팔에 힘이 들어가고 그의 몸이 잠으로부터 떠오른다. "뭘 말이에요?" 그는 중얼거리지만 이내 꿈속으로 다시 빠져든다.

애디는 그가 숨을 고르게 내쉴 때까지 기다렸다 이 말을 어둠에 속삭인다.

"나를요."

프랑스, 파리
1724년 7월 29일

– VI –

✶ ✶ ✶ ✶ ✶ ✶ ✶

애디는 뺨 위의 눈물을 훔치며 밤의 한가운데로 불쑥 나선다.

여름의 열기에도 그녀는 재킷을 단단히 여미고 홀로 잠자는 도시를 가로지른다. 그녀는 그 계절 내내 집이라고 불러온 가축우리 같은 곳으로 향하지 않는다. 가만히 서 있는 것을 견딜 수가 없기에 그녀는 앞으로 움직이기만 한다.

그래서 애디는 걷는다.

그러다 어느 한순간 자신이 혼자가 아님을 깨닫는다. 공기 중에 변화가 일고 시골 숲의 나뭇잎 향을 실어나르는 미묘한 산들바람이 분다. 그러고 나자 그가 그곳에 있다. 그녀 옆에서 한 걸음씩 발을 맞춘다. 그림자는 최신 파리 패션에 맞춰 우아하게 차려입었고, 그 옷의 깃과 소맷동은 비단으로 장식되어 있다.

그의 검정 곱슬머리만이 야생적이고 자유로운 얼굴 주변에서 마음껏 굽이친다.

"아들린, 아들린." 그가 말한다. 그의 목소리에는 즐거움이 묻어난다. 이내 그녀는 침대로 돌아가 있고, 레미의 목소리가 그녀의 머리카락에 대고 *애나, 애나,* 하고 말하는 듯하다.

그가 방문하지 않은 지 4년이 되었다.

그녀가 숨을 죽이고 있었던 4년이다. 그녀는 절대 인정하지 않겠지만 그를 보면 한숨을 돌리게 된다. 끔찍하지만 가슴을 열어젖히는 것 같은 안도감이다. 이 그림자, 이 신, 자신에게서 훔친 육신 안에 있는 이 괴물을 싫어하지만 그는 여전히 그녀를 기억하는 유일한 존재다.

그렇다고 그녀의 증오심이 약해지는 것은 아니다.

오히려 그를 더욱 증오한다.

"지금껏 어디 있었어?" 그녀가 딱딱거린다.

의기양양한 기쁨이 별빛처럼 그의 두 눈에서 빛난다. "왜? 내가 그리웠어?" 애디는 말을 하면 안 된다 생각한다. "자, 인정해." 뤽이 재촉한다. "내가 그렇게 쉬운 존재가 아니라는 건 알고 있잖아."

"4년이나 됐어." 자신의 목소리 안에 담긴 욕구와 매우 유사한 분노에 움찔하며 그녀가 말한다.

"4년은 아무것도 아니야. 숨쉬기 한 번, 눈 깜박임 한 번에 불과하지."

"그런데 오늘 밤에는 왔군."

"아들린, 난 네 마음을 알아. 네 마음이 흔들릴 때마다 난 그걸 느껴."

동전이 놓인 그녀의 손가락 위로 포개지는 레미의 손가락, 갑작스러운 슬픔의 무게감, 그리고 늑대가 피를 찾듯 고통으로 이끌리는 어둠.

뤽은 무릎 아래로는 핀을 꽂은 그녀의 바지를, 목 부분이 개방된 남자 튜닉을 본다. "말해줘야 할 것 같네." 그가 말한다. "난 네가 빨간 옷을 입는 게 좋아."

그녀의 심장이 그가 처음으로 해를 걸렀던 4년 전 밤에 대한 언급에 멈춘다. 그는 그녀가 놀라는 모습을 감상한다.

"당신, 봤군." 그녀가 말한다.

"난 밤 그 자체야. 모든 것을 보지." 그가 여름 폭풍우의 냄새, 숲속 나뭇잎들의 키스 냄새를 실어나르며 가까이 다가선다. "나를 위해 아름다운 드레스를 입었더군."

수치심이 물살처럼 그녀의 살갗 아래로 미끄러져 내리고 그가 그녀를 보고 있었다는 사실을 알게 되자 분노의 열기가 솟구친다. 그는 그녀의 희망이 문틀 위에 놓인 촛불들과 함께 녹아내리는 것을 보았고, 그녀가 어둠 속에서 홀로 산산이 부서지는 것을 보았다.

그녀는 그를 혐오한다. 그런 혐오감을 코트처럼 두른 채 미소 지으며 자신의 몸을 혐오감으로 단단히 감싼다.

"당신의 관심이 없으면 내가 시들어갈 줄 알았겠지. 하지만 난 그러지 않았어."

어둠이 흠 하고 웅얼거린다. "고작 4년이었어." 그가 생각에 잠겨서 말한다. "아마도 다음엔 더 오래 기다려야 할 거야. 아마도……." 그의 손이 그녀의 턱을 스치고 그녀의 얼굴을 돌려서 그의 눈을 마주하게 한다. "난 이런 방문을 포기할 거고, 세상이 끝날 때까지 네가 이 땅에서 방황하도록 내버려 둘 거야."

소름 끼치는 생각이다. 하지만 그녀는 자기 생각을 그가 알아차리지 못하게 한다.

"그렇게 한다면," 그녀가 침착하게 말한다. "당신은 내 영혼을 절대 가질 수 없을 거야."

그는 어깨를 으쓱한다. "나에겐 수확을 기다리고 있는 수천 명이 있어. 넌 그중 한 명에 불과해." 그는 이제 더 가까이, 너무 가까이 있다. 그의 엄지손가락이 그녀의 턱을 거슬러 오르고, 손가락은 목의 뒷덜미를 따라 미끄러진다. "널 잊는 건 너무나 쉬운 일이야. 다른 사람들은 이미 널 잊었지." 그녀는 뒤로 물러나려고 애쓰지만 그의 손은 돌처럼 완강하게 그녀를 꽉 붙든다. "친절하게 굴도록 하지. 금방 끝날 거야. 이제 '네'라고 말해." 그가 압박한다. "내 마음이 바뀌기 전에."

끔찍한 순간, 그녀는 자신이 무슨 대답을 하게 될지 확신할 수 없다. 손바닥 안 동전들의 무게감이, 갈가리 찢긴 밤의 고통이 여전히 너무나 생생하다. 뤽의 두 눈에서는 승리가 빛처럼 춤을 춘다. 그것은 그녀가 제정신을 차리는 계기로 작동하기에 충분하다.

"아니." 그녀가 말한다. 말이라기보다 포효에 가깝다.

그러자 선물처럼 완벽한 그의 얼굴 위로 분노가 번쩍 내비친다.

그의 손은 떨어져 나가고 그의 무게감도 연기처럼 사라진다. 애디는 한 번 더 어둠 속에 혼자 남겨진다.

밤이 부서지는 지점이 있다.

어둠이 결국 약해지기 시작하고 하늘에 대한 통제력을 잃기 시작할 때다. 그 변화는 느리다. 너무 느려서 빛이 스며들 때까지, 달과 별들이 사라질 때까지, 뤽의 관심의 무게가 그녀의 어깨에서 사라질 때까지 그녀는 알아차리지 못한다.

애디는 사크레쾨르 대성당의 계단을 올라 꼭대기에 앉는다. 교회를 뒤로한 채 발아래에 펼쳐져 있는 파리의 모습을, 7월 29일이 30일로 변하는 모습을, 태양이 도시 위로 떠오르는 모습을 지켜본다.

그녀는 레미의 집에서 가져온 책을 거의 잊고 있었다.

책을 너무 단단히 쥐고 있어서 손가락이 아프다. 희미한 아침 햇살 속에서 그녀는 제목에 대해 곰곰이 생각하고, 조용히 글자들을 소리 내 읽어본다. 『라 앙리아드La Henriade』. 소설이다. 아직 소설이라는 단어를 그녀는 모른다. 애디는 표지를 넘기고 첫 번째 페이지를 읽어보려 하지만 낱말들이 글자로 무너져 내리고, 다시 글자들이 희미해지기 전까지 겨우 한 줄을 읽을 뿐이다. 그녀는 저주받은 책을 계단 아래로 던져버리고 싶은 충동과 싸운다.

그녀는 눈을 감고 깊은숨을 들이쉬고 레미에 대해 생각한다. 그의 말이 아니라 그가 독서에 대해 말할 때 그의 목소리에 깃든 부드러운 쾌감을, 그의 두 눈에 비치는 즐거움, 기쁨, 희망에 대해 생각한다.

그것은 시작과 중단, 그리고 수많은 좌절로 가득 찬 아주 힘든 여행이 될 것이다.

그녀가 이 첫 번째 소설을 해독하는 데에는 거의 1년이 걸릴 것이다. 문장을, 그다음에는 한 페이지를, 그다음에는 한 장을 이해하려고 애쓰면서, 모든 줄을 고민하며 보내는 1년이 될 것이다. 의미를 읽는 일이 자연스러워지고, 일처럼 느껴지는 부분이 녹아 사라지고, 그녀가 이야기의 숨겨진 즐거움을 찾아내기까지는 10년이라는 시간이 흘러야 할 것이다.

그것은 시간이 걸리는 일이지만 애디가 유일하게 많이 가지고 있는 것이 시간이다.

그래서 그녀는 눈을 뜨고 다시 읽기 시작한다.

뉴욕
2014년 3월 16일

– VII –

✶ ✶ ✶ ✶ ✶ ✶ ✶

애디는 토스트가 구워지는 냄새에, 뜨거운 팬에 버터가 녹으며 내는 지글거리는 소리에 깨어난다. 침대 위 옆자리는 비어 있고 문은 거의 닫혀 있지만, 그녀는 헨리가 주방에서 움직이는 소리를 라디오 대담 프로그램에서 흘러나오는 나지막한 소리 아래로 들을 수 있다. 방은 시원하고, 침대는 따뜻하다. 그녀는 숨을 참고 지금 이 순간을 멈춰보려 한다. 천 번도 넘게 해본 일인데 과거를 현재에 가져다 붙이고, 미래를 가까이 오지 못하게 막는, 추락을 막는 행위다.

하지만 오늘은 다르다.

누군가 기억하기 때문이다.

그녀는 담요를 떨쳐내고 옷을 찾아 침실 바닥을 뒤진다. 하지만 비에 젖은 청바지나 셔츠의 흔적은 없고, 낯익은 가죽 재킷만이 의자에 걸쳐져 있다. 애디는 바닥에서 가운을 하나 발견하고 몸에 두른다. 그러고 나서 코를 옷깃에 박는다. 낡았지만 부드럽고 깨끗한 면직물과 섬유유연제 냄새, 코코넛 샴푸 냄새도 희미하게 난다. 나중에 그의 냄새라고 알게 되는 냄새다.

그녀는 맨발로 주방에 들어선다. 헨리가 프렌치프레스로 내린 커피를 잔에 따르고 있다.

그가 고개를 들고 미소를 짓는다. "좋은 아침."

세상을 움직이는 작은 두 마디 말.

*미안해요,*가 아니다. *기억이 안 나요,*가 아니다. *내가 술에 취했었나 봐요,*가 아니다.

그냥 *좋은 아침*이다.

"당신 옷은 건조기에 넣었어요." 그가 말한다. "곧 끝날 거예요. 머그잔 하나 집어요."

사람들은 대부분 머그잔용 선반을 가지고 있다. 하지만 헨리에게는 벽이 있다. 머그잔들은 벽에 고정한 선반 갈고리에 걸려 있는데 가로로 다섯 줄, 세로로 일곱 줄이다. 몇몇은 문양이 있고 몇몇은 평범하지만 똑같은 두 개를 찾을 수는 없다.

"머그잔이 충분히 많은 건지 잘 모르겠네요."

헨리가 곁눈질로 그녀를 쳐다본다. 그는 웃을락 말락 하는 버릇이 있다. 그것은 커튼 뒤의 빛, 구름 뒤 태양의 가장자리 같다. 실제적인 무엇이라기보다는 약속과 비슷하고 따스함이 그 사이로 빛난다.

"그게 우리 집 전통이었어요." 그가 말한다. "커피를 마시러 누가 오든지 간에 손님은 그날 말을 걸어오는 머그잔을 고를 수 있었죠."

헨리의 머그잔은 검은색에 가까운 회색으로 주방 탁자 위에 놓여 있다. 내부는 액체로 된 은처럼 보이는 무언가로 코팅이 되어 있다. 먹구름과 그 안에 든 은빛. 애디는 머그잔을 고르기 위해 벽을 찬찬히 살펴본다. 그녀는 작은 푸른색 나뭇잎이 그려진 큰 도자기 잔으로 손을 뻗어 손바닥에 놓고 무게를 느낀다. 그러고 나서 다른 머그잔을 발견한다. 그녀가 손에 든 머그잔을 제자리에 놓으려 하자 헨리가 그녀를 막는다.

"한 번 선택하면 끝이에요." 그가 버터를 토스트 위에 바르며 말한다. "그러니 내일 다시 선택해야 해요."

내일. 그 말이 그녀의 가슴속에서 약간 부풀어 오른다.

헨리가 커피를 붓는다. 애디는 팔꿈치를 주방 탁자에 기대고 김이 나는 컵을 손으로 감싼 채 쓰면서도 향긋한 내음을 들이마신다. 1초 동안, 단 1초 동안, 그녀는 파리에 있다. 모자를 아래로 내리고 카페 귀퉁이에서 앉아 있고, 레미가 잔을 그녀 쪽으로 밀면서 "*마셔요*"라고 말했던 그곳. 기억은 이런 식으로 그녀에게 작동한다. 현재에 솟아나는 과거, 빛에 비추어진 팔림프세스트.

"아, 참." 헨리가 말한다. "이걸 바닥에서 발견했어요. 당신 거예요?"

그녀는 고개를 들고 나무 반지를 본다.

"만지지 마요." 애디가 재빨리 그의 손에서 반지를 낚아챈다. 반지 안쪽이 그녀의 손가락 끝을 스치고, 안착하려는 동전처럼 북쪽을 찾는 나침반처럼 편안하게 손톱 주변을 구른다.

"젠장." 애디가 몸을 떨며 반지를 떨어트린다. 그것은 탁 하는 소리를 내며 바닥으로 떨어져서 러그 가장자리에 도착하기까지 1미터가량 구른다. 그녀의 손은 불에 덴 것처럼 꽉 쥐어지고, 심장은 쿵쾅거리며 뛴다.

그녀는 그것을 끼지 않았다.

설령 그렇게 했다 하더라도—시선을 창문으로 빠르게 옮기니 지금은 아침이고 햇살이 커튼 사이로 흘러들고 있다— 어둠은 여기서 그녀를 찾을 수 없다.

"무슨 일이에요?" 헨리가 묻는다. 혼란스러워하는 표정이다.

"아무것도 아니에요." 그녀가 손을 내저으며 말한다. "그냥 거스러미예요. 바보 같죠." 그녀는 천천히 반지를 주으려고 무릎을 꿇고 반지의 바깥면만 만지려 조심한다.

"미안해요." 그녀가 몸을 세우며 말한다. 그녀는 반지를 탁자 위에 놓고 양옆으로 두 손을 벌린다. 옅은 색 나무는 인위적인 빛 아래에서 거의 회색으로 보인다. 애디는 반지를 노려본다.

"사랑하면서도 증오하는 무언가를 가져본 적이 있나요? 없앨 수는 없는 거예요. 거의 잃어버리고 싶은 거죠. 잃어버리면 없어질 것이고 본인 잘못은 아닌 게 되니까요…….” 그녀는 말을 가볍게, 거의 일상적인 말처럼 들리게 하려고 애쓴다.

“그럼요.” 그가 조용히 말한다. “있죠.” 그가 서랍장을 열고 작은 금색 물건을 꺼낸다. 다윗의 별이다. 체인이 없는 펜던트.

“당신 유대인이에요?”

“그랬죠.” 두 마디 말뿐이지만 그것은 그가 말하고자 하는 전부다. 그의 시선은 다시 그녀의 반지로 돌아간다. “오래돼 보이네요.”

“네, 맞아요.” 그것은 정확히 그녀만큼 오래되었다.

그들은 둘 다 오래전에 아무것도 아닌 것으로 닳아 없어졌어야 했다.

그녀는 손을 반지 위에 대고 누르고 매끈한 나무 테두리가 그녀의 손바닥을 파고드는 것을 느낀다. “아버지 물건이었어요.” 그녀가 말한다. 그것은 물론 진실의 시작에 불과하지만 그렇다고 거짓말은 아니다. 그녀는 반지를 감싸며 주먹을 쥐고 주머니에 넣는다. 반지에는 무게가 없지만 그녀는 느낄 수 있다. 그녀는 항상 느낄 수 있다.

“그건 그렇고,” 그녀가 과하게 환한 미소를 지으며 말한다. “아침은 뭐예요?”

얼마나 오랫동안 애디는 이것을 꿈꾸었던가?

뜨거운 커피와 버터 바른 토스트, 창을 통해 흘러드는 햇살, 새로운 시작이 아닌 새로운 날들, 낯선 이들 사이의 어색한 침묵이 없는 아침, 남자 또는 여자, 그 건너편에서 탁자에 대고 있는 팔꿈치, 기억되는 밤의 단순한 안락함.

“아침 먹는 걸 정말 좋아하는군요.” 헨리가 말하고서야 그녀는 자기가 음식을 보며 환한 미소를 짓고 있음을 깨닫는다.

“내가 제일 좋아하는 식사예요.” 그녀가 달걀 요리 한 점을 포크로 집으며 대답한다.

하지만 식사하는 동안 희망은 옅어지기 시작한다.

애디는 바보가 아니다. 이것이 무엇이든지 간에 지속되지 않으리라는 것을 안다. 우연한 행운이라고 여기기엔 너무 오래 살았고, 운명이라고 생각하기에는 너무 오래 저주받았다.

그녀는 이것이 함정인가 하는 의문을 품기 시작한다.

그녀를 고문하기 위한, 교착 상태를 깨기 위한, 다시 게임으로 불러들이기 위한 새 방법은 아닐까 의심한다. 수많은 세월이 지났음에도 부드러우면서도 낮은, 히죽거리는 뤽의 목소리가 주변을 감싼다.

네가 가진 모든 것이 나야. 네가 앞으로 가질 모든 것이 나지. 너를 기억할 유일한 존재가 나야.

그것은 그가 늘 지녔던 하나의 카드, 관심을 끄는 그만의 무기였다. 그녀는 그가 그것을 내줄 것이라 생각하지 않는다. 이것이 함정이 아니라면 무엇인가? 사고인가? 뜻밖의 행운? 미쳐버린 것인지도 모른다. 미쳐버리는 것이 처음도 아니다. 그녀는 샘의 집 옥상에 얼어붙었고 꿈속에 갇혀 있는지도 모른다.

이 모든 게 현실이 아닐지도 모른다.

그렇지만 그녀의 손 위에 그의 손이 포개져 있고, 가운에서는 그의 부드러운 냄새가 나고, 그녀를 다시 끌어당기는 그녀의 이름을 부르는 소리가 있다.

“무슨 생각을 하고 있어요?” 그가 묻는다. 그녀는 다른 음식을 포크로 집어 둘 사이로 들어올린다.

“앞으로 사는 동안 한 가지 음식만 먹을 수 있다면 뭘 먹고 싶어요?” 그녀가 말한다.

"초콜릿요." 헨리가 주저하지 않고 말한다. "너무나 짙어서 거의 쓴맛이 나는 거요. 당신은?"

애디는 생각한다. 삶은 매우 길다. "치즈요." 그녀가 엄숙하게 대답한다. 헨리는 고개를 끄덕이고 이내 침묵이 그들 위로 내린다. 어색함보다는 수줍음이다. 훔쳐보는 시선들 사이로 내보이는 초조한 웃음. 더는 낯선 사람이 아니지만 서로에 대해 아는 것이 거의 없는 낯선 사람.

"한 계절만 있는 곳에서 산다면," 헨리가 묻는다. "어떤 계절에서 살고 싶어요?"

"봄요." 그녀가 말한다. "모든 것이 새로운 계절이니까요."

"난 가을요." 그가 말한다. "모든 것이 사그라드니까요."

둘 다 솔기 같은 것, 사물들이 이곳도 저곳도 아닌 곳에 존재하지만 끄트머리에서 균형을 잡고 있는, 들쑥날쑥한 선을 선택했다. 애디는 반쯤은 자신에게 궁금한 질문을 한다. "모든 것을 느끼는 것과 아무것도 느끼지 않는 것, 어떤 게 좋아요?"

그림자가 헨리의 얼굴 위에 드리우고, 그는 불안해한다. 다 먹지 못한 음식을 내려다보다 벽에 있는 시계를 쳐다본다.

"젠장. 서점에 가봐야 해요." 그는 몸을 일으키고 접시를 싱크대에 가져다 놓는다. 마지막 질문은 답을 얻지 못한 채 남는다.

"난 집으로 가야겠네요." 애디도 일어서면서 말한다. "옷도 갈아입고 일도 좀 하게요."

물론 그녀에게 집은 없다. 옷도 없고 직업도 없다. 하지만 그녀는 정상적인 여자, 정상적인 삶을 살아가고, 남자와 자고, '*누구세요?*'라는 물음 대신 '*좋은 아침*'이라는 말에 깨어나는 여자 역할을 연기하는 중이다.

헨리가 단숨에 커피를 다 마신다. "재능 있는 사람을 찾는 건 어떻게 돼가요?" 그가 묻는다. 애디는 자신이 스카우터라고 말한 것을 기억한다.

"눈을 크게 뜨고 있어야죠." 그녀가 탁자 주위를 돌며 말한다.

그가 그녀의 손을 잡는다.

"당신을 다시 만나고 싶어요."

"나도 그러길 원해요." 그녀가 따라 하듯 말한다.

"아직도 휴대폰은 없어요?"

그녀는 고개를 가로젓는다. 그는 잠깐 생각에 잠겨서 손가락을 톡톡 친다. "프로스펙트 공원 안에 푸드 트럭 집합소가 있어요. 여섯 시에 거기서 만날까요?"

애디가 웃어 보인다. "데이트네요." 그녀는 가운을 꼭 끌어당긴다. "나가기 전에 나 샤워해도 괜찮아요?"

헨리가 그녀에게 키스한다. "물론이죠. 실컷 해요."

그녀가 미소 짓는다. "그럴게요."

헨리가 집을 나서고 현관문이 그의 등 뒤로 쿵 하고 닫힌다. 그러나 이번만큼은 그 소리에 그녀의 가슴이 철렁 내려앉지 않는다. 그것은 그냥 문이다. 끝이 아니다. 중간 휴식이다. 다음 회에 계속된다.

그녀는 길고 따뜻한 샤워를 하고 머리를 수건으로 감싸고 아파트를 돌아다닌다. 지난밤에 보지 못했던 물건들을 구경한다.

헨리의 아파트는 지저분하지는 않지만 뉴욕의 많은 주거 공간이 그렇듯 잡다한 물건들로 어수선하다. 살고 숨을 쉬기엔 너무 좁다. 포기한 취미의 잔재물들도 흩어져 있다. 유성 페인트 보관함, 얼룩이 묻은 컵 안에서 상하고 딱딱해진 붓들, 대부분 텅 비어 있는 노트들과 일기장들, 나무 몇 조각과 칼. 그녀는 어딘가, 그녀의 무결점 기억 이전의 희미해진 공간에서 아버지가 부르는 콧노래를 들으며 여기저기 들여다본다. 그러다 카메라 앞에서 걸음을 멈춘다.

줄지어 서 있는 카메라들은 선반에서 그녀를 내려다본다. 렌즈는 크고 넓고 검은색이다.

빈티지군. 그녀는 생각한다. 그렇지만 그 말이 그녀에게 큰 무게감을 가진 적은 한 번도 없었다.

그녀는 카메라가 커다란 삼각대 야수 같고 사진가는 육중한 천 아래 숨어야 했을 때 그것을 본 사람이다. 그녀는 흑백필름이 발명되었을 때에도, 이후 컬러필름이 나왔을 때에도, 정지된 화면이 비디오가 되었을 때에도, 아날로그가 디지털이 되었을 때에도, 긴 이야기가 손바닥만 한 장치에 저장될 수 있을 때에도 그곳에 있었다.

그녀는 껍데기를 만지듯 손가락으로 카메라 몸체를 만지고 촉감 아래의 먼지를 느낀다. 사방에 사진이 있다.

벽에도 있고, 협탁 위에 받쳐 두기도 했고, 내걸리기를 기다리며 귀퉁이에 놓여 있기도 하다. 갤러리에 있는 베아트리체를 밝은 조명이 켜진 공간을 배경으로 실루엣처럼 찍은 사진도 한 장 있다. 베아트리체와 헨리가 서로 부둥켜안은 채 찍은 사진도 있다. 베아트리체의 시선은 위로 향하고 있고 그는 고개를 숙이고 있다. 둘 다 막 웃음을 터뜨리려는 순간에 포착되었다. 로비가 틀림없다고 생각되는 남자 사진도 한 장 있다. 비는 옳았다. 그는 앤디 워홀의 아파트에서 열린 파티에서 막 걸어 나온 것처럼 보인다. 그 뒤에 있는 군중은 흐릿한 몸체들에 불과하지만 로비는 초점이 잡힌 상태에서 웃고 있다. 광대뼈를 따라 자주색 빛이 흐르고, 코를 따라 녹색 기둥이 서 있고, 관자놀이는 황금색이다.

현관에는 또 다른 사진이 있다. 사진 속에는 세 사람이 소파에 앉아 있다. 비가 가운데에, 로비는 다리를 그녀의 무릎 위로 펴고 있고, 헨리는 턱을 게으르게 자신의 손 위에 놓고 다른 쪽에 있다.

현관 맞은편 사진은 사뭇 다르다. 자세를 잡은 가족사진으로, 자연스러운 모습과는 정반대로 딱딱하다. 헨리는 여기에서도 소파의 끝부분에 앉아 있지만 좀 더 몸을 세운 자세고, 형과 여동생이 분명한 두 사람 옆에 있다. 여자의 곱슬머리는 회오리바람처럼 보이고 두 눈은 끝이 올라간 안경테 뒤에서 춤을 추고 있다. 어머니로 보이는 사람은 한쪽 손을 그녀의 어깨에 놓았다. 더 나이가 많고 더 엄숙한 남자는 소파 뒤에 있는 아버지를 그대로 닮았다. 그리고 더 젊은 아들은 호리호리한데 조심스러운 자세로 눈까지 미치지 못하는 미소를 내비치고 있다.

헨리는 그가 찍힌 사진들에서, 그리고 분명 그가 찍은 사진들에서 애디를 되쏘아본다. 그녀는 그를, 프레임 안에 있는 예술가를 느낄 수 있다. 그녀는 사진들을 연구하면서 그 안에 담긴 그에 대한 진실을, 비밀을, 그녀 머릿속에서 계속 맴도는 질문에 대한 답을 찾으려 애썼다.

하지만 그녀가 보는 것은 슬프고, 길을 잃고, 탐색하는 사람뿐이다.

그녀는 시선을 책으로 돌린다.

헨리는 다방면의 책들을 수집했는데 방 여기저기에 흩어져 있다. 거실에 책장이 하나 있고 복도에도 좁은 책장이 하나 있다. 침대 옆에 한 무더기의 책들이 쌓여 있고, 커피 테이블에 또 한 무더기 있다. 만화책들은 『약속에 대한 검토Reviewing the Covenant』, 『포스트모던 시대의 유대인 신학Jewish Theology for the Postmodern age』 같은 책들 위에 쌓여 있다. 소설, 전기, 페이퍼백, 양장본 등이 섞여 있고, 어떤 책은 오래돼서 해질 정도지만 어떤 책은 새 책이다. 책에는 책갈피들이 삐죽 나와 있어서 아직 다 읽지 못한 십여 권이 표시되어 있다.

그녀의 손가락은 책등을 따라 내려가 두툼한 금색으로 된 책에 머무른다. 『100대 유물로 보는 세계사』. 그녀는 인간의 문명사는 차치하고, 한 사람의 삶이라도 물건들 목록으로 압축할 수 있는지 의문이다. 영향을 받은 삶들이 아니라 뒤에 남겨진 물건들을 기준 삼아 가치를 측정하는 것이 가능할까. 그녀는 자신만의 목록을 작성해보려 애쓴다. 애디 라뤼의 역사.

파리의 시체들 사이에서 잃어버린 아버지의 새 조각.

레미의 방에서 훔쳐 온 책『라 앙리아드』.

나무 반지.

하지만 그것들은 그녀에게 흔적을 남겼다. 애디의 유산은 어떻게 되었는가? 수백 점의 미술 작품에 유령처럼 묘사된 그녀의 얼굴. 수백 곡 노래들의 중심에 있는 그녀의 멜로디. 생각들이 뿌리를 내리고 왕성하게 자라나면 그 씨앗들은 보이지 않게 된다.

애디는 아파트를 계속 돌아다닌다. 한가로운 호기심은 좀 더 목적의식을 가진 탐색으로 바뀐다. 그녀는 단서를, 헨리 슈트라우스를 설명해줄 무언가—그것이 뭐가 됐든—를 찾고 있다.

커피 테이블 위에 노트북이 놓여 있다. 암호를 입력하라는 창도 없이 부팅되지만 애디가 엄지손가락을 터치패드 위로 움직여도 커서가 움직이지 않는다. 아무 키나 두드려보지만 아무 일도 일어나지 않는다.

기술은 변한다.

저주는 그대로다.

그대로이지 않은 것을 빼고.

지금껏 그대로였던 적은 없다. 완전히 그랬던 적은 없다.

그래서 그녀는 자신이 대답할 수 없는 것 같은 질문에 대한 단서들을 찾으며 이 방 저 방을 돌아 다닌다.

헨리 슈트라우스, 당신은 누구인가?

약을 넣어두는 찬장에는 몇몇 처방 약들이 줄지어 있는데 이름이 자음들로만 되어 있다. 그 옆에는 포스트잇으로 표시된 분홍색 알약이 든 유리병이 있다. 손으로 그린 작은 우산이 그려져 있다.

침실의 또 다른 책장에는 모양과 크기가 제각각인 공책들이 켜켜로 쌓여 있다.

그녀는 그것들을 넘겨보지만 모두 비어 있다.

창턱에는 또 다른 오래된 사진이 있다. 헨리와 로비를 찍은 사진이다. 이 사진에서 그들은 서로 껴안고 있다. 로비가 헨리의 얼굴에 자신의 얼굴을 누르고 있고, 그의 이마가 헨리의 관자놀이에 있다. 그 자세에는 뭔가 친밀함이 존재한다. 로비의 눈이 거의 감겨 있고, 헨리의 손이 그의 머리 뒤쪽을 떠받치고 있는데 마치 헨리가 그를 떠받치고 있는 것처럼, 꼭 끌어안고 있는 것처럼 보인다. 로비의 입에서 보이는 고요한 곡선. 행복함. 집.

침대 옆 협탁에는 오래된 시계가 있다. 벽시계는 9시 32분을 가리키는데 분침이 없는 이 오래된 시계의 시침은 막 여섯 시를 지나 있다. 시계를 귀에 대고 들으니 배터리가 다 닳은 것 같다.

서랍장 맨 위 서랍에는 피 묻은 손수건이 있다. 그녀가 그것을 집어 들자 반지가 굴러 나온다. 백금 반지에 작은 다이아몬드가 세팅되어 있다. 애디는 약혼반지가 누구를 위한 것이었을지 궁금하다. 그녀를 만나기 전에 헨리는 어떤 사람이었는지, 무슨 일이 있었기에 그가 그녀의 경로에 들어왔는지 알고 싶다.

"*당신은 누구인가요?*" 그녀가 빈방에 대고 속삭인다.

그녀는 반지를 얼룩진 손수건으로 싸서 있던 자리에 다시 두고 서랍을 닫는다.

– VIII –

✳ ✳ ✳ ✳ ✳ ✳ ✳

“아침에 한 말 취소할래요.” 그녀가 말한다. “남은 생애 동안 한 가지만 먹을 수 있다면 이 감자튀김으로 할래요.”

헨리는 웃으며 그녀의 손에 들려있는 원뿔 모양 포장지에서 감자튀김 몇 개를 가져간다. 그들은 지로 샌드위치(소고기 등을 마늘로 양념하여 빵에 얹어 먹는 그리스식 샌드위치—옮긴이)를 사려고 줄을 서서 기다리는 중이다. 푸드 트럭들은 플레부시 구역을 따라 화려한 띠를 형성하고 있고, 사람들은 랍스터 롤과 그릴드 치즈, 반미와 케밥을 사기 위해 줄을 선다. 상쾌하고 서늘한 밤을 암시하며 3월 공기에서 온기가 사라졌는데도 아이스크림 샌드위치 트럭에도 줄이 있다. 팔라펠(중동 지역에서 먹는 야채 샌드위치—옮긴이) 줄이 중간에 끊어지자 헨리가 아이스크림 샌드위치 줄에 서려고 그녀에게서 떨어진다. 그 전까지 애디는 헨리의 두 팔이 주는 따스함에 몸을 기대고 있다. 애디는 모자와 스카프를 두르고 플랫슈즈를 종아리 높이까지 오는 부츠로 바꿔 신어서 다행이라고 생각한다.

애디는 그가 계산대용 창문까지 나아가서 주문하는 모습을, 트럭에서 일하는 중년 여자가 팔꿈치를 창턱에 대고 앞으로 몸을 기울이는 모습을, 그들이 대화하고 헨리가 진중하게 고개를 끄덕이는 모습을 지켜본다. 그 뒤로 줄이 길어지고 있지만 여자는 알아차리지 못하는 것 같다. 사실 그녀는 웃고 있지 않다. 그녀가 손을 내밀어 그의 손을 잡고 꽉 쥘 때는 곧 눈물을 흘릴 것만 같아 보인다.

"다음 손님!"

애디는 눈을 깜박이고 자신이 선 줄의 앞쪽으로 나간다. 훔쳐낸 현금 가운데 마지막으로 남은 돈을 양고기 지로 샌드위치와 블루베리 소다에 쓴다. 오랜만에 신용카드가 있다면, 혹은 입고 있는 옷이나 주머니 안에 잔돈보다는 자기 이름으로 된 무언가를 가지고 있다면, 물건들이 모래처럼 손가락 사이로 빠져나가지 않는다면, 처음부터 훔치지 않고 물건을 가질 수 있다면 좋겠다고 생각한다.

"샌드위치가 당신 마음을 아프게 한 것처럼 보고 있네요."

애디가 고개를 들어 헨리를 보고 미소를 짓는다. "너무 맛있어 보여요." 그녀가 말한다. "다 먹고 나면 얼마나 슬플까요?"

그는 억지로 슬픈 표정을 만들어 보이며 한숨을 내쉰다. "모든 식사의 가장 나쁜 부분은 끝나는 때죠."

그들은 각자 전리품을 가지고 공원 안에 있는 풀밭에 자리를 잡는다. 빠르게 옅어지고 있는 햇볕이 웅덩이를 만들고 있는 곳이다. 헨리는 팔라펠과 만두 1인분을 그녀의 지로 샌드위치와 감자튀김에 더한다. 그들은 진 러미 게임에서의 카드처럼 돌아가며 음식을 나눠 먹는다.

헨리가 팔라펠에 손을 뻗자 애디는 푸드 트럭의 여자가 떠오른다.

"무슨 일 있었어요?" 그녀가 묻는다. "아까 트럭에서 말이에요. 일하는 여자분, 금방이라도 울 것처럼 보이던데. 아는 사람이에요?"

헨리가 고개를 가로젓는다. "날 보니 아들이 떠오른대요."

애디는 그를 쳐다본다. 그것은 거짓말이 아니다. 거짓말이 아니라고 그녀도 생각하지만 완전한 사실도 아니다. 그가 말하지 않는 무언가가 있다. 하지만 그녀는 그것을 어떻게 물어봐야 하는지 모른다. 그녀는 만두를 하나 포크로 집어서 입 안에 넣고 터트린다.

음식은 살아 있음으로써 누릴 수 있는 가장 좋은 일 가운데 하나다.

단순한 음식이 아니라 좋은 음식을 말하는 것이다. 생존과 만족에는 차이가 있다. 300년이라는 세월의 많은 부분은 허기의 고통을 없애기 위해 먹어야 했다면 지난 50년은 풍미를 발견하는 즐거움을 누리는 데 사용해왔다. 삶이란 거의 일상적인 쳇바퀴로 이루어지지만 음식은 음악이나 미술과 같아서 새로운 무언가에 대한 약속으로 가득 차 있다.

그녀는 손에 묻은 기름을 닦아내고 헨리 옆에서 등을 대고 풀밭에 눕는다. 그러면서 놀랍도록 배가 부르다고 느낀다. 그녀는 포만감이 지속하지 않을 것임을 알고 있다. 포만감은 그녀 삶의 다른 모든 것들과 같다. 항상 너무 일찍 닳아서 없어진다. 하지만 여기서, 지금 그녀가 느끼는 것은…… 완벽함이다.

그녀는 눈을 감고, 미소 짓고, 날씨가 점점 차가워지고 있긴 해도 밤새 여기에 있어도 좋겠다고, 황혼이 어둠으로 변하는 모습을 보고 헨리의 품을 파고들며 별이 뜨기를 희망할 수 있으면 좋겠다고 생각한다.

그의 코트 주머니에서 경쾌한 알림음이 울린다.

헨리가 전화를 받는다. "안녕, 비." 그가 말을 하다 갑자기 똑바로 고쳐 앉는다. 애디는 통화 내용의 절반밖에 들을 수 없지만 나머지 절반은 추측할 수 있다.

"아니야. 물론 잊지 않았지. 알고 있어. 내가 좀 늦었네. 미안해. 바로 갈게. 응, 기억하고 있어."

헨리가 전화를 끊고 두 손으로 머리를 감싼다.

"비가 파티를 여는데 내가 디저트를 가져가기로 했거든요."

그는 마치 푸드 트럭들 가운데 하나가 답을 가지고 있다는 듯 주변을 돌아본다. 그는 황혼을 지나 어둑해진 하늘을 보고 손으로 머리카락을 훑고 중얼거리듯 낮게 욕을 한다. 하지만 지금은 꾸물거릴 시간이 없다. 이미 약속에 늦었기 때문이다.

"따라 와요." 그를 끌어당기면서 그녀가 말한다. "아는 곳이 있어요."

브루클린에 있는 최고의 프랑스 빵집에는 간판이 없다.

노란 버터색 차양과 두 개의 벽돌로 된 넓은 가게 전면부 사이로 난 좁은 유리 창문만이 간판 역할을 한다. 이 가게는 미셸이라는 남자의 소유다. 그는 매일 아침 날이 밝기 전에 가게에 도착해서 느린 속도로 자신이 가진 기술을 조합하기 시작한다. 사과를 종이처럼 얇게 자른 애플 타르트, 코코아 가루를 뿌린 오페라 케이크, 마르지판 코팅에 작은 장미 장식을 올린 쁘띠푸르.

지금은 문이 닫혀 있지만 뒤편에 있는 주방에서 가게 주인이 움직이고 있어 그녀는 그의 그림자를 볼 수 있다. 애디는 손가락 관절로 유리문을 두드리고 기다린다.

"이 방법이 통할까요?" 헨리가 묻는다. 사람의 형체가 앞으로 나오고 문을 빼꼼히 연다.

"영업 끝났어요." 억센 억양으로 그가 말한다. 애디는 자신이 델핀의 친구라고 설명하면서 언어를 영어에서 프랑스어로 바꾼다. 남자는 딸의 이름이 언급되자 부드러워지고 모국어 소리에 더 부드러워진다. 그녀는 그런 그를 이해한다. 그녀는 독일어, 이탈리아어, 스페인어, 스위스어를 말할 수 있지만, 프랑스어는 다르다. 프랑스어는 그녀의 어머니가 오븐에 빵을 굽는 것과 같고, 나무를 조각하던 아버지의 손이고, 에스텔이 그녀의 정원에 대고 하는 중얼거림이다.

프랑스어는 귀향이다.

"델핀을 위해서라면 뭐든 가능하지." 그가 대답하며 문을 활짝 연다.

작은 가게 안에서 뉴욕은 사라지고 그곳은 순수한 파리다. 설탕과 버터 냄새가 여전히 공기 중에 배어 있다. 상자들은 대부분 비어 있지만 몇

몇 아름다운 창작품들이 황무지에 핀 야생화처럼 화사하게 드문드문 선반에 남아 있다.

그녀는 델핀을 알지만 당연히 그 젊은 여자는 그녀를 모른다. 어쨌든 애디는 미셸도 알고 다른 누군가가 사진을 다시 찾아보거나 기억을 떠올리는 것처럼 이 가게를 방문하곤 한다.

애디와 미셸이 잡담을 하는 동안 헨리는 몇 걸음 뒤에 떨어져 있다. 그들은 상대방의 언어에서 얻는 짧은 휴식에 만족한다. 파티셰는 남아 있는 빵들을 하나씩 분홍색 박스에 담아 그녀에게 건네준다. 그녀가 값을 치를 돈이 있나 확실치 않은데도 돈을 내려고 하자 미셸은 괜찮다며 고개를 가로젓고 고향 생각나게 해줘서 고맙다고 한다. 그녀는 그에게 인사를 건네고 다시 거리로 나온다. 헨리는 그녀가 마법이라도 부린 듯, 뭔가 이상하고 경이로운 업적을 이룬 것처럼 그녀를 바라본다.

그는 그녀를 양팔로 끌어안는다.

"당신, 대단한데요." 그가 말하자 그녀는 얼굴을 붉힌다. 그동안은 그녀를 그렇게 봐주는 사람이 아무도 없었기 때문이다.

"여기요." 그녀가 페이스트리 박스를 그의 손에 쥐여주며 말한다. "파티 즐겁게 보내요."

헨리의 미소가 사라진다. 그의 이마에 카펫처럼 주름이 진다. "같이 가는 거 어때요?"

그녀는 그와 함께 밤을 보낼 준비가 되어 있는데 갈 수가 없다는 말을 어떻게 해야 할지 모른다. 그녀는 "난 가면 안 돼요."라고 말하고, 그는 "제발요."라고 말한다. 그녀는 그것이 정말 끔찍한 생각이라는 것을, 그녀의 저주가 가진 비밀은 많은 사람을 상대로 지켜낼 수 없다는 것을 안다. 헨리를 자신만 독차지할 수 없다는 것을, 그것은 빌린 시간을 두고 벌이는 게임이라는 것을 안다.

하지만 이것이 세상의 끝까지 걸어가는 방법이다.

이것이 영원히 사는 방법이다.

여기에 하루가 있고, 그리고 그다음 하루가, 그리고 또 그다음 하루가 있다. 사람들은 그들이 가질 수 있는 것을 갖는다. 모두 사라질 때까지 훔친 일분일초를 음미하고, 모든 순간에 매달린다.

그래서 그녀는 알았다고 말한다.

선선함을 넘어 추워지는 동안 그들은 팔짱을 끼고 걷는다.

"혹시 내가 알고 있어야 할 것이 있어요?" 그녀가 말한다. "당신 친구들과 관련해서 말이에요."

헨리가 생각하며 이마를 찌푸린다. "음, 로비는 연기자예요. 굉장히 좋은 사람이지만 약간…… 까탈스럽달까요?" 그가 거친 숨을 내쉰다. "우린 대학교 시절을 같이 보냈어요. 그는 내가 처음으로 반한 남자였어요."

"근데 잘 안 됐어요?"

헨리는 웃지만 얕은 숨소리만 나온다. "아뇨. 그가 날 찼어요. 하지만 아주 오래전 일이에요. 이제 그냥 친구일 뿐 그 이상은 아니에요." 그는 마치 머리를 비우려는 듯 고개를 흔든다. "그리고 비가 있어요. 두 사람은 이미 만난 적이 있죠? 그녀는 대단해요. 지금 박사과정을 밟고 있는데 조시라는 남자와 같이 살고 있어요."

"둘이 사귀는 거예요?"

헨리가 콧방귀를 뀐다. "아뇨. 비는 게이예요. 그 남자도 그렇고……. 내 생각에 그래요. 실은 확실히는 몰라요. 추측만 할 뿐이에요. 비는 아마 멜이나 엘리스를 초대할 거예요. 누가 됐든 초대받아서 오는 사람이 그녀가 사귀는 사람이에요. 시계추의 흔들림 같은 거죠. 참, 교수에 대해서는 묻지 말아요." 애디가 의아해하며 그를 쳐다보자 그가 설명한다. "비는 몇 년 전에 컬럼비아 대학교 교수랑 서로 좋아했어요. 비는 사랑에 빠졌는데 그 교수는 유부녀였어요. 모든 게 파탄이 났죠."

애디는 이름들을 혼자서 반복해서 말하고 헨리는 미소를 짓는다.

"이건 시험이 아니에요." 그가 말한다. "당신은 낙제하지 않을 거예요."

애디는 그의 말이 맞기를 바란다.

헨리는 그녀 옆으로 조금 더 바싹 붙는다. 그는 주저하다가 숨을 내쉰다. "당신이 알아야 일이 있어요." 그가 결국 말한다. "나에 대해서요."

그녀의 가슴속 심장이 멈칫거린다. 그녀는 고백, 마지못한 진실, 그리고 지금 두 사람 사이에 벌어지고 있는 일에 대한 설명을 들을 마음의 준비를 한다. 하지만 헨리는 별이 없는 밤을 올려보다 이렇게 말한다. "한 여자가 있었어요."

한 여자. 그것은 어떤 것에도 답이 되지 못한다.

"그녀의 이름은 타비사였어요." 그녀는 그가 말하는 모든 음절에서 아픔을 느낄 수 있다. 그녀는 그의 서랍에 있는 반지, 그리고 반지를 감싸고 있던 피 묻은 손수건을 떠올린다.

"무슨 일이 있었어요?"

"프러포즈했는데 그녀가 거절했어요."

그것은 진실이다. 그녀는 생각한다. 진실의 한 버전이다. 하지만 헨리가 진실을 절반 정도만 말하면서도 거짓말은 하지 않는 데 얼마나 뛰어난지 애디는 알아차리기 시작한다.

"우리는 모두 전투에서 얻은 상처가 있죠." 그녀가 말한다. "과거의 사람들 말이에요."

"당신도요?" 그가 묻는다. 한순간 그녀는 뉴올리언스에 있다. 방은 엉망으로 어질러져 있고 건물이 불타기 시작하자 그 녹색 눈이 분노로 새까맣게 변했다.

"네, 그럼요." 그녀가 나지막이 말한다. 그러고 나서 탐색하듯 말한다. "우린 모두 비밀을 가지고 있죠."

그가 그녀를 본다. 그녀는 그것, 그가 말하지 않으려는 것이 그의 두 눈에서 움직이는 것을 볼 수 있다. 하지만 그는 뤽이 아니다. 그리고 녹색은 아무것도 말해주지 않는다.

내게 말해줘요. 그녀는 생각한다. 그게 뭐가 됐든.

하지만 그는 그러지 않는다.

침묵 속에서 둘은 비가 사는 빌딩에 도착한다. 비는 인터폰 버저를 눌러서 그들을 안으로 들인다. 계단을 오르는 동안 그녀는 생각을 파티에 집중하고, 아마도 괜찮을 거라고 스스로 다독인다.

어쩌면, 오늘 밤이 끝나고 나서도 그들이 그녀를 기억할지도 모른다.

어쩌면, 그가 그녀와 함께한다면—.

어쩌면—.

그때 문이 열리고, 비가 오븐용 장갑을 엉덩이에 대고 서 있다. 그녀 뒤로 목소리들이 아파트를 울리는 가운데 그녀가 말한다. "헨리 슈트라우스, 너 많이 *늦었어*. 손에 든 그건 디저트여야 할 거야." 헨리는 방패라도 되는 양 페이스트리 상자를 내민다. 그녀가 그의 손에서 상자를 받아들 때 그녀의 시선은 그를 지나친다. "같이 온 사람은 누구?"

"여긴 애디야." 그가 말한다. "서점에서 *만났었잖아*."

비가 눈을 굴린다. "헨리, 넌 친구라고 해봐야 몇 되지도 않는데 뭘 헷갈리고 그래. 게다가," 그녀가 애디를 향해 비뚜름한 미소를 던지며 말한다. "난 당신 같은 얼굴은 잊지 않아요. 뭔가…… 시간을 초월하는 것이 있거든요."

헨리가 깊은 주름을 만들며 찌푸린다. "너랑 애디, 두 사람은 만났었어. 그때도 넌 정확히 같은 말을 했고." 그가 애디를 쳐다본다. "당신은 기억하죠, 그죠?"

그녀는 불가능한 진실과 쉬운 거짓말 사이에서 주저하다 고개를 가로젓는다. "미안해요, 난—."

애디는 창문 너머의 추위를 대담하게 거부하는 노란색 여름 드레스를 입은 한 여자가 다가오는 바람에 곤란한 상황에서 벗어난다. 헨리는 그녀의 귀에 대고 그 여자가 엘리스라고 속삭인다. 여자는 비에게 키스하고, 그녀의 손에서 상자를 받아 든다. 그리고 와인 따개를 찾을 수가 없다고 말한다. 그리고 조시가 나타나 코트를 받고는 그들을 안으로 안내한다.

아파트는 개조된 맨 위층이다. 현관은 거실로 이어지고 거실은 주방으로 이어지는 식으로 개방된 아파트인데 다행히도 벽과 문이 없다.

인터폰이 다시 울리고 잠시 후 한 남자가 대기권을 통과하는 혜성처럼 도착한다. 한 손에는 와인 한 병이, 다른 손에는 스카프가 들려 있다. 애디는 헨리의 아파트 벽에 걸린 사진들에서만 그를 보았지만 그 사람이 로비라는 것을 즉각 알아차린다.

그는 현관 앞을 지나 비의 뺨에 키스하고 조시에게 손을 흔들고 엘리스를 포옹하고 헨리를 향해 돌아서다가 그녀를 발견한다.

"누구세요?" 그가 말한다.

"무례하게 굴지 마." 헨리가 답한다. "여긴 애디야."

"헨리가 만나는 사람." 비가 덧붙인다. 애디는 그녀가 그런 말을 하지 않았더라면 좋았겠다고 생각한다. 그 말은 로비의 기분에 차가운 물을 끼얹는 것과 같기 때문이다. 헨리도 그것을 보았음이 틀림없다. 왜냐하면 헨리가 자신의 손을 잡고 말하기 때문이다. "애디는 스카우터야."

"그래?" 로비가 묻고 약간 기운을 차린다. "어떤 종류예요?"

"미술, 음악. 뭐든지 다요."

그가 얼굴을 찌푸린다. "스카우터들은 보통 한 가지에 특화되어 있지 않나요?"

비가 그를 팔꿈치로 슬쩍 밀친다. "친절하게 굴어." 그녀가 와인을 향해 손을 뻗으며 말한다.

"만나는 사람을 데리고 와야 하는 건지 몰랐네." 그녀를 따라 주방으로 들어가며 로비가 말한다.

그녀는 그의 어깨를 토닥인다. "조시를 빌리고 싶으면 그렇게 해."

식탁은 소파와 주방 조리대 사이에 놓여 있는데 비는 여분의 자리를 마련한다. 헨리가 와인 두 병을 딴다. 로비가 와인을 잔에 붓고, 조시는 샐러드를 식탁으로 나르고, 엘리스는 오븐에 든 라자냐를 확인하는 동안, 애디는 방해가 되지 않도록 물러나 있다.

그녀는 관심을 독차지하거나 혹은 전혀 관심을 받지 못하는 데 익숙하다. 이방인 세계의 짧지만 환한 중심이 되는 것에, 또는 가장자리에 있는 그림자가 되는 것에 익숙하다.

헨리가 파스타를 보며 약간 얼굴을 찌푸리고, 애디는 푸드 트럭에서 둘이서 실컷 먹었다는 사실을 떠올리며 살짝 웃는다. 그녀는 항상 배가 고프다. 마지막 식사는 이제 기억에 불과하다. 그녀는 감사한 마음으로 접시를 받는다.

프랑스, 파리
1751년 7월 29일

– IX –

✶ ✶ ✶ ✶ ✶ ✶ ✶

혼자 있는 여자는 구설수에 자주 오른다.

그렇지만 애디는 사람들의 수군거림을 즐기는 법을 터득하게 되었다. 그녀는 튈르리 공원에 앉아 있다. 그녀는 벤치 주변으로 치마를 펼쳐놓고 가져온 책을 엄지손가락으로 넘기며 훑어본다. 그녀는 사람들이 자신을 지켜보고 있음을, 아니 빤히 쳐다보고 있음을 안다. 하지만 걱정할 이유가 뭐 있겠는가? 여자가 햇살 아래에 혼자 앉아 있는 것은 범죄가 아니며, 소문이 공원 너머로 퍼져나갈 것도 아니다. 지나가는 사람들은 놀라고 이상하다고 생각하겠지만 험담할 기회를 얻기도 전에 잊어버릴 것이다.

그녀는 페이지를 넘기고, 눈은 인쇄된 글자들 위를 여행한다. 요즘 애디는 음식만큼이나 책을 열심히 훔쳐서 매일매일 섭취할 영양분의 핵심적인 부분으로 삼고 있다. 그녀는 철학책보다는 모험과 탈출을 다룬 소설을 선호하지만, 이 특별한 책은 그녀가 특정한 문으로 들어갈 수 있도록 해주는 버팀목이자 열쇠다.

그녀는 공원에 가서 앉아 있는 시간을 적절히 조절했고, 조프랭 부인(18세기 당대의 철학자, 예술가 등이 즐겨 찾아 번성했던 살롱의 주인—옮긴이)이 선호한다고 알려진 길 근처의 정원 가장자리에 자리를 잡고 앉았다. 애디는 그 여자가 길을 따라 산책을 하며 다가올 때 자신이 무엇을 해야 하는지 정확히 안다.

그녀는 페이지를 넘기며 책에 빠져 있는 척한다.

곁눈질로 애디는 그 여자가 다가오는 것을 본다. 시녀가 부인보다 한 걸음 뒤에 있고, 부인의 팔에는 꽃이 한가득 안겨 있다. 애디는 일어나서 눈은 여전히 책에 고정한 채로 돌아선다. 그리고 피할 수 없는 충돌이 있기 전까지 두 걸음을 걷는다. 하지만 동시에 그 여자를 넘어트리지 않고 조금 놀라게만 하기 위해 조심한다. 그 사이 책이 두 사람 사이의 길 위로 떨어진다.

"이런 어리석은 것." 마담 조프랭이 날카롭게 말한다.

"아, 정말 미안합니다." 애디가 동시에 말한다. "다치셨어요?"

"아니야." 여자가 시선을 공격자에서 책으로 옮기며 말한다. "뭐가 널 그렇게 넋이 빠지게 만들었지?"

시녀는 떨어진 책을 주워서 여주인에게 넘겨준다.

조프랭은 제목을 검토한다.

『철학적인 생각들Pensées Philosophiques』.

"디드로 책이군." 그녀가 말한다. "누가 네게 이런 고상한 걸 읽는 법을 가르쳐주었지?"

"제 아버지께서 가르쳐주었습니다."

"아버지가? 넌 운이 아주 좋구나."

"시작일 뿐이었죠." 애디가 답한다. "여자는 자신의 교육을 책임져야 할 의무가 있습니다. 어떤 남자도 진정으로 그런 교육을 해주지 않으니까요."

"정말 맞는 말이야." 조프랭이 말한다.

그들은 대본을 연기하고 있지만 다른 한 여자는 그걸 모른다. 사람들 대부분은 첫인상을 만들 기회가 딱 한 번이지만 운 좋게도 애디는 지금껏 여러 번 기회를 얻었다.

나이 든 여자가 얼굴을 찌푸린다. "하지만 시종도 없이 공원에서? 보호자도 없이? 사람들이 수군대는 게 걱정되지 않니?"

반항하는 듯한 미소가 애디의 입술 위로 지나간다. "저는 명성보다 자유를 더 선호하지요."

마담 조프랭은 짧게 소리를 내며 웃는다. 그것은 즐거움이라기보다는 놀라움에 가깝다. "얘야, 체제를 거부하는 방법도 여러 가지고 노는 방법도 여러 가지가 있긴 하지. 이름이 뭐지?"

"마리 크리스틴입니다." 애디가 대답한다. "라 트레무아이유 가문이에요." 그녀는 덧붙이며 여자의 두 눈이 자신의 말에 반응하며 커지는 것을 감상한다. 그녀는 귀족들의 이름과 파리와의 근접성을 익히고, 질문을 많이 받을 만한 귀족은 제외하고, 한 명의 사촌쯤은 크게 신경을 쓰지 않을 만큼 충분히 가지가 많은 나무를 찾으면서 지난 한 달을 보냈다. 그리고 이 살롱 여주인은 모든 귀족을 안다고 자부하지만 고맙게도 모두를 똑같이 잘 아는 건 아니다.

"라 트레무아이유라니. *설마!*" 마담 조프랭은 말한다. 믿지 못하겠다는 투가 아니라 놀라움만 담겨 있다. "너에 대해 이야기를 하지 않았다니 샤를에게 한마디 해야겠군."

"그러셔야겠네요." 애디가 수줍어하는 듯한 미소를 띠며 말한다. 그런 일은 절대 일어나지 않을 것임을 그녀는 안다. "어쨌거나, 부인." 그녀가 책을 되돌려받기 위해 손을 내밀며 말을 잇는다. "전 가보겠습니다. *부인의* 명성에 폐를 끼치고 싶지 않습니다."

"말 같지도 않은 소리." 조프랭이 말한다. 두 눈은 즐거움으로 반짝인다. "난 스캔들이라면 웬만큼은 이력이 나 있어." 그녀가 애디에게 책을 돌려주지만 몸짓에서는 헤어지려는 뜻이 보이지 않는다. "내 살롱에 꼭 오도록 해. 너의 디드로도 거기 있을 거야."

애디는 1초도 되지 않는 아주 짧은 시간 동안 주저한다. 지난번에 만났을 때 그녀는 실수를 했다. 의도적으로 겸손한 태도를 보이는 쪽을 선택했던 것이다. 하지만 이후로 살롱 여주인이 견해가 확고한 여자를 선호한다는 사실을 알게 되었다. 이번에 그녀는 기쁨을 내비치며 미소 짓는다. "그럴 수 있다면 정말 좋겠네요."

"좋아." 마담 조프랭이 말한다. "한 시간 뒤에 와."

여기서 그녀의 직조는 정확해야 한다. 한 번의 잘못된 바늘땀은 모든 걸 망쳐버릴 것이다.

애디는 자신을 내려다본다. "이런." 그녀가 실망하는 표정을 내비치며 말한다. "집에 가서 옷을 갈아입을 시간이 없는데 분명히 이 옷은 적절치가 않겠지요."

그녀는 상대편이 대답하기를 기다리며 숨을 참는다. 부인은 팔을 내젓는다. "신경쓰지 마." 그녀가 말한다. "내 시종들이 너에게 어울리는 옷을 찾아줄 거야."

그들은 함께 걸으며 공원을 통과하고 시녀는 뒤에서 따라온다.

"왜 한 번도 만난 적이 없지? 중요한 인사들은 다 아는데."

"전 중요한 사람이 아니에요." 애디가 이의를 제기한다. "게다가 전 여름 동안만 여기 머물거고요."

"네 억양은 파리 토박이 같은데."

"시간과 연습의 결과예요." 그녀가 대답한다. 그것은 물론 사실이다.

"그런데 아직 미혼이니?"

또 다른 모퉁이, 또 다른 시험. 이전에 만났을 때 애디는 미망인이기도 했고, 결혼을 한 유부녀이기도 했지만 오늘은 자신이 결혼에 맞지 않은 사람이라는 쪽으로 답을 정한다.

"예." 그녀가 말한다. "고백하건대 전 주인을 원치 않습니다. 그런데 지금까진 동등한 사람을 찾지 못했습니다."

그 말은 여주인에게서 미소를 끌어낸다.

공원을 벗어나 생토노레 가로 접어들 때까지 질문은 계속된다. 그곳에서 부인은 드디어 자신의 살롱 준비를 위해 애디와 헤어진다.

애디는 살롱 여주인이 아쉬움을 갖고 멀어지는 모습을 지켜본다.

여기서부터 그녀는 혼자다.

하녀는 그녀를 위층으로 안내하고 가장 가까이 있는 옷장에서 꺼낸 드레스를 침대 위에 펼쳐놓는다. 브로케이드 비단에 문양이 들어간 시프트 드레스고 칼라 부근에 레이스가 한 장 얹혀 있다. 스스로는 절대 고르지 않을 드레스긴 하다. 어쨌든 고급 옷이다. 애디는 오븐에 굽기 위해 허브와 묶어서 준비해놓은 고기 한 점을 본 적이 있는데 눈앞에 있는 프랑스 드레스가 그것을 떠올리게 한다.

애디는 거울 앞에 앉아 아래층에서 문이 열렸다 닫히는 소리를 들으며 머리를 매만진다. 집은 도착하는 손님들의 움직임으로 부산하다. 그녀는 살롱이 사람들로 북적대고 방들이 충분히 많은 사람으로 차서, 그녀가 그 속에 섞여들 수 있을 때까지 기다려야 한다.

애디는 마지막으로 머리를 한 번 더 매만지고 치마를 곧게 편다. 그리고 아래층에서 들려오는 소리가 충분히 안정적으로 변하고 목소리들이 잔이 부딪치는 소리와 뒤섞일 때 아래층으로 내려가 내실로 향한다.

처음 애디가 살롱에 머물 수 있었던 것은 운 덕분이었지 연출이 아니었다. 그녀는 여자가 말할 수 있고 적어도 귀를 기울일 수 있도록 허용되는 장소를 찾고 놀랐다. 그곳에서는 비판적이거나 깔보는 듯한 시선 없이 혼자 돌아다닐 수 있었다. 그녀는 음식과 술, 대화, 말동무를 즐겼다. 낯선 사람들 사이가 아니라 친구들 사이에 있는 것처럼 굴 수 있었다.

모퉁이를 돌아 레미 로랑을 발견할 때까지는.

그는 볼테르와 루소 사이에 있는 발 받침대에 걸터앉아 있었다. 그는 말을 하면서 손을 흔들어댔고 손가락은 여전히 잉크로 얼룩이 져서 회색이었다.

그를 보는 것은 드레스 자락이 못에 걸려 발을 헛디디는 것과 같았다.

그녀는 한순간 균형을 잃었다.

그녀의 연인은 나이와 함께 중후해졌고, 그의 얼굴 주름에 새겨진 스물세 살과 쉰한 살의 차이가 보였다. 독서로 보낸 시간으로 인해 이마에는 주름이 생겼고, 코에 안경이 올라가 있었다. 하지만 어떤 주제가 떠올라 그의 눈에서 빛이 나면 그녀는 예전에 보았던 그의 모습을, 위대한 사상을 가진 위대한 사람들을 찾기 위해 파리로 온 열정적인 젊은이의 모습을 발견할 수 있었다.

오늘은 그의 모습이 보이지 않는다.

애디는 와인 한 잔을 낮은 식탁에서 집어 들고, 벽에 투사된 그림자처럼 다른 사람들의 눈을 피해 이 방 저 방으로 옮겨 다닌다. 그녀는 사람들의 말을 듣고 유쾌하게 대화하며 자신이 역사의 한 장면 안에 있다고 느낀다. 그녀는 해양 생명체에 깊은 관심을 가진 박물학자를 만났다. 자신은 바다에 한 번도 가본 적이 없다고 그녀가 고백하자 그는 30분 동안이나 갑각류 동물에 관한 이야기를 열정적으로 들려준다. 그것은 오후를 보내기에, 좀 더 정확하게는 밤을 보내기에 아주 즐거운 방법이다. 오늘 밤에는 다른 어떤 날보다도 특히 정신을 딴 데 팔 만한 것이 필요하다.

6년이 지났다. 하지만 그녀는 그 일에 대해, 그에 대해 생각하고 싶지 않다.

해가 지고 와인이 포트 와인으로 바뀌자 그녀는 과학자들, 그리고 문인들과 함께하는 시간을 즐긴다.

그때 알았어야만 했다. 그가 망치리라는 것을.

뤽이 한바탕 세차게 부는 서늘한 바람처럼 방으로 들어선다. 그는 부츠부터 크라바트까지 회색과 검은색으로 차려입고 있다. 녹색 눈은 그에게서 발견할 수 있는 유일한 색깔이다.

6년만이다. 애디가 그를 보고서 느끼는 감정을 안도감이라고 한다면 잘못된 단어 선택 같지만 그것이 그나마 가장 가까운 의미를 전달하는 말이기도 하다. 내려놓은 무게감, 배출된 숨, 안도감에 한숨을 내쉬는 몸. 다만 이 안에는 단순하고 육체적인 해방—알지 못하는 것을 확실한 것과 바꾸는 안도감—을 넘어서는 쾌감은 없다.

그녀는 기다리고 있었지만 지금은 아니다.

이제 그녀는 골칫거리, 그리고 슬픔을 맞이할 준비를 한다.

"무슈 르브와." 조프랭 부인이 손님을 맞이하며 말한다. 애디는 잠시 그들의 만남이 단지 우연인지, 그녀의 그림자가 살롱을 선호하는지, 그 안에서 자라나는 사상들을 지지하는지를 생각한다. 하지만 여기에 모인 남자들은 신들보다는 진보를 숭상한다. 그리고 뤽의 관심은 지금까지 정확히 *그녀에게* 고정되어 있었고, 그의 얼굴은 조심스럽고 위협적인 빛으로 흘러넘친다.

"부인." 그가 들을 수 있을 만큼 큰 소리로 말한다. "문을 너무 활짝 열어둔 게 아닌가 싶습니다만."

애디의 가슴이 철렁 내려앉는다. 조프랭 부인은 약간 뒤로 물러나고 방에서의 대화가 점차 줄어들더니 정적이 찾아온다. "무슨 말씀이세요?"

애디는 뒷걸음질쳐 보려 하지만 살롱은 사람들로 가득 차 있고 통로는 사람들의 다리와 의자들이 뒤섞여 뒤죽박죽이다.

"저기 있는 저 여자 말입니다." 사람들이 애디를 향해 고개를 돌린다. "그녀를 아십니까?" 조프랭 부인은 당연히 더 이상 그녀를 모르지만 그런 실수를 인정하기에는 너무 예절이 바르다.

"내 살롱은 많은 사람에게 열려 있습니다. 르브와 씨."

"이번에는 부인께서 너무 관대하셨어요." 뤽이 말한다. "저 여자는 사기꾼이고 도둑입니다. 정말로 못돼 먹은 물건이지요. 보세요." 그가 손짓한다. "당신의 드레스를 입고 있습니다. 당신의 등 뒤에서 옷 말고도 더 많은 것을 훔치지 않았는지 주머니를 뒤져서 확인해보는 것이 좋을 겁니다."

단숨에 그는 그녀의 게임을 자신의 게임으로 바꾸어놓았다.

애디는 문 쪽으로 움직였지만 주변에 남자들이 지키고 서 있다.

"저 여자 좀 막아요." 조프랭 부인이 말한다. 애디는 모든 것을 포기하고 급히 나가려고 사람들 사이를 비집고 지나, 살롱에서 나와 밤으로 걸어 들어가는 수밖에 없다.

물론 아무도 그녀를 뒤쫓지 않는다.

뤽을 제외하면.

어둠은 낮게 킬킬대며 그녀의 뒤를 따른다.

그녀는 그에게 벌컥 화를 낸다. "난 당신이 날 괴롭히는 일 말고 좀 더 근사한 일을 할 거라 생각했는데."

"그렇긴 한데 이 일이 너무 재밌거든."

그녀는 고개를 가로젓는다. "이건 아무것도 아니야. 당신은 단 한순간을 망쳤고 하나의 밤을 망쳤지만, 내게 준 *선물* 덕분에 그런 밤은 백만 개쯤 갖고 있어. 나 자신을 개조할 무한한 기회가 있는 거지. 지금 당장 살롱으로 다시 걸어 들어갈 수 있고, 당신의 험담은 내 얼굴처럼 잊혔겠지."

녹색 눈에 장난기가 반짝인다. "내 말은 너의 말처럼 빨리 사라지지 않는다는 걸 알게 될 거야." 그가 어깨를 으쓱한다. "물론 그들은 너를 기억하지 않을 거야. 하지만 생각은 기억보다 훨씬 생명력이 질기고 뿌리를 내리는 게 더 빠르지."

그의 말이 옳다는 것을 그녀가 깨닫기까지는 50년이라는 시간이 걸릴 것이다.

생각은 기억보다 훨씬 생명력이 강하다.

그리고 그녀는 그것들을 심을 수도 있다.

뉴욕
2014년 3월 16일

– X –

* * * * * * *

오늘 저녁에는 마법 같은 일이 벌어진다.

단순한 행위 안에 만만치 않은 즐거움이 있다.

애디는 재앙이 일어날 것에 대비해서 숨을 죽이며 처음 한 시간을 보내지만 샐러드와 메인 요리 사이 어디쯤에서, 첫 번째 와인 잔과 두 번째 잔 사이 어디쯤에서 숨을 내쉰다. 헨리와 엘리스 사이, 따스함과 웃음 사이에 앉은 그녀는 그것이 현실이라고, 자신도 어딘가에 속한다고, 자신이 평범한 저녁 파티 자리에서 평범한 남자 옆에 있는 평범한 여자라고 믿을 수 있을 것 같다. 그녀와 비는 미술에 관해 이야기하고, 그녀와 조시는 파리에 관해 이야기한다. 그녀와 엘리스는 와인에 관해 이야기하고, 헨리의 손은 탁자 아래에서 그녀의 무릎을 찾는다. 그 모든 것들은 놀랍도록 간단하고 따뜻하다. 그녀는 밤을 자신의 혀 위에 놓인 초콜릿처럼 꼭 붙들고, 녹기 전에 모든 순간을 음미하고 싶다.

오로지 로비만이 행복해 보이지 않는다. 조시가 밤새 그에게 작업을 걸려고 애써보지만 소용이 없다. 그는 화려한 조명을 찾는 연기자처럼 앉은 자리에서 몸을 움직인다. 그는 술을 너무 많이, 너무 빨리 마시고 몇 분 이상 가만히 있질 못한다. 애디가 헨리에게서 본 것과 비슷하게 부산스럽지만 오늘밤 헨리는 완벽하게 편안해 보인다.

한번은 엘리스가 화장실에 갔는데 애디는 그것이 나머지를 모두 쓰러뜨리는 도미노라고 생각한다. 아니나 다를까 그녀가 식탁으로 돌아왔을 때 애디는 엘리스의 얼굴에서 혼란스러워하는 표정을 읽을 수 있다. 하지만 보여주기보다는 숨기고 싶어 하는 표정이어서 그녀는 아무 말도 하지 않고 생각을 떨쳐내려는 듯 고개를 젓고 미소 짓는다. 애디의 상상 속에서 엘리스는 자신이 술을 너무 많이 마신 것 같다며 놀라고 디저트가 나오기 전에 베아트리체를 끌어내서 저기 앉아 있는 여자 이름이 기억이 안 난다고 속삭인다.

로비와 파티 주최자는 그동안 깊은 대화에 빠져 있다.

"비." 그가 징징거린다. "우리 그냥ㅡ."

"내 파티고 내 규칙이야. 네 생일 때는 부시윅에 있는 섹스클럽에 갔잖아."

로비가 눈을 굴린다. "노출증을 주제로 한 음악 공연장이었어."

"그건 섹스클럽이었어." 헨리와 비가 동시에 말한다.

"잠깐만요." 애디가 자리에서 앞으로 몸을 기울인다. "오늘이 당신 생일이에요?"

"아니에요." 비가 힘주어 말한다.

"베아트리체는 생일을 혐오해요." 헨리가 설명한다. "자기 생일이 언제인지 안 알려줘요. 최대한 알아낸 게 4월이라는 사실이에요. 3월이거나. 아니면 5월일 수도 있죠. 그래서 봄에 하는 저녁 파티는 비의 생일에 가장 가까운 파티일 걸로 짐작하는 거예요."

비는 와인을 홀짝이며 어깨를 으쓱한다. "무슨 말인지 모르겠네. 그저 다르지 않은 하루일 뿐이야. 뭘 그렇게 의미를 부여해?"

"생일이면 분명 선물도 받을 수 있겠지." 로비가 말한다.

"이해해요." 애디가 말한다. "최고의 날은 언제나 계획하지 않은 날이죠."

로비가 노려본다. "이름이 뭐라고 했죠? 앤디?"

그녀는 그의 말을 고쳐주려다 목 안에서 글자들이 걸리는 것을 느낀다. 저주가 단단히 조여들고 목을 옥죈다.

"*애디야*." 헨리가 말한다. "그리고 넌 못돼 먹은 놈이고."

불안한 기운이 식탁 위로 흐른다. 엘리스는 분위기를 부드럽게 하려고 쁘띠푸르를 자르며 말한다. "헨리, 이 디저트 정말 훌륭해."

그가 말한다. "다 애디가 준비한 거야."

그 말은 유리잔처럼 로비를 넘어트리고 쏟아지도록 만들기에 충분했다. 그는 숨을 거칠게 내쉬며 탁자에서 멀찍이 떨어진다.

"난 담배나 피워야겠어."

"여기선 안 돼." 비가 말한다. "옥상으로 올라가."

애디는 그것이 아름다운 밤의 끝이라는 것을, 문이 쾅 하고 닫히는 것임을 안다. 그들을 막을 수도 없고 그녀가 시야에서 사라지기라도 하는 순간—.

조시가 일어선다. "나도 한 대 피울래."

"설거지 안 하려고 그러는 거지?" 비가 말한다. 하지만 두 사람은 이미 문을 향해 움직인다. 눈에서 멀어지면 마음에서도 멀어진다. 그녀는 이것이 자정이라고 생각한다. 이렇게 마법은 끝나고 다시 호박으로 돌아가야 하는 것이다.

"난 가야겠어요." 그녀가 말한다.

비가 더 있으라며, 더는 로비가 괴롭히지 못하도록 하겠다고 말한다. 하지만 애디는 로비의 잘못이 아니라고, 긴 하루였고 맛있는 음식을 먹을 수 있게 해줘서 고맙다고, 같이 시간을 보낼 수 있게 해줘서 고맙다고 말한다. 정말로 그녀는 운 좋게 이 자리까지 왔고, 즐거운 시간을 보냈고, 그런 밤을 보냈고, 평범함을 조금이나마 맛볼 수 있었다.

"애디, 기다려요." 헨리가 부르자 그녀는 재빨리 그에게 키스하고 자리에서 벗어나 아파트에서 빠져나온다. 계단을 내려가 어둠 속으로 들어간다.

그녀는 한숨을 내쉬며 걸음을 늦춘다. 그녀의 폐가 갑작스러운 추위에 아파온다. 그들 사이에 문과 벽이 존재하는데도 자신이 뒤에 남겨두고 온 것의 무게를 느낄 수 있다. 그녀는 계속 거기에 있었다면 좋았겠다고, 헨리가 "기다려요"라고 말하지 않고 "나랑 같이 가요"라고 말했다면 좋았겠다고 생각한다. 하지만 그에게 선택을 강요하는 것은 공정하지 않다는 걸 알고 있다. 그는 뿌리를 가득 내리고 있지만 그녀가 가진 것은 나뭇가지뿐이다.

그러다 뒤에서 들려오는 발걸음 소리를 듣는다. 그래서 속도를 늦춘다. 오랜 세월이 흘렀는데 지금도 뤽을 떠올리며 몸을 떤다.

그녀가 쉽게 부서지는 때를 항상 알았던 뤽.

하지만 어둠이 아니라 김이 서린 안경을 쓰고 코트를 여미지도 않은 남자다.

"재빨리 사라졌더군요." 헨리가 말한다.

"따라잡았네요." 애디가 말한다.

어쩌면 그녀는 죄책감을 느껴야 하겠지만 감사한 마음만 들 뿐이다.

그녀는 물건들을 잃어버리는 데 익숙하다.

하지만 헨리는 여전히 여기에 있다.

"친구란 게 때때로 참 골치 아파요. 안 그래요?"

"네, 그러게요." 무슨 말인지 이해는 못 해도 그녀는 그렇게 말한다.

"미안해요." 그가 뒤편의 빌딩을 향해 고개를 끄덕이며 말한다. "그 녀석이 왜 그러는지 모르겠어요."

하지만 애디는 안다.

충분히 오랫동안 살다보면 사람을 책처럼 열어볼 수 있다. 로비는 로맨스 소설이다. 상심한 사람들에 관한 이야기다. 그는 너무나도 분명히 사랑을 두고 고민하고 있다.

"두 사람은 그냥 친구라고 했잖아요."

"맞아요." 그가 주장한다. "난 그를 가족처럼 사랑해요. 항상 그럴 거예요. 하지만 난……, 난 절대로……."

그녀는 로비가 헨리의 뺨에 기대어 고개를 숙이고 찍은 사진을 떠올린다. 그녀가 헨리의 데이트 상대라고 했을 때 로비의 얼굴에서 드러난 표정을, 헨리는 어떻게 보지 못하는지 알 수가 없다.

"그는 여전히 당신을 사랑해요."

헨리는 풀이 죽는다. "알아요." 그가 말한다. "하지만 난 그를 사랑할 수 없어요."

*할 수 없다? 하지 않겠다*가 아니다. *해서는 안 된다*도 아니다.

애디가 헨리의 눈을 똑바로 마주본다.

"나에게 말해주고 싶은 게 또 있어요?"

그녀는 그가 무슨 말을 하기를 자신이 기대하는지 모르고, 도대체 어떤 진실이 그의 존재가 지속하도록 하는지 모른다. 다만 아주 잠깐 그녀를 응시하는 그의 눈에 짧고 눈부신 슬픔이 있다.

그가 그녀를 가까이 끌어당기고 낮게 신음을 내며 나지막하고 완패한 목소리로 말한다. "나 배가 너무 불러요."

애디는 자신도 모르게 웃는다.

서 있기에는 날씨가 너무 춥다. 둘은 어둠 속을 함께 걷는다. 그녀는 파란색 문을 볼 때까지 그의 집에 도착했다는 것을 깨닫지 못한다. 그녀는 너무 피곤하고 그는 너무 따뜻하다. 그녀는 가고 싶지 않고, 그는 그녀에게 가라고 요구하지 않는다.

뉴욕
2014년 3월 17일

– XI –

✶ ✶ ✶ ✶ ✶ ✶ ✶

애디는 그동안 백여 가지 방법으로 잠에서 깨어났다.

살갗에 내린 서리 때문에, 너무나 뜨거워서 살갗을 태우는 태양 때문에 깨어났다. 빈 장소에서, 그리고 비어 있어야만 하는 장소에서 깨어났다. 머리 위에서 펼쳐지는 전쟁 때문에, 선체에 부딪히는 파도 소리 때문에, 사이렌 소리 때문에, 도시의 소음 때문에, 고요함 때문에, 한번은 머리맡에 똬리를 튼 뱀 때문에 깨어났다.

하지만 헨리 슈트라우스는 그녀를 키스로 깨운다.

그는 키스를 꽃 알뿌리인 양 하나씩 심고, 그것이 그녀의 살갗에서 꽃을 피우게 만든다. 애디는 미소 짓고 그의 몸 쪽으로 자신의 몸을 굴리고, 그의 두 팔을 망토처럼 자신의 몸 위에 두른다.

어둠은 그녀의 머리에 대고 속삭인다. *내가 없으면 넌 언제나 혼자일 거야.*

하지만 그녀는 그 소리 대신 헨리의 심장 소리를 듣고, 배고프냐고 묻는 그의 나른한 목소리를 듣는다.

시간이 늦었다. 서점에 있어야 할 시각이지만 헨리는 래스트워드가 월요일에 문을 닫는다고 말한다. 그녀가 작은 나무 안내판에 적혀 있던 운영 시간을 기억한다는 것을 그로서는 알 길이 없다. 서점은 목요일마다 문을 닫는다.

그녀는 그의 말을 고쳐주지 않는다.

그들은 옷을 입고 모퉁이에 있는 가게까지 걸어 간다. 헨리는 계산대에서 달걀과 치즈 롤을 사고 애디는 주스를 찾아 진열대까지 천천히 걸어간다.

바로 그때 종소리를 듣는다.

바로 그때 황갈색 머리와 익숙한 얼굴을 본다. 로비가 가게 안으로 들어온다. 바로 그때 발을 헛디딜 때처럼 그녀의 심장이 내려앉고, 몸이 균형을 잃고 휘청댄다.

애디는 뭔가를 잃는 것에 익숙해졌지만—.

하지만 준비가 되어 있지 않다.

그녀는 시간을 멈춰 세우고 어디론가 숨고, 사라지고 싶다.

하지만 이번만큼은 그럴 수가 없다. 로비가 헨리를 보고 헨리가 그녀를 본다. 그들은 일방통행 길의 삼각형 안에 있다. 기억, 기억 없음, 끔찍한 불운의 코미디가 삼각형의 꼭지점에 놓여 있다. 헨리가 팔로 그녀의 허리를 감싸자 로비가 차가운 눈으로 애디를 쳐다보며 말한다. "이 사람은 누구야?"

"재미없어." 헨리가 말한다. "너 *아직도* 취했어?"

로비가 격분해서 뒤로 물러난다. "내가 뭐? 아니, 난 이 여자를 본 적이 없어. 누군가를 만난다고 한 적 없잖아."

이것은 슬로모션으로 일어나는 자동차 충돌이다. 애디는 이런 일, 사람과 장소, 시간과 환경의 피할 수 없는 충돌이 일어나리라는 것을 알고 있었다.

헨리는 그녀에게 믿기지 않는 존재고 뜻하지 않은 존재이자 아름다운 오아시스다. 하지만 그는 동시에 사람이다. 사람에겐 친구와 가족이 있고, 그들을 다른 사람들과 엮어주는 수천 가지 가닥들이 있다. 그녀와 달리 그는 지금껏 한 번도 가닥들로부터 자유롭게 풀려난 적이 없었고, 공허

속에서 존재한 적이 없었다.

그래서 그것은 불가피했다.

하지만 그녀는 아직도 준비되어 있지 않다.

"젠장, 로비. 어제 밤에 애디를 만났잖아."

"그랬다면 분명 기억하겠지." 로비의 눈이 어두워진다. "하지만 요즘 또다시 가물가물하네."

헨리가 다가서자 그들 사이의 공간이 붕괴한다. 애디가 먼저 그곳에 도착하고, 헨리의 손이 위로 향하자 애디가 그의 손을 잡고 뒤로 당긴다. "헨리, 그만해요."

그것은 그녀가 그들을 가둬두었던 정말로 예쁜 유리병이었다. 하지만 이제 깨지고 있다. 물이 새고 있다.

로비는 헨리를 보며 깜짝 놀라고 배신감을 느낀다. 그녀는 이해한다. 그것은 공정하지 않다. 절대 공정하지 않다.

"어서요." 그녀가 그의 손을 꼭 쥐며 말한다.

헨리의 시선은 결국 그녀에게로 향한다. "제발요." 그녀가 말한다. "그냥 가요."

그들은 거리로 나간다. 아침의 평화는 잊혔고 오렌지 주스, 샌드위치와 함께 뒤에 남겨졌다.

헨리는 분노로 몸을 떨고 있다. "미안해요." 그가 말한다. "로비가 가끔 못되게 굴기도 하지만 아까는—."

애디는 눈을 감고 벽에 기대어 주저앉는다. "그의 잘못이 아니에요." 그녀는 이 상황을 고칠 수 있다. 병이 깨지는 것을 막을 수 있고 손가락을 금 위에 대고 있을 수 있다. 하지만 얼마나? 얼마나 오랫동안 헨리를 붙잡아둘 수 있을까? 얼마나 오랫동안 그가 그녀의 저주를 알아차리지 못하도록 막을 수 있을까?

"그가 날 기억하지 못하는 것 같아요."

헨리가 눈을 가늘게 뜨고 쳐다본다. 분명 혼란스러운 표정이다. "어떻게 기억을 *못할* 수가 있죠?"

애디는 주저한다.

잘못된 말이 없을 때 말은 서로 달라붙지 않으므로 정직하기가 쉽다. 무엇을 말하든 그것이 오직 당신에게만 속할 때는 정직하기가 쉽다.

하지만 헨리는 다르다. 그는 그녀의 말을 듣고 그는 *기억한다*. 그래서 갑자기 모든 말에 무게가 최대치로 실리고 정직은 아주 무거워진다.

그녀에게는 오직 한 번의 기회가 있다.

그녀는 그에게 다른 사람에게 하듯 거짓말을 할 수 있지만 만일 거짓말을 시작한다면 절대 멈출 수가 없을 것이다. 그리고 무엇보다 그에게 거짓말을 하고 싶지 *않다*. 그녀는 아주 오랜 세월을 누군가가 자기 말을 들어주고 자기를 봐주기를 기다려왔다.

그래서 애디는 자신을 진실 속으로 내던진다.

"안면인식장애를 겪는 사람들이 어떤지 알아요? 친구나 가족, 그들이 평생 알고 지낸 사람들을 알아보지 못하는 거죠."

헨리가 얼굴을 찌푸린다. "이론적으로는 분명……."

"난 그 반대되는 걸 가지고 있어요."

"당신은 모든 사람을 기억해요?"

"아뇨." 애디가 말한다. "아니, 내 말은 난 기억한다는 뜻이에요. 하지만 내가 말하고 싶은 건 그게 아니에요. 사람들이 나를 잊는다는 거죠. 나를 수백 번을 만났어도 사람들이 나를 잊어요."

"그건 말도 안 돼요."

말이 안 된다. 물론 말이 안 된다.

"알아요." 그녀가 말한다. "하지만 사실이에요. 지금 당장 저 가게로 돌아가면 로비는 또 날 기억하지 못할 거에요. 당신은 나를 소개할 수 있겠죠. 하지만 내가 걸어 나오는 순간, 내가 시야에서 벗어나는 순간, 그는 또다시 날 잊어버릴 거에요."

헨리는 고개를 가로젓는다. "어떻게요? 왜요?"

작은 질문들. 큰 대답.

내가 바보였기 때문에.

내가 겁이 많았기 때문에.

내가 조심하지 않았기 때문에.

"왜냐면," 콘크리트 벽에 기대 주저앉으며 말한다. "내가 저주받은 사람이기 때문이에요."

헨리는 그녀를 안경 너머로 보며 이마를 찌푸리고 있다. "무슨 말인지 모르겠어요."

애디는 깊게 숨을 들이쉬며 신경을 안정시키려 애쓴다. 그러고 나서 그녀는 진실을 말하기로 마음먹었기 때문에 그렇게 한다.

"내 이름은 애디 라뤼예요. 난 1691년에 비용에서 태어났어요. 내 부모님은 장과 마르뜨였어요. 우리는 오래된 주목나무 너머에 있는 돌로 만든 집에 살았어요……."

프랑스, 사르트의 비용
1764년 7월 29일

– XII –

✶ ✶ ✶ ✶ ✶ ✶ ✶

수레가 강변에서 덜컹대며 정지한다.

“더 멀리까지 데려다줄 수 있는데요.” 수레 몰이꾼이 고삐를 잡은 채 말한다. “아직 1마일 정도 남았습니다.”

“괜찮아요.” 그녀가 말한다. “길을 알아요.”

낯선 수레와 몰이꾼은 주의를 끌 수도 있다. 그래서 애디는 떠나올 때의 방식으로, 그리고 이곳의 구석구석을 배울 때의 방식으로, 걸어서 돌아가기로 한다.

그녀는 남자에게 돈을 지불하고 수레에서 내린다. 그녀의 회색 망토 밑단이 흙바닥을 스친다. 그녀는 짐을 딱히 챙기지 않았다. 가볍게 여행하는 법을 배웠기 때문이다. 혹은 쉽게 얻은 물건들을 그만큼 쉽게 보내주는 법을 배웠기 때문일지도 모른다. 그러는 편이 훨씬 더 간편하다. 물건들은 계속 지니기가 너무나 어렵다.

“당신은 이곳 출신인가요?” 그가 묻는다. 애디는 눈을 가늘게 뜨고 해를 쳐다본다.

“네, 맞아요.” 그녀가 말한다. “하지만 오랫동안 떠나 있었어요.”

수레 몰이꾼은 그녀를 아래위로 훑는다. “*아주* 오랫동안은 아니겠죠.”

“알면 놀랄 겁니다.” 그녀가 말한다. 그는 말에 채찍질하고 수레는 소리를 내며 멀어진다. 그녀는 자신이 뼛속까지 아는 땅에서 다시 혼자가 되었다. 50년 동안 한 번도 찾지 않았던 곳이다.

이상한 일이다. 이곳에서 산 세월보다 두 배나 더 오래 떠나 있었는데도 여전히 이곳은 고향처럼 느껴진다.

그녀는 자기가 언제 혹은 어떻게 다시 돌아오기로 결심했는지 모른다. 다만 비를 암시하듯 무거움이 몰려들며 봄이 여름처럼 느껴지기 시작할 때부터, 수평선에서 먹구름을 볼 수 있고 그녀에게 이곳으로 가라고 강권하는 천둥소리가 머릿속에서 들릴 때까지, 그 생각이 폭풍우처럼 그녀 안에서 자라나고 있었다.

어쩌면 이 귀향은 일종의 의식이다. 자신을 정화하고, 비용을 확실히 과거에 묶어두기 위한 한 방법이다. 어쩌면 그녀는 보내주기 위해 노력하는 중이다. 혹은 붙잡으려고 애쓰는 중이다.

그녀는 머무르지 않을 것이다. 그 정도는 알고 있다.

사르트 강의 표면에서 햇살이 반짝이자 그녀는 두 손을 얕은 개울에 담그고 기도할까 잠깐 생각한다. 하지만 그녀에게는 강의 신들에게 내줄 만한 것이 없고, 그들에게 할 말도 없다. 그들은 중요한 순간에 대답하지 않았다.

모퉁이를 돌자 잡목림 너머로 낮은 언덕들과 계곡의 분지에 자리 잡은 회색 돌집들 사이로 비용이 솟아오른다. 비용은 조금 커졌고 중년 남자처럼 밖으로 넓어졌다. 하지만 여전히 비용은 비용이다. 교회가 있고, 마을 광장이 있고, 마을 중심 너머에는 숲의 짙은 녹색 선이 있다.

그녀는 마을을 곧장 통과하지 않고 남쪽으로 돌아서 간다.

집으로.

오래된 주목나무는 길 끝에서 여전히 보초를 서고 있다. 50년이라는 시간은 나뭇가지에 옹이가 진 지점들을 여럿 추가했고 아래쪽으로는 너비가 조금 커졌지만 다른 것은 똑같다. 짧은 순간, 집의 윤곽이 그녀의 눈에 들어올 때 시간이 흔들리고 빠져나간다. 그 안에서 그녀는 빨랫감을 엉덩이에 올리고 있거나 스케치북을 팔 밑에 끼우고 마을이나 강가, 아니면 이자벨의 집에서 자기 집으로 돌아가는 스물세 살 여자다. 그녀는 금방이라도 열린 문간에서 팔목에 밀가루를 묻힌 채 있는 어머니를 보게 될 것이고, 아버지의 안정적인 도끼질 소리를 들을 것 같고, 훽 소리를 내며 꼬리를 흔들고 풀을 씹는 암말 막심이 내는 낮은 소리를 들을 것 같다.

그러나 집 근처에 도착하자 허상은 기억으로 다시 무너져 내린다. 말은 당연히 사라졌고 마당에 있는 아버지의 작업실은 지친 듯 한쪽으로 기울어 있다. 잡초 너머에 있는 부모님의 오두막집은 어둡고 조용하다.

무엇을 기대한 것일까?

50년. 애디는 부모님이 더 이상 그곳에 있지 않으리라는 것을 알았다. 하지만 허물어지고 버려진 모습은 여전히 그녀를 낙담하게 한다. 발이 저절로 움직이면서 흙길을 따라가고, 마당을 지나 폐허가 되어 기울어져가는 아버지의 작업실로 간다.

그녀는 조심스럽게 문을 열고—나무는 썩어서 무너져 내리고 있다—안으로 들어선다.

햇살이 깨진 판자들 사이로 흘러들며 어둠 속에 줄무늬를 만든다. 공기에서는 막 깎아낸 나무에서 나는 향긋한 흙 냄새 대신 부패의 냄새가 난다. 모든 물건에 곰팡이가 끼어 눅눅하고 먼지로 덮여 있다. 아버지가 매일 날카롭게 벼리던 연장들은 이제 버려진 채 녹이 슬어 갈색과 붉은색으로 변했다. 선반은 대부분 비어 있다. 나무로 된 새는 사라졌지만 거미줄과 더께의 장막 아래로 반쯤 만들다 만 큰 그릇이 있다.

그녀는 손으로 먼지를 헤집는다. 그리고 손이 지나간 자리로 먼지가 다시 뭉쳐지는 것을 바라본다.

돌아가신 지는 얼마나 된 것일까?

그녀는 힘겹게 마당으로 다시 나오다 걸음을 멈춘다.

집이 다시 활기를 띤다. 아니, 그 정도까지는 아니어도 최소한 움직이기 시작했다. 굴뚝에서 가느다란 연기가 솟아오른다. 창문이 열려 있고, 얇은 커튼이 바람에 부드럽게 물결친다.

누군가 여전히 여기에 있다.

그녀는 떠나야 한다. 떠나야 한다는 것을 그녀는 안다. 이곳은 더 이상 그녀의 집이 아니다. 하지만 그녀는 이미 마당을 가로지르고 문을 두드리기 위해 손을 뻗고 있다. 그날 밤을 기억하며, 또 다른 삶의 마지막 밤을 기억하며 그녀의 손가락이 느려진다.

그녀는 자신의 손에 선택권을 주며 계단에서 서성댄다. 하지만 그녀는 이미 자신의 존재를 알렸다. 커튼이 가볍게 펄럭이고 한 그림자가 창문을 지나친다. 문이 빼꼼히 열리기 전에 애디는 두세 걸음 뒤로 물러날 뿐이다. 문은 주름진 뺨의 한 부분과 쏘아보는 한쪽 파란 눈만 보일 만큼 열린다.

"거기 누구요?"

여자의 목소리는 허약하고 가늘지만 여전히 애디의 가슴속에 돌처럼 내려앉아, 공기를 빼앗아버린다. 비록 그녀가 영원히 살 수 없고, 그녀의 마음이 시간의 흐름에 따라 부드러워진다고 해도 자신은 여전히 그것—어머니의 목소리—을 기억하리라고 그녀는 확신한다.

문이 삐거덕 소리를 내며 열리자 겨울나무처럼 쪼그라들고 옹이가 진 손가락으로 올이 다 드러난 숄을 붙잡고 있는 어머니가 있다. 그녀는 늙었다. 그것도 아주 많이. 하지만 아직 살아 있다.

"나를 아시우?" 어머니가 묻지만 그녀를 알아보는 기색이 없다. 늙고 확신하지 못하는 사람의 의심만이 있을 뿐이다.

애디는 고개를 가로젓는다.

나중에 그녀는 안다고 대답했어야 했다고 생각할 것이다. 기억이 지워진 어머니의 마음이 단 하나의 진실을 위해 공간을 만들 수 있지 않았을까. 어머니가 딸을 집 안으로 들여 난로 옆에 앉으라고 권하고, 소박한 식사를 나눌 수도 있지 않았을까. 그래서 애디가 집을 떠날 때 어머니가 그녀를 내치며 문을 닫는 것 말고 오래 간직할 수 있는 무언가를 가질 수 있지 않았을까.

하지만 지금은 안다고 답하지 않는다.

그녀의 딸이 되기를 그만두었을 때 이 사람도 어머니이기를 그만두었다고 자신에게 말하려 애쓴다. 물론 그런 것은 통하지 않는다. 그렇지만 그래야 한다. 그녀는 이미 애도의 시간을 가졌고, 그 여자의 얼굴이 주는 충격이 날카롭지만 고통은 얕다.

"뭘 원하시오?" 마르뜨 라뤼가 묻는다.

그것은 애디가 대답할 수 없는 또 다른 질문이다. 왜냐하면 자신도 뭘 원하는지 모르기 때문이다. 시선은 나이 든 여인을 지나 한때는 집이었던 어두침침한 공간으로 향한다. 그제서야 이상한 희망이 그녀의 가슴 안에서 솟아오른다. 어머니가 살아 있다면, 그렇다면 어쩌면, 어쩌면—. 하지만 그녀는 안다. 작업실 문에 있는 거미줄. 완성하다 만 그릇에 낀 먼지 때문에 안다. 어머니의 지친 표정으로 안다. 그리고 어머니 뒤에 있는 어둡고, 정돈되어 있지 않은 오두막집 때문에 안다.

"미안해요." 그녀가 뒤로 물러나며 말한다.

어머니는 뭐가 미안하냐고 묻지도 않고 그저 바라보며, 그녀가 떠날 때 눈도 깜박이지 않는다.

문이 삐거덕 소리를 내며 닫힌다. 애디는 그곳으로부터 걸어서 멀어지는 동안 다시는 어머니를 보지 못하리라는 것을 알게 된다.

뉴욕
2014년 3월 17일

– XIII –

✶ ✶ ✶ ✶ ✶ ✶ ✶

말을 하는 것은 그렇게 어려운 일이 아니다.

이야기가 어려웠던 적은 없었다.

어려운 것은 그녀가 이자벨과 레미, 친구들과 낯선 사람들, 그리고 누가 됐든 이야기를 들어줄 사람들에게 들려주려고 여러 번 시도했던 자신의 비밀이다. 그녀는 그럴 때마다 그들의 표정이 굳어지는 것을, 그들의 얼굴이 창백해지는 것을, 사라지기 전의 연기처럼 말이 허공에 매달리는 모습을 지켜보았다.

하지만 헨리는 그녀를 쳐다보고, 그리고 듣는다.

결혼식과 응답이 없었던 기도들, 여명과 황혼에 바친 공물들, 남자 행세를 하는 숲속의 어둠, 그녀의 소원, 그의 거절, 그리고 그녀의 실수에 관한 이야기를 들려줄 때, 그는 듣는다.

내가 더 이상 원하지 않을 때 내 영혼을 가지세요.

영원히 사는 것과 잊히는 것, 그리고 포기하는 것에 대해 말할 때 그는 듣는다. 이야기를 마무리할 때 그녀는 헨리가 눈을 깜빡여서 눈앞의 뿌연 안개를 지우고, 그녀가 무슨 말을 하려고 했는지를 물어보리라 예상하며 숨을 참는다. 질문하는 대신 그의 눈은 아주 특이한 초점으로 가늘어진다. 그녀는 그가 모든 이야기를 들었다는 것을 심장이 내달리는 가운데 깨닫는다.

"당신이 거래를 했다고요?" 그가 묻는다. 그의 목소리에는 무심함이,

불편한 침착함이 담겨있다.

물론 그녀의 말은 정신 나간 사람의 이야기처럼 들린다.

물론 그는 그녀의 말을 믿지 않는다.

이렇게 그녀는 그를 잃게 된다. 기억 때문이 아니라 불신 때문에.

난데없이 헨리가 *웃는다*.

그는 자전거 거치대에 기대며 주저앉아 손으로 머리를 감싸고 웃는다. 그녀는 그가 미쳤다고 생각한다. 그녀가 그의 내면에 있는 무언가를 깨트렸고, 그가 그녀를 조롱하고 있다고 생각한다.

하지만 그것은 농담에 뒤따라 오는 웃음이 아니다.

그것은 미친 듯한 웃음이며 숨을 쉬기조차 힘들어 하는 웃음이다.

"당신은 거래를 했군요." 그가 다시 말한다.

그녀는 침을 삼킨다. "네, 내 이야기가 어떻게 들리는지 알아요. 하지만—."

"당신 말을 믿어요."

그녀는 갑자기 혼란스러워져서 눈을 깜박인다. "뭐라고요?"

"당신 말을 믿는다고요." 그가 다시 말한다.

*난 당신을 기억해요,*라는 말처럼 듣기 힘든 세 마디 말이다. 그것만으로 충분해야 한다. 하지만 그렇지가 않다. 그 어떤 것도 말이 되지 않는다. 헨리도 이 상황도 말이 되지 않는다. 처음부터 말이 되지 않았다. 알게 되면 모든 꿈이 무너져 내리기라도 할 것처럼 그녀는 묻기도, 알기도 너무 무서웠다. 하지만 그녀는 그의 어깨에서 생겨나는 금들을 볼 수 있고, 그것을 가슴속에서 느낄 수 있다.

당신은 누구야? 그녀는 묻고 싶다. *왜 당신은 다르지? 다른 사람은 못하는데 당신은 어떻게 기억하지? 왜 당신은 내가 거래를 했다는 걸 믿는 거야?*

결국, 그녀는 한 가지만을 말한다.

"왜요?"

헨리는 얼굴에서 손을 떼고, 열이 나는 듯 환한 녹색 눈으로 그녀를 올려다보며 말한다.

"왜냐하면, 왜냐하면……, 나도 거래를 했으니까요."

4부

비를 맞아도
젖지 않는 남자

작품 제목: 사랑에 열려 있는Open to Love

작가(들): 뮤리엘 슈트라우스Muriel Strauss(디자인), 랜스 해링거Lance Harringer(제작)

제작연도: 2011년

재료: 알루미늄, 강철, 유리 조각품

소재지: 티시예술대학교로부터 대여

설명: 원래는 인터랙티브 설치미술 작품으로, 작은 구멍이 난 알루미늄 심장이 양동이 위에 걸려 있다. 금속 심장 옆 탁자 위에 놓인 다양한 모양과 크기의 병들에는 여러 색상의 액체들, 약간의 물, 약간의 알코올, 약간의 페인트가 담겨 있고, 관람객들은 유리병들 가운데 하나를 고른 후 그 내용물을 심장에 비워보라는 요청을 받는다. 부은 물질의 점도에 따라 일정한 속도로 액체는 즉시 새어 나오기 시작한다.

배경: 이 조각품은 가족을 주제로 한 작품들을 하나로 모은 슈트라우스의 졸업반 포트폴리오 중 핵심 작품이다. 당시 슈트라우스는 가족 구성원들 가운데 누가 어떤 작품과 짝을 이루는지 명시하지 않았지만, <사랑에 열려 있는>은 '연속적 일부일처제의 소멸에 대한 오마주와 균형을 잃은 애정의 위험에 대한 증거'로 디자인되었다고 주장했다.

추정 가격: 미상. 작품은 영구 설치를 조건으로 작가가 티시예술대학교에 기증했다.

뉴욕
2013년 9월 4일

–I–

* * * * * * *

한 남자아이가 찢어진 심장을 갖고 태어난다.

의사들이 수술실에서 심장을 꿰매고 온전하게 만든다. 아이는 운 좋게 살아서 집으로 온다. 의사들은 그가 이제 나았다고, 정상적인 삶을 살 수 있다고 말한다. 하지만 그는 크면서 여전히 몸 안에서 무언가가 잘못되었다고 확신한다.

피가 심장 박동에 따라 돌기 시작하면 판막이 여닫힌다. 스캔 사진과 화면에서는 모든 것이 제대로 작동한다. 하지만 어딘지 정상적이지 않다.

의사들은 그의 심장을 너무 많이 열어두었다.

가슴의 갑옷을 다시 닫는 것을 잊어버렸다.

그는 지금 너무 많은 것을…… 느낀다.

다른 사람들은 그를 예민하다고 하지만 그것은 예민함 이상이다. 다이얼이 고장 났고, 볼륨은 최대치까지 올라가 있다. 기쁨의 순간들은 짧지만 황홀하다. 고통의 순간들은 길고 참을 수 없을 정도로 시끄럽다.

첫 번째 개가 죽었을 때 헨리는 일주일 동안 운다. 그의 부모님이 싸울 때, 그리고 그들의 언어폭력을 견딜 수 없을 때, 그는 집에서 도망쳤다가 하루 하고도 한참 지나서야 다시 집으로 돌아온다. 어린 시절 사랑하던 곰 인형을 형 데이비드가 쓰레기통에 버릴 때, 그의 첫 번째 여자친구 아비가일이 댄스파티에서 그를 바람맞힐 때, 수업 시간에 돼지를 해부할 때, 할아버지가 돌아가시기 전 그에게 주신 카드를 잃어버렸을 때, 리즈가 졸업여행 동안 바람피우고 있다는 사실을 알게 되었을 때, 로비가 대학교 3학년이 되기 전에 그를 차버릴 때, 큰일이든 사소한 일이든 상관없이 그는 가슴 안의 심장이 다시 찢어지는 것 같다.

열네 살 때 헨리는 볼륨을 줄이려는 단순한 생각에 아버지의 술을 처음으로 한 모금 몰래 들이킨다. 열여섯 살 때에는 고통을 줄이고 싶은 마음에 어머니의 찬장에서 알약 두 개를 몰래 빼낸다. 스무 살 때는 너무 약에 취해서 자신의 살갗 벌어진 틈을 볼 수 있다고 생각하고, 자신이 허물어져 내리는 장소를 볼 수 있다고 생각한다.

그의 심장에는 틈새 바람이 분다.

그것은 빛을 들인다.

그것은 폭풍우를 들인다.

그것은 모든 것을 들인다.

시간은 지랄 같게도 빨리 움직인다.

눈 한번 깜빡였더니, 무엇을 하려고 하든 그것이 곧 백여 가지 다른 일을 하지 않기로 한 것과 마찬가지라는 생각에 마비된 채 학교 생활의 절반이 지나간다. 그래서 최종적으로 신학에 정착하기까지 전공을 열 번도 넘게 바꾼다. 한동안 그것은 올바른 길인 것처럼 보이지만 사실 그것은 부모님의 얼굴에 나타난 자부심에 대한 반사 작용에 불과하다. 왜냐하면 부모님이 자신을 이제 싹트기 시작하는 랍비로 생각하기 때문이다. 하지만 사실 헨리는 신학을 업으로 삼고 싶은 생각이 전혀 없고, 성서를 이야기 또는 거대한 서사시라고 생각한다. 그리고 공부를 하면 할수록 성서를 점점 더 안 믿게 된다.

눈을 한번 깜박이자 헨리는 스물네 살이고, 유럽을 여행한다. 그런 변화가 내면에 있는 무언가에 불을 붙여주지 않을까 한다. 아니, 그래주기를 희망한다. 더 위대하고 큰 세상을 보는 것이 자신만의 세상에 초점을 맞추는 데서 벗어나게 해주지 않을까 한다. 그것은 한동안 초점을 제공한다. 하지만 거기에는 일자리도 없고, 미래도 없고, 막간만 있을 뿐이다. 여행이 끝날 때쯤 통장은 텅 비었고, 어디에도 가까이 다가가지 못한다.

눈을 한번 깜박이자 헨리는 스물여섯 살이고, 학장 사무실에 불려가 있다. 학장은 헨리의 마음이 더 이상 신학에 있지 않다고 말하며 다른 길을 찾아보라고 충고한다. 학장은 헨리가 자신만의 소명을 찾게 될 거라고 확신을 준다. 하지만 그게 바로 문제다. 헨리는 지금껏 *한 가지* 일에 소명을 느껴본 적이 없다. 한 방향을 향한 격렬한 밀어붙이기가 없고, 다만 백여 가지의 다른 길을 부드럽게 쿡쿡 찔러보기만 한다. 하지만 이제는 그 모든 것들은 손이 닿지 않는 거리에 있는 것처럼 느껴진다.

눈을 한번 깜박이자 헨리는 스물여덟 살이다. 다른 사람은 이제 길을 떠나 저만치 멀어지는데 혼자만 아직도 길을 찾으려 노력 중이다. 헨리는 살고 배우고 자신을 찾기를 원하는 과정에서 길을 잃었다는 아이러니를 정확히 이해한다.

눈을 한번 깜박이자 헨리는 여자를 만난다.

헨리가 타비사 매스터스를 처음 봤을 때 그녀는 춤을 추고 있었다.

무대에는 십여 명이 있었을 것이다. 헨리는 로비의 공연을 보기 위해 그곳에 있었지만 *그녀의* 팔다리는 사람을 당기는 힘을 가지고 있었고, 그녀의 체형에는 일종의 중력이 있었다. 그의 시선은 계속 그녀에게로 되돌아갔다. 그녀는 사람의 숨을 멎게 하는 아름다움의 소유자였는데, 그 매력은 움직임 자체에 있어 사진에 담기 힘든 아름다움이다. 그녀의 움직임은 멜로디와 척추의 휨, 죽 뻗은 손, 어두워진 댄스 플로어로의 느린 하강으로만 들려주는 이야기였다.

그들이 처음 만난 것은 뒤풀이 파티에서였다.

무대에서 그녀의 이목구비는 가려져 있었고, 다른 사람의 예술을 위한 캔버스였다. 하지만 사람들이 많은 공간에서 헨리의 눈에 들어온 것은 오로지 그녀의 미소뿐이었다. 뾰족한 턱에서부터 머리 선까지 얼굴 전체로 반응하는 미소였고, 그가 시선을 돌릴 수 없고 모든 것을 빨아들이는 기쁨이었다. 그녀는 무언가를 보며—그는 그게 뭔지 결코 알아내지 못했다—웃고 있었다. 누군가가 방 안으로 들어가서 불을 전부 켠 것 같았다.

그때 그곳에서, 그의 심장이 아파오기 시작했다.

헨리가 안녕이라는 인사말을 건넬 용기를 내기까지는 30분이라는 시간과 석 잔의 술이 필요했다. 하지만 그 이후부터는 쉬웠다. 조화를 이루는 주파수들의 리듬과 흐름이 이어졌다. 밤이 끝나갈 무렵 헨리는 사랑에 빠지기 시작했다.

그는 이전에도 사랑에 빠졌었다.

고등학교 시절의 소피아.

대학교 시절의 로비.

사라, 에단 , 제나—. 하지만 사랑은 항상 힘들고 엉망이었다. 시작과 멈춤, 잘못된 방향 전환과 막다른 길로 가득했다. 하지만 타비사와는 사랑이 쉬웠다.

2년.

두 사람이 사귄 기간이다.

2년 동안의 저녁 식사와 아침 식사, 공원에서 먹은 아이스크림, 댄스 리허설과 장미 꽃다발, 상대방의 집에서 자고 간 날들, 주말 브런치와 텔레비전 프로그램 몰아서 보기, 그리고 그의 부모님을 만나기 위한 북쪽으로의 여행.

2년 동안 그는 그녀를 위해 술을 덜 마시고, 약을 끊고, 옷을 차려입고, 살 만한 여유가 안 되는 것들을 샀다. 그녀를 웃게 해주고 행복하게 해주고 싶었기 때문이다.

2년 동안 단 한 번의 다툼도 없었다. 그는 결과적으로 그것이 아주 좋은 일은 아니었을 수도 있다고 생각한다.

2년—. 그리고 질문과 대답 사이 어디쯤에서 두 사람의 관계는 파탄이 났다.

헨리는 공원 한가운데서 반지를 내밀며 한쪽 무릎을 꿇었다. 그러자 그녀가 그의 청혼을 거절했기 때문에 그는 지독한 바보 멍청이가 된다.

그녀는 "노."라고 말했다. 그런데 최악의 말은 그것이 아니었다.

"넌 좋은 사람이야." 그녀가 말했다. "진짜 그래. 하지만 넌……."

그녀는 말을 끝맺지 않지만 그럴 필요가 없다. 왜냐하면 그는 다음 말이 뭔지 알기 때문이다.

넌 나랑 맞지 않아.

넌 충분하지 않아.

"난 네가 결혼하고 싶어 하는 줄 알았는데."

"맞아. 언젠가는."

어떤 말들은 입 밖으로 내뱉지 않아도 너무나 분명하다.

하지만 너와는 아니야.

그런 다음 그녀는 혼자서 가버린다. 그리고 지금 헨리는 이곳 바에 있다. 그는 술에 취했지만 만취한 것은 절대 아니다.

그는 자기가 만취하지 않았다는 것을 안다. 세상이 그대로 있고, 온 밤이 아직도 너무 실제처럼 느껴지고, 모든 것이 여전히 아프기 때문이다. 그는 접은 양팔에 턱을 놓고 엎드려서 빈 병들이 탁자 위에 모여 있는 곳을 주시한다. 그가 여섯 개의 뒤틀린, 반사된 모습을 쳐다본다.

머천트에는 사람들이 가득 차 있어서 백색소음의 벽이 존재한다. 그래서 로비는 소음 너머로 고함을 쳐야 한다.

"걔, 엿 먹으라고 해."

어떤 이유에서인지 전 남자친구한테서 나오는 말은 헨리의 기분을 나아지게 하지 못한다. "난 괜찮아." 그의 심장은 열린 채 끝부분에 대롱대롱 매달려 있지만 사람들이 어떠냐고 물어보면 항상 자동으로 대답한다.

"차라리 잘 됐어." 비가 덧붙인다. 만약 다른 누가 그런 말을 했다면 그녀는 진부하다는 이유로 그 사람을 바의 한쪽 귀퉁이로 밀어버렸을 것이다. 진부한 이야기에 주어지는 10분간의 중간 휴식을 위해서다. 하지만 그런 진부한 말이 오늘 밤 누군가가 그에게 해줄 수 있는 말의 전부다.

헨리는 앞에 놓인 잔을 비우고 다른 잔을 향해 손을 뻗는다.

"야, 천천히 마셔." 비가 그의 목을 쓰다듬으며 말한다.

"난 괜찮아." 그가 다시 말한다.

두 사람은 그 말이 거짓말이라는 것을 알 정도로 그를 잘 안다. 그들은 그의 아픈 가슴에 대해 잘 안다. 그들은 그를 잘 달래면서 그만의 폭풍우를 헤쳐 나오게 했다. 그들은 그의 삶에서 가장 좋은 사람들이고 그를 붙들어주는 사람들이다. 적어도 그가 완전히 무너지지 않도록 막아주는 사람들이다. 하지만 지금은 너무 많은 갈라진 금들이 있다. 지금은 그들의 말과 그의 귀 사이에, 그들의 손과 그의 살갗 사이에 깊은 틈이 있다.

그들은 여기 있지만 너무 멀게 느껴진다.

그는 고개를 들어 그들의 표정을 찬찬히 살핀다. 연민이 가득하지만 놀랍다는 표정은 아니다. 불현듯 깨달음이 냉기처럼 그에게 찾아온다.

"너희들은 그녀가 거절할 걸 알았구나."

침묵이 조금 오래간다. 비와 로비는 누가 먼저 나설지 결정하려는 듯 서로를 쳐다본다. 이윽고 로비가 그의 손을 잡는다. "헨리—."

그는 손을 빼낸다. "넌 *알고* 있었어."

그는 일어서려다가 뒤에 있는 테이블로 넘어질 뻔한다.

비의 얼굴이 구겨진다. "자, 자리에 다시 앉아."

"아니야. 아니야. 아니야."

"이봐." 그를 잡아주며 로비가 말한다. "내가 집까지 데려다줄게."

헨리는 로비가 자신을 바라보는 눈빛이 싫다. 그래서 고개를 가로저었는데 그것은 그의 눈앞을 흐리멍덩하게 만들 뿐이다.

"아니야." 그가 말한다. "그냥 혼자 있고 싶어."

그가 지금껏 한 거짓말 중에 가장 큰 거짓말이다.

하지만 로비의 손은 떨어져 나가고, 비는 그를 보며 고개를 가로젓는다. 그들은 둘 다 헨리가 바에서 나가게 내버려 둔다.

헨리는 만취하지 않았다.

그는 주류 판매점으로 들어가서 자신을 고주망태 보듯, 그러고도 더 퍼부으려는 사람 보듯 하는 남자에게서 보드카 한 병을 산다. 비가 내리기 시작한다. 그는 이로 술병을 딴다.

그의 휴대폰이 주머니 안에서 울린다.

아마 비일 것이다. 로비일 수도 있다. 둘 말고는 전화할 사람이 없다.

그는 휴대폰이 울리도록 내버려두고, 전화벨 소리가 멈출 때까지 숨을 참는다. 만일 그들이 다시 전화한다면 전화를 받자고 자신에게 말한다. 만일 그들이 다시 전화한다면 자신은 괜찮지 않다고 말할 것이다. 하지만 휴대폰은 다시 울리지 않는다.

지금도, 나중에도 그는 그 때문에 그들을 비난하지 않는다. 헨리는 자신이 쉬운 친구가 아니라는 것을 알고 있고, 자신이 그런 상황이 다가오고 있음을 인지했어야 한다는 것도 알고 있다. 그랬어야만—.

술병이 손가락 사이로 미끄러져 보도에 떨어지면서 산산조각이 난다. 그는 술병을 그냥 내버려 두어야 했지만 그러지 않는다. 그것을 주우려고 손을 뻗다 균형을 잃는다. 그가 힘을 주며 다시 일어서는 순간 손으로 깨진 유리를 짚는다.

아프다. 당연히 아프다. 하지만 고통은 보드카 때문에, 슬픔의 분출 때문에, 상심한 가슴 때문에, 다른 모든 것들 때문에 조금 덜하다.

헨리는 주머니 안을 더듬어 은색으로 T 자가 새겨진 흰색 비단 손수건을 찾는다. 그는 상자—항상 왜 저런 걸 쓰는지 의문이 드는 고풍스럽고 인간미 없는 반지 케이스—를 원하지 않았다. 하지만 지금 그가 손수건을 꺼내는 순간 반지가 굴러 떨어져 축축한 보도 위를 통통 튀며 구른다.

그녀의 말이 그의 머릿속에서 울린다.

넌 좋은 사람이야, 헨리. 진짜 그래. 하지만 넌—.

그는 손수건을 다친 손에 대고 누른다. 순식간에 비단 손수건은 붉게 물들어 못쓰게 된다.

넌 충분하지 않아.

손은 머리와 같다. 항상 너무 많은 피를 흘린다.

그 말을 그에게 해준 사람은 형 데이비드였다. 열 살이 된 이후로 자신이 뭐가 되고 싶은지 알았던 형 데이비드.

길이 직선이고 발걸음의 수가 정해져 있다면 길 위에 계속 남아 있기가 쉽다.

헨리는 손수건이 빨갛게 물드는 것을 지켜보고, 길에 떨어진 다이아몬드 반지를 내려다보다 그냥 내버려 둘까 생각한다. 하지만 그는 그럴 형편이 안 된다. 그는 억지로 몸을 굽혀서 반지를 집어 든다.

* * *

네가 충분하지 않다는 말을 들을 때마다 술을 마셔.

맞는 옷이 아니라는 말을 들을 때마다.

올바른 모양새가 아니라는 말을 들을 때마다.

올바른 초점이 아니라는 말을 들을 때마다.

올바른 구동장치가 아니라는 말을 들을 때마다.

올바른 때가 아니라는 말을 들을 때마다.

올바른 직업이 아니라는 말을 들을 때마다.

올바른 길이 아니라는 말을 들을 때마다.

올바른 미래가 아니라는 말을 들을 때마다.

올바른 현재가 아니라는 말을 들을 때마다.

올바른 네가 아니라는 말을 들을 때마다.

네가 아니라는 말을 들을 때마다.

(난 아니라고?)

뭔가 빠진 게 있어.

(빠진 게…….)

우리에게는.

내가 뭘 할 수 있었겠어?

아무것도. 그건 그냥…….

(넌 그냥 그런 사람이야.)

우리가 진지하다고 생각하지 않았어.

(넌 그냥 너무……

……상냥해.

……유순해.

……예민해.)

우리가 끝까지 함께하는 게 상상이 안 돼.

다른 사람을 만났어.

미안해.

그게 너는 아니야.

받아들여.

우린 같은 생각을 하고 있지 않아.

우린 같은 장소에 있지 않아.

그게 너는 아니야.

누구랑 사랑에 빠지는가는 어떻게 할 수 있는 문제가 아니야.

(그리고 누구랑 사랑에 빠지지 않는가도.)

넌 정말 좋은 친구야.

넌 너에게 어울리는 여자를 행복하게 해줄 거야.

넌 더 좋은 사람을 만날 자격이 있어.

친구로 지내자.

널 잃고 싶진 않아.

네 잘못이 아니야.

미안해.

– II –

✶ ✶ ✶ ✶ ✶ ✶ ✶

지금 그는 자신이 술을 너무 많이 마셨음을 안다.

그는 느낌이 없는 지점에 이르고 싶지만, 그곳을 지나서 더 나쁜 어딘가로 걸어 들어왔는지도 모른다고 생각한다. 그의 머리는 빙글빙글 돌고 감각은 오래전에 이미 기분 좋은 상태를 지나쳤다. 그는 뒷주머니에서 알약 두 개를 찾아낸다. 여동생 뮤리엘이 마지막으로 방문했을 때 넣어둔 것들이다. 그녀는 알약을 그에게 주며 작은 분홍색 우산이라고 불렀다. 그는 알약을 물도 없이 삼킨다. 때맞춰 보슬보슬 내리던 비가 폭우로 변한다.

빗물이 그의 머리카락 속으로 스며들고, 안경에 줄무늬를 그려 넣고, 그의 셔츠를 흠뻑 적신다.

그는 신경쓰지 않는다.

어쩌면 비는 그를 깨끗하게 씻어줄 것이다.

어쩌면 비는 그를 쓸어 가버릴 것이다.

헨리는 자신의 아파트 빌딩 앞에 도착하지만 정문까지 이르는 여섯 개의 계단을 오를 수가 없다. 또한 그에게 미래가 있었던, 지금은 과거에 속하는 아파트에 다다르는 스물네 개의 계단을 오를 수가 없다. 그래서 빌딩 입구의 계단에 주저앉아 몸을 뒤로 기대고 옥상이 하늘과 만나는 곳을 쳐다본다. 저 끄트머리에 도달하려면 얼마나 많은 계단을 올라야 할까. 그는 억지로 생각을 멈추고, 손바닥을 두 눈에 대고 누르며 이건 그냥 폭풍우라고 자신에게 말한다.

해치를 꽉 잠그고 잠잠해질 때까지 기다리자.

이건 그냥 폭풍우일 뿐이다.

이건 그냥 폭풍우일 뿐이다.

이건 그냥…….

그 남자가 계단에 있는 자기 옆에 언제 앉았는지 확실하지 않다.

헨리는 혼자였는데 한순간 혼자가 아니다.

헨리는 라이터가 딸각 켜지는 소리를 듣는데 작은 불꽃이 그의 시야 가장자리에서 춤을 춘다. 그때 한 목소리가 들린다. 그것은 사방에서 들려오는 것 같다가 이내 바로 옆에서 들려온다.

"엉망인 밤." 물음표가 없는 질문이다.

헨리는 고개를 돌리고 단추를 잠그지 않은 검정 트렌치코트 아래로 말쑥한 암회색 정장을 입은 한 남자를 본다. 끔찍하게도 그 순간 모든 면에서 헨리가 실망적인 존재라는 것을 상기시키기 위해 나타난 형 데이비드라고 생각한다.

둘 다 똑같이 검은 머리카락, 날카로운 턱을 가지고 있지만 데이비드는 담배를 피우지 않고, 브루클린의 이 구역에 모습을 드러낼 일도 만들지 않으며, 결코 미남도 아니다. 헨리가 그 낯선 사람을 오래 쳐다볼수록 닮은 구석은 점점 사라진다. 그 남자는 비에 젖지 않고 있다는 생각이 대신 자리를 메꾼다.

여전히 심하게 내리는 비가 헨리의 울 재킷과 면 셔츠를 흠뻑 적시고, 차가운 빗물이 그의 살갗에 닿는데도 우아한 정장을 입은 낯선 남자는 라이터의 작은 불꽃이나 불 붙은 담배를 보호하려는 어떤 노력도 하지 않는다. 그는 담배를 길게 한 모금 빨아들이고 팔꿈치를 비에 젖은 계단에 기댄 채 비를 환영이라도 하듯 턱을 위로 치켜든다.

비는 그에게 닿지 않는다.

비가 주변으로 떨어지지만 그는 젖지 않는다.

헨리는 그가 유령이라고 생각한다. 혹은 마법사. 가장 그럴싸하게는 환영이라고 생각한다.

"넌 뭘 원해?" 여전히 하늘을 유심히 관찰하며 낯선 남자가 묻는다. 헨리는 본능적으로 몸을 움츠리지만 남자의 목소리에는 분노가 없다. 그보다는 호기심과 탐색의 기운이 스며 있다. 그의 고개가 아래로 향한다. 그는 헨리가 본 가운데 가장 녹색인 눈으로 헨리를 쳐다본다. 두 눈이 어둠 속에서 너무나 환하게 빛난다.

"바로 지금, 이 순간." 낯선 남자가 말한다. "넌 뭘 원해?"

"행복해지고 싶어요." 헨리가 대답한다.

"아," 낯선 남자가 말한다. 연기가 그의 입술 사이로 빠져나온다. "그 누구도 네게 그걸 줄 수는 없어."

너는 아니야.

헨리는 그 남자가 누구인지 알 수 없고, 그가 실제인지조차도 알 수 없다. 그는 술과 약이 만들어낸 안개 속에서도 일어서서 안으로 들어가야 한다는 것을 안다. 하지만 다리를 움직일 수 없고, 세상은 너무나 무겁다. 그리고 말들이 지금 계속 올라와서는 그에게서 빠져나온다.

"사람들이 내게 뭘 원하는지 모르겠어요." 그가 말한다. "내가 뭐가 되길 원하는지 모르겠어요. 너 자신이 되라고 하는데, 진짜로 하는 말은 아니에요. 난 그냥 지쳤어요……." 그의 목소리가 갈라진다. "무언가에 미치지 못하는 데 지쳤어요. 그리고 또…… 혼자라는 것에 지친 건 아니에요. 혼자 있는 건 아무렇지 않아요. 하지만 이건—." 그의 손가락이 셔츠를 움켜쥔다. "여긴 아파요."

손 하나가 그의 턱 아래에서 솟아오른다.

"나를 봐, 헨리." 이름을 물어본 적 없는 낯선 남자가 말한다.

헨리는 고개를 들고 남자의 빛나는 두 눈을 응시한다. 그리고 그 안에서 연기처럼 둥그렇게 감기는 무언가를 본다. 낯선 남자는 마치 늑대처럼 아름답다. 굶주린 듯하면서도 예리하다. 그의 에메랄드빛 시선이 그를 미끄러지듯 훑는다.

"넌 완벽해." 헨리의 뺨을 엄지손가락으로 쓰다듬으며 그 남자가 중얼거린다.

그의 목소리는 비단처럼 부드러워서 헨리는 거기에 기댄다. 그 촉감에 기대다 남자의 손이 떨어져 나갈 때 그는 거의 균형을 잃을 뻔한다.

"고통은 아름다울 수 있어." 그가 연기를 한 자락 내뿜으며 말한다. "그것은 변화를 불러올 수 있지. 창조를 할 수도 있고."

"하지만 나는 고통 속에 있고 싶지 않아요." 헨리가 쉰 목소리로 말한다. "내가 원하는 건—."

"사랑받는 거지."

작고 공허한, 반은 기침이고 반은 흐느낌인 소리가 나온다. "네."

"그럼 사랑받아."

"아주 간단한 일인 것처럼 말하네요."

"간단해." 낯선 남자가 말한다. "기꺼이 대가를 치를 마음이 있다면 말이야."

헨리가 목이 메여 가까스로 웃는다. "난 그런 사랑을 찾고 있는 게 아니에요."

어둠 속에서 깜박거리는 듯한 미소가 낯선 남자의 얼굴 위로 지나간다. "돈 얘기가 아니야."

"다른 어떤 게 있나요?"

낯선 남자는 손을 내밀고 자신의 손을 헨리의 앞가슴에 놓는다.

"모든 인간이 내줄 수 있는 단 한 가지."

잠깐 헨리는 낯선 남자가 비록 망가지긴 했어도 그의 심장을 원한다고 생각한다. 비로소 그는 이해한다. 그는 서점에서 일하고, 서사시들을 많이 읽었고, 우화와 신화들을 닥치는 대로 읽었다. 젠장, 헨리는 그의 삶의 초반 3분의 2를 성서를 공부하면서 보냈고, 블레이크와 밀턴, 파우스트를 꾸준히 읽으면서 자랐다. 하지만 작품들이 이야기 이상으로 느껴진 건 오래전이었다.

"당신은 누구세요?" 그가 묻는다.

"난 불쏘시개를 발견하고 그것이 불꽃으로 이어지도록 유도하는 사람이야. 모든 인간적인 잠재성을 키우는 사람이지."

그는 비가 몰아치는데도 여전히 젖지 않은 낯선 남자를 응시한다. 친숙한 얼굴에 드러난 악마의 아름다움과 갑자기 뱀처럼 음흉해 보이는 그의 두 눈을 본다. 이것이 무엇인지 안다. 깨어 있는 채로 꾸는 꿈이다. 전에도 그런 일을 두어 번 겪은 적이 있다. 약을 너무 많이 먹은 결과였다.

"난 악마를 믿지 않아요." 그가 일어서며 말한다. "그리고 영혼도 믿지 않고요."

낯선 남자는 고개를 죽 뺀다. "그렇다면 밑져야 본전이네."

낯선 남자가 옆에 있어서 지난 몇 분 동안 잊고 있었던, 뼛속까지 스며드는 슬픔이 다시 몰려온다. 갈라지는 유리에 압력이 가해진다. 그는 약간 휘청대지만 낯선 남자가 그를 잡아준다.

헨리는 남자가 일어서는 것을 본 것이 기억나지 않지만 이제 그들은 서로를 정면으로 응시하고 있다. 악마가 다시 말할 때 그의 목소리에는 어깨 위로 담요를 두른 것처럼 새로운 깊이와 안정적인 따스함이 있다. 헨리는 그것을 향해 몸을 기대는 자신을 느낀다.

"넌 모든 사람에게서 사랑받길 원해." 낯선 남자가 말한다. "모두에게

충분한 존재가 되고 싶어 해. 그리고 네가 조금도 그리워하지 않을 무언가를 나에게 준다면 그 대가로 네가 원하는 걸 줄 수 있어." 낯선 남자가 손을 내민다. "자, 헨리? 어떻게 할래?"

그는 지금 그 어떤 것도 실제라고 생각하지 않는다.

그러니 문제 될 게 없다.

빗속에 있는 그 남자의 말이 맞는지도 모른다.

그에게는 잃을 게 없다.

결국 쉬운 일이다.

끄트머리에서 한 걸음 벗어나는 것만큼이나 쉽다.

그리고 추락하는 것만큼.

헨리는 그의 손을 잡는다. 낯선 남자는 그의 손바닥에 생긴 상처를 다시 헤집을 정도로 세게 그 손을 쥔다. 하지만 결국 그는 그것을 느끼지 않는다. 어둠이 미소 짓고 단 두 마디 말을 할 때, 그는 그 어떤 것도 느끼지 않는다.

"거래 완료."

뉴욕
2014년 3월 17일

– III –

✶ ✶ ✶ ✶ ✶ ✶ ✶

세상에는 수백 가지 고요가 있다.

오랫동안 밀폐된 장소의 두터운 고요가 있고, 귀마개로 막아서 소리를 죽인 고요가 있다. 죽은 자의 텅 빈 고요, 그리고 죽어가는 자의 무거운 고요가 있다.

기도를 멈춘 한 남자의 속이 빈 고요가 있고, 텅 빈 유대교 회당의 가벼운 고요가 있고, 자신으로부터 숨고 있는 누군가의 숨죽인 고요가 있다.

뭘 말해야 할지 모르는 사람들 사이의 공간을 채우는 어색한 고요가 있다. 뭘 말해야 할지는 알지만 어디서부터 어떻게 시작해야 할지 모르는 사람들에게로 떨어져 내리는 팽팽한 고요도 있다.

헨리는 지금 그들이 어떤 고요를 대면하고 있는지 모르지만 그것이 그를 괴롭힌다.

그는 가게 밖에서 이야기를 시작해 걸어가는 내내 이야기했다. 왜냐하면 그녀의 얼굴 말고 쳐다볼 수 있는 다른 곳이 있을 때가 그나마 말하기가 쉬웠기 때문이다. 그들이 아파트 빌딩의 파란 문에 도달하고, 계단을 오르고, 아파트 안으로 들어가는 동안, 말이 그의 입에서 흘러나왔다. 이제 진실이 연기처럼 무겁게 그들 사이의 공기를 채운다. 애디는 아무 말도 하지 않는다.

그녀는 소파에 앉아 턱을 한 손에 얹는다.

창밖에는 아무것도 바뀐 게 없다는 듯 하루가 이어지고 있지만, 모든 것이 바뀐 것처럼 느껴진다. 애디 라뤼가 불멸의 존재고 헨리 슈트라우스가 저주를 받았기 때문이다.

"애디," 더 이상 고요를 참을 수 없어진 그가 말한다. "제발 무슨 말이라도 좀 해요."

그녀는 그를 올려다본다. 주문에 걸린 것이 아니라 눈물로 인해 그녀의 두 눈이 반짝인다. 그는 그녀가 가슴이 아픈 건지 아니면 행복한 건지 처음에는 모른다.

"난 이해를 못 했어요." 그녀가 말한다. "아무도 기억하지 못했거든요. 난 그게 사고라고 생각했어요. 함정이라고 생각했어요. 하지만 당신에게 일어난 일은 사고가 아니에요, 헨리. 함정이 아니에요. 거래를 했기 때문에 당신이 나를 기억했던 거예요." 그녀는 고개를 가로젓는다. "300년 동안이나 이 저주를 깨려고 노력했어요. 그런데 뤽은 내가 절대 예상하지 못한 한 가지 일을 했네요." 그녀는 눈물을 닦아내고 미소 짓는다.

"그가 *실수*를 했어요."

그녀의 두 눈에서는 승리감이 한껏 드러난다. 하지만 헨리는 이해하지 못한다.

"그럼 우리의 거래가 서로 상쇄되어 취소되는 건가요? 그게 우리가 거래에 면역력을 갖게 된 이유인가요?"

애디는 고개를 가로젓는다. "난 면역력이 없어요, 헨리."

그는 얻어맞은 것처럼 뒤로 움찔하며 물러난다. "하지만 내 거래가 당신에게는 작동하지 않아요."

애디는 부드러운 표정을 지으며 그의 손을 잡는다. "당연히 작동해요. 당신의 거래와 내 거래, 둘은 껍데기 안에 들어 있는 러시아 인형처럼 함께 둥지를 틀고 있어요. 난 당신을 보고, 난 *정확히* 내가 원하는 것을 봐요. 내가 원하는 것은 외모나 매력이나 성공과는 관계가 없어요. 그건 또 다른 삶에서는 끔찍하게 들리겠지만 내가 가장 원하는 것은—내가 *필요로 하는* 것—당신과 전혀 관계가 없어요. 내가 원하는 것은, 내가 언제나 진정으로 원하는 것은, 누군가가 나를 기억하는 거예요. 그게 당신이 내 이름을 말할 수 있는 이유예요. 그게 당신이 사라졌다가 돌아오고도, 여전히 내가 누구인지 아는 이유예요. 그리고 그게 내가 당신을 볼 수 있는 이유고, 당신을 있는 그대로 볼 수 있는 이유예요. 그걸로 충분해요. 언제까지나 그럴 거예요."

충분하다. 이 말이 목구멍을 열어젖히면서 그들 사이에 풀려나온다. 이로써 아주 많은 양의 공기를 들인다.

충분하다.

그는 그녀 옆에 털썩 앉는다. 그녀의 손이 그의 손 사이로 미끄러지고 손가락은 서로 엉킨다.

"당신은 1691년에 태어났다고 했죠?" 그가 생각에 잠겨 말한다. "그럼 나이가……."

"삼백 스물세 살이에요." 그녀가 말한다.

헨리가 휘파람을 분다. "난 나보다 나이 많은 여자를 만나본 적이 없어요." 애디가 웃는다. "당신은 정말 아주, 매우, 나이에 비해 좋아 보여요."

"고마워요."

"말해줘요." 그가 말한다.

"뭘 말이에요?"

"글쎄요. 뭐든지 다요. 300년은 정말 긴 시간이잖아요. 전쟁과 혁명의 시대를 겪었잖아요. 기차와 차와 비행기와 텔레비전을 보았을 테고. 당시의 *역사*를 목격했겠죠."

애디가 이마를 찌푸린다. "그렇다고 할 수 있죠." 그녀가 말한다. "하지만 난 몰라요. 역사는 되돌아보는 무언가지 그 당시에 느끼는 건 아니잖아요. 그 순간에는 그냥…… 사는 거죠. 난 영원히 살기를 원하진 않았어요. 난 그저 살고 싶었어요."

그녀는 몸을 웅크리며 그의 품으로 안겨든다. 그들은 서로 머리를 맞댄 채 우화 속의 연인들처럼 뒤엉켜서 소파에 눕는다. 새로운 고요가 여름 시트처럼 가볍게 그들 위로 내려앉는다.

그녀가 말한다. "얼마나 됐죠?"

그의 머리가 그녀 쪽으로 구른다. "뭐가요?"

"거래를 한 게 언제였어요?" 그녀가 조심스럽고 낮은 목소리로, 얼어서 미끄러운 땅을 시험하는 발처럼 말한다. "얼마나 오랫동안 거래를 하기로 했어요?"

헨리는 머뭇거리다 그녀가 아니라 천장을 올려다본다.

"평생 동안." 그가 말한다. 그것은 거짓말이 아니다. 하지만 그림자가 애디의 얼굴 위로 지나간다.

"그가 동의했고요?"

헨리는 고개를 끄덕이고 그녀의 등을 자신에게로 바싹 당긴다. 그는 자신이 말한 모든 것과 말하지 않은 모든 것 때문에 지쳐 있다.

"평생." 그녀가 속삭인다.

그 말이 그들 사이의 어둠 속에 남는다.

뉴욕
2014년 3월 18일

– IV –

애디는 규정하기 어려울 만큼 다채롭다,라고 헨리는 생각한다. 그렇다고 쉽게 잊히지도 않는다.

그렇게나 많은 공간을 가득 채우는 이런 여자를 어찌 잊을 수 있겠는가? 그녀는 방을 이야기로, 웃음으로, 따스함과 빛으로 채운다.

그가 고객을 응대하는 동안 그는 그녀에게 일을 준다. 아니, 오히려 그녀가 자기 자신에게 일을 준다. 그녀는 물건을 다시 채우고, 선반 위의 책들을 정리한다.

그녀는 자신을 유령이라고 부른다. 그녀가 다른 사람들에게는 유령일지 몰라도 헨리는 그녀 말고 다른 데를 볼 수가 없다.

그녀는 마치 책이 친구라도 되는 것처럼 책들 사이를 헤집고 다닌다. 어떤 면에서 보면 책은 그녀의 친구다. 책은 그녀 이야기의 일부이자 그녀가 접촉했던 또 다른 사물의 일부다. 그녀는 여기 한 번 만났던 작가 책이 있다고, 여기 그녀가 했던 생각이 있다고, 여기 처음 출간되었을 때 읽었던 책이 있다고 말한다. 때때로 헨리는 슬픔과 갈망을 엿보지만 그것들은 잠깐 지나가는 것들일 뿐이다. 그러고 나면 그녀는 더욱 힘을 내 밝아지고 다른 이야기에 착수한다.

"헤밍웨이를 알았나요?" 그가 묻는다.

"한 번인가 두 번인가 만났어요." 그녀가 미소를 보이며 말한다. "하지만 콜레트가 훨씬 더 영리했어요."

북은 애디를 그림자처럼 따라다닌다. 그는 그 고양이가 다른 사람에게 그렇게 집착하는 모습을 본 적이 없다. 그가 어찌된 일인지 묻자 애디는 멋쩍게 웃으며 주머니에서 간식을 꺼내 보여준다.

그들의 눈은 가게를 가로질러 만난다. 그는 그녀가 자신에게는 면역력이 없으며 그들의 거래는 그냥 함께 작동할 뿐이라고 말한 것을 기억한다. 하지만 그녀의 갈색 눈에 희미한 빛이 없다는 사실은 여전히 남는다. 그녀의 시선은 투명하다. 안개 사이에 있는 등대다.

그녀가 미소 지으면 헨리의 세상은 더더욱 밝아진다. 그녀가 고개를 돌리면 세상은 다시 어두워진다.

한 여자가 계산대로 다가오기에 헨리는 억지로 애디에게서 시선을 거둔다.

"필요한 건 다 찾으셨나요?" 그녀의 눈은 이미 빛으로 뿌옇다.

"네, 그럼요." 여자는 따뜻한 미소를 띠며 말한다. 그는 *자신* 말고 그녀가 보는 것이 무엇일지 궁금하다. 여자에게 그는 아들일까, 아니면 연인? 오빠나 남동생? 친구? 무엇으로 보일까?

애디는 팔꿈치를 카운터에 기댄다.

그녀는 그가 손님들이 없는 틈을 타 훑어보고 있는 책을 두드린다. 뉴욕의 스냅 사진 모음집이다.

"당신 집에서 카메라를 봤어요." 그녀가 말한다. "사진들도요. 당신이 찍은 거 맞죠?"

헨리가 고개를 끄덕인다. *그건 그냥 취미예요, 한때의 취미였어요,*라고 말하고 싶은 욕구를 참는다.

"사진을 아주 잘 찍던데." 그녀가 말한다. 그 말은 그녀 입에서 나온 말이어서 더더욱 듣기 좋다. 그는 실력이 괜찮다. 그도 그 사실을 알고 있다. 괜찮은 정도보다 조금 더 나을 때도 더러 있다.

그는 대학 시절 로비의 얼굴 사진을 찍었지만 그것은 로비가 진짜 사진가를 구할 수 없었기 때문이다. 뮤리엘은 그의 사진들을 보고 귀엽다고 했고, 전통적인 방법으로 전복적이라고 했다.

하지만 헨리는 뭔가를 전복하려고 하지 않았다. 다만 *무언가를* 포착하고 싶었을 뿐이다.

그는 책을 내려다본다.

"가족사진이 있어요." 그가 말한다. "복도에 있는 가족사진이 아니라 내가 여섯 살인가 일곱 살 때 찍었던 다른 가족사진요. 그날은 끔찍했어요. 뮤리엘이 껌을 데이비드의 책에 붙였고, 나는 감기에 걸렸고, 그리고 부모님은 카메라 플래시가 터질 때까지 싸우고 있었어요. 그런데 사진 속의 우리는 모두 너무나…… 행복해 보여요. 난 그 사진을 보고 사진이 실제와 다르다는 것을 깨달았어요. 거기엔 맥락이 없고, 삶의 한 장면을 보여주고 있다는 환상만 있을 뿐이에요. 하지만 삶은 스냅 사진이 아니에요. 삶은 흐르는 것이에요. 그래서 사진은 소설과 같아요. 그래서 소설을 좋아했어요. 사람들은 사진이 사실이라고 생각하지만 그것은 매우 설득력 있는 거짓말이에요."

"왜 관뒀어요?"

왜냐하면 시간은 사진처럼 작동하지 않으니까.

찰칵, 그리고 사진은 그대로 있다.

한 번의 눈 깜박임, 그리고 시간은 앞으로 빠르게 나아간다.

그는 항상 사진 찍기를 취미로, 미술 강좌 점수로 생각했다. 그것이 그가 할 수 있는 일이라는 점을 깨달았을 무렵, 때는 이미 너무 늦었다. 혹은 그렇게 느껴졌다.

그는 너무 뒤처져 있었다.

그래서 포기했다. 포기한 다른 취미용품들과 함께 카메라를 선반에 올려두었다. 하지만 애디와 관련한 무언가가 그에게 다시 카메라를 잡고 싶게 한다.

물론 지금은 카메라가 없고 휴대폰뿐이지만, 요즘 휴대폰 카메라의 성능도 좋은 편이다. 그는 휴대폰을 들고 책장들을 배경으로 애디를 프레임 안에 넣는다.

"그거 소용없어요." 헨리가 사진을 찍는 바로 그 순간, 혹은 찍으려 하는 순간, 애디가 말한다. 그는 휴대폰 화면을 누르지만 찰칵 하는 소리도 나지 않고 사진도 찍히지 않는다. 그는 한 번 더 시도한다. 이번에는 휴대폰에 사진이 찍히지만 화면이 흐릿하다.

"말했잖아요." 그녀가 낮은 소리로 말한다.

"이해가 안 돼요." 그가 말한다. "너무나도 오래전 일이잖아요. 그가 어떻게 필름이나 휴대폰을 예견할 수 있었을까요?"

애디는 슬픈 미소를 짓는다. "그가 손을 댄 건 기술이 아니에요. 그건 나예요."

헨리는 어둠 속에서 미소 짓는 낯선 남자를 떠올린다.

그는 휴대폰을 내려놓는다.

뉴욕
2013년 9월 5일

– V –

✶ ✶ ✶ ✶ ✶ ✶ ✶

헨리는 아침 출근길 자동차들의 요란한 소리에 깨어난다.

자동차 경적에 움찔 놀라 일어나 보니 햇살이 창을 통해 쏟아져 들어오고 있다. 그는 어젯밤의 기억을 더듬지만 잠시 아무런 기억도 떠오르지 않는다. 평편한 흑색 점판암과 솜처럼 푹신한 고요만 있다. 하지만 눈을 꼭 감자 어둠이 갈라지고 뒤이어 고통과 슬픔의 파도, 깨진 병과 폭우의 메들리, 암회색 정장을 입은 낯선 남자, 그리고 꿈이었음이 틀림없는 대화가 떠오른다.

헨리는 타비사가 청혼을 거절한 것을 기억한다. 그 부분은 현실이었고, 기억이 너무나 찌르는 듯이 아파서 사실이 아니고서는 다른 무엇일 수가 없다. 결국 그것이 그가 술을 마시기 시작한 이유다. 음주가 그를 빗속에서 집으로 오게 했고, 안으로 들어가기 전에 계단에 앉아 쉬게 했고, 그곳에서 낯선 남자가—아, 아니다. 그 일은 일어나지 않았다.

낯선 남자와의 대화, 그건 이야기 소재였다. 명확한 무의식의 흔적이고, 악마들이 절망에 허우적거릴 때 등장한 것이었다.

두통이 헨리의 두개골에서 둔중한 소리를 울린다. 그는 손등으로 눈을 비빈다. 금속의 무게감이 그의 뺨에 와 닿는다. 그는 눈을 가늘게 뜨며 위를 보고 손목 주변에 감긴 짙은 색 가죽 밴드를 발견한다. 그것은 우아한 아날로그식 시계인데 줄 마노 바탕에 금색 숫자들이 박혀 있다. 시계 페이스에는 금으로 된 시계바늘 하나가 자정을 아주 조금 벗어나 있다.

헨리는 한 번도 시계를 차본 적이 없다.

손목에 있는 무겁고 익숙지 않은 시계를 보자 헨리는 족쇄를 떠올린다. 그는 일어나 앉으며 버클을 움켜쥔다. 그러고는 시계가 자신에게 묶여 있고 빠지지 않을지도 모른다는 갑작스러운 공포에 사로잡힌다. 하지만 조금만 압력을 가하자 버클은 쉽게 풀려나 시계는 구겨진 이불 위로 굴러떨어진다.

시계는 앞면을 아래로 해서 착지한다. 헨리는 뒷면에서 매우 가느다랗게 새겨진 두 단어를 본다.

잘 살아.

그는 침대에서 기어 나와 시계로부터 멀어지고, 마치 시계가 공격이라도 하려는 것처럼 쳐다본다. 하지만 시계는 그냥 조용히 놓여 있다. 그의 심장이 가슴 안에서 쿵쾅대는데 그 소리가 워낙 커서 그도 소리를 들을 수 있을 것만 같다. 그는 어둠 속에 돌아와 있다. 비가 그의 머리카락을 타고 흐르는 가운데 낯선 남자가 미소를 지으며 손을 내민다.

거래 완료.

하지만 그 일은 일어나지 않았다.

헨리는 손바닥에서 피가 딱딱하게 굳은 얕게 베인 상처를 쳐다본다. 그리고 시트를 점점이 물들이고 있는 갈색이 도는 빨간색 방울들을 발견한다. 그렇다면 깨진 병 역시 실제였다는 뜻이다. 하지만 그의 손이 잡은 악마의 손, 그건 열병을 동반한 꿈이었다. 고통 때문에 깨어 있다가 잠으로 슬며시 빠져드는 일이 가능하다. 아홉 살 혹은 열 살이었을 때 헨리는 패혈성 인두염을 앓았는데, 고통이 너무나 심해서 잠에 빠지려고 할 때마다 뜨거운 석탄을 삼키는 꿈과 연기가 목구멍을 가로막는 가운데 불타는 빌딩 안에 갇혀 있는 꿈을 꾸었다. 그런 중에도 그의 정신은 고통을 이해하려고 노력했다.

하지만 시계는—.

헨리가 시계를 귀로 가져가자 낮고 리드미컬하게 똑딱이는 소리가 들린다. 그 외에는 어떤 다른 소리도 내지 않는다. 얼마 지나지 않은 어느 날 밤 그는 시계를 분해할 것이고, 몸체에 톱니바퀴가 없고 기어가듯 앞으로 가는 움직임을 설명해줄 무언가가 없음을 알게 될 것이다.

시계는 손으로 만져보면 단단하고 무겁기도 하다. 시계는 진짜 같다.

똑딱이는 소리가 더 커진다. 그러다 시계에서는 나오는 소리가 결코 아니라는 것을 깨닫는다. 그것은 나무에 손가락 관절이 부딪혀서 내는 둔탁한 소리고, 누군가가 그의 집 문 앞에 있다는 뜻이다. 헨리는 숨을 참고 시계가 멈추는지 확인하기 위해 기다려보지만, 그것은 멈추지 않는다. 그는 시계와 침대로부터 멀찍이 물러나 의자 뒤편에 있는 깨끗한 셔츠를 집는다.

"나가요." 그가 셔츠를 머리 위로 껴입으며 투덜댄다. 옷깃이 안경에 걸리고 문틀에 어깨를 부딪친다. 그는 낮게 욕을 하고 침실에서 현관문까지 걸어가는 동안 문 너머에 있는 사람이 포기하고 그냥 가줬으면 좋겠다고 생각한다. 하지만 문을 두드린 사람은 떠나지 않고, 그래서 헨리는 문을 연다. 비나 로비, 아니면 복도 아래에 사는 헬렌이 또 고양이를 찾으러 왔으리라고 예상한다.

하지만 문 앞에 있는 사람은 여동생 뮤리엘이다.

지난 5년 동안 뮤리엘은 정확히 두 번 헨리의 집에 들렀다. 한번은 점심을 겸한 회의에서 허브차를 너무 많이 마시는 바람에 첼시까지 돌아갈 수가 없어서 온 것이었다.

"무슨 일이야?" 그가 묻지만 그녀는 이미 그를 지나쳐서 안으로 들어간다. 그리고 기능을 위해서라기보다는 장식용으로 매고 있는 스카프를 느슨하게 푼다.

"가족끼리 무슨 이유가 필요해?"

질문은 분명히 수사적이다.

그녀는 그를 향해 돌아서서 사람들이 전시품들을 훑을 때처럼 두 눈으로 그를 훑는다. 그는 "*오빠 꼴이 말이 아니네.*" 같은 말에 변형을 가한, 그녀가 평소에 자주 내리던 평가를 기다린다.

하지만 생각과 달리 동생은 "오빠, 얼굴이 좋아 보이네."라고 말한다. 이 말은 이상하다. 왜냐하면 뮤리엘은 거짓말을 하는 사람이 아니기 때문이다. (그녀는 "빈말이 널리고 널린 세상에서 오류를 권장하는 것"을 싫어한다.) 복도에 있는 거울을 지나가듯 보기만 해도 헨리 자신이 느끼는 것만큼이나 그의 꼴이 엉망이라는 것은 충분히 알 수 있다.

"오빠가 전화를 안 받는 바람에 베아트리체가 지난 밤 나한테 문자를 보냈어." 그녀가 말을 잇는다. "타비사에 대해 말해줬어. 그녀가 퇴짜 놓은 것도. 유감이야, 오빠." 뮤리엘은 그를 껴안는다. 헨리는 어디에 두 손을 둬야 할지 모른다. 그녀가 놓아줄 때까지 그의 두 손은 그녀의 어깨 주변에서 공중을 맴돈다.

"무슨 일이야? 타비사가 바람피웠어?" 헨리는 그 질문에 대한 답이 "응, 맞아."라면 좋겠다고 생각한다. 진실은 그보다 더 나쁘기 때문이다. 진실은 그가 단지 흥미로운 사람이 아니라는 사실이기 때문이다. "그게 중요한 건 아니지." 뮤리엘이 계속 말한다. "걔 잊어버려. 오빠는 더 나은 사람을 만날 자격이 있어."

그는 거의 웃을 뻔한다. 왜냐하면 타비사는 그가 넘볼 대상이 아니라고 뮤리엘이 몇 번을 말했는지 셀 수도 없기 때문이다.

그녀는 아파트 주변을 둘러본다.

"다시 꾸몄어? 정말 아늑하네."

헨리는 양초들과 미술품, 타비사가 남긴 다른 물건들이 점점이 흩어져 있는 거실을 살펴본다. 잡동사니는 그의 것이다. 스타일은 그녀의 것이었다. "아니."

여동생은 여전히 서 있다. 뮤리엘은 절대로 앉지 않는다. 편하게 자리를 잡지도, 심지어 걸터앉지도 않는다.

"뭐, 오빠 괜찮아 보이네." 그녀가 말한다. "하지만 다음에는 전화 받아. 참," 그녀가 스카프를 다시 챙기고 벌써 문 쪽으로 반쯤 가서 덧붙인다. "해피 뉴 이어."

그가 기억하기까지는 잠깐의 시간이 걸린다.

로슈 하샤나(나팔절이라고도 불리는 절기로 새해를 기념하는 유대교의 절기 중 하나다.—옮긴이).

뮤리엘은 그의 얼굴에서 혼란스러워하는 표정을 보고 빙긋 웃는다. "오빤 정말 형편없는 랍비가 되었을 거야."

그도 동의하는 바다. 헨리는—뮤리엘과 두 사람 다— 보통 이때 부모님 집에 가지만 올해는 형 데이비드가 병원 근무를 빠질 수 없는 상황이다. 그래서 부모님은 다른 계획을 잡았다.

"넌 교회당에 가?" 그가 묻는다.

"아니." 뮤리엘이 말한다. "외곽에서 오늘 밤 공연이 있어. 이상한 풍자극 스타일의 짬뽕 쇼야. 분명 불꽃놀이도 있을 거야. 누군가를 위해 촛불을 켜볼까 생각 중이야."

"엄마랑 아빠가 아주 자랑스러워하실 거야." 그가 무미건조하게 말한다. 하지만 사실 부모님은 정말로 그럴 거라 생각한다. 뮤리엘 슈트라우스는 잘못된 일을 할 수 없는 사람이니까.

그녀는 어깨를 으쓱한다. "우린 모두 각자의 방식으로 축하하니까." 그녀는 스카프를 과장된 몸짓으로 다시 맨다. "욤 키푸르(유대교의 속죄일로 9월 혹은 10월에 있다.—옮긴이) 때 봐."

뮤리엘은 문을 향해 손을 뻗다가 다시 돌아오더니 손을 죽 펴서 헨리의 머리카락을 헝클어트린다. “나의 작은 폭풍 구름.” 그녀가 말한다. “너무 어두운 생각은 하지 마.”

그러고 나서 그녀는 시야에서 사라진다. 헨리는 멍하고 피곤하고 완전히 혼란스러워진 상태로 문에 기대 주저앉는다.

헨리는 슬픔에 단계가 있다는 말을 들은 적이 있다.

그것이 사랑에도 적용되는지 궁금하다.

길을 잃은 것처럼 느껴지고, 화가 나고, 슬프고, 공허하고, 왜 그런지는 몰라도 끔찍하도록 안도감을 느끼는 것이 정상인지 궁금하다. 어쩌면 그것은 그가 *느껴야만 하는* 모든 것들을 헝클어놓은 다음, 그가 지금 *느끼고 있는* 것으로 변형시키는, 숙취로 인한 둔탁한 울림일 것이다.

그는 서점과는 한 블록 떨어져 있고 사람들로 북적대는 카페 로스트에서 멈춘다. 그곳에는 괜찮은 머핀과 나쁘지 않은 음료가 있다. 동시에 서비스는 끔찍한데 이것은 브루클린 구역에서 흔하다. 그는 바네사가 계산대에서 일하는 모습을 본다.

뉴욕은 아름다운 사람들로 가득하다. 그중에는 부업 삼아 바텐더와 바리스타로 일하면서 히트작에 출연해 이름을 날리는 날까지 방세를 벌기 위해 음료를 제조하는 배우들과 모델들도 있다. 그는 항상 바네사가 한쪽 손목에 작은 무한대 모양 문신을 한 방랑하는 금발 머리 여자들 가운데 한 명이라고 생각해왔다. 그는 그녀의 이름이 바네사라고 추정—앞치마에 핀으로 고정시킨 이름표에 있는 이름—한다. 하지만 그녀는 한 번도 그에게 이름을 말한 적이 없다. 그녀는 그에게 그 *어떤 것*—물론 말을 건넨다는 것을 표면적으로만 해석하자면 “뭘 드릴까요?”라는 말은 제외하고—도 말한 적이 없다.

헨리가 계산대 앞에 서면 그녀는 그의 주문을 되풀이하며 이름을 물어볼 것이다. 그는 지난 3년 동안 일 주일에 여섯 번 이곳을 방문했고, 그녀는 그 3년 가운데 2년 동안 일해왔다. 플랫화이트 주문을 입력할 때부터 컵에 그의 이름을 적고 다음 주문을 외칠 때까지 그를 절대 쳐다보지 않을 것이다. 그녀의 시선은 그의 셔츠에서 컴퓨터로, 턱으로 스쳐 지나갈 것이다. 헨리는 자신이 그곳에 존재조차 하지 않는 것처럼 느낄 것이다.

그것이 항상 일어나는 일이다.

그런데 오늘만은 그렇지 않다.

오늘 그의 주문을 받을 때 그녀는 고개를 든다.

그것은 너무나 작은, 2인치 혹은 3인치 정도의 미미한 변화지만 이제 그는 그녀의 눈을 볼 수 있다. 그녀의 눈은 놀라울 정도로 파란색이다. 바리스타는 그의 턱이 아니라 그를 본다. 그녀는 시선을 그대로 유지하고 미소 짓는다.

"안녕하세요." 그녀가 말한다. "뭘 드릴까요?"

그는 플랫화이트를 주문하고 자신의 이름을 말한다. 보통은 거기서 끝난다.

오늘은 거기서 끝나지 않는다.

"오늘 좋은 계획 있으세요?" 그녀가 그의 이름을 컵에 쓰면서 잡담을 한다.

바네사는 전에 한 번도 이런 적이 없었다.

"그냥 일하는 거죠." 그가 말한다. 그녀의 시선은 다시 그의 얼굴로 돌아간다. 이번에 그는 그녀의 두 눈에서 희미한 빛—*잘못되었다는 기미*—을 발견한다. 그것은 빛의 속임수다. 틀림없이 그렇다. 아주 잠깐이지만 그것은 성에 혹은 안개처럼 보인다.

"하는 일이 뭐예요?" 그녀가 진심으로 관심이 있는 것처럼 묻는다. 그는 그녀에게 래스트워드에 대해 말한다. 그러자 그녀의 눈은 조금 환해진다. 마치 자신은 늘 책을 읽는 사람이었고 서점보다 더 좋은 장소를 생각해낼 수 없다는 듯이. 그가 음료값을 계산할 때 그들의 손가락이 스치고, 그녀는 그를 다시 한 번 더 본다. "내일 봐요, 헨리."

바리스타는 그의 이름을 훔치듯 말하는데 그 미소에는 장난기가 묻어난다.

그는 주문한 플랫화이트를 받을 때까지 그녀가 작업을 거는 것인지 아닌지 알 수가 없다. 그런데 그녀가 컵 바닥을 가리키는 검은색 작은 화살표를 그린다. 그가 컵을 기울이자 그의 심장은 작동하는 엔진처럼 쿵 하는 소리를 낸다.

그녀는 자기 이름과 전화번호를 컵 바닥에 적어두었다.

래스트워드에 도착한 헨리는 커피를 끝까지 다 마시고, 쇠격자의 자물쇠를 따서 문을 연다. 그는 안내판을 돌려놓고, 첫 번째 고객의 도착을 알리는 벨이 울릴 때까지 북에게 사료를 주고, 개점 준비를 하고, 새로 들어온 책들을 책장에 꽂는 동작을 차례대로 해나간다.

헨리는 쌓여 있는 책들 사이를 이리저리 움직이다 책장 사이를 거닐고 있는 나이 든 여자를 발견한다. 그녀는 역사 코너에서 미스터리 코너로, 또 로맨스 코너로 이동했다 다시 돌아온다. 그는 그녀가 책을 둘러볼 수 있도록 몇 분 정도 허용하지만 그녀가 세 번째로 같은 코너들을 빙빙 돌자 끼어든다.

"도와드릴까요?"

"모르겠어요, 모르겠어." 그녀가 절반쯤은 중얼거리듯 말하다 돌아서서 그를 쳐다본다. 그러자 그녀의 얼굴에서 무언가가 변한다. "내 말은, 그래요. 좀 도와줘요." 이미 읽은 책을 찾고 있다고 설명하는 그녀의 두 눈은 옅게 빛을 내는데 물기가 어린 빛이다.

"요즘은 뭘 읽었는지, 뭘 안 읽었는지 통 기억이 안 나요." 그녀가 고개를 저으며 설명한다. "모든 게 비슷해 보여요. 표지들이 다들 똑같아 보여요. 왜 그렇게 만드는 걸까요? 왜 다들 똑같이 만드는 걸까요?"

헨리는 그것이 마케팅, 트렌드와 관련이 있다고 추측하지만 그 말이 별다른 도움이 되지 않으리라는 것을 안다. 대신 그는 그녀가 책에 관해 기억하는 것이 있는지 물어본다.

"오, 한번 생각해볼게요. 큰 책이었어요. 삶과 죽음, 그리고 역사에 관한 책이었고요."

그녀의 말은 딱히 범위를 좁혀주지는 못하지만 헨리는 상세 사항이 부족한 상황에 익숙하다. 본 적이 있는 책을 찾으러 서점으로 들어오는 사람들은 대개 "표지가 빨간색이에요." 혹은 "제목에 여자라는 단어가 있었던 거 같아요."라는 말을 넘어서는 무언가를 제공하지 못한다.

"그건 슬프고 아름다웠어요." 나이 든 여자는 설명한다. "확실히 영국이 배경이었다고 기억해요. 오, 세상에. 내 정신 좀 봐. 표지에 장미가 있었던 것 같아요."

그녀는 책장 주변을 쳐다보면서 가늘고 건조한 두 손을 비빈다. 그녀는 분명 결정을 내리지 않을 것이기 때문에 그가 결정을 내린다. 매우 난처한 마음으로 그는 가까운 픽션 책장에서 두꺼운 역사 소설을 꺼낸다.

"이거였나요?" 그가 물으며 『울프 홀』을 내민다. 하지만 그는 책이 손위에 놓이는 순간 그 책이 아님을 안다. 표지에 장미가 아니라 양귀비가 있고, 글이 아름답고 신랄하긴 하지만 토머스 크롬웰의 삶에는 특별히 슬프거나 아름다운 점이 없다. "아닌 것 같네요." 그가 책을 재빨리 원래 있던 자리에 넣어두려고 손을 뻗는데 나이 든 여자의 얼굴이 기쁨으로 환해진다.

“그거예요.” 그녀가 가느다란 손가락으로 그의 팔을 붙잡는다. “*정확히* 내가 찾던 책이에요.” 헨리는 그 말을 믿기 힘들지만 여자의 기쁨이 너무나 명확해서 자신을 의심하기 시작한다.

그가 기억을 떠올린 것은 그녀가 책값을 정산하려는 순간이다. 앳킨슨. 『라이프 애프터 라이프』. 삶과 죽음과 역사에 관한 슬프고 아름다운 책. 영국을 배경으로 하고 한 쌍의 장미가 표지에 있는 책.

“잠깐만요.” 그가 말하고 모퉁이를 돌아 최신 소설 통로로 가서 그 책을 가지고 온다.

“*이게* 찾던 책 아닌가요?”

여자의 얼굴은 조금 전과 똑같이 환해진다. “맞아요! 당신 정말 똑똑하네요. 바로 그거예요.” 그녀가 전과 똑같은 확신에 차서 말한다.

“도움이 될 수 있어서 기쁘네요.” 그는 자신이 정말로 도움이 되었는지 확신하지 못하며 말한다.

그녀는 두 권을 다 사기로 하고 틀림없이 자신이 그 책들을 좋아할 거라고 말한다.

나머지 아침나절은 똑같이 이상하다.

한 중년 남자가 스릴러 소설을 찾으러 와서 헨리가 추천하는 다섯 권을 모두 사서 나간다. 한 대학생이 일본 신화에 관한 책을 찾으러 왔는데 헨리가 관련된 책이 없다고 사과하자 그것이 그의 잘못은 아니라고 펄쩍 뛸 듯이 말하고, 분야에 상관없이 자신을 위해 한 권을 추천해달라고 고집한다. 모델 같은 몸매에 펜나이프보다 더 날카로운 턱을 가진 한 남자가 판타지 코너를 찬찬히 둘러보고는 책값을 계산할 때 영수증의 서명 아래에 자신의 이메일 주소를 적어둔다.

헨리는 뮤리엘이 자신을 보고 좋아 보인다고 말했을 때처럼 균형감을 상실한 느낌이다. 그것은 *데자뷔* 같은 동시에 전혀 *데자뷔* 같지 않은

데, 왜냐하면 느낌이 완전히 새롭기 때문이다. 그것은 규칙이 바뀔 때, 모든 것이 게임이고 모든 사람이 게임에 참가하고 있는 만우절의 장난 같다. 그가 마지막 손님과의 만남을 놀라워하며 얼굴을 조금 붉히고 있는데 로비가 문을 통과해서 안으로 불쑥 들어온다. 그가 지나간 뒤로는 종소리가 울린다.

"세상에……." 그가 두 팔로 헨리를 덮치며 말한다. 한순간 그는 뭔가 끔찍한 일이 일어난 게 틀림없다고 생각한다. 그러고 나서야 그는 끔찍한 일이 이미 *자신에게* 일어났음을 깨닫는다.

"괜찮아." 헨리는 이렇게 말하지만 물론 괜찮지 않다. 오늘은 여러 가지로 너무 이상해서 이전의 모든 일이 약간 꿈처럼 느껴진다. 아니면 지금이 꿈인가? 만일 그렇다면 굳이 깨어나고 싶지 않다. "괜찮아." 그가 다시 말한다.

"꼭 괜찮을 필요는 없어." 로비가 말한다. "그냥 내가 여기 있다는 걸 네가 알았으면 해. 어젯밤에도 같이 있어 주려 했는데……. 네가 전화 안 받아서 네 집으로 가려고 했는데 혼자 있게 해줘야 한다고 비가 그러길래. 내가 왜 비의 말을 들었는지 모르겠어. 미안해."

그의 말은 끊어지지 않고 한 문장처럼 나온다.

말하는 동안 로비의 손에 들어간 힘은 세지고, 헨리는 그의 포옹을 음미한다. 오래된 코트가 주는 친숙한 안락함으로 그들은 꼭 들어맞는다. 포옹은 너무 오래다 싶게 지속된다. 헨리는 헛기침을 하며 뒤로 물러나고, 로비는 어색한 웃음을 내보인 후 고개를 돌린다. 그러자 그의 얼굴에 빛이 비친다. 헨리는 로비의 관자놀이와 엷은 갈색 머리 선이 만나는 곳에서 미세한 보라색 자국을 발견한다.

"너 반짝반짝 빛이 나네."

로비는 건성으로 화장을 문지른다. "아, 리허설 때문에."

로비의 두 눈에는 이상한 빛이 있다. 그것은 헨리가 너무 잘 아는 유리 같은 상태다. 그는 로비가 뭔가를 한 것인지, 혹은 잠을 잔 지 오래돼서 그런 것인지 모르겠다. 대학 시절 로비는 약이나 꿈 혹은 큰 생각에 너무나 깊이 취해서 몸 안에 있는 모든 에너지를 태워야 했고, 그러고 나면 잠에 빠지곤 했다.

문의 종소리가 울린다.

"나쁜 새끼." 비가 책가방을 계산대에 세게 던지며 외친다. "좀생이 같은 새끼."

"손님들 있어." 헨리가 경고한다. 비록 손님이라고는 귀가 먹고 나이가 들었으며 호러 코너를 자주 들르는 마이클이라는 남자 손님이 유일하지만.

"오늘은 왜 짜증이야?" 로비가 명랑하게 묻는다. 드라마는 항상 그를 기분 좋게 만든다.

"재수 없는 지도교수." 그녀는 이렇게 말하고 그들 옆을 홱 지나 미술과 미술사 코너로 향한다. 그들은 서로를 쳐다보고 그녀를 뒤따라간다.

"네 논문 계획서가 맘에 안 든대?" 헨리가 묻는다.

비는 올해의 대부분을 논문 주제 승인에 투자해왔다.

"승인을 거절했어!" 그녀는 통로를 내달리다시피 하다가 쌓여 있는 잡지 한 무더기를 거의 넘어트릴 뻔한다. 헨리는 그녀의 뒤를 쫓으며 그녀가 지나간 자리에 남는 파괴의 현장을 바로잡기 위해 최선을 다한다.

"너무 *신비주의적*이래. 인생의 신비를 알지도 못하는 주제에."

"그 단어를 직접 썼어?" 그녀는 로비의 질문을 무시하고 책을 꺼내려고 위로 손을 뻗는다.

"그 속 좁은—."

그리고 또 다른 욕지거리. "케케묵은 대가리."

그리고 또 다른 욕지거리. "*송장.*"

"여긴 도서관이 아니야." 그녀가 책을 한 무더기나 골라 귀퉁이에 있는 낮은 가죽 의자로 옮기자 헨리가 말한다. 그녀는 가죽 의자에 푹 주저앉고 낡은 쿠션 두 개 사이에 있는 오렌지색 털 뭉치를 놀라게 한다.

"미안해, 북." 그녀가 고양이를 조심스럽게 들어 올려서 오래된 의자의 뒤쪽에 놓으며 중얼거리고, 고양이는 불편해 보이는 식빵 자세를 취한다. 비는 페이지를 넘기면서 낮게 욕지거리를 내뱉는다.

"우리에게 뭐가 필요한지 알겠어." 로비가 창고 쪽으로 고개를 돌리며 말한다. "메러디스가 위스키를 저 뒤에 숨겨두는 것 같던데, 아닌가?"

오후 세 시밖에 안 되었지만 헨리는 반대하지 않는다. 그는 참을 수 없을 정도로 피곤하다는 느낌과 함께 바닥으로 주저앉는다. 등을 가장 가까운 책장에 댄 채로 주저앉고 다리를 길게 편다.

비가 그를 올려다보고 한숨을 쉰다. "미안해." 그녀가 말을 시작하지만 헨리는 손짓으로 그녀를 만류한다.

"제발, 네 지도교수나 계속 욕해. 그리고 이곳 미술사 코너도 욕해. *누군가 한 사람*은 정상적으로 행동해야지."

하지만 그녀는 보던 책을 닫아 쌓여 있는 책 무더기에 던지고 바닥에 앉아 있는 헨리 옆으로 온다.

"뭐 하나 말해도 될까?" 그녀의 목소리는 끝에서 올라가지만 그는 그것이 질문이 아님을 안다. "난 네가 타비사랑 끝내서 기뻐."

손바닥에 난 베인 상처처럼 긴 창으로 찌르는 듯한 고통이 느껴진다. "그녀가 나랑 끝낸 거야."

비는 그런 작은 차이는 중요하지 않다는 듯 손을 흔든다. "넌 있는 그대로의 널 사랑하는 사람을 만날 자격이 있어. 너의 좋은 점과 나쁜 점 그리고 사람을 미치게 하는 점 모두 다."

넌 사랑받고 싶어. 넌 충분해지고 싶어.

헨리는 침을 삼킨다. "그래, 그런데 있는 그대로의 내가 지금까지는 잘하는 게 없네."

비는 그를 향해 몸을 기울인다. "하지만 헨리, 넌 지금까지 너였던 적이 없어. 넌 너를 가질 자격이 없는 사람들에게 너무 많은 시간을 낭비해. 그 사람들은 널 모르지. 왜냐하면 너는 사람들이 너를 아는 것을 허용하지 않으니까." 비는 손을 그의 양쪽 뺨에 가져다 대는데 그녀의 두 눈에도 그 이상한 빛이 어려 있다. "헨리, 넌 영리해. 그리고 친절해. 그리고 사람을 화나게 해. 넌 올리브와 영화를 보는 동안 이야기하는 사람을 싫어해. 넌 밀크셰이크를 좋아하고 울 때까지 웃을 수 있는 사람을 좋아해. 넌 책의 마지막 부분을 먼저 보는 것이 범죄라고 생각해. 넌 화가 나면 입을 다물고 슬플 땐 말이 많아져. 그리고 넌 행복하면 콧노래를 불러."

"그런데?"

"그런데 난 네가 콧노래를 부르는 걸 최근 몇 년 동안 들은 적이 없어." 그녀의 손이 뺨에서 떨어진다. "그리고 난 네가 지랄같이 올리브를 많이 먹는 모습도 봤어."

로비가 병과 머그잔 세 개를 들고 돌아온다. 래스트워드의 유일한 손님이 서점에서 나가자, 로비가 그의 등 뒤로 문을 닫고 안내판을 '영업 끝'으로 돌려놓는다. 그는 헨리와 비 사이의 바닥에 앉아서 이빨로 병의 코르크 마개를 딴다.

"뭘 위해서 건배하지?" 헨리가 말한다.

"새로운 시작을 위하여." 로비가 말한다. 그가 잔을 채우는 동안 그의 두 눈은 여전히 빛난다.

뉴욕
2014년 3월 18일

– VI –

✳ ✳ ✳ ✳ ✳ ✳ ✳

종소리가 울리고, 비가 안으로 걸어 들어온다.

"로비는 네가 자기를 피하는 거냐고 묻더라." 그녀는 인사는 생략하고 이렇게 말한다. 헨리의 심장이 내려앉는다. 대답은 물론 '응, 그래.'지만 동시에 '아니야.'이기도 하다. 그는 로비의 눈에서 본 상처받은 느낌을 떨쳐낼 수가 없다. 그렇다고 그것이 그가 한 행동에 대한 변명이 되지는 못한다. 그러다 다시, 어쩌면 변명이 될 수도 있겠다고 생각한다.

"대답이 없으니 그렇다는 뜻으로 받아들일게." 비가 말한다. "넌 어디에 숨어 있었어?"

헨리는 *저녁 파티에서 봤잖아,*라고 말하고 싶지만 그는 그녀가 그 밤을 다 잊은 것인지 아니면 애디가 개입한 부분만 잊은 것인지 모른다.

생각난 김에 그는 덧붙인다. "비, 여긴 애디야."

베아트리체는 그녀를 향해 고개를 돌린다. 잠깐, 아주 잠깐, 헨리는 그녀가 기억한다고 생각한다. 그건 그녀가 애디를 쳐다보는 눈길 때문인데 마치 애디가 예술 작품인 것처럼, 이전에 본 작품인 것처럼 애디를 보기 때문이다. 그럴 리 없지만 헨리는 그녀가 고개를 끄덕이길, "아, 다시 만나서 반가워요."라고 말해주길 바란다. 그러나 대신 비는 미소 짓는다. 그녀는 "뭐랄까, 당신 얼굴엔 시간을 초월하는 무언가가 있네요."라고 말한다. 헨리는 반복이 주는 이상함에, *데자뷔*의 힘에 흔들린다.

하지만 애디는 미소만 짓고 이렇게 말한다. "예전에도 그런 말 들어봤어요.”

비가 애디를 계속 탐색하는 동안 헨리는 그녀를 탐색한다.

그녀는 항상 과도할 정도로 꾸미는 편인데 오늘은 손가락에는 네온 페인트가, 관자놀이에는 황금색 키스 자국이, 소맷자락에는 가루 설탕이 묻어있다.

“뭘 *하다* 온 거야?” 그가 묻는다.

그녀가 아래를 내려다본다. “아, 아티팩트에 있었어!” 마치 그 말이 당연히 어떤 의미를 갖는 것처럼 말한다. 그의 어리둥절한 표정을 본 그녀가 설명한다. 베아트리체에 따르면 아티팩트는 반은 축제이고 반은 미술 전시회인 행사로, 하이라인에 설치미술 작품들을 인터랙티브 스타일로 혼합해놓았다고 한다.

비가 거울로 된 방들과 별들로 가득 찬 유리 돔, 설탕 구름, 베개 싸움에서 나온 깃털, 천 개의 낯선 사람들이 쓴 메모로 만든 벽화에 관해 이야기하는 동안 애디의 표정이 밝아진다. 헨리는 300년을 산 여자를 놀라게 하기란 쉽지 않겠다고 생각한다.

애디가 두 눈을 환하게 뜨고 그를 향해 돌아서서 “우리도 가봐야겠어요.”라고 말할 때, 그에게 달리 해야 하는 일 따위는 없다. 물론 가게와 관련한 문제, 그가 유일한 종업원이고 영업 종료까지는 네 시간이나 남았다는 문제가 있다. 하지만 그에게 생각이 하나 떠오른다.

헨리는 서점의 유일한 홍보 상품인 책갈피 하나를 집어, 뒤에 메모를 하기 시작한다. “저기, 비.” 그가 즉석에서 만든 카드를 계산대 너머로 밀면서 말한다. “가게 마무리 좀 해줄 수 있어?”

“나도 내 삶이란 게 있어.” 그녀가 말하고 나서 헨리가 빽빽하게 기울여 쓴 글을 내려다본다.

래스트워드라는 도서관.

비는 미소 지으며 책갈피를 주머니에 넣는다.

“재밌게 놀아.” 그녀는 손짓으로 그들에게 나가란 뜻을 전한다.

뉴욕
2013년 9월 5일

– VII –

✳ ✳ ✳ ✳ ✳ ✳ ✳

가끔 헨리는 고양이를 한 마리 키웠으면 하고 바란다.

북을 입양할 수도 있지만 얼룩무늬 고양이는 래스트워드와 분리될 수 없는 존재로 느껴진다. 그리고 오래 산 고양이를 중고가게로부터 떼어내면 함께 집에 도착하기도 전에 고양이가 먼지로 변할 거라는 미신도 떨쳐낼 수가 없다.

사람과 장소를 연결시켜 생각하듯 이 경우에는 애완동물과 장소에 대해 병적일 정도로 연결시켜 생각하는 것임을 그는 안다. 하지만 지금은 황혼이고 너무 위스키를 많이 마셨는데 비는 가르쳐야 할 수업이 있고, 로비는 친구의 공연이 있다. 그래서 그는 다시 혼자가 되어 빈 아파트로 돌아간다. 그러면서 그가 집에 오기를 기다리고 있는 고양이나 다른 무언가가 있었으면 하고 바란다.

그는 아파트 안으로 들어가며 연습한다.

"안녕, 야옹아. 나 왔어." 이렇게 말하고 나서야 상상의 애완동물에게 말을 거는 스물여덟 살 독신남이 되었다는 사실을 깨닫는다. 그리고 그것이 끝도 없이 나쁘게 느껴진다.

그는 냉장고에서 맥주를 꺼내 병따개를 찾다가 그것이 타비사의 물건임을 깨닫는다. 지난달 멕시코시티 여행에서 가져온 *루차 리브레*(스페인어로 '자유로운 싸움'이라는 뜻으로 프로 레슬링을 가리킨다.—옮긴이) 형태의 분홍색과 녹색으로 된 병따개다. 그는 그것을 옆에 밀쳐두고 다른 병따개를 찾아 주방 서랍장을 연다. 나무 숟가락과 댄스컴퍼니 자석, 우스꽝스럽게 접히는 빨대들이 있다. 주변을 둘러보니 아파트 안 여기저기에 흩어져 있는, 열 개도 넘는 물건들이 눈에 들어온다. 모든 게 그녀의 것이다. 그는 책이 들어 있는 박스 하나를 찾아 비워내고 그 안을 사진, 접히는 카드, 페이퍼백 책, 발레 슈즈 한 켤레, 머그잔 하나, 팔찌 하나, 헤어브러시 하나, 또 다른 사진 하나로 채운다.

그는 첫 번째 맥주를 다 마시고, 두 번째 맥주를 따 조리대 가장자리에 두고 하던 일을 계속한다. 이 방에서 저 방으로 움직이는데 방법론에 입각한 진행이라기보다 길을 잃은 방황에 가깝다. 한 시간 후 박스는 반 정도 찼지만 헨리의 열기는 식고 있다. 그는 그 일을 더 이상 하고 싶지 않고, 어쩐지 텅 비고 어수선한 것처럼 느껴지는 아파트 안에 *있고 싶지도* 않다. 공간이 너무 넓어서 생각하기가 어렵다. 그러나 숨을 쉬기에는 공간이 충분하지 않다.

헨리는 몇 분 정도 빈 맥주병들과 반쯤 채워진 박스 사이에 앉아 무릎을 떤다. 그러다 벌떡 일어나 밖으로 나간다.

* * *

머천트는 사람들로 북적댄다.

언제나 그렇다. 성공의 원인이 음료의 품질보다는 엄청난 근접성에 있는 동네 바 가운데 하나다. 지역 기관이라고 볼 수도 있다. 머천트의 단골들은 대부분 그곳을 그냥 '바'라고 부른다.

헨리는 사람들 사이로 비집고 들어가서 계산대 가장자리에 있는 간이의자를 차지하고, 주변의 소음이 자신의 외로움을 조금 덜어줄 수 있기를 바란다.

오늘 밤엔 마크가 근무 중인데 그는 회색 구레나룻과 카탈로그에 나올 만한 미소를 가진 오십 대 남자다. 보통 그를 부르면 10분 이상 기다려야 하는데 오늘 밤엔 그가 줄을 무시하고 곧장 헨리에게로 온다. 헨리는 테킬라를 주문한다. 마크는 병 하나와 잔 두 개를 가지고 돌아온다.

"서비스야." 그가 말하고 자신을 위해서도 똑같이 한 잔 따른다.

헨리는 힘없는 미소를 겨우 짓는다. "내가 그렇게나 엉망으로 보여요?"

하지만 마크의 시선에는 연민이 아니라 그저 이상하고 미묘한 빛이 있을 뿐이다.

"아니, 아주 멋져 보여." 뮤리엘처럼 그가 말한다. 그가 한마디 이상 말을 한 것은 이번이 처음이다. 그의 대답은 보통 음료 주문과 끄덕임에 한정되어 있었다.

잔을 서로 부딪친 다음 헨리는 두 번째 잔을 주문하고, 또 세 번째 잔을 주문한다. 집에서 마신 맥주와 일터에서 마신 위스키에 또 독한 술을 더하며, 그는 자신이 술을 너무 많이, 너무 빨리 마시고 있음을 깨닫는다.

한 여자가 바로 다가와 헨리를 쳐다본다.

그녀는 딴 곳을 보는 척하다 처음 보는 것처럼 다시 그를 본다. 그녀가 몸을 기울일 때 그녀의 눈 위로 반짝임이, 빛으로 된 얇은 막이 또다시 보인다. 그는 그녀의 이름을 제대로 알아들을 수가 없지만 그건 중요하지 않다.

그들은 소음 속에서 이야기를 나누려 최선을 다한다. 그녀의 손이 처음에는 그의 이마에 있다가 그다음에는 그의 어깨에 있고 그다음에는 그의 머리카락 사이로 미끄러진다.

"나랑 우리 집으로 가요." 그녀가 말한다. 그는 그녀의 목소리에 담긴 갈망에, 훤히 보이는 욕구에 강하게 사로잡힌다. 하지만 그때 그녀의 친구들이 몰려와서 그녀를 데려간다. 그들이 *미안해요, 당신은 참 멋진 남자예요, 좋은 밤 보내요,*라고 말할 때 그들의 눈도 빛난다.

헨리는 간이의자에서 미끄러져 내려와 화장실로 향한다. 사람들의 고개가 그를 향해 돌아간다. 이번에는 그도 잔물결을 느낄 수 있다.

한 남자가 그의 팔을 잡고 사진 프로젝트에 대해 뭔가를 말한다. 그러고는 그가 그 프로젝트에 안성맞춤이라고 말하며 명함을 쥐여준다.

두 여자가 그를 자신들의 대화에 끌어들이려고 노력한다.

"당신 같은 아들이 하나 있었으면 좋겠어요." 한 여자가 말한다.

"*아들이라고?*" 다른 여자가 큰 소리로 웃으며 말할 때 그는 몸을 옆으로 틀면서 사람들 사이를 빠져나와 복도 쪽으로 대피한 후 화장실로 향한다.

세면대에 몸을 기댄다.

무슨 일이 일어나고 있는지 도무지 알 수가 없다.

그날 아침의 카페, 바네사가 컵 바닥에 적어준 숫자를 떠올린다. 그의 도움을 얻으려고 안달이 난 서점 고객들을 떠올린다. 그에게 좋아 보여, 라고 말한 뮤리엘을 떠올린다. 그들 모두의 눈에서 보았던, 양초 연기처럼 희미한 안개를 떠올린다.

그는 화장실 불빛을 받아 손목에서 빛나고 있는 시계를 내려다본다. 그러고 나서 그는 처음으로 그 일이 실제로 있었다고 확신한다.

빗속의 남자는 실제였다.

그 거래는 실제였다.

"이봐요."

그는 고개를 들어 눈이 유리처럼 투명한 한 남자를 본다. 그는 마치 절친한 벗이라도 만난 것처럼 헨리를 보며 웃고 있다.

"약발이 필요한 것처럼 보이는데."

그는 작은 유리병을 내밀고, 헨리는 그 안에 든 아주 작고 하얀 가루로 된 기둥을 쳐다본다.

처음 약에 취했던 것은 열두 살 때였다.

누군가 그에게 마리화나를 야외 관람석 뒤에서 건네주었고, 연기가 그의 폐를 태웠다. 그는 거의 토할 뻔했지만 그다음부터는 모든 것이 다소…… 부드러워졌다. 마리화나는 그의 두개골에 공간을 냈고, 그의 가슴에 있는 불안한 공포를 완화해주었다. 하지만 마리화나가 그의 머리에서 차지하는 부분을 조절할 수는 없었다. 바륨과 재낵스는 조금 나았는데, 그것들은 모든 것을 한꺼번에 둔해지게 만들었다. 하지만 그는 공포 때문에 언제나 더 센 것들은 멀리했다. 뭔가가 잘못될 수도 있다는 공포가 아니라 그 반대였다. 그런 느낌이 옳다고 느껴질 수도 있다는 공포였다. 실수와 나락으로의 추락에 대한 공포, 자신이 멈출 수 있을 정도로 충분히 강하지 않을 수도 있음을 아는 공포였다.

더군다나 그가 원했던 것은 약에 취한 상태로 기분이 고조되는 것이 아니었다.

그가 원한 것은 고요함이었다.

행복한 부작용.

그는 타비사를 위해 나아지려고 노력했다.

하지만 타비사는 떠났고 그런 건 중요하지 않다.

더 이상 중요하지 않다.

이제 헨리는 그저 좋은 기분을 느끼고 싶다.

그는 하얀 가루를 엄지손가락에 대고 톡톡 치고, 제대로 하는 건지도 모르면서 흡입한다. 그것은 갑작스럽게 강타하는 추위처럼 충격을 가한다. 그러고 나서, 세상이 열린다. 작은 것들이 훤히 보이고, 색깔들은 밝아지고, 왠지 모든 것이 예리해지는 동시에 흐릿해진다.

헨리가 뭐라고 말했음이 틀림없다. 왜냐하면 남자가 웃기 때문이다. 그는 손을 뻗어 헨리의 뺨에 묻은 가루 얼룩을 닦아낸다. 그 접촉은 정전기 충격과 같고 살갗과 살갗이 만나는 곳에서는 에너지의 불꽃이 튄다.

"당신은 완벽해요." 낯선 남자가 말하는 와중에 손가락은 그의 턱을 따라 아래로 내려간다. 헨리는 아찔한 열기 때문에 얼굴을 붉히고, 그 때문에 그는 몸을 움직일 수밖에 없다.

"미안해요." 헨리가 말하고 복도로 물러난다.

그는 어두워진 벽에 등을 기대며 주저앉고 주위 세상이 안정되기를 기다린다.

"어이."

그는 고개를 들어 위를 본다. 한 여자의 어깨에 팔을 두르고 있는 남자를 본다. 둘 다 키가 크고 날씬하고 고양이 같다.

"당신 이름이 뭐예요?" 남자가 묻는다.

"헨리요."

"헨리." 고양이 같은 미소로 여자가 따라 한다.

그녀는 너무나도 분명한 욕망의 눈길로 그를 바라본다. 그는 깜짝 놀란다. 그 어떤 사람도 지금껏 그를 그런 식으로 쳐다보지 않았다. 타비사도. 로비도. 그 누구도. 첫 번째 데이트에서도 그러지 않았고 섹스하는 도중에도 심지어 그가 한쪽 무릎을 꿇었을 때도…….

"난 루시아예요." 그녀가 말한다. "여긴 벤지고요. 우린 당신을 찾고 있었어요."

"내가 뭘 잘못했나요?" 그가 묻는다.

그녀의 웃는 얼굴이 기울어진다. "아직까진 아니에요."

그녀는 입술을 깨물고 남자는 헨리를 쳐다본다. 그의 얼굴은 욕망으로 헤벌쭉하다. 처음에 그는 그들이 무슨 말을 하고 있는지 모른다.

그러고 나서 깨닫는다.

웃음이 터져 나온다. 이상하고 통제할 수 없는 웃음이다.

그와 로비, 그리고 친구 가운데 한 명이 믿을 수 없을 만큼 술에 취했을 때 학교에서 있었던 일을 제외한다면 그는 한 번도 스리섬을 해본 적이 없다. 그 한 번도 어느 수위까지 진행되었는지 여태껏 완전히 확신하지 못한다.

"우리랑 함께 가요." 그녀가 손을 내밀며 말한다.

헨리가 그들의 집으로 따라나선다. 그러면서 그럴 수밖에 없다는 열 가지도 넘는 변명거리가 마음속에서 생겨났다 사라진다.

뉴욕
2013년 9월 7일

– VIII –

맙소사, 욕망의 대상이 되는 것은 아주 기분 좋은 일이다.

어딜 가든 그는 잔물결을 느낄 수 있고, 사람들의 시선은 그를 따라 이동한다. 헨리는 시선과 미소, 따스함, 빛에 기댄다. 처음으로 그는 권력에 취한다는 개념을 진정으로 이해한다.

그것은 두 팔이 지친 지 한참 후에 무거운 짐을 내려놓는 것과 같다. 거기에는 가슴속에 든 공기처럼, 비가 온 뒤의 햇살처럼, 갑작스럽고 전면적인 가벼움이 있다.

사용 당하는 자가 아니라 사용하는 자가 되는 것은 기분 좋은 일이다.

잃는 사람이 아니라 얻는 사람이 되는 것은 기분 좋은 일이다.

기분 좋다. 그러면 안 된다는 것을 알지만 일단 기분은 좋다.

그는 간절히 커피가 필요해서 로스트에서 줄을 서고 있다.

지난 며칠은 흐리멍덩했다. 간밤은 이상한 아침으로 이어졌다. 욕망의 대상이 되는 아찔한 쾌감 때문에 사람들이 그에게서 보는 것이 뭐가 됐든 좋고, 대단하고, 완벽하게 본다는 사실을 알게 된 덕분에 모든 순간순간이 흥분에 휩싸였다.

그는 완벽하다.

그것은 항상 욕정이라는 단순한 중력만은 아니다. 사람들은 이제 그를 향해 표류하고, 모든 사람이 그의 궤도 안으로 끌려 들어오지만 그 이유는 저마다 제각각이다. 때때로 그것은 단순한 욕망이지만 다른 경우에는 미묘한 차이가 있다. 때때로 그것은 분명한 욕구고 다른 경우에는 그들이 그의 무엇을 보는지 그도 알 수가 없다.

유일하게 불안정한 부분은 그들의 눈이다. 사람들의 눈이 안개를 구불거리며 통과하고, 그것은 짙어지면서 성에로, 얼음으로 변한다. 그것은 그 새로운 삶이 정확히 정상은 아니라는 것을, 완전히 실제는 아니라는 것을 지속적으로 상기시킨다.

하지만 그것으로도 *충분하다*.

"다음 손님!"

그는 앞으로 나아가고 고개를 들어 바네사를 본다.

"안녕하세요." 그가 말한다.

"전화 안 했더군요."

하지만 화가 나거나 짜증이 난 것처럼 들리지 않는다. 오히려 너무 명랑하고 짓궂게 구는 것처럼 들린다. 그것은 당황스러움을 감추기 위해 놀리기를 택한 것이다. 당연히 알 수밖에 없다. 그 자신도 상처를 감추기 위해 수십 번도 넘게 그런 어조를 사용해봤기 때문이다.

"미안해요." 그가 얼굴을 붉히며 말한다. "전화를 하는 게 맞는지 확실치가 않았어요."

바네사가 수줍게 웃는다. "이름과 전화번호가 너무 미묘했나요?"

헨리가 웃으며 자신의 휴대폰을 카운터 너머로 건네준다. "전화해요." 그가 말한다. 그녀는 자기 번호를 누르고 통화 버튼을 누른다. "됐네요." 헨리가 휴대폰을 다시 건네받으며 말한다. "이젠 변명거리가 사라졌네요."

그는 그 말을 하는 순간조차도 영화 대사를 암송하는 꼬마 아이처럼 바보같이 느껴진다. 하지만 바네사는 얼굴을 붉히고 아랫입술을 깨문다. 그는 지금 당장 함께 밖으로 나가자고 하면 무슨 일이 벌어질지, 그녀가 앞치마를 벗고 카운터 아래로 몸을 숙여서 빠져나올지 궁금해진다. 하지만 시도는 하지 않고 "전화할게요."라고만 말한다.

그녀는 말한다. "그러는 게 좋을 거예요."

헨리가 미소 짓고 돌아선다. 누군가 부르는 자신의 이름을 들은 것은 문 앞에 거의 도착했을 때이다.

"슈트라우스 군."

헨리의 가슴이 철렁 내려앉는다. 그는 그 목소리를 안다. 나이 든 남자의 트위드 재킷과 희끗희끗한 머리를 떠올릴 수 있다. 그리고 헨리에게 그의 열정이 학과나 학교에 없으므로 그곳을 벗어나서 열정을 쏟을 만한 곳을 찾아보라고 조언하던 그의 실망감 어린 얼굴도 떠오른다.

헨리는 미소를 지어 보이려고 애쓰지만 자신감이 부족한 미소라고 느낀다.

"멜로즈 학장님." 그를 길 밖으로 밀어내버린 남자를 보기 위해 몸을 돌린다.

그가 그곳에 있다. 멀쩡한 육신과 트위드 재킷을 입은 모습으로. 하지만 학장은 헨리에게 너무나 익숙한 경멸이 아니라 무척 반가워하는 기색이다. 그의 가지런히 다듬은 허옇게 센 턱수염 위로 미소가 부서진다.

"운 좋게 만났군." 그가 말한다. "마침 자넬 만나고 싶었는데 말이야."

헨리로서는 그 말을 믿기가 어렵지만 그의 눈에서도 옅은 연기가 꿈틀대는 것을 알아차린다. 헨리는 공손하게 굴어야 한다고 생각하면서도 학장에게 엿이나 먹으라고 말하고 싶다. 그래서 중간쯤에서 타협하고 단순히 묻는다. "뭣 때문에요?"

"신학교에 자리가 하나 났거든. 내 생각엔 자네가 그 자리에 최고 적임자야."

헨리는 거의 웃을 뻔한다. "농담이시겠죠."

"전혀 아니야."

"전 박사학위를 받지 못했어요. 학장님이 절 낙제시켰잖아요."

학장은 한 손가락을 치켜든다. "난 자넬 낙제시키지 않았어."

헨리가 발끈한다. "제가 떠나지 않으면 그러겠다고 협박을 했었죠."

"그러긴 했지." 그가 진심으로 미안하다는 표정으로 말한다. "내가 잘못 생각했어."

그 남자가 한 번도 말한 적 없다는 세 마디 말. 헨리는 그 말을 음미하고 싶지만 그럴 수가 없다.

"아니에요." 그가 말한다. "학장님 말씀이 옳았어요. 전 그곳이 맞지 않았어요. 행복하지도 않았고요. 전 다시 돌아가고 싶은 생각이 없어요."

그것은 거짓말이다. 그는 구조를, 길을, 목적을 그리워한다. 학교가 그에게 완벽하게 들어맞는 건 아니었겠지만 그 어떤 것도 완벽하게 들어맞지는 않는 법이다.

"인터뷰하러 한번 들르게." 멜로즈 학장이 명함을 내밀며 말한다. "내게 자네 마음을 바꿀 기회를 줘보게."

"늦었네."

비가 서점 계단에서 기다리고 있다.

"미안." 그가 문의 자물쇠를 풀며 말한다. "그래도 여전히 도서관은 아니야." 5달러짜리 지폐를 계산대에 던지고 미술 코너로 사라질 때 그가 덧붙인다. 그녀는 애매하게 "*으응*"이라고만 답을 한다. 그의 귀에는 그녀가 책장에서 책들을 끌어 내리는 소리가 들린다.

비는 변하지 않은 유일한 사람이고 그를 전과 다르게 대하지 않는 것 같다.

"저기, 비." 통로로 그녀를 따라가며 그가 말한다. "네 눈엔 내가 이상해 보여?"

그녀는 책장을 훑어보기만 한다.

"비, 날 봐."

그녀는 돌아서서는 뜸을 들여가며 그를 아래위로 훑는다.

"네 목에 있는 립스틱 말고 다른 거?"

헨리는 목에 묻은 것을 닦아내며 얼굴을 붉힌다. "응, 그래." 그가 말한다. "이거 말고."

그녀가 어깨를 으쓱한다. "없는데."

하지만 그것이 거기에, 그녀의 눈에 있다. 못 알아보기가 힘든 희미한 빛이, 그녀가 그를 볼 때 퍼져가는 것 같은 희미한 무지갯빛 막이 있다. "진짜? 아무것도?"

그녀는 책장에서 책 한 권을 꺼낸다. "헨리, 내가 무슨 말을 하길 바라는 거야?" 그녀가 두 번째 책을 찾으며 묻는다. "넌 너처럼 보여."

"그러니까 넌……." 그는 어떻게 물어봐야 할지 모른다. "그럼 넌 날 원하지 않는 거지?"

비가 돌아서서 한참 그를 본 다음 갑자기 웃는다.

"미안해, 친구." 숨을 돌리고 나서 그녀가 말한다. "오해하지 마. 넌 귀여워. 하지만 난 여전히 레즈비언이야."

그녀가 말하는 순간 그는 스스로가 우스꽝스럽게 느껴지면서도 터무니없는 안도감을 느낀다.

"왜 그러는데?" 그녀가 묻는다.

난 악마와 거래를 했어. 그래서 사람들은 나를 볼 때마다 자신들이 원하는 것만 봐. 그는 고개를 가로젓는다. "아무것도 아니야. 신경쓰지 마."

"근데," 그녀가 또 다른 책을 자기가 만든 책 무더기에 추가하면서 말한다. "나 새로운 논문 주제를 찾은 거 같아."

그녀는 책들을 계산대로 나르고, 장부와 영수증 위에 펼쳐놓는다. 헨리는 찾고 있는 것을 찾을 때까지 모든 책을 차례로 훑어보고, 자신이 찾아낸 것을 그가 볼 수 있도록 한 걸음 뒤로 물러나는 모습을 지켜본다.

한 젊은 여자를 그린 초상화 세 점. 하지만 그들은 분명 다른 시대와 다른 학파에서 나온 것으로 보인다. "이게 뭐야?" 그가 묻는다.

"난 그녀를 액자 안의 유령이라고 불러."

하나는 연필로 된 스케치로 가장자리가 거친 미완성 작품이다. 그 안에는 여자가 시트를 두른 채 배를 깔고 누워 있다. 머리카락이 주변으로 풀어져 있고, 얼굴은 그림자가 만들어내는 판유리들 같다. 그녀의 두 뺨 위로 점이 희미하게 흩어져 있다. 작품 제목은 이탈리아어로 되어 있다.

호 뽀르타도 레 스텔레 아 레또Ho Portado Le Stelle a Letto

영어 번역이 아래에 적혀 있다.

별들을 침대에 눕히다.

두 번째는 프랑스 작품인데 좀 더 추상적인 초상화다. 인상파 방식의 생생한 파란색과 녹색으로 그려져 있다. 여자는 해변에 앉아 있고 책 한 권이 그녀 옆으로 모래 위에 엎어져 있다. 그녀는 어깨너머로 화가를 보고 있고 얼굴은 가장자리만 보인다. 그녀의 점들은 빛의 얼룩, 색깔의 부재에 지나지 않는다.

라 씨렌느La Sirène. 작품 제목이다.

사이렌.

마지막 작품은 가느다란 조각품이다. 빛을 환하게 비춘 실루엣 형태의 조소품으로 벚나무 판에 아주 작은 터널이 뚫려있다.

별자리.

"보여?" 비가 묻는다.

"초상화잖아."

★

"아니." 비가 말한다. "*같은 여자*의 초상화야."

헨리가 한쪽 눈썹을 들어올린다. "비약이 좀 심한데?"

"턱의 각도, 코의 선, 점을 봐. 개수를 세어 봐."

헨리는 그렇게 한다. 모든 그림에서 그 수는 정확히 일곱 개다.

비는 첫 번째와 두 번째 그림에 손을 댄다. "이탈리아 초상화는 19세기로 바뀔 즈음의 작품이야. 프랑스 초상화는 그로부터 50년 뒤 작품이고. 그리고 이거." 그녀가 조각품 사진을 두드리며 말한다. "이건 1960년대 작품이야."

"그렇다면 다른 사람에게서 영감을 받았겠지." 헨리가 말한다. "전통이 있지 않았나? 뭐라고 부르는지 기억이 나질 않네. 시각적 전화라고 하는 것이던가? 한 예술가가 무언가를 선호했고, 그러고 나서 다른 예술가가 그 예술가를 선호하는 것 말이야. 일종의 템플릿이지."

하지만 비는 이미 손짓으로 그를 저지하고 있다. "그래, 어휘 목록이나 동물우화집에서는 확실히 그렇지. 하지만 미술을 배우는 정식 학교에서는 아니야. 이건 베르메르의 작품을 한 번도 본 적이 없는 사람이 <진주 귀걸이를 한 소녀>를 워홀, *그리고* 드가의 작품에 넣은 거나 마찬가지야. 그리고 설령 그녀가 템플릿이 되었다 해도 이 템플릿이 여러 세기에 걸친 미술에 영향을 끼쳤다는 건데. 그렇다면 그녀는 시대 사이를 잇는 하나의 결합 조직이야. 그래서……."

"그래서……." 헨리가 그녀의 말을 따라 한다.

"이 여자는 누굴까?" 로비가 공연을 막 제대로 끝냈을 때 혹은 코카인을 했을 때의 눈처럼 비의 눈이 환하다. 헨리는 그녀의 고양된 기분을 끌어내리고 싶지 않지만 그녀는 그가 무슨 말이든 하길 기다리는 중이다.

"좋아." 그가 부드럽게 말을 시작한다. "하지만, 비. 그녀가 아무도 아니었다면? 이 그림들이 같은 여자를 모델로 삼았다 해도 첫 번째 예술가가 단순히 그녀를 상상으로 만들어낸 거라면 어떻게 되는 거야?" 비가 이미 고개를 가로저으며 얼굴을 찌푸린다. "있지," 그가 말한다. "누구보다도 난 네가 논문 주제를 찾길 바라. 이 서점을 위해서라도, 그리고 네가 미치지 않고 제정신을 유지할 수 있도록 말이야. 이건 근사하게 들려. 하지만 너의 마지막 논문 제안서가 너무 엉뚱하다는 이유로 거절되었잖아?"

"신비주의적이라고 했어."

"맞아." 헨리가 말한다. "'포스트모더니즘과 그것이 뉴욕 건축물에 미친 영향' 같은 주제가 너무 신비주의적이라면 패리시 학장이 *이 주제에* 대해서는 어떻게 생각할까?"

그는 점이 있는 얼굴들이 올려다보고 있는 펼쳐진 페이지들을 몸짓으로 가리킨다.

비는 한참 동안 침묵 속에 그를 바라본 다음 책을 쳐다본다.

"*제기랄!*" 그녀는 소리를 지르고 큰 책들 가운데 하나를 집어 들고 서점에서 뛰쳐나간다.

헨리는 그녀가 나가는 모습을 지켜보고 한숨을 내쉰다. "도서관이 아니라고." 그는 그녀의 등에 대고 소리치고 나머지 책들을 책장에 도로 꽂아놓는다.

뉴욕
2014년 3월 18일

– IX –

깨달음이 찾아오면서 헨리의 발걸음이 느려진다.

그는 비가 새로운 논문 주제를 찾던 일을 잊고 있었다. 하나의 고요한 디테일이 매우 시끄러웠던 시절에 섞여 있었다. 하지만 지금은 명확하다.

스케치와 그림, 조각상 속의 여자가 그의 옆에서 난간에 기대고 있고, 그녀의 얼굴은 기쁨으로 활짝 피어 있다.

그들은 하이라인으로 가기 위해 첼시를 걸어서 통과하는 중이다. 횡단보도를 반쯤 건너다가 그는 걸음을 멈추고 자신의 이야기에서 눈물방울 같은 빛의 번쩍임처럼 분명한 진실을 깨닫는다.

"그 모델이 당신이었군요." 그가 말한다.

애디가 눈부시게 환한 미소를 짓는다. "맞아요."

차 한 대가 경적을 울린다. 깜박이는 신호등은 경고등으로 바뀌어 있다. 그들은 반대편으로 달린다.

"재밌네요." 철제 계단을 오르면서 그녀가 말한다. "난 두 번째 작품에 대해서는 몰랐어요. 해변에 앉아 있었던 것도 기억나고 이젤을 가지고 부두 위에 있던 남자도 기억해요. 하지만 완성된 작품을 보지는 못했어요."

헨리는 고개를 가로젓는다. "당신은 흔적을 남길 수 없는 걸로 알고 있었는데요."

"남길 수 없어요." 그녀가 올려다보며 말한다. "난 펜을 잡을 수 없어요. 이야기를 들려줄 수도 없어요. 무기를 휘두르거나 어떤 사람이 나를 기억하도록 만들 수도 없어요. 그런데 예술은요," 그녀가 더 조용한 미소를 지으며 말한다. "예술은 생각이에요. 그리고 생각은 기억보다 생명력이 질기죠. 그것들은 잡초와 같아서 항상 자라는 법을 찾아내요."

"하지만 사진은 안 되는군요. 필름도 안 되고요."

그녀의 표정이 조금 흔들린다. "네." 그녀가 입술 모양만으로 말한다. 그리고 그는 그 질문을 한 것, 그녀를 두 사람 사이에 찾아낸 틈 대신 저주의 쇠창살로 다시 끌어들인 것이 미안하다. 하지만 그때 애디가 몸을 곧바로 펴고, 턱을 치켜들고, 거의 반항에 가까운 기쁨으로 미소 짓는다.

"하지만 근사하지 않나요?" 그녀가 말한다. "생각은 가능하다는 것 말이에요."

그들이 하이라인에 도착하자 때마침 한바탕 바람이 불어온다. 공기에는 여전히 겨울이 남아 있지만 애디는 바람을 피하기 위해서가 아니라 거센 바람에 저항하듯 그에게 기댄다. 그녀의 뺨은 추위로 붉어지고 머리카락은 얼굴 주변으로 휘날린다. 그 순간 그는 모든 예술가가 보았던 것을, 그들을 연필과 물감으로 이끌었던 것을, 이 불가능한 존재, 붙잡을 수 없는 여자를 본다.

그리고 비록 두 발로 땅을 밟고 서 있어서 안전하지만 헨리는 자신이 추락하기 시작하는 것을 느낀다.

뉴욕
2013년 9월 13일

– X –

✶ ✶ ✶ ✶ ✶ ✶ ✶

사람들은 집에 대해 자주 이야기한다.

집은 마음이 깃드는 곳이라고들 말한다. 집만 한 곳은 없다고, 너무 오래 떨어져 있으면 향수병을 앓는다고 한다.

향수병homesick. 사람은 집home으로 인해 아픈sick 것이 아니라, 집을 그리워하기에 아프다는 것을 헨리는 알고 있다. 그래도 여전히 향수병이라는 말은 적절하다고 느껴진다. 그는 분명 가족을 사랑한다. 하지만 항상 좋아하는 것은 아니다. 그는 그들과 함께할 때 자신이 행동하는 방식을 좋아하지 않는다.

그런데도 지금 그는 90분 동안 북쪽으로 운전 중이다. 렌터카가 그의 두 손 아래로 유순하게 굴러가는 동안 도시는 그의 등 뒤로 차츰 쪼그라든다. 헨리는 기차를 탈 수도 있다는 것을, 그것이 훨씬 더 싸다는 것을 안다. 하지만 그는 운전을 좋아한다. 더 정확하게는 차를 운전할 때 나오는 백색소음을 좋아한다. 한 지점에서 다른 지점으로 이동하는 일의 안정적인 구체성과 방향, 통제감을 좋아한다. 무엇보다도 운전 말고는 다른 어떤 일도 할 수 없는 상황을 좋아한다. 손은 운전대에 있어야 하고 눈은 길을 주시해야 한다. 음악은 스피커를 통해 울려 퍼진다.

그는 뮤리엘에게 태워주겠다 제안했는데 이미 기차를 타고 있다고, 데이비드 형이 오늘 아침 고향 집에 도착해서 역으로 그녀를 마중 나올 것이라 말했을 때 내심 안도했다. 그 말은 헨리가 제일 마지막으로 도착하는 사람이 될 것이라는 의미다.

헨리는 어떤 이유인지 몰라도 항상 맨 마지막에 도착하는 사람이다.

뉴버그에 가까워질수록 그의 머릿속 날씨도 더 큰 폭으로 바뀐다. 수평선에서는 경고처럼 우르릉거리는 소리가 들리고 폭풍우가 몰려온다. 그는 깊은 숨을 내쉬고 슈트라우스 가족의 저녁 식사에 대비한 마음의 준비를 단단히 한다.

그는 가족 구성원 다섯이 리넨이 덮인 식탁에 둘러앉아 있는 모습을 떠올린다. 록웰의 그림을 어색한 아슈케나지(독일계 유대인이라는 뜻이지만, 특히 동유럽 국가들로 이주하여 비독일어권 지역에서 공동체를 형성한 이들을 일컫는다.—옮긴이) 식으로 흉내 낸 것 같은 딱딱한 그림으로, 어머니가 한쪽 끝에, 아버지가 또 다른 한쪽 끝에 앉아 있고, 형과 여동생이 나란히 식탁 건너편에 앉아 있다.

기둥 역할을 하는 근엄한 눈과 딱딱한 자세의 데이비드.

제멋대로인 짙은 곱슬머리와 끊임없는 에너지를 가진 회오리바람 같은 뮤리엘.

그리고 유령 같은 헨리. (심지어 그는 이름도 안 어울린다. 전혀 유대인답지 않고, 아버지의 오랜 친구들 가운데 한 명을 기리기 위한 이름이다.)

최소한 그들은 한 가족으로 *보인다*. 식탁을 대충 훑어만 봐도 뺨과 턱, 눈썹이 닮았음을 알아차릴 수 있다. 데이비드는 아버지처럼 안경을 쓰고 있는데 안경이 코 끝자락에 얹혀 있어서 안경테의 상단 라인이 그의 시선을 가로지른다. 뮤리엘은 엄마처럼 마음껏 편안하게 미소 짓고 고개를 뒤로 젖힌 채 환하고 충만한 소리로 웃는다.

헨리는 아버지의 하늘하늘한 검정 곱슬머리를, 어머니의 회색을 띠는 녹색 눈을 물려받았지만 배열 과정에서 뭔가가 사라졌다. 그에게는 한 사람의 안정감이 부족하고, 다른 사람의 기쁨이 없다. 어깨, 입매, 이런 것들이 그를 항상 미묘하게 다른 집에서 온 손님처럼 보이게 만든다.

저녁 식사는 다음처럼 진행될 것이다. 아버지와 형은 의학에 관해 이야기하고, 어머니와 여동생은 예술에 관해 이야기한다. 헨리는 질문들이 자신을 향하는 순간을 두려워한다. 어머니가 모든 것에 대해 큰 소리로 걱정하는 순간, 아버지가 '붕 떠 있는'이라는 단어를 사용할 변명거리를 찾아내는 순간, 그리고 그가 거의 서른 살이라는 사실을 형 데이비드가 상기시키는 순간, 뮤리엘이 그에게 뭐든 꾸준히 진심으로 해보라고 충고하는 순간—부모님이 그녀의 휴대폰 요금을 내주고 있는 건 아무 일도 아니라는 듯이—이 두렵다.

고속도로를 벗어나자 귀 안에서 바람이 일어나는 것을 느낀다.

마을의 중심부를 통과하고 그는 두개골에서 천둥소리를 듣는다.

긴장이 일으키는 정전기적 에너지.

그는 자신이 늦었음을 안다.

그는 항상 늦는다.

그것은 많은 언쟁의 시작이었고, 한때는 자신의 무심함이 문제라고 생각했다. 하지만 지금은 안다. 그것이 자기보존을 위한 이상한 시도, 고의적이고 무의식적인 꾸물거림, 피할 수 없는 것에 대한 지연이었으며, 저녁 자리에 나타나 얼굴을 비춰야 한다는 불편한 필요 때문이었음을. 가족 구성원에 포위된 채 총살형 집행대 앞에 선 범죄자처럼 부모님 건너편에 자리를 잡고 식탁 앞에 앉아 있는 일에 대한 불편함 때문이었다.

그래서 헨리는 늦는다. 아버지가 문을 열어줄 때, 헨리는 시간에 대한 언급, 꾸짖는 듯한 찌푸림, 어떻게 형과 여동생이 항상 5분 전에 도착하는지에 관한 폐부를 찌르는 말을 들을 마음의 준비를 한다

그런데 이번에 아버지는 미소를 내보이기만 한다.

"왔구나!" 이렇게 말하는 아버지의 눈이 밝고 따듯하다.

그리고 가는 실처럼 안개가 어려 있다.

어쩌면 이번 저녁 모임은 여느 때의 슈트라우스 가족 저녁 모임과는 다를지도 모른다.

"누가 왔는지 봐." 아버지가 소리치며 헨리를 서재로 데리고 간다.

"오랜만이네." 데이비드가 악수를 하며 말한다. 같은 도시에 살긴 해도—젠장, 심지어 두 사람의 집은 같은 지하철 노선상에 있다—헨리가 형을 마지막으로 본 것은 고향 집에서 보낸 하누카(유대교 축제일로 히브리력 키슬레브의 25번째 날부터 8일간 치르는데, 보통 11월 말이나 12월에 해당한다.—옮긴이)의 첫째 날 밤이었다.

"헨리!" 한 다발의 짙은 곱슬머리가 먼저 눈앞에 나타나고, 뒤이어 나타난 뮤리엘은 두 팔을 그의 목에 두른다. 그녀는 그의 뺨에 입맞춤하고, 그가 나중에 복도 거울을 보며 닦아낼 산호색 립스틱 자국을 남긴다.

서재건 식당에서건 어디에서도 다소 긴 그의 머리카락을 언급하는 사람이 없었다. 그가 가진 것 중에 가장 편안하지만 다 해진 스웨터를 입고 있는데도 아무도 그것에 대해 이야기하지 않았다

누구도 그에게 너무 말랐다거나 햇볕을 좀 더 쐬어야 한다거나, 혹은 피곤해 보인다거나 하는 말을 하지 않는다. 가족들은 항상 브루클린에서 서점 일을 하는 것이 그렇게나 힘든 일일 수는 없다는 예리한 지적을 하기 전에 이런 말들을 했다.

어머니는 주방에서 나와 오븐 장갑을 당겨서 벗는다. 그녀는 그의 얼굴을 두 손으로 감싸고, 미소 짓고, 그가 집에 와서 너무 좋다고 말한다.

헨리는 그녀의 말을 믿는다.

"가족을 위하여." 식사를 하기 위해 모두 자리에 앉았을 때 아버지가 건배사를 한다.

헨리는 자기 삶의 다른 버전으로 걸어 들어온 것 같다. 그것은 앞도 아

니고, 뒤도 아니고, 옆으로 빠져나온 버전이다. 여동생이 그를 우러러보고 형이 그를 무시하지 않는 곳이다. 부모님이 그를 자랑스러워하고, 모든 비판이 화재의 연기가 빠져나가듯 집안 공기에서 빠져나가버렸다. 그는 얼마나 많은 결합 조직이 죄책감으로 이루어져 있는지 깨닫지 못했다. 그것의 무게감이 없어지자 그는 현기증과 가벼움을 느낀다.

희열을 느낀다.

타비사와 그의 이별에 관한 이야기는 다들 알고 있고, 빈 의자가 그 결과를 명확히 말해주지만 타비사에 대한 언급도 없고, 실패한 청혼 이야기도 없다. 그 누구도 퇴짜 맞는 것이 집안 전통이라는 농담을 시도조차 하지 않는다.

지난달 전화 통화를 하면서 헨리는 데이비드에게 반지 얘기를 했다. 형은 그녀가 정말 청혼을 받아들일 것이라 생각하는지 거의 무심코 질문을 던졌다. 뮤리엘은 그녀를 전혀 좋아하지 않았다. 하지만 뮤리엘은 헨리의 여자친구들 가운데 누구도 좋아하지 않았다. 그들이 그에 비해 너무 잘나서가 아니라—그런 의미도 있었겠지만— 단순히 뮤리엘이 그들을 *따분한* 사람들로 생각했기 때문이었고 그것은 헨리를 보며 느끼는 감정의 연장이었다.

케이블 텔레비전. 이것이 그녀가 가끔 그들을 부를 때 썼던 말이다. 페인트가 마르는 것을 지켜보는 것보다야 낫겠지만 재방송에 불과하다는 뜻이었다. 그녀가 그래도 모호하게나마 인정해준 유일한 사람은 로비였는데, 그것도 대부분은 그가 로비를 부모님 집에 데려왔을 때 불러 일으킬 평지풍파 때문이라고 헨리는 확신했다. 뮤리엘만이 로비에 대해 알고 그가 친구 이상이었다는 것을 안다. 그래도 그녀는 결국 비밀을 지켰다.

저녁 식사 내내 모든 것이 너무나 불편하다.

데이비드는 따뜻하고 호기심이 있다.

뮤리엘은 그에게 주의를 기울이고 친절하다.

아버지는 그의 모든 말을 경청하는데 진심으로 관심이 있어 보인다.

어머니는 그에게 자랑스럽다고 말한다.

"뭐가요?" 헨리가 정말 궁금하다는 듯이 묻자 그녀는 말도 안 되는 질문이라는 듯 웃는다.

"너 자체가 자랑스러운 거지."

평가의 부재는 부자연스럽고, 일종의 존재적 현기증이다.

그는 그들에게 멜로즈 학장과 우연히 만났던 일에 대해 말해주고 가족들의 반응을 기다린다. 형 데이비드는 분명한 사실, 즉 헨리가 자격이 부족하다는 점을 지적할 것이고, 아버지는 그 이야기를 하는 숨은 의도에 대해 묻을 것이다. 어머니는 침묵을 지킬 것이고 그동안 여동생은 그가 나름의 이유가 있어서 진로를 바꾸었다고 큰소리치고, 그냥 고개를 숙이고 원래 자리로 돌아갈 거면 그간의 일은 도대체 무슨 의미인지 알고 싶다며 크게 떠들어댈 것이다.

하지만 그런 일은 일어나지 않는다.

"잘됐군." 아버지가 말한다.

"네가 합류하면 그 사람들한테 좋은 거지." 어머니가 말한다.

"넌 좋은 선생님이 될 거야." 데이비드가 말한다.

뮤리엘만 동의하지 않는다는 기미를 내비친다. "오빠는 거기서 한 번도 행복한 적이 없었는데……."

그들의 말에는 평가가 들어 있지 않고 강렬한 보호 의지만이 있다.

저녁 식사가 끝난 후 모두들 각자의 공간으로 물러간다. 어머니는 주방으로, 아버지와 형은 서재로, 여동생은 별들을 구경하는 동시에 땅 위에 발을 딛으며 안정감을 느끼기 위해 이제는 밤이 된 바깥으로 나간다. 그것은 보통 마리화나를 피운다는 신호다.

헨리는 어머니가 설거지하는 것을 돕기 위해 주방으로 간다.

"내가 씻을 테니 네가 물기를 닦아." 어머니가 행주를 건네며 말한다. 그들은 즐거운 리듬을 찾는다. 그러다 어머니가 헛기침한다.

"타비사 일은 유감이야." 어머니가 말한다. 그 주제가 금기사항이라는 것처럼 목소리가 낮다. "걔 때문에 네가 너무 많은 시간을 낭비한 것도 유감이고."

"낭비가 아니었어요." 그가 말한다. 비록 어떤 면에서는 그렇게 느껴지긴 하지만.

그녀는 접시를 씻는다. "난 그저 네가 행복하길 원해. 넌 행복할 자격이 있어." 그녀의 눈이 빛난다. 그러나 그것이 그 이상한 성에인지 아니면 모성에 의한 눈물인지 확실히 알 수가 없다. "넌 강하고, 영리하고, 성공한 사람이야."

"그건 잘 모르겠네요." 헨리가 접시를 닦으며 말한다. "전 실망만 안겨드린 아들이잖아요."

"그렇게 말하지 마." 어머니가 진심으로 상처받은 표정으로 말한다. 그녀는 그의 뺨을 두 손으로 감싼다. "난 널 사랑해, 헨리. 있는 모습 그대로." 그녀의 손이 접시로 향한다. "내가 마무리하마." 그녀가 말한다. "동생 좀 찾아봐."

헨리는 그녀가 어디에 있는지 정확히 안다.

그는 뒤편 베란다로 나가 뮤리엘이 생각에 잠긴 듯한 자세로 그네에 앉아 마리화나를 피우며 나무들을 쳐다보는 모습을 본다. 그녀는 누군가가 사진을 찍어주기를 기다리는 것처럼 항상 그런 자세로 앉는다. 그도 한두 번 그녀의 사진을 찍어보았지만 항상 너무 딱딱하거나 틀 안에 갇혀 있는 것처럼 보였다. 꾸며낸 듯 솔직한 표정을 짓는 일은 뮤리엘의 전공이라고 할 수 있다.

그의 발 아래 판자들이 삐걱거리자 그녀는 쳐다보지도 않고 미소를 짓는다. “헨리 오빠.”

“어떻게 난 줄 알았어?” 그녀 옆에 앉으며 그가 묻는다.

“발걸음이 가장 가볍잖아.” 그녀가 마리화나를 건네며 말한다.

헨리는 길게 한 모금 빨아들이고 머릿속에 부드럽고 윙윙거리는 희미한 것이 느껴질 때까지 연기를 가슴속에 가둬둔다. 그들은 유리창을 통해 부모님을 관찰하면서 마리화나를 주고받는다. 부모님, 특히 아버지를 따라 똑같은 자세를 취하고 있는 데이비드가 보인다.

“너무 소름 끼쳐.” 뮤리엘이 중얼댄다.

“정말 이상해.”

그녀가 껄껄 웃는다. “우리 좀 더 자주 만나는 거 어때?”

“넌 바쁘잖아.” 그가 말한다. 우리가 친구 사이는 아니지 않냐고 하기보다는 그게 더 친절하기 때문이다.

그녀는 고개를 그의 어깨에 기댄다. “오빠를 위해서라면 항상 시간이 있어.”

그들은 피울 게 없을 때까지 침묵 속에서 마리화나를 피운다. 어머니가 디저트 먹을 시간이라고 외친다. 헨리는 일어선다. 머리가 기분 좋게 헤엄을 친다.

“민트 먹을래?” 뮤리엘이 철로 된 작은 통을 내밀며 묻는다. 그것을 열자 작은 분홍색 알약 무더기가 보인다. 우산들. 그는 쏟아지던 비와 자기 옆에 있던, 전혀 비에 젖지 않던 낯선 남자를 떠올리고 뚜껑을 얼른 닫아버린다.

“괜찮아.”

그들은 디저트를 먹으러 안으로 들어가서 한 시간 동안 모든 것과 아무것도 아닌 것에 대해 이야기하며 보낸다. 그 모든 것은 너무나 즐겁다.

헐뜯는 말들과 대수롭지 않은 일로 옥신각신하는 일과 소극적인 부정으로부터 자유로워서 헨리는 자신이 여전히 숨을 참고 높은 곳에 매달려 있는 것만 같다. 그의 폐는 아프지만 가슴은 행복하다.

그는 커피를 옆으로 제쳐두면서 일어선다. "이제 가야겠어요."

"자고 가도 되는데." 어머니가 제안한다. 10년 만에 처음으로 그는 그러고 싶다는 유혹을 느끼고, 이 따뜻함과 편안함, 가족이라는 느낌을 받으며 깨어나는 것은 어떤 느낌일지 알고 싶어진다. 그만큼 너무 완벽한 저녁이었다. 그는 기분 좋은 윙윙거림과 욕실 바닥에서 밤을 지새우는 일 사이의 좁다란 선을 따라 걷고 있는 기분이다. 그리고 그 균형을 무너뜨리는 무언가를 원치 않는다.

"돌아가야 해요." 그가 말한다. "10시에 서점 문을 열어야 하거든요."

"넌 너무 열심히 일해." 이 말은 어머니가 한 번도 한 적이 없다.

데이비드는 그의 어깨를 잡고 구름이 낀 눈으로 자비롭게 그를 쳐다보며 말한다. "사랑한다, 헨리. 네가 잘하고 있어서 너무 기뻐."

뮤리엘은 팔을 그의 허리에 두른다. "너무 낯선 사람이 되진 마."

아버지는 차가 있는 곳까지 따라 나온다. 헨리가 손을 내밀자 아버지는 그를 끌어당겨서 껴안으며 말한다. "네가 자랑스럽구나, 아들."

그의 일부분은 왜냐고 묻고, 미끼를 놓고, 이 마법의 한계를 시험하고, 아버지를 압박해서 휘청거리게 하고 싶지만 그러지 못한다. 그는 지금 일어나는 일이 엄격한 의미에서 실제가 아님을 알지만 개의치 않는다.

여전히 기분이 좋다.

뉴욕
2014년 3월 18일

– XI –

✳ ✳ ✳ ✳ ✳ ✳ ✳

웃음이 하이라인에서 아래로 내려온다.

사용하지 않는 철로를 따라 만든 이 고가공원은 맨해튼의 서쪽 자락을 따라 12번가부터 30번가까지 이어진다. 그곳은 음식 가판대와 정원들, 터널과 벤치, 구불구불한 길과 도시 전경이 한데 어우러진 멋진 장소다.

하지만 오늘은 완전히 다르다.

야외 전시품이 고가철로의 상당 부분을 차지해서 마치 꿈 같은 색깔과 빛의 정글짐으로 바꿔놓았다. 기발한 생각과 경이로움이 3차원 전경을 만들어낸다.

입구에서 자원봉사자가 손목에 차라며 색깔이 들어간 고무 밴드를 나눠준다. 밴드에는 무지개가 있고, 각각의 색깔은 각기 다른 전시회에 들어갈 수 있는 입장권 역할을 한다.

"이걸로 두 사람은 스카이에 입장할 수 있습니다." 자원봉사자는 마치 예술 작품들이 놀이공원의 놀이기구인 양 말한다.

"이걸로는 보이스에 입장할 수 있습니다."

"이걸로는 메모리에 입장할 수 있고요."

그녀는 이렇게 말하며 헨리를 보고 미소 짓는다. 그녀의 두 눈은 희부연 푸른색이다. 하지만 두 사람이 무료 전시회들의 축제를 통과하는 동안에 예술가는 모두 *애디*를 쳐다본다. 그가 태양이라면 그녀는 빛나는 혜성이고, 불타는 별똥별들처럼 그녀가 지나가는 자리로 사람들의 시선을 잡아끈다.

근처에서는 한 남자가 풍선처럼 솜사탕을 만들고, 먹을 수 있는 예술 작품을 나눠준다. 몇몇은 알아볼 수 있는 형태이고—강아지, 기린, 용—다른 몇몇은 추상적이다. 석양, 꿈, 향수.

헨리에게는 그것들 모두가 설탕 맛이 난다.

애디가 그에게 입맞춤하자 역시 설탕 맛이 난다.

그들은 녹색 밴드를 내주고 메모리 안으로 들어간다. 그곳은 색유리로 만들어진 일종의 3차원 만화경이다. 모든 것이 측면으로 솟아오르고, 걸음을 옮길 때마다 회전하는 조각품이다.

그들 주변으로 세상이 휘고, 원래 위치로 돌아갔다가 다시 휠 때 그들은 서로를 꼭 붙잡는다. 둘 중 누구도 말을 하진 않지만 그는 두 사람 모두 그곳에서 빠져나올 수 있어서 행복하다고 생각한다.

예술품들은 전시관들 사이에 흩어져 있다. 쇠로 만든 해바라기밭. 녹은 크레용 웅덩이. 그의 안경에 안개 외에는 아무것도 남기지 않지만 애디의 살갗에 무지개색 빛을 남기는 종이처럼 얇은 물 커튼.

스카이는 터널 안에 있다.

빛 예술가에 의해 만들어진 스카이는 서로 맞물리는 일련의 방들이다. 외부에서 보면 특별할 게 없고, 못과 징으로만 된 헐벗은 건축물의 외관을 나무로 둘렀다. 하지만 내부는 정말 대단하다.

그들은 서로를 잃지 않도록 손을 잡고 움직인다. 한 공간은 눈이 부시게 밝고, 다음 공간은 너무 어두워서 세상이 무너져내리며 사라지는 것 같다. 애디는 그의 옆에서 몸을 떨고, 그녀의 손가락은 헨리의 팔을 꼭 붙잡는다. 다음 공간은 구름 속처럼 안개로 부옇다. 그리고 다음 공간에서는 비처럼 얇은 필라멘트들이 사방에서 오르락내리락한다. 헨리는 손가락으로 흩어져 있는 은방울들 사이를 훑는다. 그러자 차임벨처럼 울린다.

마지막 방은 별들로 가득 차 있다.

직전에 본 방과 같지만 까만색이다. 이번에는 천여 개의 작은 점과 같은 불빛들이 어둠 사이로 뚫고 나오고, 만질 수 있을 정도로 가깝게 은하를 만들어낸다—웅장한 별자리다. 헨리는 거의 완벽한 어둠 속에서도 애디의 위로 향한 얼굴을, 그녀의 미소 가장자리를 볼 수 있다.

"300년 동안 살았어요." 그녀가 속삭인다. "그래도 여전히 새로운 무언가를 발견할 수 있네요."

그들이 반대편으로 나가서 오후 빛 속에서 눈을 깜박일 때 그녀는 벌써 그를 스카이에서 다음 아치형 입구로, 무엇이 됐든 그 너머에서 기다리고 있는 것을 발견하기를 열망하며 다음 문이 있는 곳으로 잡아끈다.

뉴욕
2013년 9월 19일

– XII –

✳ ✳ ✳ ✳ ✳ ✳ ✳

이번만은 헨리가 정해진 시각보다 일찍 도착한다.

그것은 늦는 것보다는 낫지만 그는 너무 일찍 도착하는 것도 원치 않는다. 그건 더 나쁘거나 더 이상하다. 그리고—. 그는 이런 문제에 대해 과도하게 생각하는 것을 멈출 필요가 있다.

그는 셔츠를 펴고 주차된 차의 측면을 들여다보며 머리를 점검한 다음 안으로 들어간다.

멕시코 식당은 조명이 환하고 사람들로 북적인다. 콘크리트 동굴 같은 장소인데 차고 문 스타일의 창문이 있고 푸드 트럭이 실내 모퉁이에 주차되어 있다. 그리고 그가 일찍 왔다는 사실은 중요하지 않다. 왜냐하면 바네사가 이미 안에 있기 때문이다.

그녀는 바리스타 앞치마 대신 레깅스에 프린트 드레스를 입었고, 그가 위로 올린 상태에서만 보았던 금발 머리는 얼굴 주변으로 느슨하게 풀려 있다. 그를 발견하자 그녀는 미소 짓는다.

"전화해줘서 기뻐요." 그녀가 말한다.

헨리는 미소 짓는다. "나도 마찬가지예요."

그들은 종이쪽지에 그가 열 살 때 한 번 해본 미니 골프 때 이후로 보지 못한 작은 연필로 적어 주문한다. 그녀가 타코를 가리키고 그가 주문을 기록할 때 그들의 손가락이 스친다. 그들의 손은 칩 위를 넘나들며 접촉하고, 다리가 철제 탁자 아래로 스치듯 지나간다. 매번 그것은 그의 가슴속에서 생겨나는 빛의 자그마한 폭발과 같다.

이번에 그는 자신에 대해서만 말하지 않고, 몸을 쓸 때마다 자신을 책망하지 않고, 올바른 것을 말해야만 한다고 자신에게 확신을 주입하지 않는다. 잘못된 말이 없을 때는 올바른 말을 찾을 필요가 없다. 그는 거짓말을 할 필요가 없고, 자신 이외에 다른 사람이 될 필요가 없다. 왜냐하면 그는 충분하기 때문이다.

음식은 아주 맛있지만 그곳은 시끄럽다. 목소리들이 높은 천장에 부딪히며 울려 퍼지고, 사람들이 의자로 콘크리트 바닥을 긁을 때 헨리는 움찔한다. "미안해요." 그가 말한다. "여긴 고급 식당은 아니에요."

그가 장소를 골랐는데 곧장 술을 마시러 가는 게 나았을 것 같다. 하지만 이곳은 뉴욕이다. 칵테일이 음식보다 두 배나 비싸고, 서점 직원의 임금은 지금 먹는 음식값도 겨우 낼 정도밖에 안 된다.

"저기요." 그녀가 아구아 프레스카(시원한 물이라는 스페인어로 스파클링 음료에 과일을 넣거나 과일즙을 넣어서 희석한 음료를 의미한다.—옮긴이)를 휘저으며 말한다. "난 카페에서 일해요."

"당신은 적어도 팁을 받잖아요."

바네사는 충격받은 표정을 짓는다. "뭐라고요? 서점 직원한텐 팁을 안 줘요?"

"안 줘요."

"좋은 책을 추천해도요?"

그는 고개를 가로젓는다.

"그건 범죄예요." 그녀가 말한다. "계산대 위에 유리병을 하나 두는 게 좋겠어요."

"뭐라고 적어둘까요?" 그는 손가락으로 탁자를 톡톡 두드린다. "*책은 굶주린 마음을 채워줍니다. 팁은 고양이 사료를 채워줍니다?*"

바네사는 갑자기 환하게 웃는다. "당신 너무 재밌네요."

"그런가요?"

그녀는 혀를 내민다. "칭찬이 더 필요해요?"

"아니요." 그가 말한다. "그냥 궁금해서요. 나는 어떤 사람 같아요?"

바네사는 미소 짓고 갑자기 수줍어한다. "당신은…… 너무 뻔하게 들리겠지만 정확히 내가 지금까지 줄곧 찾아온 사람이에요."

"어떤 사람인데요?" 그가 묻는다.

만일 그녀가 *진정성 있고 세심하고 사려 깊은* 사람이라고 했다면 그는 받아들였을 것이다.

하지만 그녀는 그러지 않는다.

그녀는 '*외향적이고, 재밌고, 야심 있는*'이라는 단어를 사용한다. 그녀가 그에 대해 이야기하면 할수록 그녀의 눈에 낀 성에는 더 진해지고 점점 더 퍼져나간다. 결국 그는 그 아래에 있는 색을 알아보기 힘들어진다. 헨리는 어떻게 그러고도 그녀가 앞을 볼 수 있는지 궁금하지만 그녀는 볼 수가 없다.

그것이 핵심이다.

그와 비, 로비, 세 사람은 일주일 후 머천트에서 맥주 세 병과 감자튀김을 앞에 놓고 앉아 있다.

"바네사는 어때?" 그녀가 묻는다. 그동안 로비는 뚫어져라 자신의 술잔을 들여다보고 있다.

"괜찮아." 헨리가 말한다.

그녀는 괜찮다. 그는 괜찮다. 그들은 괜찮다.

"자주 만나더라."

헨리가 이맛살을 찌푸린다. "내 안에서 타비사를 몰아내라고 말해준 사람이 너였잖아."

비는 손을 든다. "알아, 안다고."

"이제 막 시작된 관계야. 그게 어떤 건지 알잖아. 그녀는—."

"판박이네." 로비가 중얼거린다.

헨리가 그에게 공격적인 태도를 보인다. "무슨 말이야?" 그가 화가 나서 묻는다. "크게 말해. 학교에서 자신을 표현하는 법쯤은 배웠을 텐데."

로비가 못마땅한 표정으로 맥주를 한 모금 길게 들이켠다. "그녀가 고양이 북이랑 똑같다는 거야. 떠돌이에 금발이고—."

"여자라고?"

헨리가 게이가 아니라는 사실, 그가 사람에게 먼저 끌리고 성별은 두 번째라는 사실은 그들 사이에 오랫동안 지속되어온 민감한 주제다. 로비는 움찔하지만 사과하지는 않는다.

"게다가," 헨리가 말한다. "내가 바네사한테 먼저 접근한 게 아니야. 그녀가 *나*를 골랐어. 그녀가 *나*를 좋아해."

"넌 *그녀*를 좋아해?" 비가 묻는다.

"물론이지." 그가 너무 빨리 말한다. 그는 그녀를 좋아한다. 그리고 분명 그녀가 자신(그녀가 보는 *그*)을 좋아한다는 사실 역시 좋아한다. 두 사람 사이에는 벤 다이어그램이, 서로가 중첩되는 지점이 있다. 그는 자신이 그늘진 구역에 안전하게 있다고 확신한다. 정말로 그녀를 이용하는 게 아니다. 아니, 이용하고 있나? 최소한 그는 두 사람 사이에서 유일하게 천박한 사람은 아니다. 그녀 역시 삶의 캔버스에 다른 사람을 그리면서 그를 이용하고 있다. 그것이 상호적이라면, 그렇다면 그것은 그의 잘못이 아니다……. 잘못인가?

"우린 그냥 네가 행복하길 바라." 비가 말한다. "큰일이 있었으니까, 그냥……. 너무 속도전만 하지 마."

하지만 이번에 속도를 늦춰야 할 사람은 그가 아니다.

헨리는 오늘 아침 깨어나서 주방 조리대에 놓인 초콜릿 칩 팬케이크와 오렌지 주스 한 잔을 발견했다. 접시 옆에는 하트 그림과 *V*자를 그려 넣은 작은 메모지가 놓여 있었다. 그녀는 지난 사흘 동안 헨리 집에서 잤는데 그럴 때마다 뭔가를 남겼다. 블라우스 하나. 신발 한 켤레. 싱크대 옆의 홀더 안에 있는 칫솔.

친구들이 그를 바라보는 눈에서는 흐릿한 안개가 여전히 휘돌고 있다. 그는 그들이 신경을 쓰고 있고, 그를 사랑하고, 좋은 일만 있기를 바란다는 것을 안다. 이제 그럴 수밖에 없다. 거래 덕분에.

"걱정하지 마." 그가 맥주를 홀짝이며 말한다. "천천히 할게."

"헨리……."

그녀의 매니큐어를 바른 손톱이 그의 등을 따라 내려가는 것을 느낄 때 그는 반쯤 잠이 든 상태였다.

희미한 회색 불빛이 창문을 통해 쏟아져 들어오고 있다.

"응?" 그가 몸을 구르며 말한다.

바네사는 머리를 한쪽 손으로 받치고 있고, 그녀의 금발 머리는 베개 위로 쏟아져 있다. 그녀는 그가 깨어나기를 기다리면서, 마침내 그를 깨우기 전까지 얼마나 오랫동안 그런 자세로 있었을까.

"당신에게 말할 게 있어요." 그녀가 그를 바라본다. 그녀의 눈은 부연 빛으로 불투명하다. 그는 그 빛을, 얼굴과 얼굴이 정면으로 향할 때 그를 따라오는 옅은 연기가 두려워지기 시작한다.

"뭔데요?" 그가 한쪽 팔꿈치를 세워서 기대며 묻는다. "뭐가 잘못됐어요?"

"아무것도 아니에요. 난 그냥……." 그녀가 미소를 짓는다. "사랑해요."

무서운 것은 그녀의 말이 진짜처럼 들린다는 것이다.

"나를 사랑한다고 말할 필요는 없어요. 너무 빠르다는 걸 알아요. 그냥 당신이 내 마음을 알길 바라는 것뿐이에요."

그녀는 그의 얼굴에 자신의 얼굴을 비빈다.

"확실해요?" 그가 묻는다. "일주일밖에 안 됐잖아요."

"그게 뭐 어때서요?" 그녀가 말한다. "아는 건 아는 거예요. 난 알아요."

헨리는 침을 삼키고 그녀의 관자놀이에 입을 맞춘다. "난 샤워 좀 할게요."

그는 그녀의 말에 뭐라 대답해야 했을지 생각하며 가능한 한 오래 뜨거운 물 아래에 서 있다. 그것은 사랑이 아니라 집착에 불과하고 더욱이 그녀의 감정은 진짜가 아니라는 점을 바네사에게 설득시킬 수 있을지, 어떤 방법으로 그 점을 설득할 수 있을지 생각한다. 그는 거래를 했다. 그는 거래 조건에 동의했다. 이것은 그가 원한 것이다.

아닌가?

그는 물을 잠그고 타월을 허리 부근에 두르다 연기 냄새를 맡는다.

양초에 불을 붙이는 성냥 냄새나 스토브 위에서 뭔가 끓는 냄새는 아니다. 타면 안 되는, 하지만 지금 타고 있는 무언가가 까맣게 그을리는 냄새다.

헨리는 욕실에서 급히 나가 바네사가 주방에 있는 모습을 본다. 그녀는 조리대에 서서 한쪽 손에 성냥갑을 들고 있다. 타비사의 물건들이 담긴 종이 상자가 싱크대에서 타고 있다.

"뭐 하는 거예요?" 그가 묻는다.

"당신은 과거에 집착하고 있어요." 그녀가 말하고 다른 성냥에 불을 붙인 다음 박스 안에 던져넣는다. "말 그대로 부여잡고 있어요. 당신은 우리가 함께한 시간 내내 이 박스를 가지고 있었어요."

"당신을 안 지 일주일밖에 안 됐어요!" 그가 소리치지만 그녀는 계속한다.

"당신은 더 나은 것을 누릴 자격이 있어요. 행복할 자격이 있어요. 현재에서 살아갈 자격이 있다고요. 이건 좋은 일이에요. 이건 종결이에요. 이건—."

그는 그녀의 손에 들린 성냥갑을 손으로 쳐서 떨어트리고 그녀를 옆으로 밀친다. 그러고는 수도꼭지로 손을 내민다.

물이 불타는 박스를 때리고 물을 흩뿌리면서 불꽃을 적시자 한 줄기 연기가 피어오른다.

"바네사." 그가 이를 악물며 말한다. "나가요."

"내 집에 가 있으라고요?"

"여기서 나가달란 말이에요."

"헨리." 그녀가 그의 팔을 잡으며 말한다. "내가 뭘 잘못했죠?"

그는 주방 싱크대에서 연기를 피우고 있는 잔해물을 지적할 수도 있고, 관계가 너무 빨리 진행되고 있다는 점을 지적할 수도 있고, 그녀가 자신을 쳐다볼 때 완전히 다른 사람을 보고 있다는 것을 지적할 수도 있다. 하지만 대신 이렇게 말한다. "당신 잘못이 아니에요. 내 탓이에요."

"아니에요. 그렇지 않아요." 그녀가 말한다. 눈물이 그녀의 얼굴 위로 흐른다.

"나에겐 혼자 있을 시간이 좀 필요해요. 알겠죠?"

"미안해요." 그녀가 매달리며 흐느낀다. "미안해요. 사랑해요."

그녀는 두 팔로 그의 허리를 감싸고 머리를 그의 가슴에 파묻는다. 아주 잠깐 그는 그녀를 완력으로 떼어놓아야 할 것 같다고 생각한다.

"바네사, 이것 좀 봐요."

그가 그녀를 떼어놓자 그녀는 큰 충격을 받아 피폐해진 사람처럼 보인다. 그녀는 거래를 한 날 밤의 자신 같다. 그녀가 길을 잃고 혼자라고 느끼며 걸어나가야 하리라는 생각이 그의 마음을 아프게 한다.

"난 당신을 아껴요." 그가 그녀의 어깨를 잡으며 말한다. "난 당신을 아껴요. 정말이에요."

그녀의 표정이 시들어가는 나무에 물을 준 것처럼 조금 밝아진다. "그럼 화난 거 아니에요?"

물론 그는 화가 난 상태다.

"아뇨, 화 안 났어요."

그녀는 얼굴을 그의 가슴에 묻고 그는 그녀의 머리를 쓰다듬는다.

"당신은 나를 아끼는군요."

"그래요." 그가 몸을 빼낸다. "전화할게요. 약속해요."

"약속해요." 그녀가 그의 말을 따라 하고, 그는 그녀가 자신의 물건을 챙기는 걸 돕는다.

"약속해요." 그는 말하며 그녀를 현관 쪽으로 안내한 다음 문밖으로 내보낸다.

그들 사이에 문이 닫히고 헨리는 문에 몸을 기댄 채 주저앉는다. 그제야 화재 감지기가 울리기 시작한다.

뉴욕
2013년 10월 23일

– XIII –

"영화의 밤!"

로비가 헨리의 소파 위로 불가사리처럼 몸을 내던지자, 그의 긴 팔다리가 소파 뒤와 옆으로 내걸린다. 비는 눈을 굴리며 그를 밀쳐낸다. "좀 비켜."

헨리는 전자레인지에서 봉지를 꺼내서 뜨거운 김을 피하려고 이 손 저 손으로 옮긴다. 그러고는 팝콘을 우묵한 그릇에 붓는다.

"무슨 영화야?" 그가 주방 카운터를 돌며 묻는다.

"〈샤이닝〉."

헨리가 신음을 낸다. 그는 공포 영화를 좋아한 적이 없지만 로비는 비명을 지르게 하는 영화를 사랑하고, 그것과 관련된 모든 것을 또 다른 공연으로 취급한다. 그리고 이번 주는 그가 작품을 고르는 차례다.

"핼러윈이잖아!" 로비가 방어한다.

"오늘은 23일이야." 헨리가 말한다. 하지만 로비는 공휴일을 생일처럼 취급해서 그 기간을 며칠에서 몇 주까지 확장하고 가끔은 한 계절까지 확장하기도 한다.

"복장 확인." 비가 말한다.

헨리는 옷을 차려입는 것이 만화를 보는 것 같다고, 십 대의 불안이라는 위험 지대와 이십 대 초반의 모순된 나이를 통과하기 전에 어린아이로서 즐기는 무엇과 같다고 생각한다. 옷을 차려입고 나면 왜 그런지 몰라도 기적적으로 순수함과 향수라는 영역으로, 경이로움을 위해 따로 준비해둔 자리로 돌아간다.

로비는 소파에서 자세를 취한다. "지기 스타더스트Ziggy Stardust.(1972년 발매된 데이비드 보위의 콘셉트 앨범에서 유래한 외계인 캐릭터 이름—옮긴이)" 그가 말한다. 그것은 말이 된다. 그는 지난 몇 년을 보위의 다양한 모습들을 구현하면서 보냈다. 지난해에는 신 화이트 듀크Thin White Duke(1975~76년 사이의 데이비드 보위가 활동한 캐릭터 이름.—옮긴이)였다.

비는 공포의 해적 로버츠Dread Pirates Roberts(영화 〈프린세스 브라이드〉에 나온 해적 캐릭터.—옮긴이)로 분장할 거라고 공개하는데, 이것은 말장난을 의도한 것(다크웹 운영자였던 로스 울브리히트가 공포의 해적 로버츠라는 닉네임을 사용해서 인터넷에서 마약을 팔다 종신형을 받은 사건을 두고, 비가 한 캐릭터를 중의적으로 사용하려는 것임을 의미한다.—옮긴이)이다. 로비는 손을 뻗어 헨리의 커피 테이블에서 지금은 문진 역할을 하는 빈티지 니콘 카메라를 집어 든다. 그는 목을 뒤로 죽 빼고 거꾸로 된 카메라의 뷰파인더를 통해 헨리를 염탐한다.

"넌 뭐로 정했어?"

헨리는 항상 핼러윈을 사랑했다. 무서운 부분은 아니고, 변화를 줄 수 있고 다른 사람이 될 수 있는 변명거리가 생겨서 좋았다. 로비는 헨리가 그냥 배우가 돼야 했다고, 그러면 1년 내내 복장 놀이를 할 수 있었을 것이라 말한다. 하지만 무대 위에서의 삶을 떠올리기만 해도 그는 메스꺼움을 느낀다. 그는 지금까지 프레디 머큐리와 매드 해터(〈이상한 나라의 앨리스〉에 나온 모자장수.—옮긴이), 치바 마모루(타케우치 나오코의 만화작품인 〈미소녀 전사 세일러문〉에 등장하는 캐릭터다.—옮긴이), 조커(영화 〈배트맨〉 시리즈의 악당 캐릭터 이름.—옮긴이)로 분했다.

하지만 지금 그는 자신이 이미 다른 사람처럼 느껴진다.

"난 벌써 정했어." 그가 손으로 자신의 검정 청바지와 폭이 좁은 셔츠를 가리키며 말한다. "누군지 알겠어?"

"피터 파커(영화 〈스파이더맨〉의 주인공 캐릭터 이름.—옮긴이)?" 비가 과감히 대답한다.

"서점 직원?"

"이삼십 대의 오춘기를 겪는 해리 포터?"

헨리는 웃고 고개를 가로젓는다.

비가 눈을 가늘게 뜬다. "너 아직 못 정한 거지? 그렇지?"

"응, 못 정했어." 그가 인정한다. "하지만 정할 거야."

로비는 여전히 카메라를 만지작거리고 있다. 그는 그것을 돌려가며 살피고, 입을 오므리고, 그러다 사진을 찰칵 찍는다. 카메라는 공허한 소리를 낸다. 카메라 안에는 필름이 없다. 비는 그의 손에서 카메라를 뺏는다.

"사진을 좀 더 찍어보지 그래?" 그녀가 묻는다. "너 사진 찍는 솜씨가 정말 좋은데."

헨리는 그녀가 진심으로 하는 말인지 확실치 않아 어깨를 으쓱한다. "다음 생에서는 한번 시도해보지 뭐." 그가 두 사람에게 맥주를 한 병씩 건네며 말한다.

"지금도 할 수 있어. 너도 알잖아." 그녀가 말한다. "늦은 건 아니야."

어쩌면 그럴지도. 하지만 지금 사진 작업을 시작한다면 그 사진들이 혼자 설 수 있을까? 사진 자체만으로 좋고 나쁨을 평가받을 수 있을까? 아니면 모든 사진이 그의 희망 사항을 담게 될까? 모든 사람이 그가 찍은 사진이 아니라 그들이 보고 싶은 사진을 보게 되는 건 아닐까? 그렇다면 사람들의 말을 믿을 수 있을까?

영화가 시작되자 로비는 불을 전부 끄라고 고집을 부린다. 세 사람은 서로 바싹 붙은 채로 소파에 앉아 있다. 그들은 로비에게 팝콘 그릇을 탁

자 위에 두라고 우긴다. 그래야 그가 첫 번째 나오는 무서운 장면에서 팝콘 그릇을 집어던지지 않을 것이고, 그래야 그들이 가고 나서 헨리가 팝콘 알맹이들을 줍지 않아도 되기 때문이다. 헨리는 한 시간 동안 경고성 음악이 흘러나올 때마다 화면으로부터 눈을 피한다.

화면 속 소년이 복도를 따라 세발자전거를 타는데 비가 중얼거린다. "안 돼, 안 돼, 안 돼." 로비는 앞으로 당겨 앉고 무서운 장면을 향해 몸을 기울인다. 헨리는 얼굴을 어깨에 묻는다. 쌍둥이 소녀가 손을 서로 맞잡고 나타나자 로비는 헨리의 다리를 붙잡는다.

헨리가 일어서서 빈 팝콘 그릇을 잡더니 주방으로 향한다.

로비는 다리를 홱 들어 올려서 소파 뒤쪽으로 넘긴다. "내가 도와줄게."

"달랑 팝콘일 뿐인 걸 뭐." 그가 따라오자 헨리가 어깨너머로 말한다. 헨리는 플라스틱 포장지를 뜯고 봉지를 흔든다. "그냥 봉지를 전자레인지에 넣고 버튼만 누르면 되잖아."

"넌 항상 너무 오래 두잖아." 로비가 바로 뒤에서 말한다.

헨리는 봉지를 전자레인지에 넣고 문을 닫는다. '시작' 버튼을 누르고 문을 등지고 돌아선다. "자 이제 넌 팝콘 경찰—."

로비의 입이 그의 입에 닿는 바람에 그는 말을 끝맺지 못한다. 헨리는 갑작스러운 키스에 놀라 숨을 들이쉬지만 로비는 떨어지지 않는다. 그는 헨리를 조리대에 밀어붙인다. 로비의 엉덩이가 헨리의 엉덩이에 와 닿는다. 키스가 깊어지면서 로비의 손가락이 그의 턱을 따라 미끄러진다.

그의 키스는 다른 어떤 밤들보다 낫다.

그것은 낯선 사람들 백 명의 시선보다 낫다.

그것은 호텔 침대와 집 사이의 차이다.

로비의 성기가 발기해서 그의 몸을 압박하고 헨리의 가슴은 욕구로 아파온다. 그것에 빠지는 것은, 그의 키스의 익숙한 따스함으로 돌아가는 것은, 실제적인 무언가의 단순한 안락함으로 돌아가는 것은 너무나도 쉬운 일일 것이다.

하지만 그게 문제다.

그것은 실제였다. 그들은 실제다. 하지만 헨리의 삶에 있던 모든 것처럼 그것도 끝났다. 실패했다.

첫 번째 팝콘 알맹이가 터지기 시작할 때 그는 키스를 끊는다.

"너에게 키스하려고 몇 주를 기다렸어." 로비가 속삭인다. 그의 뺨은 상기되어 있고 그의 두 눈은 열을 내듯 환하지만 투명하지 않다. 안개가 감돌며 생기발랄한 파란색 눈을 구름처럼 가린다.

헨리는 떨리는 숨을 내쉬고 안경 아래로 자신의 눈을 비빈다.

팝콘이 달그락거리고 튀어 오른다. 헨리는 비와 공포 영화 음악으로부터 멀어지도록 로비를 현관 쪽으로 이끈다. 로비는 그걸 유혹이라고 생각하면서 그를 향해 다가오지만 헨리는 손을 내밀며 그를 저지한다. "이건 실수야."

"아니, 그렇지 않아." 로비가 말한다. "널 사랑해. 언제나 그랬어."

그것은 너무나 정직한 말로 들린다. 헨리는 집중하기 위해 눈을 질끈 감는다. "그럼 나랑 왜 헤어졌어?"

"뭐? 모르겠어. 넌 달랐어. 우린 서로 맞지 않았어."

"어떻게 안 맞았는데?" 헨리가 압박한다.

"네가 원하는 게 뭔지 몰랐어."

"난 널 원했어. 난 네가 행복하길 바랐어."

로비는 고개를 젓는다. "다른 사람의 문제가 아니야. 너도 어떤 사람이 되어야 해. 넌 네가 누군지 알아야 해. 예전의 넌 그걸 몰랐어." 그가 미소 짓는다. "하지만 이제 넌 알아."

바로 그것이 문제다.

그는 모른다.

헨리는 자기가 어떤 사람인지 모르고, 지금은 그 누구도 모른다.

그는 그저 길을 잃은 기분이다. 이 길은 그가 가고 싶지 않은 길이다.

그와 로비는 친구 이상의 관계이기 전에 친구였다. 헨리가 로비와 사랑에 빠져 있는 상태에서 *로비*가 관계를 끝내고 나서도 그들은 몇 년 동안 친구였다. 그런데 지금은 반대가 되었다. 로비는 앞으로 나아갈 길을 찾아야 할 것이고, 또는 헨리가 그랬던 것처럼 *사랑*에 빠져 있는 상태를 *사랑*으로 순화할 방법을 찾아야 할 것이다.

"팝콘 만드는 데 무슨 시간이 이렇게 오래 걸려?" 비가 소리친다.

타는 냄새가 전자레인지에서 흘러나온다. 헨리는 로비를 옆으로 제치며 주방으로 가 정지 버튼을 누르고 봉지를 꺼낸다.

하지만 너무 늦었다.

팝콘은 돌이킬 수 없을 정도로 타버렸다.

뉴욕
2013년 11월 14일

– XIV –

✶ ✶ ✶ ✶ ✶ ✶ ✶

고맙게도 브루클린에는 너무나도 많은 카페가 있다.

헨리는 로비가 싸잡아서 바네사 사건이라고 부르는(약간 지나치게 고소해하는 느낌이 있다) 2013년 대화재 이후로 로스트를 다시 찾지 않았다. 그는 줄의 맨 앞에 서서 패트릭이라는 아주 멋진 남자에게 카페라테를 주문한다. 그는 자비롭게도 이성애자이고 부연 두 눈으로 그를 쳐다보지만 그건 그저 완벽한 고객, 친절하지만 말이 별로 없는 한 사람을 보는 것일 뿐 다른 의도가 없어 보인다. 그리고—.

"헨리?"

그의 가슴이 덜컥 내려앉는다. 그 높고 부드러운 목소리를 알고 그것이 그의 이름을 부르며 휘는 방식을 알기 때문이다. 다시 그날 밤이 온다. 그는 그녀가 청혼을 거절할 때 바보처럼 한쪽 무릎을 꿇고 있다.

"*넌 좋은 사람이야. 진짜 그래. 하지만 넌…….*"

뒤로 돌아서자 그녀가 있다.

"타비사."

그녀의 머리는 좀 더 길어졌다. 앞머리가 이마를 가로지르는 한 다발의 금발 머리로 자랐고, 한쪽 뺨 위에는 돌돌 말린 곱슬머리 한 자락이 내려와 있다. 그녀는 포즈를 취하기 전후로 무용수들이 취하는 편안하고 우아한 자세로 서 있다. 헨리는 그날 밤 이후로 그녀를 본 적이 없었다. 지금까지 그녀를 피해왔고, 이런 상황을 피해왔다. 그는 도망쳐서 그들 사이에 가능한 한 많은 거리를 두고 싶다. 하지만 다리는 움직이길 거부한다.

그녀는 그를 보며 환하고 따스하게 미소 짓는다. 그는 그녀를 볼 때마다 승리를 쟁취한 듯한 그때 그 미소와 사랑에 빠진 순간을 기억한다. 이제 그녀는 순순히 미소를 건네는데 그녀의 갈색 눈은 안개로 덮여 있다.

"네가 그리웠어." 그녀가 말한다. "네가 너무 그리웠어."

"나도 네가 그리웠어." 그가 말한다. 그게 진실이기 때문에 그렇게 말한다. 2년 동안 함께한 삶은 분리된 삶으로 대체되었다. 하지만 그에게는 그녀의 형상을 한 텅 빈 공간이 언제까지나 남아 있을 것이다. "네 물건을 박스에 담아놨어." 그가 말한다. "근데 불이 났어."

"세상에." 그녀가 그의 팔을 만진다. "괜찮아? 누가 다친 건 아니고?"

"아니, 아니야." 그는 싱크대 옆에 서 있던 바네사를 생각하면서 고개를 젓는다. "불은…… 껐어."

타비사의 몸이 그에게로 쏠린다. "오, 다행이네."

가까운 거리의 그녀에게서는 라일락꽃 냄새가 난다. 그의 침대 시트에서 그 냄새가 사라지기까지는 일주일이 걸렸다. 소파 쿠션과 샤워 타월에서 사라지기까지는 일주일이 더 걸렸다. 그녀는 그를 향해 몸을 기울인다. 그녀의 몸에 자신의 몸을 기대는 것은 너무나 쉬운 일일 것이다. 그를 로비에게로 이끌었던 것과 같은 위험한 중력에 굴복하는 것은, 사랑받았고 잊혔고 그러다 다시 돌아온 무언가의 익숙한 당김에 굴복하는 것은 너무나 쉬운 일일 것이다.

하지만 그것은 실제가 아니다.

실제가 아니다.

"타비사." 그가 그녀를 뒤로 밀어내며 말한다. "네가 우리 관계를 끝냈잖아."

"아니야." 그녀는 고개를 가로젓는다. "난 다음 단계로 갈 준비가 되어 있지 않았던 거지. 절대로 우리 사이를 *끝내고* 싶지 않았어. 난 널 사랑해, 헨리."

그 모든 일을 겪고도 그는 흔들린다. 왜냐하면 그녀의 말을 믿기 때문이다. 최소한 그는 그녀가 자신의 말을 믿고 있음을 믿는다. 그것은 더 나쁘다. 왜냐하면 그것 역시 실제를 만들어내지 못하기 때문이다.

"다시 해볼 수 있잖아?" 그녀가 묻는다.

헨리가 침을 삼키고 고개를 가로젓는다.

그는 과거의 그와 그녀가 원했던 것 사이의 간극을 이해하고 싶다. 그래서 그녀가 지금 그에게서 보는 것은 무엇인지 묻고 싶다. 하지만 그러지 않는다.

왜냐하면 결국 그것이 중요한 것이 아니기 때문이다.

안개가 그녀의 눈 위에서 휘돈다. 그는 그녀가 보는 사람이 누구든 간에 그 사람이 자신은 아님을 안다.

한 번도 그였던 적이 없었다.

앞으로도 결코 그가 아닐 것이다.

그래서 그는 그녀를 놓아준다.

뉴욕
2014년 3월 18일

– XV –

✳ ✳ ✳ ✳ ✳ ✳ ✳

헨리와 애디는 고무 밴드를 한 번에 한 색깔씩 아티팩트에 바친다.

그들은 자줏빛 밴드를 내고 웅덩이를 걸어서 지나간다. 발 주변으로 잔물결을 일으키는 1인치 깊이의 웅덩이다. 물 아래 지면은 희미하게 일렁이는 유리들로 만들어져 있고 모든 사람과 모든 것을 반사한다. 애디는 움직이는 리본과 옅어지는 잔물결을 내려다본다. 그녀가 흔든 리본이 그가 흔든 리본보다 조금 더 빨리 움직임을 멈추는 것은 알아차리기 어렵다.

그들은 노란색 밴드를 내고 방음 장치가 되어 있는 벽장 크기의 정육면체들 안으로 입장한다. 어떤 것들은 소음을 증폭하고 어떤 것들은 모든 숨을 삼킨다. 그것은 거울들의 방이다. 휘어지는 표면들이 비친 상이 아니라 목소리를 휘게 만들지만.

첫 번째 메시지는 그들에게 '속삭여보시오',라고 말한다. 그 말은 작은 고딕체로 벽에 쓰여 있다. 애디가 "나에겐 비밀이 있어요."라고 속삭이자 그 말은 휘어지고, 고리로 변하고, 그들 주변을 감싼다.

다음 메시지는 '소리쳐보시오'다. 이 말은 벽만큼이나 크게 스텐실로 찍혀 있다. 헨리는 남의 시선을 의식하는 듯 작은 외침 이상을 내지르지 못하지만 애디는 기차가 지나가고 있는 다리 아래에라도 있는 것처럼 숨을 들이쉬었다가 고함을 내지른다. 그 외침에 담긴 두려움 없는 자유에 깃든 무언가가 그에게 공기를 제공한다. 그는 갑자기 자신의 폐를 비워내고 있다. 그는 비명처럼 난폭하게 목 뒷부분에서 나오는 갈라지는 소리를 내지른다.

애디도 소리를 줄이지 않는다. 그녀는 더 목소리를 높이고, 둘은 같이 숨을 헐떡여가며 소리를 외친다. 목이 쉴 정도로 소리를 내지른 뒤 어지럽고 가벼워진 느낌으로 정육면체를 떠난다. 그의 폐는 내일 아플 테지만 그래도 그만한 가치가 있는 일일 것이다.

그들이 밖으로 나오자 소리가 귀로 몰려든다. 태양이 지고 있고 구름이 불타고 있다. 모든 사물에 오렌지색 빛깔을 투사하는, 그런 이상한 봄밤 가운데 하나다.

그들은 가장 가까운 난간으로 걸어가서 도시를 내려다본다. 빌딩들은 빛을 받아 반짝이고, 저녁노을이 강철 위로 줄무늬를 만든다. 헨리는 그녀를 끌어당겨서 목의 굽은 부분에 키스하고 그녀의 옷깃에 얼굴을 대고 미소 짓는다.

그는 약간 지나치게 흥분하고 도취한 상태이고, 그 어느 때보다 행복하다.

애디는 작은 분홍색 우산보다 낫다.

애디는 추운 밤의 독한 위스키보다 낫다.

오랜 시간에 걸쳐 그가 느껴본 그 어떤 것보다 낫다.

그녀와 있을 때면 살아 있다고 느낀다. 그리고 살아 있다는 것이 아프지 않다.

그녀는 마치 우산에 기대듯 등을 그에게 기댄다. 그녀는 대피할 장소가 필요한 사람이다. 헨리는 숨을 참는다. 그것이 높은 하늘을 계속 있게 해줄 것처럼, 나날들이 지나가는 것을 막아줄 것처럼.

그것이 모든 것이 붕괴하는 것을 막아줄 것처럼.

뉴욕
2013년 12월 9일

– XVI –

* * * * * * *

비는 대학교 캠퍼스로 돌아가는 것이 집에 가는 것과 같다고 항상 말한다.

하지만 헨리에겐 그렇게 느껴지지 않는다. 그는 *집*에서 편안했던 적이 없고 다만 두려움이라는 모호한 감각만 있을 뿐이다. 그리고 지속적으로 누군가를 실망케 하는 한 사람이 사방에 달걀이 널린 곳을 걷는 것처럼 느껴진다. 지금 느끼는 감정도 거의 비슷하다. 그러니 결과적으로 본다면 그녀의 말이 옳은지도 모른다.

"슈트라우스 군." 학장이 책상 너머로 손을 내밀며 말한다. "방문해줘서 고맙네."

그들은 악수하고 헨리는 사무실 의자에 앉는다. 멜로즈 학장이 학교를 떠날 주변머리가 없다면 그를 낙제시키겠다고 으름장을 놓았던 3년 전에 앉았던 바로 그 의자다. 그리고 지금은—.

넌 그 자체로 충분해지고 싶어.

"오래 걸려서 죄송합니다." 그가 말하자 학장은 손을 흔들어 사과를 만류한다.

"많이 바쁠 테지."

"네." 헨리가 앉은 자리에서 몸을 움직이며 말한다. 입은 정장이 몸에 쓸린다. 옷장 뒤편의 좀약들 사이에서 너무 오랜 시간을 보낸 결과다. 그는 자신의 손을 어디다 어떻게 두어야 할지 모른다.

"그래서 말입니다." 그가 어색하게 말한다. "신학대학교에 자리가 하나 비었다고 말씀하셨죠. 하지만 그게 조교수 자리인지 아니면 조교 자리인지는 말씀하지 않으셨어요."

"종신 교수직일세."

헨리는 책상 건너편의 흰머리가 그득한 남자를 쳐다보며 그의 얼굴에 대고 한바탕 웃고 싶어진다. 종신 교수직은 단순히 사람들이 탐내는 정도가 아니라 살인적인 경쟁이 벌어지는 자리다. 사람들은 그 자리를 얻기 위해 경쟁하면서 몇 년을 보낸다.

"그런데 학장님은 절 떠올리셨군요."

"그 카페에서 자네를 보는 순간 떠올랐지." 학장은 모금 활동용 미소를 내보이며 말한다.

넌 그들이 원하는 것이 무엇이 됐든 그대로 되고 싶어 해.

학장은 의자에 앉은 채 몸을 앞으로 기울인다. "질문은 간단해, 슈트라우스 군. 자네 자신을 위해 뭘 원하나?"

그 말은 반향을 일으키는 말과 끔찍한 대칭을 이루며 그의 머릿속에서 울린다.

멜로즈 학장이 박사과정 3년 차였던 헨리를 사무실로 불러서 모든 게 끝났다고 말했던 가을날, 그에게 물었던 것과 같은 질문이다. 어떤 면에서 헨리는 그런 일이 다가올 것을 알고 있었다. 그는 이미 신학대학교에서 좀 더 광범위한 종교학 프로그램으로 학과를 옮긴 상태였고, 그의 연구 주제는 새로운 땅을 찾을 수가 없고 믿음을 가질 수 없어서, 수백 명이 이미 탐색한 주제들 사이에서 길을 잃은 상태였다.

"자네 자신을 위해 뭘 원하나?" 그는 물었다. 헨리는 *부모님의 자부심*이라고 말할까 생각했지만 좋은 답이 아닌 것 같았다. 그래서 그는 다음으로 가장 진실에 가까운 답을 내놓았다. 솔직히 모르겠다고. 눈을 몇 번 깜박였더니 어찌 된 일인지 여러 해가 지나가버렸고, 사람들은 자기들만의 참호를 파고 자기들만의 길을 만드는데, 나는 어디를 파야 하는지 몰라서 여전히 들판에 서 있다고 대답했다.

학장은 그의 말을 듣고 팔꿈치를 탁자 위에 기댔다. 그리고 헨리가 좋은 학생이었다고 말했다.

하지만 좋은 것으로는 충분치 않았다.

그것은 물론 *그가* 충분치 않았다는 것을 의미했다.

"자네 자신을 위해 뭘 원하나?" 학장이 지금 묻는다. 헨리는 여전히 다른 답을 가지고 있지 않다.

"모르겠습니다."

바로 이 지점이 학장이 고개를 젓고 헨리 슈트라우스가 예전과 마찬가지로 여전히 길을 잃은 상태임을 드러내는 부분이다. 하지만 이번에 학장의 반응은 다르다. 그는 웃으며 말한다. "괜찮네. 열린 자세를 갖는 건 좋은 일이야. 하지만 자네도 학교로 다시 돌아오고 *싶은* 건 확실하잖나. 안 그런가?"

헨리가 침묵한다. 그는 질문을 생각하며 앉아 있다.

그는 항상 배우기를 좋아했다. 정말로 사랑했다. 만약 그가 자신의 삶 전부를 강의실에 앉은 채 필기를 하며 보낼 수 있었다면, 다른 분야들을 섭렵하고 언어와 역사, 미술을 흡수하며 한 학과에서 다른 학과로 옮겨 다닐 수만 있었다면, 어쩌면 그는 충만하고 행복하다 느꼈을 것이다.

처음 2년은 그렇게 보냈다.

그리고 그 첫 2년 동안 그는 행복했다. 그에겐 비와 로비가 있었고 할 일이라곤 오로지 배우는 것뿐이었다. 기초를 다지는 것뿐이었다. 그것은 집이었다. 부드러운 것 위에 지어야 했던 집이었다. 그것이 문제였다.

그것은 그저 영원히…… 끝이 없었다.

수업을 선택하는 것은 학과를 고르는 일이 되었고, 학과를 고르는 것은 경력을 고르는 일이 되었고, 경력을 고르는 것은 삶을 선택하는 것이 되었다. 어떤 사람이 한 가지 재주밖에 없다면 어떻게 그런 선택을 할 수가 있겠는가?

하지만 가르치는 일은 그가 원했던 것을 가질 방법이 될 수도 있다.

가르치는 일은 배우는 일의 연장이고 영원히 학생이 되는 한 가지 방법이다.

그렇긴 해도. "전 자격이 없습니다, 학장님."

"자넨 전통적인 선택은 아니야." 학장이 인정한다. "그렇다고 해서 자네를 선택한 것이 잘못이라는 의미는 아니야."

지금 이 경우를 제외하면 이 상황의 정확한 의미는 잘못된 선택이라는 것이다.

"전 박사학위가 없는데요."

성에가 학장의 눈 위에서 퍼져나가며 얼음 같은 빛을 낸다. "자넨 새로운 시각을 갖고 있어."

"필수 요건이 있는 것 아닌가요?"

"있지. 하지만 다양한 배경을 참작하기 위해 일정 부분 허용되는 자유가 있어."

"전 신을 믿지 않습니다."

말이 돌처럼 입 밖으로 튀어나와 그들 사이에 있는 책상 위로 무겁게 떨어진다.

그 말을 하고 보니 완전한 진실은 아니라는 것을 깨닫는다. 그는 자신이 무엇을 믿는지 지금도 모르고 과거에도 오랫동안 몰랐다. 하지만 최근에 그가 자신의 영혼을 낮은 힘을 가진 존재에게 팔았으므로 더 높은 힘의 존재를 완전히 부정하기가 어려워졌다.

헨리는 방이 여전히 조용하다는 것을 깨닫는다.

학장은 한참 동안 그를 바라보고는 이제 됐다고, 그를 설득할 방법을 찾았다고 생각한다.

멜로즈 학장은 몸을 앞으로 기울이고 침착한 어조로 말한다. "나도 안 믿는다네." 그러고는 다시 뒤로 기대앉는다. "슈트라우스 군, 우리는 교육 기관이지 교회가 아닐세. 반대는 전파의 핵심이야."

하지만 그게 문제다. 아무도 *반대하지* 않을 것이다. 헨리는 멜로즈 학장을 보며, 모든 학과 구성원들과 학생의 얼굴에서 똑같은 맹목적인 수긍을 보는 자신을 상상한다. 그것은 기분 나쁘게 느껴진다. 그들은 그를 볼 것이고, 그리고 정확히 그들이 원하는 것을, 그들이 원하는 사람을 볼 것이다. 반대 의견을 내고 싶어 하고 분쟁이나 토론을 좋아하는 이를 만나더라도 그것은 실제가 아닐 것이다.

그 어떤 것도 다시 실제일 수가 없을 것이다.

책상 건너편에 있는 학장의 눈은 뿌연 회색이다. "자네가 원하는 것은 무엇이든 가질 수 있네, 슈트라우스 군. 자네가 원하는 사람이라면 어떤 사람이라도 될 수 있어. 우린 자네가 우리 학교로 와줬으면 좋겠어." 그가 일어서서 손을 내민다. "생각해보게."

헨리가 말한다. "그러겠습니다."

그는 생각한다.

캠퍼스를 가로지르는 도중에도 지하철에서도 생각한다. 역을 하나씩 지나칠 때마다 지하철은 그를 학교에서의 삶으로부터 조금 더 멀어지게 만든다. 과거에 살았던 삶, 제대로 된 삶이 아니었던 삶으로부터. 그는 서점 문을 열고 맞지 않는 코트를 벗어서 가장 가까이 있는 선반에 던진다. 그리고 넥타이를 풀면서 학장의 제안에 대해 생각한다. 고양이에게 사료를 주면서, 신간들이 포장된 박스를 풀고 손가락이 아플 때까지 책들을 꽉 쥐면서 생각한다. 최소한 책들은 단단하고 실제다. 그는 자신의 머릿속에서 만들어지고 있는 먹구름을 느낄 수 있다. 그는 뒤편에 있는 방으로 가서 거래 다음 날 이후로 조금밖에 남지 않은 메레디스의 스카치위스키 병을 찾아내 계산대로 가지고 온다.

아직 정오도 되지 않았지만 헨리는 신경쓰지 않는다.

그는 코르크 마개를 빼내고 손님들이 들어올 때 커피잔을 술로 채운다. 그러고는 누군가가 그를 향해 힐난하는 표정을 짓거나, 못마땅해하며 고개를 가로젓거나, 뭐라고 중얼거리거나, 혹은 서점에서 나가기를 기다린다. 하지만 그들은 마치 그가 잘못된 일을 할 수 없는 사람이라는 듯 쇼핑을 계속하고, 계속 미소 짓고, 계속 헨리를 쳐다본다.

마지막엔 비번 경찰관이 들어오는데도 헨리는 병을 계산대 옆으로 숨기려는 시도조차 하지 않는다. 대신 그는 남자를 똑바로 바라보며 열려 있는 술병이든 공공장소에서의 음주든 자신이 법을 위반하는 중이라고 확신하며 커피잔을 들어 길게 한 모금 들이켠다.

하지만 경찰은 미소만 짓고 자신도 마치 잔을 들고 있는 양 부딪히는 흉내를 낸다.

"건배." 그가 말한다. 이렇게 말하는 그의 두 눈에는 성에가 어린다.

거짓말을 들을 때마다 술을 마셔.

넌 훌륭한 요리사야.

(네가 토스트를 태우는 데도 사람들은 그 말을 하지.)

넌 정말 재미있어.

(넌 한 번도 농담을 한 적이 없어.)

넌 정말이지…….

……잘생겼어.

……야망이 있어.

……성공적이야.

……강해.

(술 마시고 있지?)

넌 정말이지…….

……매력적이야.

……영리해.

……섹시해.

(술 마셔.)

정말 자신감이 넘쳐.

정말 수줍음을 많이 타.

정말 신비해.

정말 개방적이야.

넌 불가능이고, 모순이고, 상충하는 것들의 모음이야.

넌 모든 사람에게 전부와 같아.

그들이 한 번도 갖지 못한 아들.

그들이 항상 원했던 친구.

인심 후한 낯선 사람.

성공한 아들.

완벽한 신사.

완벽한 파트너.

완벽한…….

완벽한…….

(술 마셔.)

그들은 네 몸을 사랑해.

너의 복근을.

너의 웃음을.

너의 냄새를.

네 목소리를.

(네가 아니야.)

그들은 네가 필요해.

(네가 아니야.)

그들은 널 사랑해.

(네가 아니야.)

넌 그들이 네게서 원하는 모든 사람이야.

넌 충분함 그 이상이야. 왜냐하면 넌 실제가 아니니까.

넌 완벽해. 왜냐하면 넌 존재하지 않으니까.

(네가 아니야.)

(절대로 네가 아니야.)

그들은 너를 보고, 뭐가 됐든 그들이 원하는 것을 봐…….

왜냐하면 그들은 너를 전혀 보지 않으니까.

뉴욕
2013년 12월 31일
– XVII –

* * * * * * *

시계가 째깍째깍 돌아가며 한 해의 마지막 남은 몇 분들이 사라지고 있다. 사람들은 현재에 살라고, 순간을 즐기라고 말한다. 하지만 그 순간이 로비가 다른 배우 두 명과 함께 쓰고 있는, 브루클린의 임대료 통제 대상 아파트에 백여 명의 사람들이 몰려들어 있는 순간이라면 즐기기가 쉽지 않다. 헨리는 코트 걸이가 벽장과 맞닿아 있는 복도 한 모퉁이에 갇혀 있다. 그의 한 손은 맥주병을 들고 있고, 다른 손은 그에게 키스하는 남자의 셔츠와 엉켜 있다. 그는 확실히 헨리와는 노는 물이 다른 남자—만일 헨리에게 아직 노는 물이라는 게 있기라도 하다면 분명 그와는 노는 물이 다른 남자—다.

그는 남자의 이름이 마크라고 알고 있지만 시끄러운 소리 때문에 확실히 알아듣기가 힘들었다. 그의 이름은 맥스일 수도 혹은 말콤일 수도 있다. 헨리는 모른다. 그는 그 남자가 오늘 밤 처음으로 키스한 사람이라고, 남자로서도 첫 번째 남자라고 말하고 싶다. 하지만 사실은 그것마저도 확실치가 않다. 얼마나 술을 많이 마셨는지, 지금 혀에서 녹고 있는 것이 설탕인지 다른 무엇인지도 확실치 않다.

헨리는 찝찝한 마음을 씻어내고 싶은 마음에 술을 너무 많이, 빨리 마셨고, 그리고 이 성에는 사람들이 너무 많다.

성은 그들이 로비의 집을 부를 때 쓰는 말이다. 정확히 언제, 왜 그런 이름을 지어주었는지는 모른다. 그는 비를 찾는다. 비가 사람들을 제치고 주방으로 들어가서 조리대에 올라앉아 바텐더 역할을 하며 한 무리의 여자들 시선을 한 몸에 받던 모습을 본 게 벌써 한 시간 전이고 그 이후로 그녀를 보지 못했다. 그리고—.

갑자기 남자가 헨리의 허리띠를 서툴게 만지작거린다.

"*잠깐만.*" 헨리가 말한다. 하지만 음악은 소리쳐야 할 정도로 시끄럽고, 이름이 마크인지 맥스인지 말콤인지 모를 남자의 귀를 입으로 잡아당겨야 한다. 남자는 그 행동을 계속 키스하라는 신호로 받아들인다.

"잠깐만." 그가 남자를 뒤로 밀치며 외친다. "이런 걸 하고 싶기는 해?"

그것은 바보 같은 질문이다. 혹은 적어도 잘못된 질문이다.

옅은 연기가 낯선 남자의 눈에서 휘돈다. "원하지 않을 이유가 있겠어?" 그가 무릎을 꿇으며 묻는다. 하지만 헨리는 그의 팔꿈치를 잡는다.

"그만 해, 그만." 그가 남자를 끌어올린다. "나에게서 뭐가 보여?"

그것은 그가 진실에 근접한 무언가를 듣기를 바라며 모든 사람에게 묻게 된 질문이다. 하지만 남자는 성에가 낀 눈으로 그를 쳐다보고 말을 줄줄 쏟아낸다. "당신은 멋져. 섹시해. 똑똑해 보여."

"어떻게 알아?" 헨리가 음악 소리보다 높게 소리친다.

"뭐라고?" 다른 남자도 소리친다.

"어떻게 내가 똑똑한지 아냐고. 우린 대화도 몇 마디 안 나눴는데."

하지만 마크인지 맥스인지 말콤인지 모를 남자는 눈을 반 이상 감은 채로 천박한 미소를 짓기만 한다. 키스로 인해 벌개진 입으로 그는 "그냥 알아."라고 말한다. 그러나 그것으로는 충분치 않고, 괜찮지 않다. 헨리가 남자를 떼어놓으려는 순간, 남자가 복도에서 거의 헨리 위로 올라타고 있는 모습을 로비가 본다. 로비는 헨리가 자신의 얼굴에 맥주병을 던지기라도 한 양 헨리를 쳐다본다.

로비는 돌아서서 떠난다. 헨리는 신음한다. 그의 몸에 자신의 몸을 비비적대고 있는 남자는 그 소리가 자기를 위해 내는 소리라고 생각하는 듯하다. 방 안 공기가 너무 더워서 헨리는 생각할 수도, 숨을 쉴 수도 없다.

방이 빙빙 돌기 시작한다. 헨리는 오줌을 누러 가야겠다며 중얼거리지만 화장실을 지나 곧장 로비의 방으로 걸어 들어가서 등 뒤로 문을 닫는다. 그는 창가로 가서 유리창을 밀어 올리고, 얼음처럼 차가운 세찬 바람을 얼굴 정면으로 맞는다. 그가 비상계단으로 기어나가자 바람이 그의 얼굴을 할퀸다.

그는 차가운 공기를 들이마시고, 그것이 자신의 폐를 채우게 한다. 유리창을 도로 닫기 위해 창문에 체중을 싣는다. 유리창이 아래로 내려오는 순간 세상은 고요해진다.

그곳은 *고요하지* 않다. 뉴욕은 고요할 틈이 없다. 새해맞이는 온 도시로 퍼져가는 물결을 만들어냈다. 하지만 적어도 그곳에서는 상대적 평화 속에서 숨을 쉴 수 있고, 생각할 수 있고, 밤을—한 해를—씻어서 지워버릴 수 있다.

맥주를 한 모금 들이켜려고 하는데 맥주병이 비었다.

"젠장." 그는 주변에 아무도 없어서 자기 자신에게 투덜댄다.

몹시 춥다. 코트는 로비의 침대에 쌓인 옷 무더기 어디쯤엔가 묻혀 있을 텐데 술을 가지러 안으로 들어갈 수 없다. 그는 자신을 따라 돌아가는 고개들의 물결을, 그들의 눈을 가리는 연기를 참을 수 없고, 그들이 던지는 시선의 무게를 원치 않는다. 거기에서 아이러니를 볼 수 있다. 정말로 그렇다. 지금 이 순간 그는 뮤리엘의 작은 분홍색 우산 하나를 얻을 수만 있다면 뭐든지 내줄 것이다. 하지만 그에겐 약이 없다. 그래서 몹시도 차가운 철제 계단에 주저앉아 자신은 행복하다고 스스로에게 말하고, 이것이 그가 원했던 것이라고 자신에게 말한다.

그는 빈 맥주병을 한때는 꽃나무의 집이었던 화분 옆에 내려놓는다. 지금 거기엔 담배꽁초들만 한 무더기 쌓여 있다.

헨리는 바깥 공기를 쐬고 싶다는 변명을 위해서만이라도 담배를 피울 줄 알았으면 좋았겠다고 가끔씩 생각한다.

한두 번 시도해보긴 했지만 그는 타르의 맛을, 담배가 그의 옷에 남기는 역한 냄새를 극복하기가 힘들었다. 어린 시절 그에게는 손톱이 노랗게 변하고 피부가 오래된 가죽처럼 갈라질 때까지, 기침 소리가 가슴속에서 짤랑대는 잔돈 소리처럼 들릴 때까지 담배를 피우던 이모가 한 명 있었다. 담배를 한 모금 빨아들일 때마다 그는 그녀를 떠올리고 기분이 나빠졌다. 그는 그 이유가 기억 때문인지 혹은 맛 때문인지 몰랐다. 단지 담배는 피울 만한 가치가 없다는 것만 알았다.

물론 마리화나도 있다. 하지만 마리화나는 다른 사람들과 나눠서 피우게 된다. 슬그머니 자리를 피해서 혼자 피우는 물건이 아니다. 그리고 그를 더 배고프고 슬프게 만들었다. 그것은 머릿속에 든 문제들을 시원하게 해결해주지도 못했고, 너무 많이 피우고 나면 소용돌이로 변해서 영원히 안으로만 휘돌았다.

그에게는 대학교 4학년 때 약에 취했던 생생한 기억이 있다. 그와 비, 로비는 새벽 세 시에 컬럼비아대학교의 사각형 안뜰에 누워 있었다. 하늘을 나는 연처럼 높게 붕 떠서 하늘을 쳐다보았다. 별 하나라도 알아보려면 눈을 가늘게 떠야 했고, 칠흑 같은 광활함을 붙잡으려고 애쓰는 것은 어쩌면 그들의 눈뿐이었겠지만 비와 로비는 그 모든 것이 얼마나 큰지, 그렇게나 작아지는 것이 얼마나 경이로운지, 차분해지는지 계속 떠들어댔다. 하지만 헨리는 아무 말도 하지 않았다. 비명을 지르지 않기 위해 숨을 참느라 바빴기 때문이다.

"도대체 여기서 뭐 하는 거야?"

비가 창밖으로 몸을 내밀고 있다. 그녀는 창턱 너머로 다리를 걸치고 그와 함께하기 위해 계단으로 나온다. 레깅스가 차가운 금속에 닿자 그녀는 쉿 하는 소리를 낸다. 그들은 잠시 침묵 속에 앉아 있다. 헨리는 빌딩 너머를 응시한다. 구름은 낮고 타임스스퀘어의 불빛들은 위쪽을 향하며 구름을 환히 비춘다.

"로비가 날 사랑한대." 그가 말한다.

"로비는 항상 널 사랑했어." 비가 말한다.

"하지만," 헨리가 고개를 저으며 말한다. "사실 그는 과거의 나를 진짜로 사랑하진 않았어. 내가 될 수도 있었던 사람을 사랑했지. 내가 바뀌길 원했는데 난 그러질 못했어. 그리고—."

"왜 네가 변해야 하지?" 그녀가 고개를 돌려 그를 쳐다본다. 성에가 그녀의 눈동자 위로 휘돈다.

"넌 지금 그대로 완벽해."

헨리는 침을 삼킨다.

"그게 어떤 건데?" 그가 묻는다. "나라는 사람이 어떤데?"

그는 지금까지 물어보기가 두려웠고, 그녀의 눈에 비치는 빛의 의미를 알기가 두려웠고, 그녀가 그에게서 보는 것이 두려웠다. 심지어 지금도 모든 걸 되돌릴 수 있기를 바란다. 하지만 비는 그냥 미소만 짓고 말한다. "넌 내 가장 친한 친구야, 헨리."

그의 가슴은 약간 풀어진다. 왜냐하면 그건 실제이기 때문이다.

그것은 사실이다.

하지만 그녀는 계속 말을 잇는다.

"넌 상냥하고 세심해. 그리고 남의 말을 들어주는 놀라운 능력이 있어."

마지막 말에 그의 가슴이 덜컥 내려앉는다. 왜냐하면 헨리는 절대로 남의 말을 잘 들어주는 사람이 아니기 때문이다. 그가 그녀의 말을 귀담아듣지 않아서 싸운 적이 수도 없이 많았다.

“내가 필요로 할 때 넌 언제나 내 옆에 있었어.” 그녀가 말을 계속한다. 그의 가슴은 아파온다. 왜냐하면 그러지 못했음을 알고 있기 때문이다. 그리고 그 말은 다른 거짓말과 같지 않다. 그것은 빨래판 복근이나 윤곽이 또렷한 턱 혹은 중후한 목소리 때문에 좋다는 거짓말과도 다르며 재치 있는 매력이나 항상 원했던 아들 혹은 그리워하는 남동생이라는 거짓말도 아니며, 다른 사람들이 그에게서 보는 천 가지, 그의 통제에서 벗어나 있는 가운데 어느 한 가지도 아니다.

“내가 생각하듯이 너도 너 자신을 바라보면 좋겠어.”

비가 보는 것은 좋은 친구다.

헨리가 그런 좋은 친구가 되지 못한 것에 대해서는 변명거리가 없다.

그는 손으로 얼굴을 감싸고 별들이 보일 때까지 손바닥으로 눈을 누른다. 그리고 이 상황을 고칠 수 있을지, 단 하나 이것만이라도 고칠 수 있을지, 비가 보는 대로의 헨리가 될 수 있을지, 그것이 그녀의 눈에 서린 성에를 사라지게 할 수 있을지, 적어도 그녀가 그를 깨끗한 눈으로 바라볼 수 있을지 생각한다.

“미안해.” 그가 무릎과 가슴 사이에 대고 속삭인다.

그는 그녀의 손가락이 그의 머리카락 사이를 훑는 것을 느낀다. “뭐가?”

그가 무슨 말을 할 수 있을까?

헨리는 떨리는 숨을 내쉬고 위를 본다. “뭐든지 가질 수 있다면 넌 뭘 갖고 싶어?” 그가 묻는다.

“그거야 상황에 따라 다르지.” 그녀가 말한다. “대가가 뭔데?”

“대가가 있다는 걸 어떻게 알아?”

"하나를 받으면 하나를 주게 돼 있으니까."

"그래." 헨리가 말한다. "한 가지를 위해 영혼을 판다면 그 한 가지가 뭘까?"

비가 입술을 깨문다. "행복."

"그게 뭔데?" 그가 묻는다. "아무 이유도 없이 행복하다고 느끼는 거야? 아니면 다른 사람들을 행복하게 만드는 거야? 일이나 삶이 행복한 거야, 아니면—."

비가 웃는다. "넌 항상 너무 깊이 생각해, 헨리." 그녀는 비상계단 너머를 내다본다. "글쎄, 모르겠네. 난 그냥 나 자신에게서 행복을 느끼고 싶어. 만족감을 느끼고 싶어. 넌?"

그는 거짓말을 할까 생각하지만 그러지 않는다. "난 사랑받고 싶어."

비는 그를 본다. 그러고 나서 그녀의 눈에는 성에가 감돈다. 엷은 안개를 통해서이긴 하지만, 그녀는 갑자기 헤아릴 수 없을 정도로 슬퍼 보인다. "사람들이 널 사랑하게 만들 수는 없어, 헨리. 스스로 선택한 것이 아니라면 그건 실제가 아니야."

헨리의 입이 마른다.

그녀의 말이 옳다. 당연히 옳다.

그는 실제가 아닌 세상에 갇힌 바보다.

비는 어깨로 그의 어깨를 친다. "들어와." 그녀가 말한다. "자정이 되기 전에 키스할 사람을 찾아봐. 그래야 내년 운이 좋대."

그녀는 일어서서 기다린다. 하지만 헨리는 일어설 수가 없다.

"괜찮아." 그가 말한다. "먼저 가."

비가 다시 앉고 그에게 기댄다. 가장 친한 친구가 어둠 속에서 함께한다는 사실에 그는 안도한다. 그것이 실제가 아닌 자신이 한 거래이며, 자신의 본래 모습이 아니라 그녀가 보는 그의 모습이라는 것을 알면서도. 곧 음악이 잦아들고 목소리들이 높아진다. 헨리는 등 뒤에서 들려오는 카운트다운을 듣는다.

십, 구, 팔.

세상에.

칠, 육, 오.

그는 무슨 짓을 한 것일까?

사, 삼, 이.

시간은 너무 빨리 간다.

일.

주변은 휘파람 소리와 환호, 희망 사항들로 가득 차고, 비는 입술을 그의 입술에 갖다 댄다. 그것은 차가움과 대비되는 따뜻한 한순간으로 남는다. 그냥 그렇게, 한 해가 지나갔다. 시계는 다시 맞춰지고, 3은 4로 대체된다. 헨리는 자신이 끔찍한 실수를 저질렀음을 안다.

그는 그릇된 신에게 그릇된 것을 요구했다. 결국 지금 그는 충분하다. 왜냐하면 그는 아무것도 아니기 때문이다. 그는 완벽하다. 왜냐하면 그곳에는 그가 없기 때문이다.

"좋은 한 해가 될 거야." 비가 말한다. "난 느낄 수 있어." 그녀는 그들 사이의 공기에 한 줄기 하얀 김을 내뿜는다. "젠장, 얼어 죽겠네." 그녀는 두 손을 비비며 일어선다. "들어가자."

"먼저 가." 그가 말한다. "조금 있다 바로 들어갈게."

그녀는 그를 믿는다. 비상계단을 지나 창문 사이를 통과해서 안으로 들어가는 그녀의 발걸음에서는 철컹대는 소리가 난다. 그녀는 그가 뒤따라 들어올 수 있도록 창문을 열어둔다.

헨리는 추위를 견딜 수 없을 때까지 어둠 속에서 홀로 앉아 있다.

뉴욕
2014년 겨울

– XVIII –

* * * * * * *

헨리는 포기한다.

그가 저주라고 여기게 된 이 거래가 프리즘처럼 자신의 삶을 굴절시키는 데 체념하듯 자신을 내맡긴다. 그는 노력한다. 좀 더 나은 친구, 좀 더 나은 오빠, 좀 더 나은 아들이 되려고 노력하고, 사람들의 눈에서 보이는 안개의 의미를 잊으려고 노력하고, 모든 것이 실제인 척, 자신이 실제인 척 노력한다.

그러다 어느 날 한 여자를 만난다.

그녀는 서점으로 걸어서 들어와 책을 한 권 훔친다. 그가 거리에서 그녀를 붙잡았을 때, 그리고 그녀가 그를 향해 돌아보았을 때, 거기엔 성에도, 막도, 빙벽도 없다. 하트 모양의 얼굴에 투명하기만 한 갈색 두 눈, 별들처럼 그녀의 두 뺨 위로 흩어져 있는 일곱 개의 점만 있다.

헨리는 그것이 빛의 속임수라고 생각하지만 그녀는 다음 날 다시 오고 똑같은 일이 반복된다. 부재. 하지만 단순한 부재는 아닌 것이, 거기에는 무언가 다른 것이 있다.

있음. 단단한 무게. 여러 달 만에 처음 느끼는 안정적인 끌림. 다른 사람이 당기는 중력의 힘.

또 다른 궤도.

여자는 그를 쳐다볼 때 완벽함을 보지 않는다. 그녀는 너무 많이 신경 쓰고, 너무 많이 느끼고, 길을 잃었고, 허기가 지고, 자신의 저주 안에서 쇠약해진 한 사람을 본다.

그녀는 진실을 본다. 그는 방법이나 이유를 모르지만 그런 일이 끝나지 않기를 바라고 있다.

왜냐하면 몇 달 만에, 몇 해 만에, 그리고 어쩌면 그의 온 삶을 통틀어 처음으로 저주받았다는 느낌이 전혀 들지 않기 때문이다.

처음으로 있는 그대로의 자신을 누군가가 본다고 느낀다.

뉴욕
2014년 3월 18일
– XIX –

✶ ✶ ✶ ✶ ✶ ✶ ✶

전시회는 단 하나만 남아 있다.

빛이 옅어지는 가운데 헨리와 애디는 파란색 밴드를 넘겨주고 플렉시글라스로만 만들어진 공간으로 들어간다. 그곳에는 깨끗한 벽들이 줄지어 서 있다. 벽들은 그에게 도서관이나 서점의 서고를 떠올리게 하지만 여기에는 책이 없다. 단지 머리 위쪽 공중에 다음과 같이 쓰인 안내판이 떠 있다.

당신이 예술작품입니다.

네온 페인트를 담은 그릇들이 통로마다 놓여 있고 예상과 다르지 않게 벽은 서명과 낙서, 손바닥 자국, 문양과 같은 표시들로 뒤덮여 있다.

어떤 것들은 벽의 길이만큼 길고, 어떤 것들은 비밀처럼 큰 표시들 안에 숨어 있다. 애디는 손가락을 녹색 페인트에 담갔다가 벽으로 가져간다. 그녀는 점점 커지는 소용돌이 모양을 한 획으로 그린다. 하지만 그녀가 네 번째 고리에 도달할 즈음 첫 번째 고리는 이미 옅어지고, 깊은 물속의 자갈처럼 사라진다.

불가능, 지워짐.

그녀의 얼굴은 동요하지도 어두워지지도 않지만 그는 첫 번째 고리가 옅어지고 시야에서 사라지기도 전에 슬픔을 볼 수 있다.

당신은 어떻게 견뎌요? 그는 묻고 싶다. 대신 그는 손을 녹색 페인트에 담근 뒤 그녀 옆으로 손을 뻗는다. 하지만 아무것도 그리지 않고 유리 위를 맴돌며 기다린다.

"당신 손을 내 손 위에 올려놔봐요," 그가 말한다. 그녀는 아주 잠깐 머뭇거리다가 이내 자신의 손바닥을 그의 손등에 대고 누르고, 자신의 손가락을 그의 손가락에 겹쳐 놓는다. "자, 그럼." 그가 말한다. "이제 우리 함께 그림을 그릴 수 있을지도 몰라요."

그녀는 자신의 손을 그의 손 위에 포개고 그의 집게손가락을 유리에 가져다 댄다. 그러고 나서 단 하나의 표시, 녹색 줄을 남긴다.

그녀가 그것이 사라지기를 기다리는 동안 그는 그녀의 가슴속 공기가 부풀어 오르고, 그녀의 팔다리가 갑자기 굳어지는 것을 느낄 수 있다.

그것은 사라지지 않는다.

그것은 머무른다. 두려움 없는 색깔로 그들을 응시한다.

그러고 나서, 무언가가 그녀 안에서 깨어난다.

그녀는 두 번째, 세 번째 소용돌이를 그리고는 숨 가쁜 웃음소리를 터뜨린다. 그녀의 손이 그의 손 위에 있고 그의 손이 유리에 닿아 있는 상태에서 애디는 그림을 그리기 시작한다. 300년 만에 처음으로 그녀는 새와 나무를 그리고, 정원을 그리고, 작업실을 그리고, 도시를 그리고, 한 쌍의 눈을 그린다. 그림들이 그녀에게서 그를 통해 벽으로, 어설프고 미칠 듯한 욕구와 함께 쏟아져 나온다. 그녀는 웃고 있지만 눈물이 그녀의 두 뺨을 타고 흐른다. 헨리는 그 눈물들을 닦아주고 싶지만 그의 손은 그녀의 손이고, 그녀는 지금 그림을 그리고 있다.

그녀는 그의 손가락을 페인트에 담갔다가 유리판으로 가져간다. 이번에는 멈칫거리는 필기체로 한 번에 한 글자씩 쓴다.

그녀의 이름.

그것은 많은 그림 사이에 자리를 차지하며 제자리에 있다. 두 글자, 한 단어. 그것은 그들이 만든 백여 개의 소용돌이 그림과 다르지 않다고 그는 생각한다. 하지만 그것은 다르다. 그는 다르다는 것을 안다.

그녀의 손이 그의 손에서 떨어져 나온다. 그녀는 손을 뻗어 글자들 위로 손가락이 지나가게 한다. 그러자 잠깐 그 단어는 망가지고 유리에 그려진 녹색 줄로 변한다. 하지만 그녀의 손가락이 유리로부터 멀어질 즈음 그녀의 이름은 손상되지도 않고 변화되지도 않은 채 다시 돌아온다.

그러고 나자 그녀 안의 무언가가 변한다. 그것은 폭풍우가 그에게 다가오는 방식대로 그녀 쪽으로 다가온다. 하지만 그것은 다르다. 그것은 어둡지 않고, 눈부시며, 갑작스럽고 꿰뚫는 듯한 날카로움이다.

그녀는 그를 잡아당긴다. 미로로부터, 별 없는 밤 아래에 흩어져 있는 사람들로부터, 예술 축제로부터, 그리고 섬으로부터 멀어지도록 잡아당긴다. 그녀가 그를 무언가로부터 멀어지도록 당기는 것이 아니라 무언가를 향해 당기고 있음을 그는 깨닫는다.

연락선을 향해.

지하철을 향해.

브루클린을 향해.

집을 향해.

집으로 가는 내내 그녀는 헨리에게 꼭 붙어 있다. 그들의 손가락은 서로 연결되어 있고 녹색 페인트가 두 사람의 손가락에 얼룩져 있다. 그들이 계단을 오를 때도, 문을 열 때도 손은 그대로다. 그녀는 그의 손을 놓고 그를 지나쳐서 아파트 안으로 들어간다. 그는 그녀가 침실 책장에서 파란색 공책을 꺼내고 탁자에서 펜을 집어 드는 모습을 지켜본다. 그녀는 공책과 펜을 그의 손에 쥐여 준다. 헨리는 침대 가장자리에 앉고 그가 한 번도 사용하지 않은 그 공책의 표지를 넘긴다. 그리고 그녀는 숨을 몰아쉬며 그의 옆에 무릎을 꿇는다.

“다시 해봐요.” 그녀가 말한다.

그는 볼펜을 흰 종이로 가져가서 조밀하지만 조심스러운 글씨체로 그녀의 이름을 적는다.

애디 라뤼.

그것은 사라지지도 옅어지지도 않고, 종이 한가운데에 홀로 그대로 있다. 헨리는 그녀가 계속하기를, 그다음 쓸 것을 정해주기를 기다리며 그녀를 쳐다본다. 그녀는 그를 지나 아래를, 새로 쓴 글을 쳐다본다.

애디는 헛기침한다.

“시작은 이래요.” 그녀가 말한다.

그리고 그는 글을 쓰기 시작한다.

5부

미소 짓던 그림자와
미소를 되돌려준 여자

작품 제목: 별들을 침대에 눕히다Ho Portado Le Stelle a Letto

작가: 마테오 레나티Matteo Renatti

제작연도: 1806~1808년경

재료: 양피지에 연필. 20센티미터 × 35센티미터 크기의 스케치

소재지: 이탈리아 아카데미아 미술관으로부터 대여

설명: 한 여인을 그린 삽화로 몸의 선은 굽이치는 침대 시트에 의해 표현되어 있다. 그녀의 얼굴은 각도에 불과하고, 헝클어진 머리카락에 의해 윤곽이 잡혀 있다. 하지만 작가는 그녀에게 하나의 매우 명확한 특징을 부여했다. 그것은 그녀의 두 뺨을 가로지르는, 일곱 개로 된 한 무리의 작은 점들이다.

배경: 레나티의 1806~1808년 사이 작업 노트에서 발견된 이 그림은 이후에 나온 그의 걸작 <뮤즈>의 영감이 된 작품으로 추측된다. 모델의 포즈와 작품의 재료는 다르지만 점의 개수와 위치는 이 모델이 레나티의 작품 세계에 지속적으로 영향을 미쳤음을 암시한다.

추정 가격: 26만7,000달러

프랑스, 사르트의 비용
1764년 7월 29일

– I –

✶ ✶ ✶ ✶ ✶ ✶ ✶

애디는 교회로 향한다.

회색의 야트막한 교회는 비용 중심지 부근에 있는데 그동안 전혀 변하지 않았고, 낮은 돌벽이 그 옆 들판과의 경계선 역할을 하고 있다.

그녀가 아버지의 무덤을 찾는 데에는 오랜 시간이 걸리지 않는다.

장 라뤼.

아버지의 무덤은 소박—이름과 날짜, 그리고 성경 구절만 있다—하다. *누구든지 주의 이름을 부르는 자는 구원을 받으리라*. 그녀의 아버지가 어떤 사람이었는지는 언급되어 있지 않고, 그의 손재주, 심지어 친절함에 대한 언급도 없다.

한 덩어리의 돌로, 한 뙈기의 풀로 축소된 삶.

오는 길에 애디는 꽃을 한 주먹 꺾었다. 길가에서 자라는 야생화들로, 무성하게 핀 노랗고 하얀 꽃이다. 그녀는 땅에 꽃다발을 내려놓기 위해 무릎을 꿇고, 아버지의 이름 아래 적힌 연도를 본다.

1670~1714년.

그녀가 고향을 떠난 해.

그녀는 기억을 더듬어 병의 흔적을 기억하려 애쓴다. 그의 가슴에 머물렀던 기침, 팔다리에서 보이던 허약함의 그림자. 그녀의 두 번째 삶에 대한 기억들은 호박 속에 갇혀 완벽하게 보존되어 있다. 하지만 *그전의* 삶, 그녀가 아들린 라뤼였을 때의 기억—어머니 옆에서 간이의자에 앉아 빵

반죽을 이기던 기억, 아버지가 나무에 사람 얼굴을 조각하는 모습을 지켜보던 기억, 에스텔을 따라 사르트 강의 여울들을 건너던 기억—은 옅어지고 있다. 숲에서의 일이 있기 전에, 거래를 하기 전에 그녀가 살았던 23년이라는 시간은 닳아서 사라지고 가장자리만 남았다.

나중에 애디는 거의 300년을 상세한 내용까지 완벽하게 기억할 수 있을 것이고, 모든 날의 모든 순간은 보존될 것이다.

하지만 그녀는 이미 아버지의 웃음소리를 잊고 있다.

어머니 눈이 어떤 색인지 정확하게 기억할 수가 없다.

에스텔의 턱 모양을 기억할 수가 없다.

여러 해 동안 그녀는 눈을 뜨고 누워서 자신이 소녀였던 시절에 대해 스스로에게 이야기할 것이다. 달아나는 기억의 조각들을 잡을 수 있지 않을까 하는 희망으로 말이다. 그러나 역효과만 날 것이다. 기억은 사람들이 너무 자주 만진 부적 같다. 닳아서 밋밋해지고 돋을새김은 희미해진 성인이 그려진 동전 같은 것이다.

아버지의 병은 분명 한 계절과 그다음 계절 사이에 몰래 찾아왔을 것이다. 애디는 처음으로 자신의 저주가 갖는 정화의 역할에 대해 감사해하고, 거래를 할 수 있었음에 감사해한다. 자신을 위해서가 아니라 어머니를 위해서다. 마르뜨 라뤼는 두 사람이 아니라 한 사람의 죽음만 슬퍼하면 되었다는 점에서 그렇다.

장은 가족 사이에 묻혀 있다. 2년밖에 살지 못한 어린 여동생과 애디가 열 살이 되기도 전에 죽은 아버지의 부모. 한 줄 뒤에는 그의 부모님의 부모님과 결혼하지 않은 형제자매들이 묻혀 있다. 아버지 묘소 옆 작은 땅은 비어서 그의 아내를 기다리고 있다.

그녀를 위한 자리는 물론 없다. 하지만 과거에서부터 미래를 보여주는 연대표 같은 무덤들은 그녀를 그날 밤 숲으로 몰고 간다. 이런 삶, 한 구석

작은 풀밭으로 이어지는 삶에 대한 두려움.

애디는 아버지의 무덤을 내려다보며 최종적인 것의 무거운 슬픔을, 정지하는 물체의 무게를 느낀다. 슬픔은 왔다가 사라졌다. 그녀는 이 남자를 50년 전에 잃었고 이미 애도했다. 그것은 아프지만 고통은 새롭지 않다. 깊은 고통은 오랜 시간에 걸쳐 여린 아픔으로 둔해졌고, 상처는 흉터로 변했다.

그녀는 꽃다발을 아버지의 무덤에 내려놓고 일어선다. 묘지들 사이로 발걸음을 옮길 때마다 그녀는 과거의 시간으로 이끌린다. 그녀가 더 이상 애디가 아니라 아들린일 때까지, 유령이 아니라 언젠가 반드시 죽게 되어 있는 한 인간일 때까지. 여전히 이곳에 발이 묶인 뿌리들은 환상통처럼 아프다.

그녀는 묘비에 적힌 이름들을 살펴본다. 모두 아는 이름들이다. 한때는 그 이름을 가졌던 당사자들도 그녀를 알았다.

여기에 로제가 그의 첫 번째이자 유일한 아내인 폴린 옆에 묻혀 있다.

여기에 이자벨이, 그리고 같은 해에 죽은 그녀의 가장 어린 딸 사라가 있다.

그리고 여기, 묘지의 거의 한가운데에 가장 중요한 이름이 있다. 그녀의 손을 너무나도 자주 잡아주었던, 삶에는 더 많은 것이 있다는 것을 그녀에게 보여준 사람이다.

*에스텔 마그리트*라고 묘비에는 적혀있다. *1642~1719년.*

연도가 소박한 십자가에 새겨져 있다. 지금 애디의 귀에는 그 노파가 이 사이로 쉿 하는 소리가 거의 들리는 것만 같다.

그녀가 숭배하지 않았던 교회 옆에 묻힌 에스텔.

영혼은 땅으로 돌아가는 씨앗이라고 말하곤 했던, 그녀의 뼈 위로 나무 외에는 아무것도 원하지 않았던 에스텔. 그녀는 숲의 가장자리 아니면 그녀의 텃밭 채소들 사이에 묻혔어야만 했다. 적어도 오래된 주목나무의 가지들이 낮은 벽 너머까지 뻗어나가 무덤들 위로 그늘을 만드는 모퉁이 자리에 묻혔어야 했다.

애디는 교회 안뜰의 가장자리에 있는 작은 그늘로 향하고, 그곳의 연장들 사이에서 모종삽을 발견한다. 그리고 숲을 향해 출발한다.

때는 한여름이지만 나무 아래의 공기는 시원하다. 시간은 정오지만 밤의 냄새가 이파리들에 남아 있다. 이 장소의 냄새, 너무나 평범하면서도 특별하다. 숨을 쉴 때마다 혀에 흙맛이 느껴지고, 절망의 기억, 기도하면서 자신의 두 손을 흙에 파묻던 한 여자에 대한 기억이 떠오른다.

이제 그녀는 손 대신 모종삽으로 땅에서 묘목을 조심스럽게 파낸다. 강한 폭풍우가 오면 쓰러질 법한 연약한 어린 나무지만 그녀는 그것을 어린아이를 안 듯 떠받치고서 교회 안뜰로 가져간다. 만일 사람들이 이상하게 생각하더라도 누군가에게 그 일을 말해야겠다고 생각하기도 전에 잊어버릴 것이다. 그리고 노파의 무덤 위로 나무가 자라는 것을 발견한다면 어쩌면 걸음을 멈추고 오래된 신들에 대해 다시 생각할 것이다.

애디가 교회를 떠날 때 마을 사람들을 미사로 부르는 종이 울리기 시작한다.

그녀는 길을 따라 걷는다. 사람들이 집에서 빠져나온다. 아이들은 어머니의 손에 매달리고 남자들과 여자들은 나란히 걷는다. 몇몇 얼굴들은 새롭고, 몇몇은 그녀가 아는 얼굴이다.

저기는 조르주 테로, 그리고 로제의 첫째 딸, 이자벨의 두 아들이 있다. 다음번에 애디가 이곳에 오면 그들은 모두 죽고 없을 것이다. 그녀의 예전 삶—그녀의 첫 번째 삶—의 마지막 부분은 10미터 크기의 같은 땅에 묻힐 것이다.

오두막은 버려진 채 숲의 가장자리에 자리 잡고 있다.

낮은 울타리는 안으로 무너져 내렸고, 에스텔의 텃밭은 이미 잡초들로 무성하다. 집은 천천히 무너지고 있고 세월과 무관심 속에 아래로 주저앉고 있다. 문은 단단히 닫혀 있지만 덧문들은 부서진 이음매에 매달려 있어서 피곤한 눈처럼 열려 있는 창유리 하나가 드러나 보인다.

다음번에 애디가 오면 집의 뼈대가 수풀 아래로 사라지고 없을 것이다. 이후로는 숲이 조금씩 전진해서 집을 집어삼킬 것이다.

하지만 오늘 그 집은 여전히 서 있고, 그녀는 훔친 등불을 한 손에 들고서 잡초가 우거진 길을 따라 올라간다. 그녀는 지금이라도 노파가 베인 자국들로 가득한 주름진 팔을 하고서 숲에서 나올 것만 같다. 지금은 까치들과 자신의 발에서 나오는 소리만이 바스락거릴 뿐이다.

안으로 들어가니 오두막은 눅눅하고 텅 비어 있다. 어두운 공간은 잔해들—깨진 컵의 찰흙 파편, 바스러지고 있는 탁자—로 어지럽다. 노파가 자신의 접착제로 이어붙였던 그릇들과 날씨가 궂을 때 사용한 지팡이, 서까래에 걸려 있던 약초 꾸러미들, 난로 안에 놓여 있던 무쇠솥은 사라지고 없다.

애디는 에스텔이 죽고 나서 마을 사람들이 에스텔의 물건들을 가져가 버렸으리라고 확신한다. 에스텔의 삶이 그랬던 것처럼 물건도 공공재로 여겼을 것이다. 단지 에스텔이 결혼하지 않았다는 이유만으로 말이다. 비용이 그녀의 피후견인이었다. 왜냐하면 에스텔에게는 아이가 없었기 때문이다.

그녀는 텃밭으로 가서 풀이 무성한 땅에서 거둬들일 만한 것들을 수확한다. 그리고 자연이 키운 야생 당근과 길쭉한 콩을 안으로 가지고 와서 탁자 위에 놓는다. 그녀는 덧문을 열고 숲과 대면한다.

나무들은 짙은 선을 이루며 서 있고, 헝클어진 나뭇가지들은 하늘을 향해 뻗었다. 뿌리는 조금씩 전진하여 텃밭으로 기어들어 오고 잔디밭을 가로지른다. 느리고 인내심 가득한 전진이다.

태양은 지는 중이다. 여름이긴 하지만 초가지붕에 난 틈들 사이로, 돌들 사이로, 문 아래로 습기가 이미 들어와 있고 냉기가 작은 오두막의 서까래에 매달려 있다.

애디는 훔친 등불을 난로로 가져간다. 비가 잦은 달이었고 나무는 축축하지만, 그녀는 인내심을 발휘하며 불쏘시개에 불이 옮겨 붙을 때까지 등불의 불꽃을 구슬린다.

50년이라는 세월이 흘렀지만 그녀는 여전히 자신에게 내린 저주의 형태를 배우는 중이다.

그녀는 뭔가를 만들 수 없지만 사용할 수는 있다.

그녀는 뭔가를 깨트릴 수 없지만 훔칠 수는 있다.

그녀는 불을 피울 수 없지만 계속 타게 할 수는 있다.

그것이 일종의 자비인지 혹은 저주라는 막자사발에 생긴 금인지, 이 새로운 삶이라는 벽에서 발견한 몇몇 균열 가운데 하나인지 그녀는 모른다. 아마 뭐도 아직 알아차리지 못했을 것이다. 아니 어쩌면 그것들은 그녀를 유인하기 위해, 그녀가 희망을 품게 하려고 그가 의도적으로 놓아둔 것인지도 모른다.

애디는 난로에서 연기를 피워 올리고 있는 잔가지를 꺼내 올이 다 드러난 깔개로 천천히 가져간다. 잔가지는 충분히 건조해서 불이 옮겨 붙고 타야 하지만 그러질 않는다. 난로 바로 밖에서 불은 금방 꺼질 듯하고 너무 빨리 식는다.

그녀는 낮게 콧노래를 부르며 바닥에 앉는다. 그러고는 먼지를 흩어지게 하는 숨처럼 불꽃이 오두막의 냉기를 태워 없앨 때까지 나뭇가지를 하나씩 불에 던져 넣는다.

그녀는 그를 틈새 바람처럼 느낀다.

그는 문을 똑똑 두드리지 않는다.

그는 절대로 문을 두드리지 않는다.

한순간 그녀는 혼자였다가 다음 순간 혼자가 아니다.

"아들린."

그녀는 그가 자신의 이름을 말할 때 갖게 되는 느낌을 *증오하고,* 폭풍우로부터 피할 곳을 찾는 육신처럼 자신이 그 말 쪽으로 기울어지는 것을 증오한다.

"뤽."

그녀는 파리에 있을 때처럼 고급 살롱 복장을 한 그를 예상하면서 몸을 돌린다. 하지만 생각과 달리 그들이 만났던 날 밤과 정확히 같은 모습이다. 그는 바람에 흩날리고 가장자리에는 그림자가 져 있다. 그리고 옷깃 부분의 끈이 풀려 있는, 단순하고 짙은 색깔의 튜닉을 입고 있다. 난로 불빛이 그의 얼굴 위로 춤을 추고, 목탄화처럼 그의 턱과 뺨, 이마 가장자리에 그늘을 만든다.

그의 두 눈은 탁자에 놓인 빈약한 먹거리 위로 미끄러지다 그녀에게로 돌아온다. "처음 출발한 곳으로 돌아왔군……."

애디는 그가 그녀를 내려다보지 못하도록 일어선다.

"50년이야." 그가 말한다. "얼마나 시간이 빨리 가는지."

그녀에게는 그 시간이 전혀 빨리 가지 않았고, 그도 그것을 안다. 그는 칼을 밀어 넣을 연약한 맨살을 찾고 있지만 그녀는 그에게 쉬운 목표물을 내주지 않을 것이다. "시간도 아니지." 그녀가 태연하게 그의 말을 따라한다. "한 번의 삶만 생각해봐도 충분히 그렇지."

뤽은 미소를 지을락말락 할 뿐이다.

"불을 지키고 있는 널 보니 그림이 아주 기가 막히네. 넌 거의 에스텔이 될 수도 있겠어."

그의 입에서 그녀의 이름을 듣는 것은 이번이 처음이다. 그가 그 이름을 말하는 데에는 뭔가—거의 아쉬워하는 듯한—가 있다. 뤽은 창가로 가서 일렬로 늘어선 나무들을 내다본다. "얼마나 많은 밤을 그녀가 이곳에서 있었던지. 그리고 숲에 속삭였던지."

그는 어깨너머로 힐끔 그녀를 쳐다본다. 그의 입술 주변으로는 수줍어하는 듯한 웃음기가 어려 있다. "허구한 날 자유만 이야기하더니 마지막엔 심하게 외로웠네."

애디는 고개를 가로젓는다. "그렇지 않아."

"넌 여기서 그녀 곁을 지켜야 했어." 그가 말한다. "그녀가 아팠을 때 고통을 덜어줬어야 했고 편히 눈감을 수 있도록 도와야 했어. 그 정도 해줄 의무가 네게는 있었어."

애디는 한 대 얻어맞은 것처럼 뒤로 물러난다.

"넌 너무 이기적이었어, 아들린. 너 때문에 그녀는 혼자 죽었어."

우린 모두 혼자서 죽어. 에스텔이라면 그렇게 말했을 것이다. 적어도 애디는 그렇게 생각한다. 그랬기를 바란다. 잠깐 동안의 확신은 노파의 목소리에 대한 기억과 함께 옅어졌다.

방 건너편에서 어둠이 움직인다. 한순간 그는 창가에 있고 다음 순간 그녀 뒤에 있다. 그의 목소리는 그녀의 머리카락 사이를 누빈다.

"그녀는 언제라도 죽을 준비가 되어 있었어." 뤽이 말한다. "그늘 밑 그 장소를 절실히 원했지. 그녀는 저 창에 서서 애원하고 또 애원했어. 난 그걸 그녀에게 줄 수도 있었지."

기억이, 늙은 손가락들이 그녀의 손목을 조여든다.

어둠이 내린 뒤에 응답하는 신들에게는 절대 소원을 빌어선 안 돼.

애디는 그를 향해 몸을 튼다. "그녀는 *당신에게* 절대 기도하지 않았을 거야."

희미한 미소. “아니지.” 조롱. “하지만 *네가* 기도했다는 걸 그녀가 알았다면 얼마나 슬퍼했을지 생각해봐.”

애디는 화가 솟구친다. 멈춰야 한다고 생각하기도 전에 그녀의 손이 날아간다. 그 순간에도 그녀는 부딪치는 느낌이 없을 거라고, 단지 공기와 연기만 있을 거라고 예상한다. 하지만 뤽은 무방비 상태로 당하고, 그녀의 손바닥이 살갗을, 혹은 그것과 비슷한 무언가를 때린다. 그의 머리는 타격의 힘으로 조금 돌아간다. 물론 그의 완벽한 입술에는 피가 없고, 서늘한 살갗에는 열이 없다. 하지만 적어도 그의 얼굴에서 미소를 지워냈다.

혹은 그랬다고 그녀는 생각한다.

그가 웃기 시작할 때까지.

그의 웃음소리는 기이하고 비현실적이다. 그가 얼굴을 다시 그녀 쪽으로 돌릴 때 그녀는 가만히 서 있다. 지금 그에게는 어떤 인간적인 요소도 없다. 뼈들은 너무 날카롭고, 그림자들은 너무 깊고, 두 눈은 너무 밝다.

“넌 너 자신을 잊어.” 그가 말한다. 그의 목소리가 나무 땔 때 나는 연기로 용해된다. “넌 *나를* 잊어.”

찢는 듯한 고통이 갑작스럽고 날카롭게 애디의 발밑에서부터 솟구친다. 그녀는 아래를 내려다보고 상처를 찾는다. 하지만 고통은 안에서부터 그녀에게 불을 댕긴다. 깊숙한 내부로부터의 고통. 그녀가 지금껏 걸었던 모든 발걸음이 모여든 힘.

“아무래도 내가 지금껏 너무 자비로웠지 싶어.”

고통은 무릎과 엉덩이, 손목과 어깨까지 옮겨 가서 그녀의 팔다리를 타고 오른다. 그녀는 몸 아래로 다리를 꺾는다. 그것은 비명을 지르지 않기 위해 유일하게 할 수 있는 일이다.

어둠은 미소와 함께 내려다본다.

“지금까진 내가 일을 너무 쉽게 만들어줬지.”

애디는 자신의 손에 주름이 가고 가느다래지자 겁에 질린 채 바라본다. 푸른 정맥들이 종잇장처럼 얇은 피부 아래에서 들고 일어난다.

"넌 오로지 삶을 원했어. 난 너에게 건강과 젊음도 주었어."

그녀의 말아놓은 머리카락이 풀리고 눈앞에서 힘없이 늘어진다. 머리카락들이 건조해지고 푸석해지고 회색으로 변한다.

"그래서 넌 거만해졌어."

방이 얼룩들과 모호한 형태로 보일 때까지 그녀의 시력이 약해지고 눈이 뿌예진다.

"너에겐 고통이 필요해."

애디는 눈을 질끈 감는다. 그녀의 심장은 공포로 펄럭댄다.

"아니." 그녀가 말한다. 그것은 그녀가 애원에 가장 가깝게 내뱉는 말이다.

그녀는 가까이 다가가면 그를 느낄 수 있다. 그녀를 내려다보고 있는 그의 그림자를 느낄 수 있다.

"너의 고통을 없애주겠어. 쉴 수 있도록 해주겠어. 너의 뼈 위로 나무가 자라도록 해주겠어. 그러기 위해서 네가 해야 할 유일한 일은—그의 목소리가 어둠 속으로 스며든다—항복하는 거야."

장막이 찢기는 것 같은 그 말. 지금, 이 순간의 모든 고통과 공포에도 불구하고 애디는 자신이 항복하지 않으리라는 것을 안다.

그녀는 더 나쁜 것도 이겨냈다. 이보다 더한 것도 이겨낼 것이다. 그것은 어느 신이 고약하게도 성질을 부리는 것일 뿐 아무것도 아니다.

그녀가 숨을 돌리며 말을 하는데 그녀의 말은 거친 속삭임이 되어 나온다. "지옥에나 가."

그녀는 그가 그녀를 끝까지 망가지게 할 것인지, 그녀의 몸을 시체로 타락시킬 것인지, 그녀를 그곳, 노파의 집 바닥에 바스러진 틀처럼 남겨둘지 모르지만 마음의 준비를 한다. 하지만 그곳에는 낮게 우르릉거리는 웃음만이 있을 뿐이고, 그러고나서 밤은 고요 속으로 펼쳐진다.

애디는 눈을 뜨기가 무섭다. 간신히 눈을 떴을 때 혼자 있는 자신을 발견한다.

뼛속 깊은 곳의 아픔은 옅어졌다. 풀어헤친 머리는 다시 밤색으로 돌아왔다. 보기 흉하게 변했던 손은 다시 젊어졌고 매끈하고 강하다.

그녀는 몸을 떨며 일어서서 난로를 향해 몸을 돌린다.

불을 그렇게나 살뜰하게 챙겼건만 이미 꺼져버렸다.

오늘 밤 애디는 아무도 탐내지 않은, 올이 다 드러난 담요를 덮은 채 썩어가는 깔개 위로 몸을 웅크린다. 그리고 에스텔을 떠올린다.

그녀는 눈을 감고 노파의 머리카락에 달라붙은 약초와 텃밭, 그녀의 살갗에 묻은 수액 냄새를 맡을 수 있을 때까지 숨을 들이쉰다. 그녀는 에스텔의 이상한 미소, 까마귀 같던 웃음소리, 신들에게 말을 걸 때 나던 목소리와 애디에게 말을 할 때의 목소리에 대한 기억을 붙든다. 그녀가 젊었던 시절, 에스텔이 그녀에게 폭풍우와 그림자, 밤의 소리를 무서워하지 말라고 가르쳐주던 기억을 붙든다.

뉴욕
2014년 3월 19일

– II –

✶ ✶ ✶ ✶ ✶ ✶ ✶

애디는 브루클린 하늘 위로 해가 뜨는 모습을 지켜보며 창문에 몸을 기댄다.

그녀는 손으로 찻잔을 감싸고 손바닥으로 느껴지는 열기를 음미한다. 유리창에는 냉기로 인해 안개가 서리고 겨울의 잔재들이 낮의 가장자리에 매달린다. 그녀는 헨리의 스웨트셔츠 중에서 콜롬비아 브랜드 로고가 들어간 면 소재 스웨트셔츠를 입고 있다. 옷에서는 그의 냄새가 난다. 오래된 책과 갓 내린 커피 냄새.

그녀는 맨발로 헨리가 엎드려 누워 있는 침실로 다시 들어간다. 그의 팔은 베개 아래로 들어가 접혀 있고, 뺨은 한쪽으로 돌아가 있다. 그 순간 그는 너무나 뤽과 닮아 보이다가 또 뤽과 전혀 닮아 보이지 않는다. 그들 사이의 유사성은 두 개의 사물이 겹쳐 보이는 것처럼 흔들린다. 그의 곱슬머리는 하얀 베개에 검정 깃털처럼 펼쳐져 있고, 그의 목 뒷덜미에서 솜털로 옅어진다. 그의 등은 매끄럽고 얕은 잠의 보폭으로 오르락내리락하며 안정적이다.

애디는 컵을 침대 옆 탁자 위 헨리의 안경과 가죽 시계 사이에 내려놓는다. 그녀는 손가락으로 어두운 금속 테와 검은색 바탕에 박힌 황금색 숫자들을 스치듯 만진다. 그러자 시계는 요동치고, 뒷면에 적힌 글자를 드러낸다.

잘 살아.

미세한 전율이 그녀의 몸을 통과한다. 그녀가 시계를 집어 들려는 순간 헨리가 베개에 대고 신음을 낸다. 아침에 대한 부드러운 항의.

애디는 시계를 포기하고 침대 위 그의 옆자리로 다시 들어간다. "안녕."

그는 손을 더듬어 안경을 찾아 얼굴에 쓴다. 그리고 그녀를 쳐다보고 미소 짓는다. 이것은 절대로 바래지 않을 부분이다. 앎. 과거를 지우거나 대체하는 것이 아닌, 과거 위에 포개지는 현재. 그는 그녀를 자기 쪽으로 끌어당긴다.

"안녕." 그는 그녀의 머리에 대고 속삭인다. "몇 시예요?"

"거의 여덟 시가 다 됐어요."

헨리는 신음을 내고 그녀를 안고 있는 팔에 힘을 준다. 그는 따뜻하다. 애디는 온종일 침대에 함께 있을 수 있다면 좋겠다고 생각한다. 하지만 그는 이제 깨어났고 가만히 있지 못하는 에너지가 그를 휘감는다. 그녀는 그의 팔의 긴장감에서, 그의 몸무게의 미묘한 변화에서 그것을 느낄 수 있다.

"난 가봐야 해요." 그녀가 말한다. 왜냐하면 한 사람이 다른 사람의 침대에 있을 때, 어떻게 해서 그 사람이 그곳에 있게 되었는지를 다른 사람이 기억할 때 해야 하는 말이라고 생각하기 때문이다. 하지만 그녀는 "집에 가봐야 해요."라고 말하지 않는다. 헨리는 빠진 말을 알아차린다.

"사는 곳이 어디예요?" 그가 묻는다.

아무 데도 아니에요,라고 그녀는 생각한다. 모든 곳이에요.

"어떻게든 구할 수 있어요. 도시는 방으로 가득 차 있으니까요."

"하지만 당신만의 집은 없군요."

애디는 빌려 입은 스웨트셔츠를 내려다보고 가까이에 있는 의자 위에 던져놓은 현재 소유물의 총합을 본다. "네, 없어요."

"그럼 여기서 지내도 돼요."

"두 번 데이트했을 뿐인데 나보고 들어와서 살라는 말이에요?"

헨리는 웃는다. 물론 그것은 말도 안 되는 소리이기 때문이다. 하지만 두 사람의 삶을 생각해본다면 전혀 이상한 일도 아니다.

"내가 당신에게 함께 있어달라고 부탁을 한다면요. 당분간만요."

애디는 무슨 말을 해야 할지 모른다. 그녀가 무언가를 생각하기도 전에 그는 침대에서 나와 서랍장 맨 아래 칸을 연다. 그는 내용물을 한쪽으로 밀고는 공간을 만들어낸다. "당신 물건은 여기다 둬요."

그는 갑자기 의문이 생겼는지 그녀를 쳐다본다. "물건은 있죠?"

그녀는 자신의 저주에 적힌 상세 메뉴들을 결국 그에게 설명할 것이다. 그것이 그녀 주변을 감싸며 휘어지고 감겨드는 방식에 관해서도 설명할 것이다. 하지만 그는 아직 모른다. 알 필요도 없다. 그에게 그녀의 이야기는 이제 막 시작되었을 뿐이다.

"물건을 놓을 자리도 없는데, 들 수 있는 것보다 더 많이 갖는 것은 정말 의미 없는 일이에요."

"그럼 물건이 생기면, 물건을 가지고 싶으면, 여기다 둬요."

그 말과 함께 그는 졸음에 겨운 듯 샤워를 하러 간다. 그녀는 그가 그녀를 위해 만들어 준 공간을 물끄러미 쳐다본다. 그녀에게 그 안에 넣을 물건들이 있었다면 무슨 일이 일어났을까. 곧장 사라졌을까? 건조기가 훔쳐 간 양말들처럼 천천히 사라졌을까? 그녀는 한 번도 무언가를 오래 간직할 수 없었다. 가죽 재킷과 나무 반지만 예외였다. 뤽이 그녀가 두 가지를 가지고 있기를 원했기 때문이라는 것을—선물로 가장하여 그 두 가지를 그녀에게 묶어두었기 때문이라는 것을—그녀는 알고 있다.

그녀는 몸을 돌려 의자 위에 던져져 있는 옷들을 살펴본다.

옷에는 하이라인에서 묻은 페인트가 남아 있다. 셔츠에는 녹색 페인트가, 청바지 무릎에는 자줏빛 얼룩이 있다. 부츠에도 노란색과 파란색 페인트가 묻어 있다. 그녀는 페인트가 사라질 것임을, 물웅덩이에 의해 씻겨나가고, 시간에 의해 지워질 것임을 안다. 하지만 기억도 그와 같은 방식으로 작동하게 *되어 있다*.

처음에는 있다. 그러고 나서 조금씩, 사라진다.

그녀는 어제 입었던 옷을 입고 가죽 재킷을 집는다. 하지만 어깨에 걸치는 대신 조심스럽게 개켜서 서랍에 둔다. 옷은 채워지기를 기다리고 있는 빈 공간에 둘러싸인 채 그곳에 가만히 있다.

애디는 침대 모퉁이를 돌다 공책을 거의 밟을 뻔한다.

공책은 바닥에 펼쳐져—밤새 침대에서 떨어진 게 분명하다— 있다. 그녀는 그것이 마치 종이와 접착제 대신 재와 거미줄로 묶여 있다는 듯 조심스럽게 집어 든다. 자신이 손을 대면 바스러질지도 모른다고 생각했지만 그대로 있다. 그녀가 표지를 넘기는 모험을 할 때 첫 번째 몇 페이지가 글로 차 있는 것을 발견한다. 애디는 한 번 더 모험을 감행하고, 손가락을 살며시 글자들 위로 스친다. 펜에 눌린 부분을 느끼고, 모든 단어 뒤에 숨겨져 있는 시간을 느낀다.

*시작은 이래요,*라고 그는 그녀의 이름 밑에 적었다.

그녀가 여전히 간직하고 있는 첫 번째 기억은 시장으로 마차를 타고 간 것이다. 그녀 옆에 앉은 아버지를, 아버지의 작품들로 차 있는 수레를 기억한다…….

그녀는 글을 읽으며 숨을 참는다. 조용한 샤워 소리가 방을 채운다.

아버지는 그녀에게 이야기를 들려준다. 그녀는 그 내용을 기억하지는 못하지만 그가 어떤 식으로 이야기를 들려주었는지는 기억한다…….

애디는 그 자리에 그대로 붙박여서 글이 끝날 때까지, 채워지기를 기다리고 있는 빈 페이지들에 다다를 때까지 글을 읽는다.

그녀는 헨리가 샤워 마치는 소리를 듣는다. 그녀는 억지로 공책을 닫고 살며시, 거의 경건하게 침대에 다시 내려놓는다.

프랑스, 페캉
1778년 7월 29일

– III –

✶ ✶ ✶ ✶ ✶ ✶ ✶

생각해보면 그녀는 바다를 한 번도 보지 못하고 살다가 죽을 수도 있었다.

이젠 상관없다. 애디는 지금 이곳에 있다. 희끄무레한 절벽들이 그녀의 오른쪽으로 솟아 있고, 그녀가 앉아 있는 해변의 가장자리에는 바위들이 보초를 서고 있다. 그녀의 치마는 모래 위에서 불룩하다. 그녀는 드넓게 펼쳐진 공간을 바라본다. 해안선은 물로 이어지고 물은 하늘로 이어진다. 물론 지도를 본 적은 있지만 잉크와 종이는 이런 것들—소금 냄새, 파도의 중얼거림, 최면을 거는 듯한 조수의 당김. 바다의 범위와 크기, 그리고 수평선 너머 어딘가에 뭔가가 더 있다는 지식—을 담고 있지 않다.

그녀가 대서양은 건너는 것은 100년이 지난 후일 것이다. 그리고 대서양을 건널 때 그녀는 지도가 잘못된 것인가 하고 육지의 존재를 의심하기 시작할 것이다. 하지만 애디는 지금 이곳에서 그저 황홀해한다.

한때 그녀의 세상은 프랑스 중부에 있는 작은 마을만 했다. 그러나 그것은 계속 커지고 있다. 그녀의 삶의 지도는 언덕과 계곡, 마을과 도시, 그리고 바다를 드러내 보이며 펼쳐진다. 르망을 드러내고, 파리를 드러내고, 지금 이곳의 광경을 드러낸다.

그녀가 부두와 파도 사이에서 시간을 보내며 페캉에서 지낸 지 거의 일주일이 되었다. 사람들은 모래 위에 혼자 있는 이상한 여자를 발견하고도 그녀를 괴롭히는 것이 적절치 않다고 생각한다. 애디는 배들이 오가는 모습을 지켜보고, 어디로 가는지 궁금하다. 그 배들 가운데 하나에 승선한다면 무슨 일이 일어날지, 그녀를 어디로 데려갈지도 궁금하다. 파리에서는 식량 부족이 악화되고 있고 형벌도 심해지고 있다. 모든 것이 천천히 악화되고 있다. 도시에서 분출된 긴장감과 불안한 에너지가 이곳 해안까지 도달한다. 애디는 이런 것들이 배를 타고 떠날 확실한 이유라고 스스로 되뇐다.

그렇다 해도.

무언가가 항상 그녀를 망설이게 만든다.

오늘, 그 망설임은 불어오는 폭풍우다. 폭풍우는 하늘을 멍들이며 바다 위를 맴돌고 있다. 여기저기서 햇살이 갈라지며 구름 사이를 통과하고, 한 줄기 타버린 빛이 진한 푸른색을 띠는 회색 물을 향해 떨어진다. 그녀는 모래 위에 둔 책을 집어 들고 다시 읽기 시작한다.

이제 우리의 잔치는 끝났다. 말한 대로 이 배우들은,
모두 정령이었다.
그리고 공기, 엷은 공기 속으로 녹아버렸다.

셰익스피어의 『템페스트』다. 가끔씩 그녀는 극작가의 리듬에 발이 걸려 넘어진다. 문체는 이상하고, 영어의 운율과 각운은 여전히 그녀에게 낯설다. 하지만 그녀는 배우는 중이고, 여기저기에서 흐름에 빠져드는 자신을 발견한다.

그리고 기초 없는 이 허깨비 건물처럼
구름 높이 솟은 탑들, 호화로운 궁정들, 지엄한 사원들,
거대한 이 지구 자체도……

그녀의 눈은 사그라드는 빛 때문에 힘이 들어가기 시작한다.

진정 이 세상의 온갖 사물이 다 녹아서,
이제는 사라져버린 저 환영처럼
희미한 흔적조차 남지 않게 된다.

"우리는 꿈과 같은 존재이므로." 뒤에서 이제는 친숙한 목소리가 들려온다. "우리의 자잘한 인생은 잠으로 둘러싸여 있다." 숨죽인 웃음처럼 나지막한 소리. "뭐, 모든 인생이 그런 건 아니야."

뤽이 그림자처럼 그녀 위로 모습을 드러낸다.

그녀는 비용에서 보냈던 밤에 당한 폭력 때문에 아직 그를 용서하지 않았다. 여러 해 동안 그들은 가끔씩 서로를 보기도 했고, 경계를 풀지 않는 휴전 상태를 만들어내기도 했지만 그녀는 지금도 폭력을 당할 수도 있다는 마음의 준비를 한다.

하지만 그가 그녀 옆 모래 위에 주저앉아서 한쪽 팔은 한가롭게 자신의 무릎에 얹을 때, 이곳에서도 나른한 우아함이란 그림을 연출할 때, 그는 폭력을 사용할 것 같지 않아 보인다. "그가 그 시를 썼을 때 내가 옆에 있었어."

"셰익스피어?" 그녀가 놀란 표정을 감추지 못한다.

"한밤중에 글이 써지지 않을 때 그가 누구에게 간청했을까?"

"거짓말."

"자랑이야." 그가 말한다. "그 사람들도 다 똑같지는 않아. 우리의 셰익스피어는 후원자를 찾았고, 나는 기꺼이 그의 요청에 응했지."

폭풍우가 다가오고 비의 장막이 해변으로 살금살금 다가오고 있다. "정말 자신을 그런 사람이라고 생각해?" 그녀가 책에 묻은 모래를 털며 묻는다. “훌륭한 후원자라고?”

“네가 선택을 잘못했다는 이유로 부루퉁한 얼굴을 하진 마.”

“그랬었나, 내가?” 그녀가 반박한다. “결과적으로 난 자유로워.”

“그리고 잊혔지.”

하지만 그녀는 미늘에 대비가 되어 있다. “안 그런 것이 드물지.” 애디가 바다를 내다본다.

“아들린.” 그가 꾸짖는다. “넌 정말 고집불통이야. 하지만 아직 백 년도 지나지 않았어. 백 년이 더 지나고 나면 네가 무슨 생각을 할까?”

“나야 모르지.” 그녀가 감정 없이 말한다. “그때가 되면 당신이 나한테 물어봐야겠지.”

폭풍우가 해변에 도착한다. 첫 번째 빗방울이 떨어지기 시작하자 애디는 책이 젖지 않도록 가슴에 껴안는다.

뤽은 일어선다. “나랑 같이 걸어.” 그가 손을 내밀며 말한다. 그것은 초대라기보다는 명령이지만, 비는 줄기차게 내리는 빗줄기로 빠르게 변하는 중이다. 그리고 그녀는 드레스가 하나뿐인 단벌 숙녀다. 그녀는 그의 손을 거절하며 자리에서 일어선다. 그녀의 치맛자락이 모래를 스친다.

“이쪽으로.”

그는 그녀를 데리고 마을을 통과한 후 윤곽만 보이는 건물을 향해 걷는다. 건물의 아치형 첨탑은 낮은 구름 사이를 뚫고 올라가 있다. 그곳은 다른 무엇도 아닌, 교회다.

“지금 농담하는 거지.”

“비에 젖는 사람은 내가 아닌데.” 그가 말한다. 실제로 그는 비에 젖지 않는다. 그들이 몸을 피할 만한 돌로 된 차양 아래에 도착할 즈음 그녀는 흠뻑 젖지만 뤽의 몸은 마른 상태 그대로다. 비는 한 방울도 그에게 떨어지지 않았다.

그는 문 쪽으로 손을 내밀며 미소 짓는다.

문이 잠겨 있는 것은 문제가 되지 않는다. 쇠사슬로 묶여 있었다고 해도 문은 그를 위해 열릴 것이다. 그녀는 어둠에게 그런 경계들이 아무런 의미가 없음을 익히 알고 있다.

안으로 들어가니 돌벽이 여름 열기를 가두고 있어서 그런지 공기가 후텁지근하다. 너무 어두워서 신도석의 윤곽과 십자가 위 형상밖에는 아무것도 보이지 않는다.

뤽은 팔을 편다. "봐, 하느님의 집을."

그의 목소리는 교회 안에서 부드럽고 음산하게 울린다.

애디는 뤽이 성스러운 곳에 발을 들여놓을 수 있는지 늘 궁금했다. 그의 신발이 교회 바닥에 닿으며 내는 소리는 그 질문에 대한 답이 된다.

그녀는 통로를 따라 앞으로 나아가는데 이 교회가 어딘지 이상하다는 느낌을 떨쳐낼 수 없다. 종도, 오르간도, 예배를 위해 모여든 사람들도 없어서 버려진 것처럼 느껴진다. 숭배의 집이라기보다는 무덤 같다.

"네 죄를 고백할 생각이 있나?"

뤽은 어둠 속에서 그림자들의 편안함으로 이동했다. 그는 더 이상 그녀 뒤에 있지 않고 이제 신도석 맨 앞줄에 앉아 있다. 그는 신도석 등받이를 따라 두 팔을 펼쳐놓고, 두 다리는 쭉 편 채 게으른 듯 편안한 자세로 발목을 서로 겹쳐두었다.

애디는 자라면서 비용의 한복판에 있는 돌로 만든 작은 교회당에서 무릎 꿇고 기도하는 법을 배웠고, 파리에 있는 교회의 신도석에 몸을 누이고 여러 날을 보냈다. 그녀는 종소리와 오르간 소리, 예배를 알리는 소리를 들었다. 하지만 그 모든 경험을 하고도 그녀는 교회의 매력을 이해하지 못했다. 어떻게 천장이 사람들을 천국에 더 가까이 데려다주는 걸까? 하느님이 그렇게나 크다면 그를 가두기 위한 벽은 왜 만드는 걸까?

"내 부모님은 신도였어." 그녀가 생각에 잠겨서 말한다. 그녀의 손가락이 신도석을 스치며 따라간다. "부모님은 항상 하느님에 대해 말했어. 그의 힘과 자비로움에 대해. 그리고 그의 빛에 대해 말했어. 하느님은 어디에나 있고, 모든 것에 있다고 말씀하셨지." 애디는 제단 앞에서 멈춘다. "그들은 모든 것을 너무도 쉽게 믿었어."

"넌?"

애디는 스테인드글라스의 유리판을, 빛을 비춰줄 태양이 없으니 유령이나 다름없는 그림을 올려다본다. 그녀는 믿고 싶었다. 그녀는 귀를 기울였고 하느님의 목소리를 듣기 위해 기다렸고, 그녀의 어깨로 느껴지는 태양처럼, 손 아래의 밀 이삭처럼 그의 존재를 느끼고 싶었다. 에스텔이 그렇게나 편애했던 오래된 신들의 존재를 느꼈던 것처럼 그의 존재를 느끼고 싶었다. 하지만 그곳, 돌로 된 차가운 교회에서는 아무것도 느끼지 못했다.

그녀는 고개를 가로젓고 크게 말한다. "난 느끼지도 듣지도 보지도 못하는 무언가를 왜 믿어야 하는지 이해할 수 없어."

뤽은 눈썹을 치켜올린다. "내가 알기론," 그가 말한다. "사람들은 그걸 신앙이라고 불러."

"그게 하느님의 집에서 악마가 할 소리일까?" 애디가 말하며 그가 있는 쪽을 쳐다본다. 그곳에 잔잔한 녹색 위로 노란색이 잠깐 스치는 것을 알아차린다.

"집은 그냥 집이야." 그가 화가 나서 말한다. "이 집은 모든 사람에게 속하거나 아무에게도 속하지 않아. 그리고 왜 이제 와서 나를 악마라고 생각하지? 숲에서는 확신하지 못했잖아."

"어쩌면 그랬을 수도." 그녀가 말한다. "하지만 당신이 날 그렇게 믿게 만들었어."

뤽이 머리를 뒤로 기울인다. 사악한 미소가 그의 입가에 걸려 있다. "넌 내가 실제라면 하느님도 실제라고 생각하는군. 나의 그림자에 대비되는 빛, 나의 어둠에 대항하는 낮이라고? 그리고 확신하지. 내가 아니라 그에게 기도했더라면 그가 너에게 대단한 친절과 자비를 보여주었을 거라고."

그녀가 수도 없이 던졌던 질문이다. 그러나 물론 그렇게 말하지는 않는다.

뤽이 앞으로 몸을 기울이자 그의 손은 신도석에서 미끄러진다.

"그리고 지금," 그가 덧붙인다. "넌 절대 알 수 없을 거야. 하지만 나로 말할 것 같으면," 그가 일어서며 말한다. "뭐— *악마*는 아주 오래된 생각을 표현하는 새로운 말일 뿐이야. 그리고 하느님에 대해 말하자면, 뭐랄까. 필요한 거라고는 드라마에 대한 솜씨와 약간의 황금 장식만 있으면 되는……."

그가 손가락을 튕기자 갑자기 그의 코트에 있는 단추들과 신발끈, 조끼의 바늘땀은 더 이상 검은색이 아니고 황금색으로 바뀐다. 그것들은 달이 없는 밤에 빛을 내는 별들처럼 보인다.

그는 미소 지으며 금줄 세공 장식을 먼지처럼 털어낸다.

그녀는 그것이 떨어지는 모습을 지켜보고, 위를 한 번 쳐다보고, 그녀의 얼굴에서 몇 인치 정도 떨어져 있는 그를 발견한다.

"우리 둘 사이의 차이는 이거야, 아들린." 그가 속삭이며 손가락으로 그녀의 턱을 스친다. "난 항상 답을 할 거야."

그녀는 살갗에 와 닿는 너무나 익숙한 접촉에, 그의 소름 끼치는 녹색 두 눈에, 늑대같이 야생적인 그의 미소에 자기도 모르게 몸을 떤다.

"게다가," 그가 말한다. 그의 손가락이 그녀의 얼굴에서 떨어진다. "모든 신들에게는 가격표가 있어. 나만 영혼을 거래하는 것은 아니야." 뤽은 손을 들어 올렸다가 한쪽으로 편다. 그러자 빛이 그의 손바닥 바로 위에서 환하게 피어난다. "그는 영혼들이 창고 선반에서 시들어가도록 내버려 두지만 난 영혼에 물을 줘."

빛이 휘고 움츠러든다.

"그는 약속을 하지만 난 선불로 지급하지."

빛은 갑자기 환하게 확 타오르고 나서 단단한 모양으로 뭉쳐진다.

애디는 항상 영혼이 어떻게 생겼을지 궁금했다.

영혼이라는 말은 너무나 거대한 단어다. *신*이나 *시간*, *공간*처럼. 그리고 그녀가 그것을 상상하려고 할 때면 번개나 먼지들 사이를 통과하는 햇살의 이미지를, 인간의 형태를 띤 폭풍우를, 방대하고 둘레가 없는 흰색을 떠올렸다.

진실은 그보다 훨씬 작다.

뤽의 손에 든 빛은 희미한 내부의 빛을 가진, 유리처럼 매끈하고 빛을 내는 대리석이다.

"그게 다야?"

하지만 애디는 허약한 둥근 구슬로부터 시선을 뗄 수가 없다. 그녀는 자신이 그것을 향해 손을 뻗고 있음을 느낀다. 하지만 그는 그녀의 손이 닿지 않도록 구슬을 뒤로 뺀다.

"겉모습에 속지 마." 그는 손가락 사이로 빛을 내는 구슬을 돌린다. "넌 나를 보며 한 남자를 보지만 난 그런 것이 전혀 아니야. 이 모습은 단지 보는 사람을 위한 하나의 양상일 뿐이지."

빛은 휘고, 움직이고, 구는 납작해져서 원반으로 변한다. 그러고 나서 반지로 변한다. 그녀의 반지. 잿빛 나무는 빛을 낸다. 그녀가 그것을 보고, 그것을 잡고, 닳은 표면을 살갗으로 느끼자 심장이 아파온다. 그녀는 다시 손을 뻗지 않기 위해 두 손으로 주먹을 꽉 쥔다.

"진짜 모습은 뭐야?"

"네게 보여줄 수 있어." 그가 만족한 듯한 목소리로 말하고 빛을 손바닥 위로 내려앉게 만든다. "말을 해. 그럼 너의 영혼을 눈앞에 적나라하게 보여주지. 항복해. 약속하건대 네가 마지막으로 보는 것은 진실일 거야."

또다시 그 이야기다.

한번은 소금, 그다음에는 벌꿀. 모든 것은 독을 숨기기 위한 것이다.

애디는 마지막으로 한 번 더 시선을 반지에 고정한다. 그러고 나서 그녀의 시선은 불빛을 지나 어둠으로 향한다.

"알잖아." 그녀가 말한다. "난 그냥 살면서 궁금해하는 편을 택하겠어."

뤽의 입이 씰룩거린다. 그녀는 그것이 분노인지 아니면 즐거움인지 분간할 수 없다.

"좋을 대로 해." 그가 손가락 사이에 있는 빛을 끄면서 말한다.

뉴욕
2014년 3월 23일

– IV –

애디는 래스트워드의 한쪽 구석에 있는 가죽 의자에 몸을 접은 채 앉아 있다. 고양이의 부드럽게 가르랑거리는 소리가 그녀의 머리 뒤쪽에 있는 책장 어디쯤에선가 흘러나온다. 그녀는 꽃들이 태양을 향하듯 손님이 헨리를 향해 몸을 기울이는 모습을 지켜본다.

사람들은 한번 뭔가에 대해 알고 나면 그것을 모든 곳에서 보기 시작한다.

누군가가 *자주색 코끼리*라는 말을 하면, 우리는 갑자기 가게 창에서, 티셔츠에서, 봉제 완구들에서, 옥외광고판에서 그것을 발견한다. 그리고 어떻게 그동안 한 번도 알아차리지 못했을까 의아해한다.

그것은 헨리에게도, 그가 한 거래에도 해당하는 말이다.

헨리가 말할 때마다 웃고 있는 한 남자.

기쁨으로 환하게 웃는 한 여자.

노골적인 매력에 얼굴을 붉히는, 그의 어깨나 팔을 만질 기회를 노리는 십 대 소녀.

그러나 애디는 질투하지 않는다.

그녀는 너무 오랜 세월을 살았고, 너무 많은 것을 잃었다. 그리고 작으나마 그녀가 가졌던 것들은 빌리거나 훔친 것이었지 자신의 소유물은 아니었다. 그녀는 공유하는 법을 배웠다. 헨리가 그녀 쪽을 한 번씩 쳐다볼 때마다 그녀는 기분 좋은 따뜻함이 밀려오는 것을 느끼고, 구름 사이로 갑작스럽게 나타나는 햇살처럼 반갑다.

애디는 다리를 의자 위에 올려놓고 시집을 무릎 위에 펼친다.

그녀는 헨리가 일하고 있는 동안 페인트 얼룩이 묻은 옷을 중고가게에서 훔친 검정 청바지와 헐렁한 스웨터로 갈아입었다. 하지만 부츠는 그대로 신고 있고, 거기에 묻은 작은 노란색과 파란색 얼룩들은 전날 밤을 상기시킨다. 그것은 그녀가 가진 것들 가운데 사진과 가장 비슷한 물질적 기억이다. "준비됐어요?"

그녀가 고개를 들자 가게 안내판 '영업 종료'라는 문구가 밖으로 이미 돌아가 있는 것을 본다. 헨리는 문 근처에 서서 재킷을 팔에 걸치고 있다. 그는 손을 내밀어 그녀를 가죽 의자에서 일으켜준다. 그러면서 그 가죽 의자가 사람 먹는 방법을 안다고 말한다.

그들은 밖으로 나가서 네 개의 계단을 올라가 거리로 나간다.

"어디로 가요?" 애디가 묻는다.

시간이 이르긴 하지만 헨리는 주체할 수 없는 에너지로 들떠 있다. 그런 모습은 지나간 하루, 빛이 줄어드는 것과 함께 흘러가는 시간에 대한 일정한 표시인 해질녘, 황혼 무렵이면 더욱 심해지는 것 같다.

"아이스크림 팩토리에 가봤어요?"

"재밌을 것 같네요."

그의 얼굴에 실망감이 드러난다. "이미 가봤군요."

"또 가도 괜찮아요."

하지만 헨리는 고개를 가로젓고 말한다. "난 당신에게 뭔가 새로운 걸 보여주고 싶어요. 혹시 *안 가본* 데가 있어요?" 그가 묻는다. 조금 긴 시간이 지나고 애디가 어깨를 으쓱한다.

"분명 있겠죠." 그녀가 말한다. "하지만 아직 찾지 못했어요."

그녀는 재미있고 가볍게 말하려고 했지만 헨리는 생각에 깊이 잠긴 듯 얼굴을 찌푸리고 주변을 둘러본다.

"좋아요." 그가 그녀의 손을 잡으며 말한다. "같이 가요."

한 시간 후 그들은 그랜드센트럴역에 서 있다.

"미안하지만," 그녀가 사람들로 북적이는 역을 둘러보며 말한다. "나 여기 와본 적 있어요. 대부분의 사람들처럼."

하지만 헨리는 장난기 가득한 웃음을 그녀에게 내비친다. "이쪽으로."

그녀는 그를 따라 에스컬레이터를 타고 역의 맨 아래층으로 내려간다. 그들은 손을 맞잡은 채 수많은 저녁 여행객들 사이를 뚫고 인파가 북적대는 식당 쪽으로 향한다. 헨리는 복도가 사방으로 뻗어 있는, 타일로 된 아치형 구조물 아래에서 멈춘다. 그는 그녀를 아치형 구조물이 여러 갈래로 나뉘고 곡선을 그리며 머리 위를 지나가는 한쪽 구석으로 데려가서 타일로 된 벽 쪽을 바라보게 한다.

"여기 그대로 있어요." 헨리는 말하고 걸어서 멀어지기 시작한다.

"어디 가요?" 그녀가 묻고 이미 그를 따라가기 위해 몸을 돌린다.

하지만 헨리는 다시 돌아와서 그녀가 아치형 구조물을 정면으로 바라보도록 어깨를 교정해준다. "여기 있어요. 지금 자세 그대로." 그가 말한다. "그리고 들어봐요."

애디는 타일 벽을 향해 귀를 기울이지만 사람들의 발걸음 소리, 저녁 인파의 달가닥거리는 소리 말고는 아무 소리도 들을 수 없다. 그녀는 고개를 돌려 어깨너머로 쳐다본다.

"헨리, 난—."

하지만 헨리는 그곳에 없다. 그는 홀을 가로질러서 얼추 10미터 정도 떨어져 있는 아치형 구조물의 반대편까지 뛰어간다. 그는 그녀를 되돌아보고 꼭 숨바꼭질하는 아이처럼 돌아서서 얼굴을 모퉁이에 숨기고 열까지 센다.

애디는 우스꽝스러운 느낌이 들지만 타일 벽 가까이 몸을 기울인다. 그리고 귀를 기울이고 기다린다.

그러고 나자 어떻게 된 일인지 그의 목소리가 들린다.

"애디."

그녀는 깜짝 놀란다. 그의 말은 마치 바로 옆에 서 있는 것처럼 부드럽지만 명확하다.

"어떻게 이럴 수가 있는 거죠?" 그녀가 아치형 구조물에 묻는다. 그녀는 대답하는 그의 목소리에서 미소를 들을 수 있다.

"소리가 아치형 구조의 곡선을 따라가요. 공간이 알맞게 휠 때 일어나는 현상이죠. 속삭이는 갤러리라고 부르는 거예요."

애디는 감탄한다. 300년을 살았지만 세상에는 여전히 배울 수 있는 새로운 것들이 있다.

"말해봐요." 벽에서 소리가 흘러나온다.

"뭘 말해야 하죠?" 그녀는 벽에 대고 말한다.

"뭐가 좋을까." 헨리가 그녀의 귀에 대고 부드럽게 말한다. "내게 이야기를 하나 들려주는 건 어때요?"

프랑스, 파리
1789년 7월 29일

– V –

✳ ✳ ✳ ✳ ✳ ✳ ✳

파리가 불타고 있다.

바깥 공기에서는 화약과 연기 냄새가 난다. 파리는 한 번도 고요한 적이 없었지만 지난 2주 동안은 특히 소음이 끊이지 않았다. 그것은 소총 쏘는 소리, 대포 소리, 명령을 외치는 군인들 소리, 입에서 입으로 전달되는, 응수하는 소리다.

비브 라 프랑스! 비브 라 프랑스! 비브 라 프랑스Vive la France!('프랑스 만세'라는 뜻이다.—옮긴이)

바스티유 감옥 습격이 일어난 지 2주가 지났고, 도시는 둘로 쪼개지기로 작정을 한 것처럼 보인다. 그래도 도시는 계속되어야 하고, 버텨내야 하고, 그 안에 있는 사람들은 매일 낮에 벌어지는 습격을 피할 방법을 찾기 위해 떠났다.

애디는 밤에 움직이기로 한다.

그녀는 어둠을 뚫고 나아간다. 엉덩이께에는 긴 칼이 흔들리며 부딪치고, 낮게 눌러 쓴 삼각 모자는 이마 위로 내려와 있다. 길에서 총을 맞은 남자에게서 벗겨낸 옷은 찢겨져 있는데다 검붉은 얼룩이 배 부분에 있다. 또 다른 시체에서 벗긴 조끼를 그 위에 입었다. 거지 주제에 뭔가 선택할 수는 없다. 그리고 여자 혼자서 이동하는 것은 너무 위험하다. 지금으로서는 귀족처럼 행동하는 것이 더 안 좋다. 그러니 다른 방법으로 주변 환경에 섞여드는 편이 훨씬 낫다.

의기양양하면서도 도취한 기류가 도시를 휩쓸고 지나갔다. 시간이 흐르면서 애디는 기류의 변화를 맛보는 법을, 활기와 폭력 사이의 선을 감지하는 법을 배우게 될 것이다. 하지만 오늘 밤 반란은 여전히 새롭고, 그 에너지가 이상해서 읽어내기가 어렵다.

도시만 두고 보면 파리의 길거리는 모두 미로가 되었고, 장애물들과 바리케이드들이 갑자기 생겨나면서 모든 길이 막다른 골목으로 변했다. 멀쩡한 길이었다가도 모퉁이 하나만 돌면 나무상자 한 무더기와 잔해들이 앞에서 불타오르고 있는 모습을 보는 것도 놀랍지 않다.

애디는 낮게 욕을 하고 돌아가려고 하는데 부츠 소리가 뒤쪽에서 들려온다. 그리고 총알이 그녀 머리 위의 바리케이드에 와서 박힌다.

그녀가 몸을 돌리자 얼룩덜룩한 반란군복을 입은 대여섯 명의 남자들이 퇴로를 막고 있다. 그들의 소총과 칼이 저녁 불빛을 받아 흐릿하게 빛난다. 그때 그녀는 자신의 옷이 한때는 평민의 것이었다는 사실에 감사해한다.

애디는 헛기침을 하고 굵은 목소리를 내려고 애쓰며 걸걸한 소리로 외친다. "*비브 라 프랑스!*"

남자들은 그녀의 환호에 답하지만 실망스럽게도 물러가진 않는다. 대신 그들은 무기를 든 채 그녀를 향해 다가온다. 불빛을 받은 그들의 눈은 포도주와 뭐라 명명할 수 없는 밤의 에너지로 유리처럼 매끈하다.

"여기서 뭘 하는 거지?" 한 남자가 묻는다.

"첩자일 수도 있어." 다른 남자가 말한다. "요즘은 군인들이 평민 복장을 하고 돌아다니고 있어. 용감하게 죽은 자들의 몸에서 물건을 훔치는 거지."

"난 문제를 일으키고 싶지 않아요." 그녀가 외친다. "그냥 길을 잃었을 뿐입니다. 지나가게 해주세요. 그러면 난 그냥 사라질 겁니다."

"그러고는 열 명 정도를 데리고 돌아오겠지." 두 번째 남자가 중얼댄다.

"난 첩자도 아니고 군인도 아니고 시체도 아니에요." 그녀가 외친다. "난 그냥—."

"방해 공작을 하려던 거지." 세 번째 남자가 끼어든다.

"아니면 우리 진지를 습격하거나." 다른 남자가 추측한다.

그들은 더 이상 소리치지 않는다. 그럴 필요가 없다. 그들은 평소처럼 말해도 될 만큼 충분히 가까이 다가와서 그녀를 불타는 바리케이드 쪽으로 밀어붙인다. 그들을 제치고 지나갈 수만 있다면, 달아날 수만 있다면. 그들의 눈에서, 마음에서 사라질 수 있다면—. 하지만 달아날 수 있는 곳은 없다. 옆길은 모두 막혀 있다. 뒤에는 나무상자들이 뜨겁게 타오른다.

"네가 적이 아니라면 증명해봐."

"칼을 내려놔."

"모자를 벗어. 얼굴을 드러내."

애디는 침을 삼키고, 이목구비의 부드러움을 숨길 수 있을 만큼 어둠이 충분하길 바라며 모자를 벗는다. 바로 그때, 뒤편에서 바리케이드가 탁탁 소리를 내며 타오르고 몇몇 빛줄기가 불꽃으로 변하며 한순간 불이 환해진다. 그 빛은 그녀를 환히 드러낼 수 있을 만큼 충분히 강하다는 것을 남자들의 표정 변화로 알 수 있다.

"지나가게 해줘요." 그녀가 다시 말한다. 그러면서 손은 엉덩이께에 있는 칼로 움직인다. 그녀는 그것을 어떻게 휘두르는지 알고, 남자가 다섯 명이고 자신은 혼자라는 것도 안다. 그리고 칼을 빼 든다면 끝장을 보기 전까지는 이곳에서 벗어날 수 없다는 것도 안다. 생존에 대한 약속은 맨 처음 일어날 일에 대한 예상에 비하면 아주 작은 위안이다.

그들이 가까이 다가오자 애디는 칼을 빼 든다.

"뒤로 *물러서.*" 그녀가 으르렁거린다.

놀랍게도 남자들은 발걸음을 천천히 멈춘다. 그리고 그림자 하나가 그들의 얼굴 위로 떨어지자 표정이 멍해진다. 무기가 손에서 미끄러지고 고개가 어깨를 향해 축 처진다. 불타는 나무상자들이 내는 탁탁거리는 소리를 제외하고는 밤이 고요해지고, 그녀의 등 뒤로 한 목소리가 산들바람처럼 도착한다.

"인간들은 평화를 받아들일 준비가 정말로 안 되어 있어."

그녀는 칼을 든 채로 뒤로 돌아서 뤽을 발견한다. 그의 가장자리는 불빛에 대비되어 검은색이다. 그는 칼을 피하지 않고 무심히 손을 뻗어서는 살갗을 만지는 연인의, 악기를 애무하는 음악가의 우아함으로 칼을 스친다. 칼날이 그의 손가락 아래에서 노래하듯 윙윙거릴 것만 같다.

"나의 아들린." 어둠이 말한다. "넌 고생길을 찾아내는 방법을 아는군." 생생한 녹색 시선이 움직임이 없는 남자들에게로 향한다. "내가 여기 있어서 얼마나 다행인지."

"당신은 밤 그 자체잖아." 그녀가 그의 말을 흉내 낸다. "어디에나 있어야 하는 거 아닌가?"

그의 얼굴 위로 옅은 미소가 지나간다. "기억력이 아주 좋네." 그의 손가락이 그녀의 칼날 주변을 감싸자 칼이 녹슬기 시작한다. "그건 또 얼마나 피곤한 일일지."

"전혀 그렇지 않아." 그녀가 덤덤하게 말한다. "기억력은 선물이야. 배울 수 있는 모든 것들을 생각해봐. 그리고 배울 수 있는 시간이 많은 나로서는—."

그녀의 말은 멀리서 일제히 들려오는 총소리와 이에 대응하여 천둥처럼 육중하게 울리는 포탄 소리 때문에 중단된다. 뤽은 혐오감으로 얼굴을 찌푸리는데 그가 언짢아하는 모습을 보는 것이 그녀로서는 즐겁다. 포탄 소리가 다시 들려오고, 그는 그녀의 손목을 잡는다.

"가자고." 그가 말한다. "저 소리 때문에 생각을 할 수가 없어."

그는 발꿈치를 축 삼아 뒤로 돌아서고, 그녀를 그의 뒤쪽으로 끌어들인다. 하지만 앞으로 나아가는 대신 옆으로 걸어서, 가장 가까운 벽의 짙은 그림자 속으로 들어간다. 애디는 벽에 부딪힐까 봐 움찔해서 몸을 뒤로 빼지만 벽은 열리고, 세상은 뒤바뀐다. 그녀가 숨을 들이쉬기도 전에, 물러서기도 전에, 파리는 사라지고 뤽도 사라진다.

그녀가 절대적 어둠 속으로 내던져졌기 때문이다.

그것은 죽음처럼 정지되어 있지 않고, 텅 비어 있지도 고요하지도 않다. 이 맹목적인 검정색 허공에는 폭력이 있다. 그것은 그녀의 살갗을 때리는 새의 날개들이다. 그것은 그녀의 머리카락으로 달려드는 바람이다. 그것은 천 개의 속삭이는 목소리다. 그것은 공포이고, 추락이고, 야생의, 길들지 않은 느낌이다. 비명을 지르고 싶다고 생각할 즈음 어둠은 다시 한 겹 벗겨지고, 밤은 형태가 다시 만들어지고, 뤽은 다시 그녀 옆에 있다.

애디는 가만히 있기가 힘들고, 몸이 아프고, 텅 비어 있다는 느낌과 혼란스러움을 느끼며 문간에 몸을 기댄다.

"좀 전에 그건 뭐였어?" 그녀가 묻지만 뤽은 대답하지 않는다. 그는 이제 1미터가량 떨어져서 두 손을 벌려 한 다리의 난간을 잡은 채 강을 바라본다.

그것은 센 강이 아니다.

불타는 바리케이드가 없다. 포탄 소리도 없다. 기다리고 있는 남자들도, 그들의 무기도 없다. 낯선 다리 아래로 낯선 강이 흐르고 있을 뿐이다. 그리고 낯선 건물들이 낯선 강둑을 따라 솟아올라 있고, 옥상은 빨간색 타일로 덮여 있다.

"이제 좀 낫군." 그가 소맷동을 가지런하게 펴며 말한다. 어떻게 한 건지는 모르지만 순식간에 옷을 갈아입었다. 지금 입은 옷은 옷깃이 빳빳이 서 있고 마름질 부분과 끝단 부분은 좀 더 헐렁한 비단으로 되어 있다. 반면에 애디는 파리의 길바닥에서 구한 몸에 맞지 않는 튜닉을 입고 있다.

한 쌍의 연인이 팔짱을 끼고 지나가자 애디는 높고 낮은 음조로 외국어임을 알아차린다.

“여긴 어디야?” 그녀가 묻는다.

뤽이 어깨너머로 시선을 돌리고 프랑스어로 반복하기 전에 막 지나간 연인들처럼 뚝뚝 끊어지는 듯한 흐름으로 뭔가를 말한다. “우린 지금 피렌체에 있어.”

피렌체. 이름을 들어보긴 했지만 한 가지 명확한 사실을 제외하고는 아는 것이 거의 없다. 그 도시는 프랑스가 아닌 *이탈리아에* 있다는 사실.

“무슨 짓을 한 거야?” 그녀가 묻는다. “어떻게—. 아니야, 신경 쓰지 마. 날 그냥 파리에 데려다줘.”

그는 눈썹을 치켜뜬다. “아들린, 시간 *말고*는 아무것도 가진 게 없는 사람치곤 넌 항상 조급해.” 그 말과 함께 그는 걸어서 멀어지고, 애디는 그를 뒤쫓아갈 수밖에 없다.

그녀는 새 도시의 이상한 분위기를 받아들인다. 피렌체는 이상한 형태와 예리한 모서리, 돔과 첨탑, 하얀색 돌과 구리 슬레이트를 입힌 지붕의 도시다. 그것은 다른 색깔로 색칠한 장소고, 다른 화음으로 연주되는 음악이다. 그녀의 가슴은 도시의 아름다움에 파닥이고, 뤽은 마치 그녀가 느끼는 기쁨을 알 수 있다는 듯 미소 짓는다.

“파리의 불타는 거리에 있는 게 낫겠어?”

“난 당신이 전쟁을 더 좋아할 줄 알았는데.”

“그건 전쟁이 아니야.” 그가 퉁명스럽게 말한다. “그냥 소규모 충돌일 뿐이지.”

그녀는 그를 따라 탁 트인 마당으로 들어간다. 그곳은 돌로 된 벤치들이 여기저기 흩어져 있는 광장이고, 대기에는 여름꽃 향기가 가득하다. 그는 밤공기를 쐬러 나온 신사인 양 앞장서서 걷고, 포도주병을 한쪽 팔 아래에 끼고 있는 한 남자를 보고는 겨우 걸음을 늦춘다. 그가 손가락을 구부리자 그 남자는 발뒤꿈치에 따라붙는 개처럼 가던 방향을 바꾼다. 뤽은 그녀가 나중에 피렌체어임을 알게 되는 다른 언어로 유연하게 넘어간다. 그녀는 그가 하는 말을 알지는 못하지만 그의 목소리에 배어 있는 유혹을, 주변을 감싸는 대기에서 형태를 갖추는 얇은 천과도 같은 광택을 알고 있다. 남자가 잔잔한 미소와 함께 포도주를 뤽에게 건네주고 나서 멀어져갈 때 이탈리아 사람의 두 눈에 드러나는, 꿈을 꾸는 듯한 표정 역시 그녀는 안다.

뤽은 벤치에 주저앉고 어디에선가 두 개의 유리잔을 꺼낸다.

애디는 앉지 않는다. 그녀는 선 채로 그가 병마개를 열고 포도주를 유리잔에 따르는 모습을 지켜본다. "내가 왜 전쟁을 좋아한다고 생각해?" 그가 말한다.

그가 다른 사람을 자극하거나 뭔가를 요구하거나 강요하기 위해서가 아니라, 정직한 질문을 한 것은 이번이 처음이다. "당신은 혼돈의 신 아니었나?"

그의 표정이 시무룩해진다. "난 약속의 신이야, 아들린. 그리고 전쟁은 끔찍한 후원자들을 만들어내." 그는 그녀에게 잔을 권한다. 그녀가 유리잔 쪽으로 손을 뻗지 않자 그녀를 위해 건배한다는 듯 잔을 들어 올린다. "장수를 위해."

애디는 아무것도 할 수가 없다. 그녀는 생각에 잠긴 채 고개를 가로젓는다. "어떤 밤에는 당신은 내가 고통스러워하는 모습을 좋아해. 그래야 내가 항복할 테니까. 또 다른 밤에는 나를 고통으로부터 구해주고 싶어

하는 것 같아. 난 당신이 확실히 마음을 정했으면 좋겠어."

그림자가 그의 얼굴 위로 스친다. "날 믿어, 아들린. 그런 건 내가 바라는 게 아니야." 그가 포도주잔을 입술로 가져갈 때 작은 전율이 그녀를 스친다. "이것을, 아니면 그 어떤 것이든 친절이라고 오해하지 마, 아들린." 그의 두 눈이 장난기로 환해진다. "난 그저 널 망가트리는 사람이 되고 싶을 뿐이야."

그녀는 나무가 늘어서 있고 등불이 환하게 켜진 광장을 둘러본다. 달빛이 빨간색 지붕을 비추고 있다. "뭐, 그렇다면 좀 더 열심히 해야……."

하지만 그녀는 돌로 된 벤치로 시선을 돌리다 말꼬리를 흐린다.

"이런 젠장." 그녀가 빈 광장을 둘러보며 투덜댄다.

당연히 뤽은 이미 사라지고 없기 때문이다.

뉴욕
2014년 4월 6일

– VI –

✳ ✳ ✳ ✳ ✳ ✳ ✳

"당신을 거기다 버려두고 갔다고요?" 헨리가 놀라서 묻는다.

애디는 감자튀김 하나를 집고 손가락 사이에 넣어 돌린다. "버려지기에 더 나쁜 장소도 있어요."

그들은 소위 펍이라고 불리는—영국 이외의 나라에서 펍이라고 통하는—곳의 키가 높은 테이블에 앉아서 신맛이 나는 피시앤칩스와 미지근한 맥주를 나눠 먹는 중이다.

한 웨이터가 지나가며 헨리를 보고 미소 짓는다.

화장실로 향하던 여자 두 명은 그의 궤도 안으로 들어오자 발걸음이 느려지고 그에게서 멀어지면서도 그를 쳐다본다.

근처 테이블에서는 낮고 빠른, 뚝뚝 끊어지는 듯한 독일어가 줄줄 들려오고 애디의 입은 미소로 씰룩댄다.

"뭐예요?" 헨리가 묻는다.

그녀는 몸을 앞으로 기울인다. "저쪽에 있는 커플요." 그녀는 고개를 커플이 있는 쪽으로 기울인다. "저 사람들 싸우고 있어요. 듣자 하니 남자가 비서랑 잤네요. 그리고 조수랑도. 그리고 필라테스 강사랑도. 여자가 처음 두 사람까지는 알았는데 세 번째 여자까지 알고 나서 화가 난 상태예요. 두 사람이 같은 스튜디오에서 필라테스 운동을 하고 있거든요."

헨리는 감탄하며 그녀를 쳐다본다. "얼마나 많은 외국어를 알아요?"

"충분히 많이요." 그녀가 말한다. 하지만 그는 분명히 알고 싶어 한다.

그래서 그녀는 손가락으로 센다. “프랑스어는 물론 알고, 영어, 그리스어, 라틴어, 독일어, 이탈리아어, 스페인어, 스위스어요. 완벽하진 않지만 포르투갈어도 조금 알아요.”

“당신은 훌륭한 스파이가 될 수도 있었겠네요.”

그녀는 파인트 맥주잔 너머로 눈썹을 치켜올린다. “아니었다고 누가 그래요?”

그녀는 접시가 비었다는 걸 알고 주위를 둘러본다. 마침 그녀는 웨이터가 몸을 숙여 주방으로 들어가는 모습을 본다. “우리 가요.” 그녀가 헨리의 손을 잡으며 말한다.

헨리가 얼굴을 찌푸린다. “음식값도 안 냈는데요.”

“알아요.” 그녀가 간이의자에서 폴짝 뛰어내리며 말한다. “하지만 지금 가면 저 사람은 테이블을 치우는 걸 깜빡했다고 생각할 거예요. 기억 못 할 거예요.”

이것이 애디처럼 사는 삶에서 생기는 문제다.

그녀는 아주 오랫동안 뿌리를 내리지 않고 살아왔고 이제는 뿌리를 자라게 하는 법도 모른다.

그녀는 물건들을 잃어버리는 데 너무나 익숙해져서 어떻게 소유하는지도 확실히 모른다.

그녀 자신만 한 크기의 세상에서 공간을 어떻게 만드는지도 확실히 모른다.

“안 돼요.” 헨리가 말한다. “그는 *당신을* 기억 못해도 나는 기억할 거예요. 난 보이지 않는 사람이 아니에요, 애디. 나는 보이지 않음과는 정확히 반대편에 있는 사람이에요.”

보이지 않음. 그 말이 그녀의 살갗을 긁는다.

“나도 안 보이는 건 아니에요.” 그녀가 말한다.

"내 말 무슨 뜻인지 알잖아요. 난 그냥 떠날 수 없어요. 그리고 그럴 수 있다고 해도." 그가 지갑에 손을 뻗으며 말한다. "그래도 이건 *나쁜 짓*이에요."

그의 말이 주먹처럼 날아와 그녀를 강타하고 그녀는 굶주림으로 몸은 접은 채 파리로 돌아와 있다. 그녀는 후작의 집에 있다. 애디가 먹는 음식값을 어떤 이가 내줄 것이라고 알려주는 와중에 그녀는 훔친 옷을 입고서 위가 뒤틀리는 가운데 저녁을 먹고 있다.

그녀의 얼굴은 수치심으로 불타오른다.

"좋아요." 그녀가 주머니에서 20달러짜리 지폐를 몇 개 꺼내며 말한다. 그녀는 두 장을 테이블 위에 올려놓는다. "이제 됐죠?" 하지만 그녀가 헨리를 쳐다볼 때 그는 얼굴을 더욱더 찌푸린다.

"그 돈 어디서 났어요?"

그녀는 유명 브랜드 가게에서 걸어 나와 전당포로 간 사실을, 물건들을 한쪽에서 다른 쪽으로 옮긴 사실에 대해 말하고 싶지 않다. 그녀가 가지고 있는 모든 것—*다른 것도* 전부—은 훔친 것이라는 사실을 설명하고 싶지 않고, 여러 가지 면에서 그도 훔친 거나 다름없음을 설명하고 싶지 않다. 애디는 그의 얼굴에서 비판하는 듯한 얼굴을 보고 싶지 않고 그게 얼마나 당연한 일인지에 대해서도 생각하고 싶지 않다.

"그게 문제가 돼요?" 그녀가 묻는다.

헨리가 너무나도 확신에 찬 목소리로 "네."라고 말하자 그녀의 얼굴은 홍당무가 된다.

"나라고 이렇게 살고 싶은 줄 알아요?" 애디가 이를 앙다물며 말한다. "직업도 없고, 인간관계도 없고, 사람이나 물건을 가질 방법도 없는데요? 내가 그렇게 외로운 걸 좋아할 거 같아요?"

헨리의 얼굴에는 고통스러워하는 기색이 묻어난다. "당신은 혼자가 아니에요." 그가 말한다. "내가 있잖아요."

"알아요. 하지만 당신이 모든 일을 해야 할 의무도, 모든 것이 될 의무도 없어요."

"난 상관하지 않아요—."

"내가 상관해요." 자신의 목소리에 담긴 분노에 당황하며 그녀는 딱딱거린다. "난 사람이지 애완동물이 아니에요, 헨리. 당신이 나를 내려다보거나 응석받이 취급하는 것도 원치 않아요. 난 내가 해야 할 일을 하는 거예요. 그게 항상 좋은 일은 아니에요. 항상 공정한 일도 아니고요. 하지만 그게 내가 살아남은 방법이에요. 당신이 동의하지 못하는 건 유감이에요. 하지만 이게 바로 나예요. 이게 내 방식이에요."

헨리를 고개를 가로젓는다. "*우리의* 방식은 아니잖아요."

애디는 얻어맞은 것처럼 뒤로 물러난다. 갑자기 펍은 너무 시끄럽고, 너무 사람이 많다. 그녀는 그곳에 서 있을 수가 없다. 가만히 서 있을 수가 없다. 그래서 뒤로 돌아 밖으로 뛰쳐나간다.

밤공기와 맞닥트리는 순간 그녀는 몸이 좋지 않다고 느낀다.

세상이 흔들리고, 다시 안정되고……. 발걸음과 그다음 발걸음 사이 어딘가에서 분노는 사라진다. 그녀는 그저 피로와 슬픔을 느낀다.

어쩌다 오늘 밤이 꼬였는지 모르겠다.

그녀는 그게 무엇인지 깨닫기 전까지 그녀의 가슴을 갑작스럽게 누르는 무게감을 이해하지 못한다. 그것은 두려움이다. 일을 망쳤다는 두려움, 항상 원했던 한 가지를 내던져버렸다는 두려움이다. 그것은 너무나도 연약했고, 너무나도 쉽게 쪼개졌다는 두려움이다.

그때 그녀는 발걸음 소리를 듣고 헨리가 옆으로 다가오는 것을 느낀다.

그는 아무 말도 하지 않고 반걸음 정도 뒤에서 걷기만 한다. 이것은 새로운 고요함, 폭풍우가 지나간 후 피해 규모가 아직 산정되지 않은 상태의 고요함이다.

애디는 뺨에서 눈물 한 방울을 닦아낸다. "내가 망쳤죠?"

"뭘 망쳐요?" 그가 묻는다.

"우리 사이요."

"애디." 그가 그녀의 어깨를 붙잡는다. 그녀는 뒤돌아서고, 화가 나서 시뻘개진 그의 얼굴을 예상한다. 하지만 그의 얼굴은 온화하고 부드럽다. "그건 그냥 말다툼일 뿐이었어요. 세상의 끝이 아니라고요. 분명히 우리 사이의 끝도 아니고요."

300년 동안 그녀는 이런 것을 꿈꾸어왔다.

그녀는 항상 그것이 쉬울 것이라 생각했다.

뤽의 정반대.

"난 누군가와 함께하는 법을 몰라요." 그녀가 속삭인다. "어떻게 보통 사람이 되는지 몰라요."

그의 입이 뒤틀리더니 비뚤어진 미소로 바뀐다. "당신은 믿을 수 없을 정도로 대단하고, 강하고, 고집스럽고, 훌륭해요. 당신은 절대로 보통 사람이 될 수는 없을 거라고 말하는 게 정확할 것 같네요."

그들은 시원한 밤공기 사이로 팔짱을 끼고 걷는다.

"당신은 파리로 돌아갔어요?" 헨리가 묻는다.

그것은 화해의 말이고 다리를 만드는 것이다. 그녀는 그 질문에 감사해한다.

"결국에는 그랬죠." 그녀가 말한다.

뤽의 도움 혹은 파리로 돌아가고자 하는 그녀의 맹목적인 욕구 없이 파리로 돌아가기까지는 오랜 시간이 걸렸다. 그녀는 서두르지 않았다고 말하기가 부끄럽다. 뤽은 그녀를 유기하고 피렌체에 내다 버릴 작정이었지만, 그렇게 함으로써 그는 일종의 밀폐 장치를 깨트렸음을 말하기가 부끄럽다. 사람을 미치게 만드는 또 다른 방법으로 그는 그녀가 억지로 자유로워지게 만들었다.

그 순간까지 애디는 한 번도 프랑스를 떠나는 것을 생각하지 못했다. 지금 생각해보면 바보 같지만 그 당시 세상은 훨씬 더 작게 느껴졌다. 그러다 갑자기 세상은 작지 않게 되었다.

어쩌면 그는 그녀를 카오스 안으로 집어 던지려고 했을지도 모른다.

어쩌면 그는 그녀가 너무 안이해지고 있고, 너무 고집스러워지고 있다고 생각했는지도 모른다.

어쩌면 그는 그녀가 한 번 더 그를 애타게 찾기를 원했는지도 모른다. 그에게 돌아와달라고 간청하기를 원했는지도 모른다.

어쩌면 어쩌면 어쩌면—. 하지만 그녀는 절대 알 수 없을 것이다.

이탈리아, 베니스
1806년 7월 29일

– VII –

애디는 햇살과 실크 시트에 둘러싸인 채 깨어난다.

팔다리는 납덩이처럼 무겁게 느껴지고 머릿속은 모슬린 천이 들어차 있는 것처럼 빽빽하다. 햇볕을 너무 많이 쬐거나 잠을 너무 많이 자고 나면 찾아오는 무거운 느낌이다.

베니스는 믿을 수 없을 정도로 덥다. 파리에서 가장 더웠던 날보다 더 덥다.

창문은 열려 있지만 미세한 바람도, 실크 침구도, 숨 막히는 열기를 사라지게 하기엔 충분치 않다. 아침인데도 땀이 살갗에 구슬처럼 맺힌다. 그녀는 잠에서 깨어나려고 애쓰는 가운데 한낮을 떠올리며 두려워하다 마테오가 침대 발치에 앉아 있는 모습을 본다.

그는 구릿빛 살결을 가지고 있고 강인해서 햇살 아래에서도 아름답다. 하지만 그녀는 그의 아름다운 이목구비보다는 그 순간의 이상한 고요함에 더 강한 인상을 받는다.

망각의 결과로 아침은 보통 사과와 혼란스러움으로 얼룩진다. 아침은 가끔 고통스럽고 항상 어색하다.

하지만 마테오는 전적으로 침착해 보인다.

그는 물론 그녀를 기억하지 못한다. 그것은 분명하다. 하지만 그녀의 존재가, 그의 침대에 있는 낯선 사람이 그를 놀라게 하거나 성가시게 하는 것 같지 않다. 그의 시선은 무릎에 놓인 스케치북에만 가 있고 목탄이 우아하게 종이 위를 지나다닌다. 애디는 그의 시선이 그녀를 따라 위로 향했다가 다시 아래쪽을 향할 때에야 자신을 그리고 있음을 깨닫는다.

그녀는 몸을 가리려 하지도, 의자에 던져둔 슬립이나 침대 발치에 있는 얇은 가운을 집으려고 손을 뻗지도 않는다. 애디는 오랫동안 몸에 대해 부끄럽다고 생각해본 적이 없다. 실제로는 감탄의 대상이 되는 것을 즐기게 되었다. 그것은 아마도 시간과 함께 찾아오는 방종이거나 몸이 그대로 유지되는 지속성이거나, 아니면 관객들이 그녀를 기억하지 못하리라는 것을 안다는 데서 오는 해방감일 것이다.

어쨌든 잊힌다는 것에는 자유가 존재한다.

여전히 그림을 그리고 있는 마테오의 손놀림은 재빠르고 여유가 있다.

"뭘 하는 거예요?" 그녀가 조심스럽게 묻는다. 그러자 그는 시선을 양피지로부터 돌린다.

"미안해요." 그가 말한다. "당신의 조금 전 모습요. 그걸 포착하고 싶었어요."

애디는 얼굴을 찌푸리고 일어난다. 하지만 그는 억눌린 듯한 소리를 내며 "아직은 안 돼요."라고 말한다. 그가 한숨을 쉬며 작품을 옆으로 치워둘 때까지, 그의 눈이 예술가들에게서만 찾아볼 수 있는 독특한 여운으로 게슴츠레해 보일 때까지, 그녀는 손을 시트에 감은 채 침대에 가만히 있기 위해 온 힘을 다한다.

"봐도 돼요?" 그녀는 지금껏 배운 멜로디 같은 이탈리아어로 묻는다.

"아직 미완성이에요." 그가 말한다. 그러면서도 스케치북을 그녀에게 보여준다.

애디는 그림을 본다. 손쉽게 그리고 세밀하지 않게 표현한, 재능 있는 손이 재빨리 그려낸 스케치다. 얼굴은 거의 그리지 않았고, 빛과 그림자의 표현 속에서 추상적이다.

그것은 그녀다. 그리고 그녀가 아니다.

다른 사람의 스타일에 의해 여과되고 왜곡된 그림이다. 하지만 그녀는 그림에서 자신을 볼 수 있다. 뺨의 곡선에서부터 어깨 모양까지. 잠으로 헝클어진 머리카락과 두 뺨 위로 흩어져 있는 목탄으로 별자리처럼 그려진 일곱 개의 점도.

그녀는 목탄을 양피지 아래 테두리 쪽으로 문지른다. 그러자 그녀의 팔다리가 침대의 리넨 속으로 녹아들고 목탄이 그녀의 피부에 닿아 얼룩이 번지는 것을 느낀다.

하지만 손을 떼자 그녀의 엄지손가락에는 얼룩이 묻어 있지만 선은 그대로 확연하다. 그녀는 흔적을 남기지 못했다. 그렇긴 해도 흔적을 *남겼다*. 그녀는 마테오에게 인상을 남겼고, 그는 그녀를 양피지 위에 그렸다.

"맘에 들어요?" 그가 묻는다.

"네." 그녀는 스케치북에서 그 그림을 뜯어내 가져가고 싶은 충동을 억누르며 중얼거리듯 말한다. 그녀의 모든 부분이 그것을 가지고 싶어 하고, 보관하고 싶어 하고, 연못의 나르시스처럼 그 그림을 바라보고 싶어 한다. 하지만 지금 그녀가 가져간다면 그것은 사라지는 방법을 찾을 것이다. 게다가 그녀에게, 오로지 그녀에게만 속하더라도 잃어버린 것이나 잊힌 것과 다름없어질 것이다.

만일 마테오가 그림을 갖는다면 그는 그 근원을 잊어버릴 테지만, 그림 자체는 잊히지 않을 것이다. 아마도 그녀가 가고 나면 그는 그림을 향해 고개를 돌리고는 자신의 침대 시트에 누워 있는 여자를 보며 의아해할 것이다. 비록 그가 그 그림이 술에 취한 연회, 어떤 열병과 같은 꿈의 산물이라고 생각한다고 해도 양피지 위의 목탄화 형태로, 완성된 작품 아래의 팔림프세스트 형태로 여전히 그곳에 있을 것이다.

그것은 실제일 것이고, 그러면 그녀도 실제일 것이다.

그래서 애디는 그림을 유심히 살펴보고 기억의 프리즘에 감사해하고, 그것을 그녀의 예술가에게 돌려준다. 그리고 일어서서 옷을 집기 위해 손을 뻗는다.

"우리가 좋은 시간을 보냈나요?" 마테오가 묻는다. "난 기억이 안 나요."

"나도 기억이 안 나요." 그녀는 거짓말을 한다.

"뭐 그렇다면," 그가 방탕한 웃음을 내보이며 말한다. "아주 좋은 시간을 보낸 게 틀림없군요."

그는 그녀의 맨 어깨에 입을 맞춘다. 그러자 그녀의 맥박이 빠르게 움직이고, 몸이 전날 밤의 기억으로 뜨거워진다. 그녀는 지금 그에게 낯선 사람이지만 마테오는 자신의 최신 작업 대상에 매혹된 예술가의 관대한 열정을 갖고 있다. 이곳에 머무르는 것, 다시 시작하는 것, 그와 함께하는 시간을 하루 더 즐기는 것은 쉬운 일일 것이다. 하지만 그녀의 생각은 여전히 그림에 가 있고, 그 선들의 의미와 그것들의 무게에 가 있다.

"난 이제 가야 해요." 그녀가 마지막으로 한 번 더 입맞춤하기 위해 다가서며 말한다. "나를 기억하려고 노력해봐요."

그가 쾌활하고 가볍게 웃으며 그녀를 끌어당기자 그녀의 손가락에 묻은 목탄이 그의 살갗에 흔적을 남긴다. "어떻게 잊을 수 있겠어요?"

그날 밤 저녁노을은 운하를 황금색으로 물들인다.

애디는 물 위의 다리에 서 있다. 아직도 엄지손가락에 묻어 있는 목탄을 문지르며 그림에 대해, 진실을 흉내 낸 예술가의 작품에 대해 생각하고, 아주 오래전 뤽이 조프랭의 살롱에서 그녀를 내쫓았을 때 그가 했던 말에 대해 생각한다.

생각은 기억보다 훨씬 더 생명력이 질겨.

그가 의도한 바는 틀림없이 함정이었겠지만 그녀는 그것을 단서로, 열쇠로 생각했어야 했다.

기억은 경직되어 있지만 생각은 좀 더 자유롭다. 그것은 뿌리를 내던져 버리고, 확산하고 서로 섞여들고, 원천으로부터 풀려난다. 그것은 영리하고, 고집스럽고, 아마도 손이 미치는 곳에 있다.

왜냐하면 두 블록 떨어진 카페 위에 있는 작은 방에는 예술가 한 명이 있고, 그의 스케치북에는 그림이 한 점 있는데 그것은 그녀를 그린 그림이기 때문이다. 지금 애디는 눈을 감고 고개를 뒤로 젖히고 미소 짓는다. 희망이 가슴속에 차오른다. 고집스러운 저주의 벽에 금이 보인다. 그녀는 모든 것을 샅샅이 연구했다고 생각했지만 지금 이곳에 하나의 문이 있다. 그 문은 새롭고 지금껏 발견되지 못한 방을 향해 열려 있다.

그녀의 등에 와 닿는 공기가 바뀐다. 나무들의 산뜻한 냄새. 악취가 나는 베니스의 열기 속에서는 불가능한, 이곳을 벗어난 냄새.

그녀의 눈이 떠진다. "즐거운 저녁이야, 뤽."

"아들린."

그녀는 그를 보기 위해, 그녀가 실제로 만들어준 그 남자, 그 어둠, 삶으로 나오게 한 악마를 보기 위해 뒤로 돈다. 그가 이제 할 만큼 하지 않았는지, 아직도 지치지 않았는지, 오늘 밤은 항복할지 묻자 그녀는 미소를 지으며 말한다. "오늘 밤은 아니야."

그녀는 한 손가락으로 엄지손가락을 문질러서 거기에 묻은 목탄을 느낀다. 그리고 그의 놀라는 표정을 즐기기 위해 그녀의 발견에 대해 말해줄까 생각한다.

흔적을 남기는 방법을 찾아냈어. 그녀는 그에게 그렇게 말하고 싶다. *이 세상으로부터 나를 지울 수 있을 거라 생각했겠지만 당신은 그럴 수 없어. 난 여전히 여기 있어. 난 항상 여기 있을 거야.*

말의 맛—승리감—은 혀에 닿는 설탕만큼이나 달콤하다. 하지만 오늘 밤 그의 시선에는 경고의 기색이 어려 있다. 그녀가 알고 있는 뭐이라면 그것을 이용해서 그녀를 궁지에 몰아넣는 방법을, 그녀가 사용하기도 전에 이 작은 위안조차 빼앗아 갈 방법을 찾아낼 것이다.

그래서 그녀는 아무 말도 하지 않는다.

뉴욕
2014년 4월 25일

– VIII –

✳ ✳ ✳ ✳ ✳ ✳ ✳

박수 소리가 잔디밭을 가르며 들려온다.

오늘은 아름다운 봄날이고, 태양이 질 때도 따뜻함이 머무르기 시작하는 날들 가운데 하나다. 두 사람은 잔디밭 위에 만들어진 임시 무대 위로 연주자들이 오르락내리락하는 동안 프로스펙트 공원 가장자리에 담요를 깔고 앉아 있다.

"그 모든 걸 다 기억하다니 믿을 수가 없어요." 새로운 가수가 계단 위를 오를 때 그가 말한다.

"그건 *데자뷔*와 함께 사는 것과 비슷해요." 그녀가 말한다. "오로지 혼자만 전에 어디서 뭔가를 보았거나, 들었거나, 느꼈는지를 정확히 알 뿐이죠. 모든 시간과 장소를 알고 있고, 그것들은 아주 오래되고 복잡한 책 속의 페이지들처럼 겹겹이 쌓여 있어요."

헨리는 고개를 가로젓는다. "나 같았으면 미쳐버렸을 거예요."

"오, 한때는 그랬었죠." 그녀가 유쾌하게 말한다. "하지만 아주 오래 살면 광기마저도 끝이 나요."

새로운 가수는…… 신통치가 않다.

목소리가 단조로운 십 대 소년은 으르렁대다 비명을 지른다. 애디는 한두 마디 외에는 가사를 듣지 못했고 멜로디는 가늠도 안 된다. 하지만 잔디밭은 사람들로 꽉 차 있고 관중은 열정적이다. 공연보다는 숫자가 적힌 카드를 흔들 기회에 더 흥분한다.

그것은 브루클린이 오픈마이크 행사에 내놓은 답이다. 어떤 사람들은 공연하기 위해 돈을 지불하고, 다른 사람들은 그들을 심사하기 위해 돈을 내는 자선 공연이다.

"좀 잔인해 보이네요." 헨리가 그녀에게 점수가 적힌 카드를 넘겨줄 때 그녀가 지적한다.

"좋은 일을 위한 거니까요." 그는 저음 색소폰의 마지막 소리에 몸을 움츠리며 말한다.

노래가 끝나자 박수 소리가 약하게 들려온다.

잔디밭은 2점과 3점 카드로 가득 차지만, 헨리는 9점 카드를 든다.

"모두에게 9점과 10점을 줄 순 없어요." 그녀가 말한다.

헨리가 어깨를 으쓱해 보인다. "안됐잖아요. 저기 올라가서 공연하려면 용기도 상당히 많이 필요하고요. 당신은 몇 점?"

그녀는 카드들을 내려다본다. "모르겠어요."

"본인을 재능 스카우터라고 소개했잖아요."

"뭐, 유일한 취미라고는 예술가들에게 영감을 주는 것밖에 없는 300하고도 스무 세 살 먹은 유령이라고 말하는 것보다야 그게 쉬웠으니까요."

헨리는 손을 뻗어서 그녀의 뺨을 만진다. "당신은 유령이 아니에요."

다음 노래가 시작되었다가 끝난다. 빗방울처럼 박수 소리가 잔디밭 여기저기서 간간이 나온다.

헨리는 7점을 준다.

애디는 3점을 들어올린다.

헨리는 놀라서 그녀를 쳐다본다."왜요?"

그녀가 말한다. "그렇게 좋진 않았어요."

"우리가 재능에 점수를 매기고 있었어요? 이런."

애디는 웃는다. 공연 사이에는 잠깐 대기하는 시간이 있는데 다음으로는 누가 무대 위로 올라가야 하는지 논쟁이 벌어진다. 녹음된 음악이 스피커에서 흘러나오고, 두 사람은 잔디밭에 등을 대고 눕는다. 애디는 머리를 그의 배 위에 올린다. 그의 숨이 그녀 아래에 있는 얕은 파도처럼 부드럽게 나갔다 들어오길 반복한다.

여기에는 새로운, 다른 것들보다 희귀한 고요함이 있다. 익숙한 공간의 고요함, 그 안에서 당신이 혼자가 아니라는 단순한 이유로 채워지는 공간의 고요함이 있다. 담요에는 공책이 한 권 있다. 파란색 공책이 아니다. 그 공책은 이미 가득 찼다. 새로운 공책은 에메랄드빛 녹색인데, 뤽이 으스댈 때 그의 두 눈에서 보이는 것과 거의 같은 색깔이다.

펜 하나가 헨리가 쓰다 만 자리를 표시하며 페이지들 사이로 삐죽 올라와 있다.

애디는 매일 그에게 이야기를 들려주었다.

그녀는 달걀을 먹고 커피를 마시며 르망까지 가는 고문에 가까웠던 걷기에 대해 말해주었다. 어느 아침 서점에서 신간들 박스를 풀고 있을 때는 파리에서 맞이한 첫 해를 다시 살았다. 간밤에는 시트로 몸을 감싼 채 레미에 관해 이야기해주었다. 헨리는 진실을 원했고, 그녀만의 진실을 원했고, 그래서 그녀는 진실을 말해주는 중이다. 그들이 함께 보내는 날들의 흐름 사이로 책갈피처럼 이야기의 조각들, 파편들을 끼워넣고 있다.

헨리는 병 속에 든 번갯불과 같아서 오랫동안 가만히 앉아 있질 못하고, 초조해하는 에너지로 가득 차 있다. 소강상태가 있고 한 조각 평화와 고요함이 오는 순간마다 그는 새 노트와 펜을 집어 든다. 그녀는 항상 글들이—그녀의 글들이—페이지 위로 퍼져가는 모습을 보며 설렘을 느끼지만 그가 그 글들을 쓸 때 내비치는 다급함을 두고 그를 놀린다.

"우리에겐 시간이 많아요." 그녀는 그의 머리카락을 반듯하게 펴주며 상기시킨다.

애디는 그에게 기대며 몸을 쭉 펴고 사그라드는 빛을 올려다본다. 하늘에는 자줏빛과 푸른빛이 어려 있다. 이제 거의 밤이다. 그녀는 어둠이 보고 있다면 지붕은 아무런 역할을 하지 못하리라는 것을 안다. 탁 트인 야외인 이곳에 누워서도 그녀는 여전히 누군가의 시선에 노출되어 있다고 느낀다.

그들은 운이 좋았다. 너무나도 운이 좋았다. 그런데 운이 가진 문제점은 언젠가는 끝나게 되어 있다는 것이다.

어쩌면 헨리는 그저 손가락으로 공책을 불안하게 두드리고 있는 것인지도 모른다.

어쩌면 그것은 그저 달이 없는 하늘인지도 모른다.

어쩌면 그것은 그저 행복은 두려운 것이라는 사실인지도 모른다.

다음 밴드가 무대로 오른다.

음악이 잔디밭을 가로지르며 울려 퍼지는 동안 그녀는 어둠에서 눈을 뗄 수가 없다.

영국, 런던
1827년 3월 26일

– IX –

✶ ✶ ✶ ✶ ✶ ✶ ✶

그녀는 국립미술관에서 살 수도 있었다.

사실 그녀는 이 방에서 저 방으로 옮겨 다니며, 그림과 초상화, 조각품, 태피스트리들을 마음껏 감상하면서 한 계절을 보냈다. 그것은 친구들 사이에서, 흔적들 사이에서 보낸 삶이었다.

그녀는 대리석 홀들 사이로 돌아다니고, 그녀가 영향을 준 작품들의 수를 세고, 다른 손에 의해 남겨진, 하지만 그녀의 손이 길잡이가 되어준 흔적들의 수를 센다.

마지막으로 셌을 때 이 특별한 컬렉션에는 여섯 개가 있었다.

그녀를 높이 떠받치는 여섯 개의 기둥.

그녀를 실어 나르는 여섯 개의 목소리.

그녀의 흔적 일부를 세상에 비춰주는 여섯 개의 거울.

마테오가 그렸던 스케치의 흔적은 이 완성된 작품들에는 없지만 그의 걸작인 〈뮤즈〉에 투영된 초기의 선들을 볼 수 있다. 손 위에 놓여 있는 얼굴을 조각한 작품에서도 볼 수 있고, 바닷가에 앉아 있는 여인을 그린 그림에서도 볼 수 있다.

그녀는 유령이고 작품 전체를 덮고 있는 얇은 천이다.

하지만 그녀는 작품들 속에 있다.

그녀는 그곳에 있다.

한 안내원이 곧 미술관 문을 닫는다고 알려준다. 애디는 고맙다고 인사하고 자신만의 투어를 계속한다. 그녀는 이곳에 머무를 수 있지만 드넓은 홀은 켄싱턴에 있는 아파트만큼 아늑하지 않다. 그곳은 겨울철에 주인이 살지 않는 보석 같은 곳이다.

애디는 가장 좋아하는 작품 앞에서 발걸음을 멈춘다. 거울 앞에 서 있는 여자를 그린 초상화다. 등은 예술가를 향하고 있다. 방과 여자는 매우 세밀하게 표현되어 있지만 그녀가 반사된 모습은 선들의 모음에 불과하고, 그녀의 얼굴은 거울의 은색 얼룩들로만 표현되어 있다. 하지만 가까이서 보면 누구라도 휘어진 회색 하늘을 배경으로 떠 있는, 별들처럼 흩어져 있는 점들을 볼 수 있다.

"넌 참 영리해." 그녀 뒤에서 한 목소리가 말한다.

갤러리 안에는 애디 혼자뿐이었는데 지금은 그렇지 않다.

그녀는 왼쪽을 쳐다보고, 그녀를 지나쳐서 그림을 바라보는 뤽을 본다. 그는 작품에 감탄한 듯 고개를 기울이고 있다. 한순간 애디는 자신이 문이 활짝 열린 캐비닛인 것처럼 느껴진다. 그녀는 몸을 움츠리지도, 기다림으로 긴장하지도 않는다. 왜냐하면 그들의 기념일까지는 아직도 몇 개월이나 남아 있기 때문이다.

"여기서 뭐 해?" 그녀가 묻는다.

그의 입은 그녀의 놀란 기색을 음미하며 한 번 씰룩댄다. "난 언제나 어디에나 있어."

그는 원하면 언제든지 찾아올 수 있고, 거래 날짜에 얽매이지도 않는다는 생각을 그녀는 그동안 한 번도 하지 못했다. 그의 방문은 부재와 마찬가지로 언제나 의도적인—*선택*에 의한— 것이었다는 생각을 전에는 하지 못했다.

"그동안 아주 바빴네." 그의 녹색 눈이 그녀의 어깨너머로 초상화를 훑으며 이렇게 말한다.

그녀는 그동안 바빴다. 빵 부스러기처럼 자신을 흩어놓았고, 백여 개의 예술 작품 위에 흔적을 남겼다. 그 모든 것들을 지우기란 그에게 단순한 일이 아닐 것이다. 그렇긴 해도 그의 시선에는 어둠이, 미심쩍은 기운이 있다.

그는 손을 내밀어 손가락으로 액자를 따라간다.

"파괴해." 그녀가 말한다. "난 더 많은 걸 만들 거야."

"중요하지 않아." 그가 말하고 손을 아래로 떨군다. "넌 중요하지 않아, 아들린."

그 말은 심지어 지금도 아프다.

"너를 모방한 것들을 가져. 그리고 그것들이 마치 너의 목소리인 척해."

그녀는 뤽의 고약한 기운을, 번갯불처럼 짧고 환한 나쁜 성미를 잘 알고 있다. 하지만 오늘 밤 그의 어조에는 폭력이 어려 있고 말투에 날이 서 있다. 그를 화나게 한 것은 그녀의 속임수나 예술 작품들 사이에 접혀 들어가 있는 그녀의 모습이 아닐 것이다.

아니다. 이 어두운 기운은 그가 데리고 온 사람의 것이다.

그의 뒤를 쫓아 이끌려 온 그림자.

그날 밤 비용에서 그녀가 그에게 타격을 가하고, 그가 다시 반격을 가하고, 에스텔의 집에서 그녀를 쭈글쭈글한 시체로 만들었던 일이 있고 난 후 거의 백 년이 지났다. 애디는 그가 드러낸 이를 보며 뒤로 물러서는 대신 미끼를 문다.

"당신 입으로 말했잖아, 뤽. 생각은 기억보다 생명력이 질기다고. 나는 야생적일 수 있어. 나는 잡초처럼 고집스러울 수 있어. 당신은 나를 뿌리째 뽑아낼 수 없을 거야. 난 당신이 그걸 기쁘게 여긴다고 생각해. 그래서 당신이 여기에 온 걸 거야. 당신도 외로우니까."

뤽의 눈이 역겹다는 듯 험악한 녹색을 띤다. "말 같지도 않은 소리." 그가 조롱한다. "신은 모든 사람이 알아."

"하지만 기억하는 사람은 아주 소수지." 그녀가 대꾸한다. "당신이 두 번 이상 만난 사람은 얼마나 돼? 한 번은 거래를 틀 때고 또 다른 한 번은 대가를 치를 때지. 얼마나 많은 사람이 나만큼이나 오래 당신 삶의 일부분이 되었지?" 애디는 의기양양한 미소를 짓는다. "아마도 그래서 당신은 나를 이런 식으로 저주한 거겠지. 그래야 당신에게도 함께할 사람이 있을 테니까. 그래야 누군가가 당신을 기억할 테니까."

눈 깜짝할 사이 그는 그녀에게로 달려들어 그녀를 박물관 벽에 대고 누른다. "난 너의 어리석음 덕분에 너를 저주할 수 있었어."

애디는 웃는다.

"내가 어린애였을 때, 오래된 신들을 상상했을 때, 난 당신이 당신의 숭배자들을 괴롭히는 사소한 걱정들 위에 있는, 위대한 불멸의 존재라고 생각했어. 난 당신이 우리보다 큰 존재라고 생각했어. 하지만 그렇지 않아. 당신도 당신이 멸시하는 인간들만큼이나 변덕스럽고 욕망으로 가득 차 있어." 그의 손이 그녀를 더욱 세게 조르지만 그녀는 떨지도, 움츠러들지도 않고, 그저 그의 시선을 맞받는다. "우린 그렇게 다르지 않아, 그렇지?"

뤽의 분노가 거세지다 가라앉는다. 눈이 녹색에서 검은색으로 바뀐다. "나를 아주 잘 아는 것처럼 말하는군. 한번 보자고……." 그의 손은 그녀의 어깨에서 손목으로 내려간다. 너무 늦게 그가 하려는 일을 깨닫는다.

그가 마지막으로 그녀를 어둠 속으로 끌고 들어간 것이 40년 전이지만 그녀는 그 느낌을, 밤으로 활짝 열린 문들의 원시적인 공포와 허황한 희망, 무모한 자유를 여전히 기억하고 있다.

그것은 무한하다—.

그러고 나서 그것은 끝이 난다. 그녀는 손과 무릎을 나무 바닥에 대고 있고, 팔다리는 이상한 여행으로 말미암아 떨고 있다.

도착한 곳에는 난잡하고 비어 있는 침대가 하나 놓여 있고, 커튼은 활짝 열려 있다. 바닥은 오선지들로 덮여 있고 방 안에는 병으로 인한 퀴퀴한 공기가 흐른다.

"이 얼마나 낭비인지." 뤽이 중얼댄다.

애디는 불안정하게 두 발로 일어선다. "여기가 어디야?"

"넌 날 한낱 외로운 인간으로 오해했어." 그가 말한다. "시간을 같이 보낼 누군가를 찾는, 비탄에 잠긴 인간으로 오해했어. 하지만 둘 다 아니야."

방 건너편에 움직임이 있다. 그녀는 그와 단둘이 있는 게 아님을 깨닫는다. 머리가 하얗게 세고 미치광이 눈매를 가진 한 남자의 환영이 피아노 의자에 앉아 있다. 그의 등은 건반 쪽을 향하고 있다.

그는 독일어로 애원한다.

"아직은 안 됩니다." 그는 악보들을 가슴에 안고서 말한다. "아직은 안 됩니다. 시간이 더 필요합니다."

그의 목소리는 이상하다. 마치 듣지 못하는 사람처럼 너무 크게 울린다. 답을 하는 뤽의 목소리는 낮은 종소리처럼 부드럽지만 단단하고, 들리는 것만큼이나 느껴지는 소리다.

"시간이 짜증 나는 것은," 그가 말한다. "절대로 충분한 적이 없다는 거지. 10년이 부족하고, 한순간이 부족하지. 하지만 삶은 항상 너무 일찍 끝나고."

"제발." 남자가 어둠 앞에서 손과 무릎을 바닥에 대고서 애원한다. 애디는 남자를 보며 움찔하고 그의 애원이 통하지 않을 것임을 안다.

"한 번 더 거래합시다!"

뤽은 남자를 일으켜 세운다. "거래를 위한 시간은 끝났습니다, 베토벤 선생. 이제 당신은 그 말을 해야 합니다."

남자는 고개를 가로젓는다. "안 됩니다."

애디는 뤽의 눈을 볼 수 없지만 그의 기분이 바뀌는 것을 느낄 수 있다. 그들을 둘러싸고 있는 방 안 공기에 잔물결이 일고, 바람이, 더 강한 무언가가 일어난다.

"네 영혼을 내놔." 뤽이 말한다. "안 그러면 내가 힘으로 빼앗을 수밖에."

"안 돼!" 남자는 이제 발작적으로 소리친다. "물러가라, 악마야. 물러가—."

그것이 뤽이 *펼쳐내기* 전에 그 남자가 마지막으로 하는 말이다.

펼쳐내다. 이 말이 그것을 설명하는 유일한 언어다.

뤽의 얼굴에서 검은색 머리카락이 일어서서 잡초들처럼 공중으로 올라간다. 그의 피부는 물결이 일며 갈라진다. 그리고 쏟아져 나오는 것은 남자가 아니다. 그것은 괴물이다. 그것은 신이다. 어둠 그 자체이고, 뭔가 다른 것이고, 그녀가 한 번도 본 적 없는 무언가이고, 쳐다보지 않을 수 없는 무언가다. 어둠보다 더 오래된 무엇이다.

"*항복해*."

이제 목소리는 목소리가 전혀 아니고, 딱딱 소리를 내며 부러지는 나뭇가지들과 여름 바람, 늑대의 낮은 으르렁거림, 그리고 발아래 돌들이 갑자기 움직이며 내는 소리를 한데 섞어놓은 것이다.

남자는 중얼거리며 애원한다. "도와줘!" 그가 소리치지만 소용없는 일이다. 문밖에 누군가 있다 해도 그들은 듣지 못할 것이다.

"도와줘!" 그는 헛되이 다시 소리친다.

괴물은 손을 남자의 가슴에 박아 넣는다.

어둠이 그의 영혼을 과일 한 조각처럼 뽑아내자 남자는 휘청댄다. 그의 얼굴은 창백하고 잿빛이다. 그의 영혼은 찢기는 소리와 함께 빠져나온다. 작곡가는 비틀거리다 바닥으로 쓰러진다. 하지만 애디의 눈은 그림자의 손에 들려 있는, 우둘투둘하고 불안정한, 꽃 모양을 한 빛에 고정되어 있다. 그녀가 표면에 말려 있는 색깔이 들어간 리본들을 자세히 보기도 전에, 안에서 감겨들고 있는 그림들을 보며 놀라기도 전에, 어둠은 영혼 주변을 손가락으로 감싸버린다. 그것은 번갯불처럼 그를 통과하며 탁탁거리는 소리를 내고 순식간에 시야에서 사라진다.

작곡가는 축 처진 채 피아노 의자에 기대 앉아 있다. 머리는 뒤로 젖혔고 눈은 텅 비어 있다.

뤽의 손은 항상 세심하다는 것을 그녀는 알게 될 것이다. 사람들은 그가 벌인 일을 볼 것이고 그것을 질병이라 부르고, 심부전이라 부르고, 광기라 부르고, 자살이라 부르고, 약물 과다복용이라 부르고, 사고라 부를 것이다.

하지만 오늘 밤 그녀가 아는 것은 바닥에 있는 남자가 죽었다는 사실뿐이다.

그러고 나서 어둠은 애디를 향해 돌아서는데 소용돌이치는 연기에는 뤽의 흔적이 없다. 녹색 두 눈이 없다. 장난기 섞인 능글맞은 웃음도 없다. 위협적인 허공, 이빨로 채워진 그림자만 있을 뿐이다.

애디가 진정한 두려움을 느껴본 건 아주 오래전이다. 그녀는 슬픔을 안다. 외로움과 비통함도 안다. 하지만 두려움은 잃을 것이 있는 사람들에게 속하는 것이다.

그렇긴 해도.

그 어둠을 응시하며 애디는 두려움을 느낀다.

그녀는 다리에 힘을 주며 가만히 있기로, 바닥에 대고 있는 발을 움직이지 않겠다고 마음먹는다. 그녀는 마음먹은 대로 한다. 어둠이 첫 번째 걸음을 떼고, 두 번째 걸음을 뗀다. 하지만 세 번째 걸음을 뗄 즈음 그녀는 뒤로 물러나고 있는 자신을 발견한다. 꿈틀대는 어둠으로부터, 괴물 같은 밤으로부터 멀어지며, 등이 벽에 닿을 때까지 물러난다.

하지만 어둠은 계속 다가온다.

한 걸음씩 전진할 때마다 그것은 뭉쳐지고, 폭풍이라기보다는 유리병 안에 든 연기가 될 때까지 가장자리가 단단해진다. 얼굴은 형태를 갖추고 그림자들은 뒤틀리며 느슨한 검정 곱슬머리로 변한다. 두 눈—거기에는 다시 두 눈이 있다—은 건조하는 돌처럼 밝아지고, 동굴 같은 구멍은 좁아져서 큐피드의 활이 된다. 입술이 곡선을 이루며 음흉한 만족감을 드러낸다.

그는 다시 인간의 겉모습을 한 뤽이다. 거리가 아주 가까워서 그녀는 산들바람처럼 그에게서 흘러나오는 시원한 밤공기를 느낄 수 있다.

이번에는 그녀가 아주 잘 아는 목소리로 말한다.

"자, 아들린……." 한 손으로 그녀의 뺨을 어루만지며 그가 말한다. "이제 우린 많이 다른 건가?"

그녀에게는 답을 할 기회가 없다.

그가 아주 희미하게 힘을 주자 그녀의 뒤로 벽이 열린다. 그녀는 자신이 추락하는 것인지, 아니면 그림자들이 손을 뻗어 그녀를 끌어내리는 것인지 확실치가 않다. 뤽은 사라졌고, 작곡가의 방도 사라졌고, 한순간 어둠은 모든 곳에 있고, 그러고 나서 그녀는 바깥에, 자갈로 된 강둑에 서 있다. 밤은 웃음과 물 위에서 반짝이는 불빛들, 템스강 어디쯤에선가 노래하고 있는 한 남자의 부드러운 리드미컬한 목소리로 가득 차 있다.

뉴욕
2014년 5월 15일

– X –

고양이를 집으로 데려온 것은 애디의 생각이다.

어쩌면 그녀는 애완동물을 항상 원해 왔을지도 모른다.

어쩌면 그녀는 단순히 고양이가 외로울 것이라 생각하는지 모른다.

어쩌면 그녀는 그것이 헨리에게 도움이 될 것이라 생각하는지 모른다.

그녀는 모른다. 그건 중요하지 않다. 중요한 것은 어느 날 헨리가 가게 문을 닫을 준비를 하고 있을 때 그녀가 간이의자에 앉아 있는 그의 옆에 나타났는데, 한쪽 팔에는 소설책을 끼고 있고, 다른 쪽 팔에는 얼룩무늬 고양이를 안고 있었다는 것이다. 그렇게 된 일이다.

그들은 북을 헨리의 아파트로 데려와서, 파란 정문을 소개하고, 좁은 브루클린 아파트로 올라간다. 헨리의 미신과 달리 서점에서 멀리 떨어져도 고양이는 먼지로 변하지 않는다. 고양이는 한 시간 정도 돌아다니다 철학책들이 쌓여 있는 곳에 몸을 기댄다. 그렇게 북은 집에 왔다.

그녀도 마찬가지다.

그들이 소파에서 서로를 껴안고 있을 때 그녀는 폴라로이드 카메라가 찰칵 하는 소리를 듣고 갑작스럽게 번쩍 터지는 플래시를 쳐다본다. 한순간 그녀는 카메라가 작동할지, 헨리가 그녀의 이름을 쓴 것처럼 그녀의 사진을 찍을 수 있을지 궁금해한다.

하지만 그의 공책에 적힌 글은 전적으로 그녀의 것이 아니다. 그것은 그의 펜으로 쓰이는 그녀의 이야기고, 그들의 말로 쓰이는 그녀의 삶이다.

폴라로이드 사진이 선명하게 나타날 때 그것은 그녀를 찍은 사진이 아니다. 그것은 그녀의 실제 모습이 아니다. 프레임 안의 여자는 그녀의 굽이치는 갈색 머리를 하고 있다. 프레임 안의 여자는 하얀 셔츠를 입고 있다. 하지만 프레임 안의 여자에게는 얼굴이 없다. 있다고 해도 빙빙 돌면서 찍힌 것처럼 카메라로부터 돌아가 있다.

그녀는 사진이 찍히지 않으리라는 것을 알고 있었지만 그녀의 심장은 여전히 내려앉는다.

"이해가 안 돼요." 헨리가 손에 들린 카메라를 돌리며 말한다.

"다시 해봐도 돼요?" 그가 묻는다. 그녀는 그의 충동을 이해한다. 불가능하다는 것이 너무나 확실할 때 충동은 더더욱 제어하기 힘들다. 머리로 이해가 되지 않기 때문에 이번에는 다를 것이라 확신하면서 계속 시도하는 것이다.

그것이 미치는 길임을 그녀는 안다.

하지만 애디는 헨리가 두 번째, 세 번째 시도할 때까지도 그냥 내버려 둔다. 하얀 플래시 불빛으로 인해 현기증이 일 때까지 카메라에 필름이 걸리고, 아무것도 없는 인화지를 뱉고, 사진이 과다 노출되어 너무 밝거나, 과소 노출되어 너무 어둡거나, 흐릿하게 출력되는 모습을 지켜본다.

그녀는 그가 다른 각도, 다른 빛을 시도하도록 내버려두고, 사진들은 바닥에 어지럽게 흩어진다. 그녀는 그곳에 있으면서도 그곳에 없고, 실제이면서도 유령이다.

그는 플래시가 터질 때마다 조금 더 그녀의 신경이 예민해지고 슬픔이 차츰 고조되는 것을 알아차리고 카메라를 내려놓는다.

애디는 사진들을 쳐다보고 런던에 있는 그림을, 그녀의 머릿속에 있는 뤽의 목소리를 떠올린다.

그건 중요하지 않아.

넌 중요하지 않아.

그녀는 마지막 시도의 결과물을 집어 들고, 프레임 안 여자의 형체를 알아볼 수 없는 수준으로 흐릿해진 이목구비를 살펴본다. 그녀는 눈을 감고 흔적을 남기는 방법은 여러 가지가 있다는 사실을, 사진은 거짓말을 한다는 사실을 자신에게 환기한다.

그런 다음 그녀는 손안에 놓이는 카메라의 단단한 몸체를 느끼고, 그에게 그 방법은 통하지 않을 것이라고, 그렇지 않을 것이라고 말하려고 숨을 들이쉰다. 그때 헨리가 그녀 뒤에 선다. 그녀의 손가락을 그의 손가락 위에 포개고 뷰파인더를 그녀의 눈앞까지 들어올린다. 그리고 유리벽에 페인트 물감으로 그림을 그린 것처럼 그의 손의 압력을 그녀가 이끌게 한다. 그녀가 바닥에 흩어져 있는 사진들을 한군데로 모으고, 자신의 맨발이 사진 프레임의 아랫부분에 오도록 할 때 그녀의 심장은 빠르게 뛴다.

그녀는 숨을 참고, 그리고 희망한다.

찰칵. 번쩍하는 플래시.

이번에는 사진이 나온다.

고정된 프레임 안에 삶이 있다.

폴라로이드 사진 같은 순간들. 그림 같은 순간들. 책의 페이지들 사이에서 압축된 꽃처럼 완벽하게 보존된 순간들.

햇볕 아래에서 낮잠을 자는 그들.

헨리에게 이야기를 들려주며 헨리의 머리카락을 어루만지는 애디. 그는 쓰고, 쓰고, 또 쓴다.

헨리는 그녀를 침대에 대고 누르고, 그들의 손가락은 서로 엉키고, 그들의 숨은 빨라지고, 그녀의 이름이 그녀의 머릿결 속으로 울린다.

그들은 갤리형 주방에 있다. 베샤멜 소스를 휘젓고 빵 반죽을 이길 때 그의 팔은 그녀의 팔 사이로 들어가 있고, 그녀의 손은 그의 손 위에 놓여 있다.

빵 반죽이 오븐에 들어가 있을 때, 그는 밀가루가 묻은 두 손을 그녀의 얼굴에 대고 컵 모양으로 동그랗게 모아 쥔다. 그가 만지는 곳마다 흔적이 남는다.

집 안이 막 구워낸 빵 냄새로 차는 가운데 그들은 주방을 난장판으로 만든다.

아침에 그곳은 유령들이 주방을 돌아다니며 춤을 춘 것처럼 보이고, 그들은 그곳에 한 명이 아니라 두 명의 유령이 있었던 체한다.

프랑스, 사르트의 비용
1854년 7월 29일

– XI –

✳ ✳ ✳ ✳ ✳ ✳ ✳

비용은 변하지 않을 것 같았다.

그녀가 어렸을 적에 그곳은 폭풍우가 밀려오기 전 여름 공기처럼 항상 고통스러울 정도로 고요했다. 돌에 새겨진 마을이었다. 그렇긴 해도 뤽이 무엇이라 말했던가?

심지어 바위도 차츰 닳아서 아무것도 아닌 걸로 변한다고 했다.

비용은 닳아서 사라지지 않았다. 대신 움직였고, 성장했고, 새 뿌리들이 나왔고, 다른 뿌리들은 잘려 나갔다. 숲은 뒤로 물러났고, 숲 가장자리의 나무들은 모두 잘려서 난롯불에 들어갔고, 들판과 농작물에 자리를 내주었다. 전보다 더 많은 벽이 있다. 더 많은 건축물이 있다. 더 많은 길이 있다.

애디는 머리에 멋진 장식을 단 보닛을 그대로 쓴 채 마을을 통과한다. 그녀는 한때 알았던 가족의 이름, 얼굴, 그리고 그들의 흔적의 흔적을 확인한다. 하지만 어린 시절의 비용은 결국 희미해졌고, 그녀는 그것—세부 사항들이 천천히 지워지는 것—이 다른 사람들이 기억이라고 느끼는 것인가 싶어진다.

처음으로, 그녀는 모든 길을 알아보지 못한다.

처음으로, 그녀는 길을 확신하지 못한다.

그녀는 집 하나가 나올 것이라 예상하며 모퉁이를 돌지만 대신 낮은 돌벽에 의해 구분되는 두 채의 집이 나타난다. 왼쪽으로 돌아서니 열린 들판이 아니라 울타리가 처진 마구간을 발견한다. 겨우 그녀는 집으로 가는 길을 알아보고 길을 따라 걸으며 숨을 참는다. 집의 가장자리에 있는, 아직도 휘어지고 마디가 있는 오래된 주목나무를 보고서는 그녀 안의 무언가가 느슨하게 풀리는 것을 느낀다.

나무 너머에 있는 장소는 변했다. 새 옷들이 오래된 뼈대들 위를 덮고 있다.

아버지의 작업실은 철거되었고, 그곳의 자취는 땅 위의 흔적으로만 남아 있다. 오래전에 약간 다른 색깔의 잡초들이 그 공간을 채웠다.

애디는 버려진 장소가 주는 퀴퀴한 고요함을 기대했지만 그녀가 마주한 것은 움직임과 목소리, 웃음이다.

누군가가 그녀 가족의 집에 이사를 왔다. 확장하는 마을로 새로 들어온 이들 가운데 한 사람이다. 자주 웃는 어머니와 웃지 않는 아버지, 그리고 마당에서 달리고 있는 머리가 밀짚 색인 남자아이 둘로 구성된 가족이다. 나이가 많은 아이는 양말 한 짝을 물고 도망가는 개를 뒤쫓고, 그보다 어린 남자아이는 오래된 주목나무를 오른다. 그의 맨발은 그녀가 그림책을 팔 밑에 끼고 있던 어린 소녀였을 때 그랬던 것처럼 옹이들과 굴곡진 부분을 찾는다. 그녀의 나이도 어린 남자아이와 비슷했을 것이다……. 아니면 더 많았나?

그녀는 눈을 감고 이미지를 붙잡아보려고 애쓰지만, 그것은 그녀의 손가락 사이로 빠져나가고 미끄러진다. 프리즘 안에 갇혀 있지 않은 어린 시절의 기억들. 다른 삶에 빼앗기기 전에 살았던 시간. 그녀의 눈은 잠깐 감겨 있었을 뿐이지만 눈을 떴을 때 나무에는 아무도 없다. 어린 남자아이는 사라지고 없다.

"안녕." 등 뒤 어디에선가 목소리가 들려온다.

나이 어린 남자아이다. 아이의 얼굴은 정면을 보며 위로 향하고 있다.

"안녕." 그녀가 말한다.

"길을 잃었어요?"

그녀는 '응'과 '아니' 사이에서 고민하며, 어떤 답이 진실에 더 가까운지 확신할 수 없어서 머뭇거린다.

"난 유령이야." 그녀가 말한다. 남자아이의 눈이 놀람과 기쁨으로 커지고, 그녀에게 증명해보라고 요구한다. 그녀는 아이에게 눈을 감으라고 말한 다음 아이가 그렇게 하자 슬그머니 사라진다.

묘지에는 애디가 심은 나무가 뿌리를 내렸다.

그것은 에스텔의 무덤 위로 늘어진다. 에스텔의 뼈는 그늘에 들어가 있다.

애디는 손으로 나무껍질을 매만지며 묘목이 둥치가 넓은 나무로 자란 것에 감탄한다. 뿌리와 나뭇가지들은 사방으로 달아나고 있다. 심은 지 백 년이 흘렀다. 백 년이라는 시간은 한때는 헤아리기조차 힘든 너무 긴 세월이었지만 지금은 가늠하기조차 쉽지 않다. 지금까지 그녀는 시간을 초 단위로, 그리고 계절 단위로, 한파와 해빙 단위로, 반란과 그 여파 단위로 셌다. 그녀는 건축물들이 무너지고 세워지는 것을 보았고, 도시들이 불타고 다시 세워지는 것을 보았고, 과거와 현재가 유동적이고 덧없는 것으로 함께 섞여드는 것을 보았다.

하지만 이것은, 이것은 실체가 있는 것이다.

나무와 껍질, 뿌리와 토양에 새겨진 세월.

애디는 여자의 무덤에 등을 대고 앉아서 자신의 오래된 뼈를 얼룩덜룩한 그늘에 쉬게 한다. 그리고 마지막으로 이곳을 방문한 이후의 시간을 회상한다. 그녀는 에스텔에게 영국과 이탈리아, 스페인, 마테오, 국립미술관, 뤽, 그녀의 예술, 세상이 변화한 모습을 이야기해 준다. 낙엽이 바스락거리는 소리 외에는 대답이 없지만 그녀는 그 노파가 무슨 말을 할지 알고 있다.

어리석은 아이야, 모든 것은 변하게 되어 있어. 그것이 세상의 이치야. 그대로 있는 건 아무것도 없어.

나만 예외죠,라고 그녀는 생각하지만 에스텔은 불쏘시개처럼 건조한 어투로 대답한다.

심지어 너조차도.

그녀는 머릿속으로나마 노파의 충고를 그리워했다. 에스텔의 목소리는 차츰 약해져 세월이 흐르면서 마모되었고, 모든 유한한 기억들처럼 얼룩이 졌다.

하지만 이곳에서는 적어도 그 목소리가 그녀에게로 돌아온다.

그녀가 일어서서 마을의 변두리로, 숲의 가장자리로, 노파가 한때 집이라고 불렀던 곳으로 걸어갈 때쯤 태양은 하늘을 건넌 상태다. 시간은 그 장소도 차지했다. 한때 웃자랐던 텃밭은 침범하는 숲에 잠식당했고, 야생이 오두막과의 전쟁에서 승리해서 그것을 끌어내렸으며, 묘목들이 집 뼈대 사이로 올라와 있다. 숲은 부패했고, 돌들은 미끄러져 내렸고, 지붕은 사라졌고, 잡초와 덩굴들은 남아 있는 것을 천천히 해체하는 중이다.

다음에 그녀가 이곳에 올 때쯤이면 흔적도 남아 있지 않을 것이다. 지금 남아 있는 것은 진군하는 숲이 집어삼킬 것이다. 하지만 아직은 뼈대가 있고 이끼에 천천히 파묻히는 중이다.

무너져내리는 오두막을 향해 반쯤 올라갔을 때 애디는 그것이 완전히 버려지지는 않았음을 깨닫는다.

무너진 둔덕 부근에서 작은 움직임이 감지된다. 토끼나 어린 사슴인가 하며 눈을 가늘게 뜬다. 대신 그녀는 한 소년을 발견한다. 그는 오래된 돌벽들의 잔해들을 오르고 잡초에서 뽑아낸 회초리로 잡초를 찰싹찰싹 때리며 폐허 속에서 놀고 있다.

그녀는 그를 안다. 그녀의 집 마당에서 개를 쫓던 큰아들이다. 나이는 아홉 살이나 열 살쯤 돼 보인다. 그녀를 보고 의심스러운 마음에 눈을 가늘게 뜰 정도는 되는 나이다.

아이는 마치 검이라도 된다는 듯 회초리를 내민다.

"누구세요?" 그가 묻는다.

이번에 그녀는 유령이 되는 것이 마음에 들지 않는다. "난 마녀야."

그녀는 자기가 왜 그렇게 말하는지 모른다. 그저 재밌으라고 한 말일 수도 있다. 진실을 말할 수 없을 때는 허구가 마음속에서 저절로 떠오르는지도 모른다. 혹은 에스텔이 이곳에 있었다면 했을 법한 말이기 때문인지도 모른다.

그림자가 소년의 얼굴 위로 지나간다. "마녀 같은 건 없어요." 아이는 이렇게 말하면서도 목소리는 떨린다. 그녀가 발걸음을 앞으로 옮기고 햇볕에 바짝 마른 나뭇가지들이 그녀의 신발 아래로 지끈 소리를 내며 부서지자 그는 뒤로 물러나기 시작한다.

"네가 가지고 노는 것은 내 뼈야." 그녀가 경고한다. "넘어지기 전에 내려오는 게 좋을 거야."

소년은 놀라서 발을 헛디디고 이끼 덩어리를 밟고서는 거의 넘어질 뻔한다.

"거기 계속 있고 싶다면." 그녀가 생각에 잠기며 말한다. "널 위한 자리도 있을걸."

소년은 땅으로 내려와서 달아난다. 애디는 아이가 멀어지는 모습을 지켜본다. 에스텔의 까마귀 같은 웃음소리가 그녀의 귀에 들려온다.

그녀는 어린아이를 겁준 일에 특별히 마음의 가책을 느끼지 않는다. 그는 기억하지 못할 것이다. 그렇지만 내일이면 다시 올 것이고, 그녀는 숲의 가장자리에 몸을 숨긴 채 서 있을 것이고, 그가 폐허 위로 올라가기 시작하다 주저하는 모습을, 그의 눈에 불안한 그림자가 생겨나는 모습을 지켜볼 것이다. 그녀는 그가 물러나는 것을 볼 것이고, 그가 마녀와 반쯤 파묻힌 뼈들에 대해 생각하는지 궁금해할 것이다. 생각이 아이의 머릿속에서 잡초처럼 자랐는지 궁금해할 것이다.

하지만 오늘 애디는 혼자고, 그녀의 마음은 에스텔에게만 가 있다.

그녀는 반쯤 무너진 벽을 손으로 따라가고, 머무르는 것에 대해, 숲에 사는 마녀가 되는 것에 대해, 다른 누군가가 꾸는 꿈의 허구가 되는 것에 대해 생각한다. 그녀는 노파의 집을 다시 만드는 것을 상상하고, 무릎을 꿇고 작은 돌 몇 개를 쌓기까지 한다. 하지만 네 번째 돌을 쌓을 때쯤 돌무더기는 무너져내린다. 돌들은 그녀가 집어 들기 전 모습 그대로 잡초가 무성한 풀밭으로 돌아간다.

잉크는 지워진다.

상처는 봉합된다.

집은 허물어진다.

새 몇 마리가 깔깔 웃으며 근처 숲에서 날자 애디는 한숨을 내쉰다. 그녀는 나무들을 향해 돌아선다. 아직은 빛이 남아 있고 밤이 되기까지는 한 시간 정도 남아 있을 것이다. 그렇다 해도 어둠이 자신이 노려보는 것을 느낄 수 있다. 그녀는 반쯤 파묻힌 돌들 사이로 걸어 들어가 나무들 아래 그늘로 발걸음을 옮긴다.

한 줄기 전율이 그녀의 몸을 타고 흐른다.

그것은 베일을 통과하는 것과 같다.

그녀는 나무들 사이를 비집고 나아간다. 예전이라면 길을 잃는 것이 두려웠을 것이다. 지금 발걸음은 기억 속에 새겨져 있다. 그녀는 일부러 잃으려고 해도 길을 잃을 수 없다.

이곳의 공기는 더 시원하다. 나무들이 지붕을 이루는 이곳에서는 밤이 더 가까이에 있다. 그날 어떻게 그녀가 시간의 흐름을 놓쳤는지를 이제야 쉽게 알 수 있다. 어떻게 황혼과 어둠 사이의 선이 그렇게나 흐릿해졌는지를 알 수 있다. 그녀는 자신이 만일 시간을 알고 있었다면 신을 불렀을지 의문이다.

어떤 신이 답할지 알았더라면 기도했을까?

그녀는 자신의 물음에 답하지 않는다.

그럴 필요가 없다.

그녀는 그가 얼마나 오랫동안 그곳에, 그녀의 뒤에 있었는지 모른다. 그가 얼마나 오랫동안 조용히 그녀를 뒤따라왔는지도 모른다. 그녀는 나뭇가지들이 뒤에서 바스락거리는 소리를 내는 순간만을 인지한다.

"넌 참으로 이상한 순례를 계속하는군."

애디는 혼자 웃는다. "그래?"

그녀는 뒤로 돌아 등을 나무에 기대고 서 있는 뤽을 본다.

그가 베토벤의 영혼을 거둬들였던 밤 이후로 처음 보는 것은 아니다. 하지만 그녀는 아직 자신이 본 것을 잊지 않았다. 그녀가 그것을 보기를, 그를 보기를, 자신이 가진 힘의 참모습을 알기를 그가 원했다는 것을 잊지 않았다. 하지만 그것은 바보 같은 짓이었다. 가장 높은 금액이 걸려 있는 카드 놀이판에서 카드를 든 손을 기울이는 것 같은.

난 당신이 보여. 그가 나무에서 몸을 떼며 바로 설 때 그녀는 생각한다. *난 당신의 가장 진실한 모습을 보았어. 당신은 이제 나를 두렵게 할 수 없어.*

그는 빛이 얕게 모여든 부분으로 들어선다.

"무슨 일로 여기 돌아온 거지?" 그가 묻는다.

애디는 어깨를 으쓱한다. "향수라고나 할까."

그는 턱을 치켜든다. "내 생각엔 나약함인 거 같은데. 새로운 길을 만들 수 없을 때 뱅글뱅글 원을 도는 것처럼 말이야."

애디는 얼굴을 찌푸린다. "돌무더기 하나도 쌓을 수가 없는 나인데 어떻게 길을 만들지? 나를 자유롭게 해줘. 그러고 나서 내가 얼마나 잘 해내는지 보라고."

그는 한숨을 내쉬고 어둠 속으로 사라진다.

그가 다시 말을 할 때 그는 그녀 뒤에 있고, 그의 목소리는 그녀의 머리 사이로 부는 산들바람이다. "아들린, 아들린." 그가 꾸짖듯 말한다. 그녀는 뒤돌아서면 그곳에 그가 없을 것임을 안다. 그래서 자리를 지키고 눈을 숲에 고정한다. 그의 손이 그녀의 살갗을 스칠 때 미동도 하지 않는다. 그의 팔이 그녀의 어깨를 뱀처럼 감쌀 때도.

가까이 있으니 그에게서는 참나무와 나뭇잎, 비에 젖은 들판 냄새가 난다.

"피곤하지 않아?" 그가 속삭인다.

그녀는 그 말에 움찔한다.

그녀는 그의 공격에, 그의 말로 된 미늘에 단단히 대비하고 있었지만 이 질문에 대한 대비는 되어 있지 않았다. 그가 거의 온화하다고 할 수 있는 태도로 질문하는 일에도 마찬가지다.

*140년*이 흘렀다. 그림자로, 유령으로 살아온 것이 한 세기하고도 반이다. 당연히 그녀는 지쳤다.

"쉬고 싶지 않아, 아들린?"

그의 말은 그녀의 살갗에 와 닿는 얇은 천처럼 끌린다.

"난 널 이곳에, 에스텔 옆에 묻어줄 수 있어. 나무를 심고 너의 뼈 위로 자라게 만들 수 있어."

애디는 눈을 감는다.

그래, 그녀는 지쳤다.

그녀는 자기의 뼈를 약해지게 하는 세월을, 나이가 들면서 약해지는 몸을 느끼지는 못한다. 그러나 피로감은 부패의 과정처럼 그녀의 영혼 안에 있는 물리적인 것이다. 그녀가 또 다른 한 해, 또 다른 10년, 또 다른 100년에 대한 전망을 애도하는 날들이 있다. 그녀가 잠을 잘 수 없는 밤들이, 죽음을 꿈꾸는 순간들이 있다.

하지만 그때 그녀는 깨어나 구름 뒤로 분홍색과 주황색 여명을 본다. 혹은 바이올린 한 대가 연주하는 애가를, 음악과 멜로디를 듣는다. 그리고 세상에는 너무나도 아름다운 것이 존재한다는 사실을 기억한다.

그녀는 그것을 놓치고 싶지 않다. 그 어떤 것도.

애디는 뤽의 팔이 만든 원 안에서 몸을 돌리고 그의 얼굴을 정면으로 쳐다본다.

그는 달라 보인다. 서서히 다가오는 밤 때문인지, 아니면 숲의 특징 때문인지 모른다. 지난 몇 년 동안 그녀는 벨벳과 레이스를 입은 그를 보았고, 최신 패션으로 한껏 차려입은 그를 보았다. 그리고 그의 텅 비어 있고, 자유롭고, 폭력적인 모습을 보았다. 하지만 이곳에서 그는 그 어떤 모습도 아니다.

이곳에서, 그는 그날 밤 만났던 어둠이다. 연인의 겉모습을 한 야생의 마법이다.

그의 가장자리는 흐릿해지면서 그림자로 변하고, 그의 살갗은 달빛 색깔이고, 두 눈은 그의 뒤에 있는 이끼 색깔과 정확히 똑같다. 그는 야생적이다.

그것은 그녀도 마찬가지다.

“지쳤냐고?” 그녀가 미소를 억지로 지으며 말한다. “이제 막 깨어나기 시작하는 중인데.”

그녀는 그의 불쾌감, 야생적 그림자, 이빨의 번뜩임을 마주할 마음의 준비를 한다.

하지만 그의 눈에는 노란색 흔적이 없다.

그의 두 눈은 새롭고 무시무시한 녹색을 띤다.

그녀가 그 색의 의미를 알게 되기까지는, 그 의미가 *재미*라는 것을 이해하기까지는 여러 해가 걸릴 것이다.

오늘 밤 그 색은 잠깐 보일 뿐이고, 그러고 나서 그의 입술이 그녀의 뺨을 스친다.

"심지어 바위도." 그가 중얼거리더니 이내 사라지고 없다.

뉴욕
2014년 6월 13일

– XII –

✶ ✶ ✶ ✶ ✶ ✶ ✶

한 남자와 한 여자가 팔짱을 끼고 걷는다.

그들은 니팅팩토리로 가는 중이다. 윌리엄스버그에 있는 것 대부분이 그러하듯이 니팅팩토리도 들리는 것과는 다르다. 그곳은 공예품점이나 방적사를 만드는 곳이 아니라 브루클린의 북쪽 끄트머리에 있는 콘서트장이다.

오늘은 헨리의 생일이다.

전에 그가 그녀에게 생일이 언제인지 물었을 때 그녀가 지난 3월이었다고 말하자 그의 얼굴 위로 그림자가 스쳤다.

"챙겨주지 못해서 미안해요."

"생일이 좋은 건요," 그녀가 그에게 몸을 기대며 말했다. "매년 찾아온다는 사실이에요."

그녀는 조금 웃었고, 그도 웃었다. 하지만 그의 목소리에는 공허한 무언가가 있었고, 그녀가 단순한 주의 산만으로 착각한 슬픔이 있었다.

헨리의 친구들은 이미 무대 근처 테이블을 차지했고, 작은 박스들이 그 위에 쌓여 있다.

"헨리!" 로비가 소리친다. 그 앞에는 이미 빈 맥주병이 놓여 있다.

비는 헨리의 머리를 헝클어트린다. "그야말로 착한 우리의 여름 아이."

그들의 시선은 헨리를 지나 애디에게 가 닿는다.

"저기, 얘들아." 그가 말한다. "여긴 애디야."

"드디어!" 비가 말한다. "정말 만나고 싶었어요."

물론 그들은 이미 만났다.

그들은 헨리의 삶에 나타난 새 여자를 만나게 해달라고 몇 주 동안 졸라왔다. 그들은 그가 그녀를 숨기고 있다고 계속 비난해왔지만, 애디는 그들을 머천트에서 만나 맥주를 마셨고, 비의 집에서 영화의 밤을 함께했고, 갤러리와 공원에서 지나가다 만났다. 매번 비는 *데자뷔*에 관해 이야기하고 예술 운동에 대해 말한다. 그리고 로비는 애디의 노력에도 불구하고 매번 뾰로통해진다.

그런 일은 그녀보다 헨리를 더 신경쓰이게 만드는 것처럼 보인다. 그는 분명 그녀가 그런 상황을 편하게 받아들이는 법을 터득했다고 생각하겠지만 사실 그렇지는 않다. *안녕, 이 사람은 누구야, 만나서 반가워요, 안녕*이 끝없는 반복되는 일은 물이 돌을 마모시키듯 그녀를 조금씩 마모시킨다. 피해는 느리지만 불가피하다. 그녀는 그저 그것과 함께 사는 법을 배웠을 뿐이다.

"있잖아요." 비가 그녀를 유심히 보며 말한다. "얼굴이 참 친숙하게 느껴져요."

로비는 술을 가지러 테이블에서 일어서고, 그의 기억이 처음으로 돌아간다는 생각에, 다시 처음부터 시작해야 한다는 생각에 애디의 가슴은 조여온다. 하지만 헨리가 끼어들어 로비의 팔을 잡는다. "내가 다녀올게." 그가 말한다.

"생일인 사람은 돈 내는 거 아니야." 비가 항의하지만 헨리는 손짓으로 그녀를 외면하고 불어나는 관중 속으로 멀어진다.

애디는 그의 친구들을 혼자 상대한다. "두 사람을 만나게 돼서 정말 기뻐요." 그녀가 말한다. "헨리가 두 사람에 대해 항상 말하거든요."

로비의 눈이 의심으로 가늘어진다.

그녀는 그들 사이에 또다시 벽이 올라가고 있음을 느끼지만 그녀는 이제 로비의 기분을 꿰고 있다. 그래서 계속 말을 잇는다. "당신은 배우죠? 당신 공연을 한번 보러 가고 싶어요. 헨리 말로는 당신의 연기가 훌륭하다고 하던데요."

그는 맥주병에 붙은 라벨지를 뜯는다. "네, 뭐 그래요……." 그는 중얼거린다. 하지만 그녀는 그의 옅은 미소를 알아차린다.

그때 비가 끼어든다. "헨리가 행복해 보여요. 진짜 행복해 보여요."

"나 행복해." 헨리가 맥주병을 내려놓으며 말한다.

"스물아홉 살을 위하여." 비가 자신의 잔을 들어 올리며 말한다.

그들은 스물아홉 살이라는 나이가 가지는 장점들에 관해 이야기하고, 생일에 관한 한 스물아홉 살이 기념비적인 서른 살에 살짝 미치지 못하는 쓸모없는 해라는 데 합의를 본다.

비는 헨리의 목덜미를 잡고 흔든다. "내년엔 공식적으로 어른이 되는 거라고."

"어른이 된 건 열여덟 살 때였을 텐데." 그가 말한다.

"허튼소리. 열여덟 살은 투표할 만큼 나이가 든 거고, 스물한 살은 술을 마시기에 충분할 정도로 나이가 든 거지만, 서른 살은 결정을 내릴 수 있을 만큼 나이가 든 거야."

"인생의 4분의 1 지점의 위기보다는 중년의 위기에 더 가까운 거지." 로비가 놀린다.

마이크가 갑작스레 켜지면서 약간 울리고, 한 남자가 무대에 올라와 특별 오프닝 공연을 알린다.

"이 사람은 떠오르는 스타입니다. 여러분들도 이름은 들어봤을 겁니다. 아직 못 들어봤다면 곧 듣게 될 겁니다. 토비 마시에게 박수 주세요!"

애디의 심장이 휘청한다.

관중이 와 하고 함성을 지르고 박수를 보낸다. 로비는 휘파람 소리를 내고 토비가 무대로 올라온다. 애디가 아는 아름답고 부끄럼을 타는 남자. 하지만 관중에게 손을 흔들 때 그의 턱은 위로 향하고 미소는 안정적이고 자랑스러움이 묻어난다. 그것은 스케치를 막 시작할 때의 탐색하는 선들과 완성된 그림 사이의 차이다.

그는 피아노에 앉아 연주를 시작한다. 처음 몇 음들이 그리움처럼 그녀를 덮친다. 그러고 나서 그는 노래를 시작한다.

나는 한 번도 만나본 적 없는 여자와 사랑에 빠졌어요.

시간이 삐끗하고, 그녀는 그의 거실에 있다. 피아노 의자에 앉아 있는 그녀의 무심한 손가락이 음을 고르는 동안 차가 창턱에서 김을 피워 올린다.

하지만 난 그녀를 매일 밤 봐요. 그것은 마치…….

그녀는 그의 침대에 누워 있고, 그는 자신의 넓적한 손을 그녀의 살에 대고 멜로디를 연주한다. 그가 노래를 부르는 동안 그녀의 얼굴은 기억으로 뜨겁게 달아오른다.

그리고 난 너무 두려워요. 그녀를 잊을까 두려워요. 그녀를 만날 수 있는 건 내 꿈속뿐인데도요.

그녀는 그에게 가사를 준 적이 없지만 그는 어쨌든 가사를 찾아냈다.

그의 목소리는 더 명확하고, 더 강하고, 어조는 더 확신에 차 있다. 그에게 필요한 것은 제대로 된 노래였을 뿐이다. 관중이 몸을 기울인 채 들을 만한 무언가가 필요했을 뿐이다.

과거와 현재가 그녀의 머릿속에서 서로 엉키는 가운데 애디는 눈을 질끈 감는다.

그가 연주하는 모습을 지켜보았던 알로웨이에서의 모든 밤들.

그가 바에 있는 그녀를 찾아냈던, 그리고 미소 짓던 모든 시간들.

그녀에겐 처음이 아니었던 모든 처음의 일들.

종이를 통과하며 서서히 모습을 드러내는 팔림프세스트.

토비는 피아노에서 눈을 뗀다. 이렇게나 넓은 장소에서 그가 그녀를 볼 수 있는 방법은 없지만 그녀는 그와 눈이 마주쳤다고 확신한다. 주변이 조금 기울어진다. 너무 빨리 마신 맥주 때문인지 아니면 기억의 현기증 때문인지 모른다. 그때 노래가 끝나고, 따뜻한 박수의 물결이 뒤따른다. 그녀는 자리에서 일어서고, 문 쪽으로 걸어간다.

"애디, 기다려요." 헨리가 말한다. 자리를 뜨는 것이 어떤 의미인지 알면서도, 로비와 비가 그녀를 잊게 될 것이라는 것을 알면서도, 그녀는 가만있을 수가 없다. 다시 시작해야 할 것이고, 그것은 헨리도 마찬가지다. 하지만 그 순간 그녀는 상관하지 않는다.

그녀는 숨을 쉴 수가 없다.

문이 활짝 열리고 밤이 그녀를 향해 달려든다. 애디는 폐 안으로 공기를 억지로 밀어 넣으며 숨을 헐떡인다.

자신의 음악을 듣는 것은 기분 좋은 일이어야 하고, 옳은 일로 느껴져야 한다.

그리고 그녀는 자신의 예술 작품들을 자주 접했다.

하지만 그것들은 맥락이 없는 것들뿐이었다. 대리석 주추 위에 놓인 새 조각상과 출입 제한 밧줄 뒤에 있는 그림들. 회반죽을 바른 벽에 테이

프로 고정시킨 안내문 상자들과 과거에서 온 현재를 지키는 유리 박스들.

유리가 깨지면 그것은 다른 것이다.

그것은 뻐로 사그라든, 문간에 서 있는 그녀의 어머니다.

그것은 파리 살롱에 있던 레미다.

그것은 매번 자기 집에 있으라고 권하는 샘이다.

그것은 그들의 노래를 연주하는 토비 마시다.

애디가 아는, 견디는 유일한 방법은 계속 앞으로 나아가는 것이다. 그들은 오르페우스고, 그녀는 에우리디케고, 그들이 고개를 돌릴 때마다 그녀는 폐허로 변한다.

"애디?" 헨리가 바로 뒤에 있다. "왜 그래요?"

"미안해요." 그녀가 말한다. 이야기가 너무 길고, 또 너무 짧으므로 그녀는 눈물을 훔치고 고개를 가로젓는다. "다시 저기로 돌아갈 수 없어요. 지금은 못 가요."

헨리는 어깨너머로 돌아본다. 공연이 진행되는 동안 그녀의 얼굴이 창백하게 변한 것을 알아차렸음이 틀림없다. 왜냐하면 그가 이렇게 묻기 때문이다. "저 사람 알아요? 토비 마시라는 가수?"

그녀는 그 이야기를 그에게 해주지 않았다. 아직 그 부분까지 나아가지 못했다.

"그랬었죠." 그녀가 말한다. 그 말은 엄밀하게는 사실이 아니다. 왜냐하면 과거라는 것은 애디가 가질 자격을 갖추지 못한 한 가지인데도 그 말은 과거의 어떤 것처럼 들리기 때문이다. 헨리는 그 말에 숨겨진 거짓말을 알아차렸음이 틀림없다. 그가 얼굴을 찌푸리기 때문이다. 그는 두 손을 머리 뒤로 맞잡는다.

"아직도 저 남자에게 감정이 있어요?"

그녀는 솔직해지고 싶고, 당연히 그렇다고 말하고 싶다. 그녀는 결말에 도달하지 못하고, 작별 인사를 할 수도 없다. 마침표도, 감탄사도 없고, 그저 평생 계속되는 원만 있을 뿐이다. 모든 사람은 다시 시작하고 새로운 페이지를 얻지만, 그녀의 페이지는 이미 글들로 가득 차 있다. 다른 사람들도 지나간 사랑에 마음을 품는다. 그러나 그것은 완전한 불은 아니다. 하지만 애디의 손은 양초로 가득 차 있다. 어떻게 그것들을 내려놓거나 꺼야 하는가? 그녀에게는 이미 오래전에 공기가 다 떨어졌다.

하지만 그것은 사랑이 아니다.

그것은 사랑이 아니고, 그가 묻는 것은 사랑이다.

"아니에요." 그녀가 말한다. "그는 그냥—. 이런 건 예상을 못 했어요. 미안해요."

헨리는 그녀에게 집으로 가고 싶냐고 묻는다. 애디는 두 사람 모두 집에 가는 것을 의미하는지, 아니면 자기 혼자만 집에 가는 것을 의미하는지 모르겠고, 알고 싶지도 않다. 그래서 그녀는 고개를 가로젓고 그들은 다시 공연장으로 돌아간다. 무대 조명은 바뀌었고 무대는 비어 있다. 메인 공연이 있을 때까지 하우스뮤직이 주변을 채우고 있다. 비와 로비는 그들이 아까 걸어들어왔을 때 그랬던 것처럼 머리를 숙인 채 잡담을 나누고 있다. 애디는 테이블로 다가갈 때 미소 짓기 위해 최선을 다한다.

"왔네!" 로비가 말한다.

"어디 갔었어?" 비가 물으면서 헨리에게서 그녀에게로 시선을 옮긴다. "누구야?"

헨리는 자신의 팔로 그녀의 허리를 감싼다. "얘들아, 여긴 애디야."

로비는 그녀를 아래위로 훑어보지만 비는 웃기만 한다.

"드디어!" 그녀가 말한다. "정말 만나고 싶었어요……."

독일, 베를린으로 가는 길
1872년 7월 29일

– XIII –

* * * * * * *

기차가 독일의 시골을 통과하며 달려가는 동안 탁자 위에 놓인 유리잔들이 희미하게 흔들린다. 애디는 커피를 홀짝이며 창 너머를 바라보고, 세상이 옆으로 지나가는 속도에 감탄하며 식당 칸에 앉아 있다.

인간은 이런 훌륭한 일들을 할 수 있다. 잔인한 일과 전쟁을 벌일 수 있는가 하면 예술품과 발명품도 만들 수 있다. 그녀는 포탄이 떨어지고 빌딩들이 무너지고 공포가 모든 나라를 집어삼킬 때, 이 점에 대해 여러 해에 걸쳐 생각하고 또 생각할 것이다. 첫 번째 이미지가 필름에 새겨질 때에도, 비행기가 하늘 위로 날아오를 때에도, 영화가 흑백에서 컬러로 바뀔 때에도 생각할 것이다.

그녀는 감탄한다.

그녀는 언제나 감탄할 것이다.

그녀는 자신만의 생각에 빠져서 승무원이 바로 옆에 올 때까지 기척을 듣지 못한다. 손 하나가 그녀의 어깨에 살포시 내려앉는다.

"아가씨Fräulein." 그가 말한다. "티켓 보여주시겠어요?"

애디는 미소 짓는다. "물론이죠."

그녀는 탁자를 내려다보고 지갑을 뒤지는 척한다.

"미안합니다." 그녀가 일어서며 말한다. "객실에 두고 나왔나 봐요."

그들이 이런 상황을 맞이하는 것은 이번이 처음은 아니지만 승무원이 그녀를 따라오기로 한 것은 이번이 처음이다. 그녀가 사지 않은 티켓을 찾아서, 그녀의 자리는 없는 열차 칸으로 가는 동안 승무원은 그림자처럼 따라붙는다.

애디는 두 사람 사이에 문을 둘 수 있기를 희망하며 발걸음을 빨리하지만 소용이 없다. 승무원은 그녀의 발걸음에 맞춰 바싹 따라붙는다. 그래서 그녀는 속도를 늦추고 적어도 비어 있기를 희망하며 그녀의 객실이 아닌 곳으로 이어지는 문 앞에 멈춘다.

하지만 객실은 비어 있지 않다.

그녀가 손잡이로 손을 뻗자 문이 어두침침한 객실로 미끄러지듯 열린다. 우아한 남자가 문간에 기대어 있고, 그의 검정 곱슬머리가 잉크처럼 관자놀이 위로 드리워져 있다.

안도감이 그녀의 몸을 훑는다.

"발트 씨." 승무원이 몸을 바르게 펴며 말한다. 문간에 서 있는 남자가 어둠이 아니라 공작인 것처럼 말한다.

뤽이 미소를 짓는다. "여기 있었군, 아들린." 그가 여름 벌꿀처럼 부드럽고 낮은 목소리로 말한다. 그의 녹색 눈은 그녀에게서 승무원에게로 옮겨 간다. "내 아내는 내게서 달아나는 버릇이 있다네. 그런데," 그가 입술에 음흉한 미소를 띠며 말한다. "무슨 일로 돌아왔지?"

애디는 가까스로 넌덜머리나는 상냥한 미소를 짓는다.

"여보," 그녀가 말한다. "티켓을 깜빡했어요."

그는 빙그레 웃으며 코트 주머니에서 작은 종잇조각을 꺼낸다. 뤽은 애디를 가까이 끌어당긴다. "왜 이렇게 뭘 자꾸 잊어버리시오, 당신."

그녀는 발끈하지만 혀를 깨물고 그의 몸에 자신의 몸을 기댄다.

승무원은 티켓을 검사하고 좋은 밤 보내라는 인사를 한다. 그가 사라지자 애디는 뤽에게서 떨어진다.

"나의 아들린." 그가 혀를 찬다. "남편을 그렇게 대하면 쓰나."

"난 당신 소유가 아니야." 그녀가 말한다. "그리고 당신의 도움이 필요 없었어."

"물론 필요 없겠지." 그가 냉담하게 대답한다. "들어와. 복도에서 싸우진 말자고."

뤽은 그녀를 객실 안으로 끌어들인다. 아니, 그러는 줄만 알았다. 하지만 경계가 있는 익숙한 객실로 들어서는 대신 그녀는 광활하고 깊은 어둠을 발견한다. 기차가 떨어져 나가고 세상이 떨어져 나가면서 그녀의 심장은 휘청대고 갑자기 내려앉는다. 그들은 아무것도 아닌 곳으로, 중간 어디쯤에 있는 텅 비어 있는 공간으로 돌아와 있다. 그녀는 그것의 진실을 절대 알 수 없으리라는 것을, 어둠의 본질을 절대 이해할 수 없으리라는 것을 안다. 왜냐하면 지금 이 장소가 무엇인지 깨달았기 때문이다.

이곳은 *그다*.

그의 진실한 모습은 광대하고 야만적인 밤이고, 약속과 폭력, 두려움, 자유로 꽉 찬 어둠이다.

밤이 흔들리며 주변으로 모양을 갖출 때 그들은 더는 독일 기차 안에 있지 않다. 그녀가 아직은 뮌헨이라는 이름을 모르는, 한 도시의 중심가에 있다.

납치에, 그녀의 밤을 갑작스레 바꾼 데에 미친 듯 화가 나야 정상이지만 그녀는 혼란스러움 뒤에 피어오르는 호기심을 억제할 수 없다. 뭔가 새로운 것의 갑작스러운 분출. 모험의 스릴.

그녀의 심장은 빨리 뛰기 시작하지만 자신이 감탄하는 모습을 보여주지 않겠다고 마음먹는다.

하지만 그녀는 그가 보고 있다고 생각한다.

그의 두 눈에는 더 진한 녹색을 띠는 실 한 가닥과 함께 기쁨의 빛이 어려 있다.

그들은 큰 기둥이 있는 오페라 하우스의 계단에 서 있다. 그녀가 여행할 때 입고 있던 옷은 사라졌고, 훨씬 더 고급스러운 드레스로 바뀌어 있다. 애디는 드레스가 진짜인지, 진짜인 것이 있기나 한지, 아니면 단순히 연기와 그림자를 이용한 마술인지 혼란스럽다. 뤽은 그녀 옆에 서 있다. 회색 스카프가 목 주변을 감싸고 있고, 녹색 두 눈은 정장용 실크 모자의 챙 아래에서 춤추고 있다.

극장은 몰려드는 사람들로 부산하고, 공연을 보러 온 남자들과 여자들은 팔짱을 끼고 계단을 오른다. 그녀는 공연이 바그너의 오페라이고, 제목이 〈트리스탄과 이졸데〉라는 것을 알게 된다. 하지만 아직은 그런 것들이 그녀에게는 아무런 의미가 없다. 그녀는 이 작품이 바그너 경력의 최고봉에 있는 작품이라는 것을, 그의 걸작이 되었다는 것을 모른다. 하지만 대리석 기둥들과 페인트칠을 한 아치형 구조물로 된 로비를 지나 벨벳과 황금색으로 꾸민 연주 홀로 들어갈 때 그녀는 공기 속의 설탕처럼 가능성을 맛본다.

뤽은 그녀의 잘록한 허리 부분에 한 손을 놓고, 그녀를 발코니 좌석 구역의 맨 앞쪽으로, 무대를 완벽하게 조망할 수 있는 낮은 박스형 좌석으로 안내한다. 그녀의 심장은 피렌체를 떠올리기도 전에 흥분으로 빠르게 뛴다.

이것을 친절이라 오해하지 마, 아들린. 그는 말했었다. *난 그저 널 망가트리는 사람이 되고 싶을 뿐이야*.

자리에 앉을 때 그의 눈에는 장난기가 없다. 미소에도 잔인한 비틀림은 없다. 햇살 아래에 있는 고양이의 나른한 기쁨만이 있을 뿐이다.

샴페인이 가득 찬 유리잔 두 개가 도착하자 그는 하나를 그녀에게 내민다.

"행복한 기념일이 되길." 그가 말하는 순간 조명이 흐릿해지고 커튼이 올라간다.

공연은 음악과 함께 시작된다.

교향곡이 긴장감을 고조시키고, 파도처럼 음들이 홀을 통과하여 벽에 가서 부딪친다. 그것은 배에 와서 부딪치는 폭풍우와는 반대로 작용하는 힘이다.

그러고 나서 트리스탄이 도착한다. 이졸데도 도착한다.

그들의 목소리는 무대보다 크다.

그녀는 물론 뮤지컬을 본 적이 있다. 교향곡과 연극을 본 적이 있고, 너무나 순수해서 눈물을 흘리도록 만드는 목소리들을 들어본 적이 있다. 하지만 이런 목소리는 들어보지 못했다.

그들이 노래하는 방식. 감정의 범위와 규모.

그들의 움직임에 담긴 절실한 열정. 그들의 기쁨에서 내보이는 날것 그대로의 힘, 그리고 고통.

그녀는 이 느낌을 병에 담아 어둠 속에서도 가지고 다니고 싶을 지경이다.

여러 해가 지나서야 그녀는 이 교향곡을 녹음한 음반을 듣게 될 것이다. 그래서 귀가 아플 때까지 볼륨을 올리고, 절대 지금과 같지는 않겠지만 녹음된 소리가 자신을 에워싸도록 할 것이다.

애디는 딱 한 번 시선을 무대 위에 있는 연기자들에게서 거두고, 뤽이 그들이 아니라 자신을 보고 있는 모습을 본다. 거기에는 다시 그것이, 특유의 녹색이 있다. 수줍어하는 것도 아니고, 꾸짖는 것도 아니며, 잔인한 것도 아니다. 하지만 *기뻐한다*.

그녀는 오늘 밤이 그가 항복하라고 요구하지 않는 첫 번째 밤이라는 것을 나중에 깨달을 것이다.

그가 그녀의 영혼에 대해 언급하지 않는 것은 이번이 처음이다.

하지만 바로 지금, 그녀는 음악과 교향곡, 이야기만을 생각한다. 그녀는 음에 실린 비통 때문에, 뒤엉키는 팔다리 때문에, 무대 위에 있는 연인들의 표정 때문에 무대로 다시 빨려 들어간다.

그녀는 앞으로 몸을 기울이고 가슴 안이 아파올 때까지 오페라를 깊이 들이마신다.

1막의 커튼이 내려오고 애디는 크게 울리도록 손뼉을 치며 일어선다.

그녀가 다시 자리에 앉을 때 뤽은 비단처럼 부드럽게 웃는다. "공연을 즐기고 있군."

그녀는 그를 짜증나게 만들기 위한 거짓말조차도 하지 않는다. "놀라워."

그의 얼굴 위로 미소가 드러난다. "어떤 게 내 건지 짐작할 수 있겠어?"

처음에 그녀는 그의 말을 이해하지 못한다. 하지만 이내 당연히 이해한다.

그녀는 기운이 빠진다. "그들을 데려가려고 여기 온 거야?" 뤽이 고개를 가로젓자 그녀는 안도한다.

"아니." 그가 말한다. "오늘 밤은 아니야. 하지만 곧 그래야겠지."

애디는 고개를 가로젓는다. "이해할 수가 없어. 그들이 인생의 정점에 있는데 왜 그들의 삶을 끝내는 거지?"

그는 그녀를 쳐다본다. "자신만의 거래를 했으니까. 그 대가를 알고 있었고."

"어떤 사람이 평생의 재능을 몇 년간의 영광과 바꾸겠어?"

뤽의 미소가 어두워진다. "왜냐하면 시간은 모두에게 잔인하니까. 예술가들에겐 더욱더 그렇지. 시력이 약해지고, 목소리는 시들고, 재능은 옅어지니까." 그는 가까이 다가가 한 손가락으로 그녀의 머리카락 한 줌을

꼰다. “왜냐하면 행복은 짧고 역사는 지속되니까. 그리고 따지고 보면,” 그가 말한다. “모든 사람은 기억되길 원하니까.”

그 말은 빠르고 깊게 베는 칼이다.

애디는 그의 손을 쳐서 떨어뜨리고, 시선을 오페라가 다시 시작되는 무대로 되돌린다.

오페라는 공연 시간이 길다. 그런데도 너무 일찍 끝난다.

몇 시간이 순식간에 지나가버렸다. 애디는 계속 그곳에 머무를 수 있기를, 그 자리에 몸을 맡긴 채 목소리의 아름다움에 자신을 잊을 수 있기를 바란다.

그렇긴 해도 애디는 궁금하지 않을 수 없다. 그녀가 지금껏 사랑한 모든 것들을 그 자체로 사랑한 것인지 아니면 *뤽* 때문에 사랑한 것인지.

뤽은 일어서서 팔을 내민다.

그녀는 잡지 않는다.

그들은 뮌헨의 밤 속을 나란히 걷는다. 애디는 오페라의 여파로 여전히 흥분한 마음을 가라앉히지 못하고 목소리들이 종처럼 그녀 몸을 통과하며 울린다.

뤽의 질문 역시 울린다.

그들 중 누가 내 건지 알겠어?

그녀는 그를, 어둠 속에서 그녀 옆에 있는 우아한 형태를 쳐다본다.

“당신이 해본 거래 중에서 가장 이상한 거래는 뭐였어?”

뤽은 고개를 뒤로 젖히고 생각한다. “잔 다르크.” 그가 말한다. “복된 검을 위한 영혼이었지. 그래서 쓰러뜨릴 수 없었고.”

애디가 이마를 찌푸린다. “하지만 그녀는 결국 패배했잖아.”

“아, *전투*에서는 패배하지 않았지.” 뤽의 미소가 음흉해진다. “아들린,

의미론은 사소해 보일지 몰라도 거래의 힘은 어구에 있어. 그녀는 검이 그녀의 손에 들려 있을 때만 신이 보호해주길 간청했어. 그걸 계속 가지고 있을 수 있는 능력을 요구하진 않았지."

애디는 어리벙벙해져서 고개를 가로젓는다.

"잔 다르크가 어둠과 거래했다니 믿을 수 없어."

그의 미소가 갈라지며 이가 드러난다. "음, 어쩌면……. 내가 그녀에게, 나라는 존재가 천사에 좀 더 가깝다고 믿도록 만들었겠지. 하지만 마음속 깊은 곳에서는 그녀도 알고 있었어. 위대함은 희생을 요구하지. 누구에게 희생하느냐는 무엇을 *위해* 희생하느냐보다 중요하지 않아. 그리고 결국 그녀는 원하던 것이 되었어."

"순교자?"

"전설이지."

애디는 고개를 가로젓는다. "하지만 *예술가들을* 생각해 봐. 그들이 할 수도 있었던 모든 일도. 당신은 그들의 죽음이 애석하지 않아?"

뤽의 얼굴이 어두워진다. 그녀는 국립미술관에서 만났던 날 밤의 그의 기분을 기억한다. 베토벤의 방에서 그가 처음 한 말을 기억한다.

이 얼마나 낭비인지.

"물론 애석하지." 그가 말한다. "하지만 모든 위대한 예술에는 대가가 따라." 그는 눈길을 돌린다. "넌 그걸 알아야 해. 결국 우린 둘 다 우리만의 방식으로 후원자인 거야."

"난 당신과 달라." 그녀가 말한다. 하지만 그 말에는 독한 기운이 들어가 있지 않다. "난 뮤즈지만 당신은 도둑이야."

그는 어깨를 으쓱한다. "서로 주고받는 거래지." 그가 말한다. 그리고 더 이상 아무 말도 하지 않는다.

밤이 깊어 그가 사라지고 그녀는 혼자 남겨져 정처 없이 돌아다닌다.

그러면서도 오페라는 그녀 기억의 프리즘 안에 완벽하게 보존된 채 계속 상연된다. 애디는 그들의 영혼이 그런 훌륭한 예술의 정당한 대가였는지 조용히, 혼자서 생각에 빠진다.

뉴욕
2014년 7월 4일

– XIV –

불꽃들이 도시 위로 폭발한다.

그들은 폭죽이 터져 맨해튼 스카이라인을 분홍색과 녹색, 황금색으로 칠하는 모습을 지켜보기 위해 스무 명 남짓한 사람들과 함께 로비의 아파트 건물 옥상에 모였다.

애디와 헨리는 물론 함께 서 있지만 서로를 껴안기에는 너무 덥다. 헨리의 안경에는 계속 김이 서린다. 그리고 그는 맥주를 마시는 데에는 관심이 없고 맥주캔을 목에 갖다 대기만 한다.

미풍이 건조기 통풍구만큼의 안도감을 실어나르고, 옥상에 있는 사람들은 *야, 와* 같은 과장된 소리를 낸다. 아마도 폭죽을 향해서 내는 소리겠지만 힘 빠진 바람이라도 한바탕 일으키기 위해서인지도 모른다.

유아용 수영장이 옥상 한가운데에 있고, 주위로는 접이식 의자들이 놓여 있다. 한 무리의 사람들이 미지근한 물에 발을 담근 채 물을 철벅거리고 있다.

불꽃놀이가 끝난다. 애디는 주변을 둘러보며 헨리를 찾지만 그는 어디론가 사라졌다.

그는 온종일 기분이 좋아 보이지 않았다. 그녀는 그것이 모든 것에 무게감을 더하는 열기 때문이리라 생각했다. 서점은 문을 닫았고, 그들은 거의 하루 종일 박스형 선풍기를 앞에 두고 소파에 드러누워 있었다. 그들이 텔레비전을 보는 동안 북은 얼음 조각을 가지고 놀았다. 헨리의 미친 듯한 에너지마저 누그러뜨릴 정도로 더위가 심했다.

그녀는 너무 지쳐서 그에게 이야기를 들려줄 수가 없었다.

그도 너무 지쳐서 그녀의 이야기를 받아 적을 수가 없었다.

옥상 문이 벌컥 열리더니 로비가 나타난다. 그의 양손에는 아이스크림 트럭을 습격이라도 한 것처럼 녹고 있는 막대 아이스크림이 들려 있다. 사람들은 와 하는 소리와 환호성을 내지른다. 그는 옥상을 돌며 한때는 꽁꽁 얼어 있었던 아이스크림을 나눠준다.

열두 번째가 운이 좋군, 하고 그녀는 로비가 과일맛 막대 아이스크림을 건네줄 때 생각한다. 그가 그녀를 기억하지는 못하겠지만, 헨리가 분명 충분히 그녀에 관해 많은 이야기를 들려주었을 것이다. 아니면 로비가 아는 사람들을 한 사람씩 뺐을 수도 있다.

그들 중 한 명이 다른 사람들과 같지 않음을 아는 것이다.

애디는 순간을 놓치지 않는다. 그녀는 갑작스레 활짝 웃는다. "세상에, 당신 로비 맞죠?" 그녀는 두 팔을 그의 목에 두르며 포옹한다. "헨리가 당신에 대해 말해줬어요."

로비는 몸을 빼낸다. "그랬어요?"

"당신이 배우라고 하더군요. *아주 훌륭한* 배우라고요. 브로드웨이에 진출하는 건 시간문제라고 하던데요." 로비는 약간 얼굴을 붉히고 딴 데를 쳐다본다. "당신 공연 한번 보러 가고 싶어요. 지금 하는 공연은 어떤 거예요?"

로비는 주저한다. 그녀는 그가 흔들린다는 것을 느낄 수 있다. 그녀를 피할 것인가 아니면 자신의 이야기를 할 것인가. "*파우스트*에 관한 작품을 하고 있어요." 그가 말한다. "알겠지만 악마와 거래하는 남자……."

애디가 막대 아이스크림을 깨물자 이 사이로 충격파가 전해진다. 그것은 로비가 말을 하는 동안 그녀 얼굴의 찡그림을 가려주기에 충분하다.

"영화 〈라비린스〉(주인공 사라가 고블린 왕이 데려간 동생을 찾기 위해 고블린 성으로 간다는 내용의 판타지 영화—옮긴이)에 가까운 무대로 꾸밀 거예요. 메피스토펠레스를 떠올리게 하지만 고블린 왕의 방식인 거죠." 그는 그 말을 하면서 몸동작을 한다. "정말 괜찮은 작품이에요. 의상이 놀라워요. 어쨌든 9월은 돼야 공연이 시작될 거예요."

"멋질 것 같아요." 그녀가 말한다. "빨리 보고 싶네요."

그 말에 로비는 수줍은 듯 미소 짓는다. "상당히 괜찮은 작품이 될 것 같아요."

"파우스트를 위하여." 그녀가 자신의 막대 아이스크림을 들어 올리며 말한다.

"그리고 악마를 위하여." 로비가 답한다.

그녀의 손이 끈적끈적하다. 그래서 유아용 수영장에 두 손을 적신 후 헨리를 찾으러 나선다. 결국 그녀는 옥상의 한 귀퉁이, 불빛이 닿지 않는 구석에 혼자 있는 그를 발견한다. 그는 내다보고 있다. 위가 아니라 가장자리 너머 아래를 보고 있다.

"나 드디어 로비를 파악한 것 같아요." 손을 반바지에 닦으며 그녀가 말한다.

"응?" 그가 말하지만 실제로는 그녀의 말을 듣고 있지 않다. 땀 한 방울이 그의 뺨을 타고 흐르고, 희미한 여름 바람에 눈을 감은 채 디디고 있는 발을 조금 흔든다.

애디는 그를 끄트머리에서 끌어당긴다. "왜 그래요?"

그의 눈은 어둡다. 한순간 무언가에 홀려 얼이 빠진 것처럼 보인다.

"아무것도 아니에요." 그가 낮은 목소리로 말한다. "그냥 생각 중이었어요."

애디는 거짓말을 쉽게 간파할 정도로 오랫동안 살았다. 계절의 언어,

몸짓의 언어 혹은 뤽의 눈이 가진 색깔의 언어처럼 거짓말에는 나름의 언어가 있다.

그래서 그녀는 헨리가 지금 거짓말을 하고 있다는 것을 안다.

혹은 최소한 그가 지금 진실을 말하고 있지 않다는 것을 안다.

이것은 그의 감정적 폭풍우 가운데 하나일지도 모른다고 그녀는 생각한다. 어쩌면 여름 열기 때문일지도 모른다.

물론 그것이 아니다. 나중에 그녀는 진실을 알게 될 것이고, 그때 그에게 물어봤더라면, 조금 더 그를 다그쳤더라면, 그게 뭔지 알았더라면 좋았을 것이라 생각할 것이다.

나중에 그렇게 생각할 것이다. 하지만 오늘 밤 그는 그녀를 자기 쪽으로 가까이 끌어당긴다. 오늘 밤 그는 마치 그녀가 본 것을 잊게 만들 수 있다는 듯이 그녀에게 깊이, 갈구하듯 키스한다.

애디는 그가 그렇게 하도록 내버려둔다.

* * *

그날 밤 그들이 집으로 돌아왔을 때는 생각하기에도, 잠을 자기에도 너무 덥다. 그래서 그들은 욕조를 찬물로 가득 채운 다음 불을 끄고 갑작스럽고 자비로운 안도감에 몸을 떨며 욕조 안으로 들어간다.

그들은 어둠 속에서 욕조 안에 누워 있고, 수면 아래로는 맨다리들이 서로 엉켜 있다. 헨리의 손가락은 그녀의 무릎을 가로지르며 멜로디를 연주한다.

"우리가 처음 만났을 때," 그가 생각에 잠긴 채 말한다. "왜 당신의 진짜 이름을 말해주지 않았어요?"

애디는 어두워진 천장 타일을 쳐다보고, 마지막 날 탁자에 앉아 있던 텅 빈 두 눈의 이자벨을 본다. 그녀가 하는 말을 흘려들으며 꿈꾸듯 그녀를 쳐다보던 카페에 있는 레미를 본다.

"말할 수 있다고 생각하지 않았기 때문이에요." 그녀가 손가락으로 물을 가르며 말한다. "사람들에게 진실을 말하려고 노력할 때마다 그들의 얼굴은 그냥 멍해져요. 내 이름을 말하려고 하면 목구멍에 항상 걸려요." 그녀가 미소 짓는다. "당신만 빼고요."

"왜죠?" 그가 묻는다. "어차피 잊힐 거라면 당신이 진실을 말하는 게 뭐가 문제가 되죠?"

애디는 눈을 감는다. 그것은 좋은 질문이고, 그녀 스스로도 백 번 넘게 물어본 질문이다. "그는 날 지우고 싶었던 것 같아요. 내가 보이지도, 들리지도 않고, 비현실적이라고 느끼길 원했던 거죠. 이름이 사라지기 전까지는 그 힘을 알 수가 없어요. 당신을 만나기 전까지는 그가 내 이름을 말할 수 있는 유일한 사람이었어요."

목소리가 그녀의 머리 안에서 연기처럼 휘감긴다.

오, 아들린.

아들린, 아들린.

나의 아들린.

"개자식이네요." 헨리가 말한다. 그녀는 하늘을 보며 비명을 질렀던 밤을, 그보다 훨씬 더 거친 욕으로 어둠을 불렀던 밤을 기억하며 빙그레 웃는다.

그러고 나서 그가 묻는다. "그를 마지막으로 본 게 언제예요?" 애디는 흔들린다.

한순간 그녀는 침대에 있다. 검은색 실크 시트가 그녀의 팔다리를 감고 있고, 뉴올리언스의 열기는 어둠 속에서도 억압적이다. 하지만 뤽은 시원한 무게감으로 그녀의 팔다리를 감싸고 있다. 그가 그녀의 살갗에 대고 속삭이는 동안 그의 입술은 그녀의 어깨를 따라 움직인다.

항복해.

애디는 침을 삼키고 목구멍에 걸린 씁쓸함처럼 기억을 내리누른다.

"거의 40년 전이에요." 그녀는 마치 날짜를 세고 있지 않은 것처럼, 기념일이 그들을 만나기 위해 달려오고 있지 않은 것처럼 말한다.

그녀는 고개를 옆으로 돌려 욕실 바닥에 쌓여있는 옷들을, 반바지 안에 든 나무 반지의 오목한 부분을 바라본다. "우린 사이가 멀어졌어요." 그녀가 말한다. 그것은 진실과는 거리가 아주 멀다.

헨리는 분명 궁금해하는 눈치로 그녀를 보지만 무슨 일이 있었는지 묻지 않는다. 그녀는 그런 그를 고마워한다.

이야기에는 순서가 있다.

이야기가 그곳에 도착하면 애디는 그에게 그 이야기를 들려줄 것이다.

지금 애디는 손을 위로 뻗어 샤워기를 튼다. 물이 비처럼 달래기라도 하듯 그들 위로 쏟아진다. 이것은 완벽한 고요함이다. 편안하고 텅 빈 고요함이다. 그들은 차가운 물줄기 아래에서 서로를 마주 보고 있다. 애디는 눈을 감고 고개를 뒤로 젖혀 욕조에 기댄다. 그리고 샤워 꼭지가 만들어낸 폭풍우 소리를 듣는다.

영국, 코츠월드 언덕
1899년 12월 31일

– XV –

* * * * * * *

눈이 오고 있다.

은근한 녹청빛의 서리 같은 눈도 아니고 이리저리 흩날리는 눈송이도 아니다. 하얀 눈이 쏟아져 내린다.

애디는 작은 오두막집의 창가에 몸을 웅크린 채 앉아 있다. 등 뒤에는 난로가 있고, 무릎에는 책이 한 권 펼쳐져 있다. 그리고 그녀는 하늘이 무너져 내리는 모습을 지켜본다.

그녀는 해가 바뀌는 것을 매우 다양한 방법으로 맞이했다.

샴페인 병을 손에 들고 런던 옥상에 앉아서 새해를 맞기도 했고, 한 손에 횃불을 든 채로 에든버러의 자갈길에서 새해를 맞기도 했다. 그녀는 파리의 연회장에서 춤을 추었고, 암스테르담에서는 하늘이 폭죽으로 하얗게 변하는 모습을 지켜보았다. 낯선 사람들과 키스를 나누었고, 다시 만날 일이 없는 친구들을 찬미했다. 그리고 잠자리를 가졌고, 속삭임을 나눴다.

하지만 오늘 밤 그녀는 가만히 앉아서 창 너머 세계가 하얗게 변해가는 모습을, 모든 선과 곡선이 눈으로 지워지는 모습을 보는 데 만족한다.

물론 오두막집은 그녀의 소유물이 아니다. 아주 엄격한 의미에서 보자면 그렇다.

그녀는 거의 손상되지 않은 오두막을 찾아냈다. 버려진 장소, 혹은 그저 잊힌 장소였다. 가구는 거의 없었고 찬장은 비어 있었다. 하지만 그녀는 한 계절 동안 그곳을 거처로 삼고 들판의 죽은 나무들을 땔감으로 쓰며 텃밭을 가꾸었다. 키울 수 없는 작물은 훔쳤다.

그곳은 그야말로 그녀가 뼈를 묻을 만한 장소다.

바깥의 눈 폭풍이 멈췄다.

눈은 땅 위에 조용히 누워 있다. 아무런 표시도 없는 종이처럼 매끄럽고 깨끗하다.

그녀가 일어서는 것은 아마도 그 때문일 것이다.

그녀는 망토를 어깨에 단단히 여미고 밖으로 나간다. 부츠가 즉각 눈속에 파묻힌다. 눈은 설탕 가루로 된 엷은 막처럼 가볍고, 그녀의 혀는 겨울의 맛을 느낀다.

그녀가 대여섯 살 때 비용에 눈이 왔었다. 보기 드문 광경이었는데 몇 인치 깊이의 하얀 막이 모든 것을 뒤덮었다. 몇 시간 사이에 눈은 말과 수레, 그리고 통행하는 사람들에 의해 엉망으로 변했지만 애디는 때 묻지 않은 하얀 것이 주는 작은 광활함을 발견했다. 그녀는 그것을 향해 달려나가서 발자국으로 흔적들을 남겼다. 그녀는 맨손으로 눈의 표면을 만졌고, 그녀의 손이 지나간 자리에는 손가락 모양이 남았다. 그녀는 눈이 만들어낸 캔버스의 모든 부분을 망쳤다.

캔버스를 망치는 일을 끝내고 그녀는 발자국으로 덮인 들판을 둘러보고는 그것이 끝난 것을 슬퍼했다. 그다음 날 눈은 녹아내렸고 얼음도 녹았다. 그것이 그녀가 눈밭에서 마지막으로 놀았던 기억이다.

지금까지도 그때가 마지막이었다.

이제 그녀의 발걸음은 완벽한 눈을 저벅저벅 밟고, 눈은 그녀가 지나간 자리에서 솟아오른다.

이제 그녀는 손가락으로 부드러운 언덕들 사이를 누비고, 그녀의 손가락이 지나간 자리 뒤로 눈 언덕들이 다시 메워지며 매끈해진다.

그녀는 들판에서 놀고 있고, 이제 흔적을 남기지 않는다.

세상은 흠 하나 없이 그대로다. 그녀는 이번만큼은 이에 감사한다.

그녀는 원을 그리며 빙글빙글 돌고, 그 순간의 이상하고 단순한 마법에 웃음 지으며 파트너 없이 혼자 눈 위에서 춤을 춘다. 그러다 생각한 것보다 깊은 부분에 발을 헛짚는다.

그녀는 몸의 균형을 잃고 눈이 쌓인 곳으로 넘어진다. 목덜미를 따라 스며드는 갑작스러운 한기와 모자 안으로 스며드는 눈에 헉하고 숨을 참는다. 그녀는 위를 쳐다본다. 이제 눈이 다시 내리기 시작하여 눈송이들이 별처럼 내린다. 세상은 목화솜 같은 고요함으로 조용해진다. 그녀는 옷 사이를 파고드는 차가운 눅눅함만 없었다면 이곳에 영원히 머무를 수도 있겠다고 생각한다.

그녀는 적어도 지금은 이곳에 있기로 마음먹는다.

그녀는 눈 속에 파묻히고, 열린 하늘이 사방을 에워싸는 사각 틀 외에는 아무것도 없을 때까지 눈이 시야 가장자리를 가리는 것을 두고 본다. 밤은 차갑고 깨끗하고 별들로 가득 차 있다. 그녀는 다시 열 살이 되어 집이 아니라 다른 곳에 있다고 상상하며 아버지의 작업장 뒤 키 큰 수풀에 누워 있다.

얼마나 이상한가. 꿈이 현실이 되기 위해 돌고 도는 길은.

그녀는 지금 끝없는 어둠을 올려다보며 자유에 대해 생각하지 않고, 그에 대해서만 생각한다.

그러고 나자 그가 그곳에 있다.

어둠이 후광처럼 둘러싸는 가운데 그는 바로 옆에서 그녀를 지켜보고 서 있다. 그녀는 자신이 다시 미쳐가는 중이라고 생각한다. 그것은 처음 있는 일도 아니다.

"200년이 지났어." 뤽이 그녀 옆에 무릎을 꿇으며 말한다. "그런데도 여전히 아이처럼 행동하고 있네."

"여긴 무슨 일이야?"

"너에게 같은 질문을 할 수도 있는데."

그는 손을 내민다. 그녀는 그 손을 잡아 그가 차가움으로부터 그녀를 끌어올리게 내버려 둔다. 그리고 함께 작은 집으로 걸어간다. 눈 위에는 그의 발자국만 남는다.

집 안으로 들어가니 난롯불이 꺼져 있다. 그녀는 낮은 신음을 내며 등불을 향해 손을 뻗고 난롯불을 다시 피우려고 한다.

뤽은 연기가 나는 잔해를 쳐다보기만 하다 손가락을 무심히 튕긴다. 그러자 불꽃이, 열기가 꽃처럼 난로 안에서 피어오르고 모든 사물에 그림자를 만들어낸다.

얼마나 쉽게 그는 세상을 움직이는지. 그녀는 생각한다.

하지만 그는 그녀에겐 이런 일마저 매우 어렵도록 만들었다.

뤽은 작은 오두막에, 빌린 삶에 관심을 둔다. "나의 아들린." 그가 말한다. "아직도 자라서 에스텔이 되기를 원하는군."

"난 당신 소유가 아니야." 그녀가 말한다. 지금은 그 말이 독기를 잃긴 했지만.

"세상을 등지고 넌 들판에서 마녀 역을, 오래된 신들에게 기도하는 노파 역을 연기하면서 시간을 보내고 있잖아."

"난 당신에게 기도하지 않았어. 그런데도 여기 와 있네."

그녀는 그를 훑어본다. 그는 울코트에 캐시미어 스카프를 매고 있고, 옷깃은 뺨에 닿을 정도로 높이 세워져 있다. 그녀는 뤽을 겨울에 보는 것은 이번이 처음이라는 사실을 깨닫는다. 여름이 그랬던 것처럼 겨울 역시 그와 어울린다. 그의 흰 뺨은 대리석처럼 하얗고, 검정 곱슬머리는 달 없는 하늘 색깔이다. 녹색 두 눈은 별처럼 차갑고 밝다. 그녀는 불 앞에 서 있는 그의 모습을 그림으로 그리고 싶어진다. 오랜 시간이 지났지만 그녀의 손가락은 목탄을 찾아 안달한다.

그는 벽난로 선반 위로 손을 스친다.

"난 코끼리를 봤어. 파리에서."

그것은 아주 오래전에 그녀가 그에게 한 말이었다. 지금 보면 말하지 않은 것들로 가득 찬, 너무나도 이상한 대답이다. 난 코끼리를 봤어. 그리고 너를 생각했어. 나는 파리에 있었는데, 넌 없었어.

"그리고 당신은 나를 생각했군." 그녀가 말한다.

그것은 질문이다. 그는 대답하지 않는다. 대신 주위를 둘러보며 말한다. "이건 한 해를 보내기엔 초라한 방법이군. 우리에겐 더 좋은 방법이 있어. 나랑 같이 가."

그녀는 궁금하다. 항상 궁금하다. 하지만 그녀는 오늘 밤 고개를 가로젓는다. "아니, 안 가."

그의 자부심에 찬 턱이 올라간다. 짙은 두 눈썹이 한데로 모인다. "왜 안 가?"

애디는 어깨를 으쓱한다. "난 여기서 행복하거든. 그리고 당신이 나를 다시 여기로 데려다줄 거 같지 않아."

그의 미소가 난로 불빛처럼 잠깐 비친다. 그녀는 그것으로 끝이기를 기대한다.

고개를 돌리면 어둠 속으로 그가 또다시 사라지고 없을 것이라고 예상한다.

하지만 그는 그녀의 빌린 집에 여전히 그림자로 있다.

그는 두 번째 의자에 앉는다.

그는 어딘가에서 홀연히 와인잔들을 가져온다. 그들은 친구처럼 혹은 최소한 잠시 휴전 중인 적들처럼 불 앞에 앉아 있다. 그는 그녀에게 십 년이 저무는 시점의 파리—세기말의 파리에 대해 말해준다. 꽃처럼 활짝 피어난 작가들에 대해, 예술에 대해, 음악에 대해, 그리고 아름다움에 대해 말해준다. 그는 항상 그녀를 유혹하는 방법을 알고 있었다. 그는 지금이 황금시대라고, 빛의 시대라고 말한다.

"넌 분명 좋아할 거야." 그가 말한다.

"분명 그렇겠지."

그녀는 봄에 파리로 갈 것이다. 만국박람회를 볼 것이고 하늘을 향해 솟아오른 철 조각물인 에펠탑을 볼 것이다. 그녀는 유리로 만들어진 건물들과 임시 건물들 사이를 걸을 것이다. 그리고 모든 사람의 현재와 과거 사이에 모래 위에 그어진 선과 같은 것이 있는 것처럼, 그 둘이 함께 존재하지 않는 것처럼, 지나간 세기와 새로운 세기에 대해 말할 것이다.

역사는 되돌아보면 의도된 것이다.

지금 그녀는 그가 말하는 것을 듣는 것으로 충분하다.

그녀는 깨닫기도 전에 잠에 빠진다. 하지만 그녀가 깨어났을 때는 이른 아침이고 오두막은 비어 있다. 난롯불에는 잉걸불만 남았다. 어깨 위에는 담요가 덮여 있고 창 너머 세상은 다시 새하얗다.

애디는 그가 여기 있기나 했는지 알 수가 없다.

6부

이걸 사랑이라고
우기진 마

작품 제목: 꿈꾸는 여자

작가(들): 토비 마시Toby Marsh

제작연도: 2014년

재료: 양피지에 연필. 20센티미터 × 30센티미터 크기의 스케치

소재지: 퍼싱Pershing 가족으로부터 대여

설명: 가수이자 작곡가인 토비 마시가 서명한 이 악보 음악 원본은 〈꿈꾸는 여자〉라는 곡의 시작을 담고 있다. 뉴욕시의 공공학교 예술 프로그램 기금 마련을 위한 연례 축제인 〈뮤직 노트〉 행사에서 경매에 부쳐졌다. 가사의 몇몇 부분은 최종 발표된 곡과는 다르지만 가장 유명한 가사인 "난 너무 두려워요/ 그녀를 잊을까 두려워요/ 그녀를 만날 수 있는 건/ 내 꿈속뿐인데요"는 악보 페이지 한가운데에 또렷하게 보인다.

배경: 이 노래는 마시의 가수로서의 경력을 부각시켜준 노래로 평가된다. 그는 이 노래가 여러 번 꿈을 꾸는 동안 자신을 찾아왔다고 주장함으로써 소재에 관한 근거 없는 믿음들을 부채질했다. "깨어나면 내 머릿속에는 음악의 마디들이 남아 있었어요."라고 그는 〈페이퍼 매거진〉과의 2016년 인터뷰에서 말했다. "노트와 영수증 쪽지에 가사가 적혀 있는 걸 발견하곤 했는데, 그것들을 쓴 기억이 없었어요. 마치 몽유병 같았죠. 자면서 곡을 만드는 증상이라고 해야 하나요. 모든 것이 꿈이었어요."

추정 가격: 1만5,000달러

프랑스, 사르트의 비용
1914년 7월 29일

– I –

✳ ✳ ✳ ✳ ✳ ✳ ✳

비용에 비가 억수같이 내린다.

사르트 강은 둑까지 불어나고, 시골길은 진흙투성이 강이 된다. 빗물은 문간 너머로 흘러들어, 빠르게 흐르는 물의 안정적인 백색소음이 그녀의 귀를 채운다. 애디가 눈을 감자 세월은 용해된다. 그녀는 다시 열 살이고, 열다섯 살이고, 스무 살이다. 맨발로 깨끗하게 씻긴 시골 마을을 내달릴 때 그녀의 치맛자락은 젖고 머리카락은 뒤로 휘날린다.

하지만 그녀가 눈을 다시 뜨자 200년이 지나 있다. 그녀는 비용이라는 작은 마을이 바뀌었음을 부인할 수 없다. 알아볼 수 있는 것들이 점점 줄어들고 낯선 것들은 점점 늘어난다. 여기저기서 한때 알았던 장소를 여전히 알아볼 수 있지만 그녀의 기억은 올이 훤히 풀려버린 옷처럼 듬성듬성하다. 그녀가 거래를 하기 전의 세월은 풍화되어 희미해졌다.

그렇긴 해도 어떤 것들은 불변이다.

마을을 통과하는 길.

한가운데에 있는 작은 교회.

변화의 느린 과정에 둔감한 묘지의 낮은 벽.

애디는 폭우를 지켜보며 교회 문 앞에서 어정댄다. 출발할 때는 우산이 있었지만 세찬 바람에 우산대가 부러졌다. 빗줄기가 약해지기를 기다렸어야 했음을, 자신에게는 드레스가 한 벌밖에 없음을 알고 있다. 그러나 떨어지는 빗물을 받으려 한 손을 오므려서 내민 채 그곳에 선다. 그리고 환영하듯 두 팔을 넓게 벌리고 폭우를 맞곤 하던 에스텔을 생각한다.

애디는 잠시 몸을 피하던 곳을 떠나 묘지 정문으로 향한다.

얼마 지나지 않아 그녀는 흠뻑 빗물에 젖지만 비는 따뜻하다. 하지만 그녀는 녹아내리지 않을 것이다. 그녀는 몇 개의 새로운 묘비를, 그리고 더 많은 오래된 묘비들을 지나고, 야생 장미를 부모님의 무덤에 하나씩 놓은 다음 에스텔을 찾으러 간다.

애디는 여러 해 동안 그 노파를 그리워했고, 그녀의 위로와 충고를, 그녀 손아귀의 힘을, 그녀의 나무 같은 딱딱한 웃음을 그리워했다. 그리고 애디가 아들린이었을 때, 애디가 여전히 이곳에 있었을 때, 여전히 인간이었을 때, 에스텔이 자신을 믿어주던 방식을 그리워했다. 애디는 뭐가 됐든 붙들 수 있는 것을 붙들고 있긴 하지만 에스텔의 목소리는 흘러간 세월과 함께 사라졌다. 이곳은 노파의 목소리를 떠올릴 수 있는 유일한 곳이고, 오래된 돌들에서, 잡초가 우거진 땅에서, 그녀 머리 위에 있는 세월의 흔적을 간직한 나무에서 유일하게 에스텔의 존재를 느낄 수 있다.

하지만 나무는 그곳에 없다.

무덤은 그 자리에서 무너져 내리고 묘비는 허물어지고 갈라졌지만 넓은 나뭇가지들과 뿌리가 깊은 아름다운 나무는 사라졌다.

남은 건 울퉁불퉁한 그루터기뿐이다.

애디는 숨이 턱하고 막히는 소리를 내뱉는다. 무릎을 꿇고 손으로 죽어버린 나무를 쓰다듬는다. 아니야. 아니야, 이건 아니야. 그동안 그녀는 너무나 많은 것을 잃었고, 모든 것을 애도했다. 하지만 지금 지난 몇 년 사이 처음으로 너무나 예리한 상실에 충격을 받았다. 그것은 그녀의 숨과 힘, 의지를 빼앗는다.

우물처럼 깊은 슬픔이 그녀 안에서 열린다.

씨앗들을 심어봐야 무슨 소용인가?

그것들을 돌봐야 할 이유가 무엇인가? 자라도록 도와줄 이유는 무엇인가?

모든 것은 결국 무너져내린다.

모든 것은 죽는다.

그녀는 유일하게 남아 있는 것이고, 잊힌 것들을 위해 밤샘 기도를 하는 고독한 유령이다. 그녀는 눈을 질끈 감고 에스텔을 떠올리려 애쓴다. 모든 게 괜찮을 거라고, 그건 그냥 나무일 뿐이라고 말해주는 노파의 목소리를 불러내려 애쓴다. 하지만 그 목소리는 사라져 맹렬한 폭우 아래로 휩쓸려 가버렸다.

해질녘에도 애디는 여전히 그곳에 앉아 있다.

비는 약해져서 보슬비로 변했고, 돌에는 물방울이 이따금 톡톡 소리를 내며 떨어진다. 그녀는 흠뻑 젖었지만 더 이상 자신이 젖었다는 것을 느낄 수가 없다. 사실 그 어떤 것도 거의 느낄 수가 없다. 그녀가 움직이는 공기를 느낄 때까지. 그녀의 등 뒤로 그림자가 도착한다.

"유감이군." 그가 말한다. 그의 부드러운 목소리에서 유감이라는 말은 들은 것은 이번이 처음이다.

"당신이 이랬어?" 그녀가 올려다보지도 않고 속삭이듯 말한다.

놀랍게도 뤽은 그녀 옆의 더러운 흙에 무릎을 꿇는다. 그래도 그의 옷은 물에 젖지 않는다.

"모든 상실을 내 탓으로 돌릴 순 없어." 그가 말한다.

그의 팔이 그녀의 어깨를 감싸기 전까지, 그녀의 사지가 그의 안정적인 무게감에 기대어 떨고 있다는 것을 느끼기 전까지, 그녀는 자신이 떨고 있다는 것을 깨닫지 못한다.

"나도 내가 잔인할 수 있다는 걸 알아." 그가 말한다. "하지만 자연은 더 잔인할 수 있어."

그제야 그루터기의 한가운데를 따라 까맣게 탄 선이 무엇을 의미하는지 분명해진다. 재빠르고 뜨거운 번갯불. 하지만 그 사실조차 그녀의 상실감을 덜어주진 못한다.

그녀는 나무를 쳐다볼 수가 없다.

그녀는 이곳에 더 이상 머무를 수가 없다.

"자, 가자고." 그녀가 일어서도록 부축하며 그가 말한다. 그녀는 어디로 가는지 모른다. 어디든 여기만 아니라면 그녀는 괘념치 않는다. 애디는 폐허가 된 그루터기에서, 닳아서 형체도 알아보기 힘든 묘비에서 등을 돌린다. 바위에게서마저. 그녀는 뤽을 따라 묘지에서, 마을에서, 그리고 과거에서 벗어나며, 모든 것이 마지막이라고 생각한다.

다시는 돌아가지 않을 것이다.

* * *

물론 파리는 비용보다 훨씬 더 많이 변했다.

몇 년 사이 그녀는 파리가 세련된 모습으로 바뀌는 것을 지켜보았다. 새까만 지붕을 입힌 하얀색 돌로 된 건물들. 긴 창문들과 철제 발코니들. 꽃가게들과 빨간색 차양 아래의 카페들이 늘어선 넓은 길들.

그들은 테라스 좌석에 앉고, 그녀의 드레스는 여름 미풍에 마른다. 코르크 마개를 딴 포트와인 한 병이 그들 사이에 놓여 있다. 애디는 아무리 와인을 많이 마셔도 기억을 깨끗하게 지워낼 수는 없다는 것을 알면서도 나무의 모습을 씻어내려 애쓰며 와인을 길게 들이마신다.

알면서도 잊어보려 한다.

센 강 어디쯤에선가 바이올린 연주가 시작된다. 고음들 아래로 그녀는 차 엔진이 진동하는 소리를, 고집스러운 말발굽 소리를, 파리의 이상한 음악을 듣는다.

뤽은 잔을 들어 올린다. "기념일 축하해, 나의 아들린."

그녀는 그를 쳐다본다. 늘 하던 대로 반박하기 위해 그녀의 입술이 벌어지다가 이내 멈춘다. 만일 그녀가 그의 것이라면 지금쯤 그도 그녀의 것이 되어야 마땅하다.

"기념일 축하해, 나의 뤽." 그녀는 그가 어떤 표정을 짓는지 보려고 대답한다.

위로 올라간 한쪽 눈썹, 비틀리듯 위로 향하는 입꼬리, 놀라서 변하는 그의 녹색 눈이 그녀에게 보상으로 주어진다.

뤽은 시선을 아래로 하고, 포트와인 잔을 손가락 사이에 두고 돌린다.

"예전에 우리가 비슷하다고 말한 적이 있지." 그가 거의 혼잣말하듯 말한다. "우리 둘 다…… 외롭다고 했었지. 난 그 말을 한 너를 증오했었어. 하지만 어떤 면에서는 네가 옳았다고 생각해."

그는 천천히 말을 이어간다. "함께한다는 생각에는 무언가가 있어."

그것은 그가 한 말 가운데 그를 가장 *인간처럼* 느끼게 하는 말이다.

"다른 곳에 있을 때," 그녀가 묻는다. "내가 그리워?"

어둠 속에서도 에메랄드빛을 띠는 녹색 눈이 위쪽으로 움직임을 알 수 있다. "난 여기 있어. 너와 함께. 네가 생각하는 것보다 훨씬 자주."

"당연히 그렇겠지." 그녀가 말한다. "*당신은* 원할 때 언제든 왔다 갔다 할 수 있으니까. 난 기다리는 수밖에 없고."

그의 눈이 기쁨으로 짙어진다. "날 기다리는 거야?"

이제는 애디가 다른 곳을 쳐다본다. "당신 입으로 말했잖아. 우리는 함께할 사람을 갈망한다고."

"만일 내가 너에게 오듯 네가 나에게 올 수 있다면?"

그녀의 심장이 조금 빨라진다.

그녀는 시선을 위로 향하지 않는다. 그럼으로써 탁자 위에서 그녀를 향해 굴러오는 그것을 볼 수 있다. 연한 빛깔의 물푸레나무로 조각한 가느다란 띠.

그것은 반지다.

그녀의 반지다.

그날 밤 어둠에게 그녀가 바친 선물이다.

그가 조롱한 선물, 그리고 연기로 사라진 반지다.

해변 옆 교회에서 떠올렸던 이미지다.

만일 반지가 환영이라면 그것은 매우 특별한 환영이다. 한쪽에는 아버지의 끌이 약간 깊게 파고든 흔적이 있다. 다른 곳에는 세월의 흐름에 따라 돌처럼 매끈해진 곡선이 있다.

그것은 실제다. 실제여야 한다. 그렇지만.

"이거 당신이 망가트렸었잖아."

"내가 받았지." 뤽이 잔 너머로 쳐다보며 말한다. "둘은 달라."

분노가 그녀 안에서 솟구친다. "당신은 그게 아무것도 아니라고 말했어."

"난 *충분하지* 않다고 했어. 하지만 난 아무런 이유 없이 아름다운 것을 망가트리진 않아. 이건 한동안 내 거였지만, 항상 네 거였어."

애디는 반지를 보며 감탄한다. "내가 뭘 해야 하지?"

"신들을 어떻게 부르는지 넌 알잖아."

산들바람처럼 희미한 에스텔의 목소리.

그들 앞에서는 겸손하게 굴어야 해.

"반지를 껴. 그럼 내가 올 테니까." 뤽은 의자에 등을 댄다. 밤바람이 검고 윤기 나는 곱슬머리 사이로 분다. "자, 그럼," 그가 말한다. "이제 우린 비긴 거야."

"우린 절대 비길 수 없어." 그녀가 반지를 엄지손가락과 다른 손가락으로 잡고 돌리며 말한다. 그리고 그것을 사용하지 않겠다고 마음먹는다.

그것은 도전 과제다. 선물로 위장한 하나의 게임이다. 전쟁이라기보다는 내기다. 의지의 전투다. 그녀로서는 반지를 끼고 뤽을 부르는 것이 몸을 숙이는 것이고 패배를 인정하는 것이다.

항복하는 것이다.

그녀는 징표를 치마 주머니에 넣고, 그것을 붙들려는 손가락을 억지로 펴서 부적을 놓아준다.

그제야 그녀는 그날 밤의 긴장된 분위기를 알아차린다. 그것은 전에도 느꼈던 기운이지만 뤽이 말해주기 전까지는 무엇인지 알지 못한다. "전쟁이 벌어질 거야."

그녀는 듣지 못한 소식이다. 대공의 암살에 대해 말해주는 그의 얼굴에는 암울한 불쾌감이 드러난다.

"난 전쟁을 증오해." 그가 침울하게 말한다.

"난 당신이 충돌을 좋아하는 줄 알았는데."

"전쟁의 여파는 예술을 낳지." 그가 말한다. "하지만 전쟁은 냉소주의자들을 신자로 만들어. 구원을 갈구하는 아첨꾼들을 만들지. 모두가 갑자기 자신의 영혼에 매달리고, 최고급 진주 장신구를 한 부인처럼 그것들을 꽉 붙들지." 뤽은 고개를 가로젓는다. "벨에포크(19세기 말부터 제1차 세계대전이 일어나기 전까지 프랑스가 정치·경제·사회·문화적으로 번성했던 시대.—옮긴이)가 다시 오기를."

"신들이 그렇게나 향수에 빠져 있는 줄 누가 알겠어?"

뤽은 자신의 술을 다 마시고 일어선다. "전쟁이 시작되기 전에 떠나는 게 좋아." 애디는 웃는다. 그 말은 마치 그가 그녀를 아끼는 것처럼 들린다. 반지가 내려앉으며 그녀의 주머니에 갑작스러운 무게감이 느껴진다.

그는 손을 내민다. "데려다줄게."

그녀는 그의 제안을 받아들였어야 했고, 좋다고 말했어야 했다. 그가 그녀를 데리고 끔찍한 어둠을 통과한 후 다시 밖으로 나가도록 놔둬야만 했다. 그렇게 바다를 피했어야 했고, 바다 위에 떠 있는 배의 아래쪽에 몰래 숨어든 채 비참하게 보낸 일주일을, 끝이 없다는 속성 때문에 훼손되고마는 바다의 아름다움을 피했어야 했다.

하지만 그녀는 자리를 지키며 버티는 법을 아주 잘 터득했다.

뤽은 고개를 가로젓는다. "넌 여전히 고집불통에 멍청이군."

그녀는 머무르는 것에 대해 생각한다. 하지만 그가 가고 난 후, 그녀는 그의 시선에 스며든 그림자를, 다가오는 전쟁에 대해 말할 때 그가 보였던 음침함을 떠올리지 않을 수 없다. 신들과 악마들마저 싸움을 무서워한다면 그것은 심각한 신호다.

일주일 후 애디는 포기하고 뉴욕으로 가는 배에 오른다.

그녀가 부두에 내릴 때쯤 세상은 이미 전쟁통이다.

뉴욕
2014년 7월 29일

– II –

✶ ✶ ✶ ✶ ✶ ✶ ✶

오늘은 또 다른 하루일 뿐이다.

이것은 애디가 자신에게 하는 말이다.

오늘은 그저 하루일 뿐이고 다른 날들과 마찬가지다. 하지만 물론 그런 것만은 아니다.

오늘은 그녀의 결혼식 날로부터 300년이 되는 날이다. 자신의 의지에 반해 주어진 미래였다.

그녀가 숲에서 무릎을 꿇고 어둠을 불러내 자유 말고는 모든 것을 잃은 지 300년이 되었다.

300년.

폭풍우나 일식이 있어야 한다. 오늘을 기념하는 무언가가 필요하다.

하지만 날은 완벽하게 밝아오고 구름 한 점 없이 파랗다.

그녀의 침대 옆자리는 비어 있지만 헨리가 주방을 오가며 내는 발소리를 들을 수 있다. 그녀는 담요를 꽉 쥐고 있었음을 알아차린다. 왜냐하면 손가락이 아프고 왼쪽 손바닥 가운데로 아픔이 뭉쳐 있기 때문이다.

그녀가 손을 펴자 나무 반지가 아래로 떨어진다.

그녀는 그것이 거미라도 되는 것처럼, 나쁜 징조라도 되는 것처럼 침대에서 쓸어버린다. 그리고 반지가 바닥에 착지하고, 튀어서 나무 바닥 위로 굴러가는 소리를 듣는다. 애디는 무릎을 가슴 쪽으로 끌어당기고 고개를 그 사이로 떨어트린다. 그리고 갈비뼈 사이로 숨을 불어넣으며 그것은 그냥 반지일 뿐이라고, 오늘은 그냥 많고 많은 날 가운데 하루일 뿐이라고 자신에게 상기시킨다. 하지만 그녀의 가슴 안에는 밧줄이 하나 있다. 그 밧줄은 그가 찾아올 수도 있으니 떠나라고, 헨리와 가능한 한 거리를 두라고 말하며 점점 더 단단히 그녀를 조인다.

그는 오지 않을 거야. 그녀는 자신에게 말한다.

너무 오래전 일이야. 그녀는 자신에게 말한다.

하지만 그녀는 위험을 무릅쓰고 싶지 않다.

헨리가 손가락 관절로 열려 있는 문을 두드린다. 그녀는 고개를 들어 접시를 들고 있는 그를 본다. 접시 위에는 초가 세 개 꽂혀 있는 도넛이 담겨 있다.

그녀는 그 순간만큼은 모든 것을 제쳐두고 웃는다. "그게 다 뭐예요?"

"여자친구가 300살이 되는 날이 항상 있는 건 아니잖아요."

"내 생일이 아니에요."

"알아요. 그런데 정확히 뭐라고 불러야 할지 몰랐어요."

그리고 갑자기 그녀의 머릿속에서 연기처럼 목소리가 솟아오른다.

기념일 축하해, 내 사랑.

"소원 빌어요." 헨리가 말한다.

애디는 침을 삼키고 바람을 불어 초를 끈다.

그는 침대의 그녀 옆자리에 앉는다. "난 오늘 시간이 많아요." 그가 말한다. "가게는 비가 보고 있고요. 우린 기차를 타고……." 그러다 그녀의 얼굴을 보더니 말꼬리를 흐린다. "왜 그래요?"

두려움이 허기보다 더 깊이 그녀의 속을 할퀸다. "우리 같이 있으면 안 될 거 같아요." 그녀가 말한다. "오늘은 안 돼요."

그의 얼굴에 실망감이 어린다. "아, 그래요."

애디는 두 손을 컵 모양으로 그의 뺨에 갖다 대며 거짓말한다. "그냥 하루일 뿐이에요, 헨리."

"맞아요." 그가 말한다. "그냥 하루일 뿐이에요. 하지만 그가 망친 날들이 얼마나 많아요? 그가 당신에게서 하루를 빼앗아가게 내버려 두지 마요." 그가 그녀에게 키스한다. "우리에게서도요."

뤽이 그들이 함께 있는 모습을 본다면 그는 그 이상을 가져갈 것이다.

"자, 어서요." 헨리가 주장한다. "호박으로 변하기 한참 전에 당신을 다시 여기에 데려다 놓을게요. 그러고 나서 따로 밤을 보내고 싶다면 이해할게요. 날이 어두워지면 그때 걱정해요. 하지만 그때까지는 시간이 많이 남아 있어요. 그리고 당신은 멋진 하루를 보낼 자격이 있어요. 좋은 기억을 가질 자격이 있어요."

그의 말이 옳다. 그녀는 그럴 자격이 있다.

두려움이 그녀의 가슴속에서 조금 누그러진다.

"좋아요." 그녀가 말한다. 그 한마디에 헨리의 얼굴이 기쁨으로 환해진다. "따로 생각해둔 게 있어요?"

그는 욕실로 사라졌다가 노란색 수영 팬츠를 입고 타월을 한쪽 어깨에 두르고 다시 나타난다. 그는 그녀에게 청색과 흰색으로 된 비키니를 던져준다.

"가요."

로커웨이 해변은 알록달록한 타월들과 모래에 심어진 깃발들로 가득 차 있다.

아이들이 모래성을 만들고, 사람들이 작열하는 태양 아래에서 느긋하게 시간을 보내는 동안 조수와 함께 웃음이 밀려온다. 헨리는 가지고 온 타월을 모래사장의 남아있는 좁은 공간에 펼치고, 그 위에 신발을 올려

고정한다. 애디는 그의 손을 잡고 함께 해변으로 달려 나간다. 조수로 인해 축축해진 곳에 다다라 바닷물로 뛰어들 때까지 그들의 발바닥은 따끔거린다.

애디는 여름 열기에도 차갑기만 한 파도의 환영하는 붓질에 숨을 헉하고 참았다가 바닷물이 허리께에 차오를 때까지 걸어 나간다. 헨리가 옆에서 머리를 물속으로 집어넣었다가 다시 위로 올라오자 물이 안경에서 뚝뚝 떨어진다. 그는 그녀를 옆으로 끌어당겨서 소금기가 묻은 손에 입을 맞춘다. 그녀는 그의 얼굴에 달라붙은 머리카락을 정리해준다. 그들은 파도 속에서 서로를 부둥켜안은 채 머무른다.

"봐요." 그가 말한다. "이게 훨씬 낫죠?"

이것이 훨씬 낫다.

그렇다.

그들은 팔다리가 아플 때까지 수영을 한다. 살갗이 푸르스름하게 변하고서야 그들은 해변에서 기다리고 있는 타월로 돌아간다. 그리고 태양 아래에서 몸을 말리기 위해 눕는다. 날이 너무 더워서 그곳에 오래 있기는 어렵다. 게다가 곧 길가에서 음식 냄새가 풍겨오는 바람에 몸을 일으켜 세울 수밖에 없다.

헨리가 물건을 챙겨서 출발하고, 애디는 그를 따라 일어서며 타월에서 모래를 털어낸다.

그리고 나무 반지가 떨어진다.

반지는 그곳에 가만히 있다. 그것은 마른 보도에 떨어진 빗방울처럼 모래보다 조금 더 진한 색을 띤다. 애디는 반지 앞에 쭈그리고 앉아 그 위로 모래 한 줌을 쓸어서 덮어버리고 난 후 헨리를 뒤쫓아간다.

그들은 해변을 내려다보고 있는 바가 늘어선 구역으로 가서 타코와 피처 크기의 시원한 마르가리타를 주문한다. 톡 쏘는 맛과 달콤하면서도 짭조름한 시원함을 음미한다. 헨리는 안경에서 물을 닦아내고, 애디는 바다를 보며 밀물과 썰물처럼 과거가 현재에 겹쳐지는 것을 느낀다.

데자뷔, 데자쉬. 데자베퀴.

"뭐예요?" 헨리가 묻는다.

애디가 그를 본다. "응?"

"당신 얼굴에 그 표정이 보여요." 그가 말한다. "뭔가를 기억할 때 나타나는 표정요."

애디는 눈앞의 대서양을 보며 해변의 끝없는 가장자리를, 수평선을 따라 풀어지는 기억들을 내다본다. 그들이 음식을 먹는 동안 그녀는 자신이 가본 해안 이야기를 들려준다. 배를 타고 영국해협을 건넜던 시간에 대해, 안개 속에서 솟아오르는 도버의 화이트클리프에 대해 말해준다. 스페인 해안가를 항해했던 일, 보트 밑바닥에서 밀항했던 일에 대해, 미국으로 건너올 때 배에 탄 모든 사람이 아팠고 그 와중에 사람들이 자신을 마녀라고 생각하지 않도록 병에 걸린 척 연기해야 했던 일에 대해 들려준다.

그녀가 말하기에 지치고 음료가 바닥나자, 그들은 매점의 시원한 그늘과 파도의 시원한 키스 사이를 오가며 몇 시간을 보내고, 물이 마를 정도로만 모래 위에 눕는다.

좋은 날들이 그렇듯이 하루는 너무 빨리 지나간다.

돌아갈 시간이 되어 그들은 지하철까지 걸어간다. 열차가 움직이기 시작함과 동시에 햇볕을 너무 많이 받은 데다가 졸리기까지 해서 지하철 좌석에 털썩 주저앉는다.

헨리는 책을 꺼내지만 애디의 눈은 따끔거린다. 그녀는 그에게서 나는 햇빛과 종이 냄새를 음미하며 몸을 기댄다. 좌석은 플라스틱이고 공기에서는 불쾌한 냄새가 난다. 그래도 그녀는 지금껏 이처럼 편안했던 적이 없었다. 고개가 그의 어깨 쪽으로 꺾이면서 자신이 헨리에게로 가라앉고 있다고 느낀다.

그때 그가 그녀의 머리에 대고 한마디 말을 속삭인다.

"사랑해요." 애디는 그것이 사랑인지, 그 부드러운 것이 사랑인지 알지 못한다.

사랑이 이처럼 부드럽고, 친절한 것인지 궁금하다.

열기와 온기 사이의 차이.

열정과 만족감 사이의 차이.

"나도 사랑해요." 그녀가 말한다.

그녀는 그 말이 사실이길 원한다.

일리노이주, 시카고
1928년 7월 29일

– III –

✶ ✶ ✶ ✶ ✶ ✶ ✶

바 위에 천사가 있다.

천사 하나만 그려진 스테인드글라스 판은 뒤에서 불이 들어오게 되어 있다. 천사는 한 손에는 성배를 들고 한 손은 기도를 권하듯 앞으로 죽 내밀고 있다.

하지만 여기는 교회가 아니다.

요즘 주류 밀매점들은 금주법이라는 돌들 사이로 솟아오르는 잡초 같다. 이 술집에는 이름이 없다. 대신 성배를 든 천사와 문에 쓰여 있는 로마 숫자 XII는 정오와 자정의 시간이다. 벨벳 커튼과 나무 바닥 가장자리로 침대차처럼 놓여 있는 긴 의자들. 문 앞에는 손님들에게 제공하는 가면이 있다.

이곳은 대부분의 주류 밀매점처럼 오로지 소문으로 존재하고, 술 취한 입에서 입으로 전달되는 비밀 같은 존재다.

애디는 이곳을 *사랑한다*.

이곳에는 야생의 열기가 있다.

그녀는 춤을 춘다. 가끔은 혼자서, 가끔은 낯선 사람들과 함께. 벽에 가서 부딪치고 튀어 오르고 사람으로 붐비는 공간을 음악으로 채우는 재즈 음악에 자신을 잃는다. 애디는 가면의 깃털들이 뺨에 달라붙을 때까지 춤추고, 숨을 헐떡이고, 얼굴을 붉힌다. 그러고 나서야 그녀는 뒤로 물러나 가죽 의자에 쓰러지듯 앉는다.

시간은 거의 자정이다. 그녀의 손가락은 시곗바늘처럼 반지가 은색 끈에 매달려 있는 목으로 올라간다. 살갗에 와 닿는 나무 반지는 따뜻하다.

항상 손에 잡히는 거리에 있다.

한 번은 끈이 끊어져서 반지를 잃어버리는 줄 알았다. 하지만 그녀의 블라우스 주머니 안에 안전하게 있는 것을 발견했다. 또 한 번은 창턱에 두었는데 몇 시간 후에 그녀의 목에 다시 걸려 있었다.

그녀가 유일하게 잃지 않는 물건.

그녀는 그것을 가지고 논다. 손가락으로 머리카락을 꼬는 것처럼 이제는 게으른 습관이 되었다. 그녀는 반지의 가장자리를 손톱으로 긁고 돌리면서도 절대 손 관절 쪽으로 미끄러져 끼워지지 않도록 주의한다.

그녀는 반지를 향해 백 번도 넘게 손을 뻗었다. 외로울 때에도, 지루할 때에도, 아름다운 것을 보았을 때에도, 그리고 그를 생각했을 때에도 손을 뻗었다. 하지만 그녀는 너무 고집스럽고, 그는 너무 자부심이 강하다. 그녀는 이번 승부에서 이기겠다고 단단히 마음을 먹었다.

반지를 끼고 싶은 욕망을 거부해온 지 14년이 지났다.

그가 오지 않은 햇수도 14년이 되었다.

그녀가 옳았다. 이것은 게임이다. 또 다른 박탈이자 조금 미치지 못하는 항복이다.

14년.

그녀는 외롭고 약간 술에 취했다. 오늘 밤이 자신이 꺾이는 밤이 될지도 모른다. 그것은 추락이겠지만 그렇게 대단한 높이에서의 추락도 아니다. 어쩌면—어쩌면. 손을 놀리지 않기 위해 그녀는 술을 한 잔 더 시키기로 한다.

그녀는 바로 가서 진피즈(진에 탄산수, 레몬 등을 섞은 칵테일—옮긴이)를 주문한다. 그런데 하얀 가면을 쓴 남자는 샴페인 잔을 내놓는다. 설탕에 절인 장미꽃잎 하나가 거품들 사이로 떠 있다. 그녀가 뭐냐고 묻자 그는 벨벳 칸막이 좌석에 있는 그림자를 향해 고개를 끄덕인다. 그의 가면은 나뭇가지처럼 만들어졌고 나뭇잎들이 완벽한 눈을 위한 완벽한 테두리 역할을 하고 있다.

애디는 그의 모습을 보고 미소 짓는다.

그것이 안도감일 뿐이라고 말한다면 그것은 거짓말이다. 그것은 내려놓은 무게, 자유로워진 숨이기도 하다.

“내가 이겼어.” 그녀가 칸막이 좌석에 앉으며 말한다.

그가 먼저 패를 접었는데도 그의 두 눈은 승리감으로 환하다. “어째서?”

“내가 부르지 않았는데도 당신이 왔잖아.”

그의 턱이 위로 올라가면서 무시하듯 생각에 잠긴다. “내가 널 위해서 여기 왔다고 생각하는군.”

“잊고 있었네.” 그의 부드럽고 낮은 목소리의 율동적인 흐름 사이로 미끄러지듯 들어가며 그녀가 말한다. “자기의 영혼을 가지고 사기 치고 다니는 인간들이, 사람 미치게 만드는 인간들이 너무나 많지.”

비꼬는 듯한 미소가 완벽한 입술에 걸린다. “장담하건대, 아들린. 너처럼 사람 미치게 만드는 사람도 드물어.”

“드물다고?” 그녀가 놀린다. “내가 좀 더 분발해야겠네.”

그는 자신의 잔을 들어 올리고 바를 향해 기울인다. “사실은 네가 나에게로 온 거야. 이 술집은 내 소유거든.”

애디는 주위를 둘러본다. 갑자기 그의 말이 분명해진다.

그녀는 여기저기에 있는 증거들을 본다.

바 위의 천사에게 날개가 없다는 것을, 천사의 얼굴 주변으로 솟아오른 곱슬머리가 검은색이라는 것을, 후광이라고 착각한 둥근 띠는 달빛일 수도 있다는 것을 처음으로 깨닫는다.

그녀는 처음 자신을 이곳으로 이끈 것이 무엇이었는지 생각해본다.

그녀와 뤽, 두 사람은 자석 같은 것일까.

너무나 오랫동안 서로의 주변을 맴돌아서 이제는 궤도를 공유하는 것인지도 모른다.

이런 클럽은 그의 취미가 될 것이다. 그는 여남은 개 도시에 클럽들을 만들 것이고, 그것들을 텃밭처럼 돌볼 것이고, 왕성하게 성장하도록 만들 것이다.

교회만큼이나 수가 많기도 하지만 인기는 두 배로 많지, 라고 그는 말할 것이다.

금주법이 폐지되고 오랜 시간이 지난 후에도 많은 사람의 입맛에 부응하며 여전히 번성할 것이고, 그녀는 그를 부추기는 것이 어떤 에너지인지, 혹시 그런 곳들이 영혼들을 위한 준비 작업을 하는 장소가 아닌지 궁금해할 것이다. 다니고, 엿보고, 약속하는 장소. 그리고 어떤 면에서는 다른 종류의 숭배이긴 하지만 기도하기 위한 장소.

"자, 알겠지." 뤽이 말한다. "아마도 내가 이긴 거 같네."

애디는 고개를 가로젓는다. "이건 우연일 뿐이야." 그녀가 말한다. "난 당신을 부르지 않았어."

그는 미소 지으며 그녀의 살갗에 닿아 있는 반지로 시선을 떨어트린다. "난 너의 심장을 알아. 난 그게 휘청대는 걸 느꼈어."

"난 휘청대지 않았어."

"그래." 그의 이 말은 그저 한 번의 숨처럼 짧다. "하지만 난 기다리는 데 지쳤어."

"*당신*은 *나*를 그리워했군." 그녀가 미소를 지으며 말한다. 그의 녹색 눈에는 찰나의 순간 보이는 것이 있다. 빛의 균열.

"인생은 길어. 그리고 인간들은 지루해. 넌 그나마 나은 동행이지."

"당신은 내가 인간이란 걸 잊었군."

"아들린." 그가 말한다. 그의 목소리에는 동정의 기운이 어려 있다. "우리가 만난 밤 이후로 넌 인간이 아니었어. 다시는 인간이 될 수 없어."

그 말에 열기가 그녀의 몸을 통과한다. 기분 좋은 따스함은 더 이상 없고 분노만 인다.

"난 여전히 인간이야." 그녀가 말한다. 마치 그 말이 그녀의 이름이라도 되는 것처럼 말 주위로 목소리가 조여든다.

"넌 인간들 사이를 유령처럼 움직이지." 그가 말한다. 그는 자신의 이마를 그녀의 이마에 갖다 대고 숙인다. "왜냐하면 넌 그들과 같은 인간이 아니기 때문이지. 넌 그들처럼 살 수 없어. 그들처럼 사랑할 수 없어. 넌 그들 사이에 속할 수 없어."

그의 입이 그녀의 입 근처에 머무르고, 그의 목소리는 낮아지며 산들바람으로 변한다.

"넌 나에게 속해 있으니까."

그의 목구멍 뒤쪽에는 천둥 같은 소리가 있다.

"나와 함께하니까."

그녀가 그의 눈을 응시하자 새로운 녹색이 보인다. 그녀는 그것이 무엇인지 정확히 안다. 균형을 잃은 남자의 색깔. 마치 인간이라도 되는 것처럼 그의 가슴이 오르락내리락한다.

거기가 칼을 꽂아 넣을 수 있는 지점이다.

"난 차라리 유령이 되겠어."

처음으로 어둠은 움찔한다. 빛을 받는 얼굴의 그림자처럼 뒤로 물러난다. 그의 눈은 분노로 창백해진다. 그곳에 그녀가 아는 신이, 그녀가 대면하는 법을 배운 괴물이 있다.

“맘대로 해.” 뤽은 중얼댄다. 그녀는 그가 어둠 속으로 스며들기를 기다린다. 갑작스럽고 확장하는 공허에 대비하고 삼켜져서 세상의 반대편으로 내뱉어질 것을 예상한다.

하지만 뤽은 사라지지 않고, 그녀도 마찬가지다.

그는 클럽을 보며 고개를 끄덕인다. “그럼 가.” 그는 말한다. “저들에게로 돌아가.”

그녀는 그가 자신을 딴 곳으로 사라지게 했으면 좋았겠다고 생각한다. 술과 춤에 대한 흥미도, 누군가와 함께하는 시간에 대한 흥미도 완전히 사라졌기 때문이다. 그래도 그녀는 일어선다.

눅눅한 실내 공기가 그녀의 살갗에 차갑게 와 닿는 가운데 그것은 햇살에서 벗어나는 것과 같다. 그는 벨벳 칸막이 좌석에 앉아 있고, 그녀는 그날 밤 자신의 움직임들을 곰곰이 생각한다. 그리고 처음으로 인간과 자신 사이의 공간을 느끼고, 그의 말이 맞는 건 아닐까 두려워한다.

결국 떠나는 사람은 그녀다.

다음 날 주류 밀매점은 판자로 둘러쳐진 채 폐쇄되고 뤽은 사라졌다. 그렇게 새로운 선이 그어졌고, 체스판 위에 말들이 놓였고, 전투가 시작되었다.

전쟁이 일어나기 전까지 그녀는 그를 다시 보지 않을 것이다.

★

뉴욕
2014년 7월 29일

– IV –

✶ ✶ ✶ ✶ ✶ ✶ ✶

A노선 열차가 애디를 거칠게 밀치며 잠에서 깨운다.

머리 위에 있는 전등이 깜박이다 나가버리고 열차가 어둠 속으로 빠져드는 순간 그녀는 눈을 뜬다. 공포감이 전류처럼 그녀의 가슴을 통과하며 솟구친다. 창문 너머 세상은 어둡지만 헨리의 손이 그녀의 손을 꽉 쥔다.

"이쪽 지하철 노선이 원래 이래요." 그가 말하자마자 전등이 다시 들어온다. 열차는 다시 편안하게 움직이기 시작한다. 그녀는 선내방송에서 나오는 목소리를 통해 그들이 지하철의 마지막 구간인 브루클린으로 돌아왔음을 깨닫는다. 그들이 지하에서 밖으로 나왔을 때 해는 여전히 안전하게 하늘에 걸려 있다.

두 사람은 걸어서 헨리의 집으로 간다. 도착할 때쯤에는 열에 지치고 나른해진 상태다. 그들은 샤워로 소금기와 모래를 털어내고 바로 침대 시트 위로 쓰러진다. 젖은 머리카락은 살갗에 시원하게 와 닿는다. 북은 그녀의 발치에서 몸을 만다. 헨리는 그녀를 자기 쪽으로 끌어당긴다. 침대는 시원하고 그는 따뜻하다. 그것이 사랑이 아니라 해도 그것으로 충분하다.

"5분만." 그가 그녀의 머리에 대고 중얼거린다.

"5분만." 그녀는 그의 품 안으로 안겨들며 대답한다. 그 말은 반은 애원이고 반은 약속이다.

바깥에는 해가 빌딩들 위에 떠 있다.

그들에겐 아직 시간이 있다.

애디는 어둠 속에서 깨어난다.

그녀가 눈을 감았을 때 해는 여전히 높은 곳에 있었다. 지금 방은 그림자들로 가득 차 있고, 창문 너머 하늘에는 짙은 쪽빛 멍이 들었다.

헨리는 여전히 자고 있지만 방은 너무나 조용하고 너무나 고요하다. 애디가 일어나 앉자 두려움이 밀려온다.

그녀는 그의 이름을 말하지도 않고 일어설 때 그것에 대해 생각도 하지 않는다. 어두워진 거실로 걸어 나가면서 숨을 참는다. 왠지 그가 긴 팔을 쿠션이 들어간 등 부분에 펼쳐놓고 소파에 앉아 있을 것 같다. 애디는 거실을 둘러본다.

아들린.

하지만 그는 거기에 없다.

물론 그는 거기에 없다.

거의 30년이 지났다.

그는 오지 않는다. 애디는 그를 기다리는 것에 너무나 지쳤다.

그녀는 침실로 돌아가고 헨리가 서 있는 모습을 본다. 느슨하게 풀어진 그의 검정 곱슬머리는 뒤죽박죽 엉망이고 그는 안경을 찾느라 베개 밑을 뒤지고 있다.

"미안해요." 그가 말한다. "알람을 설정했어야 했는데." 그는 가방 지퍼를 열고 갈아입을 옷 한 벌을 그 안에 넣는다. "비 집에서 하룻밤 자면 돼요. 난ㅡ."

애디는 그의 손을 잡는다. "가지 마요."

헨리가 주저한다. "정말요?"

그녀는 어떤 것도 확신하지 못하지만 오늘 너무나도 즐거운 하루를 보냈다. 그래서 그녀의 밤을 망치고 싶지 않고 밤을 *뤽에게* 넘겨주고 싶지 않다.

그는 이미 충분히 많이 가졌다.

아파트에는 먹을 만한 음식이 없다. 그래서 그들은 옷을 입고 머천트로 향한다. 그곳의 모든 것에는 잠에 취한 듯한 편안함이 있다. 햇살 아래 오랫동안 있었던 데다 어두워진 이후에 깨어날 때 느끼는 방향 감각의 상실도 거기에 한몫을 한다. 그곳은 꿈을 꾸는 듯한 분위기다. 이것은 완벽한 하루의 완벽한 마무리다.

그들은 종업원에게 축하할 일이 있다고 말한다. 종업원이 그녀가 생일이냐고 아니면 약혼 날이냐고 묻자 애디는 맥주를 들어 올리며 말한다. "기념일이에요."

"축하해요." 여종업원은 말한다. "몇 년 됐어요?"

"300년요." 그녀가 말한다.

헨리는 마시던 술이 목에 걸린다. 종업원은 그것이 두 사람만 아는 농담이라고 생각하며 웃는다. 애디는 그저 미소만 짓는다.

노래가 흘러나오는데 소음 위로 솟아오르는 듯한 노래다. 그녀는 그를 일어서도록 잡아 일으킨다.

"나랑 춤춰요." 그녀가 말한다. 헨리는 포스레일에서 그녀와 비트에 맞춰 온몸을 흔들었지만 사실 자신은 춤을 안 춘다고 말하려고 애쓴다. 그것과 이것은 다르다고 말하지만 그녀는 믿지 않는다. 왜냐하면 시대는 변해도 사람은 누구나 춤을 추기 때문이다. 그녀는 사람들이 왈츠를, 카드리유(네 쌍 이상이 네모꼴을 이루며 추는 춤—옮긴이)를, 폭스트롯을, 자이브를 추는 모습을 보았고, 그리고 십여 가지 다른 춤도 보았다. 그녀는 헨리가 그런 춤들 가운데 하나는 출 수 있으리라 확신한다.

그래서 그녀는 그를 테이블 사이로 이끈다. 헨리는 머천트에 댄스 플로어가 있다는 사실을 몰랐다. 하지만 사실은 댄스 플로어가 있는데, 그곳에 있는 사람은 그들이 유일하다. 애디는 손을 들어 올리는 방법을, 똑같은 움직임으로 그녀와 함께 움직이는 방법을 그에게 알려준다. 어떻게 파트너를 이끄는지, 어떻게 그녀를 회전시키는지, 어떻게 그녀의 몸을 기울이는지, 어디에 그의 손을 둬야 하는지, 어떻게 그녀의 엉덩이에서 리듬을 느끼는지 알려준다. 잠깐이나마 모든 것은 완벽하고, 편안하고, 올바르다.

그들은 웃으며 휘청거리는 걸음걸이로 술을 더 사느라 바로 향한다.

"맥주 두 병이요." 헨리가 말한다. 바텐더는 고개를 끄덕이고 사라졌다가 1분 뒤에 다시 돌아온다. 그리고 그들이 주문한 술을 내려놓는다.

하지만 하나만 맥주다.

다른 건 샴페인이다. 설탕에 절인 장미꽃잎 하나가 가운데에 떠 있다.

애디는 세상이 기우는 것을, 터널 같은 어둠을 느낀다.

잔 아래에는 프랑스어를 우아한 필기체로 쓴 메모가 있다.

나의 아들린을 위해.

"저기요." 헨리가 말한다. "이거 우리가 주문한 게 아닌데요."

바텐더는 바의 끄트머리를 가리킨다. "저기 계시는 신사분이 내는……." 그는 말을 하려다 말꼬리를 흐린다. "하," 그가 말한다. "바로 저기 있었는데."

애디의 심장이 가슴속에서 굴러 떨어진다. 그녀는 헨리의 손을 잡는다. "당신은 가야 해요."

"뭐라고요? 잠깐—."

하지만 시간이 없다. 그녀는 그를 문으로 이끈다.

"애디."

뤽은 그들이 함께 있는 모습을 볼 수 없다. 그는 그들이 뭔가를 알아냈다는 것을 알 수 없다—.

"*애디.*" 그녀가 마침내 뒤돌아본다. 그리고 세상이 그녀 아래로 꺼지는 것을 느낀다.

바는 완벽하게 고요하다.

비어 있는 게 아니다. 그곳은 여전히 사람들로 붐빈다.

하지만 그 누구도 움직이지 않는다.

그들은 걸어가는 도중에, 말하는 도중에, 음료를 홀짝이는 도중에 그대로 멈춰 있다. 정확히 말하자면 줄에 매달린 꼭두각시들처럼, 얼어붙은 것은 아니지만 억지로 멈춰 있다. 음악은 여전히 흘러나오고 있고, 지금은 나지막하다. 그것은 헨리의 불안정한 숨소리와 그녀 심장의 쿵쾅거리며 뛰는 소리 외에 유일하게 들려오는 소리다.

그리고 목소리 하나가 어둠에서 나온다.

"아들린."

세상이 숨을 멈추고, 나무 바닥에 닿는 발소리의 나지막한 울림으로 축소된다. 그림자들 속에서 형체가 걸어 나온다.

30년이 지난 지금 이곳에 그가 있다. 그녀가 변하지 않은 것처럼 그도 변하지 않았다. 똑같이 검고 윤기 나는 곱슬머리, 똑같은 에메랄드빛 눈, 큐피드의 활 모양으로 입에 걸린, 똑같이 수줍어하는 듯한 비틀림. 그는 검은색 버튼다운 셔츠를 입었고, 셔츠 소매는 팔꿈치까지 올라와 있다. 양복 재킷을 한쪽 어깨에 걸치고, 한 손은 슬랙스 바지 주머니에 한가롭게 찔러 넣었다.

편안한 모습.

"내 사랑," 그가 말한다. "그동안 아주 잘 지낸 것 같네."

항상 그랬던 것처럼 그의 목소리에 그녀 안의 무언가가 느슨해진다. 그녀의 중심에 있는 무언가가 풀린다. 안도감 없는 해방. 왜냐하면 그녀가 기다렸기 때문에, 당연히 기다렸기 때문에, 희망만큼이나 두려움 속에서 숨을 참았기 때문이다. 이제야 숨이 그녀의 폐에서 빠져나온다.

"여긴 어쩐 일이야?"

뤽은 모욕당했다는 듯한 표정을 뻔뻔하게도 내비친다. "우리 기념일이잖아. 잊지는 않았겠지."

"30년이 지났어."

"그게 누구 잘못인데?"

"전적으로 당신 잘못이지."

미소가 그의 입 가장자리에 걸린다. 그러고 나서 그의 녹색 시선은 헨리에게로 미끄러진다. "나랑 닮은 걸 보니 내 기분이 다 우쭐해지네."

애디는 미끼를 물지 않는다. "이 사람은 아무 상관이 없어. 그러니 보내줘. 그는 기억 못 할 거야."

뤽의 미소가 사라진다. "제발. 넌 우리 둘 모두를 당황하게 만들고 있어." 그는 먹잇감을 노리는 호랑이처럼 그들 주위를 천천히 돌며 원을 그린다. "거래에 대한 기록조차 내가 가지고 있지 않은 것 같아? 헨리 슈트라우스, 다른 사람이 자신을 갈망하기를 간절히 바랐지. 그저 사랑받기 위해서 영혼을 팔았지. 두 사람 아주 아름다운 한 쌍이야."

"그럼 그냥 우릴 놓아줘."

짙은 눈썹이 위로 향한다. "내가 너희들을 갈라놓을 줄 알았어? 전혀 아니야. 시간이 곧 그렇게 해줄 거야." 그는 헨리를 쳐다본다. "재깍재깍. 헨리, 말해봐. 여전히 너의 삶을 하루 단위로 세고 있어? 아니면 시간 단위로 세기 시작했나? 아니면 시간을 세는 게 널 더 힘들게 하나?"

애디는 두 사람을 쳐다보고, 뤽의 눈에서 승리감에 도취한 녹색을, 헨리의 얼굴에서 피가 몰려드는 색깔을 읽어낸다.

그녀는 이해하지 못한다.

"오, 아들린."

이름이 그녀를 뒤로 물러나게 한다.

"인간은 너무나 짧은 인생을 살아. 안 그래? 어떤 사람은 다른 사람보다 *훨씬* 짧은 인생을 살아. 네게 남아 있는 시간을 즐겨. 그리고 이것이 *그의* 선택이었다는 것을 알아둬."

그 말과 함께 뤽은 발뒤꿈치를 축으로 삼아 뒤로 돌아 어둠 속으로 사라진다.

그가 가고 난 뒤 바는 흔들리며 다시 움직이기 시작하고, 소음이 공간 사이를 뚫고 올라온다. 애디는 그림자들이 완전히 사라졌음을 확신할 때까지 한동안 응시한다.

인간은 너무나 짧은 인생을 살아.

그녀는 헨리를 향해 돌아선다. 그는 더 이상 그녀 뒤에 있지 않고 의자에 구부정하게 앉아 있다.

어떤 사람은 다른 사람보다 훨씬 짧은 인생을 살아.

그는 고개를 아래로 숙이고, 한쪽 손은 시계가 있던 팔목을 잡고 있다. 어떻게 된 건지 모르지만 시계가 거기에 다시 있다. 그는 분명히 시계를 차고 있지 않았다. 시계를 차고 있지 않았다는 것을 확신한다.

하지만 시계는 손목을 감싸는 소맷동처럼 반짝이며 팔목에 있다.

이건 그의 선택이었어.

"헨리." 그녀가 그 앞에 무릎을 꿇고서 말한다.

"말하고 싶었어요." 그가 중얼거린다.

그녀는 시계를 당겨 유심히 살펴본다. 헨리와 함께한 시간이 4개월인데, 그동안 시침이 6시 30분에서 10시 30분으로 이동했다. 4개월이 지났고, 자정까지는 4시간이 더 가까워졌다. 그녀는 시침이 다시 한 바퀴 돌 거라고 항상 생각했다.

평생이라고, 그는 말했다. 이제 그녀는 그것이 거짓말임을 *알았다*.

거짓말일 수밖에 없었다.

뤽은 절대로 또 다른 인간에게 그렇게나 많은 시간을 줄 리가 없다. 그녀 이후로는.

그녀는 알았다. 틀림없이 알고 있었다. 그녀는 생각했다. 아마도 그가 영혼을 50년 혹은 30년, 적어도 10년에—그것만 해도 충분했을 것이다—팔았으리라 생각했다.

하지만 시계에는 오직 12시간만 있고, 1년에는 12개월만 있다. 그가 그렇게까지 바보였을 리가. 그렇게 바보였을 수가.

"헨리." 그녀가 말한다. "시간을 얼마나 요구했어요?"

"애디." 그가 애원하듯 말한다. 처음으로 그의 입술에서 나오는 그녀의 이름이 잘못된 것처럼 들린다. 금이 가 있다. 부서지고 있다.

"얼마나 요구했어요?" 그녀가 따지듯 묻는다.

그는 오랫동안 침묵한다.

그러고 나서 마침내, 그녀에게 진실을 말한다.

뉴욕
2013년 9월 4일

– V –

✳ ✳ ✳ ✳ ✳ ✳ ✳

한 남자가 상심한 마음 때문에 아프다.

폭풍우로 가득 찬 머리 때문에 지쳐 있다.

그래서 그는 가슴속에서 서로 부딪치는 조각들을 느낄 수 없을 때까지, 그의 머리를 통째로 울리는 천둥소리를 들을 수 없을 때까지 술을 마신다. 친구들이 다 괜찮을 거라고 말해줄 때에도 술을 마신다. 그들이 지나갈 것이라 해도 그는 술을 마신다. 술병이 빌 때까지, 세상의 가장자리가 흐릿해질 때까지 술을 마신다. 하지만 그것만으로 고통이 덜어지지 않는다. 그래서 그는 자리를 뜨고, 친구들은 그를 그냥 보낸다.

그리고 집으로 걸어가던 도중에 비가 오기 시작한다.

어느 시점에 그의 휴대폰이 울리지만 그는 전화를 받지 않는다.

어느 시점에 술병이 미끄러지고 그는 손을 베인다.

어느 시점에 그는 집 건물 밖에 있고, 계단에 주저앉아 손바닥을 눈에 갖다 대고 이건 그냥 또 다른 폭풍우라고 자신에게 말한다.

하지만 이번만큼은 그 폭풍우가 지나갈 기미를 보이지 않는다. 이번만큼은 구름 사이로 틈이 보이지 않고, 수평선에는 빛도 없고, 머릿속 천둥소리가 너무나도 크다. 그래서 그는 여동생이 준 알약, 작은 분홍색 우산을 몇 알 먹지만 여전히 폭풍우를 없애지 못한다. 그래서 자신의 알약도 몇 개 먹는다.

그는 빗물에 젖은 계단에 등을 기댄다. 그리고 옥상이 하늘과 만나는 곳을 올려다본다. 이번이 처음은 아니지만 이곳에서 저 끄트머리까지는 몇 걸음이면 갈 수 있을까 궁금해한다.

언제 뛰어내리는 것을 결정해야 하는지 모른다.

어쩌면 그는 그런 결정을 아예 하지 않을지도 모른다.

그는 그저 빌딩 안으로 들어가기로 결정하고, 계단을 올라가기로 결정한다. 그가 문 앞에 도착했을 때 계속 올라가기로 결정하고, 마지막 문에 도착했을 때 옥상으로 나가기로 결정한다. 어느 시점에, 쏟아붓는 빗속에 서서, 그는 더 이상 결정조차 하지 않기로 결정한다.

여기서부터는 직선 경로다. 아무것도 없는 아스팔트에 타르를 칠한 구간이다. 그와 끄트머리 사이에는 몇 걸음만이 있다. 약 기운이 올라오면서 고통은 누그러지고 목화솜 같은 고요함을 남긴다. 하지만 그것은 어쩐지 더 나쁘다. 그의 두 눈은 감겨들고 팔다리는 너무나 무겁다.

이건 그냥 폭풍우야. 그는 되뇌지만 대피소를 찾는 일에 지쳤다.

이건 그냥 폭풍우야. 하지만 그 뒤에는 항상 또 다른 폭풍우가 기다리고 있다.

이건 그냥 폭풍우야. 그냥 폭풍우. 하지만 오늘 밤은 너무 심하고, 이를 견디기 어렵다. 그는 옥상을 가로지르고 가장자리 너머를 볼 수 있을 때까지 속도를 늦추지 않는다. 그의 신발 끄트머리가 허공을 스칠 때까지 멈추지 않는다.

그곳이 낯선 남자가 그를 발견하는 곳이다.

어둠이 한 가지 제안을 하는 곳이다.

평생이 아니라, 단 1년을 위해서.

어떻게 그런 일을 할 수 있었을까. 그토록 너무나 작은 것을 위해 너무나 많은 것을 내줄 수가 있었을까. 되돌아보며 묻기는 쉽다. 하지만 그의 신발이 이미 밤의 표면에 스치듯 잠겨 있었던 그 순간의 간단명료한 진실이 있다. 그것은 그가 더 적은 것을 받고서라도 영혼을 팔아버렸으리라는 것이고, 단 하루—한 시간, 일 분, 한순간—의 평화를 위해 평생을 바꿨으리라는 것이다.

가슴 안에 있는 고통을 느끼지 않기 위해.

머릿속 폭풍우를 진정시키기 위해.

그는 상처 주고, 상처를 받는 일에 너무나 지쳤다. 그래서 낯선 남자가 손을 내밀어 헨리를 벼랑 끝에서 물러서도록 잡아주겠다고 제안할 때 망설이지 않는다.

그는 그저, 그래요,라고 말한다.

뉴욕
2014년 7월 29일

– VI –

✶ ✶ ✶ ✶ ✶ ✶ ✶

이제 모든 것이 이해가 된다.

그를 이해한다.

절대 가만히 있지 못하는 이 남자. 절대 시간을 낭비하지 않는 남자. 단 한 가지도 절대 미루지 않는 남자. 그가 사라졌을 때 그녀가 무언가를 가질 수 있도록 그녀가 하는 모든 말을 받아 적는 남자. 그렇게 많은 날이 남아 있지 않기 때문에 단 하루도 잃고 싶지 않은 남자.

그녀가 사랑에 빠지는 중인 이 남자.

곧 사라질 이 남자.

"어떻게?" 그녀는 묻는다. "어떻게 고작 그걸 위해 그렇게나 많은 걸 포기할 수 있었어요?"

헨리는 텅 빈 얼굴로 그녀를 올려다본다.

"그 순간에는," 그가 말한다. "더 작은 것을 받고도 포기했을 거예요."

1년. 한때는 그것도 아주 길어 보였다.

이제 그것은 시간도 아니다.

1년. 이제 시간이 거의 다 지났다. 그녀가 볼 수 있는 것이라고는 뤽의 미소에서 보이는 곡선, 그의 눈에 어린 승리감에 도취한 색깔뿐이다. 그들은 영리하지 못했고, 운이 좋지 않았고, 그의 주목을 비껴가지 못했다. 그는 알았고, 당연히 알았고, 이런 일이 벌어지도록 내버려 두었다.

그는 그녀를 추락하게 만들었다.

"애디, 제발." 헨리가 말한다. 하지만 그녀는 벌써 일어서서 바를 가로지르고 있다.

그는 그녀의 손을 잡으려 하지만 너무 늦었다.

그녀는 이미 손이 닿지 않는 거리에 있다.

이미 가버렸다.

300년.

그녀는 300년을 살아남았다. 그동안 땅이 꺼지는 순간들, 몸의 균형을 잡을 수 없거나 숨을 쉴 수 없는 순간들이 너무나도 많았다. 세상에서 길을 잃었다고, 마음을 다쳤다고, 희망이 없다고 느꼈던 순간들이 많았다.

거래가 있던 날 밤, 부모님 집 밖에 서 있었을 때.

몸의 가치가 얼마인지를 배웠던 파리의 부둣가에서.

동전들을 그녀의 손에 쥐여주었던 레미.

온몸이 비에 젖은 채 엉망이 된 에스텔의 참나무 그루터기 옆에 있었을 때.

하지만 지금 이 순간 애디는 길을 잃거나 마음이 다치거나 절망에 빠진 것이 아니다.

그녀는 *너무나 화가 나 있다.*

그녀는 손을 주머니에 거칠게 집어넣는다. 물론 반지는 그곳에 있다. 항상 거기에 있다. 애디가 반지를 손가락에 끼우자 부드러운 나무 표면에서 모래 알갱이들이 벗겨져 나온다.

그녀가 그것을 마지막으로 낀 이후로 30년이 지났지만 반지는 아주 쉽게 끼워진다.

그녀는 등 뒤로 부는 시원한 숨처럼 바람을 느끼고 뤽을 보게 되리라 예상하면서 뒤로 돌아선다.

하지만 거리는 텅 비어 있다. 적어도 그림자들과 약속들, 신들은 없다.

그녀는 손가락에 끼워져 있는 반지를 돌린다.

아무 일도 일어나지 않는다.

"모습을 보여!" 그녀가 거리에 대고 소리친다.

사람들이 고개를 돌리지만 애디는 개의치 않는다. 그들을 그녀를 곧 잊을 것이다. 그녀가 유령이 아니라고 해도 마찬가지다. 여기는 뉴욕, 길거리에서 낯선 이가 하는 이상한 행동에 익숙한 장소다.

"빌어먹을." 그녀가 욕을 한다. 그녀는 손가락에서 반지를 빼낸다. 그리고 길에 던진다. 반지가 통통 튀고 구르는 소리를 듣는다. 그러다 소리가 갑자기 사라진다. 가장 가까이 있는 가로등이 꺼지고 어둠 속에서 목소리가 들려온다.

"그 많은 세월이 지났는데도 여전히 성미가 고약해."

무언가가 그녀의 목을 스치고 이슬에 비친 햇살처럼 가느다란, 아주 오래전에 끊어졌던 것 같은 은색 실이 그녀의 목에서 희미하게 빛을 낸다.

뤽의 손가락은 그녀의 살갗을 따라가며 스친다. "내가 보고 싶었어?"

뒤로 돌아서며 그를 밀쳐내려 하지만 그녀의 두 손은 걸리는 데 없이 그대로 지나간다. 그는 그녀 뒤에 있다. 그녀가 다시 밀쳐보려 하지만 그는 바위처럼 단단해서 꿈쩍하지 않는다.

"원래대로 돌려놔." 그녀가 그의 가슴을 치면서 소리친다. 하지만 그녀의 주먹은 그가 그녀의 손목을 잡기 전에 그의 셔츠 앞쪽을 간신히 스칠 뿐이다.

"감히 네가 뭔데 내게 명령을 내리는 거지, 아들린?"

그녀는 그에게서 벗어나려 해보지만 그의 손아귀 힘은 돌처럼 강하다.

"있잖아," 그가 거의 아무렇지도 않다는 듯 말한다. "네가 비굴하게 굴던 때가, 축축한 숲의 흙에 닿을 때까지 몸을 낮추고 나의 도움을 간청했던 때가 있었지.”

“내가 빌길 바라? 좋아, 그럼 빌게. 제발 부탁이야. 원래대로 돌려놔.”

그가 앞으로 나서자 그녀는 뒤로 물러난다. “헨리는 자기만의 거래를 했어.”

“그는 몰랐어.”

“사람들은 항상 알아.” 뤽이 말한다. “그냥 대가를 받아들이고 싶지 않은 거야. 거래하기 가장 쉬운 것은 영혼이야. 그리고 아무도 생각하지 않는 건 *시간*이지.”

“뤽, 제발.”

그의 녹색 눈이 어슴푸레 빛난다. 거기엔 장난기도, 승리감도 없고, 오로지 위력만이 있다. 통제권을 가지고 있다는 것을 아는 사람의 눈빛이다.

“내가 왜 그래야 하지?” 그가 묻는다. “*그럴 만한* 이유가 있나?”

애디는 열 가지 넘게 대답을 할 수 있지만 적절한 말을 찾으려, 어둠의 마음에 들 만한 말들을 찾으려고 애쓴다. 하지만 그 전에 뤽은 손을 내밀고, 그녀의 턱을 위로 들어 올린다. 그녀는 그가 그들의 오래된, 지긋지긋한 대사를 시작할 것이라고, 그녀를 조롱하고 그녀의 영혼을 요구할 것이라고 예상한다. 하지만 그는 그러지 않는다.

“나와 하룻밤을 보내.” 그가 말한다. “내일이야. *제대로 된* 기념일을 갖자고. 그렇게 해주면 슈트라우스를 그의 의무로부터 자유롭게 해주는 걸 생각해보지.” 그의 입이 씰룩댄다. “네가 날 설득할 수 있다면 말이야.”

그것은 물론 거짓말이다.

그것은 함정이다. 하지만 애디에게는 다른 선택권이 없다.

“좋아.” 그녀가 말한다. 어둠은 미소 지어 보이고는 그녀 주위에서 사라진다.

그녀는 심장이 안정을 찾을 때까지 보도에 혼자 서 있다가 다시 머천트로 돌아간다.

하지만 헨리는 가고 없다.

그녀는 집에서 어둠 속에 앉아 있는 그를 발견한다.

그는 침대 끄트머리에 앉아 있다. 담요는 그들이 낮잠을 자고 일어난 그대로 헝클어져 있다. 그는 여름밤 불꽃놀이가 끝난 후 옥상에서 그랬던 것처럼 앞쪽을, 먼 곳을 응시하고 있다.

그리고 애디는 지금껏 모든 사람을 잃어온 것처럼 그를 잃게 될 것임을 깨닫는다.

그녀는 그런 일을 다시 겪어낼 수 있을지 모르겠다. 다시는 그런 일을 겪을 수 없어. 이번만큼은 안 돼.

이미 충분히 많은 사람을 잃지 않았던가?

"미안해요." 그녀가 그에게로 다가가자 그가 속삭인다.

"정말 미안해요." 그가 말하고 그녀는 손가락으로 그의 머리를 어루만진다.

"왜 말 안 했어요?" 그녀가 애원하듯 묻는다.

헨리는 잠시 침묵한 뒤 말한다. "당신을 어떻게 세상의 끝으로 걸어가게 해요?" 그는 그녀를 올려다본다. "난 모든 발걸음을 붙잡고 싶었어요."

약하게 떨리는 한숨.

"내가 대학생이었을 때 삼촌이 암에 걸렸어요. 말기였죠. 의사들은 그에게 몇 개월 정도 살 수 있다고 말했어요. 삼촌은 그걸 모든 사람에게 말했죠. 그랬더니 사람들이 뭘 했는지 알아요? 그들은 그걸 받아들이지 못했어요. 자신만의 슬픔에 압도되어서 삼촌이 죽지도 않았는데 그를 애도했어요. 누군가가 죽어가고 있다는 사실을 모르는 상태로 되돌아갈 방법은 없어요. 그것은 모든 정상적인 것들을 갉아먹고, 그 자리에 뭔가 잘못되고 부패한 것을 남겨요. 미안해요, 애디. 난 당신이 나를 그런 식으로 바라보는 걸 원치 않았어요."

그녀는 침대로 올라가 그를 끌어당긴다.

"미안해요." 부드럽고 안정적인 기도처럼 그가 말한다.

그들은 서로 얼굴을 맞댄 채 침대 위에 누워 손가락을 맞잡고 있다.

"미안해요."

애디는 내키지 않는 질문을 한다. "시간이 얼마나 남았어요?"

헨리가 침을 삼킨다. "한 달이요."

그 말은 연한 살갗을 강타하는 것처럼 느껴진다.

"아니, 그보단 좀 더 되네요." 그가 말한다. "36일이요."

"자정이 지났어요." 애디가 한숨을 쉰다.

헨리가 숨을 내쉰다. "그럼 35일이네요."

그의 손을 잡은 그녀의 손에 힘이 들어가고, 그의 손에도 힘이 들어간다. 그들은 손이 아파올 때까지 그대로 힘을 주고 있다. 마치 누군가 둘의 손을 떼어놓으려 하는 듯이. 한 사람이 살그머니 빠져나가서 사라질지도 모른다는 듯이.

점령 당한 프랑스
1944년 11월 23일

– VII –

✶ ✶ ✶ ✶ ✶ ✶ ✶

그녀의 등이 거친 돌벽에 부딪친다.

감방 문이 회전하며 닫히고, 독일 군인들은 쇠창살 너머에서 웃는다. 애디는 바닥에 주저앉아 기침을 하며 피를 토한다.

남자들 몇 명이 감방의 한쪽 귀퉁이에 몰려 있고 구부정한 자세로 뭔가를 중얼댄다. 최소한 그들은 그녀가 여자라는 사실에 신경을 쓰지는 않는 것 같다. 독일군들은 그 사실에 주목했다. 그들은 해진 바지와 코트를 입고 있는 그녀를 붙잡았다. 그녀는 머리를 뒤로 넘겼지만 그들의 음흉한 눈길에서 자신의 성별이 탄로 났다는 것을 알았다. 그녀는 그들이 가까이 다가오면 자신이 무슨 짓을 할 것인지 여러 언어로 말했다. 그러자 그들은 웃었고, 그녀가 정신을 잃을 때까지 때림으로써 만족감을 느꼈다.

일어나. 그녀는 자신의 지친 몸에 의지를 가한다.

일어나. 그녀는 자신의 지친 뼈들에 의지를 가한다.

애디는 힘겹게 일어서서 감방의 앞쪽으로 휘청대며 다가간다. 그녀는 두 손으로 차가운 쇠창살을 감싸고, 근육이 비명을 지를 때까지, 쇠창살에서 삐걱대는 소리가 날 때까지 잡아당긴다. 하지만 쇠창살은 꼼짝도 하지 않는다. 그녀는 손가락에서 피가 날 때까지 창살의 이음새를 비튼다. 그러자 한 군인이 손으로 쇠창살을 쾅 내리치고, 그녀의 몸을 불쏘시개로 쓰겠다고 위협한다.

그녀는 참으로 어리석다.

그것이 통할 것이라 생각할 만큼 어리석다. 잊히는 것이 보이지 않는 것과 같다고 생각한 멍청이다. 그것이 이곳에서 그녀를 보호해줄 것이라 생각한 바보다.

그녀는 보스턴에 그냥 머물러 있었어야 했다. 그곳에서라면 그녀가 걱정해야 할 최악의 상황은 전시의 식량 배급과 겨울 추위였을 것이다. 그녀는 다시는 돌아오지 말았어야 했다. 그것은 어리석은 명예였고, 고집스러운 자긍심이었다. 그것은 마지막 전쟁이었다. 그녀가 고국에서 위험에 맞서는 대신 대서양을 건너 달아난 것은 사실이다. 그러나 어찌 됐든 프랑스는 그녀에게 변치 않는 존재다.

집.

어디에서건 그녀는 도움이 되기로 결심했다. 당연히 공식적인 의미에서는 아니지만 비밀에는 소유주가 없다. 그 누구라도, 심지어 유령이라도 만질 수 있고, 거래할 수 있다.

그녀가 유일하게 할 일은 잡히지 않는 것이었다.

점령당한 프랑스 전역으로 비밀을 실어 나른 지 3년.

3년이 지난 후 결국 이 감방에 갇혔다.

오를레앙 외곽에 있는 감옥.

그들이 그녀의 얼굴을 잊어버릴 것이라는 사실은 중요하지 않다. 왜냐하면 군인들은 기억하는 데에는 신경쓰지 않기 때문이다. 여기서는 모든 얼굴이 이상하고, 낯설고, 이름이 없다. 만일 탈출하지 못한다면 그녀는 사라질 것이다.

애디는 차가운 벽에 등을 기댄 채 주저앉아 너덜너덜한 재킷을 바싹 여민다. 그녀는 눈을 감는다. 정확히 말하자면 기도를 하는 것은 아니지만 그에 대해 생각한다. 어쩌면 기도하는 것인지도 모른다. 그리고 계절이 여름이었으면, 그가 스스로 그녀를 찾을 수도 있는 7월의 밤이었으면 하고 바라기도 한다.

군인들은 거칠게 그녀의 몸을 수색해서 자신들을 다치게 만들거나 탈출하는 데 사용할 수도 있는 모든 것들을 가져갔다. 반지도 가져갔다. 반지가 매달려 있는 가죽끈을 낚아채 끊었고 나무 반지는 던져버렸다.

그렇지만 그녀가 자신의 너덜너덜한 옷을 뒤졌을 때 반지는 그녀의 주머니에 들어가 있는 동전처럼 그녀를 기다리며 여전히 그 자리에 있다. 그때 그녀는 반지를 잃어버릴 수 없다는 사실을 고맙게 생각한다. 반지를 손가락 쪽으로 밀어 올리며 고마워한다.

잠시 그녀는 흔들린다. 29년 동안 그녀는 조건이 달린 반지를 지니고 있었다.

29년 동안 반지를 사용하지 않았다.

하지만 바로 지금, 감옥에 영원히 갇혀 있거나 그보다 더 나쁜 상황에 맞닥뜨리기보다는 뤽의 의기양양한 만족감을 보는 편이 나을 것이다.

만일 그가 온다면.

그 말은 그녀의 마음속 뒤편에서 들려오는 속삭임이다. 떨쳐낼 수 없는 두려움이다. 시카고에서의 일이 그녀의 목구멍에서 쓴맛처럼 솟아오른다.

그녀의 가슴속 분노. 그의 눈에 서린 독기.

난 차라리 유령이 되겠어.

그녀가 틀렸다.

그녀는 이런 유령이 되고 싶지 않다.

그래서 수백 년 만에 처음으로 그녀는 기도한다.

나무 반지를 손가락에 끼우고 숨을 참는다. 무언가를, 마법의 움직임이나 바람이 한바탕 부는 것을 느낄 것을 예상한다.

하지만 어떤 기척도 없다.

아무것도. 그동안 많은 세월이 흘렀건만 이 역시 또 다른 속임수였던가. 희망을 고조시켰다가 어느 순간 떨어뜨려 산산이 조각내기 위한 방법이었던가.

바람을 느낄 때 그녀는 저주의 말을 혀끝으로 준비하고 있다. 바람은 살을 에는 것이 아니라 따뜻하고, 감방의 공기를 가르고, 먼 곳의 여름 향기를 실어 나른다.

감방 건너편에 있는 남자들은 이야기를 멈춘다.

그들은 한쪽 귀퉁이에서 깨어 있지만 무기력하게 몸을 구부정하게 말고, 한참 어떤 생각에 사로잡힌 것처럼 공간을 멍하니 응시하고 있다. 감방 너머에서는 군인들의 군화가 돌에 닿는 소리가 멈추고 독일어 목소리들이 우물에 빠지는 조약돌처럼 사라진다.

세상은 이상해지고 불가능할 정도로 고요하다.

유일하게 남은 소리는 부드럽고 리드미컬한, 쇠창살을 따라가며 손가락을 톡톡 두드리는 소리다.

그녀는 시카고 클럽에서 만난 이후로 그를 본 적이 없다.

"오, 아들린." 그의 손이 차가운 쇠창살을 타고 내려간다. "네가 처한 상황을 좀 봐."

그녀는 작고 고통스러운 웃음을 겨우 낸다. "불멸은 높은 수준의 위험을 무릅쓰게 만들지."

"죽음보다 더 나쁜 것들이 있어." 마치 그녀가 아직 모르고 있는 양 그가 말한다.

그는 경멸하듯 눈썹을 잔뜩 찌푸린 채 감옥을 둘러본다.

"전쟁이라니." 그가 불평한다.

"설마 당신이 전쟁을 부추기고 있는 건 아니겠지."

뤽은 거의 불쾌한 얼굴이 된다. "나에게도 한계는 있어."

“나폴레옹의 성공을 두고 자랑했었잖아.”

그가 어깨를 으쓱한다. “세상엔 야망이라는 것이 있고, 악이라는 것도 있어. 나의 지난 업적들을 목록으로 작성해서 보여주고 싶기도 하지만 지금은 너의 목숨이 중요해.” 그는 팔꿈치를 쇠창살에 댄다. “거기를 어떻게 벗어날 작정이야?”

그녀는 그가 무엇을 원하는지 안다. 그는 그녀가 간청하길 원한다. 반지를 끼는 것만으로는 충분치 않다는 듯. 그가 이번 판을, 이번 게임에서 아직은 이기지 않은 것처럼. 그녀의 위장이 꼬이고 멍든 갈비뼈가 아파온다. 그녀는 너무나 목이 말라서 무언가 마실 수만 있다면 울 수도 있을 것 같다. 하지만 애디는 굴종적인 모습을 보일 수가 없다.

“당신은 날 알잖아.” 그녀가 지친 미소를 지으며 말한다. “난 항상 길을 찾아내는 편이야.”

뤽은 한숨을 쉰다. “맘대로 해.” 그가 등을 돌리며 말한다. 그것은 감당하기 힘든 일이다. 그가 그녀를 이곳에 혼자 두고 떠난다는 생각에 그녀는 참을 수가 없다.

“기다려.” 그녀는 절망적으로 외치며 쇠창살에 몸을 부딪친다. 그녀의 체중에 감옥 문이 활짝 열리자 자물쇠가 풀려 있음을 깨닫는다.

뤽은 어깨너머로 힐끔 쳐다보고 미소에 가까운 무언가를 입꼬리에 올린다. 그리고 그는 그녀에게 손을 내밀 수 있을 정도로만 뒤로 돌아선다.

그녀는 감방에서 나와서 자유를 향해, 그를 향해 비틀대며 나아간다. 포옹까지는 아니지만 그는 단단하고 따뜻하게 어둠 속에서 그녀를 감싼다. 그래서 그가 실제라고, 그가 인간이라고, 그가 집이라고 믿게 된다.

그러다 세상이 넓게 갈라지고, 그림자들이 그들을 통째로 삼킨다.

감옥은 아무것도 아닌 것으로, 암흑으로, 야생적인 어둠으로 바뀐다. 세상이 갈라지면서 그녀는 보스턴에 돌아와 있다. 해는 이제 막 지기 시작한다. 그녀는 깊은 안도감에 땅에 키스라도 할 수 있을 것 같다. 애디는 재킷을 꽉 당겨 입으며 연석에 주저앉는다. 다리가 후들거린다. 나무 반지는 여전히 손가락에 끼워져 있다. 그녀가 부르자 그가 왔다. 그녀는 요청했고, 그는 응답했다. 그녀는 그가 그것을 자신에게 유리하게 이용하리라는 것을 알지만 지금으로서는 상관하지 않는다.

그녀는 혼자 있고 싶지 않다.

하지만 애디가 고맙다고 말하기 위해 고개를 들었을 때 그는 이미 가고 없다.

뉴욕
2014년 7월 30일

– VIII –

헨리는 그녀가 준비하는 동안 아파트 안에서 그녀를 따라다닌다.

"왜 이 일에 동의한 거예요?" 그가 묻는다.

왜냐하면 그녀는 어둠을 누구보다도 잘 알기 때문이다. 그의 마음은 모를지라도 정신세계는 알기 때문이다.

"당신을 잃고 싶지 않으니까요." 애디가 머리를 위로 말아 올리며 말한다.

헨리는 지치고 얼이 빠진 사람처럼 보인다. "너무 늦었어요." 그가 말한다.

너무 늦지 않았다.

아직까지는.

애디는 주머니에 손을 넣고 항상 그곳에서 기다리고 있는 반지를 느낀다. 나무는 그녀의 몸에 닿아 있어서 따뜻하다. 그녀가 반지를 꺼내자 헨리는 그녀의 손을 잡는다.

"하지 말아요." 그가 애원한다.

"당신은 죽고 싶어요?" 그녀의 이 말은 방을 날카롭게 가른다.

그는 그 말에 조금 뒤로 물러난다. "아뇨. 하지만 난 선택했어요, 애디."

"당신은 실수한 거예요."

"난 *거래*를 했어요." 그가 말한다. "미안해요. 좀 더 많은 시간을 요구하지 않아서 미안해요. 좀 더 일찍 진실을 말해주지 못해서 미안해요. 하지만 어쩔 수 없는 일이에요."

애디는 고개를 가로젓는다. "헨리, 당신은 이 일을 담담하게 받아들이기로 마음먹었는지 모르겠지만 난 아니에요."

"이건 통하지 않을 거예요." 그가 경고한다. "그는 설득이 통하지 않아요."

애디는 그가 잡은 손을 억지로 빼낸다. "시도는 해볼래요." 그녀가 반지를 손가락에 끼우며 말한다.

한꺼번에 몰려드는 어둠은 없다.

정적과 텅 빈 고요함만 있고, 그러고 나서—.

문 두드리는 소리.

그녀는 적어도 그가 스스로 집 안으로 들어오지 않은 것에 감사해한다. 하지만 헨리는 그녀와 문 사이에 서서, 두 손을 좁은 현관 벽에 대고 버틴다. 그는 움직이지 않고 눈으로 애원한다. 애디는 손을 뻗어서 그의 뺨을 감싼다.

"날 믿어줘요." 그녀가 말한다.

무언가가 그 안에서 갈라진다. 한 손이 현관 벽에서 아래로 떨어진다.

그녀는 그에게 키스하고 옆으로 물러서서 어둠을 위해 문을 연다.

"아들린."

뤽은 아파트 입구라는 장소에 어울리지 않아 보였지만 그는 어떤 장소에도 어울렸던 적이 없다.

벽에 있는 불빛들이 약간 어두워지면서 그의 얼굴 주변 검은색 곱슬머리에 후광을 입혀 노란색 연무로 부드러워졌고, 그의 녹색 눈에서 금색 조각들을 드러낸다.

그는 전부 검은색 옷으로 갖춰 입었다. 맞춤한 슬랙스와 버튼다운 셔츠. 소매는 팔꿈치까지 올렸고, 목에 맨 실크 넥타이 사이로는 에메랄드 빛 핀이 꽂혀 있다.

그런 복장을 하기엔 너무 덥지만 뤽은 신경쓰지 않는 것 같다. 빗줄기처럼, 세상 그 자체처럼, 더위는 그에게 영향을 미치지 못하는 것처럼 보인다.

그는 그녀에게 아름답다고 말하지 않는다.

그는 그녀에게 아무 말도 하지 않는다.

그는 그녀가 따라오기를 기대하며 그저 돌아선다.

그녀가 복도로 나설 때 그는 헨리를 쳐다본다. 뤽은 윙크한다.

애디는 거기서 멈췄어야 했다.

그녀는 돌아섰어야 했고, 헨리가 자신을 다시 안으로 잡아끌도록 해야 했다. 그들은 문을 닫았어야 했고, 어둠이 들어오지 못하게 자물쇠를 채웠어야 했다.

하지만 그들은 그러지 않았다.

그러지 않는다.

애디는 어깨너머로 헨리를 쳐다보고 그는 현관에 서 있다. 구름이 그의 얼굴을 덮고 있다. 그녀는 그가 문을 닫길 바라지만 그는 그러지 않는다. 그래서 그녀는 뒤로 물러나 헨리가 지켜보는 가운데 뤽을 따라갈 수밖에 없다.

뤽이 아래층에서 문을 잡아주자 애디는 멈춘다. 그리고 문턱을 내려다본다. 어둠은 문턱에서 똬리를 틀고 있고, 그들 사이에서, 그리고 거리로 이어지는 계단에서 희미하게 빛난다.

그녀는 그림자들을 믿지 않는다. 그들이 자신을 어디로 이끄는지 볼 수가 없다. 그리고 그녀가 가장 피하고 싶은 것은 혹시 오늘 밤 일이 틀어졌을 때 뤽이 그녀를 먼 땅에 갖다 버리는 것이다.

"오늘 밤엔 규칙이 있어." 그녀가 말한다.

"그래?"

"난 이 도시를 떠나지 않을 거야." 그녀가 문을 턱으로 가리키며 말한다. "그리고 난 저쪽으로 가지 않을 거야."

"문을 통과하지 않겠다고?"

"어둠을 통과하지 않을 거야."

뤽의 짙은 눈썹이 위로 올라간다. "날 믿지 않는 거야?"

"한 번도 믿은 적 없어." 그녀가 말한다. "지금 그 이야기를 다시 시작해봐야 소용없어."

뤽은 부드럽고 소리 없는 웃음을 짓고, 차를 부르기 위해 밖으로 나간다. 몇 초 후 매끈한 검은색 세단이 연석 가까이 와서 정차한다. 그는 그녀가 탈 수 있도록 손을 내민다. 그녀는 그 손을 잡지 않는다.

그는 운전사에게 주소를 알려주지 않는다.

운전사는 주소를 묻지 않는다.

애디가 어디로 가는지 물어도 뤽은 대답하지 않는다.

그들은 맨해튼 다리 위에 있다.

그들 사이의 침묵은 어색할 수밖에 없다. 너무 오랫동안 떨어져 지낸, 이미 헤어진 연인들의 자꾸 끊어지는 대화처럼. 무언가를 용서하기엔 아직 충분한 시간이 지나지 않았으므로.

300년에 비한다면 30년이 대수이겠는가?

하지만 그 침묵은 전략에서 나온 침묵이다.

진행 중인 체스 게임의 침묵이다.

이번만큼은 애디가 이겨야 한다.

캘리포니아주, 로스앤젤레스
1952년 4월 7일

– IX –

✳ ✳ ✳ ✳ ✳ ✳ ✳

“세상에, 당신 정말 아름다워요.” 맥스가 안경을 밀어 올리며 말한다.

애디는 눈을 마티니 잔으로 내리면서 얼굴을 붉힌다.

그들은 이날 아침 윌셔 콘도 밖 거리에서 만났다. 그의 침대 시트에서 생긴 주름이 아직도 그녀의 살갗에 남아 있다. 그녀는 그가 가장 좋아하는 와인색 드레스를 입고 연석에 앉아서 기다리고 있었다. 그가 아침 산책을 하러 밖으로 나왔다가 걸음을 멈추고 용기를 내서 물었다. 목적지가 어디든지 함께 산책해도 되겠냐고. 그들이 그곳에, 그녀가 되는 대로 고른 예쁜 건물 앞에 도착했을 때 그는 그녀의 손에 키스하고 잘 가라고 인사했다. 하지만 그는 떠나지 않았고, 그녀도 마찬가지였다. 그들은 함께하기 위한 변명거리들을 찾아내면서 찻집에서 공원으로, 또 미술관으로 이동하며 하루를 같이 보냈다.

그녀가 그에게 최근 몇 년 사이 경험해본 중에 최고의 생일이었다고 말했을 때 그는 그녀 같은 여자가 혼자라는 생각에 충격을 받아 놀란 눈을 깜빡였다. 그래서 그들은 지금 여기에 있고 루스벨트 호텔에서 마티니를 마시고 있다.

물론 오늘은 그녀의 생일이 아니다. 그녀는 왜 그런 말을 했는지 알 수가 없다. 그가 어떻게 나오는지 보고 싶었거나 똑같은 밤을 또다시 보내야 한다는 데 싫증을 느꼈기 때문인지도 모른다.

“누군가를 만났는데,” 그가 묻는다. “아주 오랫동안 알고 지낸 것처럼 느껴지는 경험을 한 적이 있어요?"

애디는 미소 짓는다.

그는 항상 같은 말을 하지만 매번 진심을 담아 하는 말이다. 그녀는 목에 걸려 있는 은색 끈과 드레스의 목둘레선 안에 들어가 있는 나무 반지를 만지작거린다. 그것은 고칠 수 없는 버릇이 되어버렸다.

종업원이 샴페인 한 병을 들고 그녀의 팔꿈치 부근에서 나타난다.

"이건 뭐예요?" 그녀가 묻는다.

"이 특별한 저녁에 생일을 맞이한 여자를 위한 거죠." 맥스가 밝게 말한다. "그녀와 함께 밤을 보내게 된 운 좋은 신사를 위한 것이기도 하고."

그녀는 길쭉한 샴페인 잔 사이로 솟아오르는 작은 방울들을 보며 감탄한다. 한 모금 홀짝이기도 전에 그것이 아주 좋은 샴페인이라는 사실을, 오래되고 비싼 술이라는 사실을 안다. 그리고 맥스가 사치스러운 것들을 살 수 있는 여유가 있다는 것도 안다.

그는 조각가다. 애디는 순수 예술을 항상 좋아했다. 물론 그에게는 재능이 있다. 하지만 굶는 것과는 거리가 멀다. 애디가 함께한 수많은 예술가와 달리 그는 부잣집 출신이고, 여러 전쟁 중에는 물론이고 전후에 다들 어렵던 시절에도 그럭저럭 지낼 수 있을 정도로 집안에 재산이 많다.

그가 잔을 들어 올릴 때 그림자 하나가 탁자 위로 떨어진다.

그녀는 그것이 종업원의 그림자라고 생각하지만 그때 맥스가 고개를 들고 약간 얼굴을 찌푸린다. "무슨 도와드릴 일이라도?"

애디는 비단과 연기처럼 부드러운 목소리를 듣는다. "네, 그럴 수 있을 걸로 생각합니다."

그곳에 우아한 검정 정장을 입은 뤽이 있다. 그는 아름답다. 그는 항상 아름답다. "안녕, 아들린."

맥스의 찌푸림이 깊어진다. "두 사람 아는 사이인가요?"

"아니요." 그녀가 말하지만 뤽이 동시에 "그럼요."라고 말한다. 그러나 공평하지 않다. 그의 목소리는 전달되나 그녀의 목소리는 묻혀버린다.

"오래된 친구예요." 그녀가 말한다. 그녀의 말투에는 날이 서 있다. "하지만ㅡ."

한 번 더 뤽이 그녀의 말을 자른다. "한동안 서로를 보지 못했습니다. 그래서 말인데, 죄송하지만 친절을 베푸셔서……."

맥스가 발끈한다. "그건 상당히 무례한ㅡ."

"나가."

그것은 낮게 내뱉은 한마디 말이지만 그 힘으로 공기에는 물결처럼 파동이 일고, 그 음절이 거즈처럼 그녀의 데이트 상대를 감싼다. 맥스의 얼굴에서 싸우고자 하는 의지가 사라진다. 짜증은 수그러들고, 눈은 유리처럼 투명해진다. 그는 탁자에서 일어서서 걸어 나간다. 그는 한 번도 뒤돌아보지 않는다.

"젠장." 그녀가 자리에 주저앉으며 욕을 한다. "왜 그렇게 나쁜 놈처럼 굴어?"

뤽은 비어 있는 의자에 앉아 샴페인 병을 집어서 잔을 다시 채운다. "네 생일은 3월이야."

"내 나이쯤 되면," 그녀가 말한다. "원하는 만큼 자주 축하해도 돼."

"얼마나 오랫동안 저 남자랑 지냈어?"

"2개월. 그렇게 나쁘지 않았어." 그녀가 술을 홀짝이며 말한다. "그는 매일 나한테 반해."

"그리고 매일 아침 널 잊어버리지."

그 말은 아프지만 예전만큼은 아니다.

"최소한 그는 나와 함께 있어 주거든."

그의 에메랄드빛 눈이 그녀의 살갗을 따라 지나간다. "네가 원했다면," 그가 말한다. "나도 그렇게 해줄 수 있었어."

그녀의 뺨 위로 따뜻함이 한 줄기 지나간다.

그녀가 그를 그리워했다는 것을 그는 알 수 없다. 어린 시절 밤에 침대에 혼자 누워 낯선 남자를 생각했던 것처럼 그녀는 그를 떠올렸다. 목에 걸려 있는 반지를 만지작거릴 때마다 그를 떠올렸고, 그러지 않을 때도 떠올렸다.

"자, 그럼." 그녀가 술잔을 비우며 말한다. "당신은 내게서 데이트 상대를 뺏어 갔어. 최소한 당신이 할 일은 그 빈자리를 메꾸려고 노력하는 거야."

그 말에 릭의 녹색 눈은 한층 밝아진다.

"가자고." 그녀가 의자에서 일어서도록 잡아끌면서 그가 말한다. "밤은 이르고, 우린 훨씬 좋은 시간을 보낼 수 있어."

* * *

시카다 클럽은 활기가 넘친다.

아르데코 샹들리에가 낮게 걸려 있고, 불빛이 윤을 낸 천장에서 반사된다. 평편하게 만든 빨간색 카펫과 계단이 발코니 좌석까지 이어져 있다. 낮은 무대 앞으로 리넨이 덮인 테이블들과 광택을 낸 댄스 플로어가 마련되어 있다.

그들은 브라스 밴드가 공연을 끝내고 트럼펫과 색소폰 소리가 클럽 안으로 울려 퍼질 때 도착한다. 그곳은 사람들로 가득 차 있다. 하지만 릭이 사람들 사이로 그녀를 이끌자 앞쪽에는 빈 테이블이 마련되어 있다. 클럽 안에서 가장 좋은 자리다.

그들이 자리에 앉자 잠시 뒤 마티니 두 잔이 올려져 있는 쟁반을 든 웨이터가 나타난다. 그녀는 그들이 수백 년 전 후작의 집에서 함께했던 첫 저녁 식사를, 그녀가 동의하기도 전에 준비되어 있었던 식사를 떠올린다. 뤽이 이것을 사전에 준비한 것인지 아니면 단순히 그의 바람에 따라 세상이 바뀌는 것인지 궁금하다.

새 공연자가 무대 위로 올라오자 관객들이 환호성을 지른다.

회색 페도라 모자 아래로 아치형을 이루는 가느다란 눈썹에 창백한 얼굴의 마른 남자다.

뤽은 소유물에 대한 예민한 자부심으로 그를 쳐다본다.

“저 사람 이름이 뭐야?” 그녀가 묻는다.

“시나트라.” 밴드가 연주를 시작하고 남자가 노래를 시작할 때 그가 대답한다. 부드럽고 달콤하며 조용한 사랑 노래를 부르는 가수의 멜로디가 클럽 안으로 흘러나온다. 애디는 가만히 듣고 넋이 나간다. 이윽고 남녀가 의자에서 일어나 댄스 플로어로 나간다.

애디는 일어서서 손을 내민다. “나랑 춤춰.” 그녀가 말한다.

뤽은 그녀를 올려다보지만 일어서지 않는다.

“맥스라면 췄을 거야.” 그녀가 말한다.

그녀는 그가 자신의 제안을 거부할 것이라 예상하지만 뤽은 일어서서 그녀의 손을 잡고 그녀를 댄스 플로어로 이끈다.

그녀는 그가 딱딱하고 유연성이 없을 것이라 생각했다. 하지만 뤽은 밀밭을 지나가는 바람처럼 부드러운 우아함으로, 여름 하늘을 구르듯 지나가는 폭풍우의 우아함으로 움직인다.

그녀는 그들이 이만큼 가까웠던 시간이 있었던가 떠올려보지만 기억에 없다.

그들은 그들만의 거리를 유지해왔다.

이제 그 틈이 무너진다.

그의 몸은 담요처럼, 산들바람처럼, 밤 그 자체처럼 그녀의 몸을 감싼다. 오늘 밤 그는 그림자와 연기로 된 어떤 것으로 느껴지지 않는다. 오늘 밤 그녀의 살갗에 와 닿는 그의 두 팔은 단단하다. 그의 목소리는 그녀의 머리카락 사이로 미끄러진다.

"네가 만난 모든 사람이 널 기억한다 해도," 뤽이 말한다. "그래도 널 가장 잘 아는 사람은 나일 거야."

그녀는 그의 얼굴을 살핀다. "나도 당신을 알고 있을까?"

그는 그녀의 머리 쪽으로 고개를 숙인다. "넌 날 아는 유일한 사람이지."

그들의 몸은 서로 밀착하고, 한 몸이 다른 몸에 완벽하게 들어맞게끔 형태가 잡혀 있다.

그녀의 뺨에 맞춰진 그의 어깨.

그녀의 허리에 맞춰진 그의 두 손.

그가 "난 널 원해."라고 말할 때 그녀 안의 움푹 꺼진 공간들에 맞춰진 그의 목소리. 그는 다시 "난 널 항상 원해 왔어."라고 말한다.

뤽은 그녀를 내려다보고 녹색 눈은 기쁨으로 짙어져 있다. 애디는 흔들리지 않으려 애쓴다.

"당신은 상으로 날 원하는 거야." 그녀가 말한다. "나를 식사로, 혹은 한 잔의 와인으로 원해. 그저 또 다른 소비할 물건이지."

그는 고개를 떨어트리고 입술을 그녀의 빗장뼈에 갖다 댄다. "그게 그렇게 잘못된 건가?"

그녀는 그가 목에 키스할 때의 전율에 대항한다. "그게 그렇게 나쁜 일인가……." 그의 입은 그녀의 턱을 따라 움직인다. "……음미의 대상이 되는 것이?" 그의 숨이 그녀의 귀를 스친다. "즐거움의 대상이 되는 것이?"

그의 입은 그녀의 귀 위를 맴돌고, 그녀는 그의 입술이 그녀의 입술에 완벽하게 들어맞게 맞춰져 있음을 확신한다.

그녀는 어떤 일이 먼저 일어났는지 절대로 확신할 수 없을 것이다. 그녀가 그에게 키스했는지 아니면 그가 그녀에게 키스했는지, 누가 먼저 시작했는지, 누가 그 몸짓에 부응했는지. 그녀는 단지 그들 사이에 공간이 있었다가 사라졌다는 것만 알게 될 것이다. 물론 그녀는 뤽에게 키스하는 것을 그 전에도 상상했었다. 그가 그녀의 마음속 허구였을 때, 그러고 나서 그 이상이 되었을 때. 하지만 그녀의 상상에서도 그는 그녀의 입이 무슨 상이라도 되는 것처럼 가져갔다. 그것이 그들이 만났던 밤 그가 그녀에게 키스한 방식이고, 그가 그녀의 입술에서 나는 피로 거래를 완성했을 때도 그랬다. 그가 키스하는 방식은 언제나 그럴 것이라고 생각했다.

하지만 지금, 그는 독을 맛보는 사람처럼 그녀에게 키스한다.

조심스럽게, 탐색하듯, 거의 두려운 듯.

그녀가 응답할 때, 그에게 키스를 되돌려줄 때, 그제야 그는 더 깊숙이 나아가고, 그의 이는 그녀의 아랫입술로 스케이트를 타듯 미끄러진다. 그는 몸의 무게와 열기를 그녀의 몸에 밀어붙인다.

그에게서는 여름 폭풍우의 무게로 어지러운 밤의 공기 같은 맛이 난다. 그는 먼 곳에서 오는, 나무를 땐 연기의 희미한 흔적, 어둠 속에서 죽어가는 불 같은 맛이 난다. 그는 숲 같은 맛이 나고, 그리고 어쩐 일인지 불가능하게도 집 같은 맛이 난다.

그러고 나서 어둠은 그녀 주변으로, 그들 주변으로 손을 뻗는다. 그리고 시카다 클럽은 사라진다. 나지막한 음악과 조용한 사랑 노래를 부르는 남자 가수의 멜로디는 압박하는 허공에, 달려드는 바람에, 그리고 내달리는 심장들에 집어삼켜진다. 그리고 애디는 추락하는 중이다. 끝없이, 그리고 단 한 번의 뒷걸음질. 그러자 그녀의 발은 한 호텔 방의 부드러운 대리석 바닥을 딛고 있다. 뭔이 그곳에 있고, 그녀를 앞으로 밀고 있다. 그녀 역시 그곳에 있고, 가장 가까운 벽에 기대어 그를 뒤로 끌어당기는 중이다.

그의 팔이 그녀 주변으로 올라가서 느슨하고 열린 우리를 만든다.

시도한다면 그녀는 그것을 깨트릴 수 있을 것이다.

그녀는 시도하지 않는다.

그는 그녀에게 다시 키스한다. 이번에 그는 독을 맛보지 않는다. 이번에는 조심성이 없고, 물러남도 없다. 키스는 갑작스럽고 예리하고 깊다. 공기와 생각을 훔치고 허기만을 남긴다. 잠시 애디는 바닥이 여전히 있는데도 불구하고 하품하는 어둠을, 그것이 그녀 주위로 입을 벌리는 것을 느낄 수 있다.

그녀는 많은 사람과 키스했다. 하지만 그들 가운데 누구도 그처럼 키스하지 않았다. 차이는 세부적인 것에 있지 않다. 그의 입의 생김새는 키스에 더 유리하지 않다. 비결은 그가 입을 사용하는 방법에 있다.

그것은 제철이 아닌 복숭아를 맛보는 것과 햇볕에 잘 익은 과일을 처음 깨무는 것의 차이이다.

흑백으로만 사물을 보는 것과 총천연색 삶과의 차이이다.

그 처음은 싸움의 한 종류고, 둘 중 누구도 경계를 늦추지 않으면서 찌를 곳을 찾는 칼날의 숨길 수 없는 반짝임을 지켜보는 것이다.

그들이 드디어 충돌할 때 너무 오랫동안 떨어져 있었던 몸들이 모든 힘으로 충돌한다.

그것은 침대 시트 위에서 벌이는 전투다.

아침에, 방 전체는 그 전투의 흔적을 보여준다.

"떠나고 싶지 않다고 생각했던 게," 그가 말한다. "너무 오래전이야."

그녀는 창문을, 맨 처음 빛의 엷은 조짐을 쳐다본다. "그럼 가지 마."

“가야 해.” 그가 말한다. “난 어둠에서 나온 존재야.”

그녀는 머리를 한쪽 손으로 떠받친다. “해와 함께 사라지는 건가?”

“난 다시 어두운 곳으로 가야 해.”

애디는 일어서서 창문으로 가 커튼을 닫는다. 방이 빛이 없는 까만 어둠으로 빠져든다.

“자,” 그녀가 손을 더듬어서 그에게로 돌아가며 말한다. “이제 다시 어두워졌네.”

뤽이 부드럽고 아름다운 소리로 웃고 그녀를 침대로 끌어당긴다.

어디에나, 아무 데도
1952년~1968년

– X –

✳ ✳ ✳ ✳ ✳ ✳ ✳

그건 그냥 섹스일 뿐이다.

적어도 시작은 그런 식으로 이루어진다.

그는 그녀의 몸에서 제거되어야 할 어떤 것이다.

그녀는 즐겨야 하는 새로운 것이다.

애디는 그들이 하룻밤 사이 에너지를 모두 소진하기를, 어떤 것이 됐든 서로를 돌고 도는 여러 해 동안 모아온 에너지를 죄다 써버리기를 기대한다.

하지만 2개월 뒤 그는 그녀를 다시 찾아오고, 아무것도 아닌 것에서 나와 그녀의 삶으로 돌아온다. 그녀는 가을의 빨강과 황금색, 색깔이 변하는 나뭇잎들, 그의 목에 느슨하게 매어져 있는 짙은 회색 스카프를 배경으로 그를 보는 것이 얼마나 이상한 일인지 생각한다.

그의 다음 방문까지는 몇 주가 걸린다.

그러고 나서는 며칠이 걸린다.

수없이 많았던 고독한 밤들, 오랜 기다림, 그리고 증오와 희망 끝에 이제, 이제 그는 이곳에 있다.

여전히 애디는 그의 방문 사이의 비어 있는 시간에 자기 자신과 작은 약속들을 한다.

그의 팔에 머무르지 않을 것이다.

옆에서 잠들지 않을 것이다.

살갗에 와 닿는 그의 입술, 자신의 손과 뒤엉키는 그의 손, 그녀를 누르는 그의 무게 외에는 어떤 것도 느끼지 않을 것이다.

작은 약속들이긴 하지만 그녀가 지키지 못하는 약속들이다.

그것은 그냥 섹스일 뿐이다.

그러고 나서 그것은 그냥 섹스일 뿐인 것이 아니다.

"나랑 저녁 먹어." 겨울이 봄으로 바뀔 때 뤽이 말한다.

"나랑 춤춰." 새해가 시작될 때 그가 말한다.

"나랑 함께 있어." 하나의 10년이 다음 10년으로 넘어갈 때 그가 결국 말한다.

어느날 밤 애디는 그의 손가락 끝이 그녀의 살갗에 문양을 그리며 가하는 부드러운 압박에 어둠 속에서 깨어난다. 그리고 그녀는 그의 눈에 비치는 모습에 충격을 받는다. 아니다. 모습이 아니다. *앎이다*.

그녀가 아직 자신을 잊지 않은 사람과 함께 침대에서 깨어난 것은 이번이 처음이다. 같이 잠을 자고 난 후 그녀의 이름을 다시 듣는 것은 이번이 처음이다. 그녀가 외롭다고 느끼지 않은 것은 이번이 처음이다.

그녀 안의 무언가가 쪼개진다.

애디는 그를 더는 증오하지 않는다. 오랫동안 증오하지 않았다.

언제 그런 변화가 시작되었는지 모른다. 특정 시점이었는지 혹은 뤽이 이미 경고했듯이 해변이 천천히 침식당하는 것과 같은 것이었는지 모른다.

그녀가 아는 것이라곤 자신이 지쳤다는 것이다. 그리고 그는 그녀가 쉬고 싶은 장소다.

왜인지 몰라도 그것만으로도 그녀는 행복하다.

하지만 이것은 사랑이 아니다.

애디가 자신을 잊고 있다고 느낄 때마다 그녀는 귀를 그의 벌거벗은 가슴에 갖다 대고 생의 북소리를, 숨이 안으로 끌어들여지는 소리를 들으려 한다. 그러나 밤의 숲과 여름의 고요한 침묵만을 듣는다. 그것은 그가 거짓말이라는 사실을, 그의 얼굴과 육체가 위장에 불과하다는 사실을 상기시킨다.

그가 인간이 아니라는, 그리고 이것은 사랑이 아니라는 사실을 상기시키는 것이다.

뉴욕
2014년 7월 30일

– XI –

✳ ✳ ✳ ✳ ✳ ✳ ✳

창문 너머 도시는 미끄러지듯 지나가지만 애디는 고개를 돌리지 않는다. 빌딩들이 사방에서 하늘로 솟아오르는 맨해튼의 스카이라인에 감탄하지 않는다. 대신 그녀는 어두워진 유리에 반사된 뤽을, 그의 턱선을, 둥근 눈썹 모양을, 아주 오래전에 그녀의 손이 그린 각도에서 보이는 면들을 유심히 살핀다. 그녀는 숲속 가장자리에 있는 늑대가 무슨 짓을 할지 보기 위해 기다리듯 그를 지켜보는 중이다.

그가 먼저 침묵을 깬다.

체스판 위의 말을 먼저 움직인다.

"뮌헨에서 본 오페라 기억해?"

"난 모든 걸 기억해, 뤽."

"한 번도 연극을 본 적이 없는 것처럼 넌 무대 위의 연기자들을 쳐다보았지."

"*그런* 연극은 한 번도 본 적이 없었지."

"뭔가 새로운 것을 보면 네 눈에서는 경이로움이 보였지. 그때 난 알았어. 내가 절대 이길 수 없다는 걸."

그녀는 좋은 와인 한 모금처럼 그 말을 음미하고 싶지만 포도는 그녀 입에서 신맛으로 변한다. 그녀는 그 말을 믿지 않는다.

세단이 소호 아래 구역에 있는 아름다운 프랑스 레스토랑인 러꾸꾸 밖에서 멈춘다. 담쟁이가 외벽을 타고 올라가고 있다. 그녀는 이곳에 와

본 적이 있다. 뉴욕에서 먹었던 식사 가운데 가장 좋았던 두 곳 가운데 하나다. 그녀가 이 레스토랑을 좋아한다는 것을 그가 아는지, 아니면 그저 그가 그녀와 비슷한 입맛을 가진 것인지 궁금해진다.

또다시 그가 손을 내민다.

또다시 그녀는 그 손을 잡지 않는다.

애디는 한 커플이 레스토랑 정문으로 다가갔다가 문이 잠겨 있는 것을 발견하는 모습을 지켜본다. 그들은 예약이 어쩌고 하며 중얼거리다가 가버린다. 하지만 뤽이 손잡이를 잡자 문은 쉽게 열린다.

레스토랑 안에는 거대한 샹들리에가 높은 천장에 매달려 있고, 큰 유리 창문이 검은색으로 빛난다. 그곳은 거대한 동굴처럼 느껴지고 백 명은 충분히 앉을 수 있을 만큼 크지만, 오늘 밤은 안이 훤히 보이는 주방에 셰프 두 명, 종업원 두 명, 그리고 지배인을 빼고는 아무도 없다. 뤽이 다가가자 지배인은 고개를 깊이 숙인다.

"무슈 뒤브와Monsieur Dubois." 그가 꿈을 꾸는 듯한 목소리로 말한다. "마드무아젤Madmoiselle."

지배인이 그들을 빨간 장미가 놓여 있는 테이블로 안내한다. 지배인이 그녀의 의자를 뒤로 빼는 동안 뤽은 자리에 앉지 않고 그녀가 착석하기를 기다린다. 한 남자가 메를로 와인 한 병을 개봉한 후 따른다. 뤽은 잔을 그녀를 향해 들어 올리며 말한다. "너를 위해, 아들린."

테이블 위엔 메뉴판이 없다. 주문도 받지 않는다. 그래도 요리가 도착한다.

체리를 얹은 푸아그라, 토끼고기 테린, 뵈르블랑 소스를 곁들인 큰 넙치, 갓 구운 빵, 그리고 여섯 가지 치즈.

음식은 더할 나위 없이 훌륭하다.

하지만 그들이 식사하는 동안 지배인과 종업원들은 눈만 뜬 채 무표정한 얼굴로 벽에 기대 있다. 그녀는 항상 그가 가진 힘의 그런 면을, 배려심 없이 그 힘을 휘두르는 방식을 증오했다.

그녀는 꼭두각시들을 향해 잔을 기울인다.

"저 사람들 보내줘." 그녀가 말한다. 그가 그녀의 말을 따른다. 조용한 손짓과 함께 종업원들은 사라지고 빈 레스토랑에 그들만 남는다.

"나도 저렇게 만들 거야?" 그들이 사라지자 그녀가 묻는다.

뤽은 고개를 가로젓는다. "그럴 수가 없었어." 그가 말한다. 그녀는 그가 그녀를 아주 많이 좋아해 왔으므로 그 말이 진심이라 생각한다. 하지만 그때 이렇게 말한다. "나는 이미 약속된 영혼에 대해서는 힘이 없어. 그들의 의지는 그들 자신의 것이야."

그것은 도움이 안 되는 위로라고 그녀는 생각한다. 그래도 분명히 의미가 있다.

뤽은 그의 와인을 내려다본다. 그는 와인 잔의 손잡이 부분을 손가락으로 잡고 돌린다. 그녀는 어두워진 유리 와인 안에서 실크 시트를 몸에 감고 있는 둘의 모습을 본다. 그의 머리카락 안에 들어가 있는 그녀의 손가락을, 그녀의 살갗에 음악을 연주하는 그의 손을 본다.

"말해줘, 아들린." 그가 말한다. "내가 그리웠어?"

물론 그녀는 그를 그리워했다.

그녀는 그에게 말했던 것처럼 자신에게도 말할 수 있다. 그녀는 단지 보여지는 것을 그리워했고, 혹은 그의 관심의 힘을, 그의 존재가 주는 도취감을 그리워했다고. 하지만 그녀의 그리움은 그 이상이다. 그녀는 그 열기를 무서워하면서도 겨울의 태양을 그리워하듯 그를 그리워했다. 그의 목소리를, 그들의 대화라는 돌에 닿는 부싯돌 같은 마찰을, 그들이 서로에게 꼭 들어맞는 방식을 그리워했다.

그는 *중력이다.*

그는 300년의 역사다.

그는 그녀 삶에서 유일한 불변의 존재이며, 항상 그녀를 기억할 유일한 존재다.

뤽은 그녀가 어렸을 때 꿈꾸던 남자고, 그녀가 가장 증오한 존재이자 사랑했던 존재다. 애디는 그가 떠나버린 후 매일 밤 그를 그리워했다. 그는 그녀가 받은 고통으로부터 그 어떤 대가도 받을 자격이 없다. 왜냐하면 그것은 그의 잘못이고, 다른 누군가가 그녀를 기억하지 못하는 것도 그의 잘못이며, 그녀가 길을 잃고, 길을 잃고, 또 길을 잃은 것도 그의 잘못이기 때문이다. 하지만 그녀는 아무 말도 하지 않는다. 그런다고 해서 아무것도 바뀌지 않을 것이기 때문이다. 그리고 그녀가 아직 잃어버리지 않은 것이 한 가지 있기 때문이다. 그녀가 구해낼 수 있는, 그녀 이야기의 한 조각이 있기 때문이다.

헨리.

애디는 도박의 첫수를 둔다.

그녀는 탁자 건너편으로 손을 뻗어 뤽의 손을 잡고 그에게 진실을 이야기한다.

"당신이 그리웠어."

그의 녹색 눈이 그 말에 희미하게 빛나고 움직인다. 그의 손은 그녀의 손가락에 끼워져 있는 반지를 스치고 나무에 있는 소용돌이무늬를 따라간다.

"몇 번이나 반지를 낄 뻔했어?" 그가 묻는다. "얼마나 자주 나를 생각했어?" 그녀는 그가 미끼를 놓고 있다고 생각한다. 그의 목소리가 부드러워져서 속삭임으로, 그들 사이의 공기를 채우는 아주 희미한 천둥소리로 변할 때까지는. " 난 너를 생각했거든, 항상."

"당신은 오지 않았어."

"넌 날 부르지 않았지."

그녀는 그들의 엉켜 있는 손을 내려다본다. "말해줘, 뤽." 그녀가 말한다. "뭐라도 실제였던 게 있어?"

"뭐가 너에겐 실제야, 아들린? 내 사랑은 아무것도 아니라는 거야?"

"당신은 사랑할 능력이 없어."

노려보는 그의 눈이 에메랄드빛으로 번쩍인다. "내가 인간이 아니라서? 내가 시들지 않고 죽지 않아서?"

"아니." 그녀가 손을 뒤로 빼며 말한다. "당신은 자신보다 다른 사람을 더 아끼는 것이 무엇인지 모르기 때문에 사랑할 능력이 없어. 만일 당신이 날 사랑했다면 지금쯤 나를 놓아줬을 거야."

뤽은 손가락을 튕긴다. "말도 안 되는 소리." 그가 말한다. "내가 널 놓아주지 않는 건 널 사랑해서야. 사랑은 허기야. 사랑은 이기적이야."

"네가 말하는 건 소유욕이야."

그는 어깨를 으쓱한다. "둘이 그렇게 다른 건가? 인간들이 자신이 사랑하는 물건에 하는 짓들을 많이 봐왔는데."

"인간은 물건이 아니야." 그녀가 말한다. "그리고 당신은 인간을 절대 이해하지 못할 거야."

"난 널 이해해, 아들린. 난 너를 알아. 이 세상 누구보다 더."

"내가 당신 말고 다른 사람과 함께하는 걸 당신이 그냥 두고 보지 않으니까." 그녀는 숨을 고른다. "당신이 나를 놓아주지 않으리라는 걸 알아, 뤽. 아마 당신이 맞는지도 몰라. 우린 서로에게 속해 있어. 그러니 날 사랑한다면 헨리 슈트라우스는 봐줘. 날 사랑한다면 그는 보내줘."

짜증이 그의 얼굴을 번쩍이며 통과한다. "오늘 밤은 우리만의 밤이야, 아들린. 딴 사람 이야기로 망치지 마."

"하지만 당신이 *말했잖아*."

“가자고.” 그가 테이블에서 떨어지면서 말한다. “이곳은 더 이상 내 기호에 맞지 않아.”

종업원이 방금 배 타르트를 테이블 위에 놓았지만 뤽이 말하자 그것은 재로 변한다. 애디는 항상 그래왔지만 신들의 변덕스러움에 놀란다.

“뤽.” 그녀가 말을 시작한다. 하지만 그는 이미 일어서 있고 냅킨을 엉망이 된 음식에 던져버린다.

루이지애나주, 뉴올리언스
1970년 7월 29일

– XII –

* * * * * * *

"사랑해."

그가 이 말을 할 때 그들은 뉴올리언스에 머무는 중이었다. 그의 많은 가게들 가운데 하나인 프렌치쿼터(뉴올리언스에 있는 프랑스인 구역.—옮긴이)에 있는 숨겨진 바에서 식사를 하고 있을 때였다.

그 말이 그의 입에서 재로 변하지 않는 것에 놀라 애디는 고개를 가로젓는다. "이게 사랑인 것처럼 굴지 마."

짜증이 뤽의 얼굴 위로 번쩍인다. "그럼 사랑이 뭔데? 말해봐. 내 목소리를 들을 때 네 가슴이 파닥이지 않는다고 말해봐. 내 입술에서 네 이름을 들을 때 가슴이 아프지 않다고 말해봐."

"당신 입술 때문에 가슴이 아픈 게 아니라 내 이름이라서 그런 거야."

그의 입 가장자리가 말리면서 올라가고 그의 눈은 이제 기쁨에서 나온 밝음을 의미하는 에메랄드빛이다. "한때는 그랬겠지." 그가 말한다. "하지만 지금은 그 이상이지."

그녀는 그의 말이 맞을 수도 있다는 생각에 두렵다.

그는 그녀 앞에 상자를 하나 놓는다.

그것은 심플하고 검은색이다. 만일 애디가 상자를 향해 손을 뻗는다면 손바닥 안에 들어올 정도로 작다.

하지만 그녀는 손을 뻗지 않는다. 처음에는.

"뭐야?" 그녀가 묻는다.

"선물이야."

여전히 그녀는 집지 않는다.

"진짜야, 아들린." 상자를 테이블에서 쓸 듯이 가져가며 그가 말한다. "안 물어."

그는 그것을 열어서 그녀 앞에 놓는다.

안에는 심플한 황동 열쇠가 들어 있다. 그녀가 어디에 쓰는 열쇠냐고 묻자 그는 말한다. "집."

애디는 몸이 굳는다.

그녀에겐 비용 이후로 집이 없었다. 자신만의 공간은 한 번도 가진 적이 없었다. 그녀는 바로 그가 그녀를 그렇게 만든 장본인임을 떠올리기 전까지는 그에게 고마운 마음을 갖는다.

"날 조롱하지 마, 뤽."

"조롱하는 게 아니야." 그가 말한다.

그는 그녀의 손을 잡고 프렌치쿼터를 지나 버본 거리 끝에 있는 한 장소로, 발코니와 문만큼 큰 창문들이 있는 노란색 집으로 그녀를 이끈다. 그녀는 열쇠를 자물쇠에 밀어 넣고 자물쇠가 회전하는 육중한 소리를 듣는다. 그리고 만일 이 집이 그녀가 아니라 뤽에게 속해 있다면 문은 저절로 열렸을 것이라는 사실을 깨닫는다. 그러자 갑자기 황동 열쇠는 그녀의 손안에서 실제이면서 단단한 무언가로, 소중한 물건으로 느껴진다.

높은 천장과 나무 바닥, 가구와 옷장들, 공간이 있는 집 안을 향해 문이 활짝 열린다. 그녀는 발코니로 나간다. 프렌치쿼터의 중첩된 소리가 습한 공기를 뚫고 그녀를 맞이하기 위해 올라온다. 재즈 음악이 큰 소리로 부서지듯 울리고 사람들은 서로 겹쳐진 채 거리로 쏟아져 나오고 있다. 그것은 계속 변화하면서 살아 있는 느낌을 주는 혼돈 상태의 멜로디다.

"네 거야." 뤽이 말한다. "집." 오래된 경고가 그녀의 골수 깊은 곳에서 울린다.

하지만 요즘 들어 그 불빛은 약해져서 항구에서 너무 떨어진 곳에서 바라보는 등대 같다.

그는 그녀를 뒤에서 안는다. 애디는 두 사람이 서로에게 완벽하게 들어맞는다는 사실을 다시금 알아차린다.

그가 그녀를 위해 만들어진 것처럼.

물론 그는 그렇게 만들어졌다. 그의 몸과 얼굴, 이목구비는 그녀가 편하게 느낄 수 있도록 만들어졌다.

"나가자." 그가 말한다.

애디는 안에 머무르고 집에 이름을 지어주고 싶지만, 그는 그럴 시간은 나중에도 있을 거라고, 시간은 항상 있을 거라고 말한다. 그녀는 이번만큼은 영원이라는 생각을 두려워하지 않는다. 이번만큼은 낮과 밤이 힘겹게 질질 끌리지 않고 앞으로 내달린다.

그녀는 무엇이든지 지속되지 않으리라는 것을 안다.

그것은 지속될 수 없다.

하지만 그 순간, 그녀는 행복하다.

그들은 팔짱을 낀 채 프렌치쿼터를 걷는다. 뤽은 담배에 불을 붙인다. 그녀가 담배는 건강에 좋지 않다고 말하자 그는 숨소리가 섞인 소리 없는 웃음을 웃으며 입술 사이로 연기를 내보낸다.

그녀의 발걸음은 한 가게 윈도 앞에서 느려진다.

가게는 물론 닫혀 있지만 그녀는 어두워진 유리 사이로 마네킹이 입고 있는 은색 버클이 들어간 검정 가죽 재킷을 볼 수 있다.

그가 그녀의 시선을 따라가는 뤽의 모습이 유리에 반사되어 그녀 뒤에서 희미한 빛을 낸다.

"지금은 여름이야." 그가 말한다.

"항상 여름은 아니겠지."

뤽이 손으로 그녀의 어깨를 매만지자 그녀는 부드러운 가죽이 그녀의 살갗에 와 닿는 것을 느낀다. 윈도에 있는 마네킹은 이제 벌거벗은 상태다. 그녀는 아무것도 없이 지내야만 했던 수많은 시간들을, 추위를 억지로 견뎌야 했던 나날들을, 숨고 싸우고 훔쳐야 했던 지난날들을 생각하지 않으려 애쓴다. 그러나 아무리 애를 써도 생각은 되돌아온다.

그들이 노란색 집으로 반쯤 돌아왔을 때 뤽이 그녀에게서 떨어진다.

"할 일이 있어." 뤽이 말한다. "집으로 가."

집.

그 말이 그녀의 가슴을 덜컹대며 통과하는데 그는 걸어서 멀어진다.

하지만 그녀는 집으로 가지 않는다.

그녀는 뤽이 모퉁이를 도는 모습을 지켜보고, 길 건너편 그림자 속에서 기다린다. 그는 문에 빛을 내는 야자나무가 걸려 있는 가게로 접근한다.

한 나이 든 여자가 보도에 서서 가게 문을 닫는 중이다. 그녀는 열쇠고리 위로 몸을 숙이고 있고, 한쪽 팔꿈치에 큰 가방이 매달려 있다.

여자는 그가 오는 소리를 들었음이 틀림없다. 왜냐하면 여자가 어둠에 대고 뭔가를, 가게 문 닫는 것에 관한 무언가를, 다른 날에 관해 뭐라고 중얼거리기 때문이다. 그러고 나서 여자는 돌아서 그를 본다.

애디도 가게의 유리를 통해 뤽을 본다. 그녀에게 보이는 모습이 아니라 문 앞에 있는 여자에게 보이는 모습대로. 검정 곱슬머리는 그대로지만 그의 얼굴은 늑대처럼 더 가느다랗고 예리하다. 눈은 움푹 들어가 있고, 팔다리는 인간이라기엔 너무 가느다랗다.

"거래는 거래야." 그가 말한다. 그 말이 공중에서 팽팽하게 당겨진다. "그리고 거래는 이미 끝났어."

애디는 여자가 애원하고 도망치리라 예상하며 지켜본다.

하지만 여자는 가방을 땅에 내려놓고 턱을 치켜든다.

"거래는 거래지." 여자가 말한다. "난 지쳤어."

그 장면을 보는 것은 왠지 애디의 기분을 더 나쁘게 만든다.

왜냐하면 그녀가 이해하기 때문이다.

왜냐하면 그녀도 지쳤기 때문이다.

그녀가 지켜보는 동안 어둠은 다시금 풀려난다.

애디가 그의 진실을 마지막으로 본 것이 백 년도 넘었다. 이를 드러내며 넘실대는 밤. 단지 이번만큼은 찢어발김도, 뜯어냄도, 공포도 없다.

어둠은 폭풍우처럼 나이 든 여자 주변을 둘러싸고 빛을 차단한다.

애디는 고개를 돌린다.

그녀는 버본 거리에 있는 노란색 집으로 돌아가 상쾌하고 차가운 화이트 와인 한 잔을 따른다. 날씨는 말할 수 없을 정도로 덥다. 발코니 문은 여름밤을 좀 더 편하게 해주기 위해 활짝 열려 있다. 그녀는 그가 집에 도착하는 소리를 듣고 철제 난간에 몸을 기댄다. 그는 구애하는 연인이라면 나타났을 법한 아래쪽 거리가 아니라 그녀 뒤의 방에 도착한다.

그의 팔이 그녀의 어깨 주변을 스칠 때 애디는 그가 가게 문 앞에서 나이 든 여자를 붙잡고, 여자 주변을 휘감고, 여자를 통째로 삼키던 모습을 떠올린다.

뉴욕
2014년 7월 30일

– XIII –

함께 걸으면서 뤽의 기분은 조금 나아진다.

밤은 따뜻하고, 달은 머리 위에서 아주 얇은 초승달 모양을 하고 있다. 그는 고개를 뒤로 젖혀 숨을 들이쉬고, 공기에 여름 열기가 가득하지 않은 것처럼, 너무 많은 사람이 너무 좁은 공간에 있지 않은 것처럼 공기를 들이마신다.

"얼마나 오래 여기 있었어?" 그녀가 묻는다.

"난 왔다 갔다 해." 그가 말한다. 하지만 그녀는 그의 말 사이의 공간을 읽는 법을 배웠다. 그녀는 그가 자신의 등 뒤에 그림자처럼 숨어서 그녀만큼이나 오랫동안 뉴욕에 머물렀을 것이라 추측한다.

그녀는 그들이 어디로 가는지 모른다. 그리고 처음으로 뤽도 모르는 것이 아닐까, 혹은 그들과 저녁 식사의 끝 사이에 거리를 두고 싶어서 마냥 걷는 것이 아닐까 싶어진다.

두 사람이 시내 외곽으로 걸어가는 동안 그녀는 시간이 주변으로 접히는 것을 느낀다. 그가 마법을 부린 탓일까, 아니면 그녀의 기억 때문일까. 한 블록을 지날 때마다 그녀는 뤽에게서 벗어나 센 강으로 돌진하다가, 그가 그녀를 바다에서 먼 곳으로 잡아끌기도 하고, 피렌체에서는 그녀가 그의 뒤를 따라 걷는다. 보스톤에서 나란히 걷다가 버번 거리에서는 팔짱을 끼고 있다.

그들은 함께 이곳 뉴욕에 있다. 그리고 그녀는 그가 그 단어를 말하지 않았더라면 어떤 일이 일어났을지 궁금해진다. 그가 손을 기울이지 않았더라면. 그가 모든 것을 망치지 않았더라면.

“오늘 밤은 우리만의 밤이야.” 그가 그녀를 돌아보며 말한다. 그의 눈은 다시 환하다. “어디로 갈까?”

집. 그녀는 생각하지만 말할 수는 없다.

그녀는 양쪽으로 솟아오른 높은 빌딩들을 올려다본다.

“어디가 가장 전망이 좋을까?” 그녀가 묻는다.

잠시 후 뤽은 이를 드러내며 미소 짓는다. 그리고 말한다. “따라와.”

수년간 애디는 도시의 많은 비밀을 알게 되었다.

하지만 이곳은 그녀가 몰랐던 비밀이다.

그것은 지하가 아니라 옥상에 있다.

84층에 있는, 두 대의 엘리베이터로 도달할 수 있는 곳이다. 첫 번째 엘리베이터는 낡아서 81층까지만 올라간다. 온몸을 비트는 사람들과 벗어나기 위해 손을 할퀴듯 꽉 움켜쥔 사람들이 조각된, 로댕의 〈지옥의 문〉을 그대로 모방한 두 번째 엘리베이터가 나머지 길을 안내한다.

열쇠가 있어야만 그곳에 들어갈 수 있다.

뤽은 셔츠 주머니에서 검은색 카드를 꺼내서 엘리베이터의 철제 프레임을 따라 벌어진 입구에 밀어 넣는다.

“이것도 당신 거야?” 그녀의 물음에 대답이라도 하듯 문이 양쪽으로 미끄러지며 열린다.

“어떤 것도 진짜 내 것은 아니야.” 안으로 들어서면서 그가 대답이라며 내놓은 말이다.

그곳은 약간 경사진 길을 따라 세 개 층으로 이루어져 있다. 엘리베이터가 멈추자 문이 열림과 동시에 거칠 것 없이 도시 전경이 펼쳐진다.

바의 이름이 검은색 글자로 그녀의 발아래에 둥그렇게 적혀있다.

로우 로드.(낮은 길, 파멸로 가는 길이라는 뜻.—옮긴이)

애디는 눈을 굴린다. "*퍼디션*(로드 투 퍼디션Road to Perdition은 '파멸로 가는 길'이라는 뜻이자 영화 제목이기도 하다.—옮긴이)은 누가 이미 사용했어?"

"퍼디션은," 장난기가 발동한 그가 눈을 반짝이며 말한다. "다른 클럽이야."

바닥은 청동으로 되어 있고 난간은 유리다. 그리고 천장은 하늘을 향해 열려 있다. 사람들은 벨벳 소파에 모여 앉아 얕은 풀장에 발을 담그고 있다. 그리고 도시의 모습에 감탄하며 옥상을 빙 두르고 있는 발코니에서 머무른다.

"그린 씨," 지배인이 말한다. "다시 오신 것을 환영합니다."

"고마워요, 르네." 그가 부드럽게 말한다. "여긴 아들린이에요. 그녀가 원하는 건 뭐든지 주세요."

그녀 쪽을 쳐다보는 여자 지배인의 눈에는 강요당하는 느낌이 없다. 마법에 걸린 것 같지 않고 그저 일에 능숙한 종업원의 친절한 태도만이 있을 뿐이다. 애디가 가장 비싼 술을 주문하자 르네는 뤽을 보며 빙긋 웃는다. "적수를 만났네요."

"네, 그렇죠." 그는 대답한다. 그리고 애디의 허리에 손을 얹고 그녀를 안내한다. 그녀는 그의 손이 닿지 않을 때까지 발걸음을 서둘러서 사람들 사이를 헤치고 맨해튼이 내려다보이는 유리 난간에 선다. 물론 별들은 보이지 않지만 뉴욕은 사방으로 뻗어 불빛의 은하수를 만들고 있다.

이곳 위로 올라오니 최소한 그녀는 숨을 쉴 수 있다.

그것은 사람들의 편안한 웃음 때문이다. 즐거운 시간을 보내는 사람들이 만들어내는 소음은 빈 레스토랑의 억눌린 고요함보다, 세상과 격리된 차 안의 침묵보다 훨씬 낫다. 그리고 머리 위로 열려 있는 하늘 때문이다. 사방으로 펼쳐진 도시의 아름다움 때문이다. 그들 둘만 있지 않다는 사실 때문이다.

르네는 샴페인 한 병과 함께 돌아온다. 눈에 보일 정도로 먼지가 유리병을 덮고 있다.

"돔 페리뇽, 1959년산이에요." 확인할 수 있도록 병을 내밀면서 그녀가 설명한다. "개인 보관함에서 가져왔습니다, 그린 씨."

뤽은 손짓으로 동의한다. 그러자 그녀는 병을 개봉하고 두 개의 샴페인 잔에 술을 따른다. 거품들이 너무나 작아 유리 안에 든 다이아몬드 조각들처럼 보인다.

애디는 한 모금 마시고 혀에서 거품이 터지는 것을 음미한다.

그녀는 어디서 보았는지 확실치는 않지만 알 만한 얼굴들을 훑어본다. 뤽은 그녀에게 한 사람씩 짚어준다. 상원의원, 배우, 작가, 비평가. 그녀는 그들 가운데 누가 영혼을 팔았는지 궁금하다. 아니면 누가 곧 그렇게 하게 될지.

애디는 거품들이 여전히 부드럽게 표면으로 올라오고 있는 잔을 내려다본다. 그녀가 말을 할 때 그녀의 말은 그저 속삭임에 불과하다. 떠드는 군중에 의해 그녀의 소리가 사라진다. 하지만 그녀는 그가 듣고 있다는 것을, 그녀의 말을 들을 수 있다는 것을 안다.

"그는 놓아줘, 뤽."

그의 입이 조금 오므라든다. "아들린." 그가 경고한다.

"내 말 들어주겠다고 했잖아."

"좋아." 그가 난간에 기대고 두 팔을 활짝 편다. "말해봐. 마지막 인간 애인인 그에게서 뭘 보는 거야?"

헨리 슈트라우스는 배려심 깊고 친절해. 그녀는 말하고 싶다. *그는 영리하고 밝고 온화하고 따뜻해.*

하지만 애디는 신중해야 한다는 것을 안다.

"그에게서 뭘 보냐고?" 그녀가 말한다. "난 나 자신을 봐. 지금의 모습이 아니라 날 구해주기 위해 당신이 내게로 왔던 날 밤의 모습이겠지."

뤽은 쏘아본다. "헨리 슈트라우스는 죽길 원했어. 넌 살기를 원했어. 너희들은 전혀 같지 않아."

"그렇게 간단한 문제가 아니야."

"그래?"

애디는 고개를 가로젓는다. "당신은 결점과 단점만, 이용할 수 있는 약점만 보지. 하지만 인간은 모순 덩어리야, 뤽. 그게 놀라운 점이야. 그들은 살고 사랑하고 실수해. 그러면서 많은 것들을 *느껴*. 아마도, 아마도 난 그들과 같은 인간은 더 이상 아니겠지."

말은 저절로 터져 나온다. 왜냐하면 그 정도는 좋든 싫든 간에 사실이라는 것을 알기 때문이다.

"하지만 난 기억해." 그녀가 계속 말을 한다. "인간이라는 게 어떤 건지 난 기억해. 그리고 헨리는—."

"길을 잃었지."

"그는 찾고 있어." 그녀가 반박한다. "그리고 그는 길을 찾을 거야. 당신이 놓아주기만 한다면."

"내가 그를 내버려뒀다면," 뤽이 말한다. "그는 옥상에서 뛰어내렸을 거야."

"그건 모를 일이야." 그녀가 말한다. "당신은 절대 알 수 없을 거야. 왜냐하면 당신이 개입했으니까."

"난 영혼을 다루는 일을 해, 아들린. 두 번째 기회는 없어."

"내가 이렇게 빌고 있잖아. 나에게는 기회를 주지 않아도 돼. 대신 그에게 내 걸 줘."

뤽은 숨을 내쉬더니 손으로 옥상 전체를 가리킨다. "한 명 골라." 그가 말한다.

"뭐?"

그는 그녀의 몸을 돌려서 군중을 바라보게 한다. "그의 자리를 대신할 영혼을 골라. 낯선 사람 한 명을 골라. 저들 중 한 명을 대신 저주해." 그의 목소리는 낮고 부드럽고 확신에 차 있다. "대가는 항상 치러야 하는 법이야." 그가 나지막이 말한다. "반드시 지불해야 해. 헨리 슈트라우스는 자신의 영혼을 거래했어. 그걸 돌려받으려면 다른 누군가의 영혼을 팔아야 해. 그럴 수 있겠어?"

애디는 사람들로 붐비는 옥상을 내다본다. 그녀가 알아보는 얼굴들, 그리고 알아보지 못하는 얼굴들. 젊거나 나이가 든 얼굴들, 누군가와 함께하거나 혼자인 얼굴들.

누가 흠이 없을까?

누가 잔인할까?

애디는 자신이 그 일을 할 수 있을지 알지 못한다. 그녀의 손이 위로 올라갈 때까지는. 군중 속에 있는 한 남자를 지목하기 전까지는. 뤽이 그녀를 놓아주고 앞으로 나서서 대가를 수확하기를 기다리는 동안 그녀의 심장은 아래로 곤두박질친다.

하지만 뤽은 움직이지 않는다.

그는 웃기만 한다.

"나의 아들린." 그가 그녀의 머리에 키스하며 말한다. "넌 스스로 생각하는 것보다 훨씬 많이 변했어."

그를 보기 위해 돌아서는데 그녀는 어지럽고 몸이 좋지 않다.

"더 이상 게임은 안 돼." 그녀가 말한다.

"알겠어." 그가 그녀를 어둠 속으로 끌어당기기 바로 직전에 말한다.

옥상은 사라지고 그녀 주변으로 허공이, 별 없는 하늘을 제외하고는 모든 것을 집어삼키는 무한하고 폭력적인 검정이 솟구친다. 잠시 후 다시 그것이 물러날 때 세상은 고요하고 도시는 사라진 상태다. 그리고 그녀는 숲속에 혼자 있다.

루이지애나주, 뉴올리언스
1984년 5월 1일

– XIV –

＊ ＊ ＊ ＊ ＊ ＊ ＊

끝나게 된 과정은 이렇다.

창턱에는 양초들이 타고 있고, 불안정한 불빛이 긴 그림자를 침대 위로 던진다. 밤의 가장 어두운 부분이 열린 창문 너머로 펼쳐져 있고, 공기에는 초여름의 열기가 퍼져 있다. 애디는 뤽의 팔에 안겨 있고 어둠은 그녀를 시트처럼 감싼다.

이게 집이야. 그녀는 생각한다.

이것이, 아마도 사랑이야.

그것이 가장 나쁜 부분이다. 그녀는 드디어 무언가를 잊었다. 그러나 그것은 잘못된 일이다. 그것은 그녀가 기억했어야 하는 유일한 것이다. 침대에 있는 남자는 사람이 아니라는 사실. 그런 삶은 삶이 아니라는 사실. 게임이 있고 전투가 있지만 결국 모든 것은 전쟁이라는 사실.

그녀의 턱을 따라 이가 닿는 듯한 감촉.

그녀의 살갗에 대고 속삭이는 어둠. "나의 아들린."

"난 당신 소유가 아니야." 그녀가 말하지만 그의 입은 그녀의 목에 닿으며 미소 짓기만 한다.

"그래도," 그가 말한다. "우린 함께 있잖아. 우린 서로에게 속해 있어."

넌 나에게 속해 있어.

"날 사랑해?" 그녀가 묻는다.

그의 손가락이 그녀의 엉덩이를 따라 움직인다. "사랑한다는 걸 알잖아.”

“그럼 날 놓아줘.”

“내가 널 여기에 억지로 묶어놓은 게 아니야.”

“내 말은 그 뜻이 아니야.” 그녀가 한쪽 팔로 몸을 받치며 말한다. “날 자유롭게 해줘.”

그는 그녀의 시선을 마주할 수 있을 만큼만 뒤로 몸을 뺀다. “난 거래를 깰 수 없어.” 그의 머리가 아래로 향하고 검정 곱슬머리가 그녀의 뺨을 스친다. “하지만 아마도,” 그가 그녀의 목덜미에 대고 속삭인다. “내가 살짝 구부릴 수는 있을지도 몰라.”

애디의 심장이 가슴 안에서 쿵 하고 떨어진다.

“거래조건을 바꿀 수 있을지도 모르지.”

뤽의 말이 그녀의 살갗에 와 닿을 때 그녀는 숨을 참는다.

“조건을 개선할 수는 있어.” 그가 중얼거린다. “네가 해야 할 유일한 일은 항복하는 거야.”

그 말은 차가운 충격이다.

연극 무대에서 내려오는 커튼이다. 아름다운 무대와 공연, 훈련된 연기자들, 그 모든 것이 어두운 커튼 뒤로 사라진다.

항복해.

어둠 속에서 속삭이듯 명령이 내려온다.

망가진 사람에게 주어지는 경고.

여러 해에 걸쳐 멈출 때까지 계속되어 왔던 요구. 얼마나 오래전에 그가 요구하기를 그만뒀지? 물론, 그녀는 안다. 그가 방법을 바꾸었을 때였다는 것을, 그녀를 향한 그의 태도가 부드러워졌을 때였다는 것을 안다.

그녀는 바보다. 그것이 전쟁이 아니라 평화를 의미한다고 생각할 정도로 어리석다.

항복해.

"왜 그래?" 그는 혼란스러움을 가장하며 묻는다. 그녀가 자신의 얼굴에 그 말을 던지기를 기다리며.

"*항복?*" 그녀가 으르렁거린다.

"그냥 말일 뿐이잖아." 그가 말한다. 하지만 그녀에게 말의 힘을 가르쳐준 사람이 그다. 말이 모든 것이다. 그리고 그의 말은 뱀이고, 돌돌 감긴 속임수고, 저주다.

"그건 본질이야." 그녀가 말한다.

"그렇지. 거래를 바꾸려면 말이야." 그가 말한다.

애디는 몸을 뒤로 빼고 그로부터 벗어난다. "나는 당신 말을 믿어야 하는 거지? 항복하고 당신이 내 바람을 들어줄 거라 믿어야 하는 거지?"

너무나 오랜 세월, 같은 것을 요구하기 위한 너무나 많은 다른 방법들.

포기하는 거야?

"당신은 나를 바보로 아나 봐, 뤽." 그녀의 얼굴이 분노로 시뻘게진다. "당신이 가진 인내심은 아주 놀라워. 하지만 당신은 항상 추격전을 좋아했어."

그의 녹색 눈이 어둠 속에서 가늘어진다. "아들린."

"내 이름 함부로 부르지 마." 그녀는 일어나 분노에 차서 말을 계속한다. "뤽, 난 당신이 괴물이라는 걸 알아. 볼 만큼 봤지. 그렇지만 여전히 다르게 생각했어. 왜 그런지 몰라도 그랬어. 그렇게나 오랜 시간이 흘렀는데도 말이지. 당연히 그건 사랑이 아니었어, 그렇지? 그건 심지어 친절도 아니었어. 그냥 또 다른 *게임*이었어."

그녀에게도 자신이 틀렸을 수도 있다고 생각하는 순간이 있다.

짧은 순간 뤽이 상처받고 혼란스러워하는 것처럼 보인다. 그녀는 그의 의도가 그가 하는 말과 같을지도 모른다고 생각한다. 만약, 만약—.

하지만 이젠 끝났다.

상처가 그의 얼굴에서 떨어지고 그것은 태양을 가로지르는 구름처럼 매끄럽게 그림자로 변해간다. 암울한 미소가 그의 입술 위로 나타난다.

"얼마나 지치고 힘든 게임이었던지."

그녀는 자신이 그것을 끄집어냈다는 것을 알지만 진실은 여전히 그녀 안에서 큰 소리로 울린다.

그녀가 전에는 갈라졌다면, 지금은 깨지고 있다.

"다른 방법을 시도해본 건 내 잘못이 아니야."

"*모든 것이* 당신 잘못이야."

뤽은 일어선다. 어둠이 그를 둘러싼 비단으로 몰려든다. "난 너에게 모든 것을 줬어."

"그 어떤 것도 실제가 아니었어!"

그녀는 울지 않을 것이다.

그녀는 자신이 고통받는 모습을 보여줌으로써 그에게 만족감을 주지 않을 것이다.

그녀는 다시는, 절대로 그에게 어떤 것도 주지 않을 것이다.

이것이 싸움이 시작되는 방법이다.

혹은 싸움이 끝나는 방법이다.

대부분의 싸움은 결국 순간의 작품이 아니다. 그것들은 여러 날 혹은 몇 주가 지나면서 쌓이고, 양쪽 모두가 자기만의 불쏘시개를 준비하고 불을 지피는 것이다.

하지만 이것은 300년 동안 쌓아온 싸움이다.

세상이 바뀌고 한 시대가 저무는 것처럼 오래되고 불가피한 싸움이며, 한 여자와 어둠의 충돌이다.

그녀는 그런 싸움이 벌어지리라는 것을 알았어야 했다.

어쩌면 그녀는 알고 있었는지도 모른다.

하지만 오늘, 애디는 어떻게 불이 시작되었는지 모른다. 그녀가 탁자에서 쓸어버린 양초였는지, 벽에서 뜯어낸 램프였는지, 뤽이 산산조각 내버린 전등이었는지, 그저 마지막 악행이었는지 모른다.

그녀는 어떤 것을 폐허로 만들 힘이 자신에게 없다는 것을 안다. 그런데도 그녀는 그렇게 했다. 그들이 그렇게 했다. 어쩌면 그가 그녀에게 불을 붙이도록 했을 것이다. 어쩌면 그는 그냥 불이 시작되도록 내버려 두었을 것이다.

그건 중요하지 않다.

애디는 버번 거리에 서서 집이 불타오르는 모습을 지켜본다. 소방수들이 도착할 즈음 구할 만한 것은 남아 있지 않다. 그곳에는 재만 남았다.

또 다른 삶이 연기 속에서 사라졌다.

애디는 아무것도 가진 것이 없고, 주머니 안에 든 열쇠도 사라졌다. 열쇠는 그곳에 있었지만 그녀가 열쇠를 잡으려고 손을 뻗자 사라졌다. 그녀의 손은 여전히 목에 걸려 있는 나무 반지로 옮겨간다.

그녀는 그것을 뜯어내서 연기 나는 폐허에 던져버린다. 뒤를 돌아 걸어서 멀어져 간다.

뉴욕
2014년 7월 30일

– XV –

✶ ✶ ✶ ✶ ✶ ✶ ✶

애디는 나무에 둘러싸여 있다.

숲속의 여름에서 나는 이끼 냄새.

두려움이, 뤽이 하나가 아니라 두 가지 규칙을 깨트렸다는 갑작스럽고 끔찍한 확실성이, 그가 그녀를 어둠 속으로 끌고 들어갔고, 뉴욕으로부터 훔쳐내서 집으로부터 아주 먼 곳에 버렸다는 확실성이 그녀의 몸을 타고 오른다.

하지만 그녀의 눈은 이내 적응하고, 그녀는 뒤로 돌아선다. 나무 위로 솟아오른 스카이라인을 보고 자신이 센트럴파크에 있는 것이 틀림없다고 생각한다.

안도감이 그녀를 훑고 지나간다.

그러고 나서 뤽의 목소리가 어둠 속에서 떠오른다.

"*아들린, 아들린…….*" 그가 말한다. 그녀는 무엇이 울림인지, 무엇이 살과 뼈와 유한한 형태에 얽매이지 않는 그인지 구분할 수 없다.

"약속했잖아." 그녀가 외친다.

"그랬나?"

뤽은 그날 밤 그랬던 것처럼 연기와 그림자로부터 뭉쳐지면서 어둠 속에서 걸어 나온다. 마치 껍질 안에 들어가 있는 폭풍우 같다.

난 악마일까, 아니면 어둠일까? 그는 한때 그녀에게 물었다. *난 괴물일까, 아니면 신일까?*

그는 더 이상 세련된 검정 정장을 입고 있지 않고, 그녀가 그를 처음 불렀을 때의 모습이다. 바지에 목 부분이 열려 있는 옅은 색 튜닉을 입고, 검정 머리카락은 관자놀이에 말려 있는 낯선 모습이다.

아주 오래전에 불러냈던 꿈.

하지만 한 가지가 바뀌었다. 그의 눈에는 승리감이 없다. 색깔이 빠져나갔고, 너무나 창백해서 거의 회색이다. 그 색깔을 전에는 한 번도 본 적이 없지만 그녀는 그것이 슬픔이라고 추측한다.

"네가 원하는 것을 줄게." 그가 말한다. "한 가지만 해준다면."

"뭐?" 그녀가 묻는다.

뤽은 그의 손을 내민다.

"나랑 춤을 춰줘." 그가 말한다.

그의 목소리에는 갈망이, 상실감이 있다. 그래서 그녀는 어쩌면 끝이라고, 모든 일의 끝이고 그들의 끝이라 생각한다. 드디어 끝에 다다른 게임. 승자가 없는 전쟁.

그래서 그녀는 춤을 추는 데 동의한다.

음악은 없지만 그건 중요하지 않다.

그의 손을 잡을 때 그녀는 머릿속으로 부드럽고 달래는 듯한 멜로디를 듣는다. 정확히 말하자면 노래는 아니고 여름 숲의 소리, 들판에 부는 바람의 일정한 고요함이다. 그리고 그가 그녀를 가까이 끌어당길 때 센 강가의 낮고 애도하는 듯한 바이올린 소리를 듣는다. 그의 손은 그녀의 손 사이로 미끄러지듯 파고들고, 해변의 안정적인 중얼거림이, 뮌헨에서 울려 퍼지던 오페라 음악이 들린다. 애디는 고개를 그의 어깨에 기대고, 비용에서 듣던 비 내리는 소리를, 로스앤젤레스 클럽에서 울리던 브라스 밴드의 연주 소리를, 그리고 버번 거리에서 열린 창문 사이로 들려오던 색소폰 소리를 듣는다.

춤이 멈춘다.

음악이 사라진다.

눈물 한 방울이 그녀의 뺨을 타고 흐른다. "당신이 했어야만 하는 한 가지는 날 자유롭게 놓아주는 거였어."

뤽은 한숨을 내쉬고 그녀의 턱을 치켜올린다. "그럴 수가 없었어."

"거래 때문에."

"왜냐하면 넌 *내 거니까*."

애디는 몸을 비틀어서 그의 품에서 벗어난다. "난 단 한 번도 당신 거였던 적이 없어, 뤽." 그녀가 뒤돌아서며 말한다. "그날 밤 숲속에서도, 당신이 날 침대로 데려갔을 때도. 그게 게임이라고 말한 건 당신이었어."

"내가 거짓말을 했어." 그의 말은 칼과 같다. "넌 나를 사랑했어." 그가 말한다. "그리고 난 널 사랑했고."

"그렇지만," 그녀가 말한다. "내가 다른 사람을 찾아낼 때까지 당신은 날 찾으러 오지 않았잖아."

그녀는 질투심으로 노랗게 변한 눈을 예상하며 그를 향해 돌아선다. 하지만 그의 눈은 살짝 올라간 한쪽 눈썹과 입매를 따라, 그 표정에 어울리게도 무성한 풀처럼 거만한 녹색으로 변해 있다.

"오, 아들린." 그가 말한다. "넌 너희 둘이 서로를 *찾아냈다*고 생각해?"

그 말에 발을 헛디디는 것 같다. 갑작스러운 추락.

"내가 그런 일이 일어나도록 내버려 뒀을 거라고 정말로 믿는 거야?"

그녀의 발아래로 땅이 기운다.

"내가 하는 거래에서 그런 일이 나 모르게 한 번이라도 일어났을 거라 믿는 거야?"

애디는 눈을 꼭 감는다. 그녀는 헨리 옆에 누워 있고, 그들은 잔디밭 위에서 서로 손을 꼭 잡고 있다. 그녀는 밤하늘을 올려다보고 있다. 그녀는 뤽이 드디어 실수했다는 생각에 웃고 있다.

"넌 너 자신이 대단히 영리하다고 생각했겠지." 그가 말한다. "우연히 함께하게 된 불행한 연인, 너희 둘이 만날 확률이, 너희 둘 다 나에게 거래로 구속될 확률이, 둘 다 다른 사람만이 제공할 수 있는 것을 위해 영혼을 팔 확률이 얼마나 되겠어? 진실은 그보다는 훨씬 더 쉽지. 내가 헨리를 너의 경로에 집어넣은 거야. 내가 그를 너에게 준 거야. 선물처럼 포장하고 리본을 달아서."

"왜?" 그녀가 묻는다. 목구멍에 말이 걸린다. "왜 그런 일을 한 거지?"

"왜냐하면 그게 네가 *원했던* 거니까. 넌 너무나 사랑이 필요했던 나머지 그 너머를 볼 수가 없었어. 난 너에게 이것을 줬어. 난 너에게 *그를* 줬어. 그래서 사랑이 네가 사랑을 위해 유지해온 공간만큼 가치가 없었다는 걸 이해할 수 있도록 말이야. 네가 나에겐 내주지 않았던 그 공간 말이야."

"하지만 그건 가치가 있었어. 가치가 있어."

그는 손을 뻗어 그녀의 뺨을 어루만진다. "그가 가고 나면 그렇지 않을 거야."

애디는 뒤로 물러난다. 그의 말로부터, 그의 손으로부터. "이건 잔인해, 뤽. 아무리 당신이라고 해도."

"아니." 그가 으르렁거리듯 말한다. "잔인함은 1년이 아니라 10년일 거야. 잔인함은 네가 평생 그와 함께하도록 내버려두는 거야. 그리고 상실감 때문에 더 고통받도록 내버려 두는 거야."

"난 그래도 그걸 선택할 거야!" 그녀가 고개를 가로젓는다. "당신은 애초부터 그를 살게 해줄 생각이 없었어. 그렇지?"

뤽은 고개를 숙인다. "거래는 거래야, 아들린. 거래는 구속력이 있어."

"당신은 나를 괴롭히기 위해서 그 모든 일을 하겠지."

"아니." 그가 낚아채듯 말한다. "난 너에게 *보여주려고* 했어. 널 이해시키려고. 넌 인간들이 고매하다고 여기지만 그들은 수명이 짧고 연약해. 사랑도 마찬가지야. 그것은 얕고 지속되지 않아. 넌 인간의 사랑을 갈구하지만 넌 인간이 아니야, 아들린. 넌 수백 년 동안 인간이 아니었어. 그들에겐 너의 자리가 없어. 넌 *나에게* 속해 있어."

애디는 움찔한다. 분노가 그녀 안에서 딱딱해지면서 얼음으로 변한다.

"당신에겐 정말 배우기 쉽지 않은 교훈이었겠어." 그녀가 말한다. "당신이 원하는 모든 걸 가질 순 없다는 사실 말이야."

"원한다고?" 그가 조롱한다. "원한다는 것은 아이들에게나 사용하는 말이야. 이것이 그런 일이었다면 난 지금쯤 널 없앴을 거야. 수백 년 전에 널 잊어버렸을 거야." 그가 말한다. 씁쓸한 혐오감이 그의 목소리에 들어가 있다. "이것은 필요야. 필요는 고통스럽지만 인내를 요구해. 내 말 알겠어, 아들린? 난 네가 필요해. 네가 날 원하는 것처럼. 난 널 사랑해. 네가 날 사랑하는 것처럼."

그녀는 그의 목소리에서 고통을 듣는다.

이래서 그녀가 그에게 더 심한 고통을 주길 원하는 것인지도 모른다.

그는 그녀를 잘 가르쳤다. 갑옷에서 약점을 찾는 방법을 가르쳤다.

"그게 문제야, 뤽." 그녀가 말한다. "난 당신을 전혀 사랑하지 않아."

그 말은 부드럽고 안정적이지만 어둠 속으로 소리를 내며 구른다. 나무들이 바스락거리고 그림자들이 짙어진다. 뤽의 눈은 한 번도 본 적 없는 색깔로 타오른다. 독한 기운이 서린 색깔이다. 수백 년 만에 처음으로 그녀는 두렵다.

"그가 너에게 그렇게나 의미가 있어?" 그가 묻는다. 목소리가 강의 돌처럼 평편하고 딱딱하다. "그럼 가. 네 인간 애인과 시간을 보내. 그를 묻어주고, 그를 애도하고, 그의 무덤 위에 나무를 심어줘.” 그의 가장자리가 어둠 속으로 섞여들며 흐릿해지기 시작한다. “난 여전히 여기에 있을 거야.” 그가 말한다. “그리고 너도 그럴 거야.”

뤽은 몸을 돌려 사라진다.

애디는 잔디밭 위로 무릎을 꿇는다.

그녀는 첫 번째 햇살 가닥들이 하늘로 스며들 때까지 그곳에 머문다. 그러고 나서 마침내 힘겹게 다시 일어서 안개에 쌓인 지하철로 걸어간다. 뤽의 말이 머릿속에서 빙빙 돌며 원을 그린다.

넌 인간이 아니야, 아들린.

넌 너희 둘이 서로를 찾아냈다고 생각해?

너 자신이 대단히 영리하다고 생각했겠지.

네 애인과 시간을 보내.

난 여전히 여기에 있을 거야.

그리고 너도 그럴 거야.

그녀가 브루클린에 도착할 때쯤 해가 떠오르고 있다.

그녀는 지난밤 내내 함께 있어 주지 못한 것에 대한 미안함과 사과의 의미로 아침거리를 사려고 한다. 그때 신문 가판대에 쌓여 있는 신문을 본다. 신문 한 귀퉁이에 날짜가 박혀 있다.

2014년 8월 6일.

그녀는 아파트를 7월 30일에 떠났다.

네 애인과 시간을 보내. 그는 말했다.

하지만 뤽은 시간을 빼앗았다. 그는 하룻밤만 훔쳐 간 게 아니었다. 일주일을 통째로 가져가버렸다. 소중한 7일을 그녀의 삶으로부터, 헨리의 삶으로부터 지워버렸다.

애디는 달린다.

그녀는 쓰러질 듯 문을 통과하고 계단을 오른다. 지갑을 뒤져보지만 열쇠는 사라지고 없다. 그녀는 문을 쾅쾅 두드린다. 세상이 변했을지도 모른다는, 뭔이 어떻게든 시간 그 이상을 다시 바꿔버렸을지도 모른다는, 그가 더 많은 것을 가져갔을지도 모른다는, 모든 것을 가져갔을지 모른다는 공포가 그녀 안에서 솟구친다.

그때 자물쇠가 풀리고 문이 열린다. 지친 듯한 표정의 헨리가 제멋대로 헝클어진 머리를 하고 서 있다. 그의 눈빛은 그녀가 돌아오지 못할 거라고 생각했음을 드러낸다. 첫 번째 아침과 다음 날 아침, 그다음 아침, 그리고 또 그다음 아침 사이 어떤 한 시점에 그녀가 사라졌다고 생각한 것이다.

애디는 양팔을 그에게 두른다.

“미안해요.” 그녀가 말한다. 그 말은 사라진 일주일에 대한 것만은 아니다.

그것은 거래와 저주, 그것이 그녀의 잘못이라는 사실에 대한 사과다.

“미안해요.” 그녀가 계속 말한다. 헨리는 소리치지도, 분노하지도, 심지어 *내가 말했잖아요,*라고도 하지 않는다. 그는 그저 그녀를 꼭 껴안고, 이렇게 말한다. “이대로도 충분해요.”라고 말한다. “약속해줘요.”라고 말하고, “같이 있어요.”라고 말한다.

어떤 말도 질문은 아니지만 그녀는 그가 묻고 있다는 것을, 그녀에게 그쯤 해두라고, 싸움을 그만두라고, 운명을 바꾸려는 노력을 그만하라고, 그냥 끝까지 함께 있어 달라고 애원하고 있다는 것을 안다.

애디는 포기한다는 생각을, 항복한다는 생각을, 싸워보지도 않고 진다는 생각을 참을 수가 없다.

하지만 헨리는 부서지고 있다. 그리고 그것은 그녀의 잘못이다. 그래서 결국 그녀는 동의한다.

뉴욕
2014년 8월

– XVI –

✳ ✳ ✳ ✳ ✳ ✳ ✳

요즘이 헨리의 삶에서 가장 행복한 나날이다.

이런 말이 이상하다는 것을 그는 안다.

하지만 거기에는 이상한 자유가 있고, 앎에는 특이한 편안함이 있다. 끝이 그를 맞이하기 위해 달려오고 있지만 그는 자신이 추락하고 있다고 느끼지 않는다.

그는 두려워해야 마땅하다는 것을 안다.

매일 그는 쉼 없는 공포에 대비하고, 폭풍우가 몰려들 것을 기다리고, 피할 수 없는 공포감이 가슴 안에서 솟구쳐서 갈가리 찢어놓으리라고 예상한다.

하지만 그가 기억하기로는 여러 달 만에, 수년 만에 처음으로 두렵지 않다. 그는 친구들을 걱정하고, 당연히 서점을 걱정하고, 그리고 고양이를 걱정한다. 하지만 걱정이 나지막하게 웅웅거리는 소리 그 너머로는 이상한 고요함과 안정감만이 있다. 그리고 애디를 찾았다는, 그가 그녀를 알게 되고 사랑하게 되었다는, 자신 옆에 그녀가 있다는 믿을 수 없는 안도감만이 있다.

그는 행복하다.

그는 준비되었다.

그는 두렵지 않다.

이것이 그가 자신에게 하는 말이다.

그는 두렵지 않다.

그들은 뉴욕 북부 지역으로 가기로 결정한다.

도시에서, 물러가지 않는 여름 열기로부터 벗어나기로 결정한다.

별들을 보기로 한다.

그는 차를 한 대 빌려서 북쪽으로 운전해서 올라간다. 그리고 허드슨 강을 따라 반쯤 올라갔을 때 애디가 자신의 가족을 한 번도 만난 적이 없다는 사실을 깨닫는다. 그는 갑작스럽게 내려앉는 무게감으로 로슈 하샤나까지는 집에 갈 계획이 없었다는 사실을, 그때쯤이면 자신은 사라지고 없을 것이라는 사실을 깨닫는다. 이번 출구에서 나가지 않으면 그에겐 작별 인사를 할 기회가 다시는 없을 것이다.

구름이 몰려오기 시작한다. 그의 가슴 안에서 두려움이 올라오려고 한다. 만나더라도 무슨 말을 해야 할지, 만나는 게 무슨 도움이 될지 모르기 때문이다.

그러다 그는 출구를 지나치고, 이미 너무 늦어버린다. 그는 다시 숨을 쉴 수가 있다. 애디는 신선한 과일을 알리는 표지판을 가리키고 있다. 그들은 고속도로를 벗어나 가판대에서 복숭아를 사고, 시장에서 샌드위치를 사고, 다시 북쪽으로 한 시간 정도 차를 몰아 주립공원에 도착한다. 태양이 뜨겁지만 나무 아래 그늘은 시원하다. 그들은 삼림지대를 정처 없이 거닐다가 밤이 찾아오자 빌린 차 지붕에서 피크닉을 한다. 그리고 자연과 풀밭, 별들 사이에서 몸을 뻗고 눕는다.

그에게 남은 밤이 많지 않지만 밤은 그렇게 어두워 보이지 않는다.

그는 여전히 행복하다.

그리고 여전히 숨을 쉴 수 있다.

그들에겐 텐트가 없지만 뭔가를 덮을 필요가 없을 정도로 덥다.

그들은 풀 위에 담요를 깔고 누워 은하수의 흔적을 올려다본다. 그는 하이라인에서 있었던 아티팩트를, 하늘에 관한 전시회를 떠올린다. 당시 얼마나 별들이 가깝게 느껴졌었는지를, 지금은 얼마나 멀리 있는 것처럼 느껴지는지를 생각한다.

"할 수 있다면," 그가 말한다. "다시 거래를 할 거예요?"

애디는 네,라고 말한다.

힘들고 외로운 삶이었지만 경이로운 삶이기도 했다고 그녀는 말한다. 그녀는 전쟁들을 겪었고, 그 속에서 싸웠으며, 혁명과 재건을 목격했다. 그녀는 건조 중인 그릇의 밑면에 찍는 엄지손가락 지문처럼 자신의 흔적을 천여 개의 예술 작품에 남겼다. 그녀는 경이로운 것들을 보았고, 미쳤었고, 눈더미 속에서 춤을 추었고, 센 강변에서 얼어 죽었었다. 여러 번 어둠과 사랑에 빠졌고, 딱 한 번 한 인간과 사랑에 빠졌다.

그리고 그녀는 지쳤다. 말할 수 없을 정도로 지쳤다.

하지만 그녀가 살아냈다는 점에는 의문의 여지가 없다.

"어떤 것도 전부 다 좋거나 나쁘지는 않아요." 그녀가 말한다. "삶은 그것보다 훨씬 더 엉망이고요."

어둠 속에서 그는 그런 것들이 정말로 가치가 있었는지 묻는다.

기쁨의 순간들은 길게 이어진 슬픔을 감내할 만한 가치가 있나요?

아름다움의 순간들은 여러 해 동안 이어진 고통을 감내할 만한 가치가 있나요?

그녀는 고개를 돌리고 그를 쳐다보며 말한다. "항상 그랬어요."

그들은 별들 아래에서 잠든다. 아침에 깨어날 때 열기가 빠져나가 공기는 시원하고, 또 다른 계절의 첫 번째 속삭임이 들려온다. 멀리서 기다리고 있는, 그가 보지 못할 첫 번째 계절.

그러고 나서 몇 주는 며칠로 바뀐다.

그가 작별 인사를 해야 할 사람들이 있다.

그는 어느날 밤 비와 로비를 머천트에서 만난다. 애디는 자리를 비켜주려고 바 건너편에 앉아서 소다수를 홀짝인다. 그는 그녀가 그곳에 있기를 원했다. 폭풍우 속의 고요한 닻처럼 그에게는 그녀가 그곳에 있어야했다. 그녀가 그와 같은 테이블에 앉는다면 비와 로비는 헨리의 인사를 잊어버릴 수도 있음을 두 사람 다 알고 있다. 이번에는 그들이 기억해주어야 한다.

한동안 모든 것은 놀랍고도 고통스러울 정도로 정상적이다.

비는 그녀의 최신 논문 제안서에 관해 이야기한다. 보아하니 아홉 번째 행운이 작용한 것으로 보인다. 왜냐하면 논문 제안서가 승인되었기 때문이다. 로비는 다음 주에 있을 공연 초연에 관해 이야기한다. 헨리는 어제 있었던 드레스 리허설에 몰래 들어갔었다는 말을 그에게 하지 않는다. 무대에 선 로비를 보기 위해 그와 애디가 좌석 맨 마지막 열에서 몸을 잔뜩 낮춘 채 숨어 있었다는 사실을. 무대에 선 그가 멋지게, 아름답게, 그리고 자기만의 영역 안에 있는 사람답게 당당하게 연기하는 모습을, 보위의 나팔바지를 입고서 왕좌에 드러누워 악마의 미소와 그만의 마법을 뽐내던 모습을 본 사실을 그에게 말하지 않는다.

결국 헨리는 거짓말로 그들에게 뉴욕을 떠나 있을 것이라고 말한다.

부모님을 뵙기 위해 뉴욕 북쪽으로 간다고 말한다. 가족이 다 모이는 것은 아니지만 사촌들이 와 있어서 어머니가 그에게 와주길 청했다고, 주말 동안만이라고 말한다.

그는 비에게 서점을 봐줄 수 있느냐고 묻는다.

로비에게는 고양이에게 밥을 줄 수 있느냐고 묻는다.

그들은 그렇게 하겠다고 말한다. 그렇게 간단하다. 왜냐하면 그들은 그것이 작별 인사라는 것을 모르기 때문이다. 헨리는 음식값을 계산하고, 로비는 농담을 던지고, 비는 가르치는 학부생들에 대해 불평을 한다. 헨리는 그들에게 돌아오면 전화하겠다고 말한다.

그가 일어설 때 비가 그의 뺨에 키스한다. 그는 포옹을 하려고 로비를 끌어당긴다. 로비는 자기 공연에 오는 게 신상에 이로울 것이라고 말하고, 헨리는 꼭 가겠다고 약속한다. 그러고 나서 그들은 가고, 사라진다.

작별 인사는 이렇게 하기로 그는 결정한다.

마침표가 아니라 생략 부호, 말꼬리가 흐려지는 서술문이어야 한다고 결정한다. 누군가가 그것을 다시 시작할 때까지.

그것은 열린 문이다.

서서히 잠으로 빠지는 것이다.

그는 스스로에게 괜찮다고, 자신은 괜찮다고 말한다.

그리고 그가 막 의심이 드는 순간 애디의 손이 나타난다. 그곳에는 그의 팔을 잡는 부드럽고 안정적인, 그를 집으로 이끄는 그녀의 손이 있다. 그들은 침대로 올라가 폭풍우에 대비하며 몸을 말고서 서로에게 기댄다.

한밤중 어느 한 시점에 그는 그녀가 일어나는 기척을 느끼고, 그녀가 현관 쪽으로 걸어가는 소리를 듣는다.

하지만 시간이 늦었으므로 그는 그것을 대수롭지 않게 생각한다.

그는 몸을 옆으로 돌리고 다시 잠든다. 그가 다시 깨어났을 때 날은 여전히 어둡고, 그녀는 그의 옆 침대 자리로 다시 돌아와 있다.

탁자 위의 시계는 자정으로 한 걸음 더 가까이 꿈틀대듯 다가선다.

뉴욕
2014년 9월 4일

– XVII –

✶ ✶ ✶ ✶ ✶ ✶ ✶

오늘은 너무나 평범한 하루다.

그들은 침대에 머무른다. 시트 안에서 서로 꼭 껴안고, 머리에 머리를 맞댄 채 손은 팔과 뺨을 따라 움직이고, 손가락은 살갗을 기억한다. 그는 그녀가 소리를 저장할 수 있기라도 하는 것처럼, 병에 넣어두었다가 그가 사라졌을 때 사용할 수 있는 것처럼, 그녀의 이름을 반복해서 속삭인다.

애디, 애디, 애디.

그 모든 것에도 불구하고 헨리는 행복하다.

혹은 최소한 자신에게 행복하다고, 준비가 돼 있다고, 두렵지 않다고 말한다. 그리고 그들이 이곳 침대에 머무르기만 한다면 이런 날이 지속될 것이라고 말한다. 그가 숨을 참기만 하면 시간의 초침들이 앞으로 나아가는 것을 막을 수 있다고, 분침은 그들의 꽉 얽혀 있는 손가락들 사이에 고정시킬 수 있으리라고 자신에게 말한다.

말하지 않은 애원이지만 애디는 그것을 알고 있는 듯하다. 왜냐하면 그녀는 일어나려는 기색이 없기 때문이다. 대신 그녀는 그와 함께 침대에 머무르며 이야기를 들려준다.

기념일에 대해서가 아니라—그들은 이미 7월 29일에 관한 이야기들을 모두 소진했다— 9월과 5월에 있었던 이야기를, 다른 조용한 날들에 관한 이야기를, 다른 어느 누구도 기억할 수 없는 이야기들을 들려준다. 그녀는 스카이섬에 있는 요정 웅덩이에 대해, 아이슬란드의 오로라에 관해 이야기해준다. 물이 너무나 맑아서 10미터 아래 바닥을 볼 수 있는 포르투칼 호수에서 수영한 일을 이야기해준다. 아니, 스페인이었나?

그 이야기들은 그가 절대로 받아 적지 않을 유일한 이야기들이다.

그것은 그가 자초한 실패다. 그는 몸을 펼 수가 없고, 애디의 손을 놓을 수가 없고, 침대에서 벗어날 수가 없고, 새 노트를 책장 칸에서 끄집어낼 수가 없다. 지금까지 여섯 권의 노트가 모였고, 마지막 노트는 절반쯤만 채워져 있다. 그는 마지막 노트가 지금 상태 그대로 남을 것이라는 사실을 깨닫는다. 남아 있는 나머지 빈 페이지들과 그의 벽처럼 빽빽한 필기체 글씨들, 진행 중인 이야기에 대한 잘못된 엔딩까지. 그의 심장은 조금 널을 뛴다. 공포심이 아주 조그마한 움직임을 만든다. 하지만 그는 공포가 시작되게 내버려 둘 수가 없다. 하나의 떨림이 순간적인 냉기로 바뀌고, 이가 떨릴 정도의 추위로 바뀌는 것처럼 그것이 그를 찢어발기리라는 것을 안다. 하지만 아직은, 아직은 손을 놓을 수가 없다.

아직은.

그래서 애디는 말을 하고 그는 들으며 이야기들이 그의 머리카락 사이의 손가락들처럼 미끄러지게 내버려 둔다. 공포가 표면으로 올라오려고 할 때마다 그는 그것과 싸우고, 숨을 참고 자신은 괜찮다고 스스로에게 말한다. 하지만 그는 움직이지 않고 일어나지도 않는다. 그럴 수가 없다. 그가 그렇게 하면 마법을 깰 것이고, 그러면 시간이 앞으로 달려 나가 모든 게 너무 일찍 끝나버릴 것이기 때문이다.

그는 그것이 바보 같은 생각이고 미신의 이상한 변형이라는 것을 알지만 이제 두려움이 존재하고 실재한다. 그리고 침대는 안전하고, 애디는 안정적이고, 그는 그녀가 여기에 있어서 너무나 기쁘고, 그들이 만난 이후의 일분일초가 너무나 소중하다.

오후에 그는 갑자기 배가 고프다. 한동안 굶주린 사람처럼.

그는 배가 고프면 안 된다. 그것은 시시하고, 잘못되고, 중요하지 않은 일처럼 느껴진다. 하지만 허기는 빠르고 깊다. 허기가 오고 나자 시계는 째깍거리기 시작한다.

그는 시간을 막을 수가 없다.

시간은 앞으로 뛰쳐나가 달아나고 있다.

애디는 그의 마음을 읽을 수 있는 것처럼, 그의 머릿속에서 빚어낸 폭풍우를 볼 수 있는 것처럼 그를 쳐다본다.

그녀는 그를 침대 밖으로 끌어내 주방으로 데리고 간다. 헨리는 간이 의자에 앉고, 그녀가 오믈렛을 만든다. 그는 그녀가 처음으로 비행기를 탔던 일, 처음으로 라디오에서 나오는 노래를 들었던 일, 처음으로 움직이는 영화를 보았던 일에 대해 말해주는 동안 가만히 듣는다.

그가 앞으로 절대 가질 수 없는 이런 순간들은 그녀가 그에게 줄 수 있는 마지막 선물이다.

들어주는 것은 그가 그녀에게 줄 수 있는 마지막 선물이다.

그는 북과 함께 침대로 다시 올라가고 싶지만 두 사람 다 침대로 돌아가는 일은 없으리라는 것을 안다. 일어나 있으므로 그는 고요함을 참을 수 없다. 그는 가만히 있지 못하는 에너지를 갖고 있고 절실히 뭔가를 하고 싶다. 하지만 시간이 충분치 않다. 물론 그도 충분한 시간이 없으리라는 것을 알고 있다.

시간은 항상 준비되기 1초 전에 끝난다는 것을.

삶은 원하는 시간에서 1분이 부족하다는 것을.

그래서 그들은 옷을 입고 밖으로 나간다. 공포가 우위를 점하기 시작할 때 그들은 근처 블록 안에서 원을 그리듯 뱅글뱅글 돈다. 그것은 약해진 유리에 대고 누르는 손이고, 벌어지는 금들을 가까스로 누르는 압박이다. 하지만 애디가 그곳에 있고, 그녀의 손가락이 헨리의 손가락과 엮여 있다.

"300년을 어떻게 사는지 알아요?" 그녀가 말한다.

그가 어떻게 사느냐고 묻자 그녀는 미소 짓는다. "1년을 사는 것과 같은 방법으로 살아요. 한 번에 1초씩이요."

결국 그의 다리는 피곤해지고, 초조함은 물러가서 사라지지는 않지만 통제 가능한 수준까지 둔해진다. 그들은 머천트에 가서 먹지 않을 음식을 시키고, 마시지 않을 맥주를 시킨다. 왜냐하면 마지막 몇 시간이 둔해지는 것을 참을 수 없기 때문이다. 그것이 맨정신으로 그 시간을 대면하는 것만큼이나 무섭기 때문이다.

그는 자신의 마지막 식사에 대해 몇 가지 품평을 하고, 이런 때에도 평가를 하는 병적인 습관에 웃음이 나온다. 애디의 미소가 아주 잠깐 흔들린다. 그는 미안하다며 사과하고, 그녀는 그를 안아준다. 그리고 공포가 발톱으로 그를 할퀸다.

그의 머릿속에서 폭풍우가 일어나고 있다. 폭풍우가 수평선 근처 하늘을 휘젓지만 그는 그것과 싸우지 않는다.

그냥 다가오도록 내버려 둔다.

비가 내리기 시작할 때야 그는 폭풍우가 실제라는 것을 깨닫는다.

그는 고개를 뒤를 젖히고 뺨에 떨어지는 빗방울을 느낀다. 그리고 포스레일에 갔던 밤을, 그들이 길가에 도착했을 때 숨을 쉴 수 없을 정도로 퍼붓던 비를 떠올린다. 그는 옥상을 생각하기 전에 그 일을 떠올린다. 그것은 특별하다.

그는 1년 전에 옥상에 올랐던 헨리와 너무나도 멀리 떨어져 있는 것처럼 느낀다. 어쩌면 그렇게 멀리 떨어져 있는 것이 아닌지도 모른다. 결국 그것은 그저 길에서 옥상 끄트머리까지 몇 발을 떼어놓느냐 하는 문제다.

하지만 다시 내려가기 위해 그는 무엇을 내줄 것인가.

세상에, 살 수 있는 또 다른 하루를 위해 무엇을 내줄 것인가.

해는 졌고 빛은 점점 옅어진다. 그는 다시는 해를 보지 못할 것이다. 갑작스럽고 배반적인 공포가 큰 소리를 내며 그와 충돌한다. 그것은 너무나 고요한 장면을 가르는 한 줄기 세찬 바람이다. 그는 주춤 물러나며 그것과 싸운다. 아직은 아니야, 아직은 아니야, 아직은 아니야. 애디는 그가 날아가지 않도록 그의 손을 꽉 쥔다.

"나랑 같이 있어요." 그녀가 말하고, 그는 대답한다. "나 여기 있어요."

그의 손가락이 그녀의 손가락을 힘주어 잡는다.

그는 물어볼 필요가 없고 그녀는 답을 할 필요가 없다.

그녀가 끝까지 그곳에서 그와 함께하겠다는 무언의 합의가 있다.

이번만큼은 그가 혼자이지 않을 것이라는 합의가 있다.

그리고 그는 괜찮다.

괜찮다.

괜찮을 것이다.

– XVIII –

*　*　*　*　*　*　*

시간이 거의 다 되었다. 그들은 옥상에 있다.

그가 1년 전에 거의 뛰어내릴 뻔했던, 악마와 서서 거래를 한 옥상이다. 온전히 한 바퀴를 돌아 제자리로 돌아온 순간이다. 그는 왜 이곳이어야 하는지, 그가 왜 여기에 있어야만 하는지 모르지만 어쨌든 옳은 일처럼 느껴진다.

애디의 손은 그의 손과 연결되어 있는데 그것 역시 옳다고 느껴진다.

일어나는 폭풍우에 맞서는, 땅에 붙들어 매는 힘.

아직은 약간의 시간이 남아 있다. 시곗바늘이 자정에 도착하기까지 아주 아주 조금 남아 있고, 그는 머릿속으로 비의 목소리를 들을 수 있다.

오직 너만이 너 자신의 죽음보다 먼저 도착할 거야.

헨리는 자신도 모르게 미소 짓고 비와 로비에게 좀 더 많은 이야기를 해줬더라면 좋았겠다고 생각한다. 하지만 단순한 진실은 그 자신도 확신이 없었다는 것이다. 그는 작별 인사를 했지만 그들은 그가 사라질 때까지 그 사실을 모를 것이다. 그는 그것이 미안하고, 그들에게 미안하고, 그가 그들에게 안겨줄지도 모르는 고통이 미안하다. 그나마 두 사람에게 서로가 있다는 것을 기쁘게 생각한다.

그의 손에 쥐어진 애디의 손에 힘이 들어간다.

시간이 거의 다 되었다. 그는 영혼을 잃는 것은 어떤 느낌일지 궁금해진다.

갑작스럽고 격렬한 심장마비 같은 것일지 아니면 잠에 빠지는 것처럼 편안할지. 죽음은 아주 많은 형태를 지닌다. 아마도 이것도 그럴 것이다. 어둠이 나타나서 그의 가슴에 손을 집어넣고 마술처럼 갈비뼈 사이로 영혼을 끄집어낼 것인가? 아니면 어떤 힘이 그가 시작했던 것을 끝내도록 만들 것인가? 옥상의 끄트머리로 걸어가서 뛰어내리도록 만들 것인가? 그는 스스로 뛰어내린 것처럼 거리에서 발견될까?

아니면 그를 여기 옥상에서 발견하게 될까?

그는 모른다.

알 필요가 없다.

그는 준비되어 있다.

그는 준비되어 있지 않다.

지난해 옥상에서 낯선 남자가 손을 내밀었을 때 그는 준비되어 있지 않았다. 그는 그 당시도, 지금도 준비되어 있지 않다. 그 누구라도 마지막 순간이 다가올 때에는, 어둠이 손을 내밀고 그 대가를 거둬들일 때에는 준비되어 있지 않을 것이라 생각한다.

이웃집의 열린 창문에서 가느다랗고 쇳소리 같은 음악이 흘러온다. 헨리는 생각을 죽음으로부터, 옥상의 끄트머리로부터 거두고, 그의 손을 잡고 있는 여자에게로, 함께 춤을 추자고 말하는 여자에게로 돌린다.

그는 그녀를 가까이 끌어당긴다. 그녀에게선 여름 냄새가 나고, 시간의 냄새가 나고, 집 냄새가 난다.

"나 여기 있어요." 그녀가 말한다.

애디는 끝까지 그와 함께 있겠다고 약속했다.

끝. 끝. 끝.

그것은 시계가 시간을 알리는 것처럼 그의 머릿속을 울리지만 아직은 때가 아니다. 너무나 빨리 사라지고 있기는 하지만 그에겐 여전히 시간이 있다.

자라는 동안 받는 가르침에 의하면 사람은 한 시점에 오로지 한 가지 감정을 가질 뿐이다. 화가 나거나 아니면 외롭거나 아니면 만족스럽거나. 그러나 그것이 사실인지 그는 알 수가 없다. 그에게는 지금 열두 가지 감정이 한꺼번에 소용돌이친다. 혼란스럽고 무섭고 감사하다. 미안하고 행복하고, 두렵다.

하지만 그는 혼자가 아니다.

비가 다시 내리기 시작하고, 공기는 도시 안 폭풍우의 금속성 향기로 눅눅하다. 헨리는 개의치 않고 평정을 얻기 위해 들어야 할 말이 있다고 생각한다.

그들은 옥상에서 천천히 원을 그리며 돈다.

그는 며칠 동안 잘 자지 못했다. 불면은 그의 다리를 무겁게 하고, 마음을 너무 처지게 만들었다. 그를 둘러싼 분 단위의 시간이 속도를 더욱 높인다. 그는 음악 소리가 더 컸으면, 하늘이 더 가벼웠으면, 조금 더 시간이 있었으면 하고 바란다.

그 누구도 죽을 준비는 되어 있지 않다.

심지어 죽고 싶다고 생각할 때조차도.

아무도 준비되어 있지 않다.

그는 준비되어 있지 않다.

하지만 시간이 다 되었다.

시간이 다 되었다.

애디가 무언가를 말하고 있지만 시계는 움직임을 멈췄다. 이제 시계는 무게감 없이 그에게 걸려 있다. 때가 되었다. 그는 자신이 미끄러지는 것을, 마음의 가장자리들이 부드러워지는 것을, 밤이 무거워지는 것을 느낄 수 있다. 곧 낯선 남자가 어둠 속에서 걸어 나올 것이다.

애디는 그의 얼굴을 자신에게 향하게 하고 무언가를 말하고 있다. 하지만 그는 듣고 싶지 않다. 그것이 작별 인사라는 것이 무섭고, 그저 이 순간을 간절히 붙잡고 싶고, 이 순간이 이어지게 만들고 싶다. 영화를 정지 프레임으로 만들어 그것이 끝이 되도록, 어둠도, 아무것도 아닌 것도 아닌, 단지 영원한 순간이 되도록 만들고 싶다. 호박 속에, 유리 속에, 시간 속에 갇힌 하나의 기억으로 만들고 싶다.

하지만 그녀는 여전히 말을 하고 있다.

"듣겠다고 약속했잖아요." 그녀가 말한다. "받아쓰겠다고 약속했잖아요."

그는 이해하지 못한다. 노트들은 책장에 있다. 그는 그녀의 이야기를 썼다. 모든 이야기를.

"난 그렇게 했어요." 그가 말한다. "그랬어요."

하지만 애디는 고개를 젓는다.

"헨리," 그녀가 말한다. "난 이야기가 어떻게 끝나는지 당신에게 말하지 않았어요."

뉴욕
2014년 9월 1일
(마지막 날 3일 전 밤)

– XIX –

✳ ✳ ✳ ✳ ✳ ✳ ✳

어떤 결정들은 한꺼번에 이루어진다.

그리고 다른 결정들은 시간에 걸쳐 쌓인다.

여러 해 동안 꿈을 꾼 다음 한 여자가 어둠과 거래를 한다.

한 여자가 곧바로 한 남자와 사랑에 빠지고, 그를 자유롭게 해주겠다고 결심한다.

애디는 정확히 언제 자신이 결정했는지 모른다.

아마도 뤽이 그들의 삶에 다시 걸어들어 온 밤 이후부터 알고 있었을 것이다.

혹은 헨리가 그녀의 이름을 받아쓴 밤 이후로 알고 있었을 것이다.

혹은 그가 이 말을 한 이후였을 것이다.

난 당신을 기억해.

확실치 않다.

그건 중요치 않다.

중요한 것은 마지막 날 3일 전, 애디가 침대에서 살짝 빠져나온다는 사실이다. 헨리는 잠 속에서 몸을 뒤척이면서 그녀가 현관 쪽으로 걸어가는 소리를 듣지만, 그녀가 신발을 신는 소리나 어둠 속으로 살짝 빠져나가는 소리는 채 듣지 못하고 다시 잠이 든다.

시간은 거의 두 시—매우 늦은 때와 매우 빠른 때 사이—다. 그녀가 두 블록을 걸어서 머천트 바까지 갈 때 심지어 브루클린마저 중얼거리는 수준으로 조용해졌다. 가게 문을 닫기까지는 아직 한 시간이 남아 있고, 손님 수는 줄어들어서 몇몇 끝을 보리라 작정한 술손님들만 자리를 지키고 있다.

애디는 바에 있는 간이의자에 앉아 테킬라 한 잔을 주문한다. 그녀는 독한 술을 거의 마시지 않지만 이번에는 단숨에 들이킨다. 그러자 따뜻함이 가슴 안으로 내려앉는 것을 느낀다. 그리고 주머니로 손을 뻗어서 반지를 찾는다.

그녀의 손가락은 나무 반지 주위로 말려든다.

그녀는 반지를 꺼내 카운터에 똑바로 세운다.

그녀는 반지를 동전처럼 회전시키지만 앞부분이나 뒷부분이 없고, 예 혹은 아니오도 없고, 그녀가 이미 한 선택 외에는 어떤 선택의 여지도 없다. 그녀는 반지가 쓰러지지 않으면 끼겠다고 결정한다. 그것이 넘어질 때, 아니 반지가 흔들리면서 기울어지기 시작할 때, 손 하나가 내려와서 바에 대고 반지를 납작하게 누른다.

손은 부드럽고 강하고, 손가락은 길다. 상세한 특징들은 그녀가 한때 그렸던 것과 똑같다. "네 애인과 함께 있어야 하는 거 아냐?"

뤽의 눈에는 유머의 기운이 없다. 두 눈은 단조롭고 어둡다.

"자고 있어." 그녀가 말한다. "그런데 난 잘 수가 없어." 뤽은 손을 뒤로 뺐다. 애디는 여전히 바에 놓여 있는 반지의 옅은색 동그란 윤곽을 바라본다.

"아들린." 그가 그녀의 머리카락을 쓰다듬으며 말한다. "그건 힘들 거야. 하지만 지나갈 거야. 모든 게 그래."

"우리는 그렇지 않아." 그녀가 중얼거린다. 그러고 나서 그녀는 자신에게 말하듯 덧붙인다. "단지 1년이었다는 게 기뻐."

뤽은 그녀 옆 의자에 앉는다. "너의 인간 애인은 어땠어? 네가 꿈꾸던 모든 걸 충족시켜 줬나?”

“아니.” 그녀가 말한다. 그것은 진실이다.

엉망이었다. 힘들었다. 놀라웠고, 이상했고, 무서웠고, 그리고 연약했다. 너무나 연약해서 아팠다. 그러나 모든 순간 하나하나가 가치가 있었다. 그녀는 그것에 대해서는 그에게 한마디도 하지 않는다. 대신 “아니.”라는 말이 뤽이 하는 추정의 무게로 인해 그들 사이의 공기에 무겁게 걸려 있게 한다. 그의 두 눈은 한껏 의기양양한 녹색이다.

“하지만 당신 주장이 옳음을 증명하기 위해 헨리가 죽어야 할 이유는 없어.”

거만함이 번쩍이고 분노와 함께 분출한다.

“거래는 거래야.” 그가 말한다. “깰 수가 없어.”

“당신은 한때 나에게 말했어. 거래는 바뀔 수 있다고. 거래 조건을 수정할 수 있다고. 정말이었어? 아니면 나를 항복하게 만들기 위한 계략에 불과했어?”

뤽의 표정이 어두워진다. “계략 같은 건 없어, 아들린. 하지만 내가 그의 거래 조건을 바꿀 거라고 생각한다면—.”

애디는 고개를 가로젓는다. “헨리의 거래 조건을 말하는 게 아니야.” 그녀가 말한다. “내 거래 조건을 말하는 거야.” 그녀는 이 말을 미리 연습했지만 여전히 어색하게 혀에서 굴러 떨어진다. “당신의 자비를 요구하는 게 아니야. 그리고 당신에겐 동정심이 없다는 것도 알아. 그래서 교환을 제안하는 거야. 헨리는 놔줘. 그는 살아가게 해줘. 그가 *나를 기억하도록* 해줘. 그리고—.”

“네 영혼을 포기할 거야?” 그가 그 말을 할 때 시선에는 그림자가 있고, 그의 말에는 욕구가 아니라 걱정에 가까운 주저함이 있다. 그때 그녀는 자신이 그를 이겼음을 깨닫는다.

"아니." 그녀는 말한다. "하지만 그건 당신이 원하지 않기 때문이야." 그가 반박하기 전에 그녀는 말을 계속한다. "당신은 *나*를 원해."

뤽은 아무런 말도 하지 않지만 그의 두 눈은 밝아지고 그의 흥미는 자극을 받는다.

"당신이 옳았어." 그녀가 말한다. "난 인간들 가운데 한 명이 아니야. 더 이상은 아니야. 그리고 난 뭔가를 잃는 데 지쳤어. 내가 사랑하려고 노력한 모든 것을 애도하는 데 지쳤어." 그녀는 손을 내밀고 뤽의 뺨을 만진다. "하지만 당신을 잃지는 않을 거야. 그리고 당신은 나를 잃지 않을 거야. 그러니, 내 답은 예스야." 그녀는 그의 눈을 똑바로 바라본다. "그렇게 해. 그럼 난 당신 게 될 거야. 당신이 내가 곁에 있기를 원하는 한."

그는 숨을 참는 것처럼 보이지만 숨을 쉴 수 없는 건 그녀다. 세상이 기울어지고, 흔들리고, 무너지려 한다.

드디어 뤽이 미소 짓고 그의 녹색 눈은 승리감으로 에메랄드빛이 된다.

"받아들이지."

안도감에 그녀는 몸을 축 늘어트리고 고개를 그의 가슴에 기대어 숙인다. 그의 손가락이 그녀의 턱 아래로 올라오고, 그녀의 얼굴을 자신에게 향하게 만든다. 그리고 그들이 만난 밤에 했던 대로 재빨리, 깊게, 허기진 것처럼 그녀에게 키스한다. 애디는 그의 이가 자신의 아랫입술을 긁는 것을 느끼고, 혀에 감기는 구리 맛을 느낀다.

이제 그녀는 바람이 이루어졌음을 안다.

뉴욕
2014년 9월 4일

– XX –

✳ ✳ ✳ ✳ ✳ ✳ ✳

“안 돼.” 헨리가 말한다. 그 말은 거의 폭풍우에 삼켜진다.

비가 옥상으로, 그들에게로 세차게 퍼붓는다.

시계는 멈추었고 항복은 이미 선언되었다. 하지만 그는 여전히 그곳에 있다.

“이럴 순 없어요.” 그가 말한다. 그의 머리가 빙글빙글 돈다. “그렇게 못하게 내가 막을 거예요.”

애디는 그에게 측은하다는 눈길을 잠깐 내비친다. 당연히 그는 그녀를 막을 수 없기 때문이다.

지금껏 그 누구도 그럴 수 없었다.

에스텔은 그녀가 돌처럼 고집스럽다고 말했었다.

심지어 돌도 닳아서 아무것도 아닌 것이 된다.

하지만 그녀는 아니다.

“이럴 순 없어요.” 그가 다시 말하고, 그리고 그녀가 말한다. “이미 끝난 일이에요.” 헨리는 어지럽고 몸이 아프고 땅이 발아래로 흔들리는 것 같다.

“왜요?” 그가 간청하듯 묻는다. “왜 그랬어요?”

“감사의 표시라고 생각해요.” 그녀가 말한다. “나를 만나준 것에 대한. 누군가 봐주는 것이 어떤 것인지 내게 보여준 데에 대한. 사랑받을 수 있게 해준 것에 대한 감사예요. 이제 당신에겐 두 번째 기회가 생겼어요.

하지만 이제부터는 사람들이 당신을 원래 모습 그대로 보게 될 거예요. 당신을 있는 그대로 보는 사람을 찾아야 해요."

이것은 잘못된 것이다.

모두 다 잘못되었어.

"당신은 그를 사랑하지 않아요."

슬픈 미소가 그녀의 얼굴을 스친다.

"난 내 몫의 사랑을 이미 가졌어요." 그녀가 말한다. 이제 때가 되었다. 때가 된 게 틀림없다. 왜냐하면 그의 시야가 흐려지고 가장자리가 검게 변하고 있기 때문이다.

"내 말 잘 들어요." 그녀의 목소리는 다급하다. "때론 삶이 아주 길게 느껴질 수 있어요. 하지만 결국엔 빠르게 지나가요." 그녀의 눈은 눈물로 인해 유리처럼 투명하지만 미소 짓고 있다. "정말 잘 살아요, 헨리 슈트라우스."

그녀가 멀어지기 시작하는데 그의 손에 들어간 힘은 더욱 세진다. "안 돼요. 안 돼."

그녀는 한숨을 쉬고 손가락으로 그의 머리카락을 쓰다듬는다. "당신은 내게 많은 걸 줬어요, 헨리. 하지만 한 가지 더 해줄 일이 있어요." 그녀의 이마가 그의 이마에 와 닿는다. "기억해줘요."

어둠이 그의 시야를 뒤덮고 스카이라인과 옥상, 그의 몸을 끌어안고 있는 여자를 가려버릴 때 그는 그녀를 잡은 자신의 손이 미끄러지는 것을 느낄 수 있다.

"내게 약속해요." 그녀가 말한다. 그녀의 얼굴에는 얼룩이 지기 시작하고, 입술, 하트 모양 얼굴의 갈색 곱슬머리, 커다란 두 눈, 별들과 닮은 일곱 개의 점이 차례로 사라진다.

"약속해줘요." 그녀가 속삭인다. 그는 그녀를 끌어안기 위해, 약속하기 위해 두 손을 들어 올린다. 하지만 그의 팔이 그녀에게 가까이 다가가는 순간 그녀는 사라지고 없다.

그리고 그는 쓰러진다.

7부

난 당신을
기억해요

작품 제목: 떠나버린 여자The Girl Who Got Away

작가: 미상

제작연도: 2014년

재료: 폴라로이드

소재지: 헨리 슈트라우스의 개인 아카이브에서 대여

설명: 움직이고 있는 여자를 묘사한 여섯 장의 사진 모음집으로, 여자의 이목구비는 지워지거나 가려져 있고 그렇지 않은 경우에도 알아보기 어렵다. 완성된 사진은 다른 모습이다. 사진에는 거실 바닥, 탁자의 가장자리, 쌓여 있는 책들이 보이고, 맨 아랫부분에는 두 개의 발이 있다.

배경: 원자료에 대한 작가의 관계에 비추어 사진의 대상은 온갖 추측의 주제로 남아 있다. 플래시가 유의미한 세부 사항들을 지워버렸지만, 도구가 사진들을 탁월하게 만들어준다. 표준적인 사진술에서는 긴 노출이 움직임과 관련해서 원하는 효과를 달성할 수 있게 해주지만 폴라로이드의 고정된 셔터 속도는 움직이는 그림자들을 훨씬 더 인상적으로 만들어준다.

추정 가격: 비매품

모든 작품은 컬럼비아대학교 박사 베아트리체 콜드웰이 큐레이션한 뉴욕 현대미술관의 〈진짜 애디 라뤼를 찾아서〉라는 전시회에서 전시 중이다.

뉴욕
2014년 9월 5일

– I –

✶ ✶ ✶ ✶ ✶ ✶ ✶

이렇게 끝이 난다.

남자는 침대에서 혼자 깨어난다.

햇볕이 커튼 틈새로 쏟아져 들어오고, 그 너머 빌딩들은 비가 온 여파로 매끈하다.

그는 여전히 잠의 마지막 부분에 붙들려 있고, 숙취로 온몸이 처지는 것 같은 느낌이 든다. 그는 자기가 꿈을 꾸고 있었다는 것을 알지만 아무리 애를 써도 꿈의 세부 사항을 기억할 수가 없다. 기분 좋은 꿈은 아니었음이 틀림없다. 왜냐하면 깨어나면서 깊은 안도감만 느끼기 때문이다.

북은 이불 언덕 너머로 그를 쳐다보는데 오렌지색 눈은 커다랗고 무언가를 기다리는 기색이다.

남자는 시간이 늦었음을 빛의 각도로, 거리에서 들려오는 차 소리로 알 수 있다.

그렇게까지 잘 생각은 없었다.

그가 사랑하는 여자는 항상 그보다 먼저 일어난다. 시트 아래로 꼼지락대는 발, 그녀 시선의 무게, 그의 살갗에 와 닿는 손가락의 부드러운 감촉, 이런 것들은 언제나 그를 잠에서 깨우기에 충분하다. 딱 한 번 그가 먼저 일어났을 때 그는 무릎을 말아 올리고 얼굴은 베개에 묻은 채 여전히 잠의 표면 아래에 있는 그녀를 보는 낯선 기쁨을 누렸다.

하지만 그것은 여명 바로 직후의 비 오는 아침, 세상이 회색이었을 때였다. 오늘은 태양이 너무나 환해서 어떻게 둘 중 누구도 깨지 않고 잤는지 모르겠다.

그는 그녀를 깨우기 위해 옆으로 몸을 굴린다.

하지만 침대 옆자리는 비어 있다.

그는 그녀가 있어야 할 자리로 손을 뻗지만 시트는 차갑고 매끈하다.

"애디?" 그가 이름을 부르며 일어선다.

그는 아파트를 돌아다니며 주방과 욕실, 비상계단을 확인한다. 그녀가 없다는 것을 그는 알고 있다. 그는 안다. 알면서도.

"*애디?*"

그러고 나서 물론, 그는 기억한다.

꿈이 아니라—꿈은 없었다—전날 밤을 기억한다.

그의 삶의 마지막 밤을.

옥상의 눅눅한 콘크리트 냄새를, 시곗바늘이 자정을 가리키며 내던 마지막 째깍거림을, 그녀가 그의 얼굴을 올려다볼 때, 그리고 나를 기억해달라며 그녀가 짓던 미소를.

지금 그는 여기에 있고, 그녀는 사라졌다. 그의 머릿속에 남은 것들을 제외하곤 그녀가 남긴 흔적은 하나도 없다.

노트들.

그는 일어나서 방을 가로질러 노트들을 보관해둔 좁은 책장으로 달려간다. 빨간색, 파란색, 은색, 검은색, 흰색, 녹색. 여섯 권의 노트. 모두 그대로 있다. 그는 그것들을 꺼내서 침대 위에 펼쳐놓는다. 그러는 도중에 폴라로이드 사진들이 쏟아져 나온다.

그날 그가 찍은 애디의 사진들. 그녀의 얼굴은 흐릿하거나 등이 카메라를 향하고 있거나 프레임의 가장자리에 있는 유령 같다. 그는 눈을 가늘게 뜨면 그녀가 뚜렷하게 보일 것이라 확신하며 그것들을 오랫동안 응시한다. 하지만 아무리 오랫동안 쳐다봐도 그가 볼 수 있는 것이라곤 형체들과 그림자들뿐이다. 그가 알아볼 수 있는 유일한 것은 일곱 개의 점이다. 그것들조차 너무나 희미해서 정말로 보이는 것인지, 아니면 자신의 기억이 있어야 할 자리에 그것들을 채워넣고 있는 것인지 알 수가 없다.

그는 사진들을 옆으로 제쳐 두고 첫 번째 노트로 손을 뻗는다. 그러다가 노트를 연다면 텅 빈 페이지들을 발견하리라는, 그녀가 만들려고 했던 모든 흔적과 마찬가지로 잉크가 지워졌으리라는 확신이 너무나 강하게 들어서 멈춘다.

하지만 그는 봐야만 한다. 그는 노트를 연다. 그곳에는 그의 기울어진 글씨로 쓰인 글들이 있다. 이야기는 그녀의 것이지만, 글 자체는 그의 것이라는 사실이 보호막으로 작용해서 저주로부터 안전한 채로.

그녀는 나무가 되길 원한다.

로제에게 뭔가 문제가 있는 것은 아니다.

그녀는 그저 죽기 전에 살길 원한다.

그녀가 그의 눈의 언어를 배우는 데에는 여러 해가 걸릴 것이다.

그녀는 안간힘을 써서 위로 올라가 밖으로 나오는데, 그녀의 양손은 죽은 남자의 척추뼈 위에 놓여 있다.

이것이 그녀의 처음이다. 마땅히 이런 식이어야만 했다.

그녀는 동전 세 개가 손에 쥐여지는 걸 느낀다.

영혼이라는 말은 너무나 거대한 단어야. 진실은 훨씬 더 작아.

그녀가 아버지의 무덤을 찾는 데에는 오랜 시간이 걸리지 않는다.

그는 다음 노트를 집어 든다.

파리가 불타고 있다.
어둠은 풀려난다.

그리고 다음 노트도.

바 위에 천사가 있다.

헨리는 침대 옆면에 기댄 채 몇 시간 동안 모든 노트의 모든 페이지를 넘기고, 그녀가 해준 모든 이야기를 읽는다. 모두 다 읽고 난 그는 눈을 감고 열린 노트 사이에 머리를 놓고 두 손으로 감싼다.

왜냐하면 그가 사랑했던 여자가 사라져버렸기 때문이다.

그리고 그는 여전히 이곳에 있기 때문이다.

그는 모든 것을 기억한다.

뉴욕, 브루클린
2015년 3월 13일

– II –

"헨리 사무엘 슈트라우스, 이건 *헛소리*야."

비가 마지막 페이지를 카운터에 내려치며 책으로 쌓아 올린 탑 위에서 졸고 있던 고양이를 깜짝 놀라게 한다. "이야기를 여기서 끝내면 안 되지." 그녀는 마치 그로부터 보호하려는 듯 나머지 원고들을 가슴에 꽉 붙들고 있다. 제목이 적힌 페이지가 그를 쳐다보고 있다.

기억되지 않는 여자, 애디 라뤼.

"그녀에겐 무슨 일이 일어난 거야? 정말 뤽과 함께 간 거야? 그런 일을 겪고도?"

헨리는 어깨를 으쓱한다. "그런 것 같아."

"그런 것 *같다고?*"

사실은 그도 알지 못한다.

그는 지난 6개월을 노트에 적힌 이야기들을 옮겨 적고 한데 모아서 이 초안을 완성하는 데 보냈다. 매일 밤 손에서 쥐가 나고, 머리는 컴퓨터 화면을 쳐다보느라 지끈거려 참을 수 없게 된 다음에야 침대 위—침대에서는 더 이상 그녀의 냄새가 나지 않는다—로 쓰러지곤 했다. 그리고 어떻게 끝을 맺어야 할지 생각했다.

끝이 있다고 한다면.

그는 여러 버전의 결말을 썼다. 그녀가 행복해지는 결말, 그녀가 행복하지 않은 결말, 그녀와 뤽이 미치도록 사랑에 빠지는 결말, 자신이 여의 주에 집착하는 용처럼 그녀에게 들러붙는 결말. 하지만 모두 그녀가 아니라 그에게 속하는 결말들이었다. 그것은 그의 이야기고, 이것은 그녀의 이야기다. 함께 나눈 마지막 순간들 이후, 마지막 키스 이후 그가 쓴 것은 허구일 것이다.

그는 시도했다. 하지만 이것은 실제다. 비록 실제가 무엇인지 아무도 알 수는 없지만.

그는 애디에게 무슨 일이 일어났는지, 그녀가 어디로 갔는지, 어떻게 지내는지 모른다. 하지만 그는 *바란다*. 그녀가 행복하기를 바란다. 그녀가 여전히 반항적 즐거움과 고집스러운 희망으로 가득 차 있기를 바란다. 그녀가 그를 위해서만 이런 결말을 맺지 않았기를 바란다. 가능할지는 모르지만 언젠가 그녀를 다시 볼 수 있기를 바란다.

"너 진짜로 여기 적힌 이야기대로 메소드 연기를 펼치겠다 이거지, 그렇지?" 비가 말한다.

헨리가 고개를 든다.

그는 그녀에게 모든 게 사실이라고 말하고 싶다.

그가 쓴 것처럼 비는 애디를 만난 적이 있다고, 그럴 때마다 매번 같은 말을 했다고 말하고 싶다. 둘이 친구가 되었을 것이라고 말하고 싶다. '우리—삶의—남은—나날들이—함께—시작되는—첫—번째—밤'이라는 식으로 그들은 친구였다고 말하고 싶다. 물론 그것이 애디가 가질 수 있었던 전부였다.

하지만 비는 믿지 않을 것이다. 그래서 그는 이야기가 허구로 남도록 내버려 둔다.

"맘에 들어?" 그가 묻는다.

비는 활짝 웃는다. 그녀의 눈에는 이제 안개도, 빛도 없다. 그는 진실을 가질 수 있어서 그 어느 때보다 감사한 마음이다.

"맘에 들어, 헨리." 그녀는 말한다. "이건 정말, 정말 좋아." 그는 제목이 있는 페이지를 두드린다. "감사의 말에 내 이름 넣는 거 잊지 마."

"뭐?"

"내 논문, 기억해? 난 그 작품들에 나온 여자에 대해 논문을 쓰려고 했어. 액자 안의 유령. 그게 그녀잖아, 안 그래?"

물론, 그렇다.

헨리는 완성되었다는 사실에 안도하면서도 슬픈 마음이 들어 손으로 원고를 쓰다듬는다. 그는 원고와 좀 더 오래 같이 살 수 있으면 좋겠다고 생각한다. 그녀와 함께 살 수 있었다면 하고 바란다.

하지만 지금 그는 이 이야기를 갖게 되어서 기쁘다.

왜냐하면 그가 이미 잊어버리기 시작하고 있기 때문이다.

그가 그녀의 저주로 추락하는 희생자가 된 것은 아니다. 그녀는 어떤 방법으로도 지워지지 않았다. 모든 것들과 마찬가지로 세세한 부분들이 옅어지고, 점차 지워지고 있을 뿐이다. 미래를 위한 길을 만들기 위해 과거를 붙드는 마음의 힘이 느슨해지는 것이다.

하지만 그는 놓고 싶지 않다. 그는 놓지 않으려고 노력 중이다.

그는 밤에 침대에 누워 눈을 감고, 그녀의 얼굴을 떠올리려 노력한다. 입의 정확한 곡선을, 머리카락 색깔을, 침대 옆 램프가 그녀의 왼쪽 광대뼈와 관자놀이, 턱에 비치던 모습, 얼굴에 흩어져 있던 일곱 개의 점들이 놓인 자리를 떠올리려 애쓴다. 늦은 밤 그녀의 웃음소리, 잠에 막 빠지던 때의 목소리를 떠올리려 애쓴다.

그러한 세세한 것들이 그의 책에 담긴 세세한 것들만큼 중요하지 않다는 것을 알지만, 지금도 여전히 그것들을 잃는다는 생각을 참을 수 없다.

신념은 어느 정도 중력과 같다. 충분히 많은 사람이 어떤 것을 믿으면 그것은 발아래의 땅만큼 단단하고 실제적인 것이 된다. 하지만 당신이 한 생각, 기억, 한 여자를 기억하는 유일한 사람이라면 그것이 떠내려가는 것을 막기는 힘들다.

"난 네가 작가가 될 거라는 걸 알고 있었어." 비가 말한다. "모든 면면을 갖추고 있었지만 넌 굳이 그 길을 거부하며 살아왔어."

"난 작가가 아니야." 그가 무심코 말한다.

"책에 대고 말해. 책을 팔 거지? 그렇지? 반드시 그래야 해. 이건 너무 좋아."

"오, 그럼." 그가 생각에 잠겨서 말한다. "시도는 해볼까 생각 중이야."

그는 그렇게 할 것이다.

에이전트를 구해서 판권을 팔 것이다. 다만 한 가지 조건을 달 것이다. 표지에 하나의 이름만 나온다는 조건으로. 그리고 그 이름은 그의 이름이 아니다. 결국 그들은 동의할 것이다. 그들은 틀림없이 그것이 영리한 마케팅 전략이라고 생각하겠지만 그의 심장은 다른 사람들이 그 글을 읽는다는 생각으로 떨릴 것이다. 그의 글이 아니라, 그녀의 글을. 그의 심장은 입술에서 입술로, 마음에서 기억으로 이어지는 그녀의 이름에 관한 생각으로 떨릴 것이다.

애디, 애디, 애디.

계약금은 학자금 대출을 갚기에 충분할 것이고, 앞으로의 계획을 생각하는 동안 그가 조금은 숨을 쉴 수 있도록 해줄 것이다. 아직은 그것이 무엇이 될지 모르지만, 처음으로, 그는 그것이 무엇이든 두렵지 않다.

세상은 넓지만 그가 자신의 두 눈으로 직접 본 부분은 극히 적다. 그는 여행하고 싶고, 사진을 찍고 싶고, 다른 사람의 이야기를 듣고 싶고, 자신만의 이야기를 하고 싶기도 하다. 삶은 때때로 아주 길게 느껴질 수 있지만 결국 빠르게 지나가리라는 것을 그는 안다. 그는 한순간도 놓치고 싶지 않다.

영국, 런던
2016년 2월 3일

– III –

* * * * * * *

서점은 곧 문을 닫을 시간이다.

일 년 중 이 시기에는 날이 빨리 어두워진다. 눈도 예보되어 있는데 런던에서는 드문 일이다. 여러 점원이 부산하게 움직이고 있다. 바깥의 옅은 안개가 얼음으로 변하기 전에 작업을 마치려고 애쓰면서 오래된 전시물들을 철거하고 새 전시물을 내건다.

십 대 소녀 두 명이 '신간 소설' 코너에 책들을 다시 채우는 동안 그녀는 근처에 머무르며 목에 걸려 있는 반지의 테두리를 엄지손가락으로 굴린다.

"그거 읽었어?" 한 소녀가 묻는다.

"응, 지난 주말에." 다른 소녀가 답한다.

"작가 이름이 없다는 게 믿기지 않아." 첫 번째 소녀가 말한다. "분명 홍보용 노림수일 거야."

"난 모르겠어." 두 번째 소녀가 말한다. "내 생각엔 매력적인 거 같아. 모든 걸 실제처럼 느끼게 해주잖아. 마치 그녀의 이야기를 들려주는 사람이 진짜 헨리인 것처럼."

첫 번째 소녀가 웃는다. "넌 정말 제대로 된 로맨티스트야."

"미안합니다만," 한 나이 든 남자가 끼어든다. "*애디 라뤼* 한 권만 주실래요?"

그녀의 피부가 따끔거린다. 그는 그 이름을 너무나도 쉽게 말한다. 마치 외국인이 말하는 것처럼 들린다.

그녀는 세 사람이 계산대로 이동할 때까지 기다린다. 그러고 나서 드디어 책들이 전시된 곳으로 접근한다. 그냥 탁자 위에 전시한 것이 아니라 책등이 바깥을 향하도록 서른 권으로 칸 전체를 채웠고, 같은 패턴이 벽을 따라 아래로 계속된다. 표지는 심플하고, 대부분 제목에 할애되어 있다. 제목은 표지 전체를 채울 정도로 길고 크다. 그것은 침대 옆에 있던 노트에 적혀 있던 것처럼 필기체로 쓰여 있다. 이 책은 그녀의 이야기를 헨리의 손으로 좀 더 읽기 쉽게 만든 버전이다.

기억되지 않는 여자, 애디 라뤼.

그녀는 손가락을 이름 위로 스치며, 마치 자신이 직접 쓴 것처럼 돋을새김 된 글자들의 둥근 모양과 곡선을 느낀다.

소녀들의 말이 맞다. 책에는 작가의 이름이 없다. 뒷면에 사진도 없다. 책이 그녀의 손에 있다는, 이야기가 실제라는 간단하고 아름다운 사실 말고는 헨리 슈트라우스를 말해주는 표시는 없다.

그녀는 표지를 넘기고 책 제목을 지나 헌정사를 찾는다.

페이지 가운데에 세 마디 말이 작게 적혀 있다.

난 당신을 기억해요.

그녀는 눈을 감고 첫날 서점에서 보았던 그를, 팔꿈치를 계산대에 오린 채 안경 너머로 그녀를 쳐다보며 얼굴을 찌푸리던 그를 본다.

난 당신을 기억해요.

아티팩트의 거울 속에서, 그다음에는 별들의 들판에서 그의 모습을 보고, 유리에 적힌 그녀의 이름을 따라가던 그의 손가락을 본다. 그리고 폴라로이드 너머로 쳐다보던, 그랜드센트럴역을 가로질러 속삭이던, 고개를 노트 위로 숙이고 있던 그를, 그의 얼굴 위로 떨어지던 검정 곱슬머리를 본다. 손가락을 쇠사슬 고리처럼 연결한 채로 침대에서, 뉴욕 북부 풀밭 위에서, 해변에서 그녀 옆에 누워 있던 그를 본다.

그가 그녀를 이불 밑으로 끌어당길 때 그의 두 팔이 만들어낸 원의 따스함을, 그의 깨끗한 냄새를, 그녀가 "*잊지 말아요.*"라고 말하고, 그가 "*절대로 잊지 않을게요.*"라고 말할 때 그의 목소리에 깃든 편안함을 느낀다.

그녀는 마지막 날 밤 옥상에 있던 그를 볼 때처럼 눈물을 닦아내고 미소 짓는다.

애디는 너무나 많은 '안녕'을 말했지만, '잘 있어요'라는 작별 인사를 한 것은 그때가 처음이자 유일했다. 오래 기다려온 마침표의 한 조각과도 같았던 키스. 중간에 끊긴 문장의 ㅡ표시도, 조용한 도피의 생략 부호도 아닌 마침표, 닫는 괄호, 끝.

끝.

그것은 현재, 오로지 현재만을 사는 것이다. 그것은 계속 이어지는 문장이다. 헨리는 이야기의 완벽한 쉼표였고, 그녀가 숨을 고를 기회였다. 그것이 사랑이었는지, 혹은 그저 일시적 유예였는지 모른다. 만족이 열정과 경쟁할 수 있는지, 따스함이 열기만큼 강할 수 있는지 모른다.

하지만 그것은 선물이었다.

게임이 아니고, 전쟁이 아니고, 의지의 전투가 아니었다.

정말 선물이었다.

우화 속에 나오는 연인들처럼 그것은 시간, 그리고 기억이었다.

그녀는 책, 바로 그녀의 책 한 페이지 한 페이지를 훑어보며, 자신의 이름을 발견할 때마다 놀라워한다. 읽히기를 기다리고 있는 그녀의 삶. 그것은 이제 그녀보다 크다. 두 사람보다, 인간 혹은 이름 없는 신보다 더 크다. 이야기는 하나의 생각이고, 그것은 어디에 심든 쑥쑥 자라나는 잡초처럼 생명력이 질기다.

그녀는 책을 읽기 시작한다. 파리에서 맞이한 그녀의 첫 번째 겨울에 대한 부분까지 읽었을 때 그녀는 등 뒤의 공기가 바뀌는 것을 느낀다.

그녀의 목덜미에 하는 키스처럼, 이름을 듣는다.

"아들린."

뤽이 그곳에 있다. 그의 팔은 그녀의 어깨를 감싸고, 그녀는 그의 가슴에 몸을 기댄다. 그들은 서로 잘 들어맞는다. 그들은 항상 그랬다. 비록 지금도, 주어진 공간이라면 어디든지 채우려고 확장하는 연기처럼, 잘 맞는다는 것이 그의 존재의 본질인지 의문이긴 하지만.

그의 눈은 그녀의 손에 들린 책으로 내려간다. 그녀의 이름이 표지 전체에 걸쳐 물결처럼 반짝인다.

"넌 정말 영리해." 그가 그녀의 귓전에 대고 중얼거리며 말한다. 하지만 그는 화가 난 것처럼 보이진 않는다.

"사람들은 이야기를 가질 수 있어." 그가 말한다. "나에게 네가 있는 한."

그녀는 그의 팔 안에서 몸을 돌리고 그를 쳐다본다.

뤽은 우쭐해할 때 아름답다.

물론 그는 그러면 안 된다. 거만함은 매력적이지 못한 자질이지만 뤽은 맞춤 양복의 편안함처럼 그렇게 한다. 그는 자신이 만든 작품의 빛에 흡족해한다. 그는 자신이 옳다는 것에, 통제권을 갖고 있다는 사실에 너무나 익숙해져 있다.

그의 눈은 승리감에 찬 밝은 녹색이다.

300년 동안 그녀는 그의 눈동자가 기분에 따라 어떻게 달라지는지를 배워야만 했다. 이제 그것들을 모두 안다. 그의 눈을 연구함으로써 모든 색깔의 의미를, 그의 성미를, 욕망을, 생각을 안다.

같은 시간 동안 그가 그녀의 색깔을 읽는 법을 배우지 못했다는 점이 그녀는 놀랍다.

그는 아마도 자신이 기대하는 것만 보았는지도 모른다. 그녀의 분노, 그녀의 욕구, 그녀의 두려움과 희망 그리고 욕정, 더 간단하게는 좀 더 명백한 것들.

하지만 그는 그녀의 교활함 혹은 영리함을 읽어내는 법을 배우지 못했다. 그녀 행동의 뉘앙스를, 말의 미묘한 리듬을 읽어내는 법을 배우지 못했다.

그녀가 그를 쳐다볼 때 그녀는 자신의 눈이 말하고자 하는 모든 것을 생각한다.

그가 큰 실수를 했다는 것을.

악마는 디테일에 있다는 것을. 그리고 그가 핵심적인 디테일을 간과했다는 것을.

의미론은 사소해 보일지 몰라도 그는 말이 모든 것이라는 점을 그녀에게 가르쳤다. 그녀가 자신의 새로운 거래 조건을 확정했을 때, 자신을 위해 영혼을 거래했을 때, 그녀는 *'영원'*이라고 말하지 않았다. 다만 *'당신 곁에 내가 있기를 원하는 한'*이라고 말했다.

그 둘은 전혀 같지 않다.

그녀의 눈이 말을 할 수 있다면 눈은 웃을 것이다.

눈은 그가 변덕스러운 신이라고 말할 것이다. 그가 그녀를 사랑하기 오래전부터 그녀를 증오했고, 그녀를 미칠 지경까지 몰아갔고, 그녀의 무결점 기억력과 함께 그녀는 그의 교묘한 책략의 학생이 되었고, 그의 잔인함을 연구하는 학자가 되었다. 그녀에게는 300년이라는 연구 시간이 있었고, 그녀는 그의 후회를 위한 걸작을 만들 것이다.

아마도 20년이 걸릴지도 모른다.

아마도 100년이 걸릴지도 모른다.

그는 사랑할 능력이 없고, 그녀는 그 점을 증명할 것이다.

그녀는 그를 무너뜨릴 것이다. 그의 사랑에 대한 그릇된 생각을 파괴할 것이다.

그녀는 그의 심장을 부술 것이고, 그는 그녀를 다시 한 번 더 증오하게 될 것이다.

그녀는 그를 미칠 지경까지 몰아갈 것이고, 그를 몰아낼 것이다.

그러면 그는 그녀를 내던져버릴 것이다.

그제서야 그녀는 드디어 자유로워질 것이다.

애디는 뤽에게 이런 것들을 말하게 될 순간을 꿈꾼다. 그저 그의 눈의 색이 바뀔 때 나타나는 그늘을 보기 위해, 패배를 당하는 녹색을 보기 위해. 박탈의 녹색, 그리고 상실의 녹색을 보기 위해.

그런데 그가 그녀에게 무언가를 가르쳤다면 그것은 인내심이다.

그래서 애디는 새 게임에 대해, 새 규칙에 대해, 이미 시작된 새 전투에 대해 아무 말도 하지 않는다.

그녀는 그저 미소만 짓고는 책을 책꽂이에 다시 꽂아둔다.

그리고 어둠 속으로 그를 따라 들어간다.

역자 후기

먼저 이 책 『기억되지 않는 여자, 애디 라뤼』를 통해 저자 V.E. 슈와브를 2016년 이후 처음으로 한국 독자들에게 소개할 기회를 가질 수 있어서 역자로서 대단히 기쁘다. 그녀는 2016년 겨울에 『레드 런던의 여행자: 마법의 그림자』라는 책을 통해 한국 독자들을 만난 적이 있다. 저자는 두 가지 필명을 사용하는데, V.E. 슈와브Schwab는 어덜트 픽션인 경우에 사용하는 이름이고, 빅토리아 슈와브Victoria Schwab는 영어덜트(YA) 픽션인 경우에 사용하는 이름이라고 한다. 어찌 됐건 그녀의 이름이 한국 독자들에게 친숙한 이름이 아닌 것은 사실이다.

하지만 그녀는 이미 판타지 장르 분야에서 여러 권의 책을 시리즈 혹은 단행본 형태로 출간한 적이 있는 실력 있는 작가이다. 특히 2018년 출간한 소설 『바이셔스Vicious』가 큰 인기를 끌었고, 여러 매체로부터 호평을 받았다.

그녀의 풍부한 이력을 읽고 나니, 그녀의 소설이 아직 한국 독자들을 많이 만나지 못했다는 점이 조금 의아했다. 한 권의 책만이 한국 독자들에게 알려진 작가의 소설을 번역하기 시작하면서, 역자인 나로서는 반쯤은 의구심, 반쯤은 기대감을 품었다.

『기억되지 않는 여자, 애디 라뤼』는 처음부터 나를 사로잡았다. 그리고 마지막 페이지를 닫을 때까지 나의 집중력은 흐트러지지 않았다. 독자의 궁금증을 유발하는 여러 요소가 고요하지만 잘 만들어진 추리 스릴러처럼 처음부터 여기저기에 잘 배치되어 있었고, 나는 번역을 하면서도 주인공 애디의 삶이 어떻게 펼쳐질지, 어떤 결과를 맞이할지 점점 더 궁금해졌다. 애디가 프랑스의 작은 시골 마을에서 태어나 자라면서 느끼는 갑갑증도 나에겐 절실하게 다가왔다. 나 또한 어린 시절을 한국의 작은 시골 마을에서 보냈기 때문이다. 넓은 세상으로 나가서 많은 것들을 보고 생각하고 느끼고 싶다는 주인공 애디의 생각에 깊이 감정 이입할 수 있었다.

이 책의 주인공 애디 라뤼는 악마와 거래하는 파우스트처럼 영혼을 어둠에게 넘기는 대가로 죽지 않고 영원히 같은 모습으로 살아가게 된다. 하지만 영원히 아름다운 모습으로 살 수는 있을지라도 단 한 가지, 그 누구에게도 기억되지 못한다는 비극적인 조건과 맞닥뜨린다. 그녀의 얼굴을 본 사람은 잠깐 자리를 뜨면 그녀를 잊어버린다. 그녀는 계속 잊히는 운명에 처한다. 그녀가 지쳐서 이제 자신의 영혼을 포기하겠다고 말하면, 그녀의 영혼은 어둠의 것이 되는 것이 그녀가 어둠과 맺은 거래의 조건이었다. 그녀는 몇백 년을 외로움과 싸워나가면서도 계약 기념일이 되면 찾아오는 어둠의 신에게 영혼을 넘기는 것을 거부한다. 애디는 여성으로서 맞닥뜨려야 했던 자신의 불우한 운명을 숙명으로 받아들이지 않고, 인간과 예술, 자연이라는 아름다움을 용기 있게 탐험하고자 한다.

그녀는 그 누구에게도 기억되지 못하는 삶이 과연 어떤 의미를 갖는지를 고뇌하며, 많이 지쳐서 영혼을 넘기고 싶다는 유혹을 긴 세월 동안 물리쳐야 한다. 이 대목에서 나는 자연스럽게 그리스 신화 속의 시시포스를 떠올렸다. 그와 동시에 저자가 이야기 속에 넣어둔 존재론적이면서도 철학적인 물음을 되새기지 않을 수 없었다.

주인공 애디는 외로움과 생존을 위한 어려움 속에서도 인간이란 어떤 존재인지, 사랑은 무엇인지, 삶이란 무엇인지를 숙고하며 몇백 년이라는 긴 세월을 힘겹게 버텨낸다. 그러다 300년이 지난 뉴욕에서 서점 점원으로 일하는 헨리라는 남자를 만난다. 그런데 그는 전날 서점에서 책을 훔치다 들킨 여자가 그 책을 다른 책으로 바꾸려고 온 것을 보고, "난 당신을 기억해요."라고 말한다. 어제 책을 훔쳐가지 않았느냐고. 애디는 엄청난 충격을 받고 결국 이 남자와 사랑에 빠진다. 하지만 그들은 또 다른 장애물에 부딪힌다. 사랑을 지켜내기 위해, 어둠이 만들어놓은 비극적 상황을…….

이 소설은 인간이 필연적으로 갖게 되는 시간의 유한성과 기억이라는 요소에 판타지적인 변형을 가함으로써, 인간의 존재 조건들과 사랑의 의미를 깊게 생각할 기회를 준다.

스티븐 킹은 『러브크래프트: 세상에 맞서, 삶에 맞서』라는 책을 위한 긴 서문에서 다음과 같이 밝혔다. "모든 문학 장르는, 그중에서도 특히 위어드 픽션과 판타지 소설은 독자와 작가가 삶으로부터 도망쳐 숨을 수 있는 동굴과도 같다. (중략) 바로 그런 동굴 안에서—어딘가로부터 도망쳐 몸을 쉴 수 있는 곳에서—우리는 우리 자신의 상처를 치료하고 현실 세계에서 있을 그다음의 전투를 대비한다." 나는 이 책을 번역하기 전까지는 판타지 장르의 깊은 맛을 미처 알아보지 못했다. 하지만 스티븐 킹이 말한 것처럼 판타지 장르가 독자들에게 영혼의 안식처가 될 수 있음을 이 책을 번역하며 깨달았고, 깊이 공감했다.

나는 원래부터 소설을 좋아하긴 했지만, 판타지 장르 소설을 많이 읽어보지는 못했다. 하지만 원서를 읽어나가며 색다른 재미를 주는 이 소설에 흠뻑 빠져들었다. 그러므로 고백을 해야겠다. 번역하기 위해 원서를 읽으면서 독자로서 먼저 이입되었고, 조금 시간이 흐른 다음 역자로서 그런 이입된 감정을 다스리고 번역해내야 했다. 독자로서는 기쁨이었지만, 그러한 기쁨에 취해 있는 것은 시간적 제한을 가진 역자라는 상황에는 부담이기도 했다. 하지만 이것은 뒤집어 생각해보면 『기억되지 않는 여자, 애디 라뤼』가 그만큼 읽는 기쁨을 준 책이었다는 의미이기도 하다.

이 책을 읽고 번역하는 대부분의 시간 동안 나는 즐거웠다. 그러면서 주체적으로 삶을 개척하려는 주인공 애디의 도전과 전투가 행복한 결말을 맞이하길 자연스레 응원하게 되었다. 또다시 그녀를 지면으로나마 만날 일이 있기를 기대해본다. 아울러 철학적 질문이라는 진중함과 재미를 놓치지 않는, 높은 역량을 지닌 슈와브 작가의 책들이 한국에 더 많이 소개될 수 있기를 바란다. 마지막으로 이 책을 읽는 독자 여러분들이 역자와 마찬가지로 재미와 감동을 느낄 수 있기를 바란다.

2021년 8월

황성연

옮긴이 황성연

한국에서 프랑스어를 공부했고, 미국 뉴욕주립대학교에서 국제정치학 석사 과정을 전공했다. 대한민국 외교부와 비영리단체 노사발전재단에서 잠시 근무하기도 했다. 지금은 작은 집 거실에서도 세상 이곳저곳을 여행하며 사유할 수 있게 해주는 세상의 수많은 책과 글을 좋아해서 번역가의 길을 걷고 있다. 글밥 아카데미 수료 후 바른번역 소속 번역가로 활동 중이다.

뒤란에서 소설 읽기 002
기억되지 않는 여자, 애디 라뤼

초판 1쇄 발행 2021년 9월 15일
지은이 V.E.슈와브 **옮긴이** 황성연 **기획** 썸미 **편집** 이진규
디자인 Studio Marzan 김성미 **인쇄** 아트인
펴낸이 김두엄 **펴낸곳** 뒤란 **등록** 2019년 7월 19일 제2019-000092호
주소 07208 서울시 영등포구 선유로49길 23 IS비즈타워2차 1503호 **전화** 070-4129-4505
전자우편 ssh_publ@naver.com **블로그** sangsanghim.tistory.com **인스타그램** @duiran_book

ISBN 979-11-969251-5-4 03840